Diogenes Taschenbuch 21245

de
te
be

Das Čechov Lesebuch

*Herausgegeben,
kommentiert und
mit einem Vorwort
von
Peter Urban*

Diogenes

Diese Auswahl stützt sich auf die von
Peter Urban herausgegebene und kommentierte Edition der
Werke und Briefe Čechovs,
erschienen 1973 ff. im Diogenes Verlag, Zürich.
Die Erzählung ›Brief an einen gelehrten Nachbarn‹
sowie die Briefe Čechovs wurden von
Peter Urban übersetzt.
Die Übersetzervermerke für
die übrigen Beiträge befinden sich
bei den Anmerkungen.

40/87/8/2
ISBN 3 257 21245 3

Inhalt

Anhang

Vorwort

Als Anton Čechov 1880, zwanzigjährig, Medizinstudent im ersten Semester, in Witzblättern und satirischen Journalen Humoresken und Kurzgeschichten – ›kleine Sachen‹ – zu publizieren begann, hatte sich im Großen Russischen Reich so manches Große erledigt, auch wenn die Gesellschaft unentwegt Großes hervorbrachte: neben großen Gefühlen, Patriotismus und begrenzten Kriegen – gigantische Superlative, weithin sichtbar ausgestellt auf Weltausstellungen und anderen Paraden, Eisenbahnen, Eiffeltürme, epochemachende Erfindungen, Triumphe der Technik und so weiter.

Gescheitert waren, sichtbar jedem, der es sehen wollte, die Großen Reformen der russischen Gesellschaft, eingeleitet nach dem Tode Nikolaus I., in den Großen 60er Jahren. Die Aufhebung der Leibeigenschaft hatte den russischen Bauern die Freiheit gebracht – auf dem Papier, ihre ökonomische Verelendung hatte sie nicht aufgehalten, sondern vor dem Hintergrund des aufkommenden Kapitalismus eher noch befördert. Gescheitert waren, fürs nächste definitiv, die Hoffnungen der liberalen Intelligenz auf soziale und politische Veränderungen: nach dem Attentat auf den Zaren Alexander I. im Jahre 1881 hob die Administration des Reiches die bescheidenen Reste des Reformwerks der 60er Jahre rigoros und konsequent auf. Die Folge: ein Klima der allgemeinen und dumpfen Depression. In den Theatern, merkt Pëtr Kropotkin einmal an, triumphierte die Operette.

Die großen Ideale, die Hoffnungen auf eine freiheitliche Verfassung der Gesellschaft, waren groß geblieben, unerfüllt gegenwärtig in den Köpfen, in Gesprächen, bei denen man besser keine Zuhörer hatte. Und den Vertretern dieser Ideale, ihren aktiven Verfechtern waren, soweit sie nicht im Exil oder in sibirischer Verbannung weiße Haare bekommen hatten oder gestorben waren, stattliche Bärte gewachsen. Die gemäßigten Parteigänger der Liberalen gaben sich Feste, Jubiläen zur Erinnerung an die großen Reformen, über die Čechov als reifer Mann notieren wird: »Essen, Champagner trinken, herumschreien, Reden halten zum Thema Bewußtsein des Volkes, Gewissen des Volkes, Freiheit usw., während rund um den Tisch Sklaven im

Frack huschen, eben jene Leibeigenen, und auf der Straße im Frost die Kutscher warten – das heißt lügen wider den heiligen Geist.«

Erledigt hatte sich, literarisch, fürs nächste, die große Form. Die großen Romane der russischen Literatur waren geschrieben – die ›Toten Seelen‹, ›Väter und Söhne‹, ›Krieg und Frieden‹, ›Oblomov‹; Turgenev todkrank in Frankreich (er starb 1883). Für Dostoevskij (gestorben 1881) hat Čechov nur den einen Satz: »Das ist gut, aber schon ziemlich lang und unbescheiden. Sehr prätentiös.« Der große philosophisch-politische Disput, literarisch nurmehr gepflogen vom einsamen Giganten Tolstoj, die Traktate moralisch-philosophischen Charakters, die großen Gesten hatten auf einmal etwas Fragwürdiges bekommen, die Zeit der dramatischen Ausbrüche, der großen Leidenschaften schien vorbei, so als habe sich Anna Karenina stellvertretend für alle von der öffentlichen Moral Verstoßenen vor den Zug gestürzt.

Die großen Dramen der Gegenwart, sagt Čechov, finden im Kleinen statt, in aller Stille, verborgen im Alltäglichen, von den dramatis personae selbst argwöhnisch geheimgehalten. »Menschen, die seit langem einen Kummer mit sich herumtragen und an ihn gewöhnt sind, pfeifen nur vor sich hin und werden oft nachdenklich«, – so solle auch sie, die Darstellerin der Maša in den ›Drei Schwestern‹, vor sich hinpfeifen und nachdenklich werden. Mit diesem Satz erklärt Čechov mehr als nur eine halbverstandene Regieanweisung, mehr als nur die Haltung einer Figur in einem seiner Theaterstücke; dieser Satz formuliert eine Sehweise, deren Hauptmerkmale – Kürze, Genauigkeit, Konkretheit – in sämtlichen Erzählungen, Stücken, in allen Briefen Čechovs nachweisbar sind, mehr noch: die deren wesentliche Bedingung darstellen. Čechov hat diese Bedingungen, unter denen Erzählung ein Kunstwerk werde, bereits früh, 1886, in einem Brief benannt:

»1. Abwesenheit langgezogener Wortergüsse politisch-sozialökonomischen Charakters; 2. absolute Objektivität; 3. Wahrhaftigkeit in der Beschreibung der handelnden Personen und Gegenstände; 4. äußerste Kürze; 5. Kühnheit und Originalität; meide das Klischee; 6. Herzlichkeit.«

An diesem ästhetischen Programm, das Čechov zeitlebens befolgt hat, ist der große Roman gescheitert, den Zeitgenossen immer wieder von ihm forderten – er hat ihn nicht geschrieben. Čechov hat die große Form im dramatischen Fach bewältigt – mit Stücken, die den Typ eines neuen Theaters begründet haben und die heute neben denen Shakespeares, Molières und denen der alten Griechen stehen. Er hat die große Form im wissenschaftlichen Essay bewältigt – mit seinem Bericht ›Die Insel Sachalin‹, einem Report über den russischen Strafvollzug um 1890, dessen Frische und nüchterne, scheinbar kühle Präzision die ›Aufzeichnungen aus einem Totenhaus‹ als Dichtung, den ›Archipel Gulag‹ als redseliges Pamphlet erscheinen lassen.

Im Erzählerischen hingegen, einem œuvre von knapp 600 Prosatexten, »über 300 Druckbogen«, wie Čechov 1899 selbst überrascht feststellt, gibt es, von Jugendwerken abgesehen, keinen Text, der länger wäre als siebzig Druckseiten. Die ›Dame mit dem Hündchen‹, 1899, eine der bekanntesten Čechov-Erzählungen und eine der schönsten Liebesgeschichten der russischen Literatur, für Vladimir Nabokov »eine der größten Geschichten, die je geschrieben wurden«, hat auf ganzen sechzehn Seiten Platz.

An Čechovs Sehweise, seiner Forderung nach absoluter Objektivität, für ihn ein Synonym für Gerechtigkeit, ist ein Zweites abgeprallt, was Zeitgenossen, Liberale, ›Linke‹, zu verschiedenen Zeiten von Čechov erwarteten: eine »Richtung«, politisch-weltanschauliche Tendenz, Stellungnahme zu Tagesfragen, praktische Nutzanwendung. Einigermaßen wütend schreibt Čechov im Oktober 1888 an seinen Redakteur: »Ist etwa auch in meiner letzten Erzählung keine ›Richtung‹ zu erkennen? Sie sagten mir einmal, in meinen Erzählungen fehle das Element des Protests, es gebe darin keine Sympathien und Antipathien ... Aber protestiere ich denn in der Erzählung nicht von Anfang bis Ende gegen die Lüge? Ist das denn keine Richtung? Nein? Nun, dann kann ich also nicht beißen, oder ich bin ein Floh ...«

Wenige Tage zuvor nämlich hatte Čechov demselben Redakteur erklärt, er, Čechov, sei »kein Liberaler, kein Konservativer, kein Reformanhänger, kein Mönch, kein Indifferenter. Ich möchte ein freier Künstler sein und nichts weiter. Ich hasse Lüge und Gewalt in all ihren Erscheinungsformen ... Mein Allerheiligstes sind – der menschliche Körper, Gesundheit, Geist, Talent, Begeisterung, Liebe und absolute Freiheit, Freiheit von Gewalt und Lüge, worin sich die beiden letzteren auch äußern mögen.«

Wenn es einen Generalnenner gäbe, auf den Čechovs Werk zu bringen wäre, es wäre – der Protest gegen die Lüge; die Lüge als Lebensform, der Widerspruch zwischen der Wirklichkeit seiner Helden und ihrem Verkennen dieser Wirklichkeit, sei es nun bewußt oder unbewußt. In der ›Dame mit dem Hündchen‹ ist die Lüge Thema in einer besonders zugespitzten Weise insofern, als Čechov nämlich vorführt, wie dieser Widerspruch zwischen Wirklichkeit und Lebenslüge, ist er erst einmal erkannt, die bewußte Lüge notwendig zur Folge hat: die ›Dame mit dem Hündchen‹ ist eine Geschichte von betrogenen Betrügern.

Gurov, nicht mehr jung, verheiratet, allein zur Kur im mondänen Jalta, lernt eine junge, ebenfalls verheiratete Frau kennen, Anna Sergeevna, die ›Dame mit dem Hündchen‹, beginnt mit ihr, aus Langeweile, ein Verhältnis, obwohl er aus Erfahrung weiß, daß solche ›Romane‹ meist nur Komplikationen nach sich ziehen. Aber in Jalta wähnt sich Gurov sicher, die Geschichte hätte mit dem Tag ein Ende, an dem einer von beiden abreist, ein Ende für beide und für immer, wie übrigens beide meinen. Zurück in Moskau, stellt Dmitrij Dmitrič jedoch Veränderungen fest, an sich selbst, an seiner Umwelt, plötzlich sieht er seinen häuslichen, beruflichen und gesellschaftlichen Alltag wie ein Fremder; seine Ehe, längst eine abgestandene Routineangelegenheit, nur wenig mehr als bloße Fassade, kommt ihm sinnlos vor, Anna Sergeevna geht ihm nicht aus dem Sinn – und niemand in ganz Moskau, mit dem er darüber sprechen könnte. So reist er eines Tages, unter einem Vorwand, in die Stadt, in der sie lebt, begegnet ihr im Theater, erfährt von ihr, daß es ihr ebenso ergangen sei. In der Folge reist sie, ebenfalls unter einem Vorwand, heimlich zu ihm nach Moskau, sie treffen sich im Hotel, führen fortan ein Doppelleben. Und sie bemerken beide, daß dieses heimliche Leben – ihre Liebe – ihr eigentliches Leben ist; beide erkennen ihre offizielle bürgerliche Existenz auf einmal als Lüge. Aber sie merken auch, daß sie auf Dauer so nicht weiter leben können, mit der »Notwendigkeit sich zu verstecken, zu betrügen, sich lange nicht sehen zu können«.

Die Art, wie die Erzählung zum Schluß geführt wird, ihre innere Logik, die keinem der Beteiligten Schuld zuweist, verdeutlicht: die Betrüger im Sinne der herrschenden Moral und sicher im Verständnis der betrogenen Ehepartner sind die eigentlichen Betrogenen – sie haben sich, bisher, um ihr Leben betrügen lassen, ein Leben geführt, das nicht das ihre war. Und der Schluß, ein echter Čechov-Schluß, gebrochen, vielfältig ironischer Verweis auf den Anfang, läßt offen, wie die Geschichte ausgeht. Anna Sergeevna wird sich kaum vor den Zug stürzen, Gurov sich nicht erschießen; und in die eben erst gewonnene Klarheit mischen sich Zweifel, Konjunktive: »ihnen schien, als könne« es bis zum guten Ende nicht mehr lange dauern, dann »würde« ein neues, wunderschönes Leben beginnen; »und beiden war klar, daß es bis zum Ende noch sehr-sehr weit war und daß das Komplizierteste und Schwierigste eben erst begonnen hatte.«

Gurov, aus dessen Perspektive vornehmlich erzählt wird, ist eine typische Čechov-Gestalt: er ist der Typ des rasch gealterten, gescheiterten und desillusionierten Intellektuellen, der in seiner Jugend studiert hat, Wünsche, Hoffnungen hatte, Ansprüche an sich und andere stellte, der aber wenig, kaum etwas von seinen Jugendidealen hat verwirklichen können; der nun im Futteral der Lebenslügen, Konventionen und der Hoffnungslosigkeit dahinvegetiert – sei es im ungeliebten Dienst an der Gesellschaft in Behörden, Banken, an den Universitäten der Metropolen Moskau und Petersburg, sei es im Zemstvo, auf dem eigenen Gut, in den Kirschgärten, in Turgenevs Adelsnestern auf dem Lande, die Čechov so liebte. Gurovs Werdegang ist durchaus exemplarisch: der Ausbildung nach Philologe, aber in einer Bank beschäftigt, sein Jugendtraum: Opernsänger zu werden; jetzt besitzt er zwei Häuser in Moskau – ein Leben im Rußland der Jahrhundertwende, und dazu die Erkenntnis, als er dieses Leben, seinen Beruf, den er selten erwähnt, seine schal gewordene Ehe, über die er kaum je ein Wort verliert, Revue passieren läßt: »Und erst jetzt, als sein Kopf grau geworden war, liebte er, wie es sich gehört, richtig – zum ersten Mal im Leben.« Leben? Man wird es so nennen müssen; aber Čechovs Erzählungen enthalten immer, und seien sie noch so versteckt, Hinweise auf ein Leben, wie es sein könnte, sein sollte, und sei es nur die verzweifelte Sehnsucht danach.

Damit ist noch nichts darüber gesagt, *wie* diese Geschichte, die so gar nichts Weltbewegendes hat, die allenfalls die Welt ihrer beiden Protagonisten in Bewegung setzt, erzählt ist. Die ›Dame mit dem Hündchen‹ bildet zweifellos die Summe, Quintessenz aller erzählerischen Kunstgriffe Čechovs.

Die äußerste Kürze des Čechovschen Satzes – »Kürze ist die Schwester des Talents« – ist oft gerühmt worden, die schlichte, in Rhythmus und Diktion der mündlichen Rede nachgebildete Erzählsprache, ihre ungekünstelte Kunstfertigkeit sind in der russischen Literatur bis heute unerreicht; für Wortergüsse politisch-sozial-ökonomischen Charakters, für Moral im besonderen ist da kein Platz. Die Kürze und Originalität bedingen die Lakonie der Beschreibungen. Jalta: »Deutlich fielen zwei Besonderheiten des eleganten Jaltaer Publikums ins Auge: die älteren Damen gingen sehr jugendlich gekleidet, und es gab eine Unmenge Generäle« – Gurovs Frau: »die ohne Aufrichtigkeit liebte, mit überflüssigen Gesprächen, manieriert, hysterisch, mit einer Miene, als ginge es nicht um Liebe und Leidenschaft, sondern um etwas weit Bedeutenderes« –

Kühnheit und Originalität konstituieren Wahrhaftigkeit, durch Brüche im Erzählfluß, durch einfachen Wechsel der Perspektive: nachdem Anna Sergeevna zum ersten Mal mit Gurov geschlafen hat und in heftige Selbstvorwürfe ausbricht: »Auf dem Tisch lag eine Wassermelone. Gurov schnitt sich ein Stück davon ab und begann gemächlich zu essen« –

Herzlichkeit: »Man konnte sie vergleichen mit zwei Zugvögeln, einem Männchen und einem Weibchen, die man gefangen und gezwungen hatte, in getrennten Käfigen zu leben.« Čechov leitet aus diesem Vergleich unvermittelt über: »Sie verziehen einer dem anderen, wessen er sich in der Vergangenheit zu schämen hatte, verziehen alles Gegenwärtige und fühlten, daß ihre Liebe sie beide verändert hatte.« –

Čechovs Dialoge, die kaum etwas und doch fast immer alles sagen: Wenn Gurov, sterbenseinsam im Moskauer Nachtleben, es nicht mehr aushält und sich jemandem mitteilen *muß* und er zu seinem Spielpartner, einem Beamten, beim Verlassen des Klubs sagt, nein, es aus ihm herausplatzt: wenn er doch wüßte, was für eine bezaubernde Frau er in Jalta kennengelernt habe – keine Antwort. »Der Beamte setzte sich in den Schlitten und fuhr an, dreht sich aber plötzlich um und rief:

– Dmitrij Dmitrič!

– Was ist?

– Sie hatten recht neulich: der Stör hatte einen kleinen Stich.« Schlimmer ist Einsamkeit kaum darstellbar. Objektivität, Gerechtigkeit? Kühnheit? Wahrhaftigkeit? Oder alles zusammen? Man lese die ›Dame mit dem Hündchen‹ – wer es tut, wird weitere Erzählungen von Čechov lesen wollen. »Das ist einfach begeisternd und nichts weiter«, hat Čechov einmal geschrieben – über Gogol; er sei »der größte russische Schriftsteller«. Sich selbst hat er ganz unten angesetzt; im Gespräch mit Ivan Bunin, kurz vor seinem Tode, wagte er eine Prognose: sechs Jahre blieben ihm noch zu leben, sieben Jahre würde man ihn wohl noch lesen.

Čechov starb, vierundvierzigjährig, im Jahre 1904.

Bunte Erzählungen

Brief an einen gelehrten Nachbarn

Dorf Bliny-Sjedeny

Theurer Nachbar.

Maksim... (ich habe vergessen, wie Sie mit Vatersnamen heißen, entschuldigen Sie großmütig!) Entschuldigen und verzeihen Sie mir altem Mann und seiner ungeschickten Menschenseele, daß ich es wage Sie zu behelligen mit meinem kläglichen Briefgestammel. Es ist bereits ein ganzes Jahr her, daß Sie beliebten sich in unserem Theil der Welt niederzulassen in Nachbarschaft zu mir kleinem Menschlein, und ich kenne Sie noch immer nicht und Sie kennen nicht mich klägliche Libelle. Gestatten Sie also werther Nachbar und sei es vermittels dieser greisenhaften Hieroglyfen mich mit Ihnen bekanntzumachen, Im Geiste Ihre gelehrte Hand zu drücken und Sie zu beglückwünschen zur Ankunft aus Sankt Petersburg in unseren unwürdigen Kontinent, der bewohnt wird von Landvolk und Bauersleuten d. h. vom plebeischen Element. Seit langem habe ich nach Gelegenheit gesucht mich mit Ihnen bekanntzumachen, danach gedürstet, denn die Wissenschaft ist in gewissem Sinne unser aller Mutter, wie auch die Zivilisation und weil ich von Herzen jene Menschen verehre, deren berühmter Name und Beruf, bekränzt von der Oreole des populären Ruhms, von Lorbeer, Zymbalen, Orden, Ordensschleifen und Attestaten dröhnt wie Donner und Blitz in allen Theilen des Weltalls des sichtbaren und unsichtbaren d. h. unter der Sonne. Inbrünstig liebe ich die Astronohmen, Poeten, Metafysiker, Privatdozenten, Chemiker und anderen Priester der Wissenschaft, zu denen Sie sich zählen kraft Ihren klugen Fakten und Sprößlingen der Wissenschaften, d. h. ihren Produkten und Früchten. Man sagt, daß Sie viele Bücher in Druck gegeben haben während des geistigen Sitzens mit Röhren, Termometern und einer Flut von ausländischen Büchern mit verführerischen Zeichnungen. Neulich kam in meine kläglichen Besitzungen, meine Ruinen und Trümmer der hiesige maximus pontifex Vater Gerasim und mit dem ihm eigenen Fanatismus tadelte und schalt er Ihre Gedanken und

Ideen bezüglich der Abstammung des Menschen und anderer Fenomene der sichtbaren Welt und empörte und ereiferte sich gegen Ihre geistige Sfere und Denkhorizont, der bedeckt ist von Leuchten und Aeroglyten. Ich bin nicht der Meinung von V. Gerasim bezüglich Ihrer geistigen Ideen, denn ich lebe und nähre mich einzig von der Wissenschaft, die Die Vorsehung dem Menschengeschlecht gegeben hat zur Hebung wertvoller Metalle, Metalloide und Brillanten aus dem Schoße der sichtbaren und der unsichtbaren Welt, dennoch verzeihen Sie, Väterchen, mir einem kaum sichtbaren Insekt, wenn ich es wage, nach Greisenart einige Ihrer Ideen bezüglich des Wesens der Natur zu widerlegen. Vater Gerasim teilte mir mit, daß Sie ein Werk verfaßt hätten, in dem Sie beliebten nicht ganz zutreffende Ideen hin sichtlich der Menschen und ihres ursprünglichen Zustandes und vorsintflutlichen Daseins darzulegen. Sie beliebten zu verfassen, daß der Mensch abstamme von den Affenstämmen der Meerkätzchen, Orangutangs usf. Verzeihen Sie mir altem Manne, aber ich bin nicht Ihrer Meinung bezüglich dieses ernsten Punktes und kann Ihnen ein Komma aufsetzen. Denn, wenn der Mensch, der Herrscher der Welt, das klügste unter den athmenden Wesen, vom dummen und unwissenden Affen abstammte, so hätte er einen Schwanz und die Stimme eines Wilden. Wenn wir von den Affen abstammten, so würden uns heute die Zigeuner in den Städten zur Schau stellen und wir würden Geld bezahlen um einander zuzuschauen, wie wir auf Befehl des Zigeuners tanzen oder im Käfig hinter Gittern sitzen. Sind wir etwa rundum behaart? Tragen wir nicht Kleider, deren die Affen ledig sind? Würden wir eine Frau lieben und nicht etwa verachten, wenn sie auch nur ein wenig nach dem Affen röche, den wir jeden Dienstag beim Adelsmarschall sehen? Wenn unsere Ureltern von den Affen abstammten, so hätte man sie nicht auf christlichen Friedhöfen beerdigt: mein Ururgroßvater Amvrosij beispielsweise, der seinerzeit im Königreich Polen lebte, ist nicht als Affe beerdigt worden, sondern neben dem katholischen Abt Ioakim Szostak, dessen Aufzeichnungen über das gemäßigte Klima und das maßlose Trinken von heißen Getränken mein Bruder Ivan (Maior) bis auf den heutigen Tag aufbewahrt. Abt bedeutet ein katholischer Pope. Entschuldigen Sie mich, daß ich mich mit meiner Unbildung in Ihre gelehrten Angelegenheiten mische und auf meine greisenhafte Art spreche und Ihnen meine unbeholfenen und vielleicht ungehobelten Ideen aufdränge, die bei gelehrten und zivilisierten Menschen eher im Bauch als im Kopf angesiedelt sind. Ich kann nicht schweigen und nicht dulden, wenn Gelehrte in ihrem Verstande falsch denken und muß Ihnen deßhalb widersprechen. Vater Gerasim teilte mir mit, daß Sie falsch denken über Frau Luna, d. h. über den Mond, der uns die Sonne ersetzt in den Stunden der Finsternis und Dunkelheit, wenn die Menschen schlafen, Sie dagegen elektrisches Licht einführen und phantasieren. Lachen Sie nicht über einen alten Mann daß ich so dumm schreibe. Sie schreiben, daß auf Frau Luna d. h. auf dem Mond Menschen und Stämme leben und wohnen. Dieses kann niemals sein, denn wenn auf dem Monde Menschen lebten, so würden sie uns sein magisches und zauberhaftes Licht verdecken mit ihren Häusern und fetten Weiden. Ohne Regen können Menschen nicht leben, der Regen fällt aber herab auf die Erde, nicht hinauf auf den Mond. Die Menschen, die auf dem Monde lebten, würden auf die Erde herabfallen, und dies kommt nicht vor. Abfälle und Spülicht würden sich auf unseren Kontinent ergießen von einem bewohnten Mond. Können auf dem Monde Menschen leben, wenn er nur nachts da ist, tagsüber jedoch verschwindet? Und die Regierungen können nicht gestatten auf dem Monde zu leben, weil man sich auf ihm wegen der großen Entfernung und Unerreichbarkeit sehr leicht der Militärpflicht entziehen könnte. Da haben Sie sich ein bißchen geirrt. Sie haben in Ihrem klugen Werk verfaßt und gedruckt, wie V. Gerasim mir sagte, daß auf der größten Himmelsleuchte, der Sonne schwarze Flecken seien. Dies kann nicht sein, weil dies niemals sein kann. Wie haben Sie auf der Sonne Flecken sehen können, wenn man mit bloßem menschlichen Auge nicht in die Sonne sehen kann, und wozu Flecken, wenn man auch ohne sie auskommt? Aus welchem nassen Körper sollen diese Flecken gemacht sein, wenn sie selbst nicht verbrennen? Leben Ihrer Ansicht nach auch Fische auf der Sonne? Entschuldigen Sie mich giftigen Stechapfel, daß ich mir einen dummen Witz erlaubt habe! Ich bin der Wissenschaft schrecklich ergeben! Der Rubel dieses Segel des neunzehnten Jahrhunderts besitzt für mich keinerlei Wert, die Wissenschaft hat ihn in meinen Augen verdunkeln lassen mit ihren weit gespannten Flügeln. Jede Entdeckung sticht mich wie ein Nagel im Rücken. Ich bin zwar ein Ungebildeter und Gutsbesitzer alter Schule, dennoch beschäftige ich alter Taugenichts mich mit der Wissenschaft und Entdeckungen, die ich eigenhändig hervorbringe und stopfe meinen ungeschickten Kopf, meinen wilden Schädel voll mit Gedanken und Komplekten größter Kenntnisse. Mutter Natur ist ein Buch, das man lesen und sehen muß. Ich habe viele Entdeckungen mit dem eigenen Kopf durchgeführt, Entdeckungen, wie sie noch kein einziger Reformator erfunden hat. Ich sage es ohne jede Prahlerei, daß ich nicht zu den Letzten gehöre bezüglich der Bildung, erworben durch Schwielen und nicht durch Reichtum der Eltern d. h. des Vaters und der Mutter oder des Vormunds, die ihre Kinder häufig zugrunderichten vermittels Reichtum, Luxus und sechsstöckigen Häusern mit Sklaven und elektrischen Klingeln. Hier was mein Groschenverstand entdeckt hat. Ich habe entdeckt, daß unsere große feurige strahlende Chlamys die Sonne am hl. Ostersonntag früh morgens bemerkenswert und malerisch spielt in den verschiedensten Farben und mit ihrem wunderbaren Flimmern einen spielerischen Eindruck hervorruft. Eine andere Entdeckung. Weshalb ist im Winter der Tag kurz, die Nacht hingegen lang, und im Sommer ist es umgekehrt? Im Winter ist der Tag deshalb kurz, weil er sich gleich allen übrigen sichtbaren und unsichtbaren Gegenständen vor Kälte zusammenzieht und deshalb, weil die Sonne früh untergeht, und die Nacht sich vom Anstecken der Lichter und Laternen ausdehnt, weil sie sich erwärmt. Dann habe ich noch entdeckt, daß die Hunde im Frühling Gras fressen gleich den Schafen und daß der Kaffee für Menschen, die zum Schlagfluß neigen, schädlich ist, weil er Schwindel erregt im Kopf, in den Augen dagegen einen trüben Blick und dergleichen Ähnliches mehr. Ich habe viele Entdeckungen außer diesen gemacht, obwohl ich keine Attestate und Zeugnisse besitze. Kommen Sie mich besuchen theurer Nachbar, bei Gott. Lassen

Sie uns etwas gemeinsam entdecken, uns mit Literatur beschäftigen und Sie unterrichten mich Heiden in verschiedenen Berechnungen.

Neulich habe ich bei einem Französischen Gelehrten gelesen, daß die Löwenschnauze dem menschlichen Antlitz durchaus nicht ähnlich sehe, wie die Gelehrten glauben. Auch hin sichtlich dessen werden wir sprechen. Kommen Sie, tun Sie mir den Gefallen. Kommen Sie doch schon morgen beispielsweise. Wir essen jetzt Fastenspeise, aber für Sie werden wir Fleisch zubereiten. Meine Tochter Natašenka läßt Sie bitten, einige kluge Bücher mitzubringen. Sie ist meine Emancipé, für sie sind alle anderen dumm, nur sie ist klug. Die Jugend von heute kann ich Ihnen sagen. Gott schenke ihnen Glück! In einer Woche kommt mein Bruder Ivan (Maior) zu mir, ein guter Mensch, aber unter uns gesagt ein Bourbone und liebt die Wissenschaften nicht. Diesen Brief muß Ihnen mein Beschließer Trofim genau um 8 Uhr abends zustellen. Wenn er ihn später bringt, so schlagen Sie ihm auf die Wangen, wie es bei Professoren Sitte ist, mit diesem Volk hat es keinen Sinn lange Umstände zu machen. Wenn er ihn später zustellt der Teufel, ist er also vorher eingekehrt. Den Brauch, die Nachbarn zu besuchen haben wir nicht erfunden, er wird auch mit uns nicht aufhören, und deshalb kommen Sie unbedingt zu uns mit Ihren Maschinen und Büchern. Ich wäre selbst zu Ihnen gekommen, aber ich werde sehr schnell verlegen und der Mut hat mir gefehlt. Entschuldigen Sie mich Taugenichts für die Belestigung.

Ich verbleibe hochachtungsvoll der Don-Armee Unteroffizier a. D. adelig, Ihr Nachbar

Vasilij Semi-Bulatov

Der Tod des Beamten

An einem prächtigen Abend saß der nicht minder prächtige Gerichtsvollzieher Ivan Dmitrič Červjakov in der zweiten Sesselreihe und sah sich durchs Opernglas die ›Glocken von Corneville‹ an. Er schaute und fühlte sich auf dem Gipfel der Glückseligkeit... Aber plötzlich... In den Erzählungen stößt man oft auf dieses »aber plötzlich«. Die Autoren haben recht: Das Leben ist voller Überraschungen. Aber plötzlich verzog er sein Gesicht, rollte die Augen, hielt den Atem an... er nahm das Opernglas von den Augen, bückte sich und... hatschi! Er nieste, wie Sie sehen. Das Niesen ist niemandem und nirgendwo verwehrt. Auch Bauern und Polizeimeister niesen, manchmal sogar Geheimräte. Alle niesen. Červjakov wurde nicht im geringsten verlegen; er trocknete sich mit einem Taschentuch ab, und als höflicher Mensch warf er einen Blick in die Runde, ob er mit seinem Niesen nicht jemanden belästigt habe. Aber da mußte er doch verlegen werden. Er sah, wie der alte Herr, der vor ihm in der ersten Sesselreihe saß, mit einem Handschuh sorgfältig seine Glatze und seinen Hals abwischte und dabei etwas vor sich hin brummte. In dem alten Herrn erkannte Červjakov den Zivilgeneral Brizžalov aus dem Ministerium für Verkehrswesen.

Ich habe ihn bespritzt, dachte Červjakov. Er ist nicht mein Vorgesetzter, sondern ein Fremder, aber peinlich ist es doch. Ich muß mich entschuldigen.

Červjakov hustete, beugte sich vor und flüsterte dem General ins Ohr:

»Entschuldigen Sie, Euer -zellenz, ich habe Sie bespritzt... aus Versehen...«

»Macht nichts, macht nichts...«

»Um Gottes willen, entschuldigen Sie. Ich habe doch... ich habe das nicht gewollt.«

»Ach, bleiben Sie doch sitzen! Lassen Sie mich zuhören!«

Červjakov wurde verlegen, lächelte dumm und schaute wieder auf die Bühne. Er schaute, aber er empfand keine Glückseligkeit mehr. Unruhe begann ihn zu quälen.

In der Pause trat er zu Brizžalov, ging neben ihm her, und als er seine Schüchternheit überwunden hatte, murmelte er:

»Ich habe Sie bespritzt, Euer -zellenz... Entschuldigen Sie... Ich habe doch... Ich wollte nicht...«

»Ach, schon gut... Ich hatte es schon vergessen, und Sie fangen wieder davon an!« sagte der General und bewegte ungeduldig die Unterlippe.

Er will es vergessen haben, dabei sitzt ihm die Bosheit in den Augen, dachte Červjakov und sah den General mißtrauisch an. Er will auch nicht darüber reden. Ich müßte ihm erklären, daß ich es gar nicht wollte... daß es ein Naturgesetz ist, sonst wird er denken, ich wollte ihn anspucken. Wenn er das jetzt nicht denkt, so wird er es später denken!

Als Červjakov nach Hause kam, erzählte er seiner Frau von der Unhöflichkeit. Seine Frau nahm den Vorfall, wie ihm schien, zu leicht; sie erschrak zwar, aber als sie erfuhr, daß Brizžalov ein »Fremder« sei, beruhigte sie sich.

»Geh aber trotzdem hin und entschuldige dich«, meinte sie. »Er wird sonst denken, du verstehst nicht, dich unter Menschen zu benehmen.«

»Das ist es ja eben! Ich habe mich entschuldigt, aber er hat irgendwie sonderbar... Hat kein gescheites Wort gesagt. Es war auch keine Zeit, um ein Gespräch zu führen.«

Am nächsten Tag zog Červjakov seine neue Extrauniform an, ließ sich die Haare schneiden und ging zu Brizžalov, um die Sache aufzuklären... Als er das Empfangszimmer des Generals betrat, bemerkte er dort viele Bittsteller, und unter ihnen auch den General, der schon mit der Entgegenahme der Gesuche begonnen hatte. Nachdem er einige Bittsteller befragt hatte, richtete er seine Augen auch auf Červjakov.

»Gestern, in der ›Arkadia‹, wenn Sie sich erinnern, Euer -zellenz«, begann der Gerichtsvollzieher seinen Bericht, »habe ich geniest und... Sie dabei... ungewollt... bespritzt... Entsch...«

»Was für Lappalien... Weiß Gott! Was wünschen Sie?« wandte sich der General an den nächsten Bittsteller.

Er will nicht darüber sprechen, dachte Červjakov und erblaßte. Er ist also böse ... Nein, so kann man das nicht lassen ... Ich werde ihm erklären ...

Als der General das Gespräch mit dem letzten Bittsteller beendet hatte und sich in die inneren Gemächer begeben wollte, ging Červjakov hinter ihm her und murmelte:

»Euer -zellenz! Wenn ich es wage, Euer -zellenz zu stören, so aus dem Gefühl der Reue, kann ich wohl sagen ...! Nicht mit Absicht, belieben es selbst zu wissen.«

Der General zog ein weinerliches Gesicht und winkte ab.

»Sie machen sich über mich lustig, mein Herr«, sagte er und verschwand hinter der Tür.

Wieso denn lustig? dachte Červjakov ... Daran ist überhaupt nichts Lustiges! Er ist General und kann es nicht begreifen! Wenn das so ist, werde ich mich nicht mehr bei diesem Angeber entschuldigen. Zum Teufel mit ihm! Ich werde ihm einen Brief schreiben, aber ich werde nicht mehr hingehen! Bei Gott, das werde ich nicht!

So dachte Červjakov, als er nach Hause ging. Einen Brief an den General schrieb er nicht. Er überlegte und überlegte, aber es fiel ihm nichts Passendes für diesen Brief ein. So war er gezwungen, am nächsten Tag wieder hinzugehen und die Sache persönlich aufzuklären.

»Ich war gestern hier und belästigte Euer -zellenz«, murmelte er, als der General seine Augen fragend auf ihn richtete, »nicht, um mich lustig zu machen, wie Sie sich auszudrücken geruhten. Ich entschuldigte mich, weil ich Sie beim Niesen bespritzt habe ... aber mich über Sie lustig zu machen, daran dachte ich nicht im geringsten. Wie kann ich es denn wagen, mich über Sie lustig zu machen? Wenn wir uns lustig machen würden, so würde es keinerlei Achtung vor der Person ... geben ...«

»Scher dich fort!« schrie plötzlich der General, der ganz blau angelaufen war und zitterte.

»Wie bitte?« fragte Červjakov leise und vor Entsetzen vergehend.

»Scher dich fort!« wiederholte der General und stampfte mit den Füßen.

In Červjakovs Leib zerriß etwas. Er sah und hörte nichts

mehr, wich zur Tür zurück, trat auf die Straße und schleppte sich davon ... Ganz mechanisch kehrte er nach Hause zurück, legte sich, ohne die Uniform auszuziehen, auf das Sofa und ... starb.

Der Dicke und der Dünne

Auf einem Bahnhof der Nikolaj-Eisenbahn trafen sich zwei Freunde: der eine war dick, der andere dünn. Der Dicke hatte gerade auf dem Bahnhof zu Mittag gegessen, und seine Lippen, noch ganz fettig von der Butter, glänzten wie reife Kirschen. Er roch nach Sherry und Fleur d'Orange. Der Dünne dagegen war soeben ausgestiegen und mit Koffern, Bündeln und Pappschachteln beladen. Er roch nach Schinken und Kaffeesatz. Hinter seinem Rücken schaute eine hagere Frau mit langem Kinn hervor – seine Gattin, sowie ein hochgewachsener Gymnasiast mit einem halb zugekniffenen Auge – sein Sohn.

»Porfirij!« rief der Dicke, als er den Dünnen erblickte. »Bist du es wirklich? Mein Lieber ...! Wie lange haben wir uns nicht mehr gesehen!«

»Ach, du meine Güte!« Der Dünne war überrascht. »Miša! Freund meiner Kindheit! Wo kommst du denn her?«

Die Freunde küßten einander dreimal und schauten sich lange an, Tränen in den Augen. Beide waren angenehm überrascht.

»Mein Lieber«, begann der Dünne nach der Umarmung. »Das habe ich nicht erwartet! Ist das eine Überraschung! Nun schau mich doch mal richtig an! Derselbe schöne Mann, der du warst! Genauso charmant und elegant! Ach, du mein Gott! Nun, wie geht es dir? Bist du reich? Verheiratet? Ich bin schon verheiratet, wie du siehst ... Das ist meine Frau, Luise, geborene Wanzenbach ... lutherisch ... Und das ist mein Sohn Nafanail, Quartaner. Nafanja, das ist der Freund meiner Kindheit! Wir waren zusammen auf dem Gymnasium!«

Nafanail überlegte ein wenig und nahm die Mütze ab.

»Wir waren zusammen auf dem Gymnasium«, fuhr der Dünne fort. »Erinnerst du dich noch, wie man dich geneckt hat? Man nannte dich Herostratos, weil du mit der Zigarette ein Loch in das Klassenbuch gebrannt hattest, und mich Ephialtes, weil ich gerne petzte. Haha... Wir waren eben Kinder! Keine Angst, Nafanja! Komm doch ruhig näher... Und das ist meine Frau, geborene Wanzenbach... lutherisch...«

Nafanail überlegte ein wenig und versteckte sich dann hinter dem Rücken des Vaters.

»Nun, wie geht es dir, mein Lieber?« fragte der Dicke und sah den Freund begeistert an. »Bist du Beamter und wo? Bist du vorwärtsgekommen?«

»Ja, mein Lieber! Bin schon das zweite Jahr Kollegienassessor und habe den Stanislausorden. Das Gehalt ist niedrig... nun, macht nichts! Meine Frau gibt Musikstunden, und ich mache privat aus Holz Zigarettenetuis. Vorzügliche Zigarettenetuis! Verkaufe sie für einen Rubel das Stück. Wer zehn Stück und mehr nimmt, bekommt Rabatt, verstehst du. Wir schlagen uns einigermaßen durch. Habe zuerst, weißt du, im Departement gedient, aber jetzt bin ich als Bürovorsteher im selben Ressort hierher versetzt... Hier werde ich arbeiten... Nun, und wie sieht es bei dir aus? Bist du schon Staatsrat? Ja?«

»Nein, mein Lieber, gehe noch etwas höher hinauf«, sagte der Dicke. »Ich habe es schon bis zum Geheimrat gebracht... Habe zwei Ordenssterne.«

Der Dünne erblaßte plötzlich und stand wie erstarrt da, aber bald verzog sich sein Gesicht nach allen Seiten zu einem breiten Grinsen; es schien, als sprühten aus seinen Augen und seinem Gesicht Funken. Er selber schrumpfte zusammen, er bückte sich, wurde schmaler... Seine Koffer, Bündel und Pappkartons schrumpften ebenfalls zusammen und bekamen Runzeln... Das lange Kinn seiner Frau wurde noch länger; Nafanail nahm Haltung an und knöpfte seine Uniform zu...

»Ich, Euer Exzellenz... Sehr angenehm! Freund meiner Kindheit sozusagen, und sind plötzlich so ein Würdenträger geworden! Hihi...«

»Na, hör auf!« sagte der Dicke und verzog das Gesicht.

»Wozu dieser Ton? Wir sind doch Jugendfreunde – wozu diese Ehrerbietigkeit!«

»Aber ich bitte Sie ... Was sagen Sie ...« Der Dünne kicherte und schrumpfte noch mehr zusammen ... »Die gütige Aufmerksamkeit Eurer Exzellenz ... ist wie ein belebendes Naß ... Dies hier, Euer Exzellenz, ist mein Sohn Nafanail ... meine Frau Luise, lutherisch, gewissermaßen ...«

Der Dicke wollte eigentlich etwas erwidern, aber das Gesicht des Dünnen drückte so viel Ehrfurcht, Wonne und säuerliche Unterwürfigkeit aus, daß dem Geheimrat übel wurde. Er wandte sich von dem Dünnen ab und reichte ihm die Hand zum Abschied.

Der Dünne drückte drei Finger, verbeugte sich mit dem ganzen Körper und kicherte wie ein Chinese: »Hihihi.« Seine Frau lächelte. Nafanail machte einen Kratzfuß und ließ die Mütze fallen. Alle drei waren angenehm überrascht.

Austern

Ich brauche mein Gedächtnis nicht übermäßig anzustrengen, um mich in allen Einzelheiten an die regnerische, herbstliche Dämmerung zu erinnern: Ich stehe mit meinem Vater auf einer der belebten Moskauer Straßen und spüre, wie allmählich eine seltsame Krankheit sich meiner bemächtigt. Ich habe keine Schmerzen, aber meine Beine knicken ein, die Worte bleiben in der Kehle stecken, der Kopf sinkt kraftlos zur Seite ... Ich werde offenbar gleich umfallen und das Bewußtsein verlieren. Würde ich in diesen Minuten in ein Krankenhaus eingeliefert, so müßten die Ärzte auf meine Tafel das Wort ›Fames‹ schreiben – eine Krankheit, die es in den medizinischen Lehrbüchern nicht gibt.

Neben mir auf dem Bürgersteig steht mein leiblicher Vater in einem abgetragenen Sommermantel, auf dem Kopf eine Trikotmütze, aus der ein Stück weiß schimmernder Watte heraushängt.

An den Füßen trägt er große, schwere Gummischuhe. Der eitle Mensch hat aus Angst, die Leute könnten merken, daß er in den Gummischuhen barfuß ist, alte Stiefelschäfte über die Waden gezogen.

Dieser arme, etwas beschränkte Sonderling, den ich um so stärker liebe, je abgerissener und schmutziger sein stutzerhafter Sommermantel wird, ist vor fünf Monaten in die Hauptstadt gekommen, um sich eine Stelle als Schreiber zu suchen. Die ganzen fünf Monate ist er durch die Stadt gelaufen und hat um Arbeit gebeten, und heute nun hat er sich das erstemal entschlossen, auf die Straße zu gehen und zu betteln...

Uns gegenüber steht ein großes dreistöckiges Haus mit einem blauen Schild ›Gaststätte‹. Mein Kopf ist ein wenig seitlich zurückgebogen, und ich schaue unwillkürlich nach oben, zu den erleuchteten Fenstern der Gaststätte. Hinter den Fenstern huschen menschliche Gestalten vorbei. Man sieht die rechte Seite eines Orchestrions, zwei Öldrucke und Hängelampen... Ich betrachte eines der Fenster und bemerke einen weiß schimmernden Fleck. Dieser Fleck bewegt sich nicht, und mit seinen gradlinigen Konturen sticht er kraß von dem allgemeinen dunkelbraunen Hintergrund ab. Ich strenge meine Augen an und erkenne in dem Fleck ein weißes Schild. Darauf steht etwas geschrieben, aber was, das ist nicht zu erkennen.

Eine halbe Stunde lang kann ich die Augen nicht von dem Schild losreißen. Seine weiße Farbe zieht meine Augen an und hypnotisiert gleichsam mein Gehirn. Ich versuche, es zu entziffern, aber ich bemühe mich vergeblich.

Endlich kommt die seltsame Krankheit zu ihrem Recht.

Der Lärm der Equipagen beginnt mir wie Donner zu erscheinen, ich unterscheide in dem Straßengestank tausend Düfte, die Wirtshauslampen und Straßenlaternen werden vor meinen Augen zu blendenden Blitzen. Meine fünf Sinne sind angespannt und überschreiten ihre Grenzen. Ich fange an zu sehen, was ich früher nicht sah.

»Austern«, entziffre ich auf dem Schild.

Ein sonderbares Wort. Ich bin genau acht Jahre und drei Monate auf der Welt, aber dieses Wort habe ich noch nie gehört.

Was bedeutet es? Ist es der Name des Inhabers? Aber die Schilder mit den Namen hängt man doch an die Türen und nicht an die Wände!

»Papa, was bedeutet Austern?« frage ich mit heiserer Stimme, wobei ich mich anstrenge, den Kopf nach der Seite zu drehen, wo mein Vater steht.

Mein Vater hört nicht. Er beobachtet scharf die Bewegungen der Menschenmenge und begleitet jeden Passanten mit den Blicken... An seinen Augen sehe ich, daß er den Passanten etwas sagen will, aber das fatale Wort hängt wie ein schweres Gewicht an seinen zitternden Lippen und will sich durchaus nicht losreißen. Einem der Passanten folgt er sogar ein paar Schritte und berührt ihn am Ärmel, aber als jener sich umdreht, sagt mein Vater: »Entschuldigen Sie«, wird verlegen und weicht zurück.

»Papa, was bedeutet Austern?« wiederhole ich.

»Das ist so ein Tier... Es lebt im Meer...«

Im Nu stelle ich mir dieses unbekannte Meerestier vor. Es muß ein Mittelding zwischen Fisch und Krebs sein. Weil es aus dem Meere kommt, bereitet man aus ihm natürlich eine sehr schmackhafte, heiße Fischsuppe mit duftendem Pfeffer und Lorbeerblättern, eine säuerliche Soljanka mit kleinen Knorpeln, Krebssoße und Fischsülze mit Meerrettich... Ich stelle mir lebhaft vor, wie dieses Tier vom Markt geholt wird, wie es schnell ausgenommen und schnell in den Topf gesteckt wird... schnell, schnell, weil alle essen wollen... schrecklich gern essen wollen... Aus der Küche dringt der Geruch von gebratenem Fisch und von Krebssuppe.

Ich spüre, wie dieser Geruch meinen Gaumen und die Nase kitzelt, wie er allmählich von meinem ganzen Körper Besitz ergreift... Die Gaststätte, mein Vater, das weiße Schild, meine Ärmel – alles hat diesen Geruch angenommen, es riecht so stark, daß ich zu kauen beginne. Ich kaue und schlucke, als hätte ich tatsächlich ein Stück von diesem Meerestier im Mund...

Mir werden die Knie weich von dem Genuß, den ich empfinde, und um nicht zu fallen, klammere ich mich an den Arm meines Vaters und schmiege mich an seinen nassen Sommermantel. Der Vater zittert und krümmt sich vor Kälte.

»Papa, darf man zur Fastenzeit Austern essen, oder sind sie verboten?«

»Man ißt sie lebendig...«, erwidert mein Vater. »Sie leben in Schalen wie die Schildkröten, aber... mit zwei Hälften...«

Der leckere Geruch kitzelt plötzlich nicht mehr meinen Körper, und die Illusion verschwindet... Jetzt verstehe ich alles.

»Wie ekelhaft«, flüstere ich, »wie ekelhaft!«

Das also sind Austern. Ich stelle mir ein Tier vor, das Ähnlichkeit mit einem Frosch hat. Der Frosch sitzt in einer Muschelschale, schaut mit großen, glänzenden Augen heraus und bewegt seine abscheulichen Kiefer. Ich stelle mir vor, wie man dieses Tier, das in einer Schale hockt und Krebsscheren, glänzende Augen und glitschige Haut hat, vom Markt holt... Die Kinder verstecken sich alle, und die Köchin verzieht angeekelt das Gesicht. Sie packt das Tier an den Scheren, legt es auf einen Teller und trägt es ins Eßzimmer. Die Erwachsenen nehmen und essen es... essen es lebendig, mit den Augen, Zähnen und Pfötchen! Und es piepst und versucht, ihnen in die Lippen zu beißen...

Ich verziehe mein Gesicht, aber... aber warum fangen denn meine Zähne an zu kauen? Das Tier ist häßlich, widerlich, schrecklich, aber ich esse es, esse gierig und habe Angst, seinen Geschmack und Geruch wahrzunehmen. Ein Tier ist aufgegessen, aber ich sehe schon die glänzenden Augen eines zweiten und dritten... Ich verspeise auch diese... Schließlich esse ich die Serviette, Vaters Gummischuhe, das weiße Schild... Ich esse alles, was mir unter die Augen kommt, weil ich fühle, daß meine Krankheit nur durch Essen vergehen kann. Die Austern blicken mich drohend an, sie sind widerlich, und ich zittere bei dem Gedanken an sie, aber ich will essen! Essen!

»Gebt mir Austern! Gebt mir Austern!« entringt sich meiner Brust ein Schrei, und ich strecke die Hände aus.

»Helfen Sie mir, meine Herrschaften!« höre ich gleichzeitig

die dumpfe, bedrückte Stimme meines Vaters. »Ich schäme mich zu betteln, aber – mein Gott! – es geht über meine Kräfte!«

»Gebt mir Austern!« schreie ich und zupfe den Vater am Rockschoß.

»Ißt du denn Austern? So ein kleiner Junge!« Ich höre neben mir lachen.

Vor uns stehen zwei Herren im Zylinder und schauen mir lachend ins Gesicht...

»Du ißt Austern, Bübchen? Wirklich? Das ist interessant! Wie ißt du sie denn?«

Ich erinnere mich, wie ich von einer kräftigen Hand in die erleuchtete Gaststätte geschleppt werde. Einen Augenblick später versammelt sich um mich eine Menschenmenge und schaut mich neugierig und lachend an. Ich sitze am Tisch und esse etwas Glitschiges, Salziges, was nach Feuchtigkeit und Schimmel riecht. Ich esse gierig, ohne zu kauen, ohne hinzuschauen und ohne mich zu vergewissern, was ich esse. Mir ist, als werde ich bestimmt glänzende Augen, Krebsscheren und scharfe Zähne sehen, falls ich die Augen öffne...

Plötzlich kaue ich auf etwas Hartem. Man hört ein knackendes Geräusch.

»Haha! Er ißt die Schalen mit!« Die Menschenmenge lacht. »Du Dummchen, das kann man doch nicht essen!«

Dann erinnere ich mich an einen furchtbaren Durst: Ich liege auf meinem Bett und kann nicht einschlafen vor Sodbrennen und wegen eines seltsamen Geschmacks, den ich in meinem heißen Mund verspüre.

Mein Vater geht aus einer Ecke in die andere und gestikuliert mit den Händen.

»Ich habe mich anscheinend erkältet«, murmelt er. »Ich habe so ein Gefühl im Kopf... als ob jemand drinsitzt... Aber vielleicht ist es deshalb, weil ich heute nicht... sozusagen... nicht gegessen habe... Ich bin wirklich irgendwie sonderlich und dumm... Sehe, daß diese Herrschaften für die Austern zehn Rubel bezahlen, warum bin ich nicht an sie herangetreten und habe um etwas Geld gebeten... leihweise? Sie hätten es mir sicher gegeben.«

Gegen Morgen schlafe ich ein und träume von einem Frosch mit Krebsscheren, der in einer Muschel sitzt und seine Augen spielen läßt. Mittags wache ich vor Durst auf und suche mit den Augen den Vater: er läuft immer noch herum und gestikuliert...

Der Jäger

Die Mittagshitze ist drückend und schwül. Kein Wölkchen zeigt sich am Himmel... Das von der Sonne ausgedörrte Gras sieht verzagt und hoffnungslos aus: auch wenn es Regen gäbe, würde es nicht mehr grün werden... Schweigend und regungslos steht der Wald, als betrachte er etwas mit seinen Wipfeln oder erwarte etwas.

Am Rand der Lichtung watschelt träge ein hochgewachsener, schmalschultriger Mann von etwa vierzig Jahren entlang, bekleidet mit einem roten Hemd, geflickten herrschaftlichen Beinkleidern und großen Stiefeln. Er geht langsam den Weg entlang. Rechts grünt die Lichtung, links erstreckt sich bis an den Horizont das goldgelbe Meer des reifen Roggens... Er ist rot und in Schweiß geraten. Auf seinem schönen blonden Kopf sitzt verwegen eine kleine weiße Mütze mit geradem Jockeischirm, offensichtlich das Geschenk eines freigebigen Junkers. Über seiner Schulter hängt eine Jagdtasche, in der zusammengedrückt ein Birkhahn liegt. In seinen Händen hält der Mann eine Doppelflinte mit gespannten Hähnen; er blickt mit zusammengekniffenen Augen auf seinen alten, mageren Hund, der vorneweg läuft und das Gebüsch beschnuppert. Ringsum ist es still, kein Laut ist zu hören... Alles Lebende hat sich vor der Gluthitze versteckt.

»Egor Vlasyč«, hört der Jäger plötzlich eine leise Stimme.

Er fährt zusammen, sieht sich um und runzelt die Stirn. Neben ihm steht wie aus dem Erdboden gestampft ein blasses

Weib von etwa dreißig Jahren mit einer Sichel in der Hand. Sie bemüht sich, in sein Gesicht zu schauen, und lächelt verlegen.

»Ach, du bist es, Pelageja«, sagt der Jäger, bleibt stehen und läßt langsam die Hähne los. »Hm! Wie kommst du denn hierher?«

»Hier arbeiten Frauen aus unserem Dorf, ich bin mit ihnen zusammen... Als Arbeiterin, Egor Vlasyč.«

»Soo...« brummte Egor Vlasyč und geht langsam weiter.

Pelageja folgt ihm. Sie gehen schweigend etwa zwanzig Schritte.

»Ich habe Sie lange nicht mehr gesehen, Egor Vlasyč...« sagt Pelageja und schaut zärtlich auf die sich bewegenden Schultern des Jägers. »Seit Sie in der Osterwoche zu uns kamen, um Wasser zu trinken, seit jener Zeit habe ich Sie nicht mehr gesehen... Sie kamen für einen Augenblick, aber Gott weiß auch in was für einem Zustand... Sie haben geschimpft, mich geschlagen und sind weggegangen. Ich habe gewartet, gewartet... habe mir die Augen ausgeguckt, so habe ich auf Sie gewartet... Ach, Egor Vlasyč, Egor Vlasyč! Wenn Sie doch einmal gekommen wären!«

»Was soll ich denn bei dir machen?«

»Das stimmt, zu tun ist nichts, aber so... es ist doch eine Wirtschaft... Nachsehen, wie und was... Sie sind doch der Hausherr... Da schau her, einen Birkhahn haben Sie geschossen, Egor Vlasyč. Setzen Sie sich doch, ruhen Sie sich aus...«

Während Pelageja das alles spricht, lacht sie wie eine kleine Närrin und schaut zu Egors Gesicht auf... Sie strahlt nur so vor Glück...

»Mich hinsetzen? Meinetwegen...« sagt Egor gleichgültig und sucht sich ein Plätzchen zwischen zwei hochgewachsenen Tannen aus. »Warum stehst du denn? Setz dich doch auch!«

Pelageja setzt sich ein Stück von ihm entfernt in die pralle Sonne; sie schämt sich ihrer Freude und bedeckt den lächelnden Mund mit der Hand. Etwa zwei Minuten vergehen in Schweigen.

»Wenn Sie nur einmal kämen!« sagte Pelageja leise.

»Wozu?« Egor seufzt, nimmt seine Schirmmütze ab und

wischt sich mit dem Ärmel die rote Stirn. »Es besteht doch keinerlei Notwendigkeit. Für ein oder zwei Stunden kommen – das ist nur mit Scherereien verbunden und für dich eine Aufregung, aber ständig im Dorf leben, das hält meine Seele nicht aus ... Du weißt selbst, ich bin verwöhnt ... Ich brauche ein Bett, guten Tee und delikate Gespräche ... Für mich muß alles dasein, aber bei dir dort im Dorf gibt es nur Armut, Ruß ... Nicht einen Tag könnte ich es da aushalten. Wenn, nehmen wir mal an, ein Befehl herauskäme, daß ich bei dir leben müßte, so würde ich entweder unser Haus niederbrennen oder mir das Leben nehmen. Von klein auf bin ich so verwöhnt, da ist nichts zu machen.«

»Wo wohnen Sie jetzt?«

»Bei dem gnädigen Herrn Dmitrij Ivanyč, bin als Jäger ... Ich liefre für seine Küche Wild, aber in der Hauptsache ... hält er mich so ... zum Vergnügen.«

»Ihre Tätigkeit ist keine ernsthafte, Egor Vlasyč ... Für die Menschen ist das eine Spielerei, aber Sie betreiben es gleichsam als Handwerk ... eine regelrechte Beschäftigung ...«

»Das verstehst du nicht, dummes Frauenzimmer«, sagte Egor und blickt verträumt zum Himmel hinauf. »Du hast mich nie verstanden, und du wirst dein Leben lang nicht verstehen, was für ein Mensch ich bin ... Nach deiner Meinung bin ich ein zügelloser, auf Abwege geratener Mensch, aber wer was versteht, für den bin ich der beste Schütze im ganzen Kreis. Die Herrschaften spüren das und haben über mich sogar in einer Zeitschrift geschrieben. Kein Mensch kann sich mit mir, was die Jagd betrifft, messen ... Aber wenn ich einen Widerwillen gegen eure Landarbeit habe, so ist es nicht aus Übermut und nicht aus Stolz. Seit meiner Kinderzeit, weißt du, habe ich außer dem Gewehr und den Hunden keine andere Beschäftigung kennengelernt. Hat man mir das Gewehr weggenommen, nahm ich die Angel, hat man mir die Angel abgenommen, ernährte ich mich durch meiner bloßen Hände Arbeit. Nun, und mit Pferden habe ich auch Handel getrieben, habe mich auf den Jahrmärkten herumgedrückt, wenn ich Geld hatte, und du weißt doch selbst, wenn ein Bauer sich zu den Jägern oder Pferdehändlern gesellt, dann leb wohl, Pflug! Wenn sich der Geist der Freiheit erst einmal im Menschen festsetzt, kann man ihn mit nichts wieder austreiben. Das ist auch so, wenn irgendein Gutsherr zu den Schauspielern geht oder andere Künste betreibt – dann kann er weder Beamter noch Gutsbesitzer mehr sein. Du begreifst das nicht, Weib, aber das muß man begreifen.«

»Ich begreife schon, Egor Vlasyč.«

»Offensichtlich begreifst du es nicht, wenn du zu weinen anfängst...«

»Ich... ich weine nicht...« sagt Pelageja und dreht sich um. »Es ist eine Sünde, Egor Vlasyč! Wenn Sie doch nur einen Tag mit mir Unglücklichen gelebt hätten. Es sind schon zwölf Jahre, seit ich Sie geheiratet habe, und... und zwischen uns war noch keine Liebe... Kein einziges Mal... Ich... ich weine nicht...«

»Liebe...« brummt Egor und kratzt sich an der Hand. »Zwischen uns kann von Liebe keine Rede sein. Wir sind nur dem Namen nach Mann und Frau, und muß es nicht so sein? Ich bin für dich ein wilder Mann, und du bist für mich ein einfaches, unverständiges Weib. Sind wir denn ein richtiges Paar? Ich bin frei, verwöhnt, ein Bummler, und du bist ein Arbeitstier, trägst Bastschuhe, lebst im Schmutz und kannst deinen Rücken vor Arbeit kaum noch geradebiegen. Ich bin in bezug auf mich der Meinung, daß ich auf dem Gebiet der Jagd der erste Mann bin, und du schaust mich voll Mitleid an... Wo ist denn hier ein Paar?«

»Wir sind doch getraut, Egor Vlasyč!« schluchzt Pelageja.

»Wir wurden nicht freiwillig getraut... Hast du das etwa vergessen? Bedanke dich beim Grafen Sergej Pavlyč... und bei dir... Der Graf hat aus Neid, weil ich besser schieße als er, mich einen ganzen Monat mit Wein traktiert, und einen Betrunkenen kann man nicht nur heiraten, sondern auch zu einem anderen Glauben verleiten. Aus Rache hat er mich, betrunken, wie ich war, plötzlich mit dir verheiratet... Egor mit einer Viehmagd! Du hast doch gesehen, daß ich betrunken war, warum hast du mich geheiratet? Bist doch keine Leibeigene, konntest dich dagegen sträuben! Natürlich, eine Viehmagd kann von Glück reden, wenn sie einen Jäger kriegt, aber man muß auch überlegen. Da mußt du nun leiden und weinen. Für den Grafen ist das ein Scherz, aber du weinst ... möchtest mit dem Kopf gegen die Wand rennen ...«

Es tritt Schweigen ein.

Über die Lichtung fliegen drei wilde Enten. Egor blickt ihnen nach und begleitet sie mit den Augen, bis sie sich in drei kaum noch sichtbare Punkte verwandelt haben und sich weit hinter dem Wald niederlassen.

»Wovon lebst du denn?« fragt er und lenkt seinen Blick von den Enten auf Pelageja.

»Jetzt gehe ich arbeiten, und im Winter nehme ich ein Kindchen aus dem Findelhaus und ernähre es mit der Flasche. Man gibt mir dafür anderthalb Rubel im Monat.«

»So ...«

Wieder Schweigen. Von dem gemähten Feld her ertönt ein leises Lied, das gleich am Anfang abbricht. Es ist zu heiß zum Singen ...

»Man erzählt, Sie hätten Akulina ein neues Haus gebaut«, sagte Pelageja.

Egor schweigt.

»Also liegt sie Ihnen am Herzen ...«

»Du hast schon ein Glück, das ist Schicksal«, sagt der Jäger und streckt sich. »Dulde, Waise. Aber leb wohl, habe die Zeit verplaudert ... Ich muß noch bis zum Abend in Bolotovo sein ...«

Egor steht auf, reckt sich und wirft das Gewehr über die Schulter. Pelageja erhebt sich ebenfalls.

»Und wann kommen Sie ins Dorf?« fragt sie leise.

»Das ist zwecklos. Nüchtern komme ich niemals, und von einem Betrunkenen hast du wenig. Ich bin boshaft, wenn ich betrunken bin ... Leb wohl!«

»Leben Sie wohl, Egor Vlasyč ...«

Egor schiebt seine Schirmmütze ins Genick, schnalzt mit der Zunge, um den Hund zu rufen, und setzt seinen Weg fort. Pelageja bleibt auf demselben Fleck stehen und schaut ihm nach ... Sie sieht, wie sich seine Schultern bewegen, sieht den strammen Nacken, seinen trägen, nachlässigen Gang, und ihre Augen sind erfüllt von Wehmut und zärtlicher Liebkosung. Ihr

Blick streicht voller Zärtlichkeit über die hagere, hochgewachsene Gestalt ihres Mannes ... Und als habe er diesen Blick gefühlt, bleibt er stehen und schaut sich um ... Er schweigt, aber an seinem Gesicht und den leicht gehobenen Schultern erkennt Pelageja, daß er ihr etwas sagen will. Sie nähert sich ihm schüchtern und sieht ihn mit flehenden Augen an.

»Da hast du!« sagt er und wendet sich ab.

Er reicht ihr einen abgenutzten Rubelschein und geht eilig weg.

»Leben Sie wohl, Egor Vlasyč«, sagt sie, als sie mechanisch den Rubelschein in Empfang nimmt.

Er geht den geraden Weg entlang, der sich wie ein endloser Riemen dahinzieht. Sie steht blaß und regungslos da, wie eine Statue, und verfolgt jeden seiner Schritte mit ihrem Blick. Aber dann fließt die rote Farbe seines Hemdes mit der dunklen der Beinkleider zusammen, die Schritte sind nicht mehr zu sehen, der Hund ist nicht mehr von den Stiefeln zu unterscheiden ... Nur seine kleine Schirmmütze leuchtet noch, aber ... da wendet sich Egor scharf nach rechts zu einer Lichtung, und die Schirmmütze verschwindet im Grünen.

»Leben Sie wohl, Egor Vlasyč!« flüstert Pelageja und stellt sich auf die Fußspitzen, um wenigstens noch einmal die kleine weiße Mütze zu sehen.

Unteroffizier Prišibeev

»Unteroffizier Prišibeev! Sie werden beschuldigt, am 3. September dieses Jahres den Landpolizisten Žigin, den Dorfältesten Aljapov, den Polizeikommissar Efimov, die Zeugen Ivanov und Gavrilov und weitere sechs Bauern durch Wort und Tat beleidigt zu haben, wobei den drei erstgenannten die Beleidigung bei Ausübung ihres Dienstes zugefügt wurde. Bekennen Sie sich schuldig?«

Prišibeev, ein verrunzelter Unteroffizier mit stacheligem Gesicht, legt die Hände an die Hosennaht und antwortet mit heiserer, erstickter Stimme, jedes Wort deutlich betonend, als kommandiere er:

»Euer Hochwohlgeboren, Herr Friedensrichter! Also, nach allen Paragraphen des Gesetzes kommt es heraus, daß man jeden Umstand wechselseitig attestieren muß. Der Schuldige bin nicht ich, sondern alle die anderen. Die ganze Sache kam wegen dem, Gott hab ihn selig, toten Leichnam. Ich gehe am 3. mit meiner Frau Anfisa ruhig und anständig spazieren und sehe – am Ufer steht ein Haufen von allerlei Volk. Mit welchem Recht hat sich hier das Volk versammelt? frage ich. Wozu? Steht es denn im Gesetz, daß das Volk in Herden rumlaufen soll? Ich rufe: Wegtreten! und fange an, die Leute auseinanderzustoßen, und damit sie sich nach Hause trollen, habe ich dem Polizeikommissar befohlen, sie mit Genickschlägen wegzujagen ...«

»Erlauben Sie, Sie sind doch kein Landpolizist und kein Dorfältester – ist es denn Ihre Sache, das Volk auseinanderzutreiben?«

»Nicht seine Sache! Nicht seine Sache!« ertönen Stimmen aus allen Ecken des Verhandlungsraumes. »'s ist nicht auszuhalten mit ihm, Euer Hochwohlgeboren! Fünfzehn Jahre leiden wir schon unter ihm! Seit der Zeit, da er vom Dienst zurückgekehrt ist, möchte man aus dem Dorf davonlaufen. Er quält alle bis aufs Blut!«

»So ist es, Euer Hochwohlgeboren!« sagt der Dorfälteste, der als Zeuge auftritt. »Die ganze Dorfgemeinde beschwert sich. Es ist unmöglich, mit ihm auszukommen! Ob wir mit den Heiligenbildern rumgehen, ob eine Hochzeit ist oder, angenommen, irgendein anderer Fall, überall schreit er, lärmt und führt seine Ordnung ein. Die Kinder zieht er an den Ohren, die Weiber belauert er, damit nichts passiert, als ob er ihr Schwiegervater wäre ... Neulich ist er durch die Bauernhäuser gegangen und hat befohlen, daß man keine Lieder singen und kein Licht anzünden soll. In keinem Gesetz steht, sagt er, daß man Lieder singen darf.«

»Warten Sie, Sie können noch rechtzeitig Ihre Aussagen

machen«, sagt der Friedensrichter, »aber jetzt soll Prišibeev fortfahren. Fahren Sie fort, Prišibeev!«

»Zu Befehl!« antwortet der Unteroffizier mit heiserer Stimme. »Sie, Euer Hochwohlgeboren, belieben zu sagen, daß es nicht meine Sache ist, das Volk auseinanderzutreiben ... Gut ... Aber wenn Unordnung herrscht? Kann man denn erlauben, daß das Volk Unfug treibt? In welchem Gesetz steht denn geschrieben, daß man dem Volk seinen Willen lassen soll? Ich kann das nicht erlauben. Wenn ich sie nicht auseinanderjage und sie nicht im Zaum halte, wer dann? Keiner kennt die Ordnungen richtig, man kann wohl sagen, daß im ganzen Dorf, Euer Hochwohlgeboren, nur ich alleine weiß, wie man mit Leuten von einfachem Stand umgehen muß, und ich, Euer Hochwohlgeboren, verstehe alles! Ich bin kein Bauer, ich bin Unteroffizier, ehemaliger Waffenwart, ich diente in Warschau beim Stab, und nachdem ich, belieben zu wissen, verabschiedet wurde, war ich Feuerwehrmann, und danach verließ ich wegen der Schwäche meiner Krankheit die Feuerwehr und diente zwei Jahre in dem klassischen Progymnasium für Knaben als Hausmeister ... Ich kenne alle Ordnungen. Aber der Bauer ist ein einfacher Mensch, er kapiert nichts und muß auf mich hören, weil es zu seinem Nutzen ist. Nehmen wir doch diese Sache zum Beispiel ... Ich verjage das Volk, und am Ufer, auf dem Sand, liegt der ertrunkene Leichnam eines toten Menschen. Mit welcher Berechtigung, frage ich, liegt er dort? Ist denn das etwa in Ordnung? Was glotzt der Landpolizist? ›Warum‹, sage ich, ›meldest du Polizist das nicht der Obrigkeit?‹ Vielleicht ist dieser ertrunkene Verstorbene von selbst ertrunken, aber vielleicht riecht diese Sache hier auch nach Sibirien. Vielleicht ist das hier ein krimineller Totschlag ... Aber der Landpolizist Žigin schenkt dem keinerlei Aufmerksamkeit und raucht nur seine Zigarette. ›Was habt ihr da‹, sagt er, ›für einen Lehrmeister? Woher habt ihr‹, sagt er, ›denn den genommen? Als ob wir nicht ohne ihn wissen‹, sagt er, ›wie wir uns zu verhalten haben?‹ – ›Also‹, sage ich, ›weißt du es nicht, du Dummkopf, wenn du hier stehst und auf nichts achtest.‹ – ›Ich‹, sagt er, ›habe es noch gestern dem Polizeikommissar gemeldet.‹ – ›Warum‹, frage ich, ›dem Polizeikommissar?

Laut welchem Paragraphen des Gesetzbuches? Kann denn etwa in solchen Fällen, wie bei Ertrunkenen und Erhängten und anderen und dergleichen mehr, kann denn in solchen Fällen der Polizeikommissar was machen? Hier‹, sage ich, ›ist eine kriminelle Sache, eine zivile ... Hier muß man‹, sage ich, ›schnell eine Stafette an den Herrn Untersuchungsrichter und die Richter schicken. Und zuallererst mußt du‹, sage ich, ›ein Protokoll aufnehmen und es dem Friedensrichter schicken.‹ Und er, der Landpolizist, hört zu und lacht. Und die Bauern auch. Alle haben gelacht, Euer Hochwohlgeboren. Unter Eid kann ich das aussagen. Dieser hat gelacht und der da auch, und Žigin hat gelacht. ›Warum grinst ihr?‹ frage ich. Und der Landpolizist sagt: ›Der Friedensrichter ist für solche Sachen nicht zuständig.‹ Von diesen selben Worten wurde mir ganz heiß. Polizist, das hast du doch gesagt?« wendet sich der Unteroffizier an den Landpolizisten Žigin.

»Ja, das habe ich gesagt.«

»Alle haben gehört, wie du das da vor dem ganzen gewöhnlichen Volk gesagt hast: Der Friedensrichter ist für solche Sachen nicht zuständig. Alle haben gehört, wie du das da ... Mir wurde, Euer Hochwohlgeboren, ganz heiß, und ich war wie vor den Kopf gestoßen. ›Wiederhole‹, sage ich, ›wiederhole, du Dingsda, was du gesagt hast!‹ Und wieder dieselben Worte ... Ich trete zu ihm. ›Wie kannst du‹, sage ich, ›so über den Herrn Friedensrichter aussagen. Du, ein Polizeibeamter, bist gegen die Staatsmacht? Was? Aber weißt du denn, daß der Herr Friedensrichter, wenn er will, dich für solche Worte in die Gouvernementsgendarmerieverwaltung bringen kann, auf Grund deines verdächtigen Betragens? Und weißt du‹, sage ich, ›wohin dich der Herr Friedensrichter für solche politischen Worte schicken kann?‹ Und der Dorfälteste sagt: ›Der Herr Friedensrichter‹, sagt er, ›kann über seinen Bereich hinaus nichts unternehmen. Nur für kleine Sachen ist er zuständig.‹ So hat er das gesagt, und alle haben es gehört ... ›Wie kannst du denn wagen‹, sage ich, ›die Staatsmacht so zu beschimpfen? Nun‹, sage ich, ›mach mit mir keine Späßchen, das, Freundchen, wird dir schlecht bekommen.‹ Früher in Warschau oder als ich Hausmeister in dem klassischen Knabenprogymnasium war, wenn ich da irgendwelche unziemlichen Worte gehört habe, schaute ich auf die Straße, ob kein Gendarm zu sehen war. ›Komm mal her‹, sage ich, ›du Kavalier‹ – und habe ihm alles gemeldet. Aber hier auf dem Dorf, wem soll man es sagen? Mich hat die Wut gepackt. Es hat mich gekränkt, daß sich das hiesige Volk im Eigensinn und Ungehorsam vergessen hat. Ich hole zum Schlag aus und ... natürlich nicht so stark, sondern ganz korrekt und nur sachte, damit er sich nicht untersteht, von Euer Hochwohlgeboren so zu reden ... Für den Dorfältesten hat der Landpolizist Partei genommen. Also habe ich auch den Landpolizisten ... Und so ging es los ... Ich bin in Eifer geraten, Euer Hochwohlgeboren, aber es geht doch nicht ohne das, ohne daß man prügelt. Wenn man einen dummen Menschen nicht prügelt, lädt man Schuld auf seine Seele. Besonders, wenn es verdient ist, wenn Unordnung herrscht ...«

»Erlauben Sie mal! Es sind doch Leute eingesetzt, die gegen die Unordnung einschreiten! Dafür gibt es den Landpolizisten, den Dorfältesten, den Polizeikommissar ...«

»Der Landpolizist kann nicht auf alles achten, und er versteht auch nicht das, was ich verstehe ...«

»Aber begreifen Sie doch, das ist nicht Ihre Sache!«

»Was? Wieso nicht meine Sache? Komisch ... Die Leute treiben Unfug, und das ist nicht meine Sache! Soll ich sie denn etwa loben? Sie beklagen sich bei Ihnen, daß ich ihnen verbiete, Lieder zu singen ... Was gibts denn Gutes an diesen Liedern? Statt sich mit was zu beschäftigen, singen sie Lieder ... Und sie haben noch eine Mode eingeführt, abends bei Licht zu sitzen. Man muß schlafen gehen, aber bei ihnen hört man Gespräche und Lachen. Ich habe alles notiert!«

»Was haben Sie notiert?«

»Wer bei Licht sitzt.«

Prišibeev holt einen schmutzigen Zettel aus der Tasche, setzt seine Brille auf und liest: »Welche Bauern bei Licht sitzen: Ivan Prochorov, Savva Nikiforov, Pëtr Petrov. Die Soldatenwitwe Šustrova lebt in ungesetzlicher Sittenlosigkeit mit Semën Kislov. Ignat Sverčok treibt Zauberei, und seine Frau Mavra ist eine Hexe, geht nachts fremde Kühe melken.«

»Genug«, sagt der Richter und beginnt, die Zeugen zu verhören.

Unteroffizier Prišibeev schiebt die Brille auf die Stirn und schaut erstaunt den Friedensrichter an, der offenbar nicht auf seiner Seite ist. Seine hervorquellenden Augen funkeln, seine Nase färbt sich purpurrot. Er schaut den Friedensrichter und die Zeugen an und kann durchaus nicht begreifen, warum der Richter so aufgeregt ist und warum man aus allen Ecken des Verhandlungsraumes bald Gemurmel, bald unterdrücktes Lachen hört. Unbegreiflich ist ihm auch das Urteil: ein Monat Haft!

»Wofür?« fragt er und breitet fassungslos die Hände aus. »Nach welchem Gesetz?«

Und ihm wird klar, daß sich die Welt verändert hat und daß es ganz unmöglich geworden ist, auf dieser Welt zu leben. Finstere, trostlose Gedanken bemächtigen sich seiner. Aber als er den Verhandlungsraum verläßt und die Bauern erblickt, die sich zusammendrängen und über etwas reden, legt er nach alter Gewohnheit, die er nicht mehr lassen kann, die Hände an die Hosennaht und schreit mit heiserer, böser Stimme:

»Wegtreten, Leute! Nicht zusammenrotten! Nach Hause gehen!«

Gram

Wem klage ich meinen Schmerz ...?

Abenddämmerung. Große nasse Schneeflocken wirbeln träge um die eben angezündeten Laternen und legen sich als dünne, weiche Schicht auf Dächer, Pferderücken, Schultern und Mützen. Der Kutscher Iona Potapov ist ganz weiß, wie ein Gespenst. Zusammengekrümmt – mehr kann sich ein menschlicher Körper nicht zusammenkrümmen – kauert er auf dem Kutschbock und regt sich nicht... Selbst wenn ein ganzer Berg von Schnee auf ihn herunterfallen sollte, er würde es wohl auch dann nicht für nötig halten, ihn abzuschütteln... Sein Pferdchen ist ebenfalls ganz weiß und rührt sich nicht. In seiner Regungslosigkeit, mit den eckigen Formen und den stockähnlichen Beinen gleicht es sogar von nahem einem Lebkuchenpferdchen für eine Kopeke. Augenscheinlich ist es tief in Gedanken versunken. Wer vom Pflug, von den gewohnten einförmigen Bildern weggerissen und in diesen Strudel unheimlichen Lichts, unablässigen Lärms und rennender Menschen hineingeworfen wird, dem bleibt nichts übrig als nachzudenken...

Schon seit langem haben Iona und sein Pferdchen sich nicht von der Stelle gerührt. Sie sind schon vor Mittag vom Hof gefahren, und noch immer haben sie nichts eingenommen. Aber nun senkt sich nächtliches Dunkel auf die Stadt. An die Stelle des blassen Laternenlichts treten lebhafte Farben, und der Trubel auf den Straßen wird lauter.

»Kutscher, nach der Vyborger Seite!« hört Iona jemand rufen. »Kutscher!«

Iona zuckt zusammen und sieht durch die schneeverklebten Wimpern einen Offizier in Mantel und Kapuze.

»Nach der Vyborger Seite!« wiederholt der Offizier. »Schläfst wohl, was? Nach der Vyborger!«

Zum Zeichen des Einverständnisses zieht Iona an den Zügeln, dabei fallen vom Rücken des Pferdes und von seinen Schultern ganze Schichten von Schnee. Der Offizier steigt in den Schlitten. Der Kutscher schnalzt mit den Lippen, reckt den Hals wie ein Schwan, richtet sich ein wenig auf und schwingt die Peitsche – weil er es einmal so gewohnt ist, keineswegs, weil es nötig wäre. Das Pferdchen reckt ebenfalls den Hals, krümmt seine stockähnlichen Beine und setzt sich unentschlossen in Bewegung...

»Wo fährst du denn, du Idiot«, ruft es gleich zu Anfang aus der dunklen, hin und her wogenden Menge. »Bist du verrückt? Rrrechts fahren.«

»Kannst du nicht fahren? Halt dich rechts!« sagt wütend der Offizier.

Von einer Equipage herunter schimpft ein Kutscher; ein Fußgänger, der über die Straße läuft und mit der Schulter gegen die Schnauze des Pferdchens stößt, schaut sich böse um und schüttelt Schnee vom Ärmel. Iona rutscht auf dem Bock hin und her, als säße er auf Nadeln, er spreizt die Ellenbogen, seine Augen irren wie abwesend umher, als verstünde er nicht, wo und wozu er hier fährt.

»Was für Schurken!« witzelt der Offizier. »Legen es darauf an, mit dir zusammenzustoßen oder unters Pferd zu kommen... Haben sich wohl verabredet.«

Iona sieht sich nach dem Fahrgast um, seine Lippen bewegen sich. Offenbar will er etwas sagen, doch aus seiner Kehle dringt nur ein Röcheln.

»Wie?« fragt der Offizier.

Iona verzieht den Mund zu einem Lächeln, strengt seine Kehle an und sagt heiser:

»Und mir, Herr, ist nämlich... die Woche der Sohn gestorben.«

»Hm...! Woran ist er denn gestorben?«

Iona dreht sich mit dem ganzen Körper zu dem Fahrgast um und sagt:

»Wer kann das wissen! Sicher am Fieber... Hat drei Tage im Krankenhaus gelegen und ist gestorben... Gottes Wille.«

»Weich aus, du Teufel«, ruft es aus der Dunkelheit. »Bist wohl nicht ganz bei Trost, alter Hund? Sperr die Augen auf!«

»Los, los, fahr weiter«, sagt der Fahrgast. »Sonst sind wir morgen noch nicht da. Leg mal ein bißchen zu!«

Der Kutscher reckt wieder den Hals, richtet sich etwas auf und schwingt mit ungelenker Grazie die Peitsche. Er schaut sich noch mehrere Male nach dem Fahrgast um, der aber hat die Augen geschlossen und ist offenbar nicht geneigt zuzuhören. Nachdem Iona den Fahrgast auf der Vyborger Seite abgesetzt hat, macht er vor einer Kneipe halt, kauert sich zusammengekrümmt auf den Bock und rührt sich nicht mehr... Der nasse Schnee hüllt ihn und das Pferdchen wieder in Weiß. Es vergeht eine Stunde, eine zweite...

Auf dem Bürgersteig tauchen, laut mit den Galoschen aufstampfend und schimpfend, drei junge Männer auf: Zwei sind groß und schlank, der dritte ist klein und bucklig.

»Kutscher, zur Polizei-Brücke!« ruft der Bucklige mit knarrender Stimme. »Drei Personen ... zwanzig Kopeken!«

Iona zieht an den Zügeln und schnalzt. Zwanzig Kopeken sind kein angemessener Preis, aber ihm geht es jetzt nicht ums Geld ... Ein Rubel oder fünf Kopeken – ihm ist das ganz egal, wenn er nur Fahrgäste hat ... Die jungen Leute treten, einander stoßend und wüst fluchend, an den Schlitten und zwängen sich alle drei gleichzeitig hinein. Sie beginnen zu verhandeln, wer die beiden Sitzplätze einnehmen und wer stehen soll. Nach langem Gefluche, vielem Hin und Her und gegenseitigen Vorwürfen beschließen sie, daß der Bucklige als Kleinster stehen muß.

»Na, denn!« knarrt der Bucklige, der sich auf seinen Stehplatz stellt und Iona in den Nacken pustet. »Saus ab! Eine Mütze hast du da auf, Bruder! Eine schlechtere gibts in ganz Petersburg nicht.«

»Hoho ... hoho«, lacht Iona, »ist mal so.«

»Na, du Ist-mal-so, fahr zu! Willst wohl den ganzen Weg so trödeln? Was? Kriegst gleich eine geschmiert ...«

»Mir brummt der Schädel«, sagt einer von den beiden Langen. »Gestern bei Dukmasovs haben Vaska und ich zu zweit vier Flaschen Kognak ausgesoffen.«

»Ich versteh nicht, warum du so lügst!« ereifert sich der andere Lange. »Lügt wie ein Schwein.«

»Gott strafe mich, aber es ist wahr.«

»Ist ebenso wahr, wie es wahr ist, daß Läuse husten.«

»Hehe!« kichert Iona. »Luuustige Herrschaften!«

»Tfu, hol dich der Teufel!« Der Bucklige wird böse. »Willst du nun fahren, alte Pest, oder nicht? Wer fährt denn so? Zieh ihm eins mit der Peitsche über! Na, zum Teufel! Los! Gibs ihm!«

Iona spürt hinter seinem Rücken den zappelnden Körper und die knarrende Stimme des Buckligen. Er hört, wie auf ihn geflucht wird, er sieht Menschen, und allmählich weicht aus seiner Brust das Gefühl der Einsamkeit. Der Bucklige schimpft, bis er sich schließlich bei einem ganz saftigen, sechsstöckigen Fluch verschluckt und krampfhaft husten muß. Die beiden

Langen reden von irgendeiner Nadežda Petrovna. Iona sieht sich nach ihnen um. Er wartet eine kurze Gesprächspause ab, dreht sich noch einmal um und murmelt:

»Mir ist diese Woche … nämlich … der Sohn gestorben.«

»Wir müssen alle mal sterben«, seufzt der Bucklige und wischt sich nach dem Husten die Lippen ab.

»Los, fahr schneller, schneller! Herrschaften, ich bin absolut außerstande, so weiterzufahren! Wann werden wir da ankommen?«

»Mach mal ein bißchen Dampf dahinter … gib ihm eins ins Genick!«

»Hast du verstanden, alte Pest? Ich hau dir die Hucke voll …! Wenn man bei euresgleichen lange fackelt, kann man auch gleich zu Fuß laufen! Hast du verstanden, alter Drachen? Oder pfeifst du auf unsere Worte?«

Und Iona hört, wie auf seinen Nacken ein Schlag klatscht, er fühlt ihn aber gar nicht richtig.

»Hoho …« lacht er, »lustige Herrschaften. Gott gebe ihnen Gesundheit!«

»Kutscher, bist du verheiratet?« fragt der eine Lange.

»Ich? Hoho … lustige Herrschaften. Jetzt hab ich nur eine Frau – die feuchte Erde … Hihoho … Das Grab nämlich! Mein Sohn ist nämlich tot, und ich lebe … Seltsame Geschichte, der Tod hat die Tür verwechselt … Statt zu mir zu kommen, ist er zum Sohn …«

Und Iona dreht sich um und will erzählen, wie sein Sohn gestorben ist, aber da seufzt der Bucklige erleichtert auf und erklärt, sie seien Gott sei Dank endlich angelangt. Iona erhält seine zwanzig Kopeken, und er schaut lange den Herrschaften nach, die in einer dunklen Toreinfahrt verschwinden. Wieder ist er ganz allein, und wieder wird es um ihn ganz still … Der Gram, der kurze Zeit nachgelassen hatte, kommt wieder und zerreißt ihm die Brust mit noch größerer Gewalt. Ionas Augen wandern ruhelos und gequält über die Menge, die auf beiden Seiten der Straße hin und her wogt. Wird sich unter diesen Tausenden nicht wenigstens einer finden, der ihn anhört? Aber die Menschen eilen in Massen vorbei und achten weder auf ihn noch auf seinen Gram ... Übermächtig ist dieser Gram und ohne Grenzen. Würde Ionas Brust zerspringen und der Gram aus ihr herausströmen – er würde die ganze Welt überfluten, und doch kann ihn niemand sehen. Verborgen in seiner winzigen Schale, wäre er selbst bei Tage mit einer Laterne nicht zu entdecken.

Iona sieht einen Hausknecht mit einem Sack und beschließt, ihn anzusprechen.

»Lieber, wie spät mag es sein?« fragt er.

»Es geht auf zehn ... Was stehst du hier herum? Fahr weiter!«

Iona fährt ein paar Schritte weiter, krümmt sich zusammen und gibt sich seinem Gram hin ... Sich an die Menschen zu wenden, hält er bereits für zwecklos. Aber es vergehen keine fünf Minuten, da richtet er sich auf, schüttelt den Kopf, als spüre er einen stechenden Schmerz, und zieht an den Zügeln ... Er hält es nicht mehr aus.

Nach Hause, denkt er, nur nach Hause.

Und das Pferdchen, als hätte es seinen Gedanken erraten, setzt sich in Trab. Nach anderthalb Stunden sitzt Iona schon neben dem großen, schmutzigen Ofen. Auf dem Ofen, auf dem Fußboden, auf den Bänken schnarchen Leute. Die Luft ist verraucht und stickig ... Iona schaut auf die Schlafenden, kratzt sich den Kopf und bereut, daß er so früh zurückgekommen ist.

Nicht mal genug für Hafer hab ich heute zusammengebracht, denkt er. Daher auch der Gram. Ein Mensch, der seine Sache versteht ... der selbst satt wird und sein Pferd nicht hungern läßt, ist immer zufrieden ...

In einer Ecke richtet sich ein junger Kutscher auf, ächzt verschlafen und langt nach dem Wassereimer.

»Hast wohl Durst?« fragt Iona.

»Na ja, hab Durst!«

»So ... Wohl bekomms ... Aber mir, Bruder, ist der Sohn gestorben. Hast dus gehört? Diese Woche im Krankenhaus ... So eine Geschichte!«

Iona schaut, welche Wirkung seine Worte hervorrufen, aber er sieht nichts. Der junge Kutscher hat die Decke wieder über den Kopf gezogen und schläft weiter. Der Alte seufzt und kratzt sich ... So, wie es den Burschen danach verlangte zu trinken, so verlangt es ihn danach zu reden. Seit dem Tod des Sohnes ist bald eine Woche vergangen, und er hat sich noch mit niemand so recht aussprechen können... Darüber muß man doch in aller Ausführlichkeit und vernünftig reden... Man müßte erzählen, wie der Sohn erkrankt ist, wie er sich gequält hat, welches seine letzten Worte vor dem Tod waren und wie er gestorben ist... Man müßte die Beerdigung schildern und die Fahrt nach dem Krankenhaus, wo er die Kleidung des Verstorbenen abholte. Im Dorf ist ihm das Töchterchen Anisa geblieben... Auch von ihr müßte man sprechen... Und was hätte er jetzt nicht alles zu erzählen! Der Zuhörer müßte stöhnen, seufzen und wehklagen... Noch besser wäre es, er würde alles den Weibern erzählen. Die sind zwar dumm, aber sie heulen schon beim zweiten Wort.

Werd mal nach dem Pferd sehn, denkt Iona, zum Schlafen ist noch Zeit genug... Werd mich schon noch ausschlafen.

Er zieht sich an und geht in den Stall, wo sein Pferd steht. Er denkt an den Hafer, ans Heu, ans Wetter... An den Sohn darf er, wenn er allein ist, nicht denken... Mit jemand darüber sprechen – das geht; aber für sich allein daran denken und sich das Bild des Sohnes vorstellen – das ist unerträglich, das ist grauenhaft...

»Kaust du?« fragt Iona sein Pferd und schaut ihm in die glänzenden Augen. »Na kau nur, kau nur... Wenn es heute den Hafer nicht eingebracht hat, dann fressen wir eben Heu. Ja... Bin zum Fahren zu alt... Der Sohn sollte fahren, aber nicht ich... Das war ein richtiger Kutscher. Nur leben müßte er...« Iona schweigt eine Weile und fährt dann fort: »Stutchen, so ist es nun, Bruder... Kuzma Ionyč ist weg... Hat uns Lebewohl gesagt... Ist krank geworden und gestorben, ganz umsonst... Sagen wir mal, du hast jetzt ein Fohlen und bist von dem Fohlen die leibliche Mutter... Und plötzlich, sagen wir mal, sagt dieses selbe Fohlen dir Lebewohl... Das tut doch weh?«

Das Pferdchen kaut, hört zu und schnauft seinem Herrn auf die Hände...

Iona kommt ins Reden und erzählt ihm alles...

Ihr Bekannter

Die allerliebste Vanda oder, wie sie im Paß genannt wurde, die Ehrenbürgerin Nastasja Kanavkina, befand sich nach ihrer Entlassung aus dem Krankenhaus in einer Lage, die sie früher nie gekannt hatte: sie war ohne Obdach und ohne eine Kopeke. Was nun?

Zuallererst begab sie sich ins Leihhaus und versetzte dort ihren Türkisring – ihr einziges Wertstück. Man gab ihr für den Ring einen Rubel, aber ... was kann man schon für einen Rubel kaufen? Für dieses Geld bekommt man weder eine kurze moderne Jacke noch einen hohen Hut, noch bronzefarbene Pumps, und ohne diese Sachen fühlte sie sich so gut wie nackt. Ihr schien, daß nicht nur die Menschen, sondern sogar die Pferde und die Hunde sie anschauten und über ihr einfaches Kleid lachten. Sie dachte nur an ihre Kleidung, die Frage, was sie essen und wo sie übernachten sollte, beunruhigte sie nicht im geringsten.

Wenn ich doch einen Bekannten träfe ... dachte sie. Ich würde mir Geld borgen ... Mir wird es keiner abschlagen, weil ...

Aber sie traf keinen Bekannten. Sie konnte sie leicht abends im ›Renaissance‹ treffen, aber in diesem einfachen Kleid und ohne Hut würde man sie dort nicht hineinlassen. Was nun? Nach langem Hin und Her, als sie schon des Gehens, Sitzens und Überlegens überdrüssig war, beschloß Vanda, zu dem letzten Mittel zu greifen; zu irgendeinem Bekannten in die Wohnung zu gehen und um Geld zu bitten.

Zu wem könnte ich gehen? überlegte sie. Zu Miša ist unmöglich – er hat Familie ... Der rothaarige Alte ist jetzt im Dienst ...

Da fiel Vanda der Zahnarzt Finkel ein, ein getaufter Jude, der ihr vor etwa drei Monaten ein Armband geschenkt hatte und dem sie einmal während eines Abendessens ein Glas Bier über den Kopf gegossen hatte. Als sie sich an diesen Finkel erinnerte, freute sie sich ungemein.

Er gibt mir bestimmt was, wenn ich ihn nur zu Hause antreffe... dachte sie, als sie zu ihm ging.

Gibt er mir aber nichts, dann schlage ich ihm alle Lampen kurz und klein.

Als sie sich der Haustür des Zahnarztes näherte, hatte sie sich schon einen Plan zurechtgelegt: sie würde lachend die Treppe hinauflaufen, in das Sprechzimmer des Arztes eilen und fünfundzwanzig Rubel fordern... Als sie aber nach der Klingel faßte, war dieser Plan wie von selbst aus ihrem Kopf entschwunden. Vanda bekam auf einmal Angst und wurde aufgeregt, was bei ihr früher niemals geschehen war. Dreist und frech war sie nur in Gesellschaft von Betrunkenen, jetzt aber, in ihrem einfachen Kleid und in der Rolle einer gewöhnlichen Bittstellerin, die man nicht zu empfangen braucht, fühlte sie sich eingeschüchtert und gedemütigt. Sie schämte sich, und ihr war angst.

Vielleicht hat er mich schon vergessen... dachte sie, und sie traute sich nicht, die Klingel zu ziehen. Und wie kann ich denn in solch einem Kleid bei ihm erscheinen. Wie eine Bettlerin oder irgendeine Kleinbürgerin...

Und sie läutete zögernd.

Hinter der Tür ertönten Schritte; es war der Portier.

»Ist der Doktor zu Hause?« fragte sie.

Jetzt wäre es ihr angenehmer gewesen, wenn der Portier »nein« gesagt hätte, aber er ließ sie statt einer Antwort in das Vorzimmer ein und nahm ihr den Mantel ab. Die Treppe kam ihr luxuriös und prächtig vor, aber von dem ganzen Luxus fiel ihr ein großer Spiegel auf, in dem sie eine zerlumpte Gestalt ohne hohen Hut, ohne moderne Jacke und ohne bronzefarbene Pumps erblickte. Und Vanda erschien es sonderbar, daß jetzt, wo sie ärmlich gekleidet war und einer Näherin oder Wäscherin ähnelte, Schamgefühl in ihr hochstieg.

Ihre Frechheit und Dreistigkeit waren verschwunden, und in Gedanken nannte sie sich nicht mehr Vanda, sondern wie früher Nastasja Kanavkina...

»Bitte!« sagte das Dienstmädchen und begleitete sie in das Sprechzimmer. »Der Herr Doktor kommt gleich... Setzen Sie sich.«

Vanda ließ sich in einem weichen Sessel nieder.

So werde ich zu ihm sagen: Geben Sie mir ein Darlehen! dachte sie. So gehört sich das, weil er doch mit mir bekannt ist. Aber wenn nur das Mädchen weggehen wollte. In ihrer Gegenwart ist es mir peinlich... Und warum steht sie hier?

Nach etwa fünf Minuten öffnete sich die Tür, und Finkel trat ein, ein hochgewachsener, brünetter Mann mit feisten Backen und vorstehenden Augen. Die Backen, die Augen, der Bauch, die dicken Schenkel – alles an ihm war wohlgenährt, abstoßend und grob. Im ›Renaissance‹ und im Deutschen Klub war er gewöhnlich angeheitert, dort gab er viel Geld für die Frauen aus und ertrug geduldig ihre Scherze. Als Vanda ihm zum Beispiel das Bier über den Kopf gegossen hatte, lächelte er nur und drohte mit dem Finger; jetzt aber sah er finster und verschlafen aus, schaute wichtigtuerisch und kalt wie ein Vorgesetzter drein und kaute etwas.

»Was wünschen Sie?« fragte er, ohne Vanda anzusehen.

Vanda blickte in das ernste Gesicht des Dienstmädchens und auf die wohlgenährte Gestalt Finkels, der sie anscheinend nicht erkannt hatte, und errötete...

»Was wünschen Sie?« wiederholte der Zahnarzt, schon gereizt.

»Die Zäh... Zähne tun mir weh...« flüsterte Vanda.

»Aha... Welche Zähne? Wo?«

Vanda erinnerte sich, daß einer ihrer Zähne ein Loch hatte.

»Unten rechts...« sagte sie.

»Hm...! Machen Sie den Mund auf.«

Finkel runzelte die Stirn, hielt den Atem an und begann den kranken Zahn zu untersuchen.

»Tut das weh?« fragte er, während er mit etwas Eisernem in dem Zahn herumstocherte.

»Ja...« log Vanda. Wenn ich ihn daran erinnerte, dachte sie, würde er mich bestimmt erkennen... Aber... das Dienstmädchen! Warum steht sie bloß hier?

Finkel schnaufte ihr plötzlich wie eine Lokomotive direkt in den Mund und sagte:

»Ich rate Ihnen nicht, ihn plombieren zu lassen... Von diesem Zahn haben Sie sowieso keinen Nutzen, egal!«

Nachdem er noch etwas in dem Zahn herumgestochert und Vandas Lippen und Zahnfleisch mit seinen Tabakfingern beschmutzt hatte, hielt er wieder den Atem an und fuhr mit etwas Kaltem in den Mund ... Vanda spürte plötzlich einen furchtbaren Schmerz, sie schrie auf und packte Finkels Hand.

»Schon gut, schon gut ...« brummte er. »Haben Sie keine Angst ... Von diesem Zahn hatten Sie sowieso nichts Gescheites zu erwarten. Man muß tapfer sein.«

Und die blutigen Tabakfinger hielten ihr den ausgerissenen Zahn vor die Augen, das Dienstmädchen aber trat hinzu und hielt eine Schale an ihren Mund.

»Zu Hause spülen Sie den Mund mit kaltem Wasser ...« sagte Finkel, »dann hört es auf zu bluten ...«

Er stand vor ihr in der Pose eines Menschen, der darauf wartet, daß man endlich fortgeht und ihn in Ruhe läßt ...

»Leben Sie wohl ...« sagte sie und wandte sich zur Tür.

»Hm ...! Und wer bezahlt mir die Arbeit?« fragte Finkel mit lachender Stimme.

»Ach ja ...« Vanda erinnerte sich, wurde rot und reichte dem Zahnarzt den Rubel – den Erlös aus ihrem Türkisring.

Als sie auf die Straße trat, schämte sie sich noch mehr als vorher, aber jetzt schämte sie sich kaum noch wegen ihrer Armut. Sie merkte nicht mehr, daß sie keinen hohen Hut und keine moderne Jacke trug. Sie ging die Straße entlang, spuckte Blut, und jeder rote Blutfleck sprach zu ihr von ihrem unguten, schweren Leben, von all den Kränkungen, die sie schon ertragen hatte und noch würde ertragen müssen, morgen, in einer Woche, in einem Jahr – ihr ganzes Leben lang, bis zum Tode ...

»Oh, wie furchtbar ist das!« flüsterte sie. »Mein Gott, wie grauenhaft!«

Übrigens war sie am nächsten Tage schon wieder im ›Renaissance‹ und tanzte. Sie trug einen neuen, riesengroßen roten Hut, eine moderne Jacke und bronzefarbene Pumps. Und das Abendessen spendierte ihr ein junger Kaufmann, der gerade aus Kazan gekommen war.

In der Dämmerung

Der Lehrer

Fëdor Lukič Sysoev, Lehrer an der auf Kosten der ›Manufaktur Kulikin & Söhne‹ unterhaltenen Fabrikschule, kleidete sich um zum Festessen. Alljährlich nach dem Examen gab die Fabrikdirektion ein Essen, an dem teilnahmen: der Inspektor der Volksschulen, alle am Examen beteiligten Personen und die Fabrikverwaltung. Trotz ihres offiziellen Charakters dehnten sich diese Essen stets lange aus, es ging fröhlich zu, man frönte kulinarischen Genüssen; vergessen war alle Subordination, von ihrer redlichen Arbeit überzeugt, aßen die Lehrer sich satt, betranken sich einmütig und redeten, bis sie heiser wurden. Wenn sie dann spät abends auseinandergingen, hallten ihr Gesang und ihre Küsse durch die ganze Fabriksiedlung. Essen dieser Art hatte Sysoev, entsprechend der Anzahl seiner in der Fabrikschule abgedienten Jahre, schon dreizehn miterlebt.

Jetzt, da er sich zum vierzehnten Essen fertigmachte, bemühte er sich, seinem Äußeren eine festliche, würdige Note zu verleihen. Eine volle Stunde bürstete er mit einem Reisigquast seinen neuen schwarzen Anzug ab; fast ebenso lange stand er beim Anziehen des modischen Oberhemds vor dem Spiegel; als die Manschettenknöpfe nicht durch die Knopflöcher wollten, mußte die Gattin einen wahren Sturm von Klagen, Drohungen und Vorwürfen über sich ergehen lassen. Die arme Frau, die unentwegt hin und her rannte, war schon ganz von Kräften. Und auch er konnte schließlich nicht mehr. Als man ihm aus der Küche die frischgeputzten Stiefeletten brachte, war er nicht mehr fähig, sie anzuziehen. Er mußte sich hinlegen und Wasser trinken.

»Wie geschwächt du bist!« seufzte seine Frau. »Du solltest überhaupt nicht zu dem Essen gehn.«

»Spar dir bitte deine Ratschläge!« fiel ihr der Lehrer heftig ins Wort.

Er hatte äußerst schlechte Laune, denn er war mit dem letzten Examen sehr unzufrieden. Die Ergebnisse des Examens waren glänzend; alle Knaben der älteren Gruppe hatten Urkunden und Auszeichnungen erhalten, die Vorgesetzten in der Fabrik und von der Schulbehörde waren von den Erfolgen beeindruckt, aber das genügte dem Lehrer nicht. Er ärgerte sich, daß der Schüler Babkin, dem sonst in der Rechtschreibung nie ein Fehler unterlief, im Examensdiktat drei Fehler gemacht hatte; der Schüler Sergeev war vor Aufregung nicht imstande gewesen, 17 mit 13 zu multiplizieren; der Inspektor, ein junger, unerfahrener Mann, hatte für das Diktat einen schwierigen Text ausgewählt, und Ljapunov, der Lehrer von der Nachbarschule, den der Inspektor gebeten hatte zu diktieren, hatte sich ›unkollegial‹ verhalten: er hatte beim Diktat die Wörter nicht so gesprochen, wie sie geschrieben werden, sondern genuschelt.

Nachdem der Lehrer mit Hilfe seiner Frau die Stiefeletten angezogen und sich noch einmal im Spiegel betrachtet hatte, nahm er seinen Knotenstock und machte sich auf den Weg zum Essen. Unmittelbar vor der Haustür des Fabrikdirektors, in dessen Wohnung die Festlichkeit stattfand, ereignete sich etwas Unangenehmes. Er fing plötzlich an zu husten ... Der Hustenanfall war so stark, daß ihm die Mütze vom Kopf flog und der Stock aus der Hand fiel. Als die Lehrer und der Schulinspektor, die das Husten gehört hatten, aus der Wohnung des Direktors gelaufen kamen, saß er schweißüberströmt auf der untersten Treppenstufe.

»Fëdor Lukič, Sie?« fragte der Inspektor erstaunt. »Sie ... sind gekommen?«

»Na und?«

»Sie täten besser daran, daheimzubleiben. Ihr Befinden ist heute gar nicht gut ...«

»Mein Befinden ist heute genauso wie gestern. Wenn Ihnen aber meine Anwesenheit unangenehm ist, so kann ich ja wieder gehn.«

»Aber, aber, Fëdor Lukič, wozu solche Worte? Wozu sagen Sie das? Seien Sie willkommen. Eigentlich sind doch nicht wir, sondern Sie der Schuldige an dem Festessen. Es ist uns sogar sehr angenehm, bedenken Sie doch ...!«

In der Wohnung des Fabrikdirektors war bereits alles für die Festlichkeit hergerichtet. Im großen Speisezimmer, an dessen Wänden deutsche Öldrucke hingen und das nach Geranien und

Firnis roch, standen zwei Tische: ein großer für das Essen und ein etwas kleinerer für den Imbiß. Durch die heruntergelassenen Stores drang nur matt die strahlende Mittagshelle... Das Dämmerlicht in dem Raum, die Schweizer Landschaften auf den Stores, die Geranien, die dünnen Wurstscheiben auf den Tellern – alles das machte einen naiven, mädchenhaft sentimentalen Eindruck und hatte Ähnlichkeit mit dem Hausherrn selbst, einem kleinen gutmütigen Deutschen mit kugelrundem Bäuchlein und sanften, schmachtenden Augen. Adolf Andreič Bruni (so hieß der Hausherr) hantierte am Imbißtisch mit einer Geschäftigkeit, als wäre ein Feuer zu löschen, er schenkte Schnapsgläser voll, füllte die Teller und war unablässig bemüht, sich sozusagen dienlich zu zeigen, Stimmung zu machen und seine Leutseligkeit zu beweisen. Er klopfte den Gästen auf die Schulter, schaute ihnen in die Augen, kicherte, rieb sich die Hände – mit einem Wort, er scharwenzelte wie ein gutmütiger Hund.

»Fëdor Lukič, wen sehe ich!« Seine Stimme überschlug sich, als er Sysoev erblickte. »Wie angenehm! Trotz Ihrer Krankheit sind Sie gekommen...! Meine Herren, gestatten Sie mir, Ihnen eine Freude zu machen: Fëdor Lukič ist gekommen!«

Die Pädagogen drängten sich schon um den Imbißtisch und aßen. Sysoevs Gesicht wurde finster, es gefiel ihm nicht, daß seine Kollegen mit dem Essen und Trinken begonnen hatten, ohne auf ihn zu warten. Als er unter ihnen Ljapunov gewahrte, ebenjenen Ljapunov, der beim Examen diktiert hatte, trat er auf ihn zu und sagte: »Das war unkollegial! Jawohl! Anständige Menschen diktieren nicht so!«

»Herrgott noch mal, immerzu dasselbe«, entgegnete Ljapunov stirnrunzelnd. »Bekommen Sie das denn nicht selber satt?«

»Jawohl, immerzu dasselbe. Bei mir hat Babkin niemals Fehler gemacht! Ich weiß auch, warum Sie so diktiert haben. Sie wollten einfach, daß meine Schüler durchfallen und daß Ihre Schule besser dasteht als meine. Mir ist alles klar...!«

»Was belästigen Sie mich eigentlich?« gab Ljapunov bissig zurück. »Was zum Teufel, lassen Sie mich nicht in Ruhe?«

»Aber, meine Herren, meine Herren«, mischte sich der Inspektor mit weinerlichem Gesicht ein. »Wozu sich wegen solcher Belanglosigkeiten ereifern! Drei Fehler... kein Fehler... ist das denn nicht ganz egal?«

»Nein, es ist nicht egal. Bei mir hat Babkin niemals einen Fehler gemacht.«

»Er hört nicht auf!« fuhr Ljapunov böse schnaufend fort. »Nutzt seine Lage als Kranker aus, um einem auf die Nerven zu fallen. Nun, Verehrtester, ich übersehe es, da Sie krank sind!«

»Lassen Sie meine Krankheit in Ruhe!« rief Sysoev heftig. »Was geht das Sie an? Sie wissen immer nur das eine zu sagen: Krankheit! Krankheit! Krankheit...! Ich habe Ihre Teilnahme gerade nötig! Und wie kommen Sie überhaupt darauf, daß ich krank bin? Vor den Examina war ich krank, das stimmt, jetzt aber bin ich ganz wiederhergestellt, nur eine kleine Schwäche ist noch geblieben.«

»Ganz wiederhergestellt, na Gott sei Dank«, sagte der Religionslehrer, Vater Nikolaj, ein junger Geistlicher in elegantem braunem Priesterrock und langen Hosen. »Da muß man sich doch freuen. Sie aber regen sich auf und dergleichen mehr.«

»Sie sind auch so einer«, unterbrach ihn Sysoev. »Fragen muß man direkt und klar stellen, Sie aber haben den Schülern die ganze Zeit Rätsel aufgegeben. Das geht nicht!«

Mit vereinten Kräften brachte man ihn irgendwie zur Ruhe und ließ ihn am Imbißtisch Platz nehmen. Er überlegte lange, was er trinken sollte, und trank schließlich mit saurer Miene ein halbes Glas grünen Likör, dann zog er sich ein Stück Pastete heran und stocherte aus der Füllung sorgsam das Ei und die Zwiebeln heraus. Beim ersten Biß erschien ihm die Pastete zu nüchtern. Er streute Salz darauf, schob sie dann aber mit einer heftigen Bewegung beiseite, denn nun war sie versalzen.

Beim Mittagessen teilte man ihm den Platz zwischen dem Inspektor und Bruni zu. Nach dem ersten Gang begannen nach althergebrachter Sitte die Trinksprüche.

»Es ist mir eine angenehme Pflicht«, fing der Inspektor an, »den Dank an die hier nicht anwesenden Schirmherren der Schule abzustatten, an Daniil Petrovič und... und... und...«

»Und Ivan Petrovič...« ergänzte Bruni.

»Und Ivan Petrovič Kulikin, die für die Schule keine Ausgabe gescheut haben, ich schlage vor, auf ihre Gesundheit zu trinken ...«

»Und ich«, sagte Bruni, der aufsprang, als hätte man ihm einen Stich versetzt, »schlage meinerseits einen Toast auf die Gesundheit des verehrten Inspektors der Volksschulen, Pavel Gennadievič Nadarov, vor.«

Die Stühle wurden gerückt, auf die Gesichter trat ein Lächeln, und es begann das übliche Anstoßen. Der dritte Trinkspruch stand jetzt Sysoev zu. Auch dieses Mal erhob er sich und hielt eine Rede. Er setzte eine ernste Miene auf, hustete und erklärte zunächst, es sei ihm nicht gegeben, schöne Worte zu machen, und er habe sich auch nicht vorbereitet. Weiter sagte er, er habe in seinen vierzehn Dienstjahren viele Intrigen, Ränke und sogar Denunziationen erlebt, und er kenne seine Feinde und Verleumder sehr wohl, wünsche sie aber nicht zu nennen, weil er »fürchte, es könne jemandem den Appetit verderben«; trotz der Intrigen stehe jedoch die Kulikinische Schule im ganzen Gouvernement an erster Stelle, »nicht nur in geistiger, sondern auch in materieller Hinsicht«.

»Überall«, sagte er, »bekommen die Lehrer zweihundert und dreihundert Rubel, während ich fünfhundert bekomme, und obendrein ist meine Wohnung renoviert und sogar auf Kosten der Fabrik mit Möbeln ausgestattet worden. Und in diesem Jahr hat man alle Wände neu tapeziert ...«

Weiter verbreitete der Lehrer sich darüber, wie großzügig im Vergleich zu den Zemstvo- und Staatsschulen die Schüler mit Schreibutensilien versorgt würden. Und alles das verdanke die Schule seiner Meinung nach nicht den Fabrikbesitzern, die im Ausland lebten und von der Existenz der Schule wohl kaum etwas wüßten, sondern dem Manne, der trotz seiner deutschen Herkunft und seines lutherischen Glaubens eine echt russische Seele habe. Sysoev sprach lange, mit Kunstpausen und mit der Prätention auf Beredsamkeit; seine Ansprache machte einen schwerfälligen, unangenehmen Eindruck. Mehrere Male erwähnte er irgendwelche Feinde, die er habe, er bemühte sich, in Andeutungen zu sprechen, wiederholte sich, hustete und bewegte unschön die Finger. Am Ende verließen ihn die Kräfte, er begann zu schwitzen und sprach nur noch leise, mit gesenkter Stimme, gleichsam zu sich selbst. Der Schluß seiner Rede war nicht ganz klar:

»Also, ich schlage vor, auf Bruni zu trinken, das heißt auf Adolf Andreič, der hier, unter uns... überhaupt... Sie verstehen.«

Am Ende der Rede seufzten alle erleichtert auf, als hätte jemand kaltes Wasser in die Luft gespritzt und eine stickige Schwüle beseitigt. Einzig und allein Bruni hatte offenbar nichts Unangenehmes empfunden. Strahlend und seine sentimentalen Augen verdrehend, schüttelte er Sysoev bewegt die Hand und scharwenzelte wieder wie ein Hund.

»Oh, ich danke Ihnen!« sagte er, wobei er das Oh besonders betonte und seine linke Hand ans Herz drückte. »Ich bin sehr glücklich, daß Sie mich verstehn! Von ganzem Herzen wünsche ich Ihnen alles Gute! Nur muß ich bemerken, daß Sie meine Bedeutung zu hoch bewerten. Die Schule verdankt ihr Aufblühen nur Ihnen, mein verehrtester Freund Fëdor Lukič! Ohne Sie würde sie sich in nichts von anderen Schulen unterscheiden! Sie denken: der Deutsche macht ein Kompliment, der Deutsche redet delikat. Haha! Nein, Fëdor Lukič, mein Herz, ich bin ein ehrlicher Mensch und mache niemals Komplimente. Wenn wir Ihnen fünfhundert Rubel im Jahr zahlen, so heißt das, Sie sind uns das wert. Stimmt es etwa nicht? Meine Herren, sage ich etwa nicht die Wahrheit? Einem anderen würden wir nicht so viel zahlen... Bedenken Sie doch, eine gute Schule – ist für die Fabrik eine Ehre!«

»Ich muß ehrlich zugeben, Ihre Schule ist wirklich ungewöhnlich«, sagte der Inspektor. »Glauben Sie nicht, daß ich Sie beweihräuchere. Mir jedenfalls ist in meinem ganzen Leben keine zweite solche Schule begegnet. Ich war bei Ihrem Examen zugegen und habe die ganze Zeit nur gestaunt... Was für prächtige Kinder! Sie wissen viel, geben gescheite Antworten und sind dabei irgendwie besonders, nicht eingeschüchtert, offenherzig... Man merkt, daß die Kinder Sie auch gern haben, Fëdor Lukič. Sie sind eben durch und durch Pädagoge, Sie müssen wohl schon als Lehrer zur Welt gekommen sein. Bei Ihnen finden sich alle Voraussetzungen: das angeborene Talent, die langjährige Erfahrung und die Liebe zur Sache... Einfach erstaunlich, wieviel Energie

Sie bei Ihrer geschwächten Gesundheit aufbringen, wieviel Sachkundigkeit, wieviel... verstehen Sie, Ausdauer und Überzeugung. Im Schulbeirat hat jemand sehr richtig gesagt, Sie wären in Ihrer Arbeit ein Poet... Genauso ist es: ein Poet!«

Die ganze Tafelrunde begann jetzt einmütig, wie aus einem Munde über die außergewöhnliche Begabung Sysoevs zu sprechen. Es war, als wäre ein Damm gebrochen: Von allen Seiten sprudelten ehrlich begeisterte Worte, wie sie ein Mensch, den vorsichtige, nüchterne Berechnung zurückhält, nicht zu sagen vermöchte. Vergessen war auch Sysoevs Rede, vergessen sein unleidlicher Charakter und der böse, unfreundliche Ausdruck in seinem Gesicht. Alle wurden gesprächig, sogar die schüchternen und schweigsamen neuernannten Lehrer, diese unscheinbaren, furchtsamen Jünglinge, die den Inspektor nie anders als mit »Euer Hochwohlgeboren« anredeten. Man sah, Sysoev galt in seinem Kreis als bedeutende Persönlichkeit.

Da er sich in seinen vierzehn Dienstjahren an Erfolge und Lob gewöhnt hatte, hörte er den lärmenden Reden seiner Verehrer gleichmütig zu.

Statt seiner berauschte sich Bruni an den Lobeserhebungen. Der Deutsche fing jedes Wort auf, strahlte, klatschte in die Hände und errötete verlegen, als gälten die Lobreden nicht dem Lehrer, sondern ihm selbst.

»Bravo! Bravo!« rief er. »Richtig! Sie haben meinen Gedanken erraten...! Ausgezeichnet...!«

Er blickte dem Lehrer in die Augen, als wollte er ihn an seiner Glückseligkeit teilhaben lassen. Schließlich hielt er es nicht länger aus, sprang auf und rief, alle anderen Stimmen mit seinem piepsigen Tenor übertönend:

»Meine Herren! Gestatten Sie, daß ich rede! Pst! Zu allen Ihren Worten kann ich nur das eine sagen: Die Fabrikverwaltung wird Fëdor Lukič nichts schuldig bleiben...!«

Alle verstummten. Sysoev hob seine Augen zu dem rosigen Gesicht des Deutschen.

»Wir wissen es zu schätzen«, fuhr Bruni mit ernstem Gesicht und gedämpfter Stimme fort. »Zu all Ihren Worten muß ich Ihnen sagen, daß... für die Familie von Fëdor Lukič gesorgt ist und daß dieserhalb schon vor einem Monat ein Kapital auf der Bank hinterlegt wurde.«

Sysoev schaute erst den Deutschen und dann seine Kollegen fragend an, als hätte er nicht richtig verstanden: Wieso ist für seine Familie gesorgt? Wieso nicht für ihn selbst? Und er las in allen Gesichtern, in all den unbeweglich auf ihn gerichteten Blicken nicht jenes Mitgefühl oder Mitleid, das ihm so zuwider war, sondern etwas anderes, Sanftes und Weiches und zugleich in höchstem Maße Unheilverkündendes, etwas, das einer furchtbaren Wahrheit glich, das im Nu seinen ganzen Körper mit Eiseskälte durchdrang und seine Seele mit unbeschreiblicher Verzweiflung erfüllte. Mit bleichem, verzerrtem Gesicht sprang er plötzlich auf und griff sich mit den Händen an den Kopf. Eine Viertelminute stand er so da und starrte entsetzt auf einen Punkt, als sähe er vor sich diesen nahen Tod, von dem Bruni gesprochen hatte, dann setzte er sich wieder und fing an zu weinen.

»Aber nicht doch...! Was ist mit Ihnen...?« Er hörte erregtes Stimmengewirr. »Wasser! Trinken Sie Wasser!«

Nach einer Weile beruhigte sich der Lehrer, aber an der Tafel war es vorbei mit der fröhlichen Stimmung. Das Essen endete unter dumpfem Schweigen und viel früher als in den vorangegangenen Jahren.

Als Sysoev heimkehrte, schaute er zuallererst in den Spiegel.

Natürlich, ich habe dort ganz umsonst losgeheult! dachte er, als er seine Augen mit den dunklen Ringen und die eingefallenen Wangen betrachtete. Heute ist meine Gesichtsfarbe viel besser als gestern. Es ist Blutarmut und ein Magenkatarrh, und der Husten kommt vom Magen.

Nachdem er sich so beruhigt hatte, zog er sich aus und säuberte lange mit dem Reisigquast seinen schwarzen Anzug, den er dann sorgfältig zusammenlegte und in die Kommode einschloß.

Danach trat er an den Tisch, wo ein Stapel Schülerhefte lag. Er suchte das Heft von Babkin heraus, setzte sich hin und versenkte sich in die Betrachtung der schönen Kinderhandschrift.

Zur gleichen Zeit, als er sich das Diktat seiner Schüler anschaute, saß im Nebenzimmer der Zemstvo-Arzt und flüsterte seiner Frau zu, es sei nicht richtig gewesen, einen Menschen, der höchstens noch eine Woche zu leben habe, zu dem Essen gehen zu lassen.

Die Feinde

An einem dunklen Septemberabend in der zehnten Stunde starb der einzige Sohn des Zemstvo-Arztes Kirilov, der sechsjährige Andrej, an Diphtherie. Als die Gattin des Doktors völlig verzweifelt vor dem Bettchen ihres toten Kindes auf den Knien lag, läutete in der Diele schrill die Glocke.

Wegen der Diphtherie war das ganze Dienstpersonal schon am Morgen aus dem Haus geschickt worden. So wie er war, ohne Rock, mit aufgeknöpfter Weste und ohne das feuchte Gesicht und die von der Karbolsäure aufgesprungenen Hände abzuwischen, öffnete Kirilov die Tür. In der Diele war es dunkel, und von dem Besucher konnte man nur erkennen, daß er von mittlerem Wuchs war, ein weißes Halstuch trug und ein großes, außergewöhnlich bleiches Gesicht hatte, so daß man meinte, mit seinem Erscheinen sei es in der Diele heller geworden.

»Ist der Doktor zu Hause?« fragte der Eintretende hastig.

»Ja, ich bin zu Hause«, antwortete Kirilov. »Was wünschen Sie?«

»Ah, Sie selbst? Sehr angenehm!« sagte der Ankömmling erfreut und suchte im Dunkeln die Hand des Arztes; als er sie gefunden hatte, drückte er sie fest. »Ich bin sehr, sehr froh! Wir kennen uns! Ich bin Abogin ... hatte das Vergnügen, Ihnen im Sommer bei Gnučev zu begegnen. Freue mich sehr, Sie angetroffen zu haben ... Um Gottes willen, lehnen Sie nicht ab ... kommen Sie gleich mit ... Meine Frau ist gefährlich erkrankt ... Mein Wagen steht vor der Tür.«

An Stimme und Gestik des Gastes war zu erkennen, daß er stark erregt war. Er konnte kaum atmen, als sei er durch eine

Feuersbrunst oder von einem tollwütigen Hund erschreckt worden, er sprach schnell, mit zitternder Stimme, und in seinen Worten schwang etwas unverfälscht Aufrichtiges, Kindlich-Unsicheres mit. Wie alle Erschreckten sprach er in kurzen, abgehackten Sätzen und gebrauchte viele überflüssige Worte, die nicht zur Sache gehörten.

»Ich fürchtete schon, Sie nicht anzutreffen«, fuhr er fort. »Auf der Fahrt zu Ihnen litt ich Höllenqualen... Ziehen Sie sich an, und dann fahren wir los, um Gottes willen... Das ist so passiert. Zu mir kam Papčinskij, Aleksandr Semënovič, Sie kennen ihn... Wir unterhielten uns... dann tranken wir Tee; plötzlich schreit meine Frau auf, greift sich ans Herz und fällt zurück gegen die Stuhllehne. Wir trugen sie aufs Bett, und... ich rieb ihr die Schläfen mit Salmiakgeist ein und benetzte sie mit Wasser... sie lag da wie eine Tote... Ich fürchte, es ist ein Aneurysma... Kommen Sie... Auch ihr Vater ist an einem Aneurysma gestorben...«

Kirilov hörte zu und schwieg, als verstünde er kein Russisch.

Als Abogin noch einmal Papčinskij und den Vater seiner Frau erwähnte und noch einmal im Dunkeln die Hand des Arztes suchte, schüttelte dieser den Kopf und sagte, wobei er apathisch jedes Wort in die Länge zog:

»Entschuldigen Sie, ich kann nicht mitkommen... Vor fünf Minuten ist mein... Sohn gestorben...«

»Wirklich?« flüsterte Abogin und trat einen Schritt zurück. »Mein Gott, wie ungelegen komme ich da! Ein merkwürdig unglückseliger Tag... merkwürdig! Was für ein Zusammentreffen... wie zum Trotz!«

Abogin faßte nach dem Türgriff und ließ nachdenklich den Kopf sinken. Er schwankte offensichtlich und wußte nicht, was er tun sollte – weggehen oder den Arzt noch weiter bitten.

»Hören Sie«, sagte er erregt und packte Kirilov am Ärmel, »ich kann Ihre Lage sehr gut verstehen! Gott ist mein Zeuge, es ist mir peinlich, daß ich in diesem Augenblick Ihre Aufmerksamkeit in Anspruch nehme, aber was soll ich machen?

Urteilen Sie selbst, zu wem sollte ich fahren? Außer Ihnen gibt es doch hier keinen Arzt. Fahren wir um Gottes willen los! Ich bitte doch nicht für mich... nicht ich bin krank!«

Schweigen trat ein. Kirilov drehte Abogin den Rücken zu, blieb einen Moment stehen und ging dann langsam aus der Diele in den Salon. Nach seinem unsicheren, mechanischen Gang zu urteilen und nach der Art, mit der er im Salon an der nicht angezündeten Lampe den mit Fransen besetzten Schirm zurechtrückte und in ein dickes Buch sah, das auf dem Tisch lag, hatte er in diesen Minuten weder Absichten noch Wünsche, noch dachte er an irgend etwas, und er hatte offenbar bereits vergessen, daß in der Diele ein Fremder stand. Das Dämmerlicht und die Stille des Salons verstärkten, wie es schien, seine Benommenheit. Während er aus dem Salon in sein Arbeitszimmer ging, hob er bei jedem Schritt das rechte Bein höher als notwendig, er suchte mit den Händen den Türpfosten, und in diesem Augenblick lag in seiner ganzen Gestalt ein gewisses Erstaunen, als sei er in eine fremde Wohnung geraten oder habe sich das erste Mal im Leben sinnlos betrunken und gebe sich nun erstaunt diesem neuen Gefühl hin. An der einen Wand des Arbeitszimmers zog sich über die Bücherschränke ein breiter Lichtstreif hin; zusammen mit dem schweren, stickigen Geruch nach Karbolsäure und Äther drang dieses Licht durch die leicht geöffnete Tür, die aus dem Arbeitszimmer in das Schlafzimmer führte... Der Arzt ließ sich am Tisch auf einem Sessel nieder; ein Weilchen schaute er verträumt auf seine beleuchteten Bücher, dann erhob er sich und ging ins Schlafzimmer.

Hier im Schlafzimmer herrschte Totenstille. Alles bis auf die kleinste Kleinigkeit zeugte beredt von dem unlängst durchlebten Sturm, von der Erschöpfung, und alles ruhte aus. Die Kerze, die inmitten einer Unmenge von Fläschchen, Schächtelchen und Büchsen auf einem Hocker stand, und die große Lampe auf der Kommode gaben ein helles Licht. Auf dem Bett unmittelbar am Fenster lag ein Knabe mit offenen Augen und erstauntem Gesichtsausdruck. Er rührte sich nicht, aber die geöffneten Augen schienen mit jeder Minute dunkler zu werden und immer mehr einzusinken. Vor dem Bett kniete die Mutter; sie hatte die

Arme über den Körper des Kindes gelegt und verbarg ihr Gesicht in den Falten der Bettdecke. Sie rührte sich ebensowenig wie der Knabe, doch wieviel Lebendigkeit sprach aus ihrer Haltung und aus ihren Armen! Heftig und leidenschaftlich schmiegte sie sich an das Bett, als bange sie um die ruhige, bequeme Stellung, die sie endlich für ihren erschöpften Körper gefunden hatte. Die Bettdecken, die Lappen, die Schüsseln, die Lachen auf dem Fußboden, die überall verstreuten Pinsel und Löffel, die weiße Flasche mit Kalkwasser, die stickige, schwere Luft – alles war erstarrt und schien in tiefste Ruhe versunken.

Der Arzt blieb bei seiner Frau stehen, steckte die Hände in die Hosentaschen und richtete, den Kopf zur Seite geneigt, den Blick auf den Sohn. Auf seinem Gesicht malte sich Gleichgültigkeit, und nur an den Tropfen, die in seinem Bart schimmerten, sah man, daß er unlängst geweint hatte.

Von jenem lähmenden Entsetzen, an das man denkt, wenn man vom Tod spricht, war im Schlafzimmer nichts zu bemerken. In der allgemeinen Erstarrung, in der Haltung der Mutter, in dem gleichgültigen Gesicht des Arztes lag etwas Anziehendes, Herzbewegendes, jene zarte, schwer zu erfassende Schönheit des menschlichen Leides, die man nicht so bald zu verstehen und zu beschreiben lernt und die wohl nur die Musik wiedergeben kann. Diese Schönheit war in der düsteren Stille spürbar; Kirilov und seine Frau schwiegen, sie weinten nicht, als seien sie sich außer der Schwere des Verlustes auch der lyrischen Stimmung ihrer Lage bewußt – wie seinerzeit ihre Jugend verrann, so hatten sie mit diesem Knaben das Recht, Kinder zu haben, für immer verloren! Der Arzt war vierundvierzig Jahre alt, sein Haar war bereits ergraut, und er sah aus wie ein alter Mann, seine verwelkte, kranke Frau zählte fünfunddreißig Jahre. Andrej war nicht nur ihr einziges, sondern auch ihr letztes Kind.

Im Gegensatz zu seiner Frau gehörte der Arzt zu den Naturen, die bei einem seelischen Schmerz das Bedürfnis nach Bewegung verspüren. Nachdem er etwa fünf Minuten bei seiner Frau gestanden hatte, ging er, das rechte Bein stark anhebend, aus dem Schlafzimmer in einen kleinen Raum, den zur Hälfte ein großer breiter Diwan einnahm; von dort begab er sich in die

Küche. Er wanderte ziellos neben dem Ofen und dem Bett der Köchin auf und ab, dann bückte er sich und ging durch eine kleine Tür in die Diele.

Hier sah er wieder das weiße Halstuch und das bleiche Gesicht.

»Endlich!« seufzte Abogin und faßte nach dem Türgriff. »Fahren wir bitte!«

Der Arzt erschrak, schaute ihn an und erinnerte sich...

»Hören Sie, ich habe Ihnen doch schon erklärt, daß ich nicht mitkommen kann!« sagte er, und es kam wieder Leben in ihn. »Wie sonderbar!«

»Doktor, ich bin nicht von Stein, ich kann Ihre Lage sehr gut verstehen... ich fühle mit Ihnen!« sagte Abogin mit flehender Stimme und preßte die Hand auf sein Halstuch. »Aber ich bitte doch nicht für mich... Meine Frau liegt im Sterben! Wenn Sie diesen Schrei gehört, ihr Gesicht gesehen hätten, Sie würden meine Hartnäckigkeit begreifen! Mein Gott, ich dachte, Sie hätten sich schon angezogen! Die Zeit ist kostbar, Doktor! Fahren wir los, ich bitte Sie!«

»Ich kann nicht mitkommen!« erwiderte Kirilov langsam und kehrte in den Salon zurück.

Abogin folgte ihm und packte ihn am Ärmel.

»Sie haben Kummer, das begreife ich, aber ich ersuche Sie doch nicht um eine Zahnbehandlung oder um ein Gutachten, sondern ich bitte Sie, ein Menschenleben zu retten!« fuhr er fort und flehte wie ein Bettler. »Dieses Menschenleben steht höher als jedes persönliche Leid! Nun, ich bitte Sie, nehmen Sie Ihre Kraft zusammen, seien Sie ein Held! Im Namen der Menschlichkeit!«

»Menschlichkeit ist ein Stock mit zwei Enden«, erwiderte Kirilov gereizt. »Im Namen der gleichen Menschlichkeit bitte ich Sie, mich hierzulassen. Weiß Gott, wie seltsam das ist! Ich kann kaum auf den Beinen stehen, und Sie kommen mir mit Menschlichkeit! Ich bin jetzt zu nichts zu gebrauchen... ich fahre auf keinen Fall, und wie könnte ich meine Frau allein lassen? Nein, nein...«

Kirilov wehrte mit der Hand ab und wich zurück.

»Und ... und bitten Sie mich nicht weiter!« fuhr er erschrokken fort. »Entschuldigen Sie mich ... Nach dem Gesetzbuch, Band dreizehn, bin ich verpflichtet mitzufahren, und Sie haben das Recht, mich beim Schlafittchen zu nehmen ... Machen Sie das bitte, aber ... ich bin heute nicht zu gebrauchen ... Ich bin nicht einmal imstande zu sprechen ... Entschuldigen Sie ...«

»Sie reden umsonst in solch einem Ton mit mir, Doktor!« sagte Abogin und packte den Arzt wieder am Ärmel. »Lassen wir doch den Band dreizehn! Sie gegen Ihren Willen zu zwingen, habe ich keinerlei Recht. Wenn Sie wollen, so kommen Sie mit, wenn nicht, dann lassen Sie's, aber ich wende mich nicht an Ihren Willen, sondern an Ihr Gefühl. Eine junge Frau liegt im Sterben! Sie sagen, soeben sei Ihr Sohn gestorben, wer kann denn meine Angst begreifen, wenn nicht Sie?«

Abogins Stimme zitterte vor Erregung; in diesem Zittern und in seinem Ton lag viel mehr Überzeugungskraft als in seinen Worten. Abogin war aufrichtig, aber es war merkwürdig – was er auch sagte, es klang unnatürlich, herzlos, unangebracht schwülstig, und seine Worte schienen sogar die Luft in der Wohnung des Arztes wie auch die irgendwo in der Ferne sterbende Frau zu beleidigen. Er fühlte das selbst; deshalb, und weil er fürchtete, nicht verstanden zu werden, bemühte er sich nach Kräften, seiner Stimme einen weichen, sanften Klang zu verleihen, um sein Ziel, wenn nicht mit Worten, so doch mit der Aufrichtigkeit des Tones zu erreichen. Überhaupt wirkt ein Satz, er mag noch so schön und tiefsinnig sein, nur auf gleichmütige Menschen, aber er kann nicht immer den befriedigen, der glücklich oder unglücklich ist; daher ist meist das Schweigen der höchste Ausdruck von Glück oder Unglück. Verliebte verstehen einander am besten, wenn sie schweigen, und eine flammende, leidenschaftliche Rede an einem Grab rührt nur die Außenstehenden, während sie der Witwe und den Kindern des Verstorbenen kalt und nichtig vorkommt.

Kirilov stand da und schwieg. Als Abogin noch einige Phrasen über die hohe Berufung des Arztes, über Selbstaufopferung und so weiter von sich gab, fragte der Doktor finster:

»Ist es weit?«

»Etwa dreizehn, vierzehn Werst. Ich habe ausgezeichnete Pferde, Doktor! Ich gebe Ihnen mein Ehrenwort, ich bringe Sie in einer Stunde hin und wieder zurück. Eine Stunde nur!«

Die letzten Worte wirkten auf den Arzt stärker als die Berufung auf die Menschlichkeit und die Verpflichtung des Arztes. Er überlegte und sagte seufzend:

»Gut, fahren wir!«

Er ging schnell und mit nun schon sicheren Schritten in sein Arbeitszimmer und kehrte kurz darauf mit einem langen Überrock zurück. Der erfreute Abogin half ihm, trippelnd und mit den Füßen scharrend, den Mantel anzuziehen, und verließ mit ihm zusammen das Haus.

Draußen war es dunkel, aber heller als in der Diele. Im Finstern zeichnete sich die hohe, etwas gebeugte Gestalt des Arztes mit dem langen schmalen Bart und der Adlernase klar ab. Von Abogin sah man außer dem bleichen Gesicht nun auch den großen Kopf und die kleine Studentenmütze, die kaum den Scheitel bedeckte. Das Halstuch schimmerte nur vorn, hinten verbarg es sich unter den langen Haaren.

»Glauben Sie mir, ich weiß Ihre Hochherzigkeit zu schätzen«, murmelte Abogin, während er dem Arzt in die Kutsche half. »Wir werden im Nu dort sein. Fahr zu, Luka, mein Lieber, so schnell es geht! Bitte!«

Der Kutscher fuhr schnell. Zunächst kam man an einer Reihe unansehnlicher Gebäude vorbei, die längs des Krankenhaushofes standen. Überall war es dunkel, nur am anderen Ende des Hofes leuchtete ein Fenster, grelles Licht drang durch die Latten eines Zaunes, und die drei Fenster im Obergeschoß des Krankenhauses schienen heller als die Luft zu sein. Darauf verschwand die Kutsche in der Dunkelheit; es roch nach Feuchtigkeit und Pilzen, und man hörte das Rascheln der Blätter. Durch den Lärm der Räder aufgescheuchte Krähen regten sich in den Baumkronen und erhoben ein ängstliches, klägliches Geschrei, als wüßten sie, daß dem Doktor der Sohn gestorben und daß Abogins Frau krank war. Nun tauchten einzelne Bäume und Sträucher auf, ein Teich, auf dem große schwarze Schatten schliefen, schimmerte düster, und die Kutsche rollte auf ebener

Erde dahin. Das Krähengeschrei war nur noch schwach von weit hinten zu hören und verstummte bald ganz.

Fast den ganzen Weg über schwiegen Kirilov und Abogin. Nur einmal seufzte Abogin tief auf und murmelte:

»Ein qualvoller Zustand! Niemals liebt man seine Angehörigen mehr, als wenn man gewärtigen muß, sie zu verlieren.«

Als die Kutsche langsam durch einen Fluß fuhr, schreckte Kirilov plötzlich auf, als habe ihn das Plätschern des Wassers geweckt, und bewegte sich.

»Hören Sie, lassen Sie mich fort«, sagte er wehmütig. »Ich komme dann zu Ihnen. Ich muß nur den Heilgehilfen zu meiner Frau schicken. Sie ist doch allein!«

Abogin schwieg. Die Kutsche fuhr schwankend und über Steine holpernd das sandige Ufer hinauf und rollte weiter. Kirilov in seinem Gram drehte sich unruhig nach allen Seiten und blickte sich um. Hinter dem Wagen sah man im spärlichen Licht der Gestirne den Weg und die in der Dunkelheit verschwindenden Uferweiden. Zur Rechten lag die Ebene, so flach und so grenzenlos wie der Himmel; hier und dort brannten trübe Flämmchen, wahrscheinlich auf den Torfmooren. Zur Linken erstreckte sich längs des Weges eine mit niedrigem Gesträuch bewachsene Anhöhe, darüber stand unbeweglich ein großer Halbmond, rot, leicht in Nebel gehüllt und von kleinen Wölkchen umringt, die ihn, so schien es, von allen Seiten beobachteten und aufpaßten, daß er nicht weglief.

In der ganzen Natur lag etwas Hoffnungsloses, Krankes, und gleich einer gefallenen Frau, die allein im dunklen Zimmer sitzt und nicht an das Vergangene denken will, verzehrte sich die Erde in Erinnerungen an den Frühling und den Sommer und wartete apathisch auf den unvermeidlichen Winter. Wohin man auch blickte, überall präsentierte sich die Natur als dunkle, grenzenlos tiefe und kalte Grube, aus der weder Kirilov noch Abogin, noch der rote Halbmond herausfinden konnten...

Je mehr sich die Kutsche dem Ziel näherte, desto ungeduldiger wurde Abogin. Er rutschte auf dem Sitz hin und her, sprang auf und blickte über die Schulter des Kutschers nach vorn. Als der Wagen endlich an der mit gestreifter Leinwand hübsch bespannten Freitreppe hielt und Abogin zu den erleuchteten Fenstern im ersten Stock hinaufblickte, hörte man, wie sein Atem zitterte.

»Wenn etwas passiert, dann ... überlebe ich das nicht«, sagte er, als er mit dem Arzt die Diele betrat und sich aufgeregt die Hände rieb. »Aber man hört keinen Lärm, das heißt, es ist noch alles in Ordnung«, fügte er hinzu und lauschte in die Stille.

In der Diele waren weder Stimmen noch Schritte zu hören, das ganze Haus schien zu schlafen, obwohl es hell erleuchtet war. Nun konnten auch der Doktor und Abogin, die sich bis dahin nur im Dunkeln gesehen hatten, einander erkennen. Der Arzt war hochgewachsen, leicht gebeugt und nachlässig gekleidet, sein Gesicht hatte etwas Unschönes. Seine dicken Negerlippen, die Adlernase und der träge, gleichgültige Blick machten einen unangenehm schroffen, rauhen und strengen Eindruck. Sein ungekämmtes Haar, die eingefallenen Schläfen, der vorzeitig ergraute lange schmale Bart, durch den das Kinn hindurchschimmerte, die matte graue Hautfarbe und die eckigen, unbeholfenen Manieren – all diese harten Züge ließen den Gedanken an durchlittene Not und Mühsal, an Enttäuschung über Leben und Menschen aufkommen. Sah man seine nüchterne Gestalt, so wollte man nicht glauben, daß dieser Mann eine Gattin hatte, daß er um ein Kind weinen konnte.

Abogin dagegen stellte etwas anderes vor. Er war ein stämmiger, stattlicher blonder Mann mit großem Kopf und plumpen, aber weichen Gesichtszügen; er ging stets elegant und nach der letzten Mode gekleidet. In seiner Haltung, dem sorgfältig zugeknöpften Rock, der Haarmähne und dem Gesicht lag etwas Vornehmes, das an einen Löwen erinnerte. Beim Gehen hielt er den Kopf gerade und streckte die Brust heraus; er sprach mit angenehmer Baritonstimme, und in der Art und Weise, wie er sein Halstuch abnahm oder sein Haar ordnete, lag eine feine, beinahe weibliche Eleganz. Sogar die Blässe und die kindliche Furcht, mit der er beim Auskleiden die Treppe hinaufsah, taten seiner Haltung keinen Abbruch und konnten den Eindruck von Sattheit, Gesundheit und Sicherheit, den seine ganze Gestalt hinterließ, nicht vermindern.

»Niemand ist da, nichts ist zu hören«, sagte er und ging zur Treppe. »Kein Lärm! Wolle Gott.«

Er führte den Arzt durch die Diele in den großen Saal, wo ein schwarzer Flügel stand und in einem weißen Überzug ein Kronleuchter hing; von dort gingen beide in den kleinen, sehr gemütlichen, schönen Salon, der in einem angenehmen rosigen Halbdunkel lag.

»Nun, setzen Sie sich hier hin, Doktor«, sagte Abogin. »Ich komme gleich wieder. Ich will nur mal nachsehen und Bescheid sagen.«

Kirilov blieb allein. Der luxuriöse Salon, das angenehme Halbdunkel und seine eigene Anwesenheit in einem fremden, unbekannten Haus, die den Charakter eines Abenteuers trug, berührten ihn offenbar nicht. Er saß im Sessel und betrachtete seine von der Karbolsäure aufgesprungenen Hände. Nur flüchtig nahm er den hellroten Lampenschirm und das Futteral eines Violoncellos wahr, und als er nach der Seite schielte, wo eine Uhr tickte, bemerkte er einen ausgestopften Wolf, der genauso stattlich und wohlgenährt aussah wie Abogin selbst.

Es war still... Irgendwo in einem der Nebenzimmer rief jemand laut »Ah!«, eine Glastür klirrte, wahrscheinlich an einem Schrank, und wieder war alles still. Nachdem Kirilov ungefähr fünf Minuten gewartet hatte, hörte er auf, seine Hände zu betrachten, und er richtete seine Augen auf die Tür, durch die Abogin das Zimmer verlassen hatte.

Auf der Schwelle dieser Tür stand Abogin, aber es war nicht derselbe Abogin, der hinausgegangen war. Die Sattheit und die feine Eleganz waren aus seinem Gesicht verschwunden, und seine Hände sowie seine Haltung waren entstellt von einem abstoßenden Ausdruck, der halb Schrecken, halb quälenden physischen Schmerz zu bedeuten schien. Seine Nase, seine Lippen, sein Schnurrbart, alle seine Züge bebten und schienen bemüht, sich vom Gesicht loszureißen, die Augen aber lachten gleichsam vor Schmerz...

Abogin schritt schwerfällig und breitbeinig bis zur Mitte des Salons, er krümmte sich, stöhnte auf und schüttelte die Fäuste.

»Ich bin betrogen!« schrie er, wobei er die Silbe -tro- stark betonte. »Betrogen! Sie ist fort! Sie hat sich krank gestellt und mich nur zum Arzt geschickt, damit sie mit diesem Hanswurst von Papčinskij türmen konnte! O mein Gott!«

Abogin schritt langsam zu dem Arzt, hielt ihm seine weichen weißen Fäuste vors Gesicht, schüttelte sie und jammerte weiter:

»Sie ist fort! Ich bin betrogen! Nun, wozu da diese Lüge?! O mein Gott! Mein Gott! Wozu dieser schmutzige Taschenspielertrick, dieses teuflische, hinterlistige Spiel? Was habe ich ihr getan? Sie ist fort!«

Tränen strömten aus seinen Augen. Er drehte sich auf dem Absatz um und schritt durchs Zimmer. In seinem kurzen Rock, in den modischen engen Hosen, in denen seine Beine im Vergleich zum Körper viel zu dünn wirkten, mit seinem großen Kopf und seiner Mähne ähnelte er nun sehr einem Löwen. Auf dem gleichgültigen Gesicht des Arztes malte sich Neugierde. Er stand auf und betrachtete Abogin.

»Erlauben Sie, wo ist denn die Kranke?« fragte er.

»Die Kranke! Die Kranke!« schrie Abogin lachend, weinend und immer noch die Fäuste schüttelnd. »Das ist keine Kranke, sondern eine Elende! So eine Niedertracht! So eine Schuftigkeit, etwas Gemeineres konnte sich nicht einmal der Satan ausdenken! Sie hat mich weggeschickt, um mit diesem Hanswurst, diesem stumpfsinnigen Clown, diesem Zuhälter türmen zu können! O Gott, wäre sie doch lieber gestorben! Das ertrage ich nicht, nein, das ertrage ich nicht!«

Der Arzt richtete sich auf. Er blinzelte, und seine Augen füllten sich mit Tränen, der schmale Bart bewegte sich mit der Kinnlade hin und her.

»Erlauben Sie, was soll das?« fragte er und sah sich neugierig um. »Mein Kind ist gestorben, meine Frau sitzt in ihrem Leid ganz allein zu Hause... ich selbst kann mich kaum auf den Beinen halten, drei Nächte habe ich nicht geschlafen... und was ist los? Man zwingt mich, in einer abgeschmackten Komödie die Rolle eines Requisits zu spielen! Das... das begreife ich nicht!«

Abogin öffnete die eine Faust, schleuderte einen zerknüllten Zettel zu Boden und trat darauf, wie man auf ein Insekt tritt.

»Und ich habe das nicht gesehen, nicht verstanden!« stieß er durch die zusammengepreßten Zähne hervor und fuchtelte mit der anderen Faust vor seinem Gesicht herum, wobei er eine Miene machte, als habe man ihm auf die Hühneraugen getreten. »Ich habe nicht gemerkt, wie er jeden Tag gekommen ist, mir ist nicht aufgefallen, wie er heute mit der Kutsche vorfuhr! Wozu mit der Kutsche? Und ich habe das nicht gesehen! Ich Schlafmütze!«

»Ich ... ich verstehe das nicht!« murmelte der Arzt. »Was soll das heißen? Das ist doch eine Verspottung der Persönlichkeit, eine Verhöhnung des menschlichen Leids! Das ist doch unglaublich, so etwas habe ich in meinem ganzen Leben noch nicht erlebt!«

Mit dem stumpfen Erstaunen eines Menschen, der gerade begriffen hat, daß er schwer beleidigt wurde, zuckte der Doktor die Achseln, breitete verwundert die Arme aus und ließ sich, da er nicht wußte, was er sagen sollte, erschöpft in einen Sessel fallen.

»Nun, du liebst mich nicht mehr, du liebst einen anderen – meinetwegen, aber wozu dann dieser Betrug, wozu dieser gemeine Verrat?« sagte Abogin mit weinerlicher Stimme. »Wozu? Wofür? Was habe ich dir getan? Hören Sie, Doktor«, sagte er leidenschaftlich und trat zu Kirilov. »Sie waren unfreiwilliger Zeuge meines Unglücks, ich will vor Ihnen die Wahrheit nicht verheimlichen. Ich schwöre Ihnen, ich habe diese Frau geliebt, abgöttisch wie ein Sklave! Für sie opferte ich alles – ich verzankte mich mit meiner Verwandtschaft, ich gab den Dienst und die Musik auf, ich verzieh ihr, was ich meiner Mutter oder meiner Schwester nie verzeihen würde ... Nicht ein einziges Mal habe ich sie scheel angesehen ... ich gab ihr keinerlei Anlaß zu Unzufriedenheit. Wozu da diese Lüge? Ich fordere keine Liebe, aber wozu dieser gemeine Betrug? Wenn du mich nicht mehr liebst, dann sag es offen und ehrlich, du kennst doch meine Ansichten in dieser Beziehung ...«

Mit Tränen in den Augen und am ganzen Körper zitternd, schüttete Abogin vor dem Arzt freimütig sein Herz aus. Er ereiferte sich, drückte beide Hände ans Herz und enthüllte, ohne zu zögern, seine Familiengeheimnisse, er schien sogar froh darüber, daß er sich diese Geheimnisse endlich aus der Brust reißen konnte. Hätte er auf diese Weise eine Stunde oder zwei reden und sein Herz ausschütten können, ihm wäre zweifellos leichter geworden. Wer weiß, wenn ihm der Arzt zugehört und freundschaftliches Mitgefühl gezeigt hätte, er würde sich wohl, wie das oft geschieht, ohne zu protestieren und ohne überflüssige Dummheiten zu machen, mit seinem Kummer abgefunden haben. Doch es kam anders. Während Abogin sprach, ging mit dem beleidigten Doktor eine merkwürdige Veränderung vor sich. Der Gleichmut und das Erstaunen auf seinem Gesicht machten allmählich dem Ausdruck bitterer Kränkung, der Empörung, des Zornes Platz. Seine Züge wurden immer schärfer, härter und unangenehmer. Als Abogin ihm das Bild einer jungen Frau mit dem schönen, aber unbeteiligten und ausdruckslosen Gesicht einer Nonne vor die Augen hielt und ihn fragte, ob man glauben könne, daß dieses Gesicht fähig sei, eine Lüge auszusprechen, da sprang der Arzt plötzlich auf, seine Augen blitzten, und er sagte, jedes Wort deutlich betonend:

»Weshalb erzählen Sie mir das alles? Ich will das nicht hören! Ich will nicht!« schrie er und hieb mit der Faust auf den Tisch. »Ich brauche Ihre banalen Geheimnisse nicht, der Teufel soll sie holen! Wie können Sie es wagen, mir solche Plattheiten zu erzählen! Denken Sie vielleicht, ich bin noch nicht genug beleidigt? Bin ich ein Lakai, den man ununterbrochen beleidigen kann? Ja?«

Abogin wich vor Kirilov zurück und starrte ihn verwundert an.

»Wozu haben Sie mich hergeholt?« fuhr der Arzt fort und raufte sich den Bart. »Wenn Sie aus Übermut geheiratet haben, wenn Sie der Hafer sticht und Sie ein Melodrama aufführen, was soll ich dabei? Was gehen mich Ihre Liebesgeschichten an? Lassen Sie mich in Ruhe! Üben Sie sich in vornehmer Krämerhaftigkeit, zieren Sie sich mit Ihren humanen Ideen, spielen Sie«, (hier schielte der Doktor auf das Violoncello), »spielen Sie Kontrabaß und Posaune, werden Sie fett wie ein Kapaun, aber wagen Sie nicht, die menschliche Persönlichkeit zu verhöhnen! Wenn Sie sie schon nicht achten können, dann ersparen Sie ihr wenigstens Ihre Aufmerksamkeit!«

»Erlauben Sie, was soll das alles heißen?« fragte Abogin errötend.

»Das soll heißen, daß es niedrig und gemein ist, mit Menschen zu spielen! Ich bin Arzt, und Sie halten Ärzte und überhaupt alle arbeitenden Menschen, die nicht nach Parfüm und Prostitution riechen, für Ihre Lakaien und für ungehobeltes Pack, nun meinetwegen, aber niemand hat Ihnen das Recht gegeben, aus einem leidenden Menschen ein Requisit zu machen!«

»Wie wagen Sie mit mir zu reden?« fragte Abogin leise, und sein Gesicht geriet wieder in Bewegung, diesmal aber ganz deutlich vor Zorn.

»Nein, wie konnten Sie es angesichts meines Leides wagen, mich hierherzubringen, damit ich mir Ihre Banalitäten anhöre?« rief der Arzt und hieb wieder mit der Faust auf den Tisch. »Wer gab Ihnen das Recht, sich derart über fremdes Leid lustig zu machen?«

»Sie sind wohl wahnsinnig geworden!« schrie Abogin. »Das ist nicht edel! Ich bin selbst tief unglücklich und... und...«

»Unglücklich«, höhnte der Arzt verächtlich. »Nehmen Sie dieses Wort nicht in den Mund, Sie haben damit nichts zu tun. Gauner, die kein Geld für ihre Wechsel auftreiben können, nennen sich ebenfalls unglücklich. Ein Kapaun, den das überflüssige Fett drückt, ist auch unglücklich. Oh diese nichtswürdigen Menschen!«

»Sie vergessen sich, mein Herr!« kreischte Abogin. »Für solche Worte schlägt man sich! Haben Sie verstanden?«

Abogin griff hastig in eine Seitentasche, zog eine Geldbörse heraus, entnahm ihr zwei Banknoten und schleuderte sie auf den Tisch.

»Das ist für Ihren Besuch!« sagte er, und seine Nasenflügel bebten. »Sie sind bezahlt!«

»Wagen Sie nicht, mir Geld anzubieten!« schrie der Arzt und fegte die Scheine vom Tisch. »Für eine Beleidigung zahlt man kein Geld!«

Abogin und der Arzt standen sich Auge in Auge gegenüber

und überhäuften einander im Zorn mit unverdienten Kränkungen. Wohl niemals im Leben, nicht einmal im Fieberwahn, hatten sie so viel Ungerechtes, Hartes und Sinnloses gesagt. Aus beiden sprach in seiner ganzen Schärfe der Egoismus der Unglücklichen. Unglückliche Menschen sind egoistisch, böse, ungerecht, hart und noch weniger als Dummköpfe fähig, den andern zu verstehen. Das Unglück verbindet nicht, sondern trennt die Menschen, und selbst dort, wo man meinen sollte, die Menschen müßten durch gleichartiges Leid verbunden sein, geschehen viel mehr Ungerechtigkeiten und Grausamkeiten als in einer relativ zufriedenen Umgebung.

»Bringen Sie mich nach Hause!« schrie der Doktor keuchend.

Abogin läutete heftig. Als auf sein Zeichen hin niemand erschien, läutete er noch einmal und schleuderte das Glöckchen wütend auf den Fußboden; es schlug dumpf auf den Teppich auf und gab einen kläglichen Ton von sich, der sich wie das Stöhnen eines Sterbenden anhörte. Da erschien ein Diener.

»Wo habt ihr euch versteckt, der Teufel soll euch holen!« schrie ihn sein Herr an und ballte die Fäuste. »Wo warst du jetzt eben? Geh und sag, man soll diesem Herrn die Kalesche geben, und für mich laß die Kutsche anspannen! Halt!« schrie er, als der Diener sich zum Gehen wandte. »Daß mir morgen kein einziger Verräter mehr im Hause ist! Alle raus! Ich stelle andere Dienstboten ein! Ihr Schufte!«

In Erwartung der Wagen verharrten Abogin und der Doktor schweigend. Das Gesicht des ersten nahm wieder den Ausdruck der Sattheit und der feinen Eleganz an. Er schritt durch die Diele, schüttelte anmutig den Kopf und hatte offenbar etwas im Sinn. Sein Zorn war immer noch nicht verraucht, aber er war bemüht, sich den Anschein zu geben, als bemerke er seinen Feind nicht... Der Arzt stand da, hielt sich mit einer Hand am Tischrand fest und sah Abogin mit so tiefer, fast zynischer, unschöner Verachtung an, wie sie nur Leid und Unglück hervorbringen können, wenn sie Sattheit und Eleganz vor sich sehen.

Als der Doktor etwas später in den Wagen stieg und abfuhr, blickten seine Augen noch immer voll Verachtung. Es war dunkel, viel dunkler als vor einer Stunde. Der rote Halbmond war bereits hinter einem Hügel verschwunden, und die Wolken, die ihn bewacht hatten, lagen als dunkle Flecken zwischen den Sternen. Die Kutsche mit ihren roten Lichtern holperte über den Weg und überholte den Arzt. Da fuhr Abogin hin, um zu protestieren und Dummheiten zu machen...

Den ganzen Weg über dachte der Arzt nicht an seine Frau, nicht an Andrej, sondern er dachte an Abogin und an die Menschen, die in dem Haus wohnten, das er soeben verlassen hatte. Seine Gedanken waren ungerecht und unmenschlich. Er verurteilte Abogin, dessen Frau und Papčinskij sowie alle, die im rosigen Halbdunkel lebten und nach Parfüm dufteten, und den ganzen Weg über dachte er nur mit Haß an sie; er verachtete sie so sehr, daß es ihn beinahe körperlich schmerzte. Und in seinem Kopf bildete sich eine feste Vorstellung von diesen Menschen heraus.

Die Zeit wird vergehen und auch Kirilovs Leid, aber diese ungerechte, des menschlichen Herzens unwürdige Vorstellung wird nicht vergehen, sondern bis an sein Lebensende im Kopf des Doktors bleiben.

Typhus

Der junge Oberleutnant Klimov fuhr mit dem Postzug von Petersburg nach Moskau. Im Raucherabteil, ihm gegenüber, saß ein älterer Mann mit glattrasiertem Seemannsgesicht, allem Anschein nach ein wohlhabender Finne oder Schwede, der immerfort an seiner Pfeife sog und auf dasselbe Thema zurückkam:

»Ah, Sie sind Offizier? Mein Bruder ist auch Offizier, aber bei der Marine. Er ist bei der Marine und dient in Kronštadt. Warum fahren Sie nach Moskau?«

»Ich diene dort.«

»Ah! Und haben Sie Familie?«

»Nein, ich lebe mit meiner Schwester bei einer Tante.«

»Mein Bruder ist ebenfalls Offizier, bei der Marine, aber verheiratet, hat eine Frau und drei Kinder. Ah!«

Der Finne fand immerfort etwas zum Staunen, lächelte idiotisch über das ganze Gesicht, wenn er ›Ah!‹ rief, und pustete alle Augenblicke die stinkende Pfeife durch. Klimov, der sich nicht wohl fühlte und dem es schwerfiel, ihm Rede und Antwort zu stehen, haßte ihn schon aus tiefster Seele. Am liebsten hätte er ihm die zischende Pfeife aus der Hand gerissen und unter die Bank geworfen, den Finnen selbst aber in einen anderen Wagen vertrieben.

Ein widerwärtiges Volk, diese Finnen und ... auch die Griechen, dachte er. Ein völlig überflüssiges, unnützes, widerwärtiges Volk. Nehmen anderen Leuten nur den Platz auf der Erde weg. Wozu sind sie da?

Und der Gedanke an die Finnen und Griechen verursachte ihm eine Art Übelkeit. Um zu vergleichen, wollte er an die Franzosen und Italiener denken, aber aus irgendeinem Grunde rief der Gedanke an diese Völker nur die Vorstellung von Leierkastenmännern, nackten Frauen und jenen ausländischen Öldrucken in ihm hervor, wie sie zu Hause bei der Tante über der Kommode hingen.

Überhaupt fühlte sich der Offizier nicht wie sonst. Seine Arme und Beine fanden keinen Platz, obwohl ihm die ganze Polsterbank zur Verfügung stand; sein Mund war trocken und klebrig, der Kopf schwer und benebelt; die Gedanken schienen nicht nur in seinem Kopf, sondern auch außerhalb des Schädels herumzuirren, zwischen den Bänken und Menschen, die nächtliches Dunkel umfing. Dumpf wie im Traum vernahm er das Murmeln von menschlichen Stimmen, das Rattern der Räder, das Klappen der Türen. Die Glockenschläge, die Pfiffe des Schaffners, das Hasten der Fahrgäste über den Bahnsteig kehrten häufiger als gewöhnlich wieder.

Die Zeit flog rasch und unmerklich dahin, der Zug, so kam es ihm vor, hielt alle Augenblicke an einer Station, und alle Augenblicke hörte man jemand mit metallischer Stimme rufen:

»Ist die Post abgefertigt?«

»Ja.«

Ihm war, als komme der Heizer allzuoft herein, um auf das Thermometer zu sehen, als fahre immerfort ein Gegenzug dröhnend vorbei, als polterten immerfort die Räder über eine Brücke. Der Lärm, die Pfiffe, der Finne, der Tabaksqualm – alles das vermischte sich mit irgendwelchen drohenden, flimmernden Nebelgebilden, deren Form und Wesen sich ein gesunder Mensch nie hätte merken können, und bereitete Klimov ein unerträgliches Alpdrücken. In furchtbarer Qual hob er mehrmals den schweren Kopf, blickte zu der Laterne, in deren Schein Schatten und Nebelflecken kreisten, und wollte um Wasser bitten, doch seine ausgedörrte Zunge bewegte sich kaum, und er hatte kaum noch die Kraft, dem Finnen auf seine Fragen zu antworten. Er versuchte, sich möglichst bequem auszustrecken und einzuschlafen, doch das gelang ihm nicht; der Finne nickte wiederholt ein, wachte auf und zündete die Pfeife an, wandte sich mit seinem ›Ah!‹ an ihn und nickte aufs neue ein, während der Oberleutnant auf seiner Polsterbank immer noch keinen geeigneten Platz für die Beine fand und allerlei drohende Gestalten vor Augen sah.

In Spirovo stieg er aus und ging ins Bahnhofsrestaurant, um Wasser zu trinken. Er sah die Menschen an den Tischen sitzen und hastig essen.

Wie sie nur essen können? dachte er und bemühte sich, den Geruch des gebratenen Fleisches nicht einzuatmen und die kauenden Münder nicht anzusehen – das eine wie das andere widerte ihn an bis zur Übelkeit.

Irgendeine schöne Dame unterhielt sich laut mit einem Offizier, der eine rote Mütze trug, und ihre wunderbaren weißen Zähne blitzten beim Lächeln; sowohl das Lächeln und die Zähne als auch die Dame selbst stießen Klimov ab wie die gebratenen Koteletts oder der Schinken. Er konnte nicht begreifen, daß diesem Offizier mit der roten Mütze nicht unheimlich zumute war, so neben ihr zu sitzen und in ihr lächelndes, gesundes Gesicht zu sehen.

Er trank ein wenig Wasser und kehrte in den Wagen zurück;

der Finne saß da und rauchte. Die Pfeife zischte und schmatzte wie eine löchrige Galosche bei feuchtem Wetter.

»Ah!« staunte er. »Welche Station ist das?«

»Ich weiß nicht«, entgegnete Klimov, legte sich nieder und schloß den Mund, um nicht den beißenden Tabaksqualm einzuatmen.

»Und wann sind wir in Tver?«

»Ich weiß nicht. Entschuldigen Sie... ich kann auf Ihre Fragen nicht antworten. Ich bin krank, ich habe mich heute erkältet.«

Der Finne klopfte die Pfeife am Fensterrahmen aus und erzählte von seinem Bruder, dem Seemann. Klimov hörte ihm nicht mehr zu und dachte mit Sehnsucht an sein bequemes weiches Bett, an die Karaffe mit dem kalten Wasser, an seine Schwester Katja, die ihn so gut ins Bett zu packen und zu beruhigen wußte und die ihm so gut einen Schluck Wasser reichen konnte.

Er lächelte sogar, als in den Fieberphantasien flüchtig sein Bursche Pavel auftauchte – er zog dem Herrn die schweren, heißen Stiefel aus und stellte eine Karaffe Wasser auf den Nachttisch. Er meinte, er brauche sich nur in sein Bett zu legen und einen Schluck Wasser zu trinken, und der Alpdruck würde einem festen, gesunden Schlaf weichen.

»Ist die Post abgefertigt?« rief eine dumpfe Stimme irgendwo weit entfernt.

»Ja!« entgegnete es im Baßton unmittelbar vor dem Fenster.

Es war bereits die zweite oder dritte Station hinter Spirovo.

Rasch, ruckweise flog die Zeit dahin, und die Glockenzeichen, Pfiffe, Stationen wollten kein Ende nehmen. Klimov preßte sein Gesicht verzweifelt in die Ecke der Polsterbank, hielt sich mit den Händen den Kopf und dachte wieder an seine Schwester Katja und seinen Burschen Pavel; doch die Schwester und der Bursche vermischten sich mit den Nebelgebilden, wirbelten mit ihnen umher und entschwanden. Sein heißer Atem verbrannte ihm, von der Rückenlehne zurückgeworfen, das Gesicht, die Beine lagen unbequem, im Rücken zog es vom Fenster, aber sosehr ihn das alles auch quälte, er wollte sich nicht mehr bewegen... Eine schwere, erschreckende Trägheit befiel ihn und lähmte seine Glieder.

Als er sich entschloß, den Kopf zu heben, war es im Wagen schon hell. Die Reisenden zogen die Pelze an und gingen zu den Türen. Der Zug hielt. Gepäckträger mit weißen Schürzen und Blechschildern hasteten neben den Fahrgästen her und griffen nach ihren Koffern. Klimov zog den Mantel an und verließ mechanisch, hinter den anderen, den Wagen; ihm schien, da komme nicht er, sondern ein anderer, Fremder; er fühlte, daß ihm das Fieber, der Durst und jene drohenden Gebilde, die ihn die ganze Nacht nicht hatten schlafen lassen, folgten. Er nahm mechanisch sein Gepäck in Empfang und mietete einen Schlitten. Der Kutscher verlangte bis zur Povarskaja einundeinviertel Rubel, aber er feilschte nicht, sondern stieg gehorsam ein, ohne zu widersprechen. Den Unterschied zwischen den Preisen begriff er noch, aber das Geld hatte keinerlei Wert mehr für ihn.

Zu Hause wurde Klimov von der Tante und seiner Schwester Katja, einem siebzehnjährigen Mädchen, empfangen. Als Katja ihn begrüßte, hielt sie einen Bleistift und ein Heft in der Hand, und ihm fiel ein, daß sie sich auf die Lehrerinnenprüfung vorbereitete. Ohne auf Fragen und Willkommenswünsche zu antworten, ging er, keuchend vor Fieber, völlig ziellos durch alle Zimmer und sank, bei seinem Bett angelangt, auf die Kissen. Der Finne, die rote Mütze, die Dame mit den weißen Zähnen, der Geruch von gebratenem Fleisch, die flimmernden Flecken bemächtigten sich seiner Vorstellung, er wußte nicht mehr, wo er war, und hörte die aufgeregten Stimmen nicht.

Als er zu sich kam, fand er sich ausgezogen in seinem Bett und erblickte die Wasserkaraffe und Pavel, aber es wurde ihm nicht kühler davon, und er hatte es weder weicher noch bequemer. Arme und Beine ließen sich nicht unterbringen, die Zunge klebte am Gaumen, die Pfeife des Finnen schmatzte... Neben dem Bett hantierte, mit dem breiten Rücken Pavel verdrängend, geschäftig der stämmige, schwarzbärtige Doktor.

»Macht nichts, macht nichts, junger Mann!« murmelte er. »Ausgezeichnet, ausgezeichnet... Sö sö...«

Der Doktor nannte Klimov einen jungen Mann und sagte statt so – sö und statt ja – jä...

»Jä, jä, jä«, sprudelte der drauflos. »Sö, sö... Ausgezeichnet, junger Mann... nicht den Mut verlieren!«

Die rasche, lässige Redeweise des Arztes, sein sattes Gesicht und das herablassende ›junger Mann‹ brachten Klimov auf.

»Wieso nennen Sie mich junger Mann?« stöhnte er. »Was sind das für Vertraulichkeiten? Zum Teufel noch mal!«

Er erschrak über seine Stimme. Sie war so dünn, so schwach und klang so schleppend, daß er sie nicht wiedererkannte.

»Ausgezeichnet, ausgezeichnet«, murmelte der Doktor, ohne im mindesten gekränkt zu sein. »Nicht ärgern... Jä, jä, jä...«

Zu Hause verflog die Zeit ebenso verblüffend schnell wie in der Eisenbahn. Immerfort wurde das Tageslicht im Schlafzimmer von nächtlichem Dunkel abgelöst. Der Doktor schien nicht vom Bett zu weichen, und alle Augenblicke hörte man sein ›jä, jä, jä‹. Eine ununterbrochene Kette von Menschen zog durch das Schlafzimmer. Da waren Pavel, der Finne, der Stabshauptmann Jaroševič, der Feldwebel Maksimenko, die rote Mütze, die Dame mit den weißen Zähnen, der Doktor. Alle redeten, fuchtelten mit den Händen, rauchten, aßen. Einmal, bei Tage, erblickte Klimov sogar seinen Regimentsgeistlichen, Vater Aleksandr, der mit dem Epitrachelion, das Ritual in den Händen, vor dem Bett stand und mit so ernstem Gesicht vor sich hin murmelte, wie es Klimov noch nie an ihm beobachtet hatte. Dem Oberleutnant fiel es ein, daß Vater Aleksandr alle katholischen Offiziere freundschaftlich Ljachi, die Polen, nannte, und er rief, um ihn zu erheitern:

»Vater, der Ljach Jaroševič lacht sich ins Fäustchen!«

Doch Vater Aleksandr, der ein fröhlicher Mann war und gern lachte, verzog diesmal keine Miene, sondern wurde noch ernster und bekreuzigte Klimov. Nachts kamen und gingen ein um das andere Mal geräuschlos zwei Schatten. Es waren die Tante und die Schwester. Der Schatten der Schwester kniete nieder und betete. Er verneigte sich vor dem Heiligenbild, sein graues

Abbild verneigte sich an der Wand, so daß zwei Schatten beteten. Es roch die ganze Zeit nach gebratenem Fleisch und nach der Pfeife des Finnen, doch dann nahm Klimov plötzlich den schweren Geruch von Weihrauch wahr. Er fühlte Übelkeit, wurde unruhig und rief:

»Weihrauch! Schafft den Weihrauch hinaus!«

Niemand antwortete. Man hörte nur, daß irgendwo gedämpft Geistliche sangen und jemand die Treppe hinauf- und hinunterlief.

Als Klimov aus der Bewußtlosigkeit erwachte, war keine Menschenseele im Schlafzimmer. Die Morgensonne drang trotz des heruntergelassenen Vorhangs zum Fenster herein, und ein zitternder Strahl spielte, schmal und graziös wie eine Klinge, auf der Karaffe. Man hörte das Rattern von Rädern – es lag also kein Schnee mehr auf der Straße. Der Oberleutnant blickte auf den Strahl, die vertrauten Möbel, die Tür und mußte vor allem lachen. Die Brust und der Bauch erbebten von einer wohligen, glücklichen, kitzelnden Heiterkeit. Ihn erfaßte von Kopf bis Fuß ein Gefühl unendlichen Glücks, ein Gefühl unendlicher Lebensfreude, wie sie der erste Mensch empfunden haben mag, nachdem er erschaffen war und zum erstenmal die Welt erblickte. Ein leidenschaftliches Verlangen nach Bewegung und Menschen überkam ihn, er wollte jemand sprechen hören. Sein Körper lag kraftlos darnieder, nur seine Hände bewegten sich, aber er merkte es kaum und wandte die ganze Aufmerksamkeit allerlei Einzelheiten zu. Er freute sich über seinen Atem, über sein Lachen, freute sich, daß es die Karaffe, die Zimmerdecke, den Sonnenstrahl und die Schnur am Vorhang gab. Selbst in einem kleinen Winkel wie seinem Schlafzimmer kam ihm die Welt wunderbar schön, vielfältig und groß vor. Als dann der Doktor erschien, dachte der Oberleutnant, was doch die Medizin für eine feine Sache, wie nett und sympathisch der Doktor, wie lieb und interessant die Menschen überhaupt seien.

»Jä, jä, jä...« sprudelte der Doktor drauflos. »Ausgezeichnet, ausgezeichnet... Jetzt sind wir so gut wie gesund... Jä, jä.«

Der Oberleutnant hörte ihm zu und lachte. Er erinnerte sich

des Finnen, der Dame mit den weißen Zähnen, des Schinkens und verspürte plötzlich den Wunsch zu rauchen, zu essen.

»Doktor«, sagte er, »lassen Sie mir ein Stückchen Schwarzbrot mit Salz und ... Ölsardinen geben.«

Der Doktor lehnte ab. Pavel verweigerte den Gehorsam und holte kein Brot. Der Oberleutnant konnte das nicht verwinden und brach wie ein verzogenes Kind in Tränen aus.

»Sie Säugling!« rief der Doktor lachend. »Mamachen, eiapopeia, na ja doch!«

Auch Klimov mußte lachen, und nachdem der Doktor gegangen war, schlief er fest ein. Er erwachte mit dem gleichen Gefühl von Freude und Glück. An seinem Bett saß wieder die Tante.

»Ach, Tante!« sagte er fröhlich. »Was habe ich gehabt?«

»Flecktyphus.«

»Das also war es! Ich fühle mich aber jetzt wieder wohl, sehr wohl! Und wo ist Katja?«

»Die ist nicht zu Hause. Ist wohl nach dem Examen noch irgendwohin gegangen.«

Die alte Frau beugte sich über den Strickstrumpf; ihre Lippen bebten, sie wandte sich ab und brach plötzlich in Tränen aus. Verzweifelt, das ärztliche Verbot vergessend, sagte sie:

»Ach, Katja, Katja! Unser Engel ist nicht mehr da! Nicht da!«

Der Strickstrumpf fiel ihr aus der Hand, sie bückte sich, um ihn aufzuheben, und verlor ihr Häubchen. Klimov blickte auf ihren grauen Kopf, verstand nicht das geringste, erschrak wegen Katja und fragte:

»Wo ist sie denn? Tante?«

Die Alte, die ihn schon vergessen hatte und nur noch an ihren eigenen Kummer dachte, entgegnete:

»Sie hat sich angesteckt und ... ist gestorben, am Typhus. Vorgestern haben wir sie begraben.«

Diese furchtbare, unerwartete Neuigkeit drang voll und ganz in Klimovs Bewußtsein ein, konnte jedoch, so niederschmetternd und schlimm sie war, die animalische Freude des genesenden Oberleutnants nicht unterdrücken. Er weinte, lachte und begann bald darüber zu schelten, daß man ihm nichts zu essen gab.

Erst eine Woche später, als er, von Pavel gestützt, im Schlafrock ans Fenster trat, zum trüben Frühlingshimmel aufsah und auf das unangenehme Dröhnen der alten Schienen horchte, die man am Haus vorbeifuhr, krampfte sich ihm vor Weh das Herz zusammen; und er preßte die Stirn an den Fensterrahmen und weinte.

»Wie bin ich unglücklich!« stammelte er. »Mein Gott, wie bin ich unglücklich!«

Und die Freude wich der Langeweile des Alltags und dem Gefühl eines unwiederbringlichen Verlustes.

Schlafen, nur schlafen

Es ist Nacht. Varka, ein Kindermädchen von dreizehn Jahren, schaukelt die Wiege, in der das Kind liegt, und summt dazu kaum hörbar vor sich hin: »Eiapopeia, ich sing dir ein Lied ...«

Vor dem Heiligenbild brennt ein grünes Lämpchen; durch das ganze Zimmer spannt sich von einer Ecke bis zur anderen eine Leine, an der Windeln und große schwarze Beinkleider hängen. Von dem Lämpchen fällt ein großer grüner Lichtfleck auf die Zimmerdecke; die Windeln und die Beinkleider werfen auf den Ofen, auf die Wiege und auf Varka lange Schatten. Wenn das Lämpchen zu flackern beginnt, werden Fleck und Schatten lebendig, als bewege sie der Wind. Die Luft ist stickig, und es riecht nach Kohlsuppe und Schuhwerk.

Das Kind weint. Es ist vom Weinen schon längst heiser und erschöpft, aber es schreit noch immer, und man weiß nicht, wann es aufhören wird. Varka aber möchte schlafen. Die Augen fallen ihr zu, der Kopf wird schwer, der Hals tut ihr weh. Sie kann weder die Lider noch die Lippen bewegen, und es kommt ihr vor, als sei ihr Gesicht ausgetrocknet und erstarrt, als sei ihr Kopf so klein geworden wie ein Stecknadelkopf.

»Eiapopeia, ich koch dir nen Brei ...« summt sie vor sich hin.

Im Ofen zirpt ein Heimchen. Im Nebenzimmer, hinter der Tür, schnarchen der Hausherr und der Geselle Afanasij ... Die Wiege knarrt kläglich, Varka summt vor sich hin – das alles fließt zusammen in eine nächtliche, einschläfernde Musik, wie man sie so gern hört, wenn man sich ins Bett legt. Jetzt aber reizt diese Musik und quält nur, weil sie einschläfernd wirkt, und Varka darf noch nicht schlafen; wenn sie, was Gott verhüten möge, einschlafen sollte, werden die Wirtsleute sie prügeln.

Das Lämpchen flackert. Der grüne Fleck und die Schatten geraten in Bewegung, schleichen sich in Varkas halbgeöffnete, unbewegliche Augen und werden in ihrem halb eingeschlummerten Hirn zu nebelhaften Traumgebilden. Sie sieht dunkle Wolken, die am Himmel hintereinander herjagen und wie ein Kind schreien. Da aber kommt Wind auf, die Wolken sind verschwunden, und Varka sieht eine breite schlammbedeckte Landstraße vor sich; auf der Straße ziehen Fuhrwerke, schleppen sich Menschen mit Rucksäcken, Schatten eilen vor und zurück; zu beiden Seiten sieht man durch den kalten, rauhen Nebel Wälder. Mit einem Mal fallen die Menschen mit den Rucksäcken und den Schatten auf die Erde in den Schlamm. »Wozu das?« fragt sich Varka. »Schlafen, schlafen!« antwortet man ihr. Und sie schlafen fest ein und schlummern selig, und auf den Telegrafendrähten sitzen Krähen und Elstern, sie schreien wie ein Kind und bemühen sich, die Schlafenden zu wecken.

»Eiapopeia, ich sing dir ein Lied ...« summt Varka vor sich hin und sieht sich nun schon in einer stickigen, dunklen Bauernhütte.

Auf dem Fußboden wälzt sich ihr verstorbener Vater Efim Stepanov. Sie kann ihn nicht sehen, aber sie hört, wie er sich vor Schmerz auf dem Fußboden hin und her wirft und dabei stöhnt. Ihm ist, wie er sagt, »der Bruch rausgetreten«. Die Schmerzen sind so groß, daß er kein einziges Wort sprechen kann, er zieht nur die Luft ein und klappert mit den Zähnen, das klingt wie ein Trommelwirbel:

»Bubububu ...«

Pelageja, die Mutter, ist in das Gutshaus zu den Herrschaften gelaufen, um ihnen zu sagen, Efim liege im Sterben. Sie ist schon einige Zeit fort und müßte längst wieder zurück sein. Varka liegt auf dem Ofen, sie kann nicht schlafen und horcht auf das »Bububu« des Vaters. Da aber hört man, wie ein Wagen vor der Hütte vorfährt. Die Herrschaften haben den jungen Arzt aus der Stadt geschickt, der gerade bei ihnen zu Besuch weilt. Der Doktor tritt in die Hütte; man kann ihn in der Dunkelheit nicht sehen, aber man hört, wie er hustet und die Tür zuschlägt.

»Macht Licht«, sagt er.

»Bububu ...« antwortet Efim.

Pelageja stürzt zum Ofen und beginnt die Scherbe mit den Streichhölzern zu suchen. Eine Minute vergeht in Schweigen. Der Arzt kramt in seinen Taschen und zündet ein eigenes Streichholz an.

»Gleich, Väterchen, gleich«, sagt Pelageja, stürzt aus der Hütte und kehrt wenig später mit einem Kerzenstummel zurück.

Efim hat rosige Wangen, seine Augen glänzen, und sein Blick ist seltsam durchdringend, als sähe Efim durch die Hütte und den Arzt hindurch.

»Nun, was ist los? Was hast du dir da ausgedacht?« sagt der Arzt und beugt sich über ihn. »Sieh mal an! Hast du das schon lange?«

»Was denn? Zeit zu sterben ists, Euer Wohlgeboren ... 's geht bald zu Ende mit mir ...«

»Red keinen Unsinn ... Wir bringen dich schon wieder auf die Beine!«

»Wies beliebt, Euer Wohlgeboren, danke ergebenst, ich weiß aber ... Wenn der Tod gekommen ist, da ist eben nichts zu machen.«

Etwa eine Viertelstunde lang befaßt sich der Doktor mit Efim; dann erhebt er sich und sagt: »Da kann ich nicht helfen ... Du mußt ins Krankenhaus und dich dort operieren lassen. Fahr aber gleich los ... Du mußt unbedingt hinfahren! Es ist schon ein bißchen spät, im Krankenhaus schlafen sie schon alle, aber das macht nichts, ich gebe dir einen Zettel mit. Hörst du?«

»Väterchen, womit soll er denn fahren?« fragt Pelageja. »Wir haben kein Pferd.«

»Macht nichts, ich werde die Herrschaften bitten, sie geben dir ein Pferd.«

Der Arzt geht, die Kerze verlischt, und wieder hört man: »Bububu…« Nach einer halben Stunde kommt jemand zur Hütte gefahren – die Herrschaften haben einen kleinen Wagen geschickt, um Efim ins Krankenhaus zu bringen. Der macht sich fertig und fährt los…

Nun aber bricht ein schöner, klarer Morgen an. Pelageja ist nicht zu Hause – sie ist ins Krankenhaus gegangen, um dort zu erfahren, was mit Efim los ist. Irgendwo weint ein Kind, und Varka hört, wie jemand mit ihrer Stimme singt:

»Eiapopeia, ich sing dir ein Lied…«

Pelageja kehrt zurück; sie bekreuzigt sich und flüstert:

»In der Nacht haben sie ihn eingerenkt, und gegen Morgen hat er seinen Geist aufgegeben… Gott schenke ihm das Himmelreich und die ewige Ruhe… Sie sagen, wir haben ihn zu spät gebracht… Hätten früher kommen sollen…«

Varka geht in den Wald und weint dort, aber plötzlich schlägt sie jemand mit solcher Gewalt in den Nacken, daß sie mit der Stirn an eine Birke schlägt. Sie öffnet die Augen und sieht vor sich den Hausherrn, den Schuster.

»Was soll das heißen, du Luder?« sagt er. »Das Kind weint, und du schläfst?«

Er zerrt sie schmerzhaft am Ohr, aber sie schüttelt den Kopf, schaukelt die Wiege und summt ihr Lied. Der grüne Fleck und die Schatten der Beinkleider und Windeln schwanken, blinzeln ihr zu und bemächtigen sich abermals ihres Gehirns. Wieder sieht sie die mit Schlamm bedeckte Landstraße. Die Menschen mit den Rucksäcken und die Schatten haben sich hingelegt und schlafen fest. Als Varka sie so ansieht, verspürt sie den leidenschaftlichen Wunsch zu schlafen: mit Wonne würde sie sich hinlegen, aber Mutter Pelageja geht neben ihr und treibt sie weiter. Sie eilen beide in die Stadt, um Arbeit zu suchen.

»Ein Almosen, um Christi willen!« bittet die Mutter die Vorübergehenden. »Erweisen Sie göttliche Barmherzigkeit, liebe Leute!«

»Gib das Kind her!« antwortet ihr eine bekannte Stimme.

»Gib das Kind her!« wiederholt dieselbe Stimme, aber bereits ärgerlich und schneidend. »Du schläfst, du niederträchtiges Ding?«

Varka springt auf, sieht sich um und begreift, was los ist: Keine Landstraße, keine Pelageja, keine Vorübergehenden sind da – mitten im Zimmer steht allein die Hausfrau, die gekommen ist, ihr Kind zu stillen. Während die dicke, breitschultrige Frau das Kind stillt und beruhigt, steht Varka da, sieht zu und wartet, bis sie fertig ist. Hinter den Fenstern blaut schon der Himmel, die Schatten und der grüne Fleck an der Decke sind merklich blasser geworden. Bald ist der Morgen da.

»Nimm!« sagt die Hausfrau und knöpft sich auf der Brust das Hemd zu. »Es weint. Man wird es wohl behext haben.«

Varka nimmt das Kind, legt es in die Wiege und schaukelt es wieder. Der grüne Fleck und die Schatten verschwinden allmählich, und schon ist niemand mehr da, der sich in ihren Kopf schleichen und ihr Gehirn benebeln kann. Aber schlafen möchte sie nach wie vor, schrecklich gern schlafen! Varka legt ihren Kopf auf den Rand der Wiege und schaukelt mit dem ganzen Körper, um das Schlafbedürfnis zu unterdrücken, aber die Augen fallen ihr trotzdem zu, und der Kopf wird schwer.

»Varka, heiz den Ofen!« ruft der Hausherr hinter der Tür.

Es ist also schon Zeit, aufzustehen und an die Arbeit zu gehen. Varka verläßt die Wiege und läuft in die Scheune nach Holz. Sie freut sich. Beim Laufen und Gehen ist der Wunsch zu schlafen nicht mehr so stark wie im Sitzen. Sie bringt das Holz, heizt den Ofen und spürt, wie sich ihr erstarrtes Gesicht entspannt und wie die Gedanken klar werden.

»Varka, setz den Samovar auf!« schreit die Hausfrau.

Varka macht Späne, und sie hat sie kaum anzünden und in den Samovar stecken können, als ein neuer Befehl ertönt.

»Varka, putz dem Herrn die Galoschen!«

Sie setzt sich auf den Fußboden, putzt die Galoschen und denkt, wie schön es sein müßte, den Kopf in eine große, tiefe Galosche zu stecken und ein wenig darin zu schlummern... Und auf einmal wird die Galosche größer, schwillt an und füllt schon die ganze Stube aus; Varka läßt die Bürste fallen, schüttelt aber sogleich den Kopf, reißt die Augen auf und bemüht sich, so zu gucken, daß die Gegenstände nicht wachsen und nicht vor ihren Augen tanzen.

»Varka, wisch draußen die Treppe, sonst muß man sich vor den Kunden schämen!«

Varka wischt die Treppe, räumt die Zimmer auf, heizt noch den anderen Ofen und läuft in den Laden. Es gibt viel Arbeit, sie hat keine freie Minute.

Nichts aber ist so schwer, wie am Küchentisch auf einem Fleck zu stehen und Kartoffeln zu schälen. Der Kopf will auf den Tisch sinken, die Kartoffeln verschwimmen vor den Augen, das Messer fällt aus der Hand, und neben ihr läuft, die Ärmel hochgekrempelt, die dicke, zornige Hausfrau hin und her und spricht so laut, daß es in den Ohren dröhnt. Ebenso qualvoll ist es, beim Mittagessen zu bedienen, Wäsche zu waschen, zu nähen. Es gibt Augenblicke, da möchte sie, wo sie geht und steht, sich auf den Fußboden legen und schlafen.

Der Tag geht vorbei. Als Varka sieht, wie es in den Fenstern dunkel wird, preßt sie ihre erstarrenden Schläfen, lächelt und weiß selbst nicht, worüber sie sich freut. Die Abenddämmerung liebkost ihre zufallenden Augen und verspricht baldigen tiefen Schlaf. Am Abend bekommen die Wirtsleute Gäste.

»Varka, stell den Samovar auf!« schreit die Hausfrau.

Der Samovar der Wirtsleute ist klein, und bis die Gäste genug Tee getrunken haben, muß sie ihn fünfmal heiß machen. Nach dem Tee steht Varka eine ganze Stunde auf einem Fleck, schaut die Gäste an und erwartet Aufträge.

»Varka, lauf und hol drei Flaschen Bier!«

Sie reißt sich los und bemüht sich, möglichst schnell zu laufen, um den Schlaf zu verscheuchen.

»Varka, hol Vodka! Varka, wo ist der Korkenzieher? Varka, mach den Hering sauber!«

Aber da sind die Gäste endlich weg; die Lichter verlöschen, die Wirtsleute legen sich schlafen.

»Varka, wiege das Kind!« lautet der letzte Befehl.

Im Ofen zirpt das Heimchen; der grüne Fleck an der Decke und die Schatten der Beinkleider und der Windeln schleichen sich wieder in Varkas halbgeöffnete Augen, blinzeln ihr zu und benebeln ihr Hirn.

»Eiapopeia«, summt sie, »ich sing dir ein Lied ...«

Das Kind schreit und ist vom Schreien schon ganz erschöpft. Varka erblickt wieder die schmutzige Landstraße, die Menschen mit den Rucksäcken, Pelageja, Vater Efim. Sie versteht und erfaßt alles, nur eins kann sie im Halbschlaf nicht begreifen, was das für eine Kraft ist, die sie an Händen und Füßen fesselt, bedrückt und am Leben hindert. Sie schaut sich um und sucht diese Kraft, um sich von ihr zu befreien, aber sie kann sie nicht finden. Schließlich spannt sie, schon ganz erschöpft, alle ihre Kräfte und Sinne an, schaut nach oben auf den flimmernden Fleck, und als sie angestrengt auf das Schreien horcht, findet sie den Feind, der sie am Leben hindert.

Dieser Feind ist das Kind.

Sie lacht. Sie wundert sich, warum sie eine so einfache Sache nicht eher begriffen hat. Der grüne Fleck, die Schatten und das Heimchen, so meint sie, lachen und wundern sich ebenfalls.

Die Wahnvorstellung beginnt sich Varkas zu bemächtigen. Sie steht von ihrem Schemel auf und wandert, mit breitem Lächeln und ohne mit der Wimper zu zucken, durch die Stube. Sie fühlt sich wohl, und es prickelt sie bei dem Gedanken, daß sie sich gleich von dem Kind befreien wird, durch das sie an Händen und Füßen gefesselt ist... Das Kind töten, und dann schlafen, schlafen, schlafen...

Lachend, dem grünen Fleck zublinzelnd und ihn mit dem Finger drohend, schleicht sich Varka zu der Wiege und beugt sich über das Kind. Nachdem sie es erwürgt hat, legt sie sich schnell auf den Fußboden, lacht vor Freude, daß sie nun schlafen kann, und schon nach wenigen Augenblicken schläft sie fest wie eine Tote...

Eine langweilige Geschichte

Eine langweilige Geschichte

Aus den Aufzeichnungen eines alten Mannes

I

Es gibt in Rußland den verdienten Professor Nikolaj Stepanovič Soundso; er ist Geheimrat und Ritter so vieler russischer und ausländischer Orden, daß die Studenten ihn ›Ikonenwand‹ nennen, wenn er die Orden einmal anlegen muß. Sein Bekanntenkreis ist der allervornehmste; zumindest hat es in den letzten fünfundzwanzig bis dreißig Jahren in Rußland keinen berühmten Gelehrten gegeben, mit dem er nicht gut bekannt gewesen wäre. Heutzutage ist er mit niemandem mehr befreundet, sprechen wir aber von der Vergangenheit, so endet die lange Liste seiner berühmten Freunde mit Namen wie Pirogov, Kavelin und dem Dichter Nekrasov, die ihm ihre aufrichtigsten und wärmsten Gefühle entgegenbrachten. Er ist Mitglied aller russischen und dreier ausländischer Universitäten. Und so weiter und so fort. All das und vieles, was man noch sagen könnte, bildet, was man meinen Namen nennt.

Dieser mein Name ist populär. In Rußland kennt ihn jeder gebildete Mensch, im Ausland wird er in den Hörsälen mit dem Zusatz ›bekannt‹ und ›verehrt‹ zitiert. Er gehört zu den wenigen glücklichen Namen, die zu schmähen oder grundlos zu erwähnen beim Publikum und in der Presse als ein Zeichen schlechten Tones gilt. So muß es auch sein. Mit meinem Namen ist aufs engste der Begriff eines berühmten, reichbegabten und unzweifelhaft nutzbringenden Menschen verbunden. Ich bin arbeitsam und ausdauernd wie ein Kamel, das ist wichtig, und ich bin talentiert, das ist noch wichtiger. Außerdem bin ich, nebenbei bemerkt, gut erzogen, bescheiden und ein ehrlicher Bursche. Niemals habe ich meine Nase in Literatur und Politik gesteckt oder in der Polemik mit Ignoranten nach Popularität gehascht, nie auf Festessen oder an den Gräbern meiner Kollegen Reden gehalten … Überhaupt liegt auf meinem Gelehrtennamen nicht ein einziger Makel, und es ist nichts an ihm auszusetzen. Er ist glanzvoll.

Der Träger dieses Namens, das heißt ich, ist ein Mann von zweiundsechzig Jahren mit kahlem Kopf, falschen Zähnen und einem unheilbaren Gesichtszucken. So glänzend und schön mein Name ist, so glanzlos und häßlich bin ich selbst. Mein Kopf und meine Hände zittern vor Schwäche; mein Hals ähnelt wie der einer Turgenevschen Heldin dem Hals einer Baßgeige; meine Brust ist eingefallen, mein Rücken schmal. Wenn ich spreche oder im Hörsaal lese, verzieht sich mein Mund; wenn ich lächle, bedeckt sich mein Gesicht mit greisenhaften Runzeln. An meiner kläglichen Gestalt ist nichts Imponierendes; höchstens wenn ich an meinen Zuckungen leide, bekommt mein Gesicht einen eigenartigen Ausdruck, dessen Anblick wahrscheinlich den ernsten, eindrucksvollen Gedanken hervorruft: Man sieht, dieser Mann wird bald sterben.

Wie früher sind meine Vorlesungen nicht schlecht; nach wie vor vermag ich die Aufmerksamkeit meiner Zuhörer zwei Stunden lang zu fesseln. Meine Leidenschaftlichkeit, die gepflegte sprachliche Darstellung und mein Humor machen die Mängel meiner Stimme fast unbemerkbar, ist sie doch trocken, schrill und singend wie die eines Frömmlers. Schreiben jedoch kann ich nur schlecht. Jener Abschnitt meines Gehirns, der die schriftstellerischen Fähigkeiten dirigiert, verweigert den Dienst. Mein Gedächtnis ist schwach geworden, meine Gedanken entwickeln sich nicht mehr folgerichtig genug, und wenn ich sie zu Papier bringe, dann scheint es mir jedesmal, ich hätte das Gefühl für ihre organische Verbindung verloren – die Konstruktion wirkt einförmig, der Ausdruck ist dürftig und unsicher. Oft schreibe ich gar nicht das, was ich sagen will, und wenn ich den Schluß schreibe, weiß ich den Anfang nicht mehr. Oftmals vergesse ich ganz gewöhnliche Wörter, und ich muß immer viel Energie aufwenden, um beim Schreiben überflüssige Phrasen und unnötige Schaltsätze zu vermeiden – beides zeugt klar vom Verfall meiner geistigen Kräfte. Und es ist merkwürdig: je einfacher das zu Schreibende, desto qualvoller meine Anstrengung. Schreibe ich einen wissenschaftlichen Aufsatz, fühle ich mich bedeutend freier und klüger, als wenn ich einen Glückwunsch oder einen amtlichen Bericht verfasse. Noch eins: deutsch oder englisch zu schreiben fällt mir leichter als russisch.

Was meine jetzige Lebensweise betrifft, so muß ich vor allem die Schlaflosigkeit erwähnen, an der ich in letzter Zeit leide. Fragte man mich, was gegenwärtig den grundlegenden Zug meiner Existenz bildet, so würde ich antworten: die Schlaflosigkeit. Wie früher entkleide ich mich aus Gewohnheit um Mitternacht und lege mich zu Bett. Ich schlafe schnell ein, aber in der zweiten Stunde wache ich auf, und zwar mit einem Gefühl, als hätte ich überhaupt nicht geschlafen. Ich muß aufstehen und die Lampe anzünden. Eine Stunde oder zwei gehe ich im Zimmer auf und ab und betrachte die längst bekannten Bilder und Photographien. Wenn ich des Umhergehens überdrüssig geworden bin, setze ich mich an den Schreibtisch. Unbeweglich sitze ich da, ohne an irgend etwas zu denken und ohne irgendwelche Wünsche zu verspüren; liegt vor mir ein Buch, so greife ich mechanisch danach und lese es ohne jegliches Interesse. Auf diese Weise habe ich kürzlich in einer Nacht einen ganzen Roman gelesen, der den seltsamen Titel trug: ›Was die Schwalbe sang‹. Oder aber ich zwinge mich, meine Aufmerksamkeit abzulenken, bis tausend zu zählen, oder ich vergegenwärtige mir das Gesicht eines meiner Kollegen und versuche mir ins Gedächtnis zu rufen, in welchem Jahr und unter welchen Umständen er in den Dienst getreten ist. Ich liebe es auch, auf Geräusche zu achten. Bald spricht zwei Zimmer weiter meine Tochter Liza hastig im Schlaf, bald geht meine Frau mit einer Kerze durch den Saal und läßt bestimmt die Streichholzschachtel fallen, bald knackt der rissige Schrank oder summt unerwartet der Brenner in der Lampe – alle diese Geräusche erregen mich irgendwie.

Nachts nicht schlafen bedeutet, sich jeden Augenblick bewußt zu sein, daß man nicht normal ist; daher erwarte ich mit Ungeduld den Morgen und den Tag, wo ich das Recht habe, nicht zu schlafen. Es vergeht noch eine qualvoll lange Zeit, ehe auf dem Hof der Hahn zu krähen beginnt. Das ist mein erster Freudenkünder. Wenn er gekräht hat, weiß ich, daß eine Stunde später unten der Pförtner erwachen und, ärgerlich hustend, die Treppe heraufkommen wird. Dann wird es hinter den Fenstern allmählich heller, und auf der Straße ertönen Stimmen...

Der Tag beginnt für mich damit, daß meine Frau eintritt. Sie kommt im Unterrock, unfrisiert, ist aber schon gewaschen und duftet nach Kölnischwasser; und mit einer Miene, als käme sie ganz zufällig, sagt sie jedesmal ein und dasselbe: »Entschuldige, ich komme nur für einen Augenblick... Hast du wieder nicht geschlafen?«

Darauf löscht sie die Lampe, setzt sich an den Tisch und beginnt zu reden. Ich bin kein Prophet, aber ich weiß schon, wovon sie sprechen wird. Es ist jeden Morgen dasselbe. Gewöhnlich fällt ihr nach einigen besorgten Fragen über meine Gesundheit auf einmal unser Sohn ein, der in Warschau als Offizier dient. Nach dem Zwanzigsten jeden Monats schicken wir ihm fünfzig Rubel – das ist das Hauptthema unseres Gesprächs.

»Natürlich fällt uns das schwer«, sagt meine Frau seufzend, »aber bevor er endgültig auf eigenen Füßen steht, sind wir verpflichtet, ihm zu helfen. Der Junge ist in einem fremden Land, das Gehalt ist gering... übrigens, wenn du willst, schikken wir ihm im nächsten Monat nicht fünfzig, sondern nur vierzig Rubel. Wie denkst du darüber?«

Die tägliche Erfahrung hätte meine Frau davon überzeugen müssen, daß die Ausgaben nicht geringer werden, wenn man oft darüber spricht, aber meine Frau läßt keine Erfahrung gelten und erzählt akkurat jeden Morgen von unserem Offizier und auch davon, daß das Brot, Gott sei Dank, billiger, der Zucker jedoch zwei Kopeken teurer geworden sei – und das in einem Ton, als berichte sie mir eine Neuigkeit.

Ich höre zu, sage mechanisch ja, und sonderbare, überflüssige Gedanken bemächtigen sich meiner, wahrscheinlich, weil ich die Nacht nicht geschlafen habe. Ich schaue meine Frau an und wundere mich wie ein Kind. Befremdet frage ich mich: Ist diese alte, sehr beleibte, plumpe Frau mit dem stumpfsinnigen Ausdruck kleinlicher Sorge und der Angst um das liebe Brot, mit einem Blick, getrübt von den ständigen Gedanken an Schulden und Not, eine Frau, die nur von Ausgaben zu sprechen und nur zu lächeln vermag, wenn etwas billiger geworden ist – ist denn diese Frau wirklich die schlanke Varja von einst, die ich wegen ihres guten, hellen Verstandes, wegen ihrer reinen Seele, ihrer Schönheit und, wie Othello die Desdemona, wegen ihres ›Mitleids‹ für meine Wissenschaft leidenschaftlich liebte? Ist denn diese selbe Frau meine Varja, die mir einstmals einen Sohn gebar?

Ich blicke der wohlbeleibten, plumpen Alten angestrengt ins Gesicht und suche darin die Züge meiner Varja, aber von dem Vergangenen ist darin nur die Angst um meine Gesundheit und die Manier geblieben, mein Gehalt als unser Gehalt und meine Mütze als unsere Mütze zu bezeichnen. Es schmerzt mich, sie anzusehen, und um sie zu trösten, sei es auch nur ein wenig, erlaube ich ihr zu reden, was sie will, und schweige sogar, wenn sie ungerecht über die Menschen urteilt oder mir die Leviten liest, weil ich keine Praxis habe und keine Lehrbücher herausgebe.

Unsere Unterhaltung endet immer auf die gleiche Weise. Meiner Frau fällt plötzlich ein, daß ich noch nicht Tee getrunken habe, und sie erschrickt.

»Was sitze ich hier herum?« sagt sie und steht auf. »Der Samovar steht schon längst auf dem Tisch, und ich schwatze hier. Mein Gott, wie gedankenlos ich doch geworden bin!« Sie will schnell weggehen, bleibt aber in der Tür noch einmal stehen und sagt:

»Wir sind Egor für fünf Monate den Lohn schuldig. Weißt du das? Es gehört sich nicht, dem Gesinde den Lohn anstehen zu lassen, wie oft habe ich dir das schon gesagt! Jeden Monat zehn Rubel zu geben ist bedeutend leichter als für fünf Monate auf einmal fünfzig!«

Als sie durch die Tür geht, bleibt sie abermals stehen und sagt:

»Niemand tut mir so leid wie unsere arme Liza. Das Mädel besucht das Konservatorium, verkehrt ständig in bester Gesellschaft, aber angezogen ist sie Gott weiß wie. Mit dem Pelz, den sie trägt, muß sie sich schämen, auf die Straße zu gehen. Wäre sie die Tochter irgendeines anderen, würde das nichts bedeuten, aber es weiß doch jeder, daß ihr Vater ein berühmter Professor ist, ein Geheimrat!«

Nachdem sie mir meinen Namen und meinen Rang vorgeworfen hat, geht sie endlich. So fängt der Tag für mich an. Was folgt, ist nicht besser.

Wenn ich Tee trinke, kommt meine Liza zu mir, in Pelz und Käppchen, die Noten unterm Arm, schon fix und fertig, um ins Konservatorium zu gehen. Sie ist zweiundzwanzig, sieht aber jünger aus, sie ist hübsch und ähnelt ein wenig meiner Frau in ihrer Jugend. Sie küßt mir zärtlich Schläfe und Hand und sagt:

»Guten Tag, Papachen. Bist du wohlauf?«

Als Kind war sie versessen auf Speiseeis, und ich mußte oft mit ihr in die Konditorei gehen. Eis war für sie der Maßstab alles Schönen. Wenn sie mich loben wollte, dann sagte sie: »Du bist wie Sahneeis, Papa.« Ein Finger hieß bei ihr der Pistazien-, der zweite der Sahne-, der dritte der Himbeerfinger und so weiter. Wenn sie des Morgens zu mir kam, mich zu begrüßen, setzte ich sie auf meine Knie, küßte ihre Fingerchen und sprach vor mich hin: »Der Sahnefinger ... der Pistazienfinger ... der Zitronenfinger ...«

Auch jetzt noch küsse ich aus alter Gewohnheit Lizas Finger und murmele: »Der Pistazienfinger ... der Sahnefinger ... der Zitronenfinger ...«, aber es ist nicht mehr das gleiche. Ich bin kalt wie das Eis, und ich schäme mich. Wenn meine Tochter zu mir kommt und mit ihren Lippen meine Schläfe berührt, dann zucke ich zusammen, als hätte mich eine Biene in die Schläfe gestochen, ich lächle gezwungen und wende das Gesicht ab. Seit ich an Schlaflosigkeit leide, sitzt in meinem Hirn wie ein Nagel der Gedanke: Meine Tochter sieht so oft, wie ich, ein alter, berühmter Mann, qualvoll erröte, weil ich dem Diener Geld schuldig bin; sie sieht, wie oft die Sorge um kleine Schulden mich veranlaßt, mit der Arbeit aufzuhören und stundenlang im Zimmer auf und ab zu gehen und zu überlegen – weshalb ist sie da nicht einmal hinter dem Rücken der Mutter zu mir gekommen und hat mir zugeflüstert: »Vater, da ist meine Uhr, da sind Armbänder, Ohrringe, Kleider ... Verpfände das alles, du brauchst doch Geld?« Wenn sie sieht, wie Mutter und ich aus falscher Scham uns bemühen, vor den Leuten unsere Armut zu verbergen – weshalb verzichtet sie da nicht auf das kostspielige Vergnügen, Musik zu studieren? Ich würde ja weder Uhr noch Armbänder, noch Opfer annehmen, Gott bewahre, ich brauche das nicht.

Bei der Gelegenheit kommt mir auch mein Sohn in den Sinn, der Warschauer Offizier. Er ist ein kluger, ehrbarer, nüchterner Mensch. Aber das genügt mir nicht. Ich meine, wenn ich einen alten Vater hätte und wüßte, daß er Augenblicke hat, in denen er sich seiner Armut schämt, dann würde ich meine Offiziersstelle einem anderen überlassen und eine Arbeit annehmen. Solche Gedanken über meine Kinder vergiften mich. Was sollen sie? Ein böses Gefühl heimlich gegen gewöhnliche Menschen deswegen hegen, weil sie keine Helden sind, das kann nur ein beschränkter oder verbitterter Mensch. Aber genug davon.

Um drei Viertel zehn muß ich zu meinen lieben Jungen und meine Vorlesung halten. Ich kleide mich an und gehe den Weg, den ich nun schon seit dreißig Jahren kenne und der für mich seine Geschichte hat. Da ist das große graue Haus mit der Apotheke; früher stand hier ein kleines Häuschen mit einer Bierstube; dort grübelte ich über meiner Dissertation und schrieb Varja den ersten Liebesbrief. Ich schrieb ihn mit Bleistift auf ein Blatt mit der Überschrift ›Historia morbi‹. Da ist ein Lebensmittelgeschäft; es gehörte einmal einem kleinen Juden, der mir auf Borg Zigaretten verkaufte; ihm folgte ein dickes Weib, das die Studenten liebte, weil ›jeder von ihnen eine Mutter hat‹. Jetzt sitzt da ein blonder Kaufmann, ein sehr gleichgültiger Mann, der aus einer kupfernen Teekanne Tee trinkt. Und dort ist auch schon das düstere, lange nicht renovierte Tor der Universität; davor der gelangweilte Hausknecht im Bauernpelz, der Besen, die Schneehaufen ... Auf einen frischen Jungen, der aus der Provinz gekommen ist und sich einbildet, der Tempel der Wissenschaft sei tatsächlich ein Tempel, kann ein solches Tor keinen günstigen Eindruck machen. Überhaupt nehmen die Baufälligkeit der Universitätsgebäude, die düsteren Korridore, der Ruß an den Wänden, der Mangel an Licht, das traurige Aussehen der Treppen, Kleiderständer und Bänke in der Geschichte des russischen Pessimismus den ersten Platz unter den prädisponierenden Ursachen ein ... Da ist auch unser Garten. Seit meiner Studentenzeit ist er wohl weder besser noch schlechter geworden. Ich mag ihn nicht. Es wäre bedeutend gescheiter, wenn dort statt schwindsüchtiger Linden, gelber Akazien und spärlicher, beschnittener Fliedersträucher hohe Kiefern und schöne Eichen wüchsen. Der Student, dessen Stimmung überwiegend von der Umgebung bestimmt wird, sollte dort, wo er studiert, auf Schritt und Tritt nur Hohes, Starkes und Schönes vor sich sehen ... Bewahre ihn Gott vor dürren Bäumen, zerschlagenen Fenstern, grauen Wänden und Türen, die mit zerrissenem Wachstuch bezogen sind!

Wenn ich mich meinem Aufgang nähere, öffnet sich die Tür, und es begrüßt mich mein alter Kollege, Namensvetter und Altersgenosse, der Diener Nikolaj. Nachdem er mich eingelassen hat, räuspert er sich und sagt:

»Es friert, Euer Exzellenz!«

Oder, wenn mein Pelz naß ist:

»Es regnet, Euer Exzellenz!«

Darauf läuft er vor mir her und öffnet auf meinem Weg alle Türen. In meinem Arbeitszimmer nimmt er mir behutsam den Pelz ab, und dabei teilt er mir irgendeine Universitätsneuigkeit mit. Dank den intimen Beziehungen, die zwischen sämtlichen Pförtnern und Dienern der Universität bestehen, ist ihm alles bekannt, was sich in den vier Fakultäten, der Kanzlei, dem Rektorat und der Bibliothek ereignet. Was weiß er nicht alles! Wenn bei uns zum Beispiel die Verabschiedung des Rektors oder Dekans auf der Tagesordnung steht, dann höre ich, wie er im Gespräch mit den jungen Damen die Kandidaten nennt und dabei erläutert, daß diesen der Minister nicht bestätigen und daß jener selbst ablehnen werde. Dabei ergeht er sich in phantasievollen Einzelheiten über bestimmte geheimnisvolle Schriftstükke, die in der Kanzlei eingegangen seien, über eine geheime Unterredung, die angeblich beim Minister mit dem Kurator stattgefunden habe und so fort. Wenn man von diesen Einzelheiten absieht, so erweist es sich fast immer, daß er recht hat. Die Charakteristiken, die er jedem der Kandidaten gibt, sind eigenartig, aber gleichfalls zutreffend. Wenn Sie wissen wollen, wer in welchem Jahr seine Dissertation verteidigt hat, in den Dienst getreten, in Pension gegangen oder gestorben ist, dann brauchen Sie nur das fabelhafte Gedächtnis dieses Soldaten zu Hilfe zu rufen, und er wird Ihnen nicht nur Jahr, Monat und Tag nennen, sondern auch Einzelheiten mitteilen, von denen dieser oder jener Umstand begleitet war. So kann sich nur ein Liebender erinnern.

Er ist der Hüter der Universitätstraditionen. Von seinen Vorgängern im Amt übernahm er als Erbe viele Legenden aus dem Universitätsleben; diesem reichen Schatz hat er viel von dem eigenen Gut hinzugefügt, das er in seiner Dienstzeit erwarb, und wenn Sie wollen, erzählt er Ihnen eine Menge langer und kurzer Geschichten. Er kann von ungewöhnlichen Gelehrten erzählen, die *alles* wußten, von bemerkenswerten Menschen, die unermüdlich arbeiteten und wochenlang nicht schliefen, von zahllosen Märtyrern und Opfern der Wissenschaft. Bei ihm triumphiert immer das Gute über das Böse, der Schwache besiegt immer den Starken, der Weise den Dummen, der Bescheidene den Stolzen, der Junge den Alten. Man braucht alle diese Legenden und Geschichten nicht für bare Münze zu nehmen; schüttet man sie aber durch einen Filter, dann bleibt darin das zurück, was man bewahren muß – unsere guten Traditionen und die Namen der wirklichen, von allen anerkannten Helden.

In unserer Gesellschaft erschöpfen sich die Nachrichten aus der Welt der Gelehrten in Anekdoten über die ungewöhnliche Zerstreutheit alter Professoren und in zwei oder drei Witzen, die bald Gruber, bald mir, bald Babuchin zugeschrieben werden. Für eine gebildete Gesellschaft ist das zuwenig. Wenn die Gesellschaft die Wissenschaft, die Gelehrten und die Studenten so liebte, wie Nikolaj es tut, so bestünde die Literatur schon längst aus ganzen Epopöen, Sagen und Legenden, wie es sie leider zur Zeit noch nicht gibt.

Wenn er mir eine Neuigkeit berichtet hat, setzt Nikolaj eine strenge Amtsmiene auf und beginnt ein sachliches Gespräch. Würde ein Fremder hören, wie Nikolaj frei mit der Terminologie umspringt, so dächte er wohl, das sei ein als Soldat verkleideter Gelehrter. Nebenbei bemerkt – die Gerüchte von der Gelehrsamkeit der Universitätsdiener sind stark übertrieben. Zwar kennt Nikolaj viele Hunderte lateinischer Namen, er kann ein Skelett zusammensetzen, zuweilen ein Präparat anfertigen und die Studenten durch ein langes, gelehrtes Zitat zum Lachen bringen, aber die höchst einfache Theorie des Blutkreislaufs ist ihm auch jetzt genau noch so unbegreiflich wie vor zwanzig Jahren.

Am Tisch des Arbeitszimmers, tief über ein Buch oder ein Präparat gebeugt, sitzt mein Prosektor Pëtr Ignatjevič, ein arbeitsamer, bescheidener, aber unbegabter Mann von fünfunddreißig Jahren, schon kahlköpfig und wohlbeleibt. Er arbeitet von früh bis spät, liest sehr viel und behält das Gelesene hervorragend im Gedächtnis – in dieser Beziehung ist er Gold wert; aber ansonsten ist er ein Arbeitspferd oder, wie man noch sagt, ein gelehrter Schwachkopf. Die charakteristischen Züge, die ein Arbeitspferd von einem Talent unterscheiden, sind folgende: Sein Horizont ist eng und scharf durch sein Spezialgebiet begrenzt; außerhalb dieses Gebietes ist er naiv wie ein Kind. Ich entsinne mich, wie ich eines Morgens ins Arbeitszimmer kam und sagte:

»Stellen Sie sich vor, was für ein Unglück! Es heißt, Skobelev sei gestorben.«

Nikolaj bekreuzigte sich, Pëtr Ignatjevič aber drehte sich zu mir um und fragte:

»Was für ein Skobelev ist das?«

Ein andermal – das war etwas früher – teilte ich mit, Professor Perov sei gestorben. Der gute Pëtr Ignatjevič fragte:

»Worüber hat er gelesen?«

Ich glaube, wenn direkt an seinem Ohr die Patti zu singen anfinge, wenn chinesische Horden in Rußland einfielen oder wenn sich ein Erdbeben ereignete – er würde kein Glied rühren und seelenruhig mit zusammengekniffenen Augen durch sein Mikroskop schauen. Mit einem Wort – Hekuba kümmerte ihn wenig. Ich würde viel darum geben, um einmal zu sehen, wie dieser Zwieback mit seiner Frau schläft.

Ein weiterer Zug ist der fanatische Glaube an die Unfehlbarkeit der Wissenschaft, in erster Linie all dessen, was die Deutschen schreiben. Er ist überzeugt von sich selbst und von seinen Präparaten, er kennt den Sinn des Lebens und ist völlig unberührt von den Zweifeln und Enttäuschungen, von denen die Talente graue Haare bekommen. Sklavische Anbetung der Autoritäten und Fehlen jedes Bedürfnisses, selbständig zu denken. Ihn von seiner Meinung abzubringen ist schwer; mit ihm zu streiten – unmöglich. Streiten Sie mal mit einem Menschen, der zutiefst überzeugt ist, daß die beste Wissenschaft die Medizin, die besten Menschen die Ärzte, die besten Traditionen die medizinischen sind. Von der schlimmen Vergangenheit der Medizin ist nur eine einzige Tradition übriggeblieben – die weiße Halsbinde, die heutzutage von den Ärzten getragen wird; für einen Gelehrten jedoch und für einen gebildeten Menschen überhaupt kann es nur allgemeine Universitätstraditionen geben, ohne jegliche Gliederung in medizinische, juristische und so weiter. Pëtr Ignatjevič aber ist schwerlich damit einverstanden, er ist bereit, bis zum Jüngsten Gericht darüber mit Ihnen zu streiten.

Seine Zukunft ist mir klar. Er wird sein ganzes Leben lang einige hundert Präparate von ungewöhnlicher Sauberkeit anfertigen, viele trockene, recht anständige Referate schreiben und ein Dutzend gewissenhafter Übersetzungen liefern, aber das Pulver wird er nicht erfinden. Um das Pulver zu erfinden, braucht man Phantasie, Erfindergeist und Spürsinn – Pëtr Ignatjevič besitzt nichts dergleichen. Kurz gesagt, er ist in der Wissenschaft kein Herr, sondern ein Knecht.

Pëtr Ignatjevič, Nikolaj und ich sprechen halblaut. Uns ist nicht ganz wohl zumute. Man spürt immer etwas Besonderes, wenn hinter der Tür das Auditorium wie ein Meer braust. In den ganzen dreißig Jahren habe ich mich nicht an dieses Gefühl gewöhnt, und ich empfinde es jeden Morgen neu. Nervös knöpfe ich meinen Rock zu, stelle Nikolaj überflüssige Fragen, ärgere mich ... Es sieht so aus, als hätte ich Angst, aber das ist keine Feigheit, sondern etwas anderes, was ich weder zu nennen noch zu beschreiben vermag.

Ohne jegliche Notwendigkeit schaue ich auf die Uhr und sage: »Nun? Wir müssen gehen.«

Und wir stolzieren in folgender Ordnung los: Voran geht Nikolaj mit den Präparaten oder den Atlanten, dann komme ich, und hinter mir schreitet, den Kopf demütig gesenkt, das Arbeitspferd; oder aber, falls notwendig, wird auf einer Bahre eine Leiche vorangetragen, dahinter geht Nikolaj und so weiter. Bei meinem Erscheinen stehen die Studenten auf, dann setzen sie sich, und das Meer hört plötzlich auf zu brausen. Völlige Stille tritt ein.

Ich weiß, worüber ich lesen werde, aber ich weiß nicht, wie ich lesen, womit ich beginnen und womit ich schließen werde. In meinem Kopf habe ich keinen einzigen fertigen Satz. Doch ich brauche nur das Auditorium zu betrachten – es ist wie ein Amphitheater gebaut – und den stereotypen Satz »In der vorigen Lektion sind wir stehengeblieben bei ...« zu sagen, da fließen schon die Sätze in langer Reihe aus meinem Mund und – los gehts! Ich spreche unbändig schnell und leidenschaftlich, und es gibt wohl keine Kraft, die imstande wäre, meinen Redefluß zu hemmen. Um gut vorzutragen, das heißt nicht langweilig, sondern so, daß es den Studenten nützt, braucht man außer Begabung auch Gewandtheit und Erfahrung, und man muß eine ganz klare Vorstellung haben von seinen Kräften, von seinen Hörern und vom Gegenstand seiner Vorlesung. Außerdem muß man seine Gedanken zusammennehmen, scharf aufpassen und darf nicht einen Augenblick die Übersicht verlieren.

Ein guter Dirigent, der die Absichten des Komponisten wiedergeben will, muß zwanzig Dinge zugleich tun: die Partitur lesen, den Taktstock schwingen, den Sänger beobachten, der Trommel oder dem Waldhorn ein Zeichen geben und vieles mehr. Genauso geht es mir, wenn ich lese. Ich habe hundertfünfzig Gesichter vor mir, von denen keines dem anderen gleicht, und dreihundert Augen, die mir direkt ins Gesicht schauen. Meine Aufgabe ist es, diese vielköpfige Hydra zu besiegen. Wenn ich in jedem Augenblick meiner Vorlesung eine klare Vorstellung vom Grad ihrer Aufmerksamkeit und ihres Verständnisses habe, dann ist sie in meiner Gewalt. Mein zweiter Gegner steckt in mir selbst. Das sind die unendliche Vielfalt der Formen, Erscheinungen und Gesetze und die Menge der durch sie bedingten eigenen und fremden Gedanken. Jeden Augenblick muß ich geschickt genug sein, aus diesem umfangreichen Material das Wichtigste und Nötigste so schnell herauszugreifen, wie meine Rede dahinfließt, ich muß diesen Gedanken in eine Form kleiden, die dem Verständnis der Hydra angemessen ist und ihre Aufmerksamkeit fesselt, wobei ich scharf darauf zu achten habe, daß die Gedanken nicht so wiedergegeben werden, wie sie auftauchen, sondern in gewisser Ordnung, wie sie zur richtigen Komposition des Bildes, das ich entwerfen will, notwendig ist. Des weiteren bemühe ich mich, daß meine Rede sprachlich korrekt ist, daß die Definitionen knapp und exakt, die Sätze möglichst einfach und schön sind. Jeden Augenblick muß ich mich zügeln und daran denken, daß mir nur eine Stunde und vierzig Minuten zur Verfügung stehen. Mit einem Wort – es gibt Arbeit genug. Ich muß gleichzeitig den Wissenschaftler, den Pädagogen und den Redner spielen, und die Sache steht schlecht, wenn dabei der Redner den Pädagogen und den Wissenschaftler besiegt oder umgekehrt.

Man liest eine Viertelstunde, eine halbe, und da bemerkt man, die Studenten schauen schon an die Decke oder auf Pëtr Ignatjevič; der eine greift nach seinem Taschentuch, der andere setzt sich bequemer hin, der dritte lächelt in Gedanken... Das bedeutet, die Aufmerksamkeit hat nachgelassen. Dagegen muß etwas unternommen werden. Bei der ersten passenden Gelegenheit erzähle ich einen Witz. Alle hundertfünfzig Gesichter zeigen ein breites Lächeln, die Augen glänzen fröhlich, für kurze Zeit ist wieder das Brausen des Meeres zu hören... Ich lache ebenfalls. Die Aufmerksamkeit ist wieder geweckt, und ich kann fortfahren.

Kein Disput, keine Zerstreuungen oder Spiele haben mir jemals soviel Genuß bereitet wie meine Vorlesungen. Nur hier konnte ich mich ganz der Leidenschaft hingeben, und ich begriff, daß Ekstase keine Erfindung der Dichter ist, sondern tatsächlich existiert. Und ich glaube, Herkules hat auch nach der pikantesten seiner Heldentaten keine so wonnige Erschöpfung verspürt, wie ich sie jedesmal nach der Vorlesung empfand.

So war es früher. Jetzt aber sind die Vorlesungen für mich nur noch eine Qual. Es vergeht keine halbe Stunde, da spüre ich in Beinen und Schultern eine unüberwindliche Schwäche; ich setze mich in den Sessel, aber ich bin es nicht gewohnt, im Sitzen vorzutragen; nach einer Minute stehe ich wieder auf und lese stehend weiter, dann setze ich mich abermals. Mein Mund wird trocken, die Stimme heiser, im Kopf dreht sich alles ... Um vor den Hörern meinen Zustand zu verbergen, trinke ich immer wieder Wasser, ich huste, schneuze mich des öfteren, als mache mir ein Schnupfen zu schaffen, ich erzähle an unpassender Stelle faule Witze, und zu guter Letzt mache ich eher Pause, als angängig ist. Vor allem aber schäme ich mich.

Mein Gewissen und mein Verstand sagen mir, das Beste, was ich jetzt tun könnte, sei, den Jungen eine Abschiedsvorlesung zu halten, ihnen ein letztes Wort zu sagen, sie zu segnen und meinen Platz einem Mann abzutreten, der jünger und kräftiger ist als ich. Aber Gott mag mich richten, ich habe nicht den Mut, meinem Gewissen zu folgen.

Unglücklicherweise bin ich kein Philosoph und kein Theologe. Ich weiß sehr wohl, daß ich nicht mehr länger als ein halbes Jahr zu leben habe; man sollte meinen, nun müßten mich in erster Linie die Fragen nach dem Dunkel des Jenseits und nach den Erscheinungen beschäftigen, die mich in meinem Todesschlaf heimsuchen werden. Aber meine Seele will von diesen Fragen nichts wissen, obwohl der Verstand ihre Wichtigkeit erkennt. Wie vor zwanzig, dreißig Jahren, so interessiert mich auch jetzt, an der Schwelle des Todes, allein die Wissenschaft. Noch wenn ich meinen letzten Atemzug tue, werde ich glauben, daß die Wissenschaft das Wichtigste, Schönste und Notwendigste im Leben des Menschen ist, daß sie immer die höchste Offenbarung der Liebe war und sein wird und daß nur durch sie allein der Mensch die Natur und sich selbst besiegen kann. Dieser Glaube ist vielleicht naiv und im Grunde ungerecht, aber es ist nicht meine Schuld, daß mein Glaube so und nicht anders ist; ich vermag diesen Glauben nicht zu überwinden.

Doch darum handelt es sich nicht. Ich bitte nur, mit meiner Schwäche Nachsicht zu haben und zu begreifen, daß einen Menschen, den das Schicksal des Knochenmarks mehr interessiert als das eigentliche Ziel des Weltalls, vom Katheder und von seinen Schülern losreißen nichts anderes bedeutet, als wenn man ihn in einen Sarg steckt und diesen zunagelt, noch ehe er tot ist.

Infolge der Schlaflosigkeit und des angestrengten Kampfes mit der sich steigernden Schwäche geht etwas Seltsames mit mir vor. Zwischen den Vorlesungen wollen mir plötzlich Tränen die Kehle abschnüren, die Augen fangen an zu brennen, und ich habe den leidenschaftlichen, hysterischen Wunsch, die Arme auszustrecken und laut zu lamentieren. Ich möchte lauthals hinausschreien, daß mich, den berühmten Mann, das Schicksal zum Tode verurteilt hat, daß schon in einem halben Jahr hier im Auditorium ein anderer regieren wird. Ich möchte hinausschreien, daß ich vergiftet bin; neue Gedanken, wie ich sie vorher nicht kannte, haben die letzten Tage meines Lebens vergiftet und bohren sich in mein Hirn wie Moskitos. Dann erscheint mir meine Lage so furchtbar, daß ich wünsche, alle meine Hörer möchten entsetzt von ihren Plätzen aufspringen und in panischer Angst, unter verzweifeltem Geschrei, zum Ausgang stürzen.

Es ist nicht leicht, solche Augenblicke zu durchleben.

II

Nach der Vorlesung sitze ich zu Hause und arbeite. Ich lese Zeitschriften und Dissertationen oder bereite mich auf die nächste Vorlesung vor, manchmal schreibe ich auch etwas. Ich arbeite mit Unterbrechungen, weil ich wiederholt Besucher empfangen muß.

Es läutet. Ein Kollege ist gekommen, um eine Angelegenheit zu besprechen. Er tritt mit Hut und Stock bei mir ein, streckt mir beides entgegen und sagt:

»Ich komme nur auf einen Augenblick! Bleiben Sie sitzen, collega! Nur auf zwei Worte!«

Zunächst sind wir bemüht zu zeigen, daß wir beide ungewöhnlich höflich sind und uns sehr freuen, uns zu sehen. Ich placiere ihn in einen Sessel, und er placiert mich in einen anderen, dabei streichen wir einander vorsichtig über die Taille, berühren die Knöpfe, und es sieht aus, als betasteten wir einander und fürchteten dabei, uns zu verbrennen. Wir lachen beide, obwohl wir nichts Komisches sagen. Nachdem wir Platz genommen haben, stecken wir die Köpfe zusammen und beginnen halblaut zu reden. So herzlich wir uns auch zugetan sind, wir können uns nicht enthalten, unsere Rede mit allerlei chinesischen Floskeln zu würzen wie: »Sie geruhten richtig zu bemerken« oder »Wie ich bereits die Ehre hatte, Ihnen zu sagen«; wir können nicht umhin zu lachen, wenn einer von uns einen Witz macht, und gelingt er auch daneben. Hat der Kollege seine Angelegenheit besprochen, steht er hastig auf, schwenkt den Hut in Richtung meiner Arbeit und fängt an, sich zu verabschieden. Wieder betasten wir einander und lachen. Ich begleite den Kollegen bis auf die Diele hinaus; dort bin ich ihm beim Anziehen des Pelzes behilflich, er versucht auf jede Weise, sich dieser hohen Ehre zu entziehen. Wenn dann Egor die Tür öffnet, versichert mir der Kollege, ich würde mich erkälten, und ich gebe mir den Anschein, als sei ich bereit, ihm sogar bis auf die Straße zu folgen. Und wenn ich endlich in mein Arbeitszimmer zurückkehre, dann lächelt mein Gesicht noch immer, wahrscheinlich nach dem Trägheitsgesetz.

Etwas später läutet es wieder. Jemand tritt in die Diele, zieht sich lange aus und räuspert sich. Egor meldet, ein Student sei gekommen. Ich sage, ich ließe bitten. Einige Augenblicke später tritt ein junger Mann von angenehmem Äußeren bei mir ein. Bereits seit einem Jahr sind unsere Beziehungen gespannt – er gibt mir bei Prüfungen falsche Antworten und bekommt dafür die Note ›ungenügend‹. Von solchen Burschen, die ich – in der Studentensprache ausgedrückt – durchrasseln lasse, kommen bei mir im Jahr etwa sieben zusammen. Diejenigen, die ihre Examina aus Unfähigkeit oder krankheitshalber nicht bestehen, tragen gewöhnlich ihr Kreuz geduldig und hadern nicht mit mir; hadern und zu mir ins Haus laufen, das machen nur die Sanguiniker, die weitherzigen Naturen, denen die Verzögerung bei den Examina den Appetit verdirbt und sie hindert, regelmäßig in die Oper zu gehen. Zu den ersten bin ich nachsichtig, die zweiten aber lasse ich das ganze Jahr hindurch zappeln.

»Setzen Sie sich«, sage ich zu dem Gast. »Was haben Sie zu sagen?«

»Entschuldigen Sie die Störung, Herr Professor...« beginnt er stotternd und ohne mir ins Gesicht zu sehen. »Ich würde nicht wagen, Sie zu stören, wenn nicht... Ich habe mich schon fünfmal bei Ihnen prüfen lassen und... und bin durchgefallen. Ich bitte Sie, seien Sie so gütig und geben Sie mir ein ›genügend‹, denn...«

Das Argument, das alle Faulpelze zu ihren Gunsten anführen, ist stets das gleiche – in allen Fächern haben sie sehr gut abgeschnitten, und nur bei mir sind sie durchgefallen, und das sei um so erstaunlicher, weil sie sich mit meinem Fach immer sehr fleißig beschäftigt haben und es ausgezeichnet beherrschen; durchgefallen seien sie nur wegen eines unbegreiflichen Mißverständnisses.

»Entschuldigen Sie, mein Freund«, antworte ich dem Gast, »ein ›genügend‹ kann ich Ihnen nicht geben. Arbeiten Sie die Vorlesungen noch einmal durch und kommen Sie wieder. Dann werden wir sehen.«

Es entsteht eine Pause. Mich überkommt das Verlangen, den Studenten ein bißchen zu quälen, weil er Bier und Oper lieber mag als die Wissenschaft, und so sage ich seufzend:

»Meiner Meinung nach ist das Beste, was Sie jetzt tun können, der medizinischen Fakultät ganz den Rücken zu kehren. Wenn es Ihnen bei Ihren Fähigkeiten durchaus nicht gelingt, das Examen zu bestehen, so haben Sie offensichtlich weder den Wunsch noch die Berufung, Arzt zu werden.«

Das Gesicht des Sanguinikers zieht sich in die Länge.

»Verzeihen Sie, Herr Professor«, entgegnet er lächelnd, »aber das wäre von meiner Seite zumindest sonderbar. Fünf Jahre studieren und auf einmal... abgehen!«

»Nun ja! Besser fünf Jahre unnütz verlieren als sich dann das ganze Leben mit einer Sache befassen, die man nicht liebt.« Aber gleich darauf tut er mir schon leid, und ich beeile mich fortzufahren:

»Übrigens – wie Sie meinen. Also arbeiten Sie noch ein bißchen und kommen Sie wieder.«

»Wann?« fragt der Faulpelz mit dumpfer Stimme.

»Wann Sie wollen, meinetwegen morgen schon.«

Und in seinen guten Augen lese ich: Kommen kann ich schon, aber du Rindvieh läßt mich ja doch wieder durchrasseln!

»Natürlich«, sage ich, »werden Sie nicht gelehrter davon, selbst wenn Sie sich bei mir noch fünfzehnmal prüfen lassen, aber es bildet Ihren Charakter. Und das ist auch was wert.«

Schweigen tritt ein. Ich erhebe mich und warte, daß der Gast geht, aber er bleibt stehen, schaut durchs Fenster, zupft an seinem Bärtchen und überlegt. Es wird schon langweilig.

Der Sanguiniker hat eine angenehme, klangvolle Stimme, kluge, spöttische Augen und ein gutmütiges Gesicht, das vom häufigen Biergenuß und vom langen Liegen auf dem Sofa zerknittert ist. Offenbar könnte er mir viel Interessantes von der Oper, von seinen Liebesabenteuern oder von den Kollegen, die er gern hat, erzählen, aber leider ist es nicht üblich, davon zu sprechen. Ich würde aber gern zuhören.

»Herr Professor! Ich gebe Ihnen mein Ehrenwort, wenn Sie mir ›genügend‹ geben, dann will ich ...«

Ist aber die Sache bis zum ›Ehrenwort‹ gediehen, winke ich ab und setze mich an den Tisch. Der Student überlegt noch eine Weile und sagt dann niedergeschlagen:

»In diesem Falle leben Sie wohl ... Entschuldigen Sie.«

»Leben Sie wohl, mein Freund. Alles Gute!«

Unschlüssig geht er in die Diele, kleidet sich dort langsam an, und wenn er auf die Straße hinaustritt, überlegt er wahrscheinlich wieder lange; nachdem ihm nichts anderes eingefallen ist als ein an meine Adresse gerichteter ›alter Teufel‹, geht er in ein schlechtes Restaurant, um Bier zu trinken und zu Mittag zu essen, und dann legt er sich zu Hause schlafen. Friede deiner Asche, du ehrlicher Arbeiter!

Es läutet zum drittenmal. Ein junger Arzt in einem neuen schwarzen Anzug tritt ein, er trägt eine goldene Brille und natürlich eine weiße Halsbinde. Er stellt sich vor. Ich biete ihm einen Platz an und frage ihn nach seinen Wünschen. Nicht ohne innere Erregung erzählt mir der junge Adept der Wissenschaft, daß er in diesem Jahr das Doktorandenexamen bestanden und jetzt nur noch eine Dissertation zu schreiben habe. Er möchte gern bei mir arbeiten, unter meiner Anleitung, und er wäre mir außerordentlich verpflichtet, wenn ich ihm ein Thema für seine Dissertation gäbe.

»Ich freue mich sehr, Ihnen dienen zu können, Herr Kollege«, sage ich, »aber wollen wir uns doch erst einmal darüber verständigen, was eine Dissertation ist. Unter diesem Ausdruck versteht man üblicherweise ein Werk, das ein Produkt selbständiger schöpferischer Arbeit darstellt. Nicht wahr? Ein Werk aber, das über ein fremdes Thema und unter fremder Anleitung geschrieben wird, nennt man anders ...«

Der Doktorand schweigt. Ich werde wütend und springe auf.

»Ich verstehe nicht, weshalb Sie alle zu mir kommen?« schreie ich böse. »Habe ich etwa einen Laden, wie? Ich handle nicht mit Themen! Ich bitte Sie nun alle schon zum tausendundersten Mal, mich in Ruhe zu lassen! Entschuldigen Sie mein mangelndes Zartgefühl, aber ich habe es schließlich satt!«

Der Doktorand schweigt, nur um seine Backenknochen spielt eine leichte Röte. Auf seinem Gesicht malt sich hohe Achtung vor meinem berühmten Namen und meiner Gelehrsamkeit, an seinen Augen aber sehe ich, daß er meine Stimme, meine klägliche Gestalt und mein nervöses Gestikulieren verachtet. In meinem Zorn bin ich für ihn ein wunderlicher Kauz.

»Ich habe keinen Laden!« stoße ich böse hervor. »Es ist doch merkwürdig! Weshalb wollen Sie nicht selbständig sein? Weshalb ist Ihnen die Freiheit so zuwider?«

Ich rede viel, er aber schweigt noch immer. Schließlich beruhige ich mich allmählich und kapituliere natürlich. Der Doktorand bekommt von mir ein Thema, das keinen Pfifferling wert ist, er wird unter meiner Aufsicht eine völlig überflüssige Dissertation schreiben, mit Würde die langweilige Disputation überstehen und einen nutzlosen wissenschaftlichen Grad erhalten.

Das Läuten an der Tür kann sich unaufhörlich fortsetzen, ich will mich aber hier lediglich auf vier Fälle beschränken. Es läutet also zum viertenmal, und ich höre bekannte Schritte, das Rauschen eines Kleides, eine liebe Stimme ...

Vor achtzehn Jahren starb mein Kollege, ein Augenarzt, und hinterließ seine siebenjährige Tochter Katja und etwa sechzigtausend Rubel. In seinem Testament bestimmte er mich zum Vormund. Bis zu ihrem zehnten Jahr lebte Katja in meiner Familie, dann wurde sie in ein Institut gegeben und wohnte nur noch in den Sommermonaten, während der Ferien, bei uns. Mich mit ihrer Erziehung zu befassen, hatte ich keine Zeit, ich kümmerte mich nur hin und wieder um sie und kann daher über ihre Kindheit nur sehr wenig sagen.

Das erste, was mir einfällt und woran ich mich gern erinnere, ist die ungewöhnliche Zutraulichkeit, mit der sie in mein Haus kam und sich von den Ärzten behandeln ließ und die ständig auf ihrem Gesichtchen leuchtete. Oft saß sie irgendwo in einer Ecke mit verbundener Backe und beobachtete aufmerksam etwas; ob sie dabei zusah, wie ich schrieb, und dabei in einem Buch blätterte, wie meine Frau wirtschaftete, wie die Köchin in der Küche Kartoffeln schälte oder wie der Hund spielte – ihre Augen drückten immer und unveränderlich ein und dasselbe aus, nämlich: Alles, was auf dieser Welt geschieht, ist wunderschön und vernünftig. Sie war neugierig und unterhielt sich gern mit mir. Oft saß sie mir gegenüber am Tisch, verfolgte meine Bewegungen und stellte Fragen. Es interessierte sie zu erfahren, was ich las, was ich an der Universität machte, ob ich mich nicht vor Leichen fürchtete und wo ich mein Gehalt ließe.

»Prügeln sich die Studenten an der Universität?« fragte sie.

»Ja, mein Liebling.«

»Und Sie lassen sie zur Strafe knien?«

»Ja.«

Und es kam ihr komisch vor, daß die Studenten sich prügeln und daß ich sie knien lasse, und sie lachte. Sie war ein sanftes, geduldiges und gutes Kind. Nicht selten mußte sie mit ansehen, wie man ihr etwas wegnahm, sie unnötig bestrafte oder ihre Wißbegier nicht befriedigte; dann mischte sich in den ständigen Ausdruck der Zutraulichkeit auf ihrem Gesicht noch Traurigkeit – das war alles. Ich wußte nicht recht, wie ich für sie eintreten sollte, verspürte aber, wenn ich diese Traurigkeit bemerkte, immer den Wunsch, sie an mich zu ziehen und sie im Tone einer alten Kinderfrau zu bedauern:

»Mein liebes Waisenkind!«

Ich entsinne mich auch, daß sie sich gern gut anzog und mit Parfüm besprengte. In dieser Hinsicht war sie mir ähnlich. Ich liebe ebenfalls schöne Kleidung und gutes Parfüm.

Ich bedaure, daß ich keine Zeit und Lust hatte, den Beginn und die Entwicklung der Leidenschaft zu verfolgen, von der Katja schon völlig beherrscht wurde, als sie vierzehn, fünfzehn Jahre alt war. Ich spreche von ihrer leidenschaftlichen Liebe für das Theater. Wenn sie in den Ferien aus dem Institut zu uns kam und bei uns wohnte, sprach sie von nichts anderem mit solchem Eifer und Vergnügen wie von Theaterstücken und Schauspielern. Mit ihren ständigen Gesprächen über das Theater ermüdete sie uns. Meine Frau und die Kinder hörten ihr gar nicht zu. Mir allein mangelte es an Mut, ihr die Aufmerksamkeit zu versagen. Wenn sie den Wunsch hatte, ihre Begeisterung mit jemand zu teilen, kam sie in mein Arbeitszimmer und sagte in flehendem Ton:

»Nikolaj Stepanyč, erlauben Sie mir, mit Ihnen über das Theater zu sprechen!«

Ich zeigte auf die Uhr und erwiderte:

»Ich gebe dir eine halbe Stunde. Fang an!«

Später brachte sie dutzendweise Bilder von Schauspielern und Schauspielerinnen mit, die sie anbetete; dann versuchte sie mehrmals bei Liebhaberaufführungen mitzuwirken, und zu guter Letzt, als die Institutszeit beendet war, erklärte sie mir, sie sei zur Schauspielerin geboren.

Ich habe niemals Katjas Theaterleidenschaft geteilt. Meiner Meinung nach braucht man, wenn ein Stück gut ist, nicht erst die Schauspieler zu bemühen, damit es die gebührende Wirkung hervorrufe, man kann sich auf die Lektüre beschränken. Ist ein Stück aber schlecht, so wird es auch durch das Spiel auf der Bühne nicht besser.

In meiner Jugend ging ich häufig ins Theater; jetzt mietet meine Familie zweimal im Jahr eine Loge und nimmt mich zum ›Auslüften‹ mit. Natürlich kann ich mir da nicht das Recht anmaßen, über das Theater zu urteilen, aber ich will trotzdem etwas dazu sagen. Meiner Meinung nach ist das Theater nicht besser geworden, als es vor dreißig, vierzig Jahren war. Nach wie vor kann man weder in den Theatergängen noch im Foyer ein Glas reinen Wassers finden. Nach wie vor bestrafen mich die Platzanweiser meines Pelzes wegen mit zwanzig Kopeken, obwohl doch das Tragen eines warmen Kleidungsstückes im Winter nichts Anstößiges hat. Nach wie vor spielt in den Pausen ohne jede Notwendigkeit die Musik, die zu dem Eindruck, den das Stück hervorruft, noch einen weiteren, unerwünschten hinzufügt. Nach wie vor gehen die Männer in den Pausen zum Büfett und nehmen alkoholische Getränke zu sich. Ist schon kein Fortschritt in Kleinigkeiten zu spüren, so werde ich ihn auch in großen Dingen vergeblich suchen. Wenn ein Schauspieler, der von Kopf bis Fuß in den Traditionen und Vorurteilen des Theaters verstrickt ist, sich bemüht, den einfachen, gewöhnlichen Monolog »Sein oder Nichtsein« nicht einfach, sondern unbedingt mit Zischen und am ganzen Körper bebend vorzutragen, oder wenn er mich um jeden Preis zu überzeugen versucht, Čackij, der sich viel mit Dummköpfen unterhält und eine dumme Gans liebt, sei ein sehr kluger Mensch und ›Verstand schafft Leiden‹ kein langweiliges Stück, dann weht mir von der Bühne die gleiche Routine entgegen, die mich schon vor vierzig Jahren gelangweilt hat, als man mich mit klassischem Geheul und An-die-Brust-Schlagen bewirtete. Und jedesmal komme ich noch konservativer aus dem Theater, als ich hineingegangen bin.

Der sentimentalen und leichtgläubigen Masse kann man weismachen, das Theater sei in seiner gegenwärtigen Form eine Schule. Doch wer die Schule im wahren Sinne des Wortes kennt, den fängt man nicht mit diesem Köder. Ich weiß nicht, was in fünfzig oder hundert Jahren sein wird, aber unter den heutigen Verhältnissen kann das Theater nur der Zerstreuung dienen. Aber diese Zerstreuung ist zu kostspielig, als daß man sie weiterhin pflegen könnte. Sie entzieht dem Staat Tausende von jungen, gesunden und begabten Männern und Frauen, die, hätten sie sich nicht dem Theater verschrieben, gute Ärzte, Landwirte, Lehrerinnen und Offiziere geworden wären. Sie raubt dem Publikum die Abendstunden – die beste Zeit für geistige Arbeit und Gespräche unter Freunden, ganz zu schweigen von den Geldausgaben und den moralischen Schäden, die der Zuschauer erleidet, wenn er auf der Bühne Mord, Ehebruch oder Verleumdung unrichtig dargestellt sieht.

Katja war jedoch völlig anderer Meinung. Sie versuchte mich zu überzeugen, daß, sogar in seiner gegenwärtigen Gestalt, das Theater höher stehe als Hörsäle, Bücher und alles auf der Welt. Das Theater sei die Kraft, die alle Kunstgattungen in sich vereinige, und die Schauspieler seien Missionare. Keine Kunstform und keine Wissenschaft sei für sich allein imstande, so stark und so sicher auf die menschliche Seele einzuwirken wie die Bühne, und nicht ohne Grund genieße schon ein mittelmäßiger Schauspieler im Staate bedeutend mehr Popularität als der beste Gelehrte und Maler. Und keine öffentliche Tätigkeit könne so viel Genuß und Befriedigung vermitteln wie die Arbeit auf der Bühne.

Und eines schönen Tages schloß sich Katja einer Schauspieltruppe an und reiste ab, ich glaube nach Ufa, begleitet von einem großen Geldbetrag, einer Menge rosiger Hoffnungen und aristokratischer Ansichten über diese Tätigkeit.

Die ersten Briefe von ihrer Tournee waren erstaunlich. Beim Lesen war ich verblüfft, daß diese kleinen Blätter so viel Jugend, seelische Reinheit, heilige Naivität und gleichzeitig so viel feine, vernünftige Urteile enthalten konnten, die einem geübten männlichen Verstand Ehre gemacht hätten. Die Volga, die Natur, die Städte, die sie besuchte, die Kollegen, ihre Erfolge und Mißerfolge wurden von ihr nicht beschrieben, sondern geradezu besungen; jede Zeile atmete die Zutraulichkeit, die ich auf ihrem Gesicht zu sehen gewohnt war – und dabei gab es eine Unmenge grammatischer Fehler, und die Satzzeichen fehlten fast völlig.

Noch kein halbes Jahr war vergangen, da erhielt ich einen über alle Maßen poetischen und begeisterten Brief, der mit den Worten begann: »Ich bin verliebt.« Diesem Brief lag eine Photographie bei, die einen jungen Mann mit bartlosem Gesicht zeigte; er trug einen breitkrempigen Hut und hatte eine Reisedecke über die Schulter geworfen. Die darauffolgenden Briefe waren nach wie vor herrlich, aber es tauchten darin bereits Satzzeichen auf, die grammatischen Fehler verschwanden – der männliche Einfluß machte sich sehr bemerkbar. Katja schrieb davon, wie schön es wäre, irgendwo an der Volga ein großes Theater zu bauen, und zwar unbedingt auf Aktien, wobei man zu diesem Unternehmen die reiche Kaufmannschaft und die Schiffsreeder heranziehen müßte; es gäbe viel Geld, die Einnahmen müßten gewaltig sein, und die Schauspieler würden auf genossenschaftlicher Grundlage spielen... Vielleicht war das alles tatsächlich schön, aber ich glaube, solche Überlegungen können nur dem Hirn eines Mannes entspringen.

Wie dem auch sei, anderthalb oder zwei Jahre lang schien alles gutzugehen: Katja liebte, glaubte an ihren Beruf und war glücklich; dann aber entdeckte ich in ihren Briefen bereits deutliche Anzeichen eines Niedergangs. Es begann damit, daß Katja sich bei mir über ihre Kollegen beklagte – das ist ein erstes und überaus unheilverkündendes Symptom; wenn ein junger Gelehrter oder Literat seine Tätigkeit damit beginnt, daß er sich bitter über die Gelehrten oder Literaten beklagt, dann bedeutet das, er ist schon müde geworden und taugt nicht für seinen Beruf. Katja schrieb mir, ihre Kollegen kämen nicht zu den Proben und lernten ihre Rollen nicht; bei der Aufführung schlechter Stücke und in der Art der Kollegen, sich auf der Bühne zu benehmen, zeige sich bei jedem von ihnen eine völlige Nichtachtung des Publikums; im Interesse der Einnahmen, von denen man allein spreche, erniedrigten sich die dramatischen Schauspieler bis zum Singen von Chansons, und die Tragöden sängen Couplets, in denen über gehörnte Ehemänner und über die Schwangerschaft treuloser Gattinnen gelacht werde und so weiter. Im allgemeinen müsse man sich wundern, daß die Provinzbühne bis heute noch nicht zugrunde gegangen sei und daß sie sich auf einem so dünnen, verfaulten Zweiglein halten könne.

Als Antwort schrieb ich Katja einen langen und, wie ich gestehen muß, sehr langweiligen Brief. Ich schrieb unter anderem: »Ich konnte mich des öfteren mit alten Schauspielern unterhalten, sehr vornehmen Menschen, die mir ihr Wohlwollen schenkten; aus den Gesprächen mit ihnen entnahm ich, daß ihre Tätigkeit nicht so sehr vom eigenen Verstand und von der Freiheit geleitet wurde als vielmehr von der Mode und den Launen der Gesellschaft. Die besten unter ihnen mußten zu ihrer Zeit in Tragödien, Operetten, Pariser Possen und Feenmärchen auftreten, und sie waren immer der Meinung, sich auf einem geraden Weg zu befinden und Nutzen zu stiften. Du siehst also, man muß die Wurzel des Übels nicht bei den Schauspielern, sondern tiefer suchen, in der Kunst selbst und in dem Verhältnis der Gesellschaft zu ihr.«

Dieser Brief reizte Katja nur. Sie antwortete mir: »Wir beide sprechen verschiedene Sprachen. Ich habe Ihnen nicht von den vornehmen Menschen geschrieben, die Ihnen ihr Wohlwollen schenkten, sondern von einer Bande durchtriebener Burschen, die nichts mit Vornehmheit zu tun haben. Das ist eine Horde von Wilden, die nur deshalb auf die Bühne geraten ist, weil man sie woanders nicht angenommen hat, und die sich Künstler nennen, weil sie unverschämt sind. Kein einziges Talent ist darunter, aber viele Unbegabte, Säufer, Intriganten und Klatschbasen. Ich kann gar nicht sagen, wie bitter es für mich ist, daß die Kunst, die ich so liebe, in die Hände von Leuten gefallen ist, die mir verhaßt sind; es ist bitter, daß die besten Menschen das Übel nur aus der Ferne betrachten, nicht näher treten wollen und, statt Partei zu ergreifen, in schwerfälligem Stil Gemeinplätze schreiben und eine Moral predigen, die niemand braucht...« Und so weiter in dieser Art.

Es verging noch einige Zeit, da erhielt ich folgenden Brief: »Ich bin grausam betrogen worden. Ich kann nicht weiterleben. Verfügen Sie über mein Geld, wie Sie es für richtig halten. Ich habe Sie geliebt wie einen Vater und meinen einzigen Freund. Leben Sie wohl.«

Es stellte sich heraus, daß auch *er* zu der ›Horde von Wilden‹ gehörte. In der Folge konnte ich aus einigen Andeutungen entnehmen, daß es zu einem Selbstmordversuch gekommen war. Vermutlich hatte Katja sich vergiften wollen. Man muß annehmen, daß sie danach ernstlich krank war, denn den nächsten Brief erhielt ich schon aus Jalta, wohin sie aller Wahrscheinlichkeit nach die Ärzte geschickt hatten. Ihr letzter Brief an mich enthielt die Bitte, ihr so schnell wie möglich tausend Rubel nach Jalta zu schicken, und endete mit den Worten: »Entschuldigen Sie, daß mein Brief so düster ist. Gestern habe ich mein Kind beerdigt.« Nachdem sie ein Jahr auf der Krim verbracht hatte, kehrte sie heim.

Etwa vier Jahre lang war sie umhergereist, und ich muß gestehen, daß ich in den ganzen vier Jahren ihr gegenüber eine unerfreuliche, eigenartige Rolle gespielt habe. Als sie mir damals erklärte, sie wolle Schauspielerin werden, als sie mir dann von ihrer Liebe schrieb, als sie periodisch von der Verschwendungssucht befallen wurde und ich immer wieder auf ihr Verlangen bald tausend, bald zweitausend Rubel schicken mußte, als sie mir ihre Absicht zu sterben mitteilte und dann den Tod ihres Kindes, da geriet ich jedesmal aus der Fassung, und meine ganze Anteilnahme an ihrem Schicksal drückte sich nur darin aus, daß ich viel nachdachte und umfangreiche, langweilige Briefe schrieb, die ich überhaupt nicht hätte zu schreiben brauchen. Und dabei vertrat ich doch Vaterstelle an ihr und liebte sie wie eine Tochter!

Jetzt wohnt Katja eine halbe Verst von mir entfernt. Sie hat sich eine Fünfzimmerwohnung gemietet und sie recht komfortabel und mit dem ihr eigenen Geschmack eingerichtet. Wenn es jemand unternähme, ihre Einrichtung zu schildern, so wäre die Grundstimmung die Trägheit. Für den trägen Körper – weiche Ruhebetten und weiche Hocker, für die trägen Füße – Teppiche, für das träge Auge – leicht verbleichende, trübe oder matte Farben, für die träge Seele – an den Wänden sehr viele billige Fächer und kleine Bilder, bei denen die Originalität der Ausführung über dem Inhalt steht; eine Unmenge von Tischchen und kleinen Regalen, die mit ganz unnötigen und wertlosen Sachen vollgestellt sind, statt der Vorhänge formlose Fetzen ... All das, zusammen mit der Furcht vor grellen Farben, Symmetrie und Genauigkeit, zeugt außer von seelischer Trägheit auch noch von einer Entartung des natürlichen Geschmacks. Ganze Tage liegt Katja auf einem Ruhebett und liest Bücher, vorwiegend Romane und Novellen. Nur einmal am Tag, nachmittags, verläßt sie das Haus, um mich zu besuchen.

Ich arbeite, und Katja sitzt unweit von mir auf dem Sofa, schweigt und hüllt sich in einen Schal, als friere sie. Sei es, daß sie mir sympathisch ist, sei es, daß ich mich an ihre häufigen Besuche gewöhnt habe, als sie noch ein kleines Mädchen war, ihre Anwesenheit hindert mich nicht, mich zu konzentrieren. Zuweilen stelle ich ihr mechanisch eine Frage, und sie gibt eine sehr kurze Antwort; oder aber ich drehe mich, um auf ein paar Augenblicke auszuruhen, zu ihr um und sehe zu, wie sie nachdenklich ein medizinisches Journal oder eine Zeitung betrachtet. Dabei bemerke ich, daß ihr Gesicht nicht mehr den früheren Ausdruck der Zutraulichkeit hat. Der Ausdruck ist jetzt kalt, unpersönlich, zerstreut wie bei Passagieren, die lange auf den Zug warten müssen. Gekleidet ist sie nach wie vor schön und schlicht, aber nachlässig; man sieht, daß ihr Kleid und ihre Frisur unter den Ruhebetten und Schaukelstühlen, auf denen sie tagelang liegt, ziemlich zu leiden haben. Und sie ist auch nicht mehr so neugierig wie früher. Fragen stellt sie nicht mehr, als habe sie im Leben schon alles durchgemacht und erwarte nichts Neues.

Gegen vier Uhr wird es im Saal und im Salon lebendig. Liza ist aus dem Konservatorium zurückgekehrt und hat Freundinnen mitgebracht. Man hört Klavierspiel, Gesangsversuche und Gelächter; im Eßzimmer deckt Egor den Tisch und klappert mit dem Geschirr.

»Leben Sie wohl«, sagt Katja. »Heute kann ich nicht bei Ihrer Familie vorsprechen. Sie möchten mich entschuldigen. Keine Zeit. Kommen Sie zu mir.«

Als ich sie bis zur Diele begleite, mustert sie mich streng von Kopf bis Fuß und sagt ärgerlich:

»Sie sind aber ganz schön abgemagert! Warum lassen Sie sich nicht behandeln? Ich werde zu Sergej Fëdorovič fahren und ihn herbitten. Er soll Sie untersuchen.«

»Ist nicht nötig, Katja.«

»Ich verstehe nicht, wie Ihre Familie das mit ansehen kann! Die sind wirklich gut, das muß ich schon sagen!«

Sie zieht hastig ihren Pelz an, dabei rutschen bestimmt zwei oder drei Haarnadeln aus ihrer nachlässig gekämmten Frisur und fallen zu Boden. Die Frisur zu ordnen, ist sie zu träge, und sie nimmt sich dazu auch keine Zeit. Sie steckt die herunterhängenden Locken ungeschickt unter ihr Käppchen und geht hinaus.

Komme ich dann ins Eßzimmer, fragt mich meine Frau:

»Katja war eben bei dir? Weshalb ist sie nicht zu uns hereingekommen? Das ist doch merkwürdig ...«

»Mama!« sagt Liza vorwurfsvoll. »Wenn sie nicht will, soll sie es bleibenlassen. Wir brauchen doch vor ihr nicht auf den Knien zu liegen.«

»Wie du willst, aber das ist doch eine Nichtachtung. Sitzt drei Stunden im Arbeitszimmer und denkt nicht an uns. Aber wie sie meint.«

Varja und Liza hassen Katja. Dieser Haß ist mir unverständlich; um ihn zu begreifen, muß man wahrscheinlich eine Frau sein. Ich lege meine Hand ins Feuer, daß sich unter den hundertfünfzig jungen Männern, die ich beinahe täglich im Hörsaal vor mir sehe, und den hundert älteren, denen ich jede Woche begegne, kaum ein einziger finden wird, der den Haß und den Abscheu vor Katjas Vergangenheit, das heißt vor ihrer außerehelichen Schwangerschaft und ihrem illegitimen Kind, verstehen würde; dabei kann ich mich an keine einzige mir bekannte Frau und kein junges Mädchen erinnern, die nicht bewußt oder instinktiv diese Gefühle in ihrem Herzen hegte. Das ist nicht etwa deshalb der Fall, weil eine Frau tugendhafter und reiner ist als ein Mann – Tugend und Reinheit unterscheiden sich wenig vom Laster, solange sie nicht frei von unguten Gefühlen sind. Ich erkläre das einfach mit der Rückständigkeit der Frauen. Das wehmütige Gefühl des Mitleids und die Gewissensbisse, wie sie heutzutage der Mann empfindet, wenn er Unglück sieht, zeugen viel mehr von Kultur und moralischer Größe als Haß und Abscheu. Die Frau von heute ist noch genauso weinerlich und gefühlsroh wie im Mittelalter. Meiner Meinung nach handeln jene einsichtsvoll, die ihr raten, die gleiche Erziehung zu genießen wie ein Mann.

Meine Frau kann Katja auch deshalb nicht leiden, weil sie Schauspielerin gewesen ist, und wegen ihrer Undankbarkeit, ihres Stolzes, ihrer Überspanntheit und wegen all der zahlreichen Laster, die eine Frau immer bei einer anderen zu finden weiß.

Außer mir und meiner Familie speisen bei uns noch zwei oder drei Freundinnen meiner Tochter sowie Aleksandr Adolfovič Gnekker, Lizas Verehrer und Freier. Er ist ein blonder junger Mann, nicht älter als dreißig, mittelgroß, sehr korpulent und breitschultrig, mit einem roten Backenbart und einem gefärbten Schnurrbart, der seinem vollen, glatten Gesicht ein spielzeugähnliches Aussehen verleiht. Er trägt ein sehr kurzes Jackett, eine bunte Weste, großkarierte Beinkleider, die oben sehr weit und unten sehr eng sind, sowie gelbe Schuhe ohne Absätze. Seine Augen stehen wie Krebsaugen vor, seine Krawatte ähnelt einem Krebsschwanz, und mir kommt es vor, als rieche der ganze junge Mann nach Krebssuppe. Er ist jeden Tag bei uns, aber in meiner Familie weiß keiner, woher er stammt, was er gelernt hat und wovon er lebt. Er spielt kein Instrument und singt nicht, aber er hat zu Musik und Gesang gewisse Beziehungen, er verkauft irgendwo irgendwessen Klaviere, hält sich oft im Konservatorium auf, ist mit allen Berühmtheiten bekannt und arrangiert Konzerte; er urteilt mit großer Autorität über Musik, und wie ich bemerkt habe, stimmen ihm alle gern zu.

Reiche Leute haben immer Schmarotzer um sich; die Wissenschaften und die Künste ebenfalls. Ich glaube, auf der Welt gibt es keine Kunstgattung und keine Wissenschaft, die frei wäre von ›Fremdkörpern‹ in der Art des Herrn Gnekker. Ich bin kein Musiker und irre mich vielleicht in bezug auf Gnekker, den ich außerdem zu wenig kenne. Aber mir scheint die Autorität und Würde, mit der er neben dem Klavier steht und zuhört, wenn jemand singt oder spielt, allzu verdächtig.

Man mag hundertmal ein Gentleman und Geheimrat sein, hat man eine Tochter, dann bleibt man nicht verschont von jener Spießbürgerlichkeit, die so oft durch Hofmachen, Brautwerbung und Hochzeit in unser Haus und unsere Stimmung hineingetragen wird. Ich kann mich zum Beispiel nicht mit der feierlichen Miene abfinden, die meine Frau jedesmal aufsetzt, wenn Gnekker bei uns ist; ich kann mich auch nicht mit den Flaschen Lafitte, Portwein und Sherry abfinden, die nur seinetwegen auf den Tisch gestellt werden, damit er sich mit eigenen Augen überzeuge, wie großzügig und üppig wir leben. Ich kann auch Lizas stoßweises Lachen nicht ausstehen, das sie auf dem Konservatorium gelernt hat, und ihre Manier, die Augen zuzukneifen, wenn Männer bei uns sind. Vor allem aber kann ich gar nicht begreifen, warum jeden Tag ein Geschöpf zu mir kommt und mit mir zu Mittag speist, dem meine Gewohnheiten, meine Wissenschaft, mein ganzer Lebenszuschnitt völlig fremd sind und das mit den Menschen, die ich gern habe, nichts gemein hat. Meine Frau und die Dienstboten flüstern geheimnisvoll, das sei ein Freier, aber ich verstehe seine Anwesenheit trotz alledem nicht; sie erregt in mir ebensolches Befremden, als hätte man einen Zulu an meinen Tisch gesetzt. Und es scheint mir ebenso sonderbar, daß meine Tochter, die ich für ein Kind zu halten gewohnt war, diese Krawatte, diese Augen und diese weichen Backen liebt...

Früher aß ich gern zu Mittag, oder ich verhielt mich gleichgültig dazu, jetzt aber erregt diese Mahlzeit in mir nur Langeweile und Gereiztheit. Seit ich Exzellenz geworden und Dekan der Fakultät gewesen bin, hat es meine Familie für nötig gehalten, unser Menü und unsere Tischsitten zu ändern. Statt der einfachen Gerichte, die ich als Student und als Arzt gewohnt war, speist man mich nun mit Püreesuppen, in denen weiße Klumpen herumschwimmen, und mit Nieren in Madeira. Generalsrang und Berühmtheit haben mich für immer um Kohlsuppe, schmackhafte Piroggen, Gänsebraten mit Äpfeln und Brachsen mit Grütze gebracht. Sie brachten mich auch um die Zofe Agaša, eine redselige und lachlustige Alte, an deren Stelle nunmehr Egor das Essen serviert, ein stumpfsinniger, arroganter Bursche mit einem weißen Handschuh an der rechten Hand. Die Pausen zwischen den Gängen sind kurz, aber mir erscheinen sie außerordentlich lang, weil man sie mit nichts auszufüllen versteht. Vorbei sind die frühere Fröhlichkeit, die zwanglosen Gespräche, die Scherze, das Lachen, die Liebkosungen und die Freude, die unsere Kinder, meine Frau und mich ergriff, wenn wir uns im Eßzimmer versammelten. Für mich, einen sehr beschäftigten Menschen, bedeutete das Mittagessen die Zeit der Entspannung und des Wiedersehens, für Frau und Kinder ein Fest, das allerdings nur kurz, aber hell und freudig war, denn sie wußten, daß ich eine halbe Stunde lang nicht der Wissenschaft und nicht den Studenten, sondern nur ihnen allein und sonst niemandem gehörte. Ich kann auch nicht mehr von einem einzigen Gläschen betrunken werden; Agaša ist nicht mehr da, Brachsen mit Grütze gibt es nicht mehr, und auch der Lärm ist verschwunden, von dem immer die kleinen mittäglichen Skandale begleitet waren, etwa wenn sich unter dem Tisch die Katze und der Hund balgten oder wenn der Verband von Katjas Wange in den Suppenteller fiel.

Das jetzige Mittagessen zu beschreiben ist ebenso wenig delikat wie es zu essen. Auf dem Gesicht meiner Frau malt sich Feierlichkeit, gespielte Wichtigkeit und der gewöhnliche Ausdruck der Sorge. Sie mustert unruhig unsere Teller und sagt: »Ich sehe, euch schmeckt der Braten nicht... Sagt – ist er nicht gut?« Und ich muß antworten: »Du beunruhigst dich umsonst, meine Liebe, der Braten ist sehr schmackhaft.« Darauf sie: »Du nimmst mich immer in Schutz, Nikolaj Stepanyč, und sagst niemals die Wahrheit. Warum hat denn Aleksandr Adolfovič so wenig gegessen?« – und so geht es während des ganzen Essens. Liza lacht stoßweise und kneift die Augen zusammen. Ich schaue die beiden an, und erst jetzt, beim Mittagessen, wird mir völlig klar, daß sich das Innenleben der beiden schon längst meiner Beobachtung entzogen hat. Ich habe ein Gefühl, als hätte ich einstmals zu Hause mit meiner richtigen Familie zusammengelebt und als speiste ich jetzt als Gast nicht bei meiner richtigen Frau und säße nicht meine richtige Tochter vor mir. Mit beiden ist eine einschneidende Veränderung vor sich gegangen; ich habe den langen Prozeß verpaßt, in dem sich diese Veränderung vollzog, und es ist nicht verwunderlich, daß ich nichts mehr verstehe. Weshalb ist diese Veränderung vor sich gegangen? Ich weiß es nicht. Vielleicht liegt das ganze Unglück darin, daß Gott meiner Frau und meiner Tochter nicht die gleiche Kraft wie mir verliehen hat. Von Kindesbeinen an bin ich es gewohnt, äußeren Einflüssen Widerstand zu leisten, und ich bin genügend abgehärtet; solche Katastrophen wie Berühmtheit, Generalsrang, der

Übergang vom Wohlstand zum Leben über die Verhältnisse, die Bekanntschaft mit der Aristokratie und so weiter – das alles berührte mich kaum, und ich blieb heil und unversehrt; auf die schwachen, nicht abgehärteten Frauen, meine Gattin und Liza, stürzte das jedoch wie eine große Lawine herein und hat sie erdrückt.

Die jungen Damen und Gnekker sprechen über Fugen und Kontrapunkte, über Sänger und Pianisten, über Bach und Brahms, und meine Frau, aus Furcht, man könnte sie der musikalischen Unwissenheit verdächtigen, lächelt ihnen teilnehmend zu und murmelt: »Das ist reizend ... Wirklich? Sagen Sie nur ...« Gnekker ißt solide, macht solide Witze und hört sich nachsichtig die Bemerkungen der Damen an. Bisweilen wandelt ihn die Lust an, in schlechtem Französisch zu sprechen, und er hält es für nötig, mich ›Votre excellence‹ zu titulieren.

Ich bin mürrisch. Offensichtlich falle ich ihnen allen lästig, so wie sie mir lästig fallen. Noch nie zuvor habe ich den Standesdünkel näher kennengelernt, jetzt aber peinigt mich geradezu etwas in dieser Art. Ich bemühe mich, bei Gnekker ausschließlich schlechte Züge zu finden, ich finde sie auch bald, und es quält mich, daß da als Freier ein Mann sitzt, der nicht meinen Kreisen angehört. Seine Anwesenheit beeinflußt mich auch noch in anderer Hinsicht schlecht. Wenn ich allein bin oder mich in der Gesellschaft von Menschen befinde, die ich liebe, dann denke ich gewöhnlich niemals an meine Verdienste, und denke ich doch einmal daran, kommen sie mir so nichtig vor, als sei ich erst gestern Gelehrter geworden. In Anwesenheit von Menschen wie Gnekker jedoch erscheinen mir meine Verdienste als ein hoher Berg, dessen Gipfel in den Wolken verschwindet und an dessen Fuß sich die Gnekkers bewegen, fürs Auge kaum sichtbar.

Nach dem Essen gehe ich in mein Arbeitszimmer und rauche mir ein Pfeifchen an, das einzige am ganzen Tag, das mir von der längst vergangenen, üblen Angewohnheit geblieben ist, von morgens bis zum späten Abend zu qualmen. Wenn ich rauche, kommt meine Frau herein und setzt sich hin, um mit mir zu reden. Genauso wie am Morgen weiß ich auch jetzt schon, worum sich unser Gespräch drehen wird.

»Ich muß ernsthaft mit dir sprechen, Nikolaj Stepanyč«, beginnt sie. »Es handelt sich um Liza ... Weshalb gibst du nicht acht?«

»Was heißt das?«

»Du tust so, als ob du nichts bemerkst, aber das ist nicht recht. Man darf nicht so sorglos sein ... Gnekker hat Absichten auf Liza ... Was sagst du dazu?«

»Daß er ein übler Geselle ist, kann ich nicht sagen, weil ich ihn nicht kenne, aber daß er mir nicht gefällt, das habe ich dir schon tausendmal gesagt.«

»Aber so geht es nicht ... so geht es doch nicht ...« Sie steht auf und geht erregt auf und ab. »So kann man sich doch nicht zu einem ernsten Schritt verhalten ...« sagt sie. »Wenn es um das Glück seiner Tochter geht, muß man alles Persönliche zurückstellen. Ich weiß, er gefällt dir nicht ... Schön ... Geben wir ihm jetzt aber einen Korb und zerstören alles, wer garantiert dir dann, daß sich Liza nicht ihr ganzes Leben lang über uns beklagen wird? Freier gibt es heutzutage nicht wie Sand am Meer, und es kann passieren, daß sich keine andere Partie mehr bietet ... Er liebt Liza sehr und scheint ihr zu gefallen. Natürlich hat er keine feste Stellung, aber was soll man tun? Mit Gottes Hilfe wird er schon irgendwo unterkommen. Er ist aus guter Familie und reich.«

»Woher weißt du das?«

»Er hat es gesagt. Sein Vater besitzt in Charkov ein Haus und bei Charkov ein Gut. Mit einem Wort, Nikolaj Stepanyč, du mußt unbedingt nach Charkov fahren.«

»Wozu?«

»Du wirst dort Erkundigungen einziehen ... Du kennst dort Professoren, sie werden dir helfen. Ich würde selbst fahren, aber ich bin eine Frau. Ich kann nicht ...«

»Ich fahre nicht nach Charkov«, erwidere ich mürrisch.

Meine Frau erschrickt, und auf ihrem Gesicht erscheint ein Ausdruck qualvollen Schmerzes.

»Um Gottes willen, Nikolaj Stepanyč!« fleht sie mich

schluchzend an. »Um Gottes willen, nimm mir die Sorge ab! Ich leide doch!«

Es tut mir weh, sie anzusehen.

»Gut, Varja«, sage ich zärtlich. »Wenn du willst, bitte schön, ich fahre nach Charkov, ich tue alles, was du möchtest.«

Sie drückt ihr Taschentuch an die Augen und geht in ihr Zimmer, um zu weinen. Ich bleibe allein.

Etwas später wird Licht gemacht. Von den Sesseln und dem Lampenschirm fallen auf Wände und Fußboden die vertrauten, mir längst lästig gewordenen Schatten, und wenn ich sie sehe, bilde ich mir ein, es sei bereits Nacht und es beginne wieder meine verwünschte Schlaflosigkeit. Ich lege mich ins Bett, stehe wieder auf und wandere im Zimmer umher, dann lege ich mich wieder hin... Gewöhnlich erreicht meine nervöse Erregung nach dem Mittagessen, vor Anbruch des Abends, ihren Höhepunkt. Ich fange ohne Grund an zu weinen und stecke den Kopf unter das Kissen. In diesen Augenblicken fürchte ich, es könnte jemand hereinkommen, ich fürchte, plötzlich zu sterben, ich schäme mich meiner Tränen, und ganz allgemein bemächtigt sich meiner Seele ein unerträgliches Gefühl. Ich spüre, daß ich meine Lampe, die Bücher, die Schatten auf dem Fußboden nicht länger sehen und die Stimmen nicht mehr hören kann, die im Salon ertönen. Eine unsichtbare, unbegreifliche Macht stößt mich roh aus meiner Wohnung. Ich springe auf, kleide mich eilig an und gehe vorsichtig, damit meine Hausgenossen nichts merken, auf die Straße hinaus. Wohin soll ich gehen?

Die Antwort auf diese Frage ist in meinem Kopf schon längst fertig: zu Katja.

III

Sie liegt wie gewöhnlich auf dem türkischen Diwan oder auf der Chaiselongue und liest. Wenn sie mich sieht, hebt sie träge den Kopf, setzt sich auf und streckt mir die Hand entgegen.

»Du liegst immer«, sage ich, nachdem ich mich etwas verschnauft habe. »Das ist ungesund. Du solltest dich mit irgend etwas beschäftigen!«

»Wie?«

»Du solltest dich mit irgend etwas beschäftigen«, sage ich.

»Womit? Eine Frau kann nur einfache Arbeiterin oder Schauspielerin sein.«

»Na und? Wenn du nicht Arbeiterin sein willst, dann werde Schauspielerin.«

Sie schweigt.

»Heiraten solltest du«, sage ich halb im Scherz.

»Ich habe niemanden. Und wozu auch.«

»So kann man doch nicht leben.«

»Ohne Mann? Was ist das schon! Ich könnte Männer haben, soviel ich wollte, wenn ich Lust hätte.«

»Das ist nicht schön, Katja.«

»Was ist nicht schön?«

»Was du eben gesagt hast.«

Als Katja merkt, daß ich betrübt bin, will sie den schlechten Eindruck wiedergutmachen und sagt:

»Kommen Sie. Wir gehen hinüber.«

Sie führt mich in ein kleines, sehr gemütliches Stübchen, zeigt auf den Schreibtisch und meint: »Hier... Das habe ich für Sie eingerichtet. Hier können Sie arbeiten. Kommen Sie jeden Tag, und bringen Sie Ihre Arbeit mit. Zu Hause stört man Sie nur. Werden Sie hier arbeiten? Wollen Sie?«

Um sie nicht mit einer Ablehnung zu kränken, antworte ich, daß ich bei ihr arbeiten werde und daß mir das Zimmer sehr gefällt. Darauf nehmen wir beide in dem gemütlichen Stübchen Platz und fangen zu plaudern an.

Die Wärme, die gemütliche Einrichtung und die Anwesenheit eines sympathischen Menschen erregen in mir nicht wie früher das Gefühl der Zufriedenheit, sondern heftiges Verlangen, zu klagen und zu murren. Ich bilde mir ein, es würde mir leichter ums Herz, wenn ich murrte und mich beklagte.

»Es steht schlecht, meine Liebe!« beginne ich seufzend. »Sehr schlecht...«

»Was denn?«

»Sieh mal, mein Kind, es ist doch so. Das beste und heiligste Recht der Könige ist das Recht der Begnadigung. Und ich habe mich immer als König gefühlt, weil ich dieses Recht ohne jede Einschränkung ausgeübt habe. Ich habe niemals gerichtet, war nachsichtig und habe gern allen und allem verziehen. Wo andere protestierten und aufbegehrten, da habe ich nur geraten und überzeugt. Mein ganzes Leben lang strebte ich danach, meine Anwesenheit für meine Familie, die Studenten und Kollegen und für das Dienstpersonal erträglich zu gestalten. Und durch dieses Verhalten zu den Leuten, das weiß ich, wirkte ich erzieherisch auf alle, die mit mir zu tun hatten. Jetzt aber bin ich kein König mehr. In mir geht etwas vor, was sich nur für Sklaven schickt – Tag und Nacht wandern schlimme Gedanken durch meinen Kopf, und in meinem Herzen haben sich Gefühle eingenistet, wie ich sie vordem nicht kannte. Ich hasse, ich verachte, ich zürne, ich begehre auf, ich fürchte mich. Ich bin übermäßig streng geworden, anspruchsvoll, reizbar, unliebenswürdig und mißtrauisch. Sogar Dinge, die mir früher nur Anlaß waren, einen überflüssigen Witz zu machen und gutmütig zu lachen, erwekken jetzt ein bedrückendes Gefühl in mir. Auch meine Logik hat sich verändert: Früher verachtete ich nur das Geld, jetzt aber verachte ich nicht das Geld, sondern die Reichen, als wären sie schuldig. Früher haßte ich Gewalt und Willkür, jetzt hasse ich die Menschen, die Gewalt anwenden, als wären sie allein schuldig und nicht wir alle, die wir nicht verstehen, einander zu erziehen. Was bedeutet das? Wenn die neuen Gedanken und Gefühle aus einer Änderung der Überzeugungen hervorgegangen sind, woher mag diese Änderung gekommen sein? Ist denn die Welt schlechter geworden und ich besser, oder war ich früher blind und gleichgültig? Wenn aber dieser Wandel von einem allgemeinen Verfall der physischen und geistigen Kräfte herrührt – ich bin ja krank und verliere jeden Tag an Gewicht –, so ist meine Lage beklagenswert: Es bedeutet, daß meine Gedanken anormal und ungesund sind, ich muß mich ihrer schämen und sie für unwürdig ansehen ...«

»Mit Krankheit hat das nichts zu tun«, wirft Katja ein. »Ihnen sind einfach die Augen aufgegangen, das ist alles. Sie haben bemerkt, was Sie früher nicht sehen wollten. Meiner Meinung nach sollten Sie vor allem endgültig mit Ihrer Familie brechen und weggehen.«

»Du redest dummes Zeug.«

»Sie lieben sie nicht mehr, weshalb noch heucheln? Und ist das etwa eine Familie? Diese Nullen! Wenn die heute sterben, wird morgen niemand mehr ihr Fehlen bemerken.«

Katja verachtet meine Frau und meine Tochter ebenso heftig, wie sie von diesen gehaßt wird. Man kann in unserer Zeit wohl kaum von einem Recht der Menschen sprechen, einander zu verachten. Steht man aber auf Katjas Standpunkt und erkennt ein solches Recht als bestehend an, dann wird man immerhin zugeben, daß sie ein ebensolches Recht hat, meine Frau und Liza zu verachten, wie diese beiden das Recht haben, Katja zu hassen.

»Diese Nullen!« wiederholt sie. »Haben Sie heute schon zu Mittag gegessen? Wie kommt es denn, daß man nicht vergessen hat, Sie zum Essen zu rufen? Wie kommt es, daß man sich überhaupt bis heute noch an Ihre Existenz erinnert?«

»Katja«, sage ich streng, »ich bitte dich, hör auf.«

»Denken Sie, mir macht es Spaß, von denen zu reden? Ich wäre froh, ich würde sie überhaupt nicht kennen. Hören Sie auf mich, mein Lieber: Lassen Sie alles stehen und liegen und fahren Sie weg. Fahren Sie ins Ausland. Je eher, desto besser.«

»Was für ein Unsinn! Und die Universität?«

»Die Universität auch. Was bedeutet sie Ihnen? Es ist alles nicht der Rede wert. Sie halten schon dreißig Jahre Vorlesungen, und wo sind Ihre Schüler? Sind viele berühmte Gelehrte darunter? Zählen Sie sie mal! Und um die Zahl dieser Ärzte zu vermehren, die die Unwissenheit ausbeuten und Hunderttausende verdienen, dazu braucht man kein talentierter und guter Mensch zu sein. Sie sind überflüssig.«

»Mein Gott, wie schroff du bist!« sage ich entsetzt. »Wie schroff du bist. Hör auf, sonst gehe ich! Ich kann nicht auf deine Grobheiten antworten.«

Die Zofe tritt ein und bittet uns zum Tee. Beim Samovar ändert sich, Gott sei Dank, unser Gesprächsthema. Nachdem ich genügend geklagt habe, möchte ich der anderen Schwäche meines Alters freien Lauf lassen – den Erinnerungen. Ich erzähle Katja von meiner Vergangenheit, und zu meinem großen Erstaunen teile ich ihr Einzelheiten mit, von denen ich gar nicht mehr vermutet hätte, daß ich sie noch in meinem Gedächtnis bewahre. Sie hört mir gerührt, stolz und mit angehaltenem Atem zu. Besonders gern erzähle ich ihr, wie ich einstmals als Zögling des Seminars träumte, auf die Universität zu kommen.

»Manchmal schlendre ich durch unseren Seminargarten...« erzähle ich. »Der Wind trägt aus einer entfernten Schenke die Klänge einer Harmonika und Gesang herüber, dann jagt wieder mit Schellengeläut eine Trojka am Zaun vorbei, und das reicht schon, daß mit einem Mal ein Gefühl des Glücks nicht nur die Brust erfüllt, sondern sogar den Leib, die Beine und die Arme... Ich lausche dem Spiel der Harmonika oder dem leiser werdenden Geläut der Schellen, bilde mir ein, Arzt zu sein, und male mir Bilder aus – eins immer schöner als das andere. Und nun sind, wie du siehst, meine Träume in Erfüllung gegangen. Ich habe mehr erreicht, als ich zu träumen wagte. Dreißig Jahre lang war ich ein beliebter Professor, hatte ausgezeichnete Kollegen, erfreute mich eines ehrenvollen Rufes. Ich liebte, heiratete aus leidenschaftlicher Liebe, hatte Kinder. Mit einem Wort, wenn ich zurückschaue, kommt mir mein Leben wie eine schöne, talentiert gemachte Komposition vor. Jetzt bleibt mir nur noch, das Finale nicht zu verderben. Das heißt, ich muß als Mensch sterben. Wenn der Tod tatsächlich eine Gefahr ist, so muß man ihm begegnen, wie es sich für einen Lehrer, Gelehrten und Bürger eines christlichen Staates gehört – mutig und mit seelischer Ruhe. Aber ich werde das Finale verderben. Ich drohe zu ertrinken, laufe zu dir, bitte um Hilfe, und du sagst zu mir: Ertrinken Sie, das muß so sein.«

Doch da läutet es in der Diele. Katja und ich, wir wissen, wer es ist, und wir sagen:

»Das ist wahrscheinlich Michail Fëdorovič.«

Und wirklich, einige Augenblicke später kommt mein Kollege herein, der Philologe Michail Fëdorovič, ein großer, gutgebauter Mann von etwa fünfzig Jahren; er hat dichtes graues Haar, schwarze Brauen und ist glattrasiert. Er ist ein guter Mensch und ein ausgezeichneter Kollege. Er stammt aus einer alten, recht glücklichen und begabten Adelsfamilie, die in der Geschichte unserer Literatur und Bildung eine bemerkenswerte Rolle gespielt hat. Er selbst ist klug, talentiert und sehr gebildet, aber nicht ohne Schrullen. Bis zu einem gewissen Grade sind wir freilich alle wunderlich und verschroben, aber seine Schrullen sind außergewöhnlich und für seine Bekannten nicht ungefährlich. Ich kenne manche darunter, die über seinen Schrullen völlig seine zahlreichen Vorzüge vergessen.

Während er zu uns ins Zimmer tritt, zieht er langsam seine Handschuhe aus und sagt mit samtweicher Baßstimme:

»Guten Tag. Sie trinken Tee? Das trifft sich sehr gut. Es ist verteufelt kalt.«

Dann setzt er sich an den Tisch, nimmt sich ein Glas und fängt sogleich zu reden an. Was seine Redeweise am meisten kennzeichnet, ist der scherzhafte Ton – eine Mischung von Philosophie und Possenreißerei –, wie man ihn bei Shakespeares Totengräbern findet. Er spricht immer über ernste Dinge, aber niemals spricht er ernsthaft. Er ist in seinen Urteilen immer scharf, streitsüchtig, aber dank seinem weichen, gemessenen, scherzhaften Ton wirken Schärfe und Streitsucht nicht verletzend, und man gewöhnt sich bald daran. Jeden Abend bringt er fünf, sechs Anekdoten aus dem Universitätsleben mit, und er erzählt sie, sobald er sich an den Tisch gesetzt hat.

»O mein Gott!« sagt er seufzend und verzieht spöttisch die schwarzen Augenbrauen. »Es gibt schon komische Käuze auf der Welt!«

»Wieso?« fragt Katja.

»Ich komme heute von der Vorlesung, da treffe ich auf der Treppe den alten Idioten, unseren NN... Er geht wie immer, sein Pferdekinn vorgestreckt, und sucht jemanden, bei dem er sich über seine Migräne, seine Frau und über die Studenten, die seine Vorlesungen nicht besuchen wollen, beklagen kann. Na, denke ich, der hat dich gesehen, jetzt ist es aus mit dir...«

Und in dieser Art geht es weiter. Manchmal fängt er auch so an:

»Gestern war ich in der öffentlichen Vorlesung unseres ZZ. Ich wundere mich, daß unsere Alma mater, dem Himmel seis geklagt, es sich erlaubt, dem Publikum solche Tölpel und ausgemachten Narren vorzusetzen wie diesen ZZ. Das ist doch ein Dummkopf von europäischem Ausmaß! Ich bitte Sie, so einen kann man in ganz Europa nicht mal bei Tage mit der Laterne finden! Er liest, stellen Sie sich das vor, als lutsche er einen Bonbon... Er ist ewig verlegen, kann sein eigenes Manuskript kaum entziffern, und seine kümmerlichen Gedanken bewegen sich nur mit Mühe vorwärts, mit der Geschwindigkeit eines radfahrenden Archimandriten, aber, was die Hauptsache ist, niemand wird daraus klug, was er eigentlich sagen will. Eine furchtbare Langeweile, die Fliegen sterben sogar davon. Eine Langeweile, die man vielleicht nur mit jener vergleichen kann, die in unserer Aula bei dem alljährlichen Festakt herrscht, wenn die traditionelle Rede gehalten wird, der Teufel soll sie holen.«

Und gleich darauf folgt ein unvermittelter Übergang:

»Vor drei Jahren, Nikolaj Stepanyč wird sich noch daran erinnern, mußte ich diese Rede halten. Es war heiß und schwül, die Uniform drückte unter den Achseln – reineweg zum Sterben! Ich lese eine halbe Stunde, eine ganze, anderthalb, zwei Stunden... Na, denke ich, Gott sei Dank sind es nur noch zehn Seiten. Dabei waren am Schluß vier Seiten, die man überhaupt nicht zu lesen brauchte, und ich hatte die Absicht, sie wegzulassen. Das heißt, dachte ich, es sind nur noch sechs. Aber, stellen Sie sich vor, da blicke ich flüchtig hoch, und was sehe ich: in der ersten Reihe sitzen nebeneinander der Bischof und ein General mit Ordensband. Die Ärmsten sind vor Langeweile schon ganz steif, sie reißen die Augen auf, um nicht einzuschlafen, und bemühen sich trotz alledem, Aufmerksamkeit zu heucheln und sich den Anschein zu geben, als verstünden sie meine Lektion und als gefalle sie ihnen. Na, denke ich, wenn sie euch gefällt, dann sollt ihr euren Spaß haben! Nun, gerade! Ich also ran und lese auch noch die vier Seiten.«

Wenn er spricht, lächeln, wie bei allen Spöttern, nur seine Augen und seine Brauen. In seinen Augen liegt dann kein Haß und keine Bosheit, dagegen aber viel Verschmitztheit und jene besondere Fuchsschläue, die man gewöhnlich nur bei sehr scharfsichtigen Menschen bemerken kann. Um noch weiter von seinen Augen zu sprechen, so ist mir da noch eine Eigenheit aufgefallen. Wenn er von Katja ein Glas entgegennimmt oder einer Bemerkung von ihr lauscht oder wenn er sie mit seinen Blicken verfolgt, sobald sie einmal für kurze Zeit das Zimmer verläßt, dann beobachte ich in seinem Blick etwas Sanftes, Flehendes, Reines...

Die Zofe räumt den Samovar ab und stellt ein großes Stück Käse auf den Tisch, dazu Obst und eine Flasche Krimsekt, einen ziemlich schlechten Wein, den Katja schätzen lernte, als sie auf der Krim lebte. Michail Fëdorovič nimmt zwei Kartenspiele vom Regal und legt eine Patience. Seiner Überzeugung nach erfordern gewisse Patiencen erhebliche Auffassungsgabe und Aufmerksamkeit, trotzdem hört er aber beim Kartenlegen nicht auf, sich zu unterhalten. Katja beobachtet aufmerksam seine Karten und hilft ihm mehr durch ihre Mimik als mit Worten. Von dem Wein trinkt sie den ganzen Abend über nicht mehr als zwei Gläschen, ich selbst trinke ein viertel Glas; der Rest der Flasche ist der Anteil von Michail Fëdorovič, der viel trinken kann und niemals berauscht wird.

Während der Patience erörtern wir verschiedene Fragen, vorwiegend Fragen höherer Ordnung, wobei das, was wir am meisten lieben, nämlich die Wissenschaft, auch das meiste abbekommt.

»Die Wissenschaft hat sich, Gott sei Dank, überlebt«, meint Michail Fëdorovič bedächtig. »Sie hat ihre Rolle ausgespielt. Jawohl. Die Menschheit verspürt bereits das Bedürfnis, sie durch etwas anderes zu ersetzen. Sie ist auf dem Boden von Vorurteilen gewachsen, mit Vorurteilen genährt worden und stellt jetzt die gleiche Quintessenz von Vorurteilen dar wie ihre seligen Großmütter: Alchimie, Metaphysik und Philosophie. Was hat sie denn den Menschen wirklich gegeben? Der Unterschied zwischen gelehrten Europäern und den Chinesen, die keine Wissenschaften kennen, ist doch nur geringfügig und rein äußerlich. Die Chinesen haben die Wissenschaft nicht kennengelernt, aber was haben sie da schon verpaßt?«

»Auch die Fliegen kennen keine Wissenschaft«, werfe ich ein, »aber was soll daraus folgen?«

»Sie ärgern sich ganz unnötig, Nikolaj Stepanyč. Ich spreche doch nur hier so, unter uns... Ich bin vorsichtiger, als Sie denken, ich werde nicht öffentlich davon reden. Gott bewahre! In der Masse ist das Vorurteil lebendig, daß die Wissenschaften und Künstler höher stehen als Ackerbau, Handel und Handwerk. Unsere Sekte lebt von diesem Vorurteil, und es ist nicht unsere Sache, es zu zerstören, Gott bewahre!«

Bei der Patience wird auch der Jugend der Kopf gewaschen.

»Unser Publikum ist heutzutage seicht und oberflächlich geworden«, sagt Michail Fëdorovič seufzend. »Ich will gar nicht von Idealen und so weiter sprechen – wenn sie wenigstens vernünftig arbeiten und denken können. Es ist schon so: ›Betrübt schau ich auf unser heutiges Geschlecht.‹«

»Ja, schrecklich oberflächlich«, stimmt Katja ihm zu. »Sagen Sie, hat es in den letzten fünf bis zehn Jahren bei Ihnen auch nur einen einzigen überragenden Studenten gegeben?«

»Ich weiß nicht, wie es bei anderen Professoren aussieht, aber ich selbst kann mich an keinen erinnern.«

»Ich habe in meinem Leben viele Studenten und junge Gelehrte gesehen, ebenso auch viele Schauspieler... Und was ist los? Nicht ein einziges Mal war es mir beschieden, auf einen Helden oder ein Talent zu stoßen, nicht einmal auf einen interessanten Menschen. Alle sind sie farblos, unbegabt und aufgeblasen...«

Alle diese Gespräche über die Verflachung des Lebens machen auf mich jedesmal den Eindruck, als belauschte ich zufällig ein unschönes Gespräch über meine Tochter. Es ärgert mich, daß die Anschuldigungen so wenig begründet sind und auf so abgedroschenen Gemeinplätzen beruhen, auf solchen Schreckgespenstern wie: Oberflächlichkeit, Mangel an Idealen oder die Berufung auf eine schönere Vergangenheit. Jede Anschuldigung muß möglichst exakt formuliert werden, auch wenn sie in Damengesellschaft ausgesprochen wird, sonst ist sie keine Anschuldigung, sondern einfach üble Nachrede und anständiger Menschen unwürdig.

Ich bin ein alter Mann und schon dreißig Jahre im Dienst, aber ich habe noch nichts von Oberflächlichkeit und fehlenden Idealen bemerkt, und ich kann nicht finden, daß es jetzt schlimmer sei als früher. Mein Diener Nikolaj, dessen Erfahrung im vorliegenden Fall ihren Wert besitzt, meint auch, die heutigen Studenten seien nicht besser und nicht schlechter als die früheren.

Fragte man mich, was mir an meinen jetzigen Schülern nicht gefällt, so könnte ich darauf nicht sofort und auch nicht viel, aber mit ausreichender Bestimmtheit antworten. Ihre Fehler kenne ich, daher brauche ich mich nicht in den Nebel von Gemeinplätzen zu flüchten. Mir gefällt nicht, daß sie rauchen, alkoholische Getränke zu sich nehmen und spät heiraten, daß sie so unbekümmert und derart gleichgültig sind, daß sie in ihrer Mitte Kommilitonen ruhig hungern sehen und nicht ihre Schulden an den studentischen Unterstützungsverein bezahlen. Sie kennen keine neueren Sprachen und drücken sich selbst auf russisch unrichtig aus; erst gestern hat mein Kollege, der Hygieniker, sich bei mir beklagt, daß er doppelt soviel Vorlesungen halten muß, weil die Studenten sehr wenig von der Physik und überhaupt nichts von der Meteorologie wissen. Sie erliegen gern dem Einfluß der modernen Schriftsteller, und nicht einmal der besten, aber sie verhalten sich völlig gleichgültig zu den Klassikern wie: Shakespeare, Mark Aurel, Epiktet oder Pascal, und in diesem Unvermögen, das Große vom Unbedeutenden zu unterscheiden, drückt sich ihre mangelnde Lebenserfahrung aus. Alle schwierigen Fragen, die mehr oder weniger gesellschaftlichen Charakter haben (zum Beispiel die Frage der Auswanderung), lösen sie durch Abstimmungslisten und nicht auf dem Wege wissenschaftlicher Untersuchung und Forschung, obwohl dieser Weg für sie durchaus gangbar wäre und ihrer Bestimmung am besten entsprechen würde. Sie werden gern Stationsärzte, Assistenten, Laboranten und Praktikanten und sind bereit, diese Stellen bis zum vierzigsten Lebensjahr zu bekleiden, obwohl Selbständigkeit, das Gefühl der Freiheit und persönliche Initiative in der Wissenschaft nicht weniger notwendig sind als etwa in der Kunst oder im Handel. Ich habe Schüler und Hörer, aber keine Gehilfen und Nachfolger, und wenn ich sie auch liebe und gerührt bin, so bin ich doch nicht stolz auf sie. Und so weiter und so fort...

Derartige Mängel, und seien ihrer auch noch so viele, können nur bei einem kleinmütigen, ängstlichen Menschen eine pessimistische oder streitsüchtige Stimmung hervorrufen. Sie sind allesamt zufälligen, vorübergehenden Charakters und gänzlich von den Lebensbedingungen abhängig. Etwa zehn Jahre genügen, damit sie verschwinden und anderen, neuen Mängeln Platz machen, ohne die es nicht geht und die ihrerseits wieder die Kleinmütigen erschrecken werden. Die studentischen Sünden ärgern mich oft, doch dieser Ärger ist nichts im Vergleich zu der Freude, die ich schon dreißig Jahre lang empfinde, wenn ich mit meinen Schülern spreche, vor ihnen Vorlesungen halte, auf ihre Lebensverhältnisse achte und sie mit Menschen aus anderen Kreisen vergleiche.

Michail Fëdorovič lästert, Katja hört zu, und beide bemerken nicht, in was für einen tiefen Abgrund sie nach und nach das offenbar unschuldige Vergnügen, wie es die Verurteilung des Nächsten ist, hinabzieht. Sie merken nicht, wie ein einfaches Gespräch allmählich in Hohn und Spott übergeht und wie sie beide sogar schon anfangen, zum Mittel der Verleumdung zu greifen.

»Höchst komische Subjekte kann man treffen«, sagt Michail Fëdorovič. »Gestern komme ich zu unserem Egor Petrovič und finde bei ihm einen Studiosus von Ihrer Fakultät, drittes Studienjahr, glaube ich. Ein Gesicht... wie Dobroljubov, auf der Stirn den Stempel des Tiefsinns. Wir kommen ins Gespräch. ›Es gibt schon Sachen, junger Mann‹, sage ich. ›Ich habe gelesen‹, sage ich, ›daß irgendein Deutscher – seinen Namen habe ich vergessen – aus dem menschlichen Gehirn ein neues Alkaloid namens Idiotin gewonnen hat.‹ Und was meinen Sie? Er hats geglaubt, und auf seinem Gesicht malte sich sogar Hochachtung: Was sind wir doch für Burschen! Da gehe ich neulich ins Theater. Ich setze mich hin. In der Reihe vor mir sitzen zwei – der eine, ein Jude, offenbar ein Jurist, der andere, mit struppigem Haar, ein Mediziner. Der Mediziner ist blau wie ein Veilchen. Der Bühne schenkt er keinerlei Beachtung. Er läßt sich nicht stören und nickt immer wieder ein. Aber sobald ein Schauspieler einen Monolog spricht oder einfach die Stimme hebt, zuckt mein Mediziner zusammen, stößt seinen Nachbarn in die Seite und fragt: ›Was sagt er? E-elmütig?‹ – ›Edelmütig‹, erwidert der Jude. ›Brravo!‹ brüllt der Mediziner. ›E-elmütig! Bravo!‹ Der Saufbruder war, wie Sie sehen, nicht um der Kunst willen ins Theater gekommen, sondern wegen des Edelmuts. Er brauchte Edelmut.«

Katja hört zu und lacht. Ihr Lachen ist eigenartig: Auf das Einatmen folgt schnell und mit rhythmischer Regelmäßigkeit das Ausatmen – es hört sich an, als spiele sie Harmonika –, und dabei lachen in ihrem Gesicht allein die Nasenflügel. Ich aber bin am Verzweifeln und weiß nicht, was ich sagen soll. Ich gerate außer mir, werde ganz rot, springe von meinem Platz hoch und schreie:

»Hört endlich auf! Was sitzt ihr da wie zwei Kröten und vergiftet mit eurem Atem die Luft? Es ist genug!«

Und ohne abzuwarten, daß sie aufhören zu lästern, schicke ich mich an heimzugehen. Es ist auch Zeit – es geht auf elf.

»Aber ich möchte noch ein bißchen bleiben«, sagt Michail Fëdorovič. »Erlauben Sie, Ekaterina Vladimirovna?«

»Ich erlaube es«, antwortet Katja.

»Bene. In diesem Falle lassen Sie noch ein Fläschchen bringen.«

Beide begleiten mich mit Kerzen in die Diele, und während ich meinen Pelz anziehe, sagt Michail Fëdorovič:

»Sie sind in letzter Zeit schrecklich mager und alt geworden, Nikolaj Stepanovič. Was ist los mit Ihnen? Sind Sie krank?«

»Ja, ich bin ein bißchen krank.«

»Und er läßt sich nicht behandeln ...« fällt Katja finster ein.

»Weshalb lassen Sie sich nicht behandeln? Wie kann man nur? Gute Hut hält das Gut, mein Lieber. Grüßen Sie Ihre Familie, und entschuldigen Sie mich, daß ich noch nicht dagewesen bin. In ein paar Tagen, vor meiner Abreise ins Ausland, komme ich mich verabschieden. Unbedingt! In der nächsten Woche fahre ich ab.«

Von den Gesprächen über meine Krankheit erschreckt und

unzufrieden mit mir selbst, verlasse ich Katja in gereizter Stimmung. Ich frage mich, ob ich mich nicht tatsächlich von einem meiner Kollegen behandeln lassen soll. Sogleich aber stelle ich mir vor, wie der Kollege, nachdem er mich abgehorcht hat, schweigend ans Fenster tritt, nachdenkt, sich dann zu mir umdreht und, in dem Bemühen, daß ich in seinem Gesicht nicht die Wahrheit lese, in gleichgültigem Ton sagt: »Fürs erste bemerke ich noch nichts Besonderes, aber trotzdem würde ich Ihnen raten, Herr Kollege, mit der Arbeit aufzuhören.« Und das würde mich meiner letzten Hoffnung berauben.

Und wer hat denn keine Hoffnungen? Jetzt, wo ich mir selbst die Diagnose stelle und mich selbst behandle, hoffe ich manchmal, daß ich mich sowohl in bezug auf Eiweiß und Zucker täusche, die ich bei mir finde, als auch hinsichtlich meines Herzens und der Schwellungen, die ich schon zweimal des Morgens bei mir entdeckt habe. Wenn ich mit dem Eifer eines Hypochonders in den therapeutischen Lehrbüchern blättere und täglich die Medikamente wechsle, bilde ich mir immer ein, daß ich auch einmal auf etwas Tröstliches stoße. Kleinlich ist das alles.

Ob der Himmel wolkenverhangen ist oder ob Mond und Sterne scheinen, jedesmal, wenn ich heimgehe, schaue ich nach oben und denke daran, daß mich der Tod bald holen wird. Man sollte meinen, in einem solchen Augenblick müßten meine Gedanken tief wie der Himmel sein, klar und ungewöhnlich ... Aber nein! Ich denke an mich, an meine Frau, an Liza, an Gnekker, an die Studenten, an die Menschen überhaupt; meine Gedanken sind unschön und kleinlich, und ich mache mir selbst etwas vor. In diesen Augenblicken kann meine Weltanschauung mit den Worten ausgedrückt werden, die der berühmte Arakčeev in einem seiner intimen Briefe geschrieben hat: »Alles Gute auf der Welt kann nicht ohne das Schlechte bestehen, und es gibt immer mehr Böses als Gutes.« Das heißt, alles ist vom Übel, es lohnt sich nicht, dafür zu leben, und die zweiundsechzig Jahre, die ich bereits hinter mir habe, muß man als verloren betrachten. Ich ertappe mich bei diesen Gedanken und versuche mir einzureden, sie seien zufälliger, vorübergehender Natur und steckten nicht tief in mir, aber sogleich denke ich: Wenn es so ist, weshalb zieht es dich dann jeden Abend zu diesen beiden Kröten?

Und ich schwöre bei mir selbst, niemals mehr zu Katja zu gehen, obwohl ich weiß, daß ich morgen wieder hingehen werde.

Wenn ich an meiner Tür läute und die Treppe hinaufsteige, fühle ich, daß ich keine Familie mehr habe und auch nicht den Wunsch verspüre, sie zurückzugewinnen. Es ist klar, die neuen Gedanken à la Arakčeev sind bei mir nicht zufällig und vorübergehend, sondern sie beherrschen mein ganzes Wesen. Mit schlechtem Gewissen, verzagt, träge und kaum imstande, die Glieder zu rühren, mit einem Gefühl, als hinge ein Gewicht von tausend Pud an mir, lege ich mich zu Bett und schlafe bald ein.

Und danach wieder – Schlaflosigkeit...

IV

Der Sommer naht, und das Leben verändert sich.

Eines schönen Morgens kommt Liza zu mir und sagt in scherzhaftem Ton:

»Fahren wir, Euer Exzellenz. Es ist alles bereit.«

Man bringt meine Exzellenz auf die Straße, setzt sie in eine Droschke und fährt los. Aus Langeweile lese ich die Firmenschilder von rechts nach links. Aus dem Wort ›Drogerie‹ ergibt sich ›Eiregord‹ – das klingt wie ein irischer Name. Weiter fahre ich über ein Feld, vorbei an einem Friedhof, der auf mich nicht den geringsten Eindruck macht, obwohl ich schon bald dort liegen werde; dann fahre ich durch einen Wald und wieder über ein Feld. Nirgends etwas Interessantes. Nach zweistündiger Fahrt führt man meine Exzellenz in das untere Stockwerk eines Landhauses und bringt sie dort in einem kleinen, sehr lustigen Stübchen mit hellblauen Tapeten unter.

In der Nacht quält mich nach wie vor die Schlaflosigkeit, aber am Morgen bleibe ich liegen und höre auch nicht meine Frau. Ich schlafe nicht, sondern befinde mich in einem Zustand des Halbschlafs, des Dämmerns; man weiß, daß man nicht schläft, aber man sieht Traumbilder. Gegen Mittag stehe ich auf und setze mich wie gewöhnlich an den Tisch, aber ich arbeite nicht mehr, sondern zerstreue mich mit französischen Büchern in gelben Umschlägen, die mir Katja schickt. Natürlich wäre es patriotischer, russische Autoren zu lesen, aber offen gestanden, ich hege für sie keine besondere Sympathie. Die ganze heutige Literatur, zwei, drei ältere Schriftsteller ausgenommen, ist für mich keine Literatur, sondern eine Art Heimindustrie, die nur deshalb existiert, damit man sie fördert, deren Erzeugnisse jedoch nur ungern benutzt werden. Selbst das beste Erzeugnis dieser Heimindustrie kann man nicht als bemerkenswert bezeichnen, und man kann es nicht aufrichtig und ohne ›aber‹ loben; das gleiche gilt auch für die literarischen Neuerscheinungen, die ich in den letzten zehn bis fünfzehn Jahren gelesen habe – es ist nichts von Bedeutung darunter, und bei keinem einzigen Werk kommt man ohne ›aber‹ aus. Sie sind entweder klug und edel, aber untalentiert; oder talentiert und edel, aber nicht klug; oder schließlich talentiert und klug, aber nicht edel.

Ich will damit nicht sagen, die französischen Bücher seien sowohl talentiert als auch klug und edel geschrieben. Auch sie befriedigen mich nicht. Aber sie sind nicht so langweilig wie die russischen, und in ihnen kann man nicht selten das Hauptelement des Schaffens finden – das Gefühl persönlicher Freiheit, das den russischen Autoren fehlt. Ich kann mich keiner einzigen Neuerscheinung entsinnen, bei der der Verfasser nicht von der ersten Seite an bemüht gewesen wäre, sich in allerlei Konventionen und Kontrakten mit seinem Gewissen zu verstricken. Der eine fürchtet sich, vom nackten Körper zu sprechen, der zweite bindet sich durch psychologische Analyse an Händen und Füßen, der dritte braucht ein ›warmherziges Verhältnis zum Menschen‹, der vierte schmiert absichtlich ganze Seiten mit Naturbeschreibungen voll, um nicht der Tendenzschriftstellerei verdächtigt zu werden... Der eine will in seinen Werken unbedingt Kleinbürger sein, der zweite unbedingt Adliger und so weiter. Überall Vorsätzlichkeit, Vorsicht, Verschlagenheit, aber weder Freiheit noch Mut zu schreiben, wie man möchte, und daher fehlt auch die schöpferische Kraft.

All das bezieht sich auf die sogenannte schöne Literatur.

Was aber die ernsthaften russischen Abhandlungen betrifft, etwa auf dem Gebiet der Soziologie, der Kunst und so weiter, so lese ich sie einfach aus Ängstlichkeit nicht. In meiner Jugend hatte ich Angst vor Pförtnern und Logenschließern, und diese Angst ist mir bis heute geblieben. Ich fürchte mich noch heute vor ihnen. Es heißt, schrecklich sei nur das Unbegreifliche. Und wirklich, es ist schwer zu begreifen, weshalb Pförtner und Logenschließer so wichtigtuerisch, hochmütig und majestätisch unhöflich sind. Lese ich ernste Aufsätze, verspüre ich genau die gleiche unbestimmte Angst. Ungewöhnliche Wichtigtuerei, ein frivoler Generalston, familiäres Verhalten gegenüber ausländischen Autoren, die Fähigkeit, mit Würde leeres Stroh zu dreschen – all das ist mir unbegreiflich und schrecklich, und all das ist so gar nicht mit der Bescheidenheit und dem vornehmruhigen Ton zu vereinbaren, an den ich gewöhnt bin, wenn ich unsere ärztlichen und naturwissenschaftlichen Autoren lese. Nicht nur die Lektüre von Aufsätzen fällt mir schwer, sondern auch die von Übersetzungen, die ernsthafte russische Menschen anfertigen oder redigieren. Der überspannte, wohlwollende Ton der Vorworte, das Übermaß von Anmerkungen des Übersetzers, die mich an der Konzentration hindern, die Fragezeichen und *sic* in Klammern, die von dem Übersetzer freigebig über den ganzen Aufsatz oder das ganze Buch verstreut werden – all das erscheint mir wie ein Anschlag sowohl auf die Persönlichkeit des Autors wie auch auf meine Selbständigkeit als Leser.

Einmal wurde ich als Sachverständiger ins Kreisgericht geladen. In der Pause lenkte einer der anderen Sachverständigen meine Aufmerksamkeit auf das grobe Benehmen des Staatsanwalts gegenüber den Angeklagten, unter denen sich zwei intelligente Frauen befanden. Ich glaube, ich habe keineswegs übertrieben, als ich dem Kollegen antwortete, dieses Verhalten sei nicht grober als das der Autoren ernster Aufsätze untereinander. In der Tat, dieses Benehmen ist derart roh, daß man nur schweren Herzens davon sprechen kann. Untereinander oder den Verfassern gegenüber, die sie kritisieren, verhalten sie sich entweder übertrieben ehrerbietig, ohne Rücksicht auf ihre eigene Würde oder aber umgekehrt, sie behandeln sie noch unverschämter, als ich in diesen Aufzeichnungen und Gedanken meinen zukünftigen Schwiegersohn Gnekker behandle. Beschuldigungen, in denen von Unzurechnungsfähigkeit, unlauteren Absichten und sogar von Verbrechen jeder Art die Rede ist, bilden die normale Ausschmückung ernster Aufsätze. Und das ist, wie sich junge Ärzte in ihren kleinen Artikeln auszudrücken belieben, bereits die Ultima ratio! Ein solches Benehmen muß sich unweigerlich in den Sitten der jungen Schriftstellergeneration widerspiegeln, und ich wundere mich daher auch gar nicht, wenn in den Neuerscheinungen unserer schönen Literatur der letzten zehn bis fünfzehn Jahre die Helden übermäßig viel Vodka trinken und die Heldinnen nicht keusch genug sind.

Ich lese in den französischen Büchern und schaue durch das offene Fenster; ich sehe die Spitzen meines Staketenzaunes, zwei oder drei dürre Bäumchen und weit hinter dem Zaun den Fahrweg, das Feld und dann einen breiten Streifen Nadelwald. Oft ergötze ich mich daran, wie ein Junge und ein Mädchen, beide weißblond und zerlumpt, auf den Zaun klettern und über meine Glatze lachen. In ihren glänzenden Äuglein kann ich lesen: Komm doch her, Kahlkopf! Sie sind wohl die einzigen Menschen, die weder meine Berühmtheit noch mein Rang beeindruckt.

Ich habe jetzt nicht mehr jeden Tag Besuch. Ich will nur die Besuche erwähnen, die mir Nikolaj und Pëtr Ignatjevič abstatten. Nikolaj kommt meist an den Feiertagen zu mir, angeblich aus dienstlichen Gründen, eigentlich aber, um mich zu sehen. Er ist stark angeheitert, was bei ihm im Winter nie der Fall ist.

»Was gibts?« frage ich, wenn ich zu ihm in die Diele komme.

»Euer Exzellenz!« sagt er, legt die Hand aufs Herz und sieht mich mit der Begeisterung eines Verliebten an. »Euer Exzellenz! Gott soll mich strafen! Der Blitz soll mich auf der Stelle erschlagen! Gaudeamus igitur juvenestus!« Und er küßt gierig meine Schultern, Ärmel und Knöpfe.

»Ist bei uns alles wohlauf?« frage ich ihn.

»Euer Exzellenz! Beim wahrhaftigen ...«

Er hört nicht auf, ohne jede Notwendigkeit Gott anzurufen;

ich werde seiner bald überdrüssig und schicke ihn in die Küche, wo man ihm Mittagessen gibt. Pëtr Ignatjevič kommt ebenfalls an den Feiertagen zu mir gefahren, eigens um mich zu besuchen und mit mir Gedanken auszutauschen. Gewöhnlich sitzt er neben meinem Schreibtisch, bescheiden, reinlich, bedachtsam; er kann sich nicht entschließen, die Beine übereinanderzuschlagen oder die Ellbogen aufzustützen. Die ganze Zeit über erzählt er mir mit seinem ruhigen, gleichmäßigen Stimmchen, in glatter, gewählter Sprache, verschiedene seiner Meinung nach interessante und pikante Neuigkeiten, die er in Zeitschriften und Büchern gelesen hat. Alle diese Neuigkeiten sind einander ähnlich, und man kann sie auf folgendes Muster zurückführen: Ein Franzose hat eine Entdeckung gemacht, ein anderer – ein Deutscher – hat ihn überführt und nachgewiesen, daß seine Entdeckung schon 1870 von einem Amerikaner gemacht wurde, und ein dritter – ebenfalls ein Deutscher – übertrumpft beide, indem er ihnen beweist, daß sie beide eine große Dummheit begangen haben, weil sie unter dem Mikroskop Luftbläschen für dunkles Pigment hielten. Pëtr Ignatjevič erzählt, selbst wenn er mich zum Lachen bringen will, langatmig und umständlich, als verteidige er eine Dissertation, er nennt mir alle literarischen Quellen, die er benutzt hat, und er ist bestrebt, weder bei den Daten noch bei den Nummern der Zeitschriften, noch bei den Namen einen Fehler zu machen, und so sagt er nicht einfach Petit, sondern unbedingt Jean-Jacques Petit. Es kommt vor, daß er zum Mittagessen bei uns bleibt, dann erzählt er während der Mahlzeit die gleichen pikanten Histörchen und langweilt damit furchtbar die Tischgäste. Bringen Gnekker und Liza dabei das Gespräch auf Fugen und Kontrapunkt, auf Brahms und Bach, senkt er bescheiden den Blick und wird verlegen; er schämt sich, daß in Anwesenheit so seriöser Menschen, wie er und ich es sind, über derartige Banalitäten gesprochen wird.

In meiner jetzigen Stimmung genügen fünf Minuten, und ich bin seiner so überdrüssig, als sähe und hörte ich ihn schon eine ganze Ewigkeit. Ich hasse den armen Tropf. Von seiner ruhigen, gleichmäßigen Stimme und seiner literarischen Sprache wird mir ganz schwach, von seinen Geschichten bin ich schon ganz abgestumpft ... Er hegt für mich die besten Gefühle und spricht mit mir nur, um mir Vergnügen zu bereiten, und ich vergelte es ihm damit, daß ich ihn anstarre, als wolle ich ihn hypnotisieren, und dabei denke: Geh weg, geh weg, geh weg ... Er aber läßt sich nichts suggerieren und sitzt und sitzt und sitzt ...

Während er bei mir sitzt, kann ich nicht von dem Gedanken loskommen: Es ist gut möglich, daß man ihm meine Stelle gibt, wenn ich tot bin. Mein armes Auditorium kommt mir dann wie eine Oase vor, in der die Quelle versiegt ist, und ich bin zu Pëtr Ignatjevič unfreundlich, ich werde schweigsam und finster, als sei er und nicht ich an solchen Gedanken schuld. Wenn er nach seiner Gewohnheit die deutschen Gelehrten in den Himmel hebt, kann ich nicht mehr wie früher gutmütig darüber spotten, sondern ich brumme finster:

»Esel sind Ihre Deutschen ...«

Das erinnert mich an die Geschichte mit dem verstorbenen Professor Nikita Krylov, der einst mit Pirogov in Reval badete, sich über das recht kalte Wasser ärgerte und deshalb schimpfte: »Schufte sind die Deutschen!«

Ich benehme mich schlecht Pëtr Ignatjevič gegenüber, und erst wenn er weggeht und ich durchs Fenster seine graue Mütze hinter dem Zaun vorbeihuschen sehe, möchte ich ihn anrufen und ihm sagen: Verzeihen Sie mir, mein Lieber!

Das Mittagessen verläuft hier noch langweiliger als im Winter. Derselbe Gnekker, den ich jetzt hasse und verachte, speist nun fast jeden Tag in meinem Haus. Vormals ertrug ich seine Anwesenheit schweigend, jetzt aber lasse ich spitze Bemerkungen fallen, die an seine Adresse gerichtet sind und die meine Frau und Liza zum Erröten bringen. Oft lasse ich mich von einem unguten Gefühl hinreißen, rede einfach dummes Zeug und weiß nicht, warum ich so rede. So passierte es einmal, daß ich Gnekker lange verächtlich ansah und mir nichts, dir nichts hervorstieß:

> Der Adler kann sich wohl zum Huhn
> hinabbegeben,
> doch niemals wird ein Huhn zum Himmel sich
> erheben ...

Am ärgerlichsten ist, daß sich das Huhn Gnekker als bedeutend klüger erweist als der Adler von Professor. Da er weiß, daß er meine Frau und meine Tochter auf seiner Seite hat, hält er sich an folgende Taktik: Er beantwortet meine Sticheleien mit herablassendem Schweigen (der Alte ist übergeschnappt, was soll ich mit ihm reden?), oder aber er spottet gutmütig über mich. Man muß sich wundern, wie kleinlich ein Mensch werden kann! Ich bringe es fertig, während des ganzen Mittagessens davon zu träumen, daß Gnekker sich als Hochstapler erweist, daß Liza und meine Frau ihren Fehler einsehen und wie ich sie necken werde – und solche häßlichen Träume zu einer Zeit, da ich bereits mit einem Fuß im Grabe stehe!

Es tauchen jetzt auch manchmal Mißverständnisse auf, die ich früher nur vom Hörensagen kannte. So peinlich es für mich ist, ich will dennoch eins beschreiben, das mir kürzlich nach dem Mittagessen zugestoßen ist.

Ich sitze in meinem Zimmer und rauche ein Pfeifchen. Wie gewöhnlich kommt meine Frau zu mir, sie setzt sich und fängt davon an, wie schön es wäre, jetzt, wo es warm ist und ich Ferien habe, nach Charkov zu fahren und sich dort zu erkundigen, was für ein Mensch unser Gnekker ist.

»Gut, ich fahre«, stimme ich ihr zu.

Meine Frau, mit mir zufrieden, steht auf und geht zur Tür, kehrt aber gleich wieder um und sagt:

»Übrigens noch eine Bitte. Ich weiß, du wirst böse sein, aber es ist meine Pflicht, dich zu warnen... Entschuldige, Nikolaj Stepanyč, aber alle unsere Bekannten und Nachbarn reden schon darüber, daß du sehr oft bei Katja bist. Sie ist klug und gebildet, das will ich nicht bestreiten, es ist angenehm, mit ihr die Zeit zu verbringen, aber in deinen Jahren und bei deiner Stellung ist es, weißt du, irgendwie eigenartig, an ihrer Gesellschaft Spaß zu haben... Außerdem hat sie einen solchen Ruf, daß...«

Alles Blut weicht plötzlich aus meinem Gehirn, meine Augen sprühen Funken, ich springe auf, fasse mir an den Kopf, stampfe mit den Füßen und schreie aus vollem Halse:

»Laßt mich in Ruhe! Laßt mich! Laßt mich!«

Wahrscheinlich sieht mein Gesicht schrecklich aus, und meine Stimme klingt seltsam, denn meine Frau wird auf einmal ganz bleich und schreit auf, ebenfalls sehr laut und mit verzweifelter Stimme. Auf unser Geschrei hin eilen Liza, Gnekker und dann auch Egor herbei ...

»Laßt mich in Ruhe!« schreie ich. »Hinaus! Laßt mich in Ruhe!«

Meine Beine sterben ab, es ist, als hätte ich gar keine mehr, ich spüre, wie ich jemandem in die Arme sinke, dann höre ich kurze Zeit Weinen und versinke in eine Ohnmacht, die zwei bis drei Stunden dauert.

Nun zu Katja. Sie besucht mich jeden Nachmittag, und das müssen die Nachbarn und die Bekannten natürlich bemerken. Sie kommt für einen Augenblick und nimmt mich dann auf eine Spazierfahrt mit. Sie hat ein eigenes Pferd und einen neuen Bankwagen, den sie diesen Sommer gekauft hat. Überhaupt lebt sie auf großem Fuß – sie hat sich eine teure Villa mit einem großen Garten gemietet und ihre ganze städtische Einrichtung dorthin gebracht, sie hält zwei Zofen und einen Kutscher ... Wiederholt fragte ich sie:

»Katja, wovon willst du leben, wenn du das Geld deines Vaters verschleudert hast?«

»Das werden wir sehen«, antwortet sie.

»Dieses Geld verdient es, mein Liebes, daß man sich etwas ernsthafter dazu verhält. Ein braver Mann hat es in ehrlicher Arbeit erworben.«

»Das haben Sie mir bereits gesagt. Ich weiß.«

Zunächst fahren wir über ein Feld, dann durch den Nadelwald, der von meinem Fenster aus zu sehen ist. Die Natur erscheint mir wie immer herrlich, obwohl der Böse mir zuflüstert, daß alle diese Kiefern und Fichten, die Vögel und weißen Wolken am Himmel in drei oder vier Monaten, wenn ich gestorben bin, mein Fehlen nicht bemerken werden. Es gefällt Katja, das Pferd zu lenken, und sie freut sich, daß das Wetter schön ist und ich neben ihr sitze. Sie ist guter Laune und sagt keine Grobheiten.

»Sie sind ein sehr guter Mensch, Nikolaj Stepanyč«, sagt sie.

»Sie sind ein seltenes Exemplar, und es gibt keinen Schauspieler, der Sie darstellen könnte. Michail Fëdoryč oder mich zum Beispiel kann schon ein schlechter Schauspieler darstellen, Sie aber niemand. Und ich beneide Sie, ich beneide Sie schrecklich! Was bin ich schon? Was denn?«

Sie denkt einen Augenblick nach und fragt mich:

»Nikolaj Stepanyč, ich bin doch eine negative Erscheinung, nicht wahr?«

»Ja«, antworte ich.

»Hm ... Was soll ich tun?«

Was soll ich ihr antworten? Es sagt sich leicht: arbeite! oder: gib dein Hab und Gut den Armen! oder: erkenne dich selbst! – und gerade weil sich das so leicht sagt, weiß ich nicht, was ich antworten soll.

Meine Kollegen Therapeuten raten, wenn sie Behandlungsmethoden lehren, jeden einzelnen Fall zu individualisieren. Man muß auf diesen Rat hören, um sich davon zu überzeugen, daß jene Mittel, die in den Lehrbüchern als die besten und als voll brauchbar für die Schablone empfohlen werden, sich in einzelnen Fällen als völlig untauglich erweisen. Das gleiche gilt auch für seelische Leiden.

Aber irgend etwas muß ich erwidern, und so sage ich:

»Du hast zu viel freie Zeit, mein Liebes. Du mußt dich unbedingt mit etwas beschäftigen. Wirklich, weshalb willst du nicht wieder Schauspielerin werden, wenn das deine Berufung ist?«

»Ich kann nicht.«

»Du hast einen Ton und eine Art, als wärst du ein Opfer. Das gefällt mir nicht, mein Liebes. Du selbst bist schuld. Denk daran, du hast damit angefangen, dich über Menschen und Ordnungen zu ärgern, aber du hast nichts getan, damit beide besser werden. Du hast nicht gegen das Übel angekämpft, sondern hast resigniert, du bist nicht ein Opfer des Kampfes, sondern deiner Schwäche. Aber natürlich warst du damals jung und unerfahren, jetzt aber kann alles anders laufen. Wirklich, geh zur Bühne! Du wirst arbeiten, der heiligen Kunst dienen ...«

»Verstellen Sie sich nicht, Nikolaj Stepanyč«, unterbricht mich Katja. »Machen wir ein für allemal aus: Wir können über Schauspieler, Schauspielerinnen und Schriftsteller reden, aber die Kunst wollen wir dabei aus dem Spiel lassen. Sie sind ein wunderbarer, ein seltener Mensch, aber Sie verstehen nicht genug von der Kunst, um sie mit gutem Gewissen für heilig halten zu können. Sie haben kein Gefühl und kein Organ für die Kunst. Sie haben Ihr ganzes Leben gearbeitet, und Sie hatten nie Zeit, sich dieses Gefühl anzueignen. Überhaupt ... ich mag diese Gespräche über Kunst nicht!« fährt sie nervös fort. »Ich mag nicht! Und man hat die Kunst schon so profaniert, ich danke ergebenst!«

»Wer hat sie profaniert?«

»Die Menschen haben sie profaniert durch ihre Trunksucht, die Zeitungen durch ihr familiäres Verhalten, die klugen Leute durch ihre Philosophie.«

»Die Philosophie hat damit nichts zu tun.«

»Doch. Wenn jemand philosophiert, so heißt das, er versteht nichts.«

Damit die Sache nicht in Grobheiten ausartet, beeile ich mich, das Thema zu wechseln, und schweige daraufhin lange. Erst als wir den Wald verlassen haben und zu Katjas Landhaus fahren, kehre ich zu dem früheren Gespräch zurück und frage:

»Du hast mir noch nicht geantwortet: Warum willst du nicht wieder Schauspielerin werden?«

»Nikolaj Stepanyč, das ist wirklich grausam!« schreit sie heraus und wird auf einmal ganz rot. »Sie wollen, daß ich laut die Wahrheit sage? Bitte sehr, wenn Ihnen das ... das gefällt! Ich habe kein Talent! Kein Talent und ... und zu viel Ehrgeiz. Das ist es!«

Nach diesem Geständnis wendet sie ihr Gesicht ab und zieht, um das Zittern ihrer Hände zu verbergen, heftig an den Zügeln.

Als wir uns dem Landhaus nähern, sehen wir schon von weitem Michail Fëdorovič, der neben dem Tor auf und ab spaziert und ungeduldig auf uns wartet.

»Wieder dieser Michail Fëdorovič«, sagt Katja ärgerlich.

»Schaffen Sie ihn mir vom Halse, bitte! Er ist mir zuwider, ich habe ihn satt... Zum Kuckuck mit ihm!«

Michail Fëdorovič hätte schon längst ins Ausland fahren sollen, aber er verschiebt seine Abreise von Woche zu Woche. In der letzten Zeit hat er sich sehr verändert – er ist abgemagert, wird vom Wein schnell berauscht, was früher nie der Fall war, und seine schwarzen Brauen färben sich schon grau. Als unser Wagen vor dem Tor hält, kann er seine Freude und seine Ungeduld nicht verbergen. Geschäftig hilft er Katja und mir beim Aussteigen, er stellt hastig Fragen, reibt sich die Hände, und der sanfte, flehende, reine Zug, den ich vorher nur in seinen Blicken bemerkte, ergießt sich jetzt über sein ganzes Gesicht. Er freut sich und schämt sich zugleich seiner Freude, er schämt sich seiner Gewohnheit, jeden Abend bei Katja zu verbringen, und er hält es für nötig, sein Eintreffen mit irgendeinem offensichtlichen Unsinn zu motivieren, etwa so:

»Ich kam in Geschäften vorbei, und da dachte ich mir: Halt, ich gehe für ein paar Augenblicke hinein.«

Zu dritt gehen wir ins Haus; zuerst trinken wir Tee, dann erscheinen die mir längst bekannten zwei Kartenspiele auf dem Tisch, dazu ein großes Stück Käse, Obst und eine Flasche Krimsekt. Unsere Gesprächsthemen sind nicht neu, es sind immer noch die gleichen wie im Winter. Die Universität wird durchgehechelt, die Studenten, die Literatur, das Theater; von unseren lästerlichen Reden wird die Luft dumpfer und stickiger, und nicht mehr nur zwei Kröten vergiften sie mit ihrem Atem, wie im Winter, sondern alle drei. Neben dem samtenen Baritonlachen und dem Gelächter, das wie das Spiel einer Harmonika klingt, hört die uns bedienende Zofe noch ein unangenehmes klirrendes Lachen, wie es in Lustspielen Generale an sich haben: hehehe...

V

Es gibt schreckliche Nächte mit Donner und Blitz, Regen und Wind, die im Volksmund Sperlingsnächte genannt werden.

Solch eine Sperlingsnacht hat es auch in meinem persönlichen Leben gegeben...

Ich wache nach Mitternacht auf und springe unvermittelt aus dem Bett. Mir ist, als müßte ich sogleich sterben. Doch warum? An meinem Körper entdecke ich nichts, was auf ein baldiges Ende hindeutet, aber meine Seele ist von einem solchen Entsetzen gepackt, als hätte ich plötzlich einen riesigen, unheilverkündenden Feuerschein gesehen.

Ich mache schnell Licht, trinke Wasser, gleich aus der Karaffe, und eile dann ans offene Fenster. Draußen ist prächtiges Wetter. Es duftet nach Heu und nach noch etwas sehr Schönem. Ich kann die Spitzen der Zaunpfähle sehen, die verschlafenen dürren Bäumchen vor dem Fenster, den Weg, den dunklen Waldstreifen; am Himmel steht friedlich der Mond, und man sieht kein einziges Wölkchen. Es ist ganz ruhig, kein Blättchen rührt sich. Mir scheint, als blicke mich alles an und lausche gespannt, wie ich sterben werde...

Ich habe Angst. Ich schließe das Fenster und eile zum Bett. Ich taste nach meinem Puls, und da ich ihn an den Handgelenken nicht finden kann, suche ich ihn an den Schläfen, darauf am Kinn und wieder am Handgelenk, und ich bin schon überall ganz kalt und naß vor Schweiß. Der Atem geht immer schneller, ich zittere am ganzen Leib, in meinem Inneren bewegt sich alles, im Gesicht und auf dem kahlen Kopf habe ich ein Gefühl, als sei alles mit Spinnweben überzogen.

Was soll ich tun? Meine Familie rufen? Nein, das ist nicht nötig. Ich kann mir nicht vorstellen, was meine Frau und Liza tun werden, wenn sie zu mir kommen.

Ich stecke den Kopf unters Kissen, schließe die Augen und warte, warte... Es läuft mir kalt über den Rücken, der sich gleichsam nach innen zieht, und ich habe das Gefühl, als schleiche sich der Tod ganz leise von hinten an mich heran...

»Kiwi, kiwi!« piepst es plötzlich durch die nächtliche Stille, und ich weiß nicht, wo es herkommt – aus meiner Brust oder von draußen?

»Kiwi, kiwi!«

Mein Gott, wie schrecklich! Ich würde noch Wasser trinken,

aber ich fürchte mich, die Augen zu öffnen und den Kopf zu heben. Mein Entsetzen ist instinktiv, triebhaft, und ich kann überhaupt nicht verstehen, weshalb ich solche Angst habe – weil ich leben möchte oder weil mir ein neuer, noch nie erlebter Schmerz bevorsteht?

Oben über der Decke scheint jemand bald zu stöhnen, bald zu lachen... Ich lausche. Etwas später ertönen Schritte auf der Treppe; jemand geht eilig nach unten, dann wieder hinauf. Einige Augenblicke später höre ich die Schritte wieder unten; jemand bleibt vor meiner Tür stehen und horcht.

»Wer ist da?« rufe ich.

Die Tür geht auf, ich öffne mutig die Augen und sehe meine Frau. Ihr Gesicht ist bleich, ihre Augen sind verweint.

»Schläfst du nicht, Nikolaj Stepanyč?« fragt sie.

»Was willst du?«

»Um Gottes willen, geh zu Liza und schau sie dir an. Irgend etwas ist mit ihr geschehen.«

»Gut... mit Vergnügen...« murmele ich, sehr zufrieden, daß ich nicht mehr allein bin. »Gut... Sofort.«

Ich folge meiner Frau, höre, wie sie mit mir spricht, kann aber vor Aufregung nichts verstehen. Über die Treppenstufen huschen vom Schein der Kerze helle Lichtflecken, unsere langen Schatten zittern, meine Füße verheddern sich im Saum meines Schlafrocks, ich bekomme kaum noch Luft, und es will mir scheinen, als jage jemand hinter mir her und wolle mich am Rücken packen. – Ich werde gleich hier auf der Treppe sterben, denke ich. Gleich... Aber da haben wir schon die Treppe und den dunklen Korridor mit dem italienischen Fenster hinter uns, und wir betreten Lizas Zimmer. Sie sitzt im Hemd auf dem Bettrand, läßt die nackten Füße herabhängen und stöhnt.

»O mein Gott... o mein Gott!« stammelt sie und kneift vor dem Licht der Kerze die Augen zusammen. »Ich kann nicht mehr, ich kann nicht...«

»Liza, mein Kind«, sage ich. »Was ist mit dir?«

Als sie mich erblickt, schreit sie auf und fällt mir um den Hals.

»Mein lieber Papa...« schluchzt sie, »mein guter Papa...

Mein Papachen, mein liebes... Ich weiß nicht, was mit mir ist... Mir ist so schwer ums Herz!«

Sie umarmt mich, küßt mich und stammelt zärtliche Worte, wie ich sie von ihr hörte, als sie noch ein Kind war.

»Beruhige dich, mein Kind, Gott beschütze dich«, sage ich. »Du brauchst doch nicht zu weinen. Mir ist selber schwer ums Herz.«

Ich bemühe mich, sie zuzudecken, meine Frau gibt ihr zu trinken, und beide sind wir uns immer wieder im Wege; ich stoße mit meiner Schulter an die ihre, und dabei fällt mir ein, wie wir einst zusammen unsere Kinder badeten.

»So hilf ihr doch, hilf ihr!« fleht meine Frau mich an. »Tu irgend etwas!«

Was soll ich tun? Ich kann nichts machen. Dem Mädchen liegt irgendeine schwere Last auf der Seele, aber ich begreife nichts, weiß nichts und kann nur murmeln:

»Nicht doch, nicht doch... Das geht vorbei... Schlaf nur, schlaf...«

Wie absichtlich ertönt plötzlich auf dem Hof Hundegeheul, anfangs leise und unschlüssig, dann laut und zweistimmig. Ich habe solchen Dingen wie Hundegeheul und Eulengeschrei nie Bedeutung beigemessen, jetzt aber krampft sich mir qualvoll das Herz zusammen, und ich versuche schnell, mir dieses Heulen zu erklären.

Unsinn... denke ich. Einwirkung eines Organismus auf den anderen. Meine heftige Nervenanspannung hat sich auf meine Frau, auf Liza, auf den Hund übertragen, weiter nichts... Durch eine solche Übertragung erklären sich Vorahnungen und Gesichte...

Als ich etwas später in mein Zimmer zurückkehre, um für Liza ein Rezept auszuschreiben, denke ich nicht mehr daran, daß ich bald sterben werde, sondern mir ist einfach schwer und beklommen ums Herz, und es tut mir beinahe leid, daß ich nicht plötzlich gestorben bin. Lange stehe ich unbeweglich mitten im Zimmer und überlege, was ich Liza verschreiben soll, aber das Stöhnen über mir verstummt, und ich beschließe, gar nichts zu verschreiben, und trotzdem stehe ich immer noch da...

Es herrscht Totenstille, eine derartige Stille, daß sie, wie ein Schriftsteller sich ausgedrückt hat, sogar in den Ohren dröhnt. Die Zeit vergeht nur langsam, die Streifen des Mondlichts auf dem Fensterbrett verändern sich nicht, sie sind gleichsam erstarrt... Die Morgendämmerung ist noch weit.

Da aber knarrt die Gartenpforte, jemand schleicht sich herein, bricht einen Zweig von einem der dürren Bäumchen und klopft damit vorsichtig ans Fenster.

»Nikolaj Stepanyč!« höre ich flüstern. »Nikolaj Stepanyč!«

Ich öffne das Fenster und glaube zu träumen: unter dem Fenster, dicht an die Wand gepreßt, steht eine Frau im schwarzen Kleid, grell vom Mondlicht beleuchtet, und schaut mich mit großen Augen an. Ihr Gesicht ist bleich, streng und wirkt im Mondschein phantastisch, als wäre es aus Marmor; ihr Kinn zittert.

»Ich bins...« sagt sie. »Ich... Katja!«

Im Mondschein sehen alle Frauenaugen groß und schwarz aus, und die Menschen sind größer und blasser, deshalb habe ich sie wohl im ersten Augenblick nicht gleich erkannt.

»Was willst du?«

»Verzeihen Sie«, sagt sie. »Mir wurde plötzlich unerträglich schwer ums Herz... Ich hielt es nicht mehr aus und bin hergekommen... In Ihrem Fenster war Licht, und ich beschloß zu klopfen... Entschuldigen Sie... Ach, wenn Sie wüßten, wie mir zumute war! Was machen Sie jetzt?«

»Nichts... Ich kann nicht schlafen.«

»Ich hatte so eine Vorahnung. Aber das ist Unsinn.«

Sie zieht die Brauen hoch, in ihren Augen glänzen Tränen, und ihr ganzes Gesicht ist überstrahlt von dem vertrauten, lange nicht mehr wahrgenommenen Ausdruck von Zutraulichkeit.

»Nikolaj Stepanyč!« sagt sie mit flehender Stimme und streckt mir beide Hände entgegen. »Mein Lieber, ich bitte Sie... Ich flehe Sie an... Wenn Sie meine Freundschaft und meine Verehrung für Sie nicht verachten, dann willigen Sie in meine Bitte ein.«

»Was denn?«

»Nehmen Sie mein Geld!«

»Nun, was hast du dir da ausgedacht! Was soll ich denn mit deinem Geld?«

»Sie können damit irgendwohin zur Kur fahren ... Sie müssen sich kurieren. Werden Sie das annehmen? Ja? Mein Bester, ja?« Sie blickt gespannt in mein Gesicht und wiederholt: »Ja? Werden Sie das annehmen?«

»Nein, mein Kind, ich nehme es nicht ...« antworte ich. »Danke.«

Sie dreht mir den Rücken zu und läßt den Kopf hängen. Wahrscheinlich habe ich einen Ton angeschlagen, der eine weitere Unterhaltung über das Geld nicht zuläßt.

»Fahr nach Hause und geh schlafen«, sage ich zu ihr. »Morgen sehen wir uns wieder.«

»Das heißt, meine Freundschaft hat für Sie keinen Wert?« fragt sie niedergeschlagen.

»Das habe ich nicht gesagt. Aber dein Geld hat jetzt für mich keinen Zweck.«

»Verzeihen Sie ...« sagt sie, mit einer Stimme, die eine ganze Oktave tiefer klingt. »Ich verstehe Sie ... Einem Menschen wie mir verpflichtet zu sein ... einer früheren Schauspielerin ... Im übrigen ... leben Sie wohl ...«

Und sie geht so schnell weg, daß ich ihr nicht einmal mehr Lebewohl sagen kann.

VI

Ich bin in Charkov.

Weil es nutzlos wäre, gegen meine jetzige Stimmung anzukämpfen, und weil ich mich dazu auch nicht in der Lage fühle, habe ich beschlossen, daß meine letzten Tage wenigstens formal gesehen einwandfrei sein sollen; wenn ich meiner Familie gegenüber im Unrecht bin, und dessen bin ich mir sehr wohl bewußt, so werde ich mich bemühen zu tun, was sie will. Soll ich nach Charkov fahren, dann fahre ich eben nach Charkov. Außerdem ist mir in letzter Zeit alles so gleichgültig geworden, daß es mir völlig einerlei ist, wohin ich fahren soll – nach Charkov, nach Paris oder nach Berdičev.

Gegen zwölf Uhr mittags bin ich hier angekommen und in einem Hotel unweit der Kathedrale abgestiegen. In der Eisenbahn wurde ich tüchtig durchgeschüttelt und saß in der Zugluft, und jetzt sitze ich auf dem Bett, halte mir den Kopf und warte auf mein Gesichtszucken. Ich müßte noch heute die mir bekannten Professoren aufsuchen, aber ich habe dazu weder Lust noch Kraft.

Der alte Zimmerkellner tritt ein und fragt, ob ich Bettwäsche mitgebracht habe. Ich halte ihn nur fünf Minuten auf und stelle ihm einige Fragen über Gnekker, dessentwegen ich ja hierhergekommen bin. Der Diener erweist sich als gebürtiger Charkover, er kennt die Stadt wie seine fünf Finger, aber er kann sich keines einzigen Hauses entsinnen, das den Namen Gnekker trüge. Ich erkundige mich auch nach dem Gut – das gleiche Ergebnis.

Die Uhr auf dem Korridor schlägt eins, dann zwei, dann drei … Die letzten Monate meines Lebens, derweil ich auf den Tod warte, kommen mir bedeutend länger vor als mein ganzes bisheriges Leben. Nie zuvor konnte ich mich so gut mit der Langsamkeit der Zeit abfinden wie jetzt. Wenn ich früher auf einen Zug wartete oder im Examen saß, erschien mir eine Viertelstunde wie eine Ewigkeit; jetzt aber kann ich die ganze Nacht unbeweglich auf dem Bett sitzen und völlig gleichgültig daran denken, daß morgen genauso eine lange, farblose Nacht kommen wird, und übermorgen ebenfalls.

Im Korridor schlägt es fünf, sechs, sieben … Es wird dunkel.

In der Wange bohrt ein dumpfer Schmerz – so beginnt der Anfall. Um meine Gedanken abzulenken, stelle ich mich auf meinen früheren Standpunkt, als ich noch nicht gleichgültig war, und frage mich, weshalb ich, ein berühmter Gelehrter und Geheimrat, in diesem kleinen Zimmer sitze, auf diesem Bett mit einer fremden grauen Decke. Weshalb blicke ich auf dieses billige Waschgeschirr aus Blech und höre mir an, wie im Korridor die elende Uhr rasselt? Ist das alles meines Ruhmes und meiner hohen Stellung unter den Menschen würdig? Und auf diese Fragen antworte ich mir mit einem spöttischen Lächeln.

Komisch kommt mir die Naivität vor, mit der ich einst in meiner Jugend die Bedeutung des Ruhms und jener exklusiven Stellung, die sein Träger genießt, überschätzte. Ich bin bekannt, mein Name wird mit Ehrfurcht genannt, mein Bild war in der »Niva« und in der »Vsemirnaja illjustracija« abgedruckt, meine Biographie habe ich sogar in einer deutschen Zeitschrift gelesen – aber was folgt daraus? Ich sitze mutterseelenallein in einer fremden Stadt und reibe mit der Hand meine schmerzende Wange... Die Familienstreitigkeiten, die Unbarmherzigkeit der Gläubiger, die Grobheit der Eisenbahnschaffner, die Unbequemlichkeit der Paßkontrollen, das teure und ungesunde Essen in den Bahnhofsrestaurants, die allgemeine Unhöflichkeit und Grobheit der Menschen untereinander – all das und noch vieles andere, das aufzuzählen zu lange dauern würde, trifft mich nicht minder als jeden beliebigen Kleinbürger, der nur in seiner Gasse bekannt ist. Worin kommt denn die Exklusivität meiner Stellung zum Ausdruck? Nehmen wir an, ich bin tausendfach berühmt, ein Held, auf den das Vaterland stolz ist; in allen Zeitungen erscheinen Berichte über meine Krankheit, durch die Post erhalte ich Sympathieadressen von Kollegen, Schülern und aus dem Publikum, aber das alles kann nicht verhindern, daß ich in einem fremden Bett sterbe, vergrämt und in völliger Einsamkeit... Daran ist natürlich niemand schuld, aber ich sündiger Mensch liebe nun einmal meinen populären Namen nicht. Es kommt mir so vor, als habe er mich betrogen.

Gegen zehn Uhr schlafe ich ein, ich schlafe fest trotz des Anfalls und hätte noch lange geschlafen, wäre ich nicht geweckt worden. Kurz nach eins klopft es plötzlich an meine Tür.

»Wer ist da?«

»Ein Telegramm!«

»Das hätte auch bis morgen Zeit gehabt«, sage ich ärgerlich, als ich das Telegramm von dem Zimmerkellner in Empfang nehme. »Jetzt werde ich nicht wieder einschlafen können.«

»Entschuldigen Sie. Bei Ihnen brennt Licht, ich dachte, Sie schlafen nicht.«

Ich öffne das Telegramm und sehe als erstes nach der Unterschrift. Es ist von meiner Frau. Was will sie nur?

»Gestern Gnekker mit Liza heimlich getraut. Kehre zurück.«

Ich lese das Telegramm und erschrecke nur für einen Augenblick. Mich erschreckt nicht das Vorgehen von Liza und Gnekker, sondern die Gleichgültigkeit, mit der ich die Nachricht von ihrer Heirat aufnehme. Es heißt, Philosophen und wahrhaft Weise seien gleichgültig. Das stimmt nicht – Gleichgültigkeit ist eine Lähmung der Seele, vorzeitiger Tod.

Ich lege mich wieder ins Bett und überlege, womit ich meine Gedanken beschäftigen soll. Woran denken? Mir scheint, ich hätte schon alles überdacht und es gäbe nichts mehr, was jetzt geeignet wäre, mein Denken anzuregen.

Als es hell wird, sitze ich im Bett, die Arme um die Knie gelegt, und bemühe mich aus Langeweile, mich selbst zu erkennen. ›Erkenne dich selbst‹ ist ein wunderbarer, ein nützlicher Rat, nur schade, daß die Alten nicht darauf gekommen sind, auch zu zeigen, wie man diesen Ratschlag befolgen soll.

Wenn ich früher Lust verspürte, einen anderen oder mich selber zu verstehen, so achtete ich nicht auf die Handlungen, die relativ sind, sondern auf die Wünsche. Sage mir, was du willst, und ich sage dir, wer du bist.

Und so prüfe ich mich nun selbst: was will ich?

Ich will, daß unsere Frauen, Kinder, Freunde und Schüler in uns nicht den Namen lieben, nicht die Firma und nicht das Etikett, sondern den gewöhnlichen Menschen. Was noch? Ich möchte Gehilfen und Nachfolger haben. Was noch? Ich möchte nach hundert Jahren wieder aufwachen, um zu sehen, und sei es auch nur mit einem Blick, was aus der Wissenschaft geworden ist. Ich möchte noch zehn Jahre leben... Was weiter?

Weiter nichts. Ich denke, denke lange nach, und mir fällt nichts mehr ein. Und soviel ich auch nachdenke, und wohin auch meine Gedanken schweifen mögen, für mich ist es klar, meinen Wünschen fehlt etwas Wesentliches, etwas sehr Wichtiges. Meiner leidenschaftlichen Hingabe an die Wissenschaft, meinem Wunsch zu leben, dem Hocken auf einem fremden Bett und dem Bestreben, mich selbst zu erkennen, allen Gedanken, Gefühlen und den Begriffen, die ich mir über alles gebildet habe, fehlt etwas Gemeinsames, was dies alles zu einem Ganzen verbinden würde. Jedes Gefühl und jeder Gedanke existiert gesondert in mir, und in allen meinen Urteilen über Wissenschaft, Theater, Literatur und Schüler und in all den Bildern, die meine Phantasie sich ausmalt, würde selbst der geschickteste Analytiker nichts von dem finden, was man eine allgemeine Idee oder den Gott des lebendigen Menschen nennt.

Und wenn das nicht vorhanden ist, so ist überhaupt nichts vorhanden.

Bei einer solchen Armut genügt eine ernstliche Krankheit, Todesfurcht und der Einfluß von Menschen und Umständen, um all das, was ich vordem für meine Weltanschauung hielt und worin ich den Sinn und die Freude meines Lebens erblickte, auf den Kopf zu stellen und in die Brüche gehen zu lassen. Es ist daher auch nicht verwunderlich, daß die letzten Monate meines Lebens von Gedanken und Gefühlen getrübt wurden, die eines Sklaven, eines Barbaren würdig sind, und daß ich jetzt gleichgültig bin und die Morgendämmerung nicht bemerke. Wenn in einem Menschen nichts vorhanden ist, was höher steht und stärker ist als alle äußeren Einflüsse, so genügt wirklich schon ein anständiger Schnupfen, um das Gleichgewicht zu verlieren und anzufangen, in jedem Vogel eine Eule zu sehen und jeden Laut für Hundegeheul zu halten. Und sein ganzer Pessimismus oder Optimismus mit den großen und kleinen Gedanken hat dann nur die Bedeutung eines Symptoms und weiter nichts.

Ich bin besiegt. Wenn dem so ist, dann gibt es nichts weiter zu überlegen und nichts zu sagen. Ich werde dasitzen und schweigend abwarten, was wird.

Am Morgen bringt mir der Zimmerkellner den Tee und die neueste Nummer der Lokalzeitung. Mechanisch lese ich die Bekanntmachungen auf der ersten Seite, den Leitartikel, die Auszüge aus Zeitungen und Zeitschriften, die Chronik ... Unter anderem finde ich in der Chronik folgende Nachricht: »Gestern traf mit dem Schnellzug unser bekannter Gelehrter, der verdiente Professor Nikolaj Stepanovič Soundso, in Charkov ein und stieg in dem und dem Hotel ab.«

Augenscheinlich sind berühmte Namen dafür geschaffen, daß

sie unabhängig von ihren Trägern ein Eigenleben führen. Jetzt geht mein Name friedlich in Charkov spazieren; drei Monate später wird er in goldenen Lettern auf einem Grabstein glänzen wie die Sonne selbst – und das zu einer Zeit, da mich bereits der grüne Rasen deckt.

Ein leichtes Klopfen an der Tür. Jemand will zu mir.

»Wer ist da? Herein!«

Die Tür geht auf – ich trete erstaunt einen Schritt zurück und schlage eilends die Schöße meines Schlafrocks übereinander. Vor mir steht Katja.

»Guten Tag«, sagt sie, vom Treppensteigen noch ganz außer Atem. »Sie haben mich wohl nicht erwartet? Ich bin auch... auch hierhergekommen!« Sie setzt sich und fährt fort, stockend und ohne mich anzusehen: »Warum begrüßen Sie mich nicht? Ich bin auch hergekommen... heute... Ich erfuhr, daß Sie in diesem Hotel wohnen, und bin zu Ihnen gekommen.«

»Ich freue mich sehr, dich zu sehen«, sage ich achselzuckend, »aber ich bin erstaunt... Du bist wie vom Himmel gefallen. Weshalb bist du hier?«

»Ich? Nur so... Habe mich aufgemacht und bin hergefahren.«

Schweigen. Plötzlich steht sie ruckartig auf und kommt auf mich zu.

»Nikolaj Stepanyč!« sagt sie, erbleichend und die Hände an die Brust gepreßt. »Nikolaj Stepanyč! Ich kann nicht länger so leben! Ich kann nicht! Beim wahrhaften Gott, sagen Sie mir schnell, in diesem Augenblick: was soll ich tun? Sagen Sie mir, was soll ich tun?«

»Was kann ich da sagen?« antworte ich verdutzt. »Nichts kann ich sagen.«

»Sprechen Sie doch, ich flehe Sie an«, flüstert sie, keuchend und am ganzen Leib zitternd. »Ich schwöre Ihnen, ich kann so nicht mehr leben! Es geht über meine Kräfte!«

Sie sinkt auf einen Stuhl und beginnt zu schluchzen. Sie hat den Kopf zurückgeworfen, ringt die Hände, stampft mit den Füßen; der Hut ist ihr vom Kopf geglitten und baumelt am Gummiband, ihre Frisur ist ganz zerzaust.

»Helfen Sie mir! Helfen Sie mir!« sagt sie flehend. »Ich kann nicht mehr!«

Sie holt ein Schnupftuch aus ihrem Reisetäschchen und zieht dabei einige Briefe heraus, die von ihren Knien auf den Fußboden fallen. Ich hebe sie auf und erkenne auf einem von ihnen die Handschrift Michail Fëdorovičs; unabsichtlich lese ich einen Teil des Wortes ›leidensch ...‹.

»Ich kann dir nichts sagen, Katja«, erwidere ich.

»Helfen Sie mir!« schluchzt sie, ergreift meine Hand und küßt sie. »Sie sind doch mein Vater, mein einziger Freund! Sie sind doch klug, gebildet, lebenserfahren! Sie waren Lehrer! Sagen Sie doch: was soll ich tun?«

»Auf Ehre, Katja – ich weiß es nicht ...«

Ich bin verwirrt, verlegen, gerührt von dem Schluchzen und kann kaum noch auf den Beinen stehen.

»Komm frühstücken, Katja«, sage ich und lächle gezwungen. »Laß das Weinen!« Und sogleich füge ich mit gesenkter Stimme hinzu: »Ich werde bald nicht mehr sein. Katja ...«

»Wenigstens ein Wort, ein einziges Wort«, sagt sie weinend und streckt mir die Hände entgegen. »Was soll ich tun?«

»Bist wirklich ein Närrchen ...« murmele ich. »Versteh ich nicht! So ein kluges Mädchen, und auf einmal – da haben wirs – fängt sie an zu weinen ...«

Schweigen tritt ein. Katja ordnet ihre Frisur und setzt den Hut wieder auf, dann zerknüllt sie die Briefe und steckt sie in das Täschchen – und das alles schweigend und ohne Hast. Ihr Gesicht, ihre Brust und ihre Handschuhe sind naß von Tränen, aber ihre Miene ist schon trocken und streng ... Ich schaue sie an und schäme mich, daß ich glücklicher bin als sie. Das Fehlen dessen, was die Kollegen Philosophen die allgemeine Idee nennen, habe ich erst kurz vor dem Tode bemerkt, am Ende meiner Tage, aber die Seele dieses armen Menschenkindes hat keine Zuflucht gekannt und wird sie ihr Leben lang nicht kennen – ihr ganzes Leben lang!

»Komm frühstücken, Katja«, wiederhole ich.

»Nein, danke«, antwortet sie kalt.

Noch eine Minute vergeht schweigend.

»Charkov gefällt mir nicht«, sage ich. »Es ist alles so grau hier. Eine so graue Stadt!«

»Ja, mag sein... Unschön... Ich bleibe nicht lange hier... bin nur auf der Durchreise. Heute noch fahre ich weiter.«

»Wohin?«

»Auf die Krim... das heißt in den Kaukasus.«

»So. Für lange?«

»Ich weiß nicht.«

Katja steht auf und reicht mir, kalt lächelnd und ohne mich anzusehen, die Hand.

Ich möchte sie fragen: Du wirst also nicht auf meiner Beerdigung sein? Aber sie sieht mich nicht an, ihre Hand ist kalt und kommt mir ganz fremd vor. Schweigend begleite ich sie zur Tür... Da ist sie von mir gegangen, sie schreitet durch den langen Korridor und schaut sich nicht um. Sie weiß, daß ich ihr nachblicke, wahrscheinlich wird sie sich an der Ecke umdrehen.

Nein, sie hat sich nicht umgedreht. Ihr schwarzes Kleid leuchtet zum letztenmal auf, ihre Schritte verhallen... Leb wohl, mein Schatz!

Aus Čechovs Briefen 1

Kleiner Zabelin!

Ich habe gehört, du seist beleidigt über die spöttischen Bemerkungen von Šechtel und mir... Beleidigt zu sein ist die Würde, die nur vornehmen Herzen gebührt, aber nichtsdestotrotz – wenn man über Ivanenko lachen darf, über mich, über Miška, über Nelly, warum dann nicht auch über dich? Das ist ungerecht... Übrigens, wenn du keinen Spaß machst und dich tatsächlich beleidigt fühlst, so eile ich, mich zu entschuldigen.

Gelacht wird nur über das, was komisch ist oder was man nicht versteht... Wähl dir eins von beidem.

Das zweite ist natürlich schmeichelhafter, aber o weh! – für mich persönlich stellst du keinerlei Rätsel dar. [...]

Ich kann, wenn du willst, als Beweis dafür, daß ich dich verstehe, diese Eigenschaften sogar aufzählen. Du bist, meiner Meinung nach, gutherzig bis zur Waschlappigkeit, bist großzügig, altruistisch, du teilst mit dem anderen die letzte Kopeke, du bist aufrichtig; Neid und Haß sind dir fremd, du bist schlicht, du hast Mitleid mit Mensch und Tier, bist nicht boshaft, nicht nachtragend, bist vertrauensselig... Du bist mit etwas begabt, was andere nicht haben: du hast Talent. Dieses Talent stellt dich über Millionen von Menschen, denn ein Künstler kommt auf Erden auf 2000000... Das Talent versetzt dich in eine besondere Situation: auch wenn du eine Kröte oder Tarantel wärst, es würden dich alle respektieren, denn einem Talent wird alles verziehen.

Du hast nur einen Fehler. Und er ist die Ursache für den falschen Standpunkt, auf dem du dich befindest, die Ursache für deinen Kummer und deinen Darmkatarrh. Das ist deine äußerst mangelhafte Erziehung. Entschuldige bitte, aber *veritas magis amicitiae*... Es geht darum, daß das Leben seine Bedingungen hat... Um sich in einer intellektuellen Gesellschaft zu Hause zu fühlen, um in ihr nicht fremd zu sein und sich nicht selber lästig zu fallen, muß man auf gewisse Art erzogen sein... Das Talent hat dich in diese Gesellschaft verschlagen, du gehörst zu ihr, aber dich zieht es von ihr fort, und jetzt hast du zu balancieren zwischen einem kultivierten Publikum und den Mietern *vis-à-vis*. Da zeigt sich das Blut des Kleinbürgers, aufgewachsen unter Rutenhieben, neben dem Weinkeller, als Almosenempfänger. Das zu besiegen ist schwer, ist schrecklich schwer!

Menschen mit Erziehung müssen, meiner Meinung nach, folgenden Bedingungen genügen:

1. Sie achten die menschliche Persönlichkeit, sind darum stets nachsichtig, weichherzig, höflich, nachgiebig... Sie machen keinen Aufstand wegen eines Hammers oder eines verlorenen Radiergummis. Und wenn sie mit jemandem zusammenleben, so tun sie das nicht aus Gefälligkeit und sagen nicht, wenn sie gehen: mit euch kann man nicht leben! Sie verzeihen Lärm und Kälte und angebrannten Braten und Witze und die Anwesenheit Fremder in ihrer Behausung...

2. Sie haben Mitleid nicht nur mit Bettlern und Katzen. Ihnen tut auch das in der Seele weh, was man mit bloßem Auge nicht sehen kann. So z. B. wenn Pëtr weiß, daß Vater und Mutter vor Sehnsucht graue Haare bekommen und nächtelang nicht schlafen können, weil sie Pëtr so selten sehen (und wenn, dann betrunken), dann eilt er zu ihnen und pfeift auf den Vodka. Sie schlafen nächtelang nicht, um den Polevaevs zu helfen, um zahlen zu können, damit ihre Brüder studieren können, um ihre Mutter zu kleiden...

3. Sie achten fremdes Eigentum und zahlen deshalb auch ihre Schulden zurück.

4. Sie sind reinen Herzens und fürchten die Lüge wie das Feuer. Sie lügen selbst in Kleinigkeiten nicht. Die Lüge beleidigt den Zuhörer und setzt ihn in seinen Augen herab. Sie zieren sich nicht, benehmen sich auf der Straße so wie zu Hause, streuen den geringeren Brüdern keinen Sand in die Augen... Sie sind nicht schwatzhaft und halten mit Offenheiten zurück, wenn sie nicht gefragt sind... Aus Achtung vor fremden Ohren schweigen sie meistens.

5. Sie erniedrigen sich nicht, um beim anderen Mitleid zu erwecken. Sie spielen nicht auf den Saiten fremder Seelen, um als Antwort darauf Seufzer zu hören und von anderen bemuttert zu werden. Sie sagen nicht: »Die anderen verstehen mich nicht!«

oder: »Ich habe auf kleines Geld gesetzt! Ich bin am Arsch!!«, weil das auf billige Effekte zielt, platt ist, alt und verlogen...

6. Sie sind uneitel. Sie sind nicht interessiert an falschen Brillanten wie etwa Bekanntschaften mit Berühmtheiten, Händedrücken des betrunkenen Plevako, Entzückensbezeugungen eines Wildfremden im Salon, an Bekanntheit in Bierhallen... Sie lachen über den Satz: »Ich bin ein Vertreter der Presse!!«, der nur zu Leuten wie Rodzevič und Levenberg paßt. Wenn sie etwas tun, was einen Groschen wert ist, geben sie damit nicht an, als hätten sie etwas für hundert Rubel getan, und brüsten sich nicht damit, daß man sie dort eingelassen habe, wo andere nicht eingelassen werden... Die wirklichen Talente sitzen immer im dunkeln, in der Menge, fernab der Ausstellung... Selbst Krylov hat einmal gesagt, ein leeres Faß sei besser zu hören als ein volles...

7. Wenn sie Talent besitzen, so haben sie Achtung davor. Sie opfern ihm die Ruhe, Frauen, Wein, Eitelkeit... Sie sind stolz auf ihr Talent. Sie betrinken sich also nicht mit den Aufsehern einer Kleinbürgerschule und mit den Gästen Skvorcovs, weil sie wissen, daß sie nicht dazu berufen sind, mit ihnen zu leben, sondern erzieherisch auf sie einzuwirken. Außerdem empfinden sie leicht Ekel...

8. Sie erziehen sich zur Ästhetik. Sie können nicht in Tageskleidern schlafen, in den Tapetenritzen Wanzen sehen, schlechte Luft atmen, über bespuckten Fußboden gehen, sich von einem Petroleumkocher ernähren. Sie versuchen nach Möglichkeit den Geschlechtsinstinkt zu bändigen und zu veredeln... Mit einem Weib schlafen, ihr [...] in den Mund atmen, ihre Logik ertragen, keinen Schritt von ihrer Seite weichen – und all das weshalb! Menschen, die in dieser Hinsicht erzogen sind, fühlen sich nicht so zur Küche hingezogen. Sie brauchen von der Frau nicht das Bett, nicht den Pferdeschweiß, nicht [...], nicht den Verstand, der sich in der Fähigkeit äußert, eine Schwangerschaft vorzutäuschen und unermüdlich zu lügen... Sie, besonders die Künstler, brauchen Frische, Eleganz, Menschlichkeit, die Fähigkeit der Frau, nicht Hure, sondern Mutter zu sein... Sie kippen nicht im Vorbeigehen einen Vodka, schnüffeln nicht

in Schränken herum, weil sie wissen, daß sie keine Schweine sind. Sie trinken nur in freien Stunden, bei Gelegenheit... Was sie brauchen, ist *mens sana in corpore sano.*

Usw. So sind Menschen mit Erziehung... Um sich zu erziehen und nicht unter das Niveau der Umwelt, in die man geraten ist, zu sinken, reicht es nicht, die Pickwickier zu lesen und den Monolog aus dem ›Faust‹ auswendig zu lernen. Es reicht nicht, sich in eine Droschke zu setzen und in die Jakimanka zu kommen, um eine Woche später wieder abzuhauen...

Hier ist ununterbrochene Arbeit nötig, tags und nachts, ewiges Lesen, Studium, Wille... [...]

Dein A. Čechov.

AN D.V. GRIGOROVIČ Moskau, 28. 3. 1886

86, III, 28

Wenn ich eine Begabung besitze, die ich achten sollte, so bereue ich vor der Reinheit Ihres Herzens, daß ich sie bisher nicht geachtet habe. Ich habe gespürt, daß ich sie hätte, war aber gewohnt, sie geringzuachten. Um sich selbst gegenüber ungerecht, argwöhnisch und mißtrauisch zu sein, dazu reichen dem Organismus Gründe rein äußerlicher Natur... Und solche Gründe habe ich, wie ich mich jetzt entsinne, in ausreichendem Maße. Alle meine Freunde haben sich meinem Schreiben gegenüber immer sehr herablassend verhalten und haben nicht aufgehört, mir den freundschaftlichen Rat zu geben, ich solle eine echte Arbeit nicht dadurch ersetzen, daß ich Papier vollschmierte. Ich habe in Moskau Hunderte von Bekannten, darunter auch ein, zwei Dutzend Schreibende, und ich kann mich keines einzigen entsinnen, der mich gelesen oder in mir einen Künstler gesehen hätte. In Moskau gibt es einen sogenannten »literarischen Zirkel«: Talente und Mittelmäßigkeiten aller Altersgruppen und Farben versammeln sich einmal in der Woche im Hinterzimmer eines Restaurants und lassen dort ihren Zungen freien Lauf. Wenn ich dort hinginge und auch nur ein kleines Stück aus Ihrem Brief vorläse, würde man mir ins Gesicht lachen. In den fünf Jahren meiner Irrfahrten durch die Zeitungen habe ich mir die allgemeine Ansicht über meine literarische Bedeutungslosigkeit zu eigen gemacht, habe mir angewöhnt, auf meine eigene Arbeit herabzusehen, und – weiter ging es mit dem Schreiben! Das ist die erste Ursache ... Die zweite – ich bin Arzt und stecke bis über beide Ohren in meiner Medizin, so daß das Sprichwort von den zwei Hasen niemanden schlechter schlafen läßt als mich.

Ich schreibe das alles nur, um mich ein wenig vor Ihnen zu rechtfertigen wegen meiner schweren Sünde. Bisher habe ich mich gegenüber meiner literarischen Arbeit überaus leichtsinnig, sorglos, unbesonnen verhalten. Ich erinnere mich *keiner einzigen* Erzählung, an der ich länger als vierundzwanzig Stunden gearbeitet hätte, und den ›Jäger‹, der Ihnen gefiel, habe ich im Bad geschrieben! Wie Reporter ihre Berichte über Feuersbrünste schreiben, so schrieb ich meine Erzählungen: mechanisch, halb unbewußt, ohne an den Leser zu denken oder an mich selbst ... Ich schrieb und versuchte auf jede erdenkliche Weise, auf Erzählungen keine Gestalten und Bilder zu verschwenden, die mir teuer sind und die ich, Gott weiß warum, gehütet und sorgsam verborgen habe. [...]

Alle Hoffnung liegt in der Zukunft. Ich bin erst 26 Jahre alt. Vielleicht wird es mir gelingen, etwas zu schaffen, obwohl die Zeit eilt. [...]

A. Čechov.

AN AL. P. ČECHOV Moskau, 10. 5. 1886

10. Maij, 1886.

Liebster Aleksandr Pavlovič, mein Hr. Čechov!

›Die Stadt der Zukunft‹ ist ein großartiges Thema, von seiner Neuigkeit her wie von seinem Interesse. Ich glaube, wenn du nicht faul bist, wirst du nicht übel darüber schreiben, aber du bist doch weiß der Teufel was für ein Faulpelz! ›Die Stadt der Zukunft‹ wird zu einem Kunstwerk nur unter folg. Bedingungen: 1. Abwesenheit langgezogener Wortergüsse politisch-sozial-ökonomischen Charakters; 2. absolute Objektivität; 3. Wahrhaftigkeit in der Beschreibung der handelnden Personen und Gegenstände; 4. äußerste Kürze; 5. Kühnheit und Originalität; meide das Klischee; 6. Herzlichkeit.

Naturbeschreibungen müssen meiner Meinung nach sehr kurz sein und den Charakter des *à propos* besitzen. Gemeinplätze der Art: »Die untergehende Sonne, die sich in den Wellen des dunkelnden Meeres badete, verströmte purpurnes Gold« usw., »Die Schwalben, die über die Oberfläche dahinflogen, zwitscherten fröhlich« – solche Gemeinplätze muß man bleibenlassen. In Naturbeschreibungen muß man sich an kleine Einzelheiten halten, die man so gruppiert, daß sie beim Lesen, wenn man die Augen schließt, ein Bild ergeben. Du hast zum Beispiel die Mondnacht, wenn du schreibst, daß auf dem Mühlenwehr der Hals einer zerbrochenen Flasche blitzt wie ein heller Stern und wie eine Kugel der schwarze Schatten eines Hundes oder Wolfs vorbeirollt usw. Die Natur erscheint belebt, wenn du dich nicht scheust, Vergleiche ihrer Erscheinungen mit menschl. Handlungen zu benützen usw.

In der Sphäre der Psychik ebenfalls Einzelheiten. Bewahre dich Gott vor Gemeinplätzen. Am besten meidet man die Beschreibung des Seelenzustands der Helden; man muß sich bemühen, daß er aus den Handlungen der Helden verständlich wird ... Unnötig ist, einer Überfülle von hand. Personen nachzujagen. Schwerpunkt müssen zwei sein: er und sie ...

Ich schreibe dir das als Leser, der einen bestimmten Geschmack hat. Ich schreibe es dir auch, damit du dich beim Schreiben nicht einsam fühlst. Die Einsamkeit beim Schaffen ist eine schwierige Geschichte. Besser eine schlechte Kritik als gar nichts ... Ist es nicht so? [...]

Sei hiermit gegrüßt und vergiß nicht deinen *A. Čechov.*

Das Wetter ist schlecht: windig.

14. Jan.

Vorweg, ich liebe die Literatur jener Richtung, von der bei uns beiden die Rede ist, ebensowenig wie Sie. Als Leser und als Bürger gehe ich ihr gern aus dem Wege, aber wenn Sie mich nach meiner ehrlichen und aufrichtigen Meinung fragen, dann muß ich Ihnen sagen, daß die Frage nach der Existenzberechtigung dieser Literatur noch offen und von niemandem gelöst worden ist, auch wenn Olga Andreevna glaubt, sie gelöst zu haben. Weder ich noch Sie, noch die Kritiker der ganzen Welt haben irgendwelche unumstößlichen Beweise, die ihnen das Recht gäben, diese Literatur zu negieren. Ich weiß nicht, wer recht hat: Homer, Shakespeare, Lope de Vega, überhaupt die Alten, die sich nicht scheuten, im »Misthaufen« zu wühlen, dabei aber in moralischer Beziehung viel fester waren als wir, oder die modernen Schriftsteller, die auf dem Papier pedantisch genau sind, aber kalt-zynisch im Herzen und im Leben. Ich weiß nicht, wer den schlechten Geschmack hat: die Griechen, die sich nicht schämten, die Liebe so zu besingen, wie sie in Wirklichkeit ist, in der schönen Natur, oder die Leser von Gaboriau, Marlitt und Pierre Bobo? Wie die Fragen des »Widerstehe nicht dem Übel«, der Freiheit des Willens usw. kann auch diese Frage erst in der Zukunft gelöst werden. Wir können sie nur erwähnen, sie zu lösen würde die Grenzen unserer Kompetenz übersteigen. Der Verweis auf Turgenev und Tolstoj, die den »Misthaufen« gemieden haben, klärt diese Frage nicht weiter. Daß beide Ekel empfanden, beweist gar nichts; vor ihnen hat es doch eine Generation von Schriftstellern gegeben, für die zum Schmutz nicht nur die »Lumpen beiderlei Geschlechts« zählten, sondern sogar die Beschreibung von Bauern und Beamten unter dem Titularrat. Und auch eine ganze Periode, sie mag noch so blühend gewesen sein, gibt uns nicht das Recht, Schlüsse zu ziehen zugunsten der einen oder anderen Richtung. Der Verweis auf den moralisch verderblichen Einfluß der genannten Richtung löst die Frage ebensowenig. Alles auf dieser Welt ist relativ, ist Annäherungswert. Es gibt Menschen, die bereits durch Kinderliteratur verdorben werden können, die mit besonderem Vergnügen in den Psalmen und den Sprüchen Salomos die pikanten Stellen lesen, und es gibt solche, die, je näher sie den Schmutz des Lebens kennenlernen, nur um so reiner werden. Publizisten, Juristen und Ärzte, die in alle Geheimnisse der menschlichen Sünde eingeweiht sind, gelten nicht als unmoralische Leute; realistische Schriftsteller führen meistens ein moralischeres Leben als Archimandriten. Und schließlich und endlich kann keine Literatur in puncto Zynismus das wirkliche Leben übertrumpfen; mit einem Glas macht man den nicht betrunken, der bereits ein ganzes Faß ausgetrunken hat.

2. Daß die Welt wimmelt von »Lumpen beiderlei Geschlechts«, das ist wahr. Die menschliche Natur ist unvollkommen, und darum wäre es merkwürdig, würde man auf der Erde einzig und allein Gerechte sehen. Jedoch zu meinen, Pflicht der Literatur sei es, aus dem Haufen Lumpen die »Perle« herauszufischen, bedeutet, die Literatur selbst zu negieren. Künstlerische Literatur wird deshalb künstlerisch genannt, weil sie das Leben so zeichnet, wie es in Wirklichkeit ist. Ihre Funktion auf solch eine Spezialität wie die Gewinnung von »Perlen« zu reduzieren, ist für sie ebenso tödlich, wie wenn Sie Levitan einen Baum zeichnen ließen mit der Auflage, die schmutzige Rinde und die gelbgewordenen Blätter wegzulassen. Einverstanden, eine »Perle« ist eine schöne Sache, aber ein Schriftsteller ist doch kein Konditor, kein Kosmetiker, kein Alleinunterhalter; er ist ein Mensch mit Pflichten, vertraglich gebunden durch sein Pflichtgefühl und sein Gewissen; wer A gesagt hat, muß auch B sagen, und so schlecht ihm dabei auch werden mag, er ist verpflichtet, seinen Ekel davor niederzukämpfen, daß seine Vorstellung mit dem Schmutz des Lebens besudelt werden könnte ... Er ist dasselbe wie jeder einfache Korrespondent.

Was würden Sie sagen, wenn ein Korrespondent aus dem Gefühl des Ekels oder aus dem Wunsch, dem Leser ein Vergnügen zu bereiten, nur noch ehrliche Stadtoberhäupter, erhabene Adelsfräulein und tugendhafte Eisenbahner beschriebe?

Für Chemiker gibt es auf der Erde nichts Unreines. Der Schriftsteller muß genauso objektiv sein wie ein Chemiker; er muß sich freimachen von der Subjektivität seines Alltags und wissen, daß die Misthaufen in der Landschaft eine sehr beachtliche Rolle spielen und böse Leidenschaften dem Leben ebenso eigen sind wie gute.

3. Schriftsteller sind Kinder ihrer Zeit, und darum müssen sie sich, wie das übrige Publikum auch, den äußeren Bedingungen des allgemeinen Zusammenlebens unterordnen. So müssen sie unbedingt anständig sein. Das ist das einzige, was wir mit Recht von den Realisten verlangen können. Übrigens, gegen die Ausführung und Form des »Sumpfs« sagen Sie nichts ... Ich war also anständig.

4. Ich gestehe, ich unterhalte mich selten mit meinem Gewissen, während ich schreibe. Das erklärt sich aus der Gewohnheit und der Geringfügigkeit meiner Arbeiten. Und darum stelle ich mich, wenn ich die eine oder andere Meinung über die Literatur darlege, selbst nicht in Rechnung.

5. Sie schreiben: »Wäre ich Redakteur, ich hätte Ihnen dieses Feuilleton zu Ihrem eigenen Besten zurückgegeben.« Warum gehen Sie nicht weiter? Warum nehmen Sie nicht auch die Redakteure beim Schlafittchen, die solche Erzählungen drukken? Warum erteilen Sie nicht auch der Hauptverwaltung für Pressewesen einen strengen Verweis, daß sie die unmoralischen Zeitungen nicht verbietet?

Kläglich wäre das Schicksal der Literatur (der großen und kleinen), wenn man sie der Willkür persönlicher Ansichten preisgäbe. Das zum ersten. Zweitens, es gibt die Polizei nicht, die sich in Sachen Literatur für kompetent hielte. Einverstanden, ohne Zügelung und Stock geht es nicht, weil auch in die Literatur Falschspieler eindringen, aber was Sie auch davon halten mögen, Sie werden für die Literatur keine bessere Polizei finden als die Kritik und das eigene Gewissen der Autoren. Man macht doch Erfindungen seit Erschaffung der Welt, aber etwas Besseres ist noch nicht erfunden worden ...

Sie hätten also gewünscht, daß ich einen Verlust von 115 Rubel erlitten und der Redakteur mich in Verlegenheit gebracht hätte. Andere, unter ihnen auch Ihr Vater, sind von der Erzählung begeistert. Wieder andere schicken Suvorin Schmähbriefe, in denen sie auf jede erdenkliche Weise herziehen über die Zeitung, über mich usw. Wer hat nun recht? Wer ist der wahrhaftige Richter?

6. Weiter schreiben Sie: »Überlassen Sie, Ähnliches zu schreiben, den verschiednen Armen im Geiste und vom Schicksal ins Elend gestürzten Schriftstellern wie: Okrejc, *Pince-nez, Aloė ...*« Allah möge Ihnen vergeben, wenn Sie diese Zeilen ernst gemeint haben! Der herablassend-verächtliche Ton in bezug auf kleine Leute, nur weil sie klein sind, gereicht dem menschlichen Herzen nicht zur Ehre. In der Literatur sind die niederen Ränge genauso notwendig wie in der Armee – das sagt einem der Kopf, das Herz aber muß einem noch mehr sagen ...

Uff! Ich habe Sie ermüdet mit meinem Wortschwall ... Wenn ich gewußt hätte, daß meine Kritik so lang wird, hätte ich gar nicht damit angefangen. Verzeihen Sie bitte! [...]

Ihr ergebener und Sie verehrender *A. Čechov.*

AN A.N. PLEŠČEEV Moskau, 4. 10. 1888

4. Okt.

Wenn Sie meine Erzählung gelesen haben, schreiben Sie mir. Sie wird Ihnen nicht gefallen, aber vor Ihnen und Anna Michajlovna habe ich keine Angst. Angst habe ich vor denen, die zwischen den Zeilen eine Tendenz suchen und die mich unbedingt als einen Liberalen oder als Konservativen sehen wollen. Ich bin kein Liberaler, kein Konservativer, kein Reformanhänger, kein Mönch, kein Indifferenter. Ich möchte ein freier Künstler sein und nichts weiter, und ich bedaure, daß Gott mir nicht die Kraft gegeben hat, einer zu sein. Ich hasse Lüge und Gewalt in all ihren Erscheinungsformen, und Konsistorialsekretäre sind mir gleichermaßen zuwider wie Notovič und Gradovskij. Pharisäertum, Stumpfsinn und Willkür herrschen nicht allein in Kaufmannshäusern und Gefängnissen; ich sehe sie in der Wissenschaft, in der Literatur, unter der Jugend ... Darum hege ich gleichermaßen geringe Vorliebe für Gendarmen, für Fleischer, für Gelehrte, für Schriftsteller, für die Jugend. Firma und Etikett halte ich für ein Vorurteil. Mein Allerheiligstes sind – der menschliche

Körper, Gesundheit, Geist, Talent, Begeisterung, Liebe und absolute Freiheit, Freiheit von Gewalt und Lüge, worin sich die beiden letzteren auch äußern mögen. Das ist das Programm, an das ich mich halten würde, wenn ich ein großer Künstler wäre.

Aber ich habe mich verschwatzt. Bleiben Sie gesund.

Ihr A. Čechov.

AN A.S. SUVORIN Moskau, 27. 10. 1888

27. Okt.

Ich predige manchmal Ketzerei, aber bis zur Leugnung von Fragen im Bereich des Künstlerischen bin ich noch nie gediehen. In Gesprächen mit Leuten von der schreibenden Zunft bestehe ich immer darauf, daß es nicht Sache des Künstlers sei, allzu spezielle Fragen zu behandeln. Es ist schlimm, wenn ein Künstler etwas aufgreift, wovon er nichts versteht. Für spezielle Fragen haben wir Spezialisten; ihre Sache ist es, zu urteilen über die Gemeinschaft, über das Schicksal des Kapitals, über die Schädlichkeit der Trunksucht, über Stiefel, über Frauenkrankheiten... Der Künstler soll nur darüber urteilen, wovon er etwas versteht; sein Gesichtskreis ist ebenso beschränkt wie der jedes anderen Spezialisten auch – das wiederhole ich und darauf werde ich immer bestehen. Daß es in seiner Sphäre keine Fragen gäbe, sondern unentwegt immer nur Antworten, kann nur jemand sagen, der nie geschrieben und nie mit Bildern zu tun gehabt hat. Der Künstler beobachtet, wählt aus, errät, gruppiert – schon allein diese Handlungen setzen von Anfang an eine Frage voraus; wenn man sich nicht von Anfang an eine Frage gestellt hat, so gibt es nichts, was man erraten, nichts, was man auswählen könnte. Um kurz zu sein, will ich mit der Psychiatrie enden: wenn man im Schaffen des Künstlers Fragen und Absichten leugnet, so wäre die Folgerung, daß der Künstler absichtslos schafft, ohne Vorsatz, im Affekt; wenn sich darum irgendein Autor vor mir brüsten würde, er habe eine Novelle ohne zuvor durchdachte Absicht, nur aus der Inspiration geschrieben, ich würde ihn einen Verrückten nennen.

Wenn Sie vom Künstler ein bewußtes Verhältnis zu seiner Arbeit verlangen, so haben Sie recht, aber Sie verwechseln zwei Begriffe: *die Lösung der Frage* und *die richtige Stellung der Frage*. Nur zum zweiten ist der Künstler verpflichtet. In ›Anna Karenina‹ und im ›Onegin‹ wird keine einzige Frage gelöst, aber beide befriedigen Sie völlig, nur weil in ihnen alle Fragen richtig gestellt sind. Das Gericht ist verpflichtet, die Fragen richtig zu stellen, lösen sollen sie die Geschworenen, jeder nach seinem Geschmack. [...]

Ich faulenze gern und sehe keinerlei Reiz in Schnellfeuerveröffentlichungen. Ich hätte gern, mit Vergnügen, mit Gefühl und mit Distanz meinen *ganzen* Helden beschrieben, hätte seinen Seelenzustand beschrieben während der Entbindung seiner Frau, hätte beschrieben wie die Hebamme und die Ärzte nachts Tee trinken, hätte den Regen beschrieben ... Für mich wäre es das reinste Vergnügen gewesen, denn ich wühle gern und mache mir gern lange zu schaffen. Aber was soll ich tun? Ich fange am 10. Sept. eine Erzählung an mit dem Gedanken, daß ich verpflichtet bin, sie bis zum 5. Oktober abzuschließen – das ist der äußerste Termin; wenn ich den Termin nicht einhalte, begehe ich Betrug und bleibe ohne Geld sitzen. Den Anfang schreibe ich ruhig, ich tue mir keinen Zwang an, aber schon in der Mitte beginne ich den Mut zu verlieren und zu fürchten, daß meine Erzählung zu lang wird: ich muß daran denken, daß der »Sev. vestnik« wenig Geld hat und daß ich einer seiner teuren Mitarbeiter bin. Darum wird der Anfang bei mir immer vielversprechend, so als würde ich einen Roman beginnen; die Mitte gedrängt, ängstlich, und der Schluß wie in einer kleinen Erzählung – ein Feuerwerk. Unwillkürlich schlägt man sich, wenn man eine Erzählung macht, vor allem mit ihrem Rahmen herum: aus der Masse der Helden und halben Helden greift man eine einzige Person – Ehefrau oder Ehemann – heraus, legt diese Person auf die Malfläche und zeichnet nur sie, gibt ihr auch Konturen, die übrigen aber wirft man über die Fläche wie Kleingeld, und man erhält etwas wie das Himmelsgewölbe: einen großen Mond und um ihn herum eine Masse sehr kleiner Sterne. Der

Mond aber mißlingt, weil man ihn nur verstehen kann, wenn man auch die anderen Sterne verstanden hat, und die Sterne sind nicht ausgeführt. Und darum wird bei mir keine Literatur daraus, sondern etwas wie Triškas Kaftan. Was tun? Ich weiß es einfach nicht. Ich verlasse mich auf die Zeit, die alles heilt.

Um noch einmal offen zu sein, so habe ich mit meiner literarischen Tätigkeit noch nicht begonnen, auch wenn ich den Preis bekommen habe. In meinem Kopf schmachten Sujets für fünf Novellen und zwei Romane. Einer der Romane ist bereits seit langem geplant, so daß einige der handelnden Personen bereits veraltet sind, noch ehe ich sie geschrieben habe. In meinem Kopf ist eine ganze Armee von Menschen, die nach draußen drängen und nur auf den Befehl warten. Alles, was ich bisher geschrieben habe, ist Unfug im Vergleich zu dem, was ich schreiben möchte und was ich mit Begeisterung schreiben würde. [...]

Mir gefällt es nicht, daß ich Erfolg habe: die Sujets, die mir im Kopf sitzen, sind auf ärgerliche Weise eifersüchtig auf das bereits Geschriebene; es ist kränkend, daß der Quatsch bereits getan ist, das Gute aber im Magazin herumliegt wie Bücherramsch. Natürlich ist an dieser Wehklage vieles übertrieben, vieles *erscheint* mir nur so, aber ein Teil daran ist wahr, und zwar ein großer Teil. [...]

Wenn meine Liebe sich irrt, so bin ich im Unrecht, aber es ist doch auch möglich, daß sie sich nicht irrt! Ich bin ein Idiot und selbstgefälliger Mensch, oder ich bin tatsächlich ein Organismus, der zu einem guten Schriftsteller fähig ist; alles, was derzeit geschrieben wird, gefällt mir nicht und langweilt mich, alles dagegen, was mir im Kopf sitzt, interessiert, rührt und erregt mich – und daraus schließe ich, daß niemand das tut, was nötig wäre, und ich allein das Geheimnis kenne, wie es zu tun sei. Sehr wahrscheinlich denken alle Schreibenden so. Übrigens, über diesen Fragen bricht sich selbst der Teufel den Hals.

Bei der Lösung, wie ich mich zu verhalten und was ich zu tun habe, *hilft kein Geld*. Tausend Rubel mehr oder weniger lösen die Frage nicht, und Hunderttausend hat die Fee in den Himmel gemalt. Außerdem werde ich, wenn ich Geld habe (vielleicht, weil ich es nicht gewohnt bin, ich weiß es nicht), extrem sorglos und faul, mir geht das Meer dann bis ans Knie... Ich brauche Einsamkeit und Zeit. [...]

Ihr A. Čechov.

Bei mir im Zimmer fliegt eine Mücke herum. Woher ist die gekommen? Ich danke Ihnen für die auffälligen Anzeigen meiner Bücher.

AN A.S. SUVORIN Moskau, 7. 1. 1889

7. Jan.

Wie bin ich froh, daß ich vor 2, 3 Jahren nicht auf Grigorovič gehört und keinen Roman geschrieben habe! Ich kann mir vorstellen, wieviel Gutes ich verdorben hätte, wenn ich auf ihn gehört hätte. Er sagt immer: »Talent und Frische wiegen alles auf.« Talent und Frische können vieles verderben – das stimmt eher. Außer einem Überfluß an Material und Talent braucht man noch etwas nicht weniger Wichtiges. Man braucht Reife – das zum ersten; zweitens braucht man unbedingt das *Gefühl der persönlichen Freiheit*, und dieses Gefühl begann erst vor kurzem in mir aufzuflackern. Vorher hatte ich es nicht; dies wurde erfolgreich durch meinen Leichtsinn, meine Nachlässigkeit und meine Nichtachtung der Arbeit ersetzt.

Was die adeligen Schriftsteller von der Natur umsonst bekommen haben, das erkaufen sich die Raznočinzen mit dem Preis ihrer Jugend. Schreiben Sie doch mal eine Erzählung darüber, wie ein junger Mensch, Sohn eines Leibeigenen, seinerzeit Ladenschwengel, Kirchensänger, Gymnasiast und Student, erzogen zur Ehrfurcht vor Ranghöheren, zum Küssen von Popenhänden, zur Verbeugung vor fremden Gedanken, zur Dankbarkeit für jedes Stückchen Brot, oft verprügelt, ohne Galoschen zum Unterricht gegangen, der sich geprügelt hat, Tiere gequält hat, gern bei reichen Verwandten gegessen hat, ohne Notwendigkeit geheuchelt hat vor Gott und den Menschen, nur aus dem

Bewußtsein seiner Minderwertigkeit – schreiben Sie, wie dieser junge Mensch tropfenweise den Sklaven aus sich herauspreßt und wie er eines schönen Morgens aufwacht und spürt, in seinen Adern fließt kein Sklavenblut mehr, sondern echtes, menschliches...

Ihr A. Čechov.

AN A.N. PLEŠČEEV Moskau, 15. 1. 1889

15. Jan.

Um für das Theater ein gutes Stück zu schreiben, muß man besonderes Talent besitzen (man kann ein sehr guter Belletrist sein und gleichzeitig Stücke schreiben wie ein Schuster); ein schlechtes Stück schreiben und sich dann bemühen, ein gutes daraus zu machen, sich auf alle möglichen Kunststückchen einlassen, durchstreichen, hinzuschreiben, Monologe einfügen, Tote zum Leben auferwecken, Lebenden das Grab schaufeln – dazu braucht man bei weitem größeres Talent.

Das ist genauso schwer wie ein Paar alte Soldatenhosen zu kaufen und sich, koste es, was es wolle, zu bemühen, daraus einen Frack zu machen. Daraus wird kein tragisches Lachen, sondern Pferdegewieher. [...]

Belletristik ist eine ruhige und heilige Sache. Die erzählerische Form ist die gesetzliche Ehefrau, die dramatische eine effektvolle, laute, freche und ermüdende Geliebte. [...]

Ihr A. Čechov.

11. März

Anzeige aus den »Russkie vedomosti«:

Gesucht

wird Person mittleren Alters von Familie, wohnhaft auf einem Landsitz nahe Moskau, als Hilfe in Wirtschafts- und Erziehungsangelegenheiten. Diese Person soll vertraut sein mit den Lebens- und Erziehungsauffassungen unserer Schriftsteller: Doktor Pokrovskij, Golcev, Sikorskij und Lev Tolstoj. Durchdrungen von den Ansichten dieser Schriftsteller und dem Verständnis für die Wichtigkeit körperlicher Arbeit und Schädlichkeit geistiger Überanstrengung soll sich die erzieherische Tätigkeit bei den Kindern auf die Entwicklung von strenger Wahrhaftigkeit, Güte und Nächstenliebe richten. Schriftliche Angebote sind zu richten unter Nr. 2183 an das Kommissions- und Auskunftei-Kontor »V. Miller«, Moskau, Petrovka, Hs. Kabanov.

Das nennt man Gewissensfreiheit. Für Kost und Logis ist das Fräulein verpflichtet, durchdrungen zu sein von den Auffassungen der Golcev & Co., und die Kinder sind es, sicher aus Dankbarkeit dafür, daß sie so kluge und liberale Eltern haben, von morgens bis abends darauf zu achten, daß sie sich geistig nicht überanstrengen und ihre Nächsten lieben.

Merkwürdig, welche Angst die Menschen vor der Freiheit haben.

Übrigens stand neulich im »Novoe vremja« in der Rubrik ›Aus Zeitungen und Zeitschriften‹ ein Zitat aus irgend so einer Zeitung, die die deutschen Hausmädchen deshalb anpreist, weil sie den *ganzen Tag* arbeiten wie die Zuchthäuslerinnen und dafür nur 2–3 Rubel im Monat nehmen. »Novoe vremja« unterschreibt dieses Lob und fügt von sich aus hinzu, unser Elend bestehe eben darin, daß wir zu viel überflüssige Dienstboten hielten. Meiner Meinung nach sind die Deutschen Schufte und schlechte Politökonomen. Erstens ist es unmöglich, von Dienstboten im selben Ton zu sprechen wie von Häftlingen; zweitens sind die Dienstboten rechtsfähig und aus demselben Fleisch und Blut wie Bismarck; sie sind keine Sklaven, sondern freie Arbeiter; drittens – je besser die Arbeit bezahlt wird, desto glücklicher der Staat, weshalb wir alle darauf aus sein müssen, daß die Arbeit so gut wie möglich bezahlt wird. Ganz zu schweigen vom christlichen Gesichtspunkt. Was nun die überflüssigen Dienstboten betrifft, so werden sie nur da gehalten, wo viel Geld ist, und bekommen mehr als Abteilungsleiter. Man sollte sie gar nicht in Rechnung stellen, denn sie sind eine zufällige und keineswegs notwendige Erscheinung. [...]

Ihr A. Čechov.

AN A.S. SUVORIN Sumy, 4. 5. 1889

4. Mai

Ich schreibe Ihnen, lieber Aleksej Sergeevič, von der Jagd zurückgekehrt – ich war Krebse fangen. Das Wetter ist herrlich. Alles singt, blüht, strahlt in Schönheit. Der Garten ist bereits über und über grün, sogar die Eichen haben schon ausgeschlagen. Die Stämme der Apfel-, Birnen-, Kirschen- und Pflaumenbäume sind weiß gekalkt gegen die Würmer, alle diese Bäume stehen in weißer Blüte, was sie Bräuten während der Trauung verblüffend ähnlich macht: die weißen Kleider, die weißen Blüten und ein so unschuldiges Aussehen, als schämten sie sich, daß man sie ansieht. Jeden Tag werden Milliarden von Lebewesen geboren. Die Nachtigallen, Rohrdommeln, Kuckucke und anderen gefiederten Geschöpfe rufen ohne Unterlaß, Tag und Nacht, und die Frösche begleiten sie. Jede Tages- und Nachtstunde hat ihre Besonderheit. So ist die neunte Abendstunde im Garten buchstäblich erfüllt vom Brausen der Maikäfer. Die Nächte sind mondhell, die Tage klar. Deshalb bin ich sehr guter Stimmung. [...] Die Natur ist ein sehr gutes Beruhigungsmittel. Sie stimmt friedlich, d. h. sie macht den Menschen gleichgültig. Und man muß auf dieser Welt unbedingt gleichgültig sein. Nur die Gleichgültigen sind imstande, die Dinge klar zu sehen, gerecht zu sein und zu arbeiten – das bezieht sich natürlich nur auf die klugen und anständigen Menschen; Egoisten und Hohlköpfe sind ohnehin schon gleichgültig genug.

Sie schreiben, ich sei faul geworden. Das kann nicht bedeuten, daß ich fauler geworden wäre, als ich immer war. Ich arbeite heute genau so viel wie vor 3–5 Jahren. Zu arbeiten und den Anschein eines arbeitenden Menschen zu erwecken in der Zeit von 9 Uhr morgens bis zum Mittagessen und vom abendlichen Tee bis zum Schlafengehen – das ist mir zur Gewohnheit geworden, und in dieser Beziehung bin ich ein Beamter. Wenn bei meiner Arbeit monatlich keine zwei Novellen herauskommen oder 10 Tausend Jahreseinkommen, so liegt das nicht an meiner Faulheit, sondern an meinen psychisch-organischen Eigenschaften: für die Medizin liebe ich das Geld zu wenig, für die Literatur fehlt es mir an Leidenschaft, also an Talent. Das Feuer in mir brennt gleichmäßig und träge, ohne aufzulodern und zu prasseln, deshalb kommt es auch nicht vor, daß ich in einer Nacht drei-vier Bogen schreibe oder daß ich, von der Arbeit besessen, nicht ins Bett gehe, wenn ich schlafen will; darum vollbringe ich weder aufsehenerregende Dummheiten noch bemerkenswert kluge Dinge. Ich fürchte, in dieser Beziehung bin ich Gončarov sehr ähnlich, den ich nicht liebe und der mich an Talent um 10 Köpfe überragt. Leidenschaft habe ich wenig; fügen Sie alledem noch eine Art Psychopathie hinzu: auf einmal, wie aus heiterem Himmel, mag ich meine Werke nicht mehr gedruckt sehen, bin gleichgültig geworden gegenüber Rezensionen, gegenüber Gesprächen über die Literatur, gegenüber Gerüchten, Erfolgen, Mißerfolgen, gegenüber hohen Honoraren – mit einem Wort, ich bin ein Riesenidiot geworden. In meinem Herzen herrscht eine Art Stillstand. Ich erkläre dies mit dem Stillstand in meinem persönlichen Leben. Ich bin weder enttäuscht noch müde noch deprimiert, es interessiert mich alles nur irgendwie weniger. Ich muß mir Feuer unter den Hintern machen. [...]

Sagen Sie Anna Ivanovna, daß ich ihr von ganzem Herzen eine sehr glückliche Reise wünsche.

Wenn Sie Roulette spielen sollten, so setzen Sie für mich auf mein Glück 25 Franken.

Gott schenke Ihnen Gesundheit und alles Gute.

Ihr A. Čechov.

9. März. Vierzig Märtyrer
und 10 000 Lerchen

Was Sachalin betrifft, so täuschen wir uns beide, Sie sich aber wahrscheinlich mehr als ich. Ich fahre in der festen Überzeugung, daß meine Reise weder für die Literatur noch für die Wissenschaft einen wertvollen Beitrag erbringen wird: dazu reichen weder meine Kenntnisse noch meine Zeit, noch meine Ambitionen. Ich habe nicht die Pläne eines Humboldt, noch weniger die eines Kennan. Ich will, wenn es geht, 100–200 Seiten schreiben und damit ein wenig an meine Medizin entrichten, der gegenüber ich, wie Ihnen bekannt ist, ein Schwein bin. Vielleicht werde ich gar nicht imstande sein etwas zu schreiben, trotzdem verliert diese Reise für mich nicht ihren Reiz: indem ich lese, mich umsehe und umhöre, erfahre und lerne ich vieles. Ich bin noch nicht gefahren, aber dank den Büchern, die ich jetzt unbedingt habe lesen müssen, habe ich vieles erfahren, was jeder unter Androhung von 40 Peitschenhieben wissen müßte und was ich vorher in meiner Unbildung nicht gewußt habe. Außerdem glaube ich, diese Reise ist eine ununterbrochene Arbeit von einem halben Jahr, physisch und geistig, und ich brauche das, weil ich ein Kleinrusse bin und schon anfange, faul zu werden. Man muß sich trainieren. Meinetwegen ist meine Reise eine Lappalie, Eigensinn, Laune, aber überlegen Sie und sagen Sie mir, was verliere ich schon, wenn ich fahre? Zeit? Geld? Ich werde Entbehrungen erleiden? Meine Zeit kostet nichts, Geld habe ich sowieso nie, und was die Entbehrungen betrifft, so werde ich 25–30 Tage im Pferdewagen fahren, mehr nicht, die ganze übrige Zeit werde ich an Deck eines Dampfers oder im Zimmer sitzen und Sie ununterbrochen mit Briefen bombardieren. Meinetwegen mag mir diese Reise gar nichts bringen, aber sollte es wirklich während der ganzen Reise nicht die 2–3 Tage geben, an die ich mein Leben lang denken werde mit Begeisterung oder Bitterkeit? Usw. usw. So ist das, mein Herr. All das ist wenig überzeugend, aber Sie schreiben doch genausowenig überzeugend. Zum Beispiel, Sie schreiben, Sachalin brauche niemand und sei auch für niemanden von Interesse. Sollte das wahr sein? Sachalin nicht brauchen und uninteressant finden kann nur eine Gesellschaft, die Menschen nicht zu Tausenden dorthin verbannt und nicht Millionen dafür ausgibt. Nach Australien in der Vergangenheit und Cayenne ist Sachalin der einzige Ort, wo man Kolonisation durch Verbrecher studieren kann; ganz Europa interessiert sich dafür, und wir brauchen das nicht? Vor nicht mehr als 25–30 Jahren haben unsere russischen Landsleute bei der Erforschung Sachalins unerhörte Heldentaten vollbracht, um derentwillen man einen Menschen vergöttern kann, und wir brauchen das nicht, wir wissen nicht, was das für Menschen sind, wir sitzen nur in unseren vier Wänden und beklagen, daß Gott den Menschen unvollkommen erschaffen hat. Sachalin, das ist ein Ort der unerträglichsten Leiden, deren ein freier und unfreier Mensch überhaupt fähig ist. Die mit Sachalin zu tun und dort gearbeitet haben, haben schrecklich verantwortungsvolle Aufgaben gelöst und lösen sie noch jetzt. Ich bedaure, daß ich nicht sentimental bin, sonst würde ich sagen, daß man nach Orten wie Sachalin wallfahren müßte wie die Türken nach Mekka und daß besonders die Seeleute und Gefängnisaufseher auf Sachalin schauen müßten wie das Militär auf Sevastopol. Aus den Büchern, die ich gelesen habe und lese, geht hervor, daß wir in den Gefängnissen *Millionen* von Menschen haben verfaulen lassen, umsonst verfaulen, ziellos, barbarisch; wir haben die Menschen in Ketten Zehntausende von Verst durch die Kälte getrieben, sie mit Syphilis infiziert, demoralisiert, Verbrecher vermehrt und all das auf die rotnasigen Gefängnisaufseher abgewälzt. Heute weiß das gesamte gebildete Europa, daß nicht die Aufseher schuld sind, sondern wir alle, aber uns geht das nichts an, für uns ist das nicht von Interesse. Die gepriesenen Sechziger Jahre haben für die Kranken und die Häftlinge *nichts* getan und damit das wichtigste Gebot der christlichen Zivilisation verletzt. In unserer Zeit wird für die Kranken einiges getan, für die Häftlinge dagegen nichts; der Strafvollzug interessiert unsere Juristen absolut nicht. Nein, ich versichere Sie, Sachalin ist interessant, wir brauchen es, und zu bedauern ist nur, daß ich es bin, der dorthin fährt, und nicht ein anderer, der von der Sache mehr versteht und besser in der Lage ist, das Interesse der Gesellschaft zu wecken. Ich persönlich fahre doch nur wegen Lappalien. [...]

Bei uns sind grandiose Studentenunruhen. Begonnen hatte es mit der Peters-Akademie, wo die Leitung verboten hatte, in die fiskalischen Wohnräume Mädchen mitzunehmen, weil man letztere nicht allein der Prostitution verdächtigte, sondern auch politischer Umtriebe. Von der Akademie griff es auf die Universität über, wo jetzt die Studiosi, umringt von schwerbewaffneten Hektors und Achills zu Pferde und mit Piken, folgendes fordern:

1. Volle Autonomie der Universitäten.
2. Volle Freiheit der Lehre.
3. Freien Zugang zur Universität ohne Unterschied des Glaubensbekenntnisses, der Nationalität, des Geschlechts und der ges. Stellung.
4. Zugang zur Univers. für die Juden ohne jede Einschränkung und ihre rechtliche Gleichstellung mit den übrigen Studenten.
5. Versammlungsfreiheit und Anerkennung der stud. Korporationen.
6. Einrichtung eines Univers.- und Stud.-Gerichts.
7. Abschaffung der Inspektionsfunktion der Polizei.
8. Herabsetzung der Studiengebühren.

Das habe ich mir mit einigen Kürzungen von der Proklamation abgeschrieben. Ich glaube, der Wald lodert vor allem in der Masse der kleinen Juden und jenes Geschlechts, das darauf brennt, auf die Universität zu kommen, aber 5mal schlechter darauf vorbereitet ist als der Mann, und schon der Mann ist miserabel vorbereitet und studiert an der Universität, mit wenigen Ausnahmen, widerwärtig schlecht. [...]

Ihr A. Čechov.

Fahren Sie nach Feodosija! Das Wetter ist herrlich.

22. März.

Jean, was soll das? Wie soll ich das verstehen? Weiche ich etwa in meinen Moralbegriffen so weit von Menschen wie Ihnen ab, so weit, daß ich Tadel verdiene und die besondere Aufmerksamkeit der einflußreichen Zeitungskritik? Es so verstehen, daß Sie irgendeine ausgeklügelte höhere Moral im Auge haben, kann ich nicht, weil es keine niedrigere, keine höhere und auch keine mittlere Moral gibt, sondern nur eine einzige, und zwar die, die uns dereinst Jesus Christus gegeben hat und die heute mich, Sie und Barancevič daran hindert zu stehlen, zu beleidigen, zu lügen usw. Ich habe aber in meinem ganzen Leben, wenn ich meinem ruhigen Gewissen glauben darf, weder in Worten noch in Taten, noch in Gedanken, weder in Erzählungen noch in Vaudevilles meines Nächsten Weib begehrt oder Diener, Vieh oder alles, was sein ist, habe nicht gestohlen, nicht geheuchelt, den Mächtigen nicht geschmeichelt und nichts von ihnen gewollt, habe niemanden erpreßt und mich von niemandem aushalten lassen. Es ist wahr, in Trägheit lebt' ich meine Tage, ich lacht' ohn' Sinn. Ich aß und trank und buhlte, aber all das ist doch meine Privatangelegenheit und all das nimmt mir nicht das Recht zu meinen, daß ich in puncto Moral weder im Positiven noch im Negativen über das Normale hinausrage. Keine Heldentaten, keine Gemeinheiten – ich bin wie die meisten anderen Menschen; ich habe viel gesündigt, aber mit der Moral bin ich quitt, denn ich bezahle für diese Sünden mit Zins und Zinseszins, nämlich mit jenen Unannehmlichkeiten, die diese nach sich ziehen. Wenn Sie nun hart mit mir ins Gericht gehen wollen, weil ich kein Held bin, dann werfen Sie Ihre Härte zum Fenster hinaus und vertauschen den Ton des Richters mit Ihrem lieben tragischen Lachen – das ist besser.

Das Wort »künstlerisch« fürchte ich wie die Kaufmannsfrau das Schreckgespenst. Wenn man mit mir über das Künstlerische und Antikünstlerische spricht, über das, was der Bühne entspreche und was nicht, über Tendenz, Realismus usw., dann werde ich verlegen, sage unschlüssig ja und antworte mit banalen Halbwahrheiten, die keinen Kupfergroschen wert sind. Ich teile alle Werke in zwei Sorten ein: die, die mir gefallen, und die, die mir nicht gefallen. Ein anderes Kriterium habe ich nicht, und wenn Sie mich fragen, warum mir Shakespeare gefällt und Zlatovratskij nicht, so wüßte ich keine Antwort. Vielleicht werde ich mir mit der Zeit, wenn ich klüger werde, Kriterien aneignen, einstweilen aber ermüden mich nur alle Gespräche über das »Künstlerische« und kommen mir vor wie die Fortsetzung all jener scholastischen Streitgespräche, mit denen sich die Menschen im Mittelalter ermüdet haben.

Wenn die Kritik, auf deren Autorität Sie sich berufen, das weiß, was wir beide nicht wissen, warum schweigt sie dann bis heute, weshalb entdeckt sie uns dann nicht die Wahrheit und die unabänderlichen Gesetze? Wenn sie sie wüßte, glauben Sie mir, dann hätte sie uns längst den rechten Weg gewiesen, dann wüßten wir, was wir zu tun hätten, dann säße Fofanov nicht im Irrenhaus, Garšin wäre noch am Leben, Barancevič litte nicht unter Depressionen, und wir würden uns nicht so stumpfsinnig langweilen, wie wir es jetzt tun, und Sie würde es nicht zum Theater und mich nicht nach Sachalin ziehen. Die Kritik schweigt aber beharrlich oder spult müßiges, erbärmliches Geschwätz ab. Wenn sie Ihnen einflußreich erscheint, dann nur, weil sie dumm ist, unbescheiden, dreist und schreierisch, weil sie das hohle Faß ist, das man hört, ob man will oder nicht...

Übrigens, pfeifen wir auf all das und singen wir aus einer anderen Oper. Setzen Sie bitte keine literarischen Hoffnungen in meine Sachalinreise. Ich fahre nicht um der Beobachtungen und der Eindrücke willen, sondern einfach um ein halbes Jahr nicht so zu leben, wie ich bisher gelebt habe. [...]

Bleiben Sie, lieber schnurrbärtiger Stabshauptmann, gesund und munter.

Ihr A. Čechov.

AN A.S. SUVORIN — Moskau, 1.4.1890

1. April

Sie beschimpfen mich wegen meiner Objektivität, die Sie Gleichgültigkeit gegenüber Gut und Böse nennen, Fehlen von Idealen und Ideen usw. Sie wollen, daß ich, wenn ich Pferdediebe darstelle, sage: Pferdediebstahl ist etwas Böses. Aber das ist doch sowieso schon längst bekannt, auch ohne mich. Über sie zu Gericht sitzen sollen die Geschworenen, meine Sache ist es zu zeigen, was für Leute das sind. Ich schreibe: Sie haben es mit Pferdedieben zu tun, und dabei müssen Sie wissen, daß das keine Bettler sind, sondern Menschen, die satt zu essen haben, daß diese Menschen einen Kult daraus machen und daß Pferdediebstahl kein einfacher Diebstahl ist, sondern eine Leidenschaft. Natürlich wäre es angenehm, die Kunst mit der Predigt zu verbinden, aber mir persönlich fällt dies überaus schwer und ist es aus Gründen der Technik beinahe unmöglich. Um nämlich auf 700 Zeilen Pferdediebe darzustellen, muß ich die ganze Zeit in ihrem Ton sprechen und denken und fühlen wie sie, würde ich da Subjektives hinzufügen, so würden die Bilder verschwimmen und die Erzählung nicht so kompakt werden, wie es sich für alle kurzen Erzählungen gehört. Wenn ich schreibe, rechne ich fest auf den Leser, in der Annahme, daß er die in der Erzählung fehlenden subjektiven Elemente selbst hinzufügt. Bleiben Sie guten Muts.

Ihr A. Čechov.

AN A.S. SUVORIN Moskau, 9. 12. 1890

9. Dezember, Moskau.
Malaja Dmitrovka, Haus Firgang.

Seien Sie gegrüßt, mein Lieber! Hurra! Endlich sitze ich wieder an meinem Tisch, bete zu meinen verblichenen Penaten und schreibe Ihnen. Ich fühle mich jetzt so wohl, als wäre ich gar nicht von zu Hause weggefahren. Ich bin gesund und munter bis in Mark und Bein. Hier einen kurzen Bericht. Ich war auf Sachalin nicht 2 Monate, wie bei Ihnen gedruckt steht, sondern 3 plus 2 Tage. Meine Arbeit war anstrengend; ich habe eine vollständige und detaillierte Zählung der gesamten Bevölkerung von Sachalin durchgeführt und *alles* gesehen, außer einer Hinrichtung. Wenn wir uns wiedersehen, zeige ich Ihnen einen ganzen Koffer mit allem möglichen Kram über die Katorga, der, als Rohmaterial, überaus wertvoll ist. Ich weiß jetzt sehr vieles, aber das Gefühl, das ich mitgebracht habe, ist ungut. Solange ich auf Sachalin lebte, empfand ich im Innern nur eine gewisse Bitterkeit, wie von ranziger Butter, jetzt dagegen, in der Erinnerung, erscheint mir Sachalin als die wahre Hölle. Zwei Monate habe ich angestrengt gearbeitet, im dritten Monat begann ich mich schwach zu fühlen von der erwähnten Bitterkeit, der Langeweile und dem Gedanken, daß die Cholera von Vladivostok auf Sachalin übergreifen und ich auf diese Weise Gefahr laufen könnte, in der Katorga überwintern zu müssen. Aber dem Himmel sei Dank, die Cholera hörte auf, und am 13. Oktober brachte mich der Dampfer von Sachalin fort. Ich war in Vladivostok. Über den Küstenstreifen und überhaupt über unsere Ostküste mit ihren Flotten, Problemen und pazifischen Träumereien sage ich nur das eine: himmelschreiende Armut! Armut, Unwissenheit und Erbärmlichkeit, die einen zur Verzweiflung bringen können. Ein ehrlicher Mensch auf 99 Diebe, die den Namen Rußlands in Verruf bringen... An Japan sind wir vorbeigefahren, weil dort Cholera herrschte; deshalb habe ich Ihnen nichts in Japan gekauft, und die 500 Rubel, die Sie mir für Einkäufe mitgegeben hatten, habe ich für eigene Bedürfnisse verbraucht, wofür Sie laut Gesetz das Recht haben, mich als Strafkolonisten nach Sibirien verbannen zu lassen. Erster ausländischer Hafen auf meiner Reise war Hongkong. Eine wunderbare Bucht, auf dem Meer ein Verkehr, wie ich ihn nicht einmal auf Bildern je gesehen habe: prächtige Pferdebahnen und Straßen, eine Bergbahn, Museen, botanische Gärten; wohin man auch blickt, überall sieht man die große Fürsorge der Engländer für ihre Angestellten, sogar einen Matrosenklub gibt es. Ich bin in einer Rikscha gefahren, d. h. mit Menschenkraft, habe bei den Chinesen allerlei Kitsch gekauft und war empört, als ich hörte, daß meine russischen Reisegefährten die Engländer der Ausbeutung fremder Völker bezichtigten. Ich dachte: ja, der Engländer beutet Chinesen, Sepoys und Hindus aus, aber dafür gibt er ihnen Straßen, Wasserleitungen, Museen und das Christentum; ihr beutet andere ebenfalls aus, aber was gebt ihr ihnen?

Als wir aus Hongkong ausliefen, begann das Schiff zu schwanken. Der Dampfer war leer und schwankte bis zu 38°, so daß wir befürchteten, er würde kentern. Ich bin für Seekrankheit unanfällig – eine Entdeckung, die mich angenehm überraschte. Auf der Fahrt nach Singapur wurden zwei Tote ins Meer geworfen. Wenn man sieht, wie ein toter Mensch, in Segeltuch gehüllt, sich überschlagend ins Meer fällt, und daran denkt, daß es bis zum Grund einige Verst sind, dann wird einem unheimlich zumute und man meint, selbst zu sterben und ins Meer geworfen zu werden. [...]

Singapur habe ich in schlechter Erinnerung, da ich, auf der Fahrt durch die Stadt, aus irgendeinem Grunde traurig war; ich hätte beinahe weinen müssen. Dann kam Ceylon – das Paradies. Hier im Paradies bin ich über 100 Verst mit der Eisenbahn gefahren und habe mich sattgesehen an Palmenwäldern und bronzefarbenen Frauen. [...] Von Ceylon fuhren wir ohne Unterbrechung 13 Tage lang auf See und wurden vor Langeweile ganz benommen. Die Hitze vertrage ich gut. Das Rote Meer ist trostlos; als ich den Sinai sah, war ich gerührt.

Schön ist Gottes Welt. Nur eines ist nicht schön: wir. Wie wenig Gerechtigkeitssinn und Demut wir haben, und welch falschen Begriff von Patriotismus! Ein betrunkener, verlotterter Wüstling von einem Ehemann liebt seine Frau und seine Kinder, aber was hat diese Liebe für einen Sinn? Wir, so heißt es in den Zeitungen, lieben unsere große Heimat, aber worin äußert sich diese Liebe? Anstelle von Wissen ist da nur Unverschämtheit und maßlose Einbildung, anstelle von Arbeit – Faulheit und Schweinestall, es gibt keine Gerechtigkeit, der Ehrbegriff geht über die »Uniformehre« nicht hinaus, einer Uniform, die zur täglichen Zierde unserer Anklagebänke dient. Arbeiten muß man, alles andere – zum Teufel damit. Hauptsache – man ist gerecht, alles andere ergibt sich daraus.

Ich möchte leidenschaftlich gern mit Ihnen reden. [...]

Der Himmel beschütze Sie. *Ihr A. Čechov.*

Aus Sibirien

Gusev

I

Es ist bereits dunkel geworden, bald wird es Nacht sein.

Gusev, ein zur Reserve entlassener gemeiner Soldat, richtet sich in seiner Koje auf und sagt halblaut:

»Hörst du, Pavel Ivanyč? In Sutschan hat mir ein Soldat erzählt, daß ihr Schiff, während sie fuhren, auf einen großen Fisch aufgelaufen ist und sich den Boden durchgestoßen hat.«

Der Mann von unbekanntem Stand, an den er sich wendet und den alle Pavel Ivanyč nennen, schweigt, als höre er nicht.

Und wieder tritt Stille ein... Der Wind fegt durch das Tauwerk, die Schiffsschraube rattert, die Wellen schlagen hoch, die Kojen knarren, aber an all das hat sich das Ohr schon längst gewöhnt, und es scheint, als schlafe ringsum alles und hülle sich in Schweigen. Es ist langweilig. Die drei Kranken – zwei Soldaten und ein Matrose, die den ganzen Tag Karten gespielt haben, schlafen bereits und phantasieren.

Anscheinend beginnt das Schiff zu schlingern. Die Koje hebt und senkt sich langsam unter Gusev, als seufze sie – einmal, zweimal, dreimal... Etwas schlägt auf den Boden auf und klirrt – wahrscheinlich ist ein Krug heruntergefallen.

»Der Wind hat sich von der Kette losgerissen...« sagt Gusev, aufmerksam lauschend.

Diesmal hustet Pavel Ivanyč und antwortet gereizt:

»Mal ist bei dir ein Schiff auf einen Fisch aufgelaufen, mal hat sich der Wind von der Kette losgerissen... Ist denn der Wind ein Tier, daß er sich von der Kette losreißt?«

»So sagen die Getauften.«

»Die Getauften sind genau solche unwissenden Tröpfe wie du... was reden sie nicht alles zusammen! Man muß seinen Kopf auf den Schultern behalten und logisch denken. Du bist eben ein stumpfsinniger Mensch.«

Pavel Ivanyč hat unter der Seekrankheit zu leiden. Wenn das Schiff schlingert, ist er gewöhnlich ärgerlich, und ihn reizt die kleinste Lappalie. Und um sich zu ärgern, ist nach Gusevs Meinung doch wirklich kein Grund vorhanden. Was ist zum Beispiel schon seltsam oder sonderbar an einem Fisch oder dem Wind, der sich von der Kette losreißt? Nehmen wir an, der Fisch ist so groß wie ein Berg und sein Rücken so hart wie beim Stör; nehmen wir ferner an, da, wo die Welt zu Ende ist, stehen dicke Mauern, an die sind die bösen Winde angekettet... Wenn sie sich nicht losgerissen haben, warum jagen sie dann wie besessen über das ganze Meer und rasen wie Hunde? Wenn man sie nicht ankettet, wo bleiben sie dann, wenn es still ist?

Gusev denkt lange an die Fische, die so groß sind wie ein Berg, und an dicke verrostete Ketten, dann wird es ihm langweilig, und er denkt an die Heimat, in die er nun nach fünfjähriger Dienstzeit im Fernen Osten zurückkehrt. Vor seinen Augen erscheint ein gewaltiger großer Teich, ganz von Schnee verweht... Auf der einen Seite des Teiches steht eine Porzellanfabrik von ziegelroter Farbe mit einem hohen Schornstein und schwarzen Rauchwolken darüber; auf der anderen Seite liegt ein Dorf... Aus einem Hof, dem fünften vom Dorfrand, kommt sein Bruder Aleksej mit dem Schlitten gefahren; hinter ihm sitzen sein Söhnchen Vanka, dessen Beine in großen Filzstiefeln stecken, und das kleine Mädel Akulka, sie ist ebenfalls in Filzstiefeln. Aleksej ist angeheitert, Vanka lacht, Akulkas Gesicht ist nicht zu sehen – sie hat sich ganz eingemummelt.

Er läßt noch die Kinder erfrieren... denkt Gusev. »Schick ihnen, o Herr«, flüstert er, »rechten Verstand, damit sie Vater und Mutter ehren und nicht klüger sein wollen als sie...«

»Hier braucht man neue Schuhsohlen«, phantasiert der kranke Matrose mit tiefer Baßstimme. »Ja, ja.«

Gusevs Gedanken reißen ab, und statt des Teiches erscheint auf einmal ganz unangebracht ein großer Stierkopf ohne Augen, und Pferd und Schlitten fahren nicht mehr, sondern wirbeln in dem schwarzen Rauch. Aber er ist froh, daß er seine Angehörigen gesehen hat. Die Freude benimmt ihm den Atem, jagt ihm einen Schauer über den Rücken, kribbelt in seinen Fingern.

»Gott hat gegeben, daß ich sie wiedersah«, phantasiert er,

aber sogleich schlägt er die Augen auf und sucht im Dunkeln nach Wasser.

Er trinkt und legt sich hin, und wieder fährt der Schlitten vorüber, dann ist da wieder der Stierkopf ohne Augen, der Rauch, die Wolken ... Und so geht das bis zum Morgengrauen.

II

Zunächst zeichnet sich in der Dunkelheit ein kleiner blauer Kreis ab, ein rundes Fensterchen – das Bullauge; dann kann Gusev allmählich seinen Kojennachbarn Pavel Ivanyč erkennen. Dieser schläft im Sitzen, weil er im Liegen keine Luft bekommt. Sein Gesicht ist grau, die Nase lang und spitz; und weil er schrecklich abgemagert ist, erscheinen die Augen riesengroß. Seine Schläfen sind eingefallen, der Bart ist schütter, sein Kopfhaar lang... Sieht man sein Gesicht, kann man nicht herausbekommen, von welchem Stand er ist – ist er ein Adliger, ein Kaufmann oder ein Bauer? Nach seinem Gesichtsausdruck und den langen Haaren zu urteilen, könnte er ein Fastenmönch sein, ein Klosternovize, lauscht man aber seinen Worten, möchte man ihn nicht für einen Mönch halten. Von dem Husten, der stickigen Luft und der Krankheit ist er erschöpft, er atmet schwer und bewegt die ausgedörrten Lippen. Als er bemerkt, daß Gusev ihn anschaut, dreht er ihm das Gesicht zu und sagt: »Jetzt komme ich langsam auf das Richtige... Ja... Jetzt verstehe ich alles sehr gut.«

»Was verstehen Sie, Pavel Ivanyč?«

»Folgendes... Mir kam es immer sonderbar vor, daß ihr Schwerkranken, statt Ruhe zu haben, euch hier auf dem Dampfer befindet, wo es stickig und warm ist und wo es schlingert – mit einem Wort, von alldem droht euch der Tod, jetzt aber ist mir alles klar... Ja... Eure Ärzte haben euch auf den Dampfer gesteckt, damit sie euch los sind. Sie haben es satt, sich mit euch Viehzeug abzugeben... Ihr zahlt ihnen kein Geld, sie haben nur Scherereien mit euch, und ihr verderbt ihnen mit eurem Tod nur die Berichte – folglich seid ihr Viehzeug! Und euch loszuwerden ist nicht schwer... Dazu braucht man nur: erstens, kein Gewissen und keine Menschenliebe zu haben, und zweitens, die Schiffsführung zu betrügen. Die erste Bedingung kann man unberücksichtigt lassen, in dieser Hinsicht sind wir Künstler, die zweite ist bei einiger Übung immer erfolgreich. Unter vierhundert gesunden Soldaten und Matrosen fallen fünf Kranke nicht auf; so hat man euch also auf den Dampfer getrieben und unter die Gesunden gemischt; ihr wurdet in aller Eile abgezählt, und in dem Durcheinander hat man nichts Schlimmes bemerkt. Als dann der Dampfer abgelegt hatte, da sah man es – auf dem Deck liegen Paralytiker herum und Schwindsüchtige im letzten Stadium.«

Gusev versteht Pavel Ivanyč nicht; und da er meint, man mache ihm einen Vorwurf, sagt er zu seiner Rechtfertigung:

»Ich habe auf Deck gelegen, weil ich keine Kraft mehr hatte; als man uns von der Barke auf den Dampfer umgeladen hat, war ich schon ganz durchfroren.«

»Einfach empörend!« fährt Pavel Ivanyč fort. »Doch was die Hauptsache ist, sie wissen sehr gut, daß ihr die lange Überfahrt nicht übersteht, und trotzdem hat man euch hier eingeschifft! Nun, nehmen wir an, ihr kommt noch bis zum Indischen Ozean, aber was dann? Es ist schrecklich, daran zu denken... Und das ist der Dank für euren treuen, makellosen Dienst!«

Pavel Ivanyč macht böse Augen, angeekelt verzieht er das Gesicht und sagt keuchend:

»Man müßte sie sich in den Zeitungen vorknöpfen, daß die Federn fliegen!«

Die beiden kranken Soldaten und der Matrose sind erwacht, und sie spielen bereits Karten. Der Matrose liegt halb in seiner Koje, die Soldaten sitzen in den unbequemsten Stellungen daneben auf dem Fußboden. Der eine Soldat trägt den rechten Arm in der Binde, um die Hand ist ein ganzer Berg Verbandsstoff gewickelt, so daß er die Karten unter der rechten Achsel oder in der Armbeuge hält, mit der Linken spielt er aus. Das Schiff schlingert stark. Man kann weder aufstehen noch Tee trinken, noch Medizin einnehmen.

»Du bist Offiziersbursche gewesen?« fragte Pavel Ivanyč seinen Nachbarn Gusev.

»Jawohl, ich war Bursche.«

»Mein Gott, mein Gott!« ruft Pavel Ivanyč aus und schüttelt traurig den Kopf. »Einen Menschen aus der Heimat herausreißen, ihn fünfzehntausend Verst weit wegschleppen, ihm dann die Schwindsucht an den Hals jagen und ... und wofür das alles, fragt man sich? Um aus ihm einen Burschen für irgendeinen Hauptmann Kopejkin oder Leutnant Dyrka zu machen. Welche Logik!«

»Das ist kein schwerer Dienst, Pavel Ivanyč. Du stehst früh auf, putzt die Stiefel, stellst den Samovar auf, räumst die Zimmer auf, und dann ist nichts mehr zu tun. Der Leutnant zeichnet den ganzen Tag Pläne, und du – wenn du willst, kannst du beten, wenn du willst, ein Buch lesen, wenn du willst, auf die Straße gehen. Gott gebe jedem ein solches Leben.«

»Ja, sehr schön! Der Leutnant zeichnet Pläne, und du sitzt den lieben langen Tag in der Küche und sehnst dich nach der Heimat... Pläne... Es kommt nicht auf Pläne an, sondern auf das menschliche Leben! Das Leben wiederholt sich nicht, man muß es schonend behandeln!«

»Ja, natürlich, Pavel Ivanyč, für einen schlechten Menschen gibt es nirgends Schonung, weder zu Hause noch im Dienst, wenn du aber anständig lebst und gehorchst, wer hat es dann nötig, dich zu kränken? Die Herrschaften sind gebildet, die verstehen das... In den fünf Jahren habe ich einmal im Karzer gesessen, und geschlagen wurde ich, wenn ich mich recht erinnere, nicht mehr als ein einziges Mal...«

»Wofür?«

»Für Prügelei. Ich habe eine schwere Hand, Pavel Ivanyč. Da kamen mal vier Chinesen zu uns auf den Hof, brachten wohl Holz, ich weiß nicht mehr genau. Na, ich hatte Langeweile, da hab ich sie verdroschen, und dem einen dieser verfluchten Kerle lief das Blut aus der Nase... Der Leutnant sah das durchs Fenster, wurde böse und gab mir eine Ohrfeige.«

»Ein dummer, bedauernswerter Mensch bist du...« flüstert Pavel Ivanyč. »Gar nichts begreifst du.«

Von dem Schlingern ist er ganz erschöpft, und er schließt die Augen; sein Kopf fällt bald nach hinten, bald sinkt er ihm auf die

Brust. Mehrmals versucht er sich hinzulegen, aber es kommt nichts dabei heraus – die Atemnot hindert ihn.

»Und weshalb hast du die vier Chinesen verprügelt?« fragt er ein wenig später.

»Nur so. Sie kamen auf den Hof, da hab ich sie verprügelt.«

Stille tritt ein ... Die Kartenbrüder spielen etwa zwei Stunden mit Leidenschaft und Geschimpfe, aber das Schlingern ermüdet auch sie; sie werfen die Karten hin und legen sich nieder. Wieder erblickt Gusev den Teich, die Fabrik, das Dorf ... Wieder fährt der Schlitten vorüber, wieder lacht Vanka, und die dumme Akulka hat den Pelz zurückgeschlagen und streckt die Beine hervor: schaut her, gute Leute, ich habe nicht solche Filzstiefel wie Vanka, sondern neue.

»Sechs Jahre ist sie nun schon bald und hat immer noch keinen Verstand!« phantasiert Gusev. »Statt die Beine vorzustrecken, solltest du lieber deinem Onkel beim Militär etwas zu trinken bringen. Ich geb dir Süßigkeiten.«

Da ist Andron mit seiner Steinschloßflinte auf der Schulter, er trägt einen erlegten Hasen, und hinter ihm geht der altersschwache Jude Isajčik und schlägt ihm vor, den Hasen gegen ein Stück Seife einzutauschen. Da ist das schwarze Kälbchen im Flur, da Domna, sie näht ein Hemd und weint über irgend etwas, und da ist wieder der Stierkopf ohne Augen und der schwarze Rauch.

Oben hat jemand laut geschrien, und einige Matrosen sind vorbeigelaufen; es scheint, als habe man etwas Schweres an Deck gezogen oder als sei etwas geplatzt. Wieder läuft man vorbei. Es wird doch kein Unglück geschehen sein? Gusev hebt den Kopf, lauscht und sieht, daß die beiden Soldaten und der Matrose wieder Karten spielen; Pavel Ivanyč sitzt da und bewegt die Lippen. Es ist schwül, er hat kaum Kraft zum Atmen, er möchte gern trinken, aber das Wasser ist warm und widerlich ... Das Schlingern läßt nicht nach.

Plötzlich geht mit einem der kartenspielenden Soldaten etwas Seltsames vor ... Er verwechselt Herz und Karo, irrt sich beim Ausrechnen und läßt die Karten fallen, darauf lächelt er erschreckt und einfältig und sieht die Anwesenden mit großen Augen an.

»Gleich, Brüder ...« sagt er und legt sich auf den Fußboden.

Alle sind verwundert und bestürzt. Man ruft ihn an, aber er antwortet nicht.

»Stepan, ist dir vielleicht nicht gut, wie?« fragt ihn der andere Soldat, der mit der verbundenen Hand. »Sollen wir vielleicht den Popen rufen, wie?«

»Trink Wasser, Stepan«, sagt der Matrose. »Na, Brüderchen, trink schon.«

»Na, was stößt du ihn mit dem Krug an die Zähne?« sagt Gusev ärgerlich. »Siehst du denn nicht, du Schafskopf?«

»Was?«

»Was!« äfft Gusev ihn nach. »Er atmet nicht mehr, er ist tot! Da hast du dein Was! Ist das ein unvernünftiges Volk, Herr, du mein Gott ...!«

III

Das Schiff schlingert nicht mehr, und Pavel Ivanyč ist wieder heiter geworden. Er ärgert sich nicht mehr. Sein Gesichtsausdruck ist prahlerisch, herausfordernd und spöttisch, so als wolle er sagen: Ja, ich werde euch gleich etwas erzählen, daß ihr euch alle vor Lachen den Bauch haltet. Das Bullauge ist geöffnet, ein sanfter Luftzug weht Pavel Ivanyč entgegen. Man hört Stimmen und Ruder auf das Wasser klatschen ... Gerade unter dem Bullauge heult jemand mit dünnem, widerlichem Stimmchen – wahrscheinlich singt ein Chinese.

»Ja, wir liegen auf der Reede«, sagt Pavel Ivanyč und lächelt spöttisch. »Noch ein Monat etwa, und wir sind in Rußland. Tja, meine hochverehrten Herren Soldaten. Ich fahre nach Odessa und von dort aus direkt nach Charkov. In Charkov habe ich einen Schriftsteller als Freund. Ich gehe hin und sage zu ihm: ›Nun, mein Lieber, laß mal für eine Weile deine widerlichen Sujets von Frauenliebschaften und Naturschönheit und entlarve lieber das zweibeinige Gesindel ... Da hast du Themen ...‹«

Er überlegt ein Weilchen und fragt dann:

»Gusev, weißt du, wie ich sie angeführt habe?«

»Wen, Pavel Ivanyč?«

»Na, diese da... Verstehst du, hier auf dem Dampfer gibt es nur erste und dritte Klasse, wobei in der dritten Klasse nur die Bauern reisen dürfen, das heißt das Gesindel. Hast du ein Jackett an und siehst auch nur von weitem wie ein Adliger oder ein Bourgeois aus, mußt du erster fahren. Und wenn du dich auf den Kopf stellst, du mußt fünfhundert Rubel hinlegen. ›Wozu‹ frage ich, ›haben Sie eine solche Ordnung eingeführt? Wollen Sie etwa damit das Prestige der russischen Intelligenz heben?‹ – ›Keineswegs. Wir lassen Sie einfach deshalb nicht, weil ein anständiger Mensch nicht dritter Klasse reisen darf – es ist dort nämlich sehr schlecht und geradezu abscheulich.‹ – ›So? Ich danke Ihnen, daß Sie sich so um die anständigen Menschen sorgen. Aber, wie es auch sein mag, schlecht oder gut – ich habe keine fünfhundert Rubel. Ich habe keine Kasse ausgeraubt, keine fremden Völkerschaften ausgebeutet, nicht geschmuggelt und niemand totgeprügelt, deshalb urteilen Sie selbst: Habe ich das Recht, in der ersten Klasse zu thronen oder mich gar zur russischen Intelligenz zu zählen?‹ Sie lassen sich aber durch Logik nicht beeindrukken... Ich mußte zum Betrug greifen. Ich zog einen langen Bauernkittel und große Stiefel an, schnitt eine besoffene Bauernfratze und ging zum Agenten: ›Gib ein Billettchen, Euer Hochwohlgeboren‹, sag ich.«

»Und von welchem Stand sind Sie eigentlich?«

»Von geistlichem. Mein Vater war ein ehrenwerter Pope. Er hat den Großen dieser Welt immer die Wahrheit ins Gesicht gesagt und dafür viel zu leiden gehabt.« Pavel Ivanyč ist vom Sprechen erschöpft, er bekommt kaum noch Luft, fährt aber trotzdem fort: »Ja, ich sage jedem die Wahrheit ins Gesicht... Ich fürchte nichts und niemand. In dieser Beziehung besteht zwischen mir und euch ein gewaltiger Unterschied. Ihr seid unwissende, blinde, eingeschüchterte Menschen, ihr seht nichts, und was ihr seht, das begreift ihr nicht... Man erzählt euch, daß sich der Wind von der Kette losreißt, daß ihr Rindviecher und Pečenegen seid, und ihr glaubt es. Man schlägt euch ins Genick, und ihr küßt dafür die Hand; wenn euch irgendein Vieh im Waschbärpelz ausplündert und euch ein Fünfzehnkopekenstück als Trinkgeld hinwirft, so sagt ihr: ›Bitte, Euer Händchen, gnädiger Herr!‹ Parias seid ihr, jämmerliche Menschen... Da bin ich ein andrer Kerl. Ich lebe bewußt, ich sehe alles, so wie der Adler oder der Habicht alles sieht, wenn er über der Erde fliegt, und ich verstehe alles. Ich bin der verkörperte Protest. Bemerke ich Willkür – protestiere ich, bemerke ich einen Frömmler und Heuchler – protestiere ich, bemerke ich ein triumphierendes Schwein – protestiere ich. Und ich bin unbesiegbar, keine spanische Inquisition kann mich zum Schweigen bringen. Ja... Reißt man mir die Zunge aus – protestiere ich mit Gebärden; mauert man mich in einem Keller ein – schreie ich dort so laut, daß man es eine Verst weit hört, oder ich töte mich durch Hunger, damit auf ihrem schwarzen Gewissen noch ein Zentner mehr lastet; schlägt man mich tot – erscheine ich als Gespenst. Alle Bekannten sagen zu mir: ›Sie sind ein ganz unausstehlicher Mensch, Pavel Ivanyč!‹ Ich bin stolz auf solch einen Ruf. Ich habe drei Jahre lang im Fernen Osten gedient, aber hundert Jahre wird man an mich denken – mit allen habe ich mich überworfen. Meine Freunde schreiben aus Rußland: ›Komm nicht zurück!‹ Aber nun fahre ich gerade... Ja... Das ist das Leben, wie ich es verstehe. Das kann man Leben nennen.«

Gusev hört nicht zu und schaut durch das Bullauge. Auf dem durchsichtigen, zart türkisblauen Wasser, ganz von blendender, heißer Sonne übergossen, schaukelt ein Boot, darin stehen halbnackte Chinesen, sie halten Käfige mit Kanarienvögeln hoch und schreien:

»Singt! Singt!«

An das Boot stößt ein zweites an, ein Dampfkutter fährt vorbei. Da ist noch ein Boot, in dem ein dicker Chinese sitzt und mit Stäbchen Reis ißt. Träge schaukelt das Wasser, träge fliegen weiße Möwen darüber hin.

Diesem Fettwanst da müßte man eins ins Genick geben... denkt Gusev, gähnt und blickt auf den dicken Chinesen.

Er döst vor sich hin, und es kommt ihm so vor, als liege die ganze Natur im Halbschlaf. Die Zeit verstreicht. Unmerklich vergeht der Tag, unmerklich bricht die Dunkelheit herein... Der Dampfer steht nicht mehr still, sondern fährt bereits weiter.

IV

Es vergehen zwei Tage. Pavel Ivanyč sitzt nicht mehr, sondern liegt; er hat die Augen geschlossen, die Nase scheint noch spitzer.

»Pavel Ivanyč!« ruft Gusev ihn an. »He, Pavel Ivanyč!«

Der öffnet die Augen und bewegt die Lippen.

»Ist Ihnen nicht gut?«

»Es ist nichts ...« antwortet Pavel Ivanyč keuchend. »Nichts, im Gegenteil, es geht mir sogar ... besser ... Du siehst, ich kann auch schon liegen ... Hat sich gebessert ...«

»Na, Gott sei Dank, Pavel Ivanyč.«

»Wenn ich mich mit euch vergleiche, tut ihr mir leid ... ihr armen Teufel. Meine Lungen sind gesund, mein Husten kommt aus dem Magen ... Ich kann die Hölle vertragen, was ist da das Rote Meer! Außerdem verhalte ich mich kritisch zu meiner Krankheit und den Arzneien. Aber ihr ... ihr seid unwissend ... Schwer ist es für euch, sehr, sehr schwer!«

Das Schiff schlingert nicht; es ist still, dabei aber schwül und heiß wie in einem Dampfbad; nicht nur das Sprechen, sogar das Zuhören fällt schwer. Gusev hat seine Knie umfaßt, seinen Kopf darauf gelegt und denkt an die Heimat. Mein Gott, was für ein Genuß ist es, in solcher Hitze an Schnee und Kälte zu denken! Man fährt Schlitten; plötzlich scheuen die Pferde und gehen durch ... Ohne auf Wege, Gräben und Schluchten zu achten, rasen sie wie besessen durch das Dorf, über den Teich, an der Fabrik vorbei, dann über die Felder ... ›Halt an!‹ schreien Fabrikarbeiter und Entgegenkommende aus vollem Halse. ›Halt an!‹ Aber wozu anhalten! Soll doch der scharfe, kalte Wind ins Gesicht schlagen und in die Hände beißen, sollen doch die von den Hufen aufgewirbelten Schneeklumpen auf die Mütze fallen und hinter den Kragen in den Hals und auf die Brust, sollen doch die Kufen kreischen und die Stränge reißen – zum Teufel damit! Und was für ein Genuß ist es, wenn der Schlitten umkippt und man mit vollem Schwung in einen Schneehaufen fliegt, mit dem Gesicht in den Schnee, und wenn man dann ganz weiß und mit Eiszapfen am Schnurrbart aufsteht, ohne Mütze, ohne Handschuhe und den Gürtel gelöst … Die Leute lachen, die Hunde bellen …

Pavel Ivanyč öffnet halb das eine Auge, sieht Gusev an und fragt leise: »Gusev, hat dein Kommandeur gestohlen?«

»Wer soll das wissen, Pavel Ivanyč! Wir wissen es nicht, bis zu uns dringt so was nicht durch.«

Darauf vergeht lange Zeit in Schweigen. Gusev denkt, phantasiert und trinkt immer wieder Wasser; Sprechen und Zuhören fällt ihm schwer, und er fürchtet, man werde mit ihm reden. Eine Stunde vergeht, eine zweite, eine dritte; der Abend bricht an, darauf die Nacht, er aber bemerkt es nicht, er sitzt immer nur da und denkt an den Frost.

Es hört sich so an, als ob jemand ins Lazarett gekommen ist, Stimmen ertönen, aber nach fünf Minuten ist alles wieder still.

»Gott hab ihn selig und gebe ihm die ewige Ruhe!« sagt der Soldat mit der verbundenen Hand. »Er war ein unruhiger Mensch.«

»Was denn?« fragt Gusev. »Wer?«

»Er ist gestorben. Sie haben ihn gerade nach oben getragen.«

»Wenn schon«, murmelt Gusev gähnend. »Gott mit ihm.«

»Was meinst du, Gusev?« fragt ihn der Soldat mit dem Verband nach kurzem Schweigen. »Wird er in den Himmel kommen oder nicht?«

»Von wem sprichst du?«

»Von Pavel Ivanyč.«

»Er wird … hat sich lange gequält. Und wenn man bedenkt, er ist aus geistlichem Stand, und die Popen haben viele Verwandte, die werden für ihn beten.«

Der Soldat mit dem Verband setzt sich zu Gusev auf die Koje und sagt halblaut:

»Auch du, Gusev, wirst nicht mehr lange unter uns weilen. Du wirst nicht bis nach Rußland kommen.«

»Hat das der Arzt oder der Heilgehilfe gesagt?« fragt Gusev.

»Nicht daß es einer gesagt hätte, aber man siehts doch … Einem Menschen, der bald sterben wird, sieht man das gleich an. Du ißt nicht, du trinkst nicht, du bist ganz abgemagert – ’s ist schrecklich, das mit anzusehen. Mit einem Wort – Schwindsucht. Ich sag das nicht, um dich aufzuregen, sondern weil du vielleicht das Abendmahl nehmen oder die Letzte Ölung empfangen möchtest. Und wenn du Geld hast, so solltest du es dem Ersten Offizier geben.«

»Ich hab nicht nach Hause geschrieben ...« sagt Gusev seufzend. »Ich werd sterben, und sie werdens nicht erfahren.«

»Sie erfahren es«, erwidert der kranke Matrose mit Baßstimme. »Wenn du stirbst, schreibt man es hier ins Schiffstagebuch, in Odessa gibt man dem Militärkommandanten einen Auszug, und der schickt ihn an den Amtsbezirk oder sonstwohin.«

Gusev wird es bei diesem Gespräch angst und bange, und ein unbestimmtes Verlangen beginnt ihn zu quälen. Er trinkt Wasser – das ist nicht das Richtige; er wendet sich zu dem Bullauge und atmet die heiße, feuchte Luft ein – das ist auch nicht das Richtige; er bemüht sich, an die Heimat, an den Frost zu denken – aber auch das ist nicht das Richtige ... Schließlich meint er, er werde bestimmt ersticken, wenn er auch nur eine Minute länger im Lazarett bleibt.

»Mir ist so schlecht, Brüder ...« sagt er. »Ich geh nach oben. Führt mich, um Christi willen, nach oben!«

»Gut«, antwortet der Soldat mit dem Verband zustimmend. »Du schaffst es nicht allein, ich werd dich tragen. Halt dich an meinem Hals fest.«

Gusev umklammert den Hals des Soldaten, der umfaßt ihn mit dem gesunden Arm und trägt ihn nach oben. Auf Deck schlafen regellos hingestreckt Reservisten und Matrosen; es sind so viele, daß man kaum durchkommt.

»Stell dich hin«, sagt der Soldat mit dem Verband leise. »Geh ganz langsam hinter mir und halt dich an meinem Hemd fest ...«

Es ist dunkel. Weder auf Deck noch auf den Masten, noch auf dem Meer ringsum sieht man ein Licht. Am Bug steht unbeweglich wie eine Statue der Wachtposten, aber er macht den Eindruck, als schlafe auch er. Das Schiff scheint seinem eigenen Willen überlassen und zu fahren, wohin es will.

»Jetzt wird man Pavel Ivanyč ins Meer werfen«, sagt der Soldat mit dem Verband. »Er kommt in einen Sack und dann ins Wasser.«

»Ja. So ist es geregelt.«

»Aber daheim in der Erde liegt es sich besser. Wenn auch nur die Mutter mal ans Grab kommt und weint.«

»Natürlich.«

Es riecht nach Dung und nach Heu. Mit hängenden Köpfen stehen Ochsen an der Reling. Eins, zwei, drei... acht Stück! Und da ist auch ein kleines Pferdchen. Gusev streckt die Hand aus, um es zu streicheln, aber es schüttelt den Kopf, bleckt die Zähne und will ihn in den Ärmel beißen.

»Verfluchtes Biest...« sagt Gusev ärgerlich.

Beide, der Soldat und er, drängen sich leise bis zum Bug vor, bleiben dann an der Reling stehen und blicken schweigend nach oben und nach unten. Oben sind der endlose Himmel und die hellen Sterne, dort ist Ruhe und Stille – genau wie daheim im Dorf, unten aber ist Finsternis und Unordnung. Man versteht nicht, weshalb die hohen Wellen so lärmen. Auf welche Welle man auch blickt, jede ist bemüht, höher als die anderen zu steigen, sie drängt und treibt die vorhergehende; lärmend und mit ihrer weißen Mähne schimmernd, kommt eine dritte angeflogen, die genauso wütend und ungebärdig ist.

Das Meer hat weder Vernunft noch Mitleid. Wäre der Dampfer kleiner und nicht aus dickem Eisen, die Wogen würden ihn erbarmungslos zerschlagen und alle Menschen verschlingen, ohne zwischen Gerechten und Ungerechten zu unterscheiden. Der Dampfer macht einen ebenso sinnlosen und grausamen Eindruck. Dieses spitznasige Ungeheuer drängt vorwärts und zerschneidet auf seinem Weg Millionen von Wellen; es fürchtet weder Dunkelheit noch Wind, noch die endlose Weite und die Einsamkeit, ihm macht das alles nichts aus, und wenn der Ozean seine eigenen Menschen hätte, dieses Ungeheuer würde sie zerdrücken, ebenfalls ohne Rücksicht auf Gerechte und Ungerechte.

»Wo sind wir jetzt?« fragt Gusev.

»Ich weiß nicht. Wohl auf dem Ozean.«

»Es ist kein Land zu sehen...«

»Wo denn auch! Es heißt, erst nach sieben Tagen sehen wir wieder Land.«

Die beiden Soldaten blicken auf den weißen phosphoreszierenden Schaum, sie schweigen und denken nach. Als erster bricht Gusev das Schweigen.

»Aber daran ist gar nichts Schreckliches«, sagt er. »Mir ist nur unheimlich zumute, als ob ich in einem dunklen Wald säße, aber läßt man jetzt, angenommen, ein Boot ins Wasser und ein Offizier befiehlt, zum Fischefangen hundert Verst aufs Meer hinauszufahren – ich würde mitfahren. Oder, sagen wir mal, ein Christenmensch fällt eben jetzt ins Wasser – ich würde ihm nachspringen. Einen Deutschen oder einen Chinesen retten, das würde ich bleibenlassen, aber für einen Christenmenschen würde ich ins Wasser springen.«

»Ist das Sterben nicht schrecklich?«

»Ja. Mir tut es leid um die Wirtschaft. Mein Bruder zu Hause, weißt du, der ist nicht solide genug – er trinkt, er schlägt grundlos seine Frau, die Eltern achtet er nicht. Ohne mich wird alles verkommen, und mein Vater und seine Alte, sieh mal, die werden betteln gehen müssen. Aber Bruder, meine Beine wollen nicht mehr, und es ist auch schwül hier ... Gehen wir schlafen.«

V

Gusev kehrt ins Schiffslazarett zurück und legt sich in seine Koje. Wie zuvor quält ihn ein unbestimmtes Verlangen, und er kann durchaus nicht begreifen, was er eigentlich will. In seiner Brust drückt es, im Kopf hämmert es, sein Mund ist so trocken, daß er nur mit Mühe die Zunge bewegen kann. Er döst vor sich hin und phantasiert, und gequält von Alpdrücken, Husten und Hitze, schläft er erst gegen Morgen fest ein. Er träumt, in der Kaserne habe man soeben das Brot aus dem Ofen gezogen und er sei in den Ofen hineingekrochen und bearbeite sich dort wie in einem Dampfbad mit dem Birkenbesen. Er schläft zwei Tage, und am dritten gegen Mittag kommen zwei Matrosen von oben und tragen ihn aus dem Lazarett.

Man näht ihn ein in Segeltuch und legt, damit er schwerer wird, zwei Eisenstäbe dazu. In das Tuch eingenäht, gleicht er einer Mohrrübe oder einem Rettich – am Kopf breit, an den Füßen schmal... Vor Sonnenuntergang trägt man ihn an Deck und legt ihn auf ein Brett; das eine Ende des Brettes ruht auf der Reling, das andere auf einer Kiste, die man auf einen Hocker gestellt hat. Ringsum stehen die Reservisten und die Besatzung ohne Kopfbedeckung.

»Gelobt sei Gott«, beginnt der Geistliche, »jetzt und immerdar und von Ewigkeit zu Ewigkeit.«

»Amen!« singen drei Matrosen.

Die Reservisten und die Besatzung bekreuzigen sich und schielen auf die Wellen. Sonderbar, daß ein Mensch in Segeltuch eingenäht ist und daß er gleich ins Wasser fliegen wird. Kann das nicht jedem passieren?

Der Geistliche streut Erde auf Gusev und verneigt sich. Man singt das Requiem.

Der Wachhabende hebt das Brettende an, und Gusev gleitet hinab, er fliegt mit dem Kopf voran, dreht sich in der Luft und plumpst ins Wasser. Schaum bedeckt ihn, einen Augenblick lang scheint er in Spitzen gehüllt, aber dieser Augenblick vergeht, und er verschwindet in den Wellen.

Er sinkt schnell in die Tiefe. Wird er den Grund erreichen? Es heißt, bis dahin seien es vier Verst. Nachdem er acht oder zehn Faden zurückgelegt hat, sinkt er immer langsamer, er schaukelt gemessen, als überlege er, und von der Strömung mitgerissen, gleitet er bereits schneller zur Seite als nach unten.

Da aber begegnet er auf seinem Weg einem Schwarm kleiner Fische, die man Lotsenfische nennt. Als die Fische den dunklen Körper erblicken, bleiben sie wie angewurzelt stehen, und plötzlich machen sie alle kehrt und verschwinden. Nach weniger als einer Minute schießen sie pfeilschnell abermals auf Gusev zu und pflügen im Zickzack das Wasser um ihn herum.

Darauf taucht ein anderer dunkler Körper auf. Es ist ein Haifisch. Hochmütig und unwillig, als bemerke er Gusev nicht, schwimmt er unter ihn, und Gusev senkt sich auf seinen Rücken. Darauf dreht sich der Hai, mit dem Bauch nach oben, aalt sich in dem warmen, durchsichtigen Wasser und öffnet träge den Rachen mit den zwei Reihen von Zähnen. Die Lotsenfische sind entzückt; sie haben haltgemacht und schauen zu, was weiter wird. Nachdem der Hai mit dem toten Körper gespielt hat, schiebt er, fast ohne zu wollen, den Rachen darunter, fährt vorsichtig mit den Zähnen darüber, und das Segeltuch über dem Körper zerreißt, vom Kopf bis zu den Füßen; der eine Eisenstab fällt heraus und sinkt schnell in die Tiefe, nachdem er die Lotsenfische erschreckt und den Hai in die Seite gestoßen hat.

Oben aber ballen sich währenddessen, wo die Sonne untergeht, Wolken zusammen; die eine Wolke ähnelt einem Triumphbogen, die andere einem Löwen, die dritte einer Schere ... Aus den Wolken tritt ein breiter grüner Strahl und zieht sich bis zur Mitte des Himmels hin; wenig später taucht daneben ein violetter Strahl auf, neben diesem ein goldener, dann ein rosafarbener ... Der Himmel wird zart lila wie Flieder. Der Ozean schaut zunächst finster drein, als er den prächtigen, zauberhaften Himmel sieht, bald aber nimmt er selbst zärtliche, fröhliche, leidenschaftliche Farben an, die man nur schwer mit Worten wiedergeben kann.

Aus Čechovs Briefen II

AN A.S. SUVORIN Moskau, 8.9.1891

8. Sept., ML. Dmitrovka, Hs. Firgang.

Schreiben Sie ein Stück: ein alter Chemiker hat das Elixier der Unsterblichkeit erfunden – 15 Tropfen davon, und man lebt ewig. Aber der Chemiker zerschlägt die Phiole mit dem Elixier, aus Angst, daß so ein Aas wie er oder seine Frau ewig leben könnte. Tolstoj verweigert der Menschheit die Unsterblichkeit, aber mein Gott, wieviel Persönliches darin liegt! Ich habe vorgestern sein ›Nachwort‹ gelesen. Schlagen Sie mich tot, aber das ist dümmer und dumpfer als die ›Briefe an eine Gouverneursgattin‹, die ich verachte. Der Teufel soll sie holen, die Philosophie der Großen dieser Welt! Alle großen Weisen sind despotisch wie Generale, und unhöflich und unsensibel wie Generale, weil sie davon überzeugt sind, straffrei auszugehen. Diogenes hat anderen in den Bart gespuckt, weil er wußte, daß man ihm dafür nichts tun würde; Tolstoj beschimpft die Ärzte als Schufte und flegelt herum in großen Fragen, weil er genauso ein Diogenes ist, den man nicht aufs Revier schleppen und in den Zeitungen nicht beschimpfen kann. Also zum Teufel mit der Philosophie der Großen dieser Welt! Die ganze Philosophie, mit all ihren idiotischen Nachworten und Briefen an Gouverneursgattinnen, ist nicht eine Stute aus dem ›Leinwandmesser‹ wert. [...]

Bleiben Sie gesund und vergessen Sie mich Sünder nicht. Ich langweile mich sehr.

Ihr A. Čechov.

AN E.M. ŠAVROVA Moskau, 16.9.1891

16. September.

Wir alten Junggesellen riechen nach Hund? Meinetwegen, aber darüber, daß Frauenärzte in ihrem Herzen Schürzenjäger und Zyniker seien, erlauben Sie mir, mit Ihnen zu streiten. Gynäkologen haben es mit der härtesten Prosa zu tun, von der Sie nicht einmal träumen können und der Sie vielleicht, wenn Sie sie kennen würden, mit der Ihrer Phantasie eigenen Grausamkeit einen noch schlimmeren Geruch als Hundegeruch zuschreiben würden. Wer ständig zur See fährt – der liebt das Festland; wer ewig in der Prosa steckt, der sehnt sich leidenschaftlich nach Poesie. Alle Gynäkologen sind Idealisten. Ihr Doktor liest Gedichte, Ihr Gespür hat Ihnen die Wahrheit gewiesen; ich würde hinzufügen, er ist ein großer Liberaler, neigt zum Mystiker und träumt von einer Ehefrau im Sinne der russischen Frau von Nekrasov. Der berühmte Snegirëv spricht von der »russischen Frau« nicht anders als mit einem Beben in der Stimme. Ein anderer Gynäkologe, den ich kenne, ist verliebt in eine geheimnisvolle verschleierte Unbekannte, die er aus der Ferne gesehen hat. Ein dritter geht zu allen Premieren ins Theater – und schimpft dann laut in den Garderoben, aus der Überzeugung, daß die Autoren die Pflicht hätten, nur ideale Frauen darzustellen usw. – Sie haben weiter übersehen, daß ein dummer oder mittelmäßiger Mensch kein guter Gynäkologe sein kann. Geist, und sei es der eines Seminaristen, strahlt heller als eine Glatze. Sie dagegen haben die Glatze bemerkt, hervorgehoben und den Geist über Bord geworfen. Weiter haben Sie bemerkt und hervorgehoben, daß ein dicker Mensch – brrr! – irgendwelches Fett ausscheidet, aber vollkommen übersehen, daß er Professor ist, d. h., daß er einige Jahre nachgedacht und etwas getan hat, das ihn über Millionen von Menschen hinausgehoben hat, über alle Veročkas und Griechinnen von Taganrog, über alle möglichen Diners und Weine. Noah hatte drei Söhne: Sem, Ham und Japhet, glaube ich. Ham bemerkte nur, daß sein Vater ein Trinker war, und übersah dabei völlig, daß Noah genial war, daß er die Arche gebaut und die Welt gerettet hatte. Schreibende sollten Ham nicht nacheifern. Schreiben Sie sich das hinter die Ohren. Ich wage nicht, Sie darum zu bitten, Gynäkologen und Professoren zu lieben, aber ich wage, Sie an die Gerechtigkeit zu erinnern, und die ist für einen objektiven Schriftsteller wichtiger als die Luft. [...]

Ihr A. Čechov.

AN L.A. AVILOVA Melichovo, 29. 4. 1892

29. Apr. St. Lopasnja.

Verehrte Lidija Alekseevna, seit ich denken kann, habe ich keine Gedichte geschrieben. Das heißt, nur ein einziges Mal habe ich einem kleinen Mädchen eine Fabel ins Poesiealbum geschrieben, aber das ist sehr, sehr lange her. Die Fabel ist noch heute lebendig, viele kennen sie auswendig, aber das kleine Mädchen ist bereits 20 Jahre alt, und ich selbst bin, dem allgemeinen Gesetz gehorchend, in der Literatur bereits ein alter Hund, der auf das Verseschmieden mit einem verächtlichen Gähnen herabsieht. Wahrscheinlich hat da unter meinem Ladenschild ein Namensvetter geschrieben oder ein Usurpator. Čechovs gibt es viele.

Ja, auf dem Lande ist es jetzt schön. Nicht nur schön, sondern sogar wunderschön. Es ist richtiger Frühling, die Bäume schlagen aus, es ist heiß. Die Nachtigallen schlagen, und die Frösche quaken in den verschiedensten Stimmlagen. Ich habe keinen Groschen in der Tasche, aber ich denke so: reich ist nicht, wer viel Geld hat, sondern wer die Mittel hat, jetzt in der üppigen Umgebung zu leben, die der Frühling bietet. Gestern war ich in Moskau, aber ich wäre dort beinahe erstickt an Langeweile, an allen möglichen Schreckgespenstern. Stellen Sie sich vor, eine Bekannte von mir, eine 42jährige Dame, hat sich in der zwanzigjährigen Heldin meines ›Flattergeists‹ (»Sever«, Nr. 1 und 2) wiedererkannt, und nun bezichtigt mich ganz Moskau, eine Schmähschrift verfaßt zu haben. Hauptindiz – die äußerliche Ähnlichkeit: die Dame malt, ihr Mann ist Arzt, und sie lebt mit einem Maler zusammen.

Ich beende gerade eine Novelle, eine sehr langweilige, weil in ihr eine Frau und das Element der Liebe fehlen. Ich kann solche Novellen nicht leiden, ich habe sie irgendwie aus Versehen, aus Leichtsinn geschrieben. Ich kann Ihnen ein Exemplar schicken, wenn ich Ihre Adresse für die Zeit nach dem Juni weiß.

Ich möchte auch eine Komödie schreiben, aber die Arbeit an Sachalin hindert mich daran.

Ich wünsche Ihnen alles Gute; Hauptsache – bleiben Sie gesund.

Ja! Irgendwann hatte ich Ihnen geschrieben, man müsse gleichgültig sein, wenn man traurige Erzählungen schreibt. Und Sie haben mich mißverstanden. Man kann über Erzählungen weinen und stöhnen, man kann gemeinsam mit ihren Helden leiden, aber ich finde, man muß das so machen, daß der Leser nichts davon bemerkt. Je objektiver, desto stärker wird der Eindruck. Das ist, was ich habe sagen wollen.

Ihr aufrichtig ergebener A. Čechov.

AN A.S. SUVORIN Melichovo, 16. 8. 1892

16. Aug.

Ich werde Ihnen nicht weiter schreiben, und wenn Sie mich totschlagen. Ich habe Ihnen nach Abbazia, nach St. Moritz geschrieben, habe Ihnen mindestens zehnmal geschrieben. Bis heute haben Sie mir noch keine einzige Adresse geschickt, die stimmt, und darum ist kein einziger Brief von mir bei Ihnen angekommen, und meine langen Beschreibungen und Vorträge über die Cholera waren umsonst. Das ist ärgerlich. Aber das Ärgerlichste ist, daß Sie nach der ganzen Reihe meiner Briefe über unsere Scherereien mit der Cholera plötzlich, aus dem türkisblauen Biarritz, schreiben, Sie beneideten mich um meine fröhliche Muße! Allah möge Ihnen verzeihen!

Nun ja, ich bin am Leben und bin gesund. Der Sommer war wunderschön, trocken, warm, überreich an irdischen Früchten, aber sein ganzer Reiz wurde, vom Juli angefangen, zerstört durch die Nachrichten von der Cholera. Um die Zeit, als Sie mich in Ihren Briefen mal nach Abbazia, mal nach Wien einluden, war ich bereits Zemstvo-Revierarzt von Serpuchov, jagte nach dem Schwanzende der Cholera und organisierte mit Volldampf ein neues Revier. In meinem Revier liegen 25 Dörfer, 4 Fabriken und 1 Kloster. Morgens Empfang der Patienten, danach Fahrten über Land. Ich fahre, halte den Pečenegen Vorträge, behandle, ärgere mich, und da mir das Zemstvo für die Organisation von Sanitätsstellen keine Kopeke gegeben hat, bettle ich mir dieses und jenes bei den Reichen zusammen. Ich habe mich als vortrefflicher Bettler erwiesen; dank meiner Schönrednerei als Bettler verfügt mein Revier jetzt über 2 vortreffliche Baracken mit allen notwendigen Einrichtungen, und über fünf Baracken, die nicht vortrefflich, sondern miserabel sind. Ich habe das Zemstvo sogar von den Ausgaben für Desinfektionsmittel befreit. Kalk, Vitriol und allen möglichen stinkigen Kram habe ich mir bei den Fabrikanten in meinen 25 Dörfern zusammengebettelt. Mit einem Wort, A. P. Kolomnin darf stolz darauf sein, dasselbe Gymnasium wie ich besucht zu haben. Mein Herz ist müde. Ich langweile mich. Nicht sich selbst zu gehören, sondern ausschließlich an Durchfall zu denken, nachts vom Hundegebell oder wenn jemand klopft, aufzuschrecken (kommen sie auch nicht, um dich zu holen?), mit ekelhaft schlechten Pferden auf unbekannten Straßen zu fahren und nur Vorträge über die Cholera zu halten und auf die Cholera zu warten und gleichzeitig gegenüber dieser Krankheit vollkommen gleichgültig zu sein und gegenüber den Menschen, denen man dient, – das, mein Herr, ist eine Suppe, die nicht kräftigt. Moskau und Umgebung hat die Cholera bereits erreicht. Man kann sie von Stunde zu Stunde hier erwarten. Ihrem Verlauf in Moskau nach zu urteilen, sollte man meinen, daß sie bereits im Abklingen und ihr die Spitze abgebrochen ist. Man sollte auch meinen, daß sie in starkem Maße abhängig ist von den Maßnahmen, die in Moskau und bei uns getroffen worden sind. Die Intellektuellen arbeiten hart, ohne Leben oder Geld zu schonen; ich begegne ihnen Tag für Tag und bin gerührt, und wenn ich dabei daran denke, wie Žitel und Burenin ihren Gallensaft verspritzt haben über diese Intellektuellen, dann wird mir ein bißchen schwül. In Nižnij haben die Ärzte und überhaupt die kultivierten Menschen wahre Wunder vollbracht. Ich war geradezu entsetzt vor Begeisterung, als ich über die Cholera las. In der guten alten Zeit, als die Menschen zu Tausenden erkrankten und starben, hat man nicht einmal träumen können von den verblüffenden Siegen, die heute vor unseren Augen errungen werden. Schade, daß Sie kein Arzt sind und meine Genugtuung nicht teilen, d. h. in gebührendem Maße empfinden, erkennen und einschätzen können, was alles geschieht. Übrigens kann man das nicht in kurzen Worten abhandeln. [...]

Wenn Sie aus den Zeitungen erfahren, daß die Cholera aufgehört hat, so bedeutet dies, daß ich bereits wieder am Schreibtisch sitze. Vorläufig stehe ich in den Diensten des Zemstvo, zählen Sie mich nicht zu den Literaten. Man kann nicht zwei Hasen auf einmal nachjagen.

Sie schreiben, ich hätte Sachalin hingeworfen. Nein, dieses mein Kindsbalg kann ich nicht hinwerfen. Wenn mich die Langeweile der Belletristen ankommt, ist es mir oft angenehm, mich mit Nichtbelletristischem zu befassen. Die Frage, wann ich Sachalin abschließen und wo ich es veröffentlichen werde, erscheint mir unwichtig. [...]

Ihr A. Čechov.

AN A.S. SUVORIN Melichovo, 18. 10. 1892

18. Oktob.

Meine Schwester hat nicht geheiratet, aber der Roman wird, glaube ich, in Briefen fortgesetzt. Ich verstehe das nicht. Es gibt Vermutungen, daß sie auch dieses Mal abgelehnt hat. Das ist das einzige junge Mädchen, das ehrlich nicht heiraten will. Jetzt zu mir. Ich will nicht heiraten, und ich wüßte auch nicht, wen. Ach, zum Kuckuck mit ihnen. Es wäre mir langweilig, mich mit einer Ehefrau herumzuplagen. Aber mich wieder einmal zu verlieben, würde nichts schaden. Es ist langweilig ohne eine starke Liebe.

Durch das Prisma meiner Offenherzigkeit haben Sie einen Blick werfen können in ein eintöniges, farbloses und tristes Leben. Ich lebe für mich, und mein Monrepos und die sieben Pferde leben für sich. Ich bin weit davon entfernt, mein Lieber, mich über die wahre Lage der Dinge hinwegzutäuschen; nicht nur, daß ich mich langweile und unzufrieden bin, ich bin sogar rein medizinisch, d. h. bis zum Zynismus davon überzeugt, daß man von diesem Leben nur Schlechtes zu erwarten hat – Fehler, Verluste, Krankheiten, Schwächen und alle möglichen Gemeinheiten, aber bei alledem, wenn Sie wüßten, wie angenehm es ist, keine Wohnungsmiete mehr zahlen zu müssen, und mit welchem Vergnügen ich gestern aus Moskau abgefahren bin. Es liegt etwas Neues für mich in dem Bewußtsein, daß ich nicht mehr in der und der Straße und dem und dem Haus wohnen muß. Heute bin ich draußen durch den Schnee gegangen, ringsum keine Menschenseele, und mir war, als ginge ich auf dem Mond spazieren. Für eitle Menschen, Neurastheniker, gibt es kein angenehmeres Leben als das Einsiedlerdasein. Nichts stachelt hier die Eitelkeit an, und darum verschleudert man auch keine Blitze für nichts und wieder nichts. Hier hat man Platz sich zu bewegen, und man liest mehr. [...]

Ich wünsche Ihnen Gesundheit und Ruhe.

Ihr A. Čechov.

AN A.S. SUVORIN Melichovo, 25. 11. 1892

25. November.

Es ist nicht schwer, Sie zu verstehen, und Sie schimpfen ohne Grund auf sich, daß Sie sich unklar ausdrückten. Sie sind ein harter Trinker, und ich habe Ihnen süße Limonade vorgesetzt, und nun, indem Sie der Limonade Gerechtigkeit widerfahren lassen, bemerken Sie, daß die Limonade keinen Sprit enthält. In unseren Werken fehlt eben der Alkohol, der einen betrunken macht und versklavt, und das geben Sie durchaus klar zu verstehen. Weshalb fehlt er? Lassen wir den ›Krankensaal Nr. 6‹ und mich persönlich beiseite, sprechen wir allgemein, das ist interessanter. Sprechen wir, wenn es Sie nicht langweilt, von den allgemeinen Gründen und erfassen die ganze Epoche. Sagen Sie ehrlich, wer von meinen Altersgenossen, d. h. den Leuten zwischen 30 und 45 Jahren, hat der Welt auch nur einen Tropfen Alkohol gegeben? Sind Korolenko, Nadson und alle heutigen Dramatiker etwa keine Limonade? Die Bilder von Repin oder Šiškin, haben die Ihnen etwa den Kopf verdreht? Das ist nett, talentiert. Sie sind entzückt und können gleichzeitig einfach nicht vergessen, daß Sie rauchen möchten. Wissenschaft und Technik erleben jetzt eine große Zeit, für unsereinen dagegen ist diese Zeit brüchig, sauer, langweilig, wir selbst sind sauer und langweilig, wir können nur Guttaperchakinder zur Welt bringen, und das sieht einzig Stasov nicht, dem die Natur die seltene Fähigkeit verliehen hat, sogar von Spülwasser betrunken zu werden. Die Gründe liegen nicht in unserer Dummheit, nicht in unserer mangelnden Begabung und nicht in der Unverschämtheit, wie Burenin meint, sondern in einer Krankheit, die für einen Künstler schlimmer ist als Syphilis und Impotenz. Uns fehlt das »Etwas«, das ist wahr, und das bedeutet, daß, wenn Sie unserer Muse den Rocksaum hochheben, Sie dort eine flache Stelle sehen werden. Denken Sie daran, daß Schriftsteller, die wir ewig oder einfach gut nennen und die uns betrunken machen, ein gemeinsames und sehr wichtiges Merkmal besitzen: sie kommen von irgendwo her und rufen Sie dorthin, und Sie spüren es nicht mit dem Verstand, sondern mit Ihrem ganzen Wesen, daß sie ein bestimmtes Ziel haben, so wie der Schatten von Hamlets Vater, der nicht ohne Grund erschienen ist und die Geister beunruhigt. Die einen haben, je nach Kaliber, nahe Ziele – die Leibeigenschaft, die Befreiung der Heimat, die Politik, die Schönheit oder einfach den Vodka, wie Denis Davydov, die anderen haben Fernziele – Gott, das Leben nach dem Tode, das Glück der Menschheit usw. Die besten von ihnen sind Realisten und beschreiben das Leben so, wie es ist, weil aber jede Zeile wie von Saft durchtränkt ist von dem Bewußtsein des Ziels, spüren Sie außer dem Leben, wie es ist, auch noch dasjenige Leben, so wie es sein soll, und das fesselt Sie. Wir dagegen? Wir! Wir beschreiben das Leben so, wie es ist, und weiter weder piep noch pup ... Weiter prügeln Sie uns nicht mal mit der Peitsche. Wir haben weder Nah- noch Fernziele, unser Herz ist wie leergefegt. Wir haben keine Politik, an eine Revolution glauben wir nicht, wir haben keinen Gott, haben keine Angst vor Gespenstern, ich persönlich habe nicht einmal Angst vor dem Tod oder dem Erblinden. Wer nichts will, auf nichts hofft und vor nichts Angst hat, der kann kein Künstler sein. Ob dies eine Krankheit ist oder nicht – es geht nicht um die Bezeichnung, sondern um das Eingeständnis unserer Lage, die schlimmer ist als die eines Gouverneurs. Ich weiß nicht, was in 10–20 Jahren mit uns sein wird, dann werden sich die Umstände vielleicht geändert haben, aber vorläufig wäre es übereilt, von uns irgend etwas wirklich Vernünftiges zu erwarten, unabhängig davon, ob wir Talent haben oder nicht. Wir schreiben automatisch, indem wir uns nur der lange eingefahrenen Ordnung unterwerfen, nach der die einen dienen, die anderen Handel treiben, wieder andere schreiben... [...]

Ihr A. Čechov.

AN E.M. ŠAVROVA Melichovo, 28. 2. 1895

28. Februar. St. Lopasnja.

Die Erzählung ist ein wenig dünn geschrieben: die Tendenz drängt überall in den Vordergrund, die Details zerlaufen wie verschüttetes Öl, die Personen sind kaum umrissen. Da sind überflüssige Personen; zum Beispiel der Bruder der Heldin, die Mutter der Heldin. Da sind überflüssige Episoden; zum Beispiel die Ereignisse und Gespräche vor der Hochzeit, überhaupt alles, was sich auf die Hochzeit bezieht. Aber wenn das Mängel sein sollten, so sind sie unwesentlich. Wesentlicher ist meiner Meinung nach, daß es Ihnen nicht gelungen ist, die formale Seite zu bewältigen. Um Fragen zu lösen wie Degeneration, Psychosen usw., muß man deren wissenschaftliche Seite kennen. Die Bedeutung der Krankheit (nennen wir sie diskreterweise mit dem lateinischen Buchstaben S) wird von Ihnen überschätzt. Erstens ist S heilbar, zweitens stellen Ärzte, wenn sie bei einem Patienten irgendeine schwere Erkrankung feststellen, zum Beispiel Rückenmarksdarre *(tabes)* oder Leberzirrhose, und diese Erkrankung von S herrührt, eine verhältnismäßig günstige Prognose, weil S heilbar ist. An der Degeneration, der allgemeinen Nervosität, Schwächlichkeit usw. ist nicht allein die S schuld, sondern die Gesamtheit vieler Faktoren: Vodka, Tabak, die Gefräßigkeit der intellektuellen Klasse, die abscheuliche Bildung, der Mangel an physischer Arbeit, die Bedingungen des Stadtlebens usw. usw. Und außer der S existieren noch andere, nicht weniger ernste Krankheiten. Zum Beispiel die Tuberkulose. Außerdem bin ich der Meinung, es sei nicht Sache des Künstlers, die Menschen dafür zu geißeln, daß sie krank sind. Bin ich etwa daran schuld, daß ich Migräne habe? Ist Sidor etwa daran schuld, daß er S hat und für diese Krankheit mehr disponiert ist als Taras? Ist Akulka etwa daran schuld, daß ihre Knochen an Tuberkulose leiden? Niemand ist daran schuld, und selbst wenn es Schuldige gäbe, so ginge das die Sanitätspolizei an, nicht die Künstler.

Die Ärzte in Ihrer Erzählung verhalten sich ganz miserabel. Sie lassen sie die ärztliche Schweigepflicht vergessen; nicht genug damit, sie schicken einen Schwerkranken, einen Paralytiker in die Stadt! Wird es nicht schon im Tarantas auf dem Weg in die Stadt zu Tode gerüttelt, dieses unglückliche Opfer der geheimnisvollen S? Und die Damen in Ihrer Erzählung verhalten sich zu der S wie zu einem Schreckgespenst. Das ist überflüssig. S ist kein Laster, kein Produkt des bösen Willens, sondern eine Krankheit, und auch die S-Kranken bedürfen der warmen, herzlichen Pflege. Es ist nicht schön, wenn die Ehefrau vor ihrem kranken Mann davonläuft, unter Berufung darauf, daß die Krankheit ansteckend sei oder unmoralisch. Übrigens, sie kann sich der S gegenüber verhalten, wie sie will, aber der Autor muß human sein bis in die Fingerspitzen.

A propos: wissen Sie, daß auch *influenza* im Organismus Zerstörungen bewirkt, die nicht zu unterschätzen sind, in keiner Beziehung? Oh, in der Natur gibt es nur sehr wenig, was unschädlich und nicht vererbbar wäre. Sogar das Atmen ist schädlich. Ich persönlich halte mich an diese Regel: ich stelle Kranke nur dar, soweit sie als Charaktere erscheinen oder soweit sie bildlich sind. Mit Krankheiten dagegen fürchte ich, den Lesern Schrecken einzujagen. »Unser nervöses Jahrhundert« erkenne ich nicht an, denn die Menschheit war zu allen Zeiten nervös. Wer die Nervosität fürchtet, der soll sich in einen Stör verwandeln oder in einen Stint; wenn der Stör eine Dummheit oder Gemeinheit begeht, dann nur die eine: er beißt an, und dann in die Fischpastete mit ihm.

Ich wünschte mir, daß Sie etwas Lebensfrohes, Hellgrünes darstellten, etwas wie ein Picknick. Überlassen Sie es uns, den Ärzten, Krüppel und schwarze Mönche darzustellen. Ich werde bald wieder zu humoristischen Erzählungen übergehen, da mein gesamtes psychopathologisches Repertoire bereits erschöpft ist. [...]

Ihr A. Čechov.

AN V. I. NEMIROVIČ-DANČENKO — Melichovo, 26. 11. 1896

Lopasnja, 96, 26/XI.

Lieber Freund, ich antworte auf den Hauptpunkt deines Briefs – warum führen wir im allgemeinen so selten ernste Gespräche. Wenn die Menschen schweigen, so bedeutet dies, daß sie einander nichts zu sagen haben oder daß sie sich genieren. Worüber sollen wir sprechen? Wir haben keine Politik, wir haben kein gesellschaftliches Leben, weder in Zirkeln noch auf der Straße, unser städtisches Leben ist armselig, eintönig, schleppend, uninteressant – darüber zu sprechen ist genauso langweilig, wie mit Lugovoj Briefe zu wechseln. Du wirst sagen, wir seien Literaten, und schon dies allein mache unser Leben reich. Ja? Wir stecken bis über die Ohren in unserem Beruf, er hat uns unwillkürlich von der Außenwelt isoliert – und im Endergebnis haben wir wenig freie Zeit, wenig Geld, wenig Bücher, wir lesen wenig und ungern, hören wenig, reisen selten... Über die Literatur sprechen? Aber wir haben doch schon über sie gesprochen... Jedes Jahr ein und dasselbe, ein und dasselbe, und alles, was wir im allgemeinen über die Literatur sagen, läßt sich darauf reduzieren, wer besser und wer schlechter geschrieben hat; Gespräche über allgemeinere, weitergreifende Themen kommen nie zustande, weil rund um dich herum Tundra und Eskimos sind, da verflüchtigen sich die allgemeinen Gedanken als auf die Gegenwart nicht anwendbar und entschlüpfen einem ebenso schnell wie Gedanken an die ewige Seligkeit. Über das Privatleben sprechen? Ja, das kann manchmal interessant sein, und wir würden wohl auch darüber sprechen, aber da genieren wir uns auch schon, wir sind verschlossen, unaufrichtig, der Selbsterhaltungstrieb hält uns zurück, und wir haben Angst. Wir haben Angst, uns könnte während unseres Gesprächs irgendein unkultivierter Eskimo zuhören, der uns nicht mag und den wir auch nicht mögen; ich persönlich habe Angst, mein Freund Sergeenko, dessen Verstand dir gefällt, könnte in sämtlichen Zugabteilen und Häusern laut, mit erhobenem Finger die Frage ventilieren, warum ich mit N lebe, während Z mich doch liebt. Ich habe Angst vor unserer Moral, Angst vor unseren Damen ... Kurz, gib an unserem Schweigen, an der Unernsthaftigkeit und Langweiligkeit unserer Unterhaltungen nicht dir, nicht mir die Schuld, sondern, wie die Kritik sagt, der »Epoche«, dem Klima, dem Raum, wem du willst, und überlaß die Umstände ihrem eigenen schicksalhaften, unerbittlichen Fluß, in der Hoffnung auf eine bessere Zukunft. [...]

Für den Brief danke ich dir von ganzem Herzen und drücke dir fest die Hand. Wir sehen uns nach dem 12. Dezember, bis dahin bist du unauffindbar. Grüß Ekaterina Nikolaevna und bleib gesund. Schreib, wenn dich die Lust dazu ankommt. Ich werde mit dem größten Vergnügen antworten.

Dein A. Čechov

AN A.S. SUVORIN — Nizza, 6. 2. 1898

6. Febr.

Sie schreiben, Sie ärgerten sich über Zola, hier dagegen haben alle das Gefühl, als sei ein neuer, besserer Zola geboren worden. In diesem seinem Prozeß hat er sich, wie mit Terpentin, von sämtlichen Fettflecken der Verleumdung gereinigt, und nun erstrahlt er vor den Franzosen in seinem wahren Glanz. Das ist eine Reinheit und sittliche Größe, die man nicht vermutet hatte. Sie verfolgen den ganzen Skandal von Anfang an. Die Degradation Dreyfus', sei sie nun gerechtfertigt gewesen oder nicht, hat auf alle (darunter, wie ich mich entsinne, auch auf Sie) einen bedrückenden, trostlosen Eindruck gemacht. Es ist festgestellt worden, daß sich Dreyfus während der Exekution wie ein anständiger, disziplinierter Offizier verhalten habe, während die der Exekution Beiwohnenden, zum Beispiel die Journalisten, ihm zugerufen haben: »Schweig, Judas!«, d. h. sich schlecht, unanständig verhalten haben. Alle sind von der Exekution unbefriedigt, mit aufgewühltem Gewissen zurückgekehrt. Besonders unbefriedigt war Dreyfus' Verteidiger, Démange, ein ehrlicher Mensch, der schon während der Untersuchung der Affäre gespürt hatte, daß hinter den Kulissen etwas geschah, das nicht in Ordnung war, sodann die Sachverständigen, die, um sich selbst davon zu überzeugen, daß sie keinen Irrtum begangen hätten, nur über Dreyfus sprachen, darüber, daß er schuldig sei, und alle schlichen und schlichen in Paris herum... Von den Sachverständigen hat sich einer als wahnsinnig erwiesen, als Autor einer ungeheuerlich absurden Skizze, zwei als verschrobene Käuze. [...]

Man begann, alle möglichen Mutmaßungen über den Inhalt dieses Briefs anzustellen. Die phantastischsten Dinge wurden laut. Dreyfus ist Offizier, das rief die Militärs auf den Plan; Dreyfus ist Jude, das rief die Juden auf den Plan... Es kam die Rede auf den Militarismus, auf die Juden. Solche zutiefst verachteten Leute wie Drumont trugen auf einmal den Kopf hoch erhoben; und nach und nach wurde auf der Grundlage des Antisemitismus eine Suppe eingebrockt, einer Grundlage, die nach Blutbad riecht. Wenn in uns irgend etwas nicht in Ordnung ist, so suchen wir die Ursachen dafür außerhalb unserer selbst und finden sie schnell: »dahinter steckt der Franzose, dahinter die Juden, dahinter Wilhelm«... Das Kapital, Pech und Schwefel, die Freimaurer, das Syndikat, die Jesuiten – das sind Gespenster, aber wie sehr sie unsere Unruhe doch besänftigen! Sie sind natürlich ein schlechtes Symptom. Wenn die Franzosen erst einmal angefangen haben, über die Juden, über das Syndikat zu reden, so bedeutet das, daß sie fühlen, daß etwas nicht in Ordnung ist, daß sich ein Wurm eingenistet hat, daß sie dieser Gespenster bedürfen, um ihr aufgewühltes Gewissen zu beruhigen. Dann dieser Esterhazy, ein Duellant im Stil des Turgenevschen, ein dreister Kerl, ein längst suspekter, von seinen Kollegen verachteter Mensch, die verblüffende Ähnlichkeit seiner Handschrift mit der auf der Quittung, die Briefe des Ulanen, seine Drohungen, die er aus irgendeinem Grunde nicht wahrmacht, schließlich und endlich das Gericht, das absolut geheimnisvolle, das merkwürdigerweise entschied, die Quittung sei in der Handschrift Esterhazys abgefaßt, aber nicht von seiner Hand ... Und das Gas verdichtete sich immer mehr, man spürte eine starke Spannung, eine bedrückende Schwüle. Die Schlägerei vor der Kammer ist eine nervöse Erscheinung, eine hysterische Folge eben jener Spannung. Und sowohl der Brief Zolas als auch sein Prozeß sind Erscheinungen derselben Ordnung. Was wollen Sie? Als erste Alarm schlagen müssen die Besten, die der Nation voranschreiten – und das ist auch geschehen. Als erster zu sprechen begonnen hat Scheurer-Kestner, von dem Franzosen, die ihm nahestehen (nach Kovalevskijs Worten), sagen, er sei die »Klinge eines Dolches« – so integer und klar. Der zweite war Zola. Und jetzt macht man ihm den Prozeß.

Ja, Zola ist kein Voltaire, wir alle sind keine Voltaires, aber es gibt im Leben manchmal ein Zusammentreffen von Umständen, wo der Vorwurf, kein Voltaire zu sein, am allerwenigsten trifft. Denken Sie an Korolenko, der die Heiden von Multan verteidigt und vor der Katorga bewahrt hat. Auch Doktor Haas ist kein Voltaire, und trotzdem ist sein Leben glücklich verlaufen und hat ein gutes Ende genommen.

Ich kenne die Affäre aufgrund des stenograph. Protokolls, und das ist etwas ganz anderes als das, was in den Zeitungen steht, für mich ist Zola danach klar. Vor allem ist er aufrichtig, d.h., er gründet sein Urteil nur auf dem, was er sieht, und nicht, wie die anderen, auf Gespenstern. Auch aufrichtige Menschen können irren, das steht außer Zweifel, aber solche Irrtümer richten weniger Übel an als vorausberechnete Unaufrichtigkeit, Vorurteile oder politisches Kalkül. Mag Dreyfus schuldig sein – und Zola hat trotzdem recht, denn Sache der Schriftsteller ist es nicht, Schuldige anzuklagen und zu verfolgen, sondern für sie einzutreten, selbst dann, wenn sie bereits verurteilt sind und ihre Strafe verbüßen. Man wird sagen: und die Politik? die Interessen des Staates? Aber große Schriftsteller und Künstler sollen sich mit der Politik nur insoweit befassen, als es nötig ist, sich ihrer zu erwehren. Ankläger, Staatsanwälte und Gendarmen gibt es ohnehin schon viele, und in jedem Fall steht ihnen die Rolle des Paulus besser als die des Saulus. Und wie immer das Urteil ausfallen mag, Zola wird nach dem Prozeß trotz allem lebhafte

Freude empfinden, sein Alter wird ein schönes Alter sein, und er wird ruhigen oder zumindest erleichterten Gewissens sterben. Die Franzosen sind verletzt, sie greifen jedes Wort des Trostes und jeden gesunden Vorwurf, der von außen kommt, dankbar auf, das ist der Grund, weshalb der Brief Bjoernstjernes hier solch großen Erfolg hatte wie auch der Aufsatz unseres Zakrevskij (den man hier in den »Novosti« las), und weshalb das Schimpfen auf Zola so widerwärtig ist, d. h. das, was ihnen Tag für Tag von der kleinen Presse entgegengebracht wird, die sie so verachten. So nervös Zola immer sein mag, trotz allem vertritt er vor Gericht den gesunden Menschenverstand Frankreichs, und die Franzosen lieben ihn dafür und sind stolz auf ihn, auch wenn sie den Generälen applaudieren, die ihnen in ihrer Herzenseinfalt Schrecken einjagen, mal mit der Ehre der Armee, mal mit Krieg.

Sehen Sie, was für ein langer Brief das ist. Bei uns ist Frühling, eine Stimmung wie in Kleinrußland zu Ostern: es ist warm, sonnig, die Glocken läuten, man denkt an die Vergangenheit. Kommen Sie! Hier wird die Duse spielen – das nebenbei.

Sie schreiben, meine Briefe kämen nicht an? Ja nun? Dann werde ich sie per Einschreiben schicken.

Ich wünsche Ihnen Gesundheit und alles Gute. An Anna Ivanovna, Nastja und Borja viele herzliche Grüße.

Dieses Papier ist aus der Redaktion des »Petit Niçois«.

Ihr A. Čechov.

AN MAKSIM GORKIJ Jalta, 3. 12. 1898

3. Dez.

Sie fragen nach meiner Meinung zu Ihren Erzählungen? Meine Meinung? Sie haben zweifellos Talent, und zwar ein großes, echtes Talent. Es äußert sich zum Beispiel in der Erzählung ›In der Steppe‹ mit ungewöhnlicher Kraft, und mich hat sogar der Neid gepackt, daß nicht ich sie geschrieben habe. Sie sind ein Künstler, ein kluger Mensch. Sie haben ein hervorragendes Gespür. Sie sind plastisch, d. h., wenn Sie eine Sache darstellen, so sehen Sie sie und betasten sie mit den Händen. Das ist echte

Kunst. Da haben Sie meine Meinung, und ich bin sehr froh, sie Ihnen sagen zu können. Ich wiederhole, ich bin sehr froh, und wenn wir uns persönlich kennenlernen würden und ein, zwei Stunden miteinander geredet hätten, so könnten Sie sich davon überzeugen, wie hoch ich Sie schätze und welche Hoffnungen ich in Ihre Begabung setze.

Soll ich nun von den Mängeln sprechen? Aber das ist nicht so leicht. Von den Mängeln eines Talents zu sprechen, das ist dasselbe, wie von den Mängeln eines großen Baums zu sprechen, der im Garten wächst; da geht es doch in erster Linie nicht um den Baum an sich, sondern um den Geschmack derer, die den Baum betrachten. Oder nicht?

Ich will damit beginnen, daß Sie, meiner Meinung nach, keine Beherrschung haben. Sie sind wie der Zuschauer im Theater, der seine Begeisterung so unbeherrscht äußert, daß er sich und andere beim Zuhören stört. Besonders spürt man diese Unbeherrschtheit in den Naturbeschreibungen, die Sie zwischen die Dialoge setzen; wenn man sie liest, diese Beschreibungen, so wünschte man sich, sie wären kürzer, kompakter, so 2–3 Zeilen lang. Die häufigen Erwähnungen von Wonne, Flüstern, samtener Weichheit usw. verleihen diesen Beschreibungen etwas Rhetorisches, Eintöniges – und lassen einen kaltwerden, ermüden einen beinahe. Unbeherrschtheit spürt man auch in Darstellungen der Frauen (›Malva‹, ›Die Holzflößer‹) und in den Liebesszenen. Das ist kein Schwung, kein kühner Pinselstrich, sondern eben Unbeherrschtheit. Sodann die häufige Verwendung von Wörtern, die unpassend sind in Erzählungen Ihres Typs. Akkompagnement, Diskus, Harmonie – solche Wörter stören. Sie sprechen oft von Wellen. In der Darstellung von Intellektuellen spürt man eine Spannung, eine Art Vorsicht; nicht, weil Sie Intellektuelle nicht oft genug beobachtet hätten, Sie kennen sie, aber es ist, als wüßten Sie nicht recht, von welcher Seite Sie sich ihnen nähern sollen. [...]

Ich eile zur Post. Bleiben Sie gesund und wohlauf, ich drücke Ihnen fest die Hand. Noch einmal Dank für den Brief.

Jalta. *Ihr A. Čechov.*

Jalta, 3. 1. 1899

3. Jan.

Lieber Aleksej Maksimovič, ich antworte auf zwei Briefe zugleich. Vor allem wünsche ich Ihnen ein glückliches Neues Jahr; ich wünsche Ihnen von Herzen, als Freund, Glück, altes oder neues – wie Sie wollen.

Sie haben mich offenbar nicht recht verstanden. Ich hatte Ihnen nicht von Grobheit geschrieben, sondern von Fremdwörtern, von nicht eigentlich russischen oder selten gebrauchten Wörtern, die fehl am Platz sind. Bei anderen Autoren bemerkt man Wörter wie zum Beispiel »fatalistisch« überhaupt nicht, aber Ihre Sachen sind musikalisch, sind harmonisch, bei Ihnen schreit geradezu jede kleine Unebenheit. Natürlich ist das Geschmackssache, und vielleicht spricht aus mir nur eine übermäßige Gereiztheit oder der Konservativismus eines Menschen, der seit langem schon bestimmte Gewohnheiten angenommen hat. Ich finde mich in Beschreibungen ab mit einem »Kollegienassessor« und einem »Kapitän zweiten Ranges«, »Flirt« und »Champion« dagegen (wenn sie in Beschreibungen vorkommen) erregen Widerwillen in mir.

Sie sind Autodidakt? In Ihren Erzählungen sind Sie durch und durch Künstler, und dabei ein echter Intellektueller. Am wenigsten eignet Ihnen gerade Grobheit, Sie sind klug und haben ein feines und schönes Gespür. Ihre besten Sachen sind ›In der Steppe‹ und ›Die Holzflößer‹ – hatte ich Ihnen das geschrieben? Das sind vorzügliche, mustergültige Sachen, in ihnen erkennt man den Künstler, der eine gute Schule absolviert hat. Ich glaube nicht, daß ich mich irre. Der einzige Mangel – Sie haben keine Beherrschung, keine Grazie. Wenn ein Mensch auf eine bestimmte Handlung die geringste Menge an Bewegungen verwendet, so ist das Grazie. In Ihren Aufwendungen spürt man Überfluß.

Ihre Naturbeschreibungen sind künstlerisch; Sie sind ein echter Landschaftsmaler. Nur die häufigen Vergleiche mit dem Menschen (Anthropomorphismus), wenn das Meer atmet, der Himmel blickt, die Steppe sich räkelt, die Natur flüstert, spricht, trauert usw. – solche Vergleiche machen die Beschreibungen ein wenig monoton, manchmal süßlich, manchmal unklar: Farbigkeit und Ausdruckskraft in Naturbeschreibungen erreicht man nur durch Einfachheit, mit solch einfachen Sätzen wie »die Sonne war untergegangen«, »es wurde dunkel«, »es fing an zu regnen« usw. – und diese Einfachheit ist Ihnen in hohem Maße eigen, wie selten einem unserer Belletristen. [...]

Man hat die Post gebracht, ich muß Briefe und Zeitungen lesen. Bleiben Sie gesund und glücklich. Ich danke Ihnen für die beiden Briefe, dafür, daß durch Ihr Verdienst unser Briefwechsel so leicht in Gang gekommen ist.

Ich drücke Ihnen fest die Hand.

Ihr A. Čechov

AN I.I. ORLOV Jalta, 22. 2. 1899

22. Febr.

Seien Sie gegrüßt, lieber Ivan Ivanovič!

Ihr Brief enthält eine Stelle aus der Schrift. Auf Ihre Klage über den Gouverneur und alle möglichen Mißerfolge antworte ich Ihnen ebenfalls mit einer Stelle: verlasset euch nicht auf Fürsten; sie sind Menschen... Und ich erinnere an einen weiteren Ausdruck, der die Menschensöhne betrifft, eben jene, die Ihnen das Leben sauermachen: Söhne des Zeitalters. Nicht der Gouverneur, sondern die gesamte Intelligenz ist schuld, die gesamte, mein Herr. Solange es noch Studenten und Kursschülerinnen sind, ist es ein ehrliches, gutes Volk, ist es unsere Hoffnung, ist es die Zukunft Rußlands, aber es reicht, daß die Studenten und Kursschülerinnen selbständig ihren Weg gehen, erwachsen werden, und unsere Hoffnung und Rußlands Zukunft verwandelt sich in Rauch, und im Filter zurück bleiben Ärzte, Sommerhausbesitzer, hungernde Beamte, stehlende Ingenieure. Erinnern Sie sich, Katkov, Pobedonoscev, Vyšnegradskij – das sind Zöglinge der Universitäten, sind unsere Professoren, durchaus keine Bourbonen, sondern Professoren, Leuchten der Wissenschaft... Ich glaube nicht an unsere Intelligenz, die heuchlerisch, verlogen, hysterisch, ungezogen und faul ist, ich glaube nicht an sie, selbst wenn sie leidet und sich beklagt, denn ihre Unterdrücker kommen aus ihren eigenen Reihen. Ich glaube an den einzelnen Menschen, ich sehe die Rettung in Einzelpersönlichkeiten, die hier und da über ganz Rußland verstreut sind – gleichgültig, ob es Intellektuelle sind oder Bauern –, in ihnen liegt die Kraft, auch wenn ihrer nur wenige sind.

Der Prophet gilt nichts in seinem Vaterlande; und die Einzelpersönlichkeiten, von denen ich spreche, spielen in der Gesellschaft eine fast unbemerkte Rolle, sie dominieren nicht, aber ihre Arbeit ist sichtbar; wie dem auch sein mag, die Wissenschaft macht immer größere Fortschritte, das gesellschaftliche Selbstbewußtsein wächst, moralische Fragen gewinnen zunehmend beunruhigenden Charakter usw. usf. – und all das geschieht ohne Zutun der Staatsanwälte, Ingenieure, Gouverneure, ohne Zutun der Intelligenz *en masse* und trotz allem.

Ich drücke Ihnen fest die Hand, bleiben Sie gesund, wohlauf, fröhlich. Schreiben Sie!!

Ihr A. Čechov

AN A.S. SUVORIN Jalta, 4. 3. 1899

4. März.

Über die Studentenunruhen wird hier, wie überall, viel gesprochen, und es wird beklagt, daß darüber nichts in den Zeitungen steht. Es kommen Briefe aus Petersburg, die Stimmung ist aufseiten der Studenten. Ihre Briefe über die Unruhen haben nicht befriedigt, das muß auch so sein, denn es ist unmöglich, in der Presse seine Meinung über die Unruhen zu äußern, wenn es unmöglich ist, die faktische Seite der Sache zu berühren. Der Staat hat Ihnen verboten zu schreiben, er verbietet, die Wahrheit zu sagen, das ist Willkür, und Sie sprechen angesichts dieser Willkür leichten Herzens von den Rechten und Prärogativen des Staates – und das fügt sich im Bewußtsein irgendwie nicht zusammen. Sie sprechen vom Recht des Staates, Sie stehen aber nicht auf dem Standpunkt des Rechts. Recht und Gerechtigkeit sind für den Staat dasselbe wie für jede andere juristische Person.

Wenn mir der Staat unrechtmäßig ein Stück Land wegnimmt, so verklage ich ihn vor Gericht, und dieses Gericht stellt mein Recht wieder her; muß es nicht dasselbe sein, wenn der Staat mich mit der Nagajka schlägt, darf ich im Falle von Gewaltanwendung seitens des Staates nicht auf Rechtsverletzung klagen? Der Staatsbegriff muß auf bestimmten Rechtsverhältnissen beruhen, andernfalls ist er ein Schreckgespenst, ist er leerer Schall, der einem Angstphantasien verursacht. [...]

Ihr A. Čechov.

AN MAKSIM GORKIJ Jalta, 3. 9. 1899

3. Sept.

Noch einen Rat: wenn Sie Korrektur lesen, streichen Sie, wo es möglich ist, die Attribute zu den Substantiven und Verben. Sie haben so viele Attribute, daß die Aufmerksamkeit des Lesers sich nur schwer zurechtfinden und er ermüden wird. Jeder versteht, wenn ich schreibe: »ein Mensch setzte sich ins Gras«; das versteht man, weil es klar ist und die Aufmerksamkeit nicht aufhält. Dagegen ist schwerverständlich und schwer faßbar für das Gehirn, wenn ich schreibe: »ein hochgewachsener, schmalbrüstiger Mensch mittleren Alters mit einem roten Bart setzte sich in das grüne, von Fußgängern bereits niedergetretene Gras, er setzte sich lautlos, wobei er sich schüchtern und ängstlich umsah.« Das geht nicht gleich ins Gehirn, die Belletristik muß dies aber, augenblicklich. Und nun noch eines: Sie sind von Natur Lyriker, das Timbre Ihres Herzens ist weich. Wenn Sie Komponist wären, würden Sie es vermeiden, Märsche zu schreiben. Grob, laut, verletzend zu sein, zornentbrannt zu entlarven – das ist Ihrem Talent nicht eigen. Daher werden Sie verstehen, wenn ich Ihnen den Rat gebe, die Hundesöhne, Rüden und Schweinehunde, die einem hier und da von den Seiten der ›Žizn‹ entgegenspringen, in der Korrektur nicht zu schonen. [...]

Also, bleiben Sie gesund. Gesund und munter.

Ihr A. Čechov

28. Januar. Jalta.

Ich habe Angst vor Tolstojs Tod. Wenn er stürbe, würde in meinem Leben ein großer leerer Fleck bleiben. Erstens habe ich keinen Menschen so geliebt wie ihn; ich bin ein ungläubiger Mensch, aber von allen Arten des Glaubens halte ich gerade seinen Glauben für den, der mir selbst am nächsten ist und am ehesten liegt. Zweitens ist es, wenn und solange es in der Literatur einen Tolstoj gibt, leicht und angenehm, Literat zu sein; selbst wenn man sich eingestehen muß, daß man nichts getan hat und nichts tut, ist das nicht so schlimm, denn Tolstoj tut es für uns alle. Sein Tun ist die Rechtfertigung all der Hoffnungen und Erwartungen, die in die Literatur gesetzt werden. Drittens steht Tolstoj stark und fest, er hat eine Riesenautorität, und solange er lebt, wird jeder schlechte Geschmack in der Literatur, alle mögliche Trivialität, ob frech oder tränenselig, wird alle struppige, zornentbrannte Eitelkeit weit und tief im Schatten stehen. Allein seine moralische Autorität ist in der Lage, die sogenannten literarischen Stimmungen und Strömungen auf einem gewissen Niveau zu halten. Ohne ihn wäre das eine Herde ohne Hirten oder ein Brei, in dem man sich nur schwer zurechtfände.

Um mit Tolstoj abzuschließen, möchte ich noch etwas zu ›Auferstehung‹ sagen, die ich nicht in Fragmenten, nicht stückweise gelesen habe, sondern im ganzen, in einem Zug. Das ist ein bemerkenswertes Kunstwerk. Das Uninteressanteste ist all das, was über die Beziehungen Nechljudovs zu Katjuša gesagt wird, das Interessanteste sind die Fürsten, Generäle, Tanten, Bauern, Häftlinge, Aufseher. Die Szene bei dem General, dem Kommandanten der Peter-Pauls-Festung, dem Spiritisten, las ich mit stockendem Atem – so gut ist das! Und M-me Korčagina im Sessel, und der Bauer, Fedosjas Mann! Dieser Bauer nennt sein Weib »zupackend«. Genau das ist Tolstojs Feder – zupackend. Einen Schluß hat die Novelle nicht, und das, was sie hat, ist nicht als Schluß zu bezeichnen. Schreiben, schreiben, um dann auf einmal alles auf einen Text aus dem Evangelium abzuwälzen – das ist schon ziemlich theologisch. Alles durch einen Text aus dem Evangelium lösen zu wollen, ist ebenso willkürlich, wie die Häftlinge in fünf Klassen einzuteilen. Warum in fünf, warum nicht in zehn? Warum einen Text aus dem Evangelium und nicht aus dem Koran? Zuerst muß man Vertrauen in das Evangelium erwecken, Vertrauen darein, daß gerade in ihm die Wahrheit liegt, und dann alles im Text lösen. [...]

Ihr A. Čechov.

AN S.P. DJAGILEV Jalta, 30. 12. 1902

30. Dezember 1902.

Sehr geehrter Sergej Pavlovič!

Sie schreiben, wir hätten über eine ernsthafte religiöse Bewegung in Rußland gesprochen. Gesprochen haben wir über eine Bewegung nicht in Rußland, sondern unter den Intellektuellen. Über Rußland will ich nichts sagen, aber die Intellektuellen spielen einstweilen nur mit der Religion, und das vor allem, weil sie nichts Besseres zu tun wissen. Über den gebildeten Teil unserer Gesellschaft kann man sagen, daß er sich von der Religion entfernt hat und sich immer weiter und weiter von ihr entfernt, gleichgültig, was da gesagt werden mag und was für philosophisch-religiöse Gesellschaften sich da auch bilden mögen. Ob dies gut oder schlecht sei, wage ich nicht zu beurteilen, ich will nur sagen, daß die religiöse Bewegung, von der Sie schreiben, etwas für sich ist, wie die gesamte moderne Kultur etwas für sich ist, und daß man die zweite unmöglich in eine ursächliche Abhängigkeit von der ersten bringen kann. Die heutige Kultur ist der Anfang einer Arbeit im Namen einer großen Zukunft, einer Arbeit, die vielleicht noch Zehntausende von Jahren andauern wird, damit die Menschheit, und sei es erst in ferner Zukunft, die Wahrheit des wahren Gottes erkennt, d. h., sie nicht nur vermutet, sie nicht bei Dostoevskij sucht, sondern klar erkennt, so wie sie erkannt hat, daß zwei mal zwei vier ist. Die heutige Kultur – ist der Anfang von Arbeit, die religiöse Bewegung dagegen, von der wir gesprochen haben, ist ein Überbleibsel, ist fast schon das Ende dessen, was sich überlebt hat oder im Begriffe ist, sich zu überleben. Aber das ist eine lange Geschichte, ganz kann man die in einem Brief nicht schreiben. Wenn Sie Hrn. Filosofov sehen, so übermitteln Sie ihm bitte meinen tief empfundenen Dank. Ich wünsche Ihnen ein gutes Neues Jahr, wünsche Ihnen Gesundheit.

Ihr ergebener A. Čechov.

AN S.P. DJAGILEV Jalta, 12.7.1903

12. Juli 1903.

Sehr geehrter Sergej Pavlovič, ich verspäte mich ein wenig mit der Antwort auf Ihren Brief, denn ich habe ihn nicht in Naro-Fominskoe bekommen, sondern in Jalta, wo ich dieser Tage angekommen bin und wo ich wahrscheinlich bis zum Herbst bleiben werde. Ich habe lange nachgedacht, nachdem ich Ihren Brief gelesen hatte, und so verlockend Ihr Vorschlag auch ist, oder Ihre Einladung, ich darf Ihnen schließlich dennoch nicht das antworten, was Sie und ich gerne möchten.

Redakteur des »Mir iskusstva« kann ich nicht sein, denn es ist mir unmöglich, in Petersburg zu leben, und die Zeitschrift wird meinetwegen nicht nach Moskau ziehen, das Redigieren per Post oder per Telegraph ist unmöglich, und mich nur nominell zum Redakteur zu haben, bringt der Zeitschrift keinerlei Nutzen. Das zum ersten. Zweitens, so wie ein Bild nur von einem Maler gemalt und eine Rede nur von einem Redner gehalten wird, so wird auch eine Zeitschrift nur von einem Menschen redigiert. Natürlich bin ich kein Kritiker und würde die Rubrik Kritik wohl kaum gut redigieren, aber andererseits, wie sollte ich mit D. S. Merežkovskij unter einem Dach zusammenleben, der einen festen Glauben hat, einen lehrerhaften Glauben, während ich meinen Glauben längst verloren habe und nur mit Erstaunen auf jeden gläubigen Intellektuellen sehen kann. Ich achte D. S. und schätze ihn sowohl als Menschen als auch als Literaten, aber wir ziehen den Wagen, wenn wir ihn wirklich ziehen, so doch nach verschiedenen Seiten. Wie dem auch sein mag – ob mein Verhältnis zur Sache falsch ist oder nicht, ich habe immer so gedacht und bin jetzt fest davon überzeugt, daß Redakteur nur einer sein soll, nur einer, und daß besonders der »Mir iskusstva« einzig und allein von Ihnen redigiert werden sollte. Das ist meine Meinung, und ich glaube, ich werde sie nicht ändern.

Seien Sie mir nicht böse, lieber Sergej Pavlovič; ich glaube, wenn Sie die Zeitschrift, sagen wir: noch fünf Jahre redigiert haben, werden Sie mir rechtgeben. An einer Zeitschrift soll, wie an einem Bild oder einem Gedicht, nur eine Person beteiligt sein, soll nur ein Wille zu spüren sein. Das ist beim »Mir iskusstva« bisher so gewesen, und das war gut. Daran sollte man sich auch weiterhin halten.

Ich wünsche Ihnen alles Gute, drücke Ihnen fest die Hand. In Jalta ist es kühl oder, zumindest, nicht heiß, ich frohlocke.

Ich grüße Sie herzlich.

Ihr A. Čechov.

AN O.L. KNIPPER — Jalta, 20. 4. 1904

20. April.

Mein lieber Hund,

Du fragst: was ist das Leben? Das ist, als wollte man fragen: was ist eine Mohrrübe? Eine Mohrrübe ist eine Mohrrübe, mehr ist darüber nicht zu sagen.

Dein A.

Erzählungen und Novellen

Der schwarze Mönch

I

Der Magister Andrej Vasiljič Kovrin hatte sich überanstrengt, und seine Nerven waren zerrüttet. Er ließ sich nicht behandeln, hatte aber so nebenher, bei einer Flasche Wein, mit einem befreundeten Arzt gesprochen, und dieser gab ihm den Rat, den Frühling und Sommer auf dem Lande zu verbringen. Da kam ihm ein langer Brief von Tanja Pesockaja sehr gelegen, die ihn bat, für eine Weile zu Besuch nach Borisovka zu kommen. Und er entschied, daß es für ihn tatsächlich notwendig sei zu verreisen.

Zuerst – es war im April – fuhr er nach Hause, auf sein Stammgut Kovrinka, und verbrachte dort drei Wochen in der Einsamkeit; als sich dann der Straßenzustand gebessert hatte, begab er sich im Wagen zu seinem ehemaligen Vormund und Erzieher Pesockij, einem in Rußland bekannten Gartenbauer. Von Kovrinka bis Borisovka, wo die Pesockijs lebten, rechnete man nicht mehr als siebzig Verst, und auf den weichen Frühjahrswegen in einer bequemen, gefederten Kutsche zu fahren war ein wirklicher Genuß.

Die Pesockijs hatten ein riesengroßes Haus mit Säulen, mit Löwen, von denen der Stuck abbröckelte, und einem befrackten Diener am Eingang. Der altertümliche Park, der griesgrämig und streng aussah, war in englischer Manier angelegt; er zog sich nahezu eine Verst weit vom Haus bis zum Fluß hin und endete hier an dem steil abfallenden, lehmigen Uferhang, auf dem Kiefern wuchsen, deren bloßliegende Wurzeln wie zottige Pfoten aussahen; unten glitzerte feindselig das Wasser, mit klagendem Piepen strichen Schnepfen darüber hin, und ständig herrschte dort eine Stimmung, daß man Lust bekommen konnte, sich hinzusetzen und eine Ballade zu schreiben. Dafür war es unmittelbar am Haus, im Hof und im Obstgarten, der zusammen mit den Baumschulen ungefähr dreißig Desjatinen einnahm, fröhlich und heiter, sogar bei schlechtem Wetter. Solche wunderbaren Rosen, Lilien, Kamelien, solche Tulpen in allen möglichen Farben, von leuchtendweißen angefangen bis hin zu rußschwarzen, überhaupt einen solchen Reichtum an Farben wie bei Pesockij hatte Kovrin an keinem anderen Ort zu sehen bekommen. Es war erst Frühlingsanfang, und die eigentliche Pracht der Blumenbeete verbarg sich noch in den Treibhäusern, aber auch das, was an den Alleen entlang und hier und da auf den Beeten blühte, genügte, um sich bei einem Spaziergang durch den Garten in einem Reich zarter Farben zu fühlen, besonders in den frühen Morgenstunden, wenn auf jedem Blumenblatt der Tau funkelte.

Der dekorative Teil des Gartens und das, was Pesockij selbst verächtlich als Lappalien bezeichnete, hatte auf Kovrin einst in der Kindheit einen märchenhaften Eindruck gemacht. Was gab es hier nicht alles an Seltsamkeiten, an ausgesuchten Verkrüppelungen und Verhöhnungen der Natur! Da gab es Spaliere von Obstbäumen, einen Birnbaum, der die Form einer Pyramidenpappel hatte, kugelförmige Eichen und Linden, einen schirmförmigen Apfelbaum, Arkaden, Monogramme, Kandelaber und sogar die Zahl 1862 aus Pflaumenbäumen, eine Ziffer, die das Jahr angab, in dem Pesockij angefangen hatte, sich mit Gartenbau zu beschäftigen. Hier fanden sich auch schöne, schlanke Bäumchen mit Stämmen, gerade und kräftig wie bei einer Palme, und erst wenn man genau hinsah, konnte man einen Stachelbeer- oder Johannisbeerstrauch in diesen Bäumchen erkennen. Was aber in dem Garten am fröhlichsten stimmte und ihm ein belebtes Aussehen verlieh, das war die ständige Bewegung. Vom frühen Morgen bis zum Abend tummelten sich wie die Ameisen zwischen den Bäumen und Sträuchern, in den Alleen und auf den Beeten Menschen mit Handwagen, Hacken, Gießkannen ...

Kovrin kam abends gegen zehn Uhr bei den Pesockijs an. Er fand Tanja und ihren Vater, Egor Semënyč, in großer Aufregung vor. Ein sternenklarer Himmel und das Thermometer prophezeiten Nachtfrost, der Gärtner Ivan Karlyč war jedoch in die Stadt gefahren, und es war niemand da, auf den man sich hätte verlassen können. Beim Abendessen war nur vom Nachtfrost die Rede, und es wurde beschlossen, daß Tanja nicht schlafen gehen und nach zwölf Uhr einen Gang durch den Garten machen sollte, um nachzusehen, ob alles in Ordnung sei, während Egor Semënyč um drei Uhr oder noch früher aufstehen würde.

Kovrin blieb den ganzen Abend bei Tanja sitzen und begab sich nach Mitternacht mit ihr in den Garten. Es war kalt. Schon auf dem Hof roch es stark brandig. Im großen Obstgarten, der Wirtschaftsgarten genannt wurde und Egor Semënyč alljährlich einige Tausend Rubel Reingewinn einbrachte, breitete sich auf dem Erdboden schwarzer, dichter, beißender Rauch aus, der, die Bäume einhüllend, diese Tausende vor dem Frost rettete. Die Bäume standen hier in Schachbrettordnung, ihre Reihen waren gerade und regelmäßig wie eine Front Soldaten, und diese strenge, pedantische Regelmäßigkeit und der Umstand, daß sämtliche Bäume von gleichem Wuchs waren und vollkommen gleiche Kronen und Stämme hatten, machten das Bild eintönig und sogar langweilig.

Kovrin und Tanja gingen durch die Reihen, wo Feuer aus Mist, Stroh und allerhand Abfällen schwelten, und von Zeit zu Zeit begegneten ihnen Arbeiter, die wie Schatten in dem Rauch umhergingen. Es blühten nur die Kirschen, die Pflaumen und einige Apfelsorten, aber der ganze Garten ertrank in Rauch, und erst bei den Treibhäusern schöpfte Kovrin aus voller Brust Luft.

»Ich habe schon in meiner Kindheit hier vor Rauch geniest«, sagte er achselzuckend, »kann aber bis heute nicht begreifen, wie dieser Rauch vor dem Frost schützen kann.«

»Der Rauch ersetzt die Wolken, wenn diese fehlen...« erwiderte Tanja.

»Und wozu sind die Wolken nötig?«

»Bei trübem Wetter und bewölktem Wetter gibt es keine Nachtfröste.«

»So ist das also!«

Er lachte und nahm sie bei der Hand. Ihr breites, sehr ernstes, verfrorenes Gesicht mit den feinen schwarzen Brauen, der hochgeklappte Mantelkragen, der sie daran hinderte, den Kopf frei zu bewegen, und ihre ganze magere, schlanke Gestalt in dem wegen des Taus hochgerafften Kleid rührten ihn.

»Herrgott, sie ist schon erwachsen!« sagte er. »Als ich das

letzte Mal von hier wegfuhr, vor etwa fünf Jahren, waren Sie noch ganz und gar ein Kind. Sie waren so dünn, so langbeinig, immer ohne Kopfbedeckung, trugen ein kurzes Kleidchen, und ich neckte Sie und nannte Sie Reiher … Was doch die Zeit macht!«

»Ja, fünf Jahre!« Tanja seufzte. »Viel Wasser ist seitdem flußabwärts geflossen. Sagen Sie, Andrjuša, sagen Sie die Wahrheit«, sprach sie lebhaft, ihm in die Augen schauend, »haben Sie sich uns entfremdet? Aber was frage ich denn? Sie sind ein Mann, Sie leben Ihr eigenes, interessantes Leben, Sie sind eine Größe … Eine Entfremdung ist so natürlich! Doch wie es auch sein möge, Andrjuša, ich möchte, daß Sie uns zu den Ihrigen zählen. Wir haben ein Recht darauf.«

»Ich zähle euch dazu, Tanja.«

»Ehrenwort?«

»Ja, mein Ehrenwort.«

»Sie haben sich heute gewundert, daß wir so viele Photographien von Ihnen haben. Sie wissen doch, daß mein Vater Sie vergöttert. Manchmal scheint es mir, als liebte er Sie mehr als mich. Er ist stolz auf Sie, Sie sind ein Gelehrter, ein ungewöhnlicher Mensch, Sie haben sich eine glänzende Stellung geschaffen, und er ist davon überzeugt, daß Sie deshalb so geworden sind, weil er Sie erzogen hat. Ich hindere ihn nicht, so zu denken. Soll er.«

Es dämmerte bereits, das war besonders an der Deutlichkeit zu merken, mit der sich die Rauchwolken und die Kronen der Bäume in der Luft abzeichneten. Die Nachtigallen sangen, und von den Feldern her erscholl Wachtelschlag.

»Jetzt ist es aber Zeit zum Schlafen«, sagte Tanja. »Und kalt ist es auch.« Sie nahm seinen Arm. »Ich danke Ihnen, Andrjuša, daß Sie gekommen sind. Wir haben nur uninteressante Bekannte und auch nur wenige. Wir haben allein den Garten, den Garten, den Garten – und weiter nichts. Hochstamm, Halbstamm«, sie lachte, »Oportoapfel, Renette, Winterapfel, Okulieren, Kopulieren … Unser ganzes, ganzes Leben widmen wir dem Garten, ich träume sogar niemals von etwas anderem als von Apfel- und Birnbäumen. Natürlich, das ist gut, das ist nützlich, aber manchmal möchte man doch auch etwas Abwechslung haben. Ich erinnere mich, wenn Sie früher zu uns in die Ferien kamen oder uns einfach so besuchten, dann wurde es im Haus irgendwie lebendiger und heller, als hätte man von dem Kronleuchter und den Möbeln die leinenen Überzüge abgenommen. Ich war damals noch ein kleines Mädchen und habe das trotzdem gemerkt.«

Sie sprach lange und mit viel Gefühl. Ihm ging es plötzlich durch den Kopf, daß er im Laufe des Sommers eine Zuneigung zu diesem kleinen, schwachen und redseligen Wesen fassen, daß er Feuer fangen und sich verlieben könnte; in ihrer beider Situation war dies gut möglich und natürlich! Dieser Gedanke rührte ihn und brachte ihn zum Lachen; er beugte sich vor zu dem lieben, besorgten Gesicht und sang leise:

Onegin! o du mußt es ahnen,
Unsagbar liebe ich Tatjanen!

Als sie nach Hause kamen, war Egor Semënyč schon aufgestanden. Kovrin verspürte keine Lust zum Schlafen, er kam mit dem alten Herrn ins Gespräch und kehrte mit ihm zurück in den Garten. Egor Semënyč war hochgewachsen und breit in den Schultern, er hatte einen Bauch und litt an Kurzatmigkeit, ging aber immer so schnell, daß es schwer war, ihm zu folgen. Er sah immer äußerst besorgt aus, ständig hastete er irgendwohin, und mit einem Ausdruck, als wäre alles verloren, wenn er sich auch nur um eine Minute verspätete.

»Siehst du, mein Lieber, das ist eine Geschichte ...« begann er und blieb stehen, um Atem zu schöpfen. »Am Erdboden friert es, wie du siehst, hebst du aber das Thermometer mit einem Stock so vier, fünf Meter über den Erdboden, dann ist es dort warm ... Weshalb ist das so?«

»Das weiß ich wirklich nicht«, sagte Kovrin und lachte.

»Hm ... Alles kann man natürlich nicht wissen ... Der Verstand mag noch so viel fassen, alles bringt man dort nicht unter. Du bist ja wohl mehr für die Philosophie zuständig?«

»Ja. Ich lese über Psychologie, beschäftige mich jedoch ganz allgemein mit Philosophie.«

»Und es wird dir nicht langweilig?«

»Im Gegenteil, allein dafür lebe ich ja.«

»Nun, Gott gebs ...« sagte Egor Semënyč und strich sich gedankenvoll über seinen grauen Backenbart. »Gott gebs ... Ich freue mich sehr für dich ... ich freue mich, mein Lieber ...«

Aber plötzlich lauschte er, machte ein ängstliches Gesicht, lief zur Seite und verschwand hinter den Bäumen in den Rauchwolken.

»Wer hat denn das Pferd an den Apfelbaum gebunden?« erklang sein verzweifeltes, herzzerreißendes Schreien. »Welcher Schuft, welche Kanaille hat es gewagt, ein Pferd an einen Apfelbaum zu binden? Mein Gott, mein Gott! Alles haben sie verdorben, verschandelt, verhunzt und besudelt! Der Garten ist verloren! Der Garten ist zugrunde gerichtet! Mein Gott!«

Als er zu Kovrin zurückkam, sah sein Gesicht abgespannt und beleidigt aus.

»Nun, was sollst du mit diesem verdammten Volk machen?« sagte er mit weinerlicher Stimme und ausgebreiteten Armen. »Stëpka hat in der Nacht Mist angefahren und das Pferd an einen Apfelbaum gebunden! Die Zügel hat der Halunke so fest um den Stamm gewickelt, daß die Rinde an drei Stellen durchgerieben ist. Wie gefällt dir das! Ich rede mit ihm, er aber – der blöde Tölpel – klappert nur mit den Augen! Aufhängen sollte man ihn, das wäre noch zu wenig!«

Als er sich beruhigt hatte, umarmte er Kovrin und küßte ihn auf die Wange.

»Nun, gebs Gott ... gebs Gott ...« murmelte er. »Ich freue mich sehr, daß du gekommen bist. Unsäglich freue ich mich ... Ich danke dir.«

Dann hastete er wieder mit besorgtem Gesicht durch den ganzen Garten und zeigte seinem ehemaligen Zögling alle Orangerien, Treib- und Kalthäuser und seine beiden Bienenstände, die er das Wunder unseres Jahrhunderts nannte.

Während sie umherwanderten, war die Sonne aufgegangen und beschien jetzt strahlend den Garten. Es wurde warm. Im Vorgefühl eines klaren, frohen und langen Tages erinnerte sich Kovrin, daß es ja erst Anfang Mai war und vor ihm noch ein ganzer Sommer lag, ebenso klar, froh und lang, und plötzlich regte sich in seiner Brust ein freudiges, junges Gefühl, wie er es in der Kindheit verspürt hatte, als er in diesem Garten umhergelaufen war. Und er umarmte seinerseits den alten Mann und küßte ihn zärtlich. Beide gingen gerührt ins Haus und tranken aus altertümlichen Porzellantassen Tee mit Sahne und aßen sättigende Butterkringel – und alle diese Kleinigkeiten erinnerten Kovrin wieder an seine Kindheit und Jugend. Die herrliche Gegenwart und die in ihm erwachenden Eindrücke der Vergangenheit verschmolzen miteinander; sie beengten das Herz, aber es war ein gutes Gefühl.

Er wartete noch, bis Tanja aufgewacht war, trank mit ihr zusammen Kaffee und machte einen Spaziergang mit ihr, danach ging er in sein Zimmer und setzte sich an die Arbeit. Er las aufmerksam, machte Notizen und hob hin und wieder die Augen, um einen Blick auf die offenen Fenster oder auf die frischen, noch taunassen Blumen zu werfen, die in Vasen auf dem Tisch standen, dann ließ er die Augen wieder auf das Buch sinken, und ihm schien, jeder Nerv in ihm zittere und hüpfe vor Freude.

II

Auf dem Lande führte er ein ebenso nervöses und unruhiges Leben wie in der Stadt. Er las und schrieb viel, lernte Italienisch, und wenn er spazierenging, dachte er mit Vergnügen daran, daß er sich bald wieder an die Arbeit setzen würde. Er schlief so wenig, daß alle sich wunderten; wenn er am Tage zufällig für eine halbe Stunde einschlief, dann konnte er nachher die ganze Nacht nicht schlafen, fühlte sich aber nach einer solchen Nacht munter und vergnügt, als wäre nichts vorgefallen.

Er sprach viel, trank Wein und rauchte teure Zigarren. Zu den Pesockijs kamen häufig, beinahe jeden Tag, junge Mädchen aus der Nachbarschaft zu Besuch, sie spielten zusammen mit Tanja Klavier und sangen; manchmal kam auch ein junger Mann, ein Nachbar, der gut Geige spielte. Kovrin hörte der Musik und dem Gesang begierig zu und wurde ganz willenlos dabei, und letzteres äußerte sich physisch darin, daß ihm die Augen zufielen und sein Kopf sich zur Seite neigte.

Einmal, nach dem Abendtee, saß er auf dem Balkon und las. Unterdessen übten Tanja, die Sopran sang, eines der jungen Mädchen, das eine tiefe Altstimme hatte, und der junge Mann auf der Geige im Salon die bekannte Serenade von Braga ein. Kovrin lauschte den Worten – es waren russische – und konnte durchaus nicht ihren Sinn verstehen. Schließlich, als er das Buch sinken ließ und aufmerksam hinhörte, begriff er: Ein junges Mädchen mit krankhafter Phantasie hört nachts im Garten geheimnisvolle Klänge, die so herrlich und seltsam sind, daß sie darin eine heilige Harmonie erkennt, die uns Sterblichen unbegreiflich bleibt und deshalb zurück zum Himmel fliegt. Kovrin begannen die Augen zuzufallen. Er erhob sich und machte erschöpft einen Gang durch den Salon, dann durch den Saal. Als der Gesang zu Ende war, nahm er Tanjas Arm und ging mit ihr hinaus auf den Balkon.

»Mich beschäftigt heute seit dem frühen Morgen eine Legende«, sagte er. »Ich erinnere mich nicht, ob ich sie irgendwo gelesen habe, aber die Legende ist irgendwie seltsam und mit nichts in Zusammenhang zu bringen. Und sie zeichnet sich schon gar nicht durch Klarheit aus. Vor tausend Jahren ging ein Mönch, schwarz gekleidet, durch eine Wüste, irgendwo in Syrien oder Arabien ... Einige Meilen von dem Ort entfernt, wo er ging, sahen Fischer einen anderen schwarzen Mönch, der sich langsam über die Oberfläche des Sees bewegte. Dieser zweite Mönch war eine Luftspiegelung. Jetzt vergessen Sie alle Gesetze der Optik, die die Legende offenbar nicht anerkennt, und hören Sie weiter. Die Luftspiegelung ließ eine andere Luftspiegelung entstehen, dann entstand durch die zweite eine dritte, und so wurde die Gestalt des schwarzen Mönches ohne Ende aus einer Schicht der Atmosphäre in die andere weitergegeben. Er wurde bald in Afrika, bald in Spanien, bald in Indien, bald im hohen Norden gesehen... Schließlich trat er über die Grenzen der Erdatmosphäre hinaus und irrt jetzt im Weltall umher, weil er nirgends die Bedingungen antrifft, unter denen er erlöschen kann. Vielleicht sieht man ihn jetzt irgendwo auf dem Mars oder auf einem Stern im Kreuz des Südens. Die Quintessenz aber, meine Liebe, der eigentliche Clou der Legende besteht darin, daß die Fata Morgana, genau tausend Jahre nachdem der Mönch durch die Wüste gegangen ist, wieder in die Erdatmosphäre geraten und den Menschen erscheinen wird. Und es ist, als wären diese tausend Jahre bald abgelaufen ... Im Sinne der Legende können wir den schwarzen Mönch schon über kurz oder lang erwarten.«

»Eine merkwürdige Fata Morgana«, sagte Tanja, der die Legende nicht gefallen hatte.

»Das erstaunlichste aber ist«, sagte Kovrin lachend, »daß ich mich durchaus nicht erinnern kann, wie mir diese Legende in den Sinn gekommen ist. Habe ich sie irgendwo gelesen? Habe ich sie gehört? Oder kann es sein, daß ich von dem schwarzen Mönch geträumt habe! Ich schwöre bei Gott, daß ich mich nicht erinnern kann. Jedoch die Legende beschäftigt mich. Ich denke heute den ganzen Tag an sie.«

Nachdem er Tanja zu den Gästen hatte gehen lassen, trat er aus dem Haus und ging in Gedanken versunken zwischen den Blumenbeeten umher. Die Sonne war schon im Untergehen begriffen. Die Blumen strömten, da man sie soeben gegossen hatte, einen feuchten, erregenden Duft aus. Im Haus wurde wieder gesungen, und aus der Ferne rief die Geige den Eindruck einer menschlichen Stimme hervor. Während Kovrin seine Gedanken anstrengte, um sich zu erinnern, wo er diese Legende gelesen oder gehört hatte, lenkte er seine Schritte gemächlich in den Park hinein und kam unmerklich zum Fluß.

Auf einem schmalen Pfad, der an dem steilen Ufer an den entblößten Baumwurzeln vorbeiführte, stieg er hinunter zum Wasser, versetzte dort die Schnepfen in Unruhe und scheuchte zwei Enten hoch. Auf den düsteren Kiefern leuchtete noch hier und da der Widerschein von den letzten Strahlen der untergehenden Sonne, aber auf der Oberfläche des Flusses war es bereits richtig Abend geworden. Kovrin ging über einen Steg aus schwimmenden Baumstämmen auf die andere Seite. Vor ihm lag ein weites Feld mit jungem, noch nicht blühendem Roggen. Keine menschliche Wohnung, keine lebende Seele weit und breit, es schien, als würde der schmale Pfad, ginge man darauf weiter, genau zu dem unbekannten, rätselhaften Ort führen, wo die Sonne soeben versunken war und wo so breit und majestätisch die Abendröte loderte.

Wie weiträumig, frei und still es hier ist! dachte Kovrin, während er den Pfad entlangschritt. Und es scheint, als schaue die ganze Welt auf mich, als halte sie den Atem an und warte darauf, daß ich sie begreife...

Doch da liefen Wellen über den Roggen, und ein leichter Abendwind berührte zärtlich seinen unbedeckten Kopf. Einen Augenblick später kam wieder ein Windstoß, doch bereits stärker; der Roggen begann zu rauschen, und hinter ihm war ein dumpfes Murren in den Kiefern zu vernehmen. Kovrin blieb verwundert stehen. Am Horizont erhob sich gleich einem Wirbelsturm oder einer Windhose von der Erde bis zum Himml eine hohe schwarze Säule. Ihre Umrisse waren undeutlich, aber sofort, im ersten Augenblick konnte man erkennen, daß sie nicht auf einem Fleck stand, sondern sich mit einer furchtbaren Geschwindigkeit geradewegs auf Kovrin zu bewegte, und je näher sie herankam, desto kleiner und deutlicher wurde sie. Kovrin sprang zur Seite, ins Roggenfeld, um ihr den Weg frei zu geben, und hatte es eben noch rechtzeitig tun können...

Ein Mönch in schwarzer Kleidung, mit grauem Haupt und schwarzen Augenbrauen, raste mit über der Brust gekreuzten Armen vorbei. Seine nackten Füße berührten nicht den Boden. Im Vorbeirasen, etwa zehn Schritte von ihm entfernt, blickte er sich nach Kovrin um, nickte und lächelte ihm freundlich und zugleich listig zu. Doch was für ein bleiches, schrecklich bleiches und mageres Gesicht war das! Er begann wieder zu wachsen, überquerte fliegend den Fluß, prallte unhörbar gegen das lehmige Ufer und die Kiefern und verschwand, durch sie hindurchgehend, wie Rauch.

»Da sieh einer an...« murmelte Kovrin. »Also ist Wahrheit in der Legende enthalten.«

Ohne sich die merkwürdige Erscheinung erklären zu wollen, zufrieden allein damit, daß es ihm gelungen war, so nahe und so deutlich nicht nur das schwarze Gewand, sondern sogar das

Gesicht und die Augen des Mönches zu sehen, kehrte er, angenehm erregt, nach Hause zurück.

Im Park und im Garten gingen die Leute ruhig umher, im Haus wurde musiziert – folglich hatte nur er allein den Mönch gesehen. Er verspürte große Lust, Tanja und Egor Semënyč von alledem zu erzählen, doch er überlegte, daß sie seine Worte sicher für ein Hirngespinst halten würden, und das könnte sie erschrecken; es war besser, zu schweigen. Er lachte laut, sang, tanzte Mazurka, ihm war fröhlich zumute, und alle, die Gäste und Tanja, fanden, daß er heute ein ganz besonderes, hellstrahlendes, hinreißendes Gesicht habe und daß er sehr interessant sei.

III

Nach dem Abendessen, als die Gäste weggefahren waren, ging er in sein Zimmer und legte sich aufs Sofa: er wollte an den Mönch denken. Aber einen Augenblick später trat Tanja ein.

»Hier, Andrjuša, lesen Sie Vaters Aufsätze«, sagte sie und überreichte ihm ein Paket Broschüren und Sonderdrucke. »Es sind wunderbare Artikel. Er schreibt ausgezeichnet.«

»Na, was ist daran ausgezeichnet!« sagte Egor Semënyč, der nach ihr hereinkam und gezwungen lachte; er genierte sich. »Hör nicht auf sie, bitte, lies sie nicht! Übrigens, wenn du einschlafen willst, dann kannst du sie ja lesen: sie sind ein wunderbares Schlafmittel.«

»Und ich meine, es sind großartige Aufsätze«, sagte Tanja voll tiefer Überzeugung. »Lesen Sie sie, Andrjuša, und reden Sie Papa zu, öfter zu schreiben. Er könnte ein ganzes Lehrbuch über Gartenbau schreiben.«

Egor Semënyč brach in ein unnatürliches Gelächter aus, errötete und begann sich in Phrasen zu ergehen, wie sie Autoren in der Verlegenheit gewöhnlich sagen. Schließlich gab er nach.

»In diesem Fall lies zuerst den Artikel von Gaucher und diese kleinen russischen Aufsätze«, murmelte er, wobei er mit zitternden Händen die Broschüren durchblätterte, »sonst wirst du sie nicht verstehen. Bevor man meine Entgegnungen liest, muß man wissen, wogegen ich opponiere. Übrigens, es ist alles Unsinn ... höllisch langweilig. Und mir scheint, es ist Zeit zum Schlafen.«

Tanja ging hinaus. Egor Semënyč setzte sich zu Kovrin aufs Sofa und seufzte tief.

»Ja, mein Lieber ...« begann er nach einigem Schweigen. »So ist das, mein allerbester Magister. Da schreibe ich Artikel und beteilige mich an Ausstellungen, auch Medaillen bekomme ich ... Bei Pesockij, heißt es, haben die Äpfel Kopfgröße, und Pesockij, heißt es, hat sich mit dem Garten ein Vermögen gemacht. Mit einem Wort, reich und berühmt ist Kočubej. Es fragt sich aber: Wozu das alles? Der Garten ist tatsächlich wunderschön, er ist mustergültig ... Das ist kein Garten, sondern eine ganze Institution von hoher staatlicher Bedeutung, weil das sozusagen die Vorstufe zu einer neuen Ära der russischen Wirtschaft und russischen Industrie ist. Doch wozu? Welchen Zweck hat das?«

»Die Sache spricht für sich selbst.«

»Ich meine das nicht in dem Sinne. Ich will fragen: Was wird mit dem Garten, wenn ich sterbe? In dem Zustand, wie du ihn jetzt siehst, wird er sich ohne mich keinen einzigen Monat halten. Das ganze Geheimnis des Erfolges liegt nicht darin, daß der Garten groß ist und daß ich viele Arbeiter habe, sondern darin, daß ich diese Arbeit liebe – verstehst du –, ich liebe sie vielleicht mehr als mich selbst. Sieh mich an: Ich mache alles selber. Ich arbeite vom Morgen bis in die Nacht. Das Pfropfen der Bäume besorge ich selbst, das Beschneiden mache ich selbst, das Pflanzen – alles mache ich selbst, alles. Wenn man mir dabei hilft, werde ich eifersüchtig und gereizt bis zur Grobheit. Das ganze Geheimnis besteht in der Liebe, das heißt in dem scharfen Auge des Herrn, in den Händen des Herrn und auch in dem Gefühl, das einen überkommt, wenn man gelegentlich für ein Stündchen irgendwohin zu Besuch fährt, du sitzt da, und das Herz läßt dir keine Ruhe: du hast Angst, es könnte im Garten etwas passiert sein. Und wenn ich sterbe, wer wird nachschauen? Wer wird arbeiten? Der Gärtner? Die Arbeiter? Ja? Ich will dir das eine sagen, mein lieber Freund: Der größte Feind bei unserem Geschäft ist nicht der Hase, nicht der Maikäfer und nicht der Frost, sondern es sind die fremden Menschen.«

»Und Tanja?« fragte Kovrin lachend. »Es kann doch nicht sein, daß sie schädlicher ist als ein Hase. Sie liebt und versteht die Sache.«

»Ja, sie liebt und versteht sie. Wenn sie nach meinem Tode den Garten erbt und die Herrin sein wird, dann wäre natürlich nichts Besseres zu wünschen. Na, und wenn sie, Gott behüte, heiratet?« Egor Semënyč fing an zu flüstern und blickte Kovrin erschrocken an. »Das ist es ja! Sie wird heiraten, Kinder kriegen, da hat sie doch keine Zeit mehr, an den Garten zu denken. Was ich hauptsächlich befürchte: Da wird sie so einen Burschen heiraten, und der, von der Habgier gepackt, verpachtet den Garten an irgendwelche Händlerinnen, und alles geht zum Teufel, gleich im ersten Jahr! Weiber sind in unserem Geschäft eine Geißel Gottes!«

Egor Semënyč seufzte und schwieg ein Weilchen.

»Vielleicht ist das auch Egoismus, aber ich sage es offen: Ich will nicht, daß Tanja heiratet. Ich fürchte mich davor! Da kommt immer so ein Stutzer mit der Geige zu uns gefahren und fiedelt; ich weiß, daß Tanja ihn nicht nimmt, ich weiß es genau, aber ich kann ihn nicht sehen! Überhaupt, mein Bester, ich bin doch ein großer Sonderling. Ich bekenne es.«

Egor Semënyč erhob sich und schritt in großer Erregung im Zimmer umher, und es war klar, daß er etwas sehr Wichtiges sagen wollte, sich aber nicht dazu entschließen konnte.

»Ich liebe dich herzlich und werde offen mit dir sprechen«, sagte er endlich und steckte die Hände in die Taschen. »Bei gewissen heiklen Fragen mache ich keine Umstände und sage einfach das, was ich denke; ich kann die sogenannten heimlichen Gedanken nicht ausstehen. Ich sage unumwunden: Du bist der einzige Mensch, dem ich meine Tochter ohne Furcht zur Frau geben würde. Du bist ein gescheiter Mann mit Herz und würdest mein geliebtes Werk nicht zugrunde gehen lassen. Aber die Hauptsache ist – ich liebe dich wie einen Sohn ... und bin stolz auf dich. Würde sich zwischen dir und Tanja etwas anbahnen, dann – nun ja, meinetwegen! Ich würde mich sehr freuen und sogar glücklich sein. Ich sage das rundheraus, ohne Ziererei, als ein ehrlicher Mensch.«

Kovrin lachte. Egor Semënyč öffnete die Tür, um hinauszugehen, und blieb auf der Schwelle stehen.

»Wenn du von Tanja einen Sohn hättest, dann würde ich aus ihm einen Gärtner machen«, sagte er nach einigem Überlegen. »Übrigens ist dies ein leerer Wahn ... Gute Nacht.«

Allein geblieben, legte sich Kovrin bequemer hin und machte sich an die Aufsätze. Der eine trug den Titel: ›Über die Zwischenkultur‹, ein anderer: ›Einige Worte anläßlich der Bemerkung des Herrn Z. über das Umgraben des Bodens für einen neuen Garten‹, ein dritter: ›Weiteres zum Okulieren aufs schlafende Auge‹ – und alles von dieser Art. Aber was für ein unruhiger, unausgeglichener Ton, was für eine nervöse, beinahe krankhafte Art, sich zu ereifern! Das war ein Artikel mit einem, so schien es, durchaus friedfertigen Titel und gleichgültigen Inhalt: es war darin die Rede von dem russischen Antonov-Apfel. Aber Egor Semënyč begann ihn mit ›audiatur et altera pars‹ und schloß mit ›sapienti sat‹, und zwischen diesen beiden Aussprüchen ergoß sich eine ganze Fontäne giftiger Redensarten über ›die gelehrte Unwissenheit unserer Herren Diplomgartenbauer, die die Natur von der Höhe ihrer Katheder beobachten‹, oder über Herrn Gaucher, ›dessen Erfolg von Laien und Dilettanten bewirkt worden ist‹, und dann noch ganz unpassenderweise ein gezwungenes und unaufrichtiges Bedauern darüber, daß die Bauern, die Obst stehlen und dabei die Bäume beschädigen, nicht mehr mit Ruten geprügelt werden dürfen.

Eine schöne, nette und gesunde Beschäftigung, doch auch hier gibt es Leidenschaften und Kampf, dachte Kovrin. Wahrscheinlich sind alle Menschen, die einer Idee dienen, nervös und zeichnen sich durch eine erhöhte Empfindlichkeit aus. Offensichtlich muß das so sein.

Ihm kam Tanja in den Sinn, der die Aufsätze von Egor Semënyč so gefielen. Sie war nicht groß von Wuchs, blaß und so mager, daß man die Schlüsselbeine sah; ihre weit geöffneten, klugen dunklen Augen betrachteten alles genau und suchten immer etwas; sie ging wie ihr Vater stets eilig und machte kleine

Schritte. Sie sprach viel, stritt gern ein wenig und begleitete jeden, auch den unbedeutendsten Satz, mit ausdrucksvoller Mimik und Gestik. Sicherlich war sie im höchsten Grade nervös.

Kovrin las weiter, verstand aber nichts und hörte auf. Von der angenehmen Erregung, in der er vorhin die Mazurka getanzt und der Musik zugehört hatte, war er jetzt ganz erschöpft, und unzählige Gedanken gingen ihm durch den Kopf. Er erhob sich und begann im Zimmer umherzugehen, dabei dachte er an den schwarzen Mönch. Es kam ihm in den Sinn, daß, wenn nur er allein den seltsamen, übernatürlichen Mönch gesehen hatte, er also krank sein müsse und bereits an Halluzinationen leide. Diese Überlegung erschreckte ihn, jedoch dauerte das nicht lange.

Mir ist aber doch wohl zumute, und ich tue niemandem etwas; folglich liegt in meinen Halluzinationen nichts Schlimmes, dachte er, und ihm war wieder besser.

Er setzte sich aufs Sofa und umfaßte den Kopf mit beiden Händen, die unverständliche Freude zügelnd, die sein ganzes Wesen erfüllte, danach ging er wieder ein bißchen umher und setzte sich an die Arbeit. Doch die Gedanken, die er in dem Buch las, befriedigten ihn nicht. Er suchte nach etwas Gigantischem, Unermeßlichem, Überwältigendem. Gegen Morgen zog er sich aus und legte sich unlustig zu Bett: Man mußte doch schlafen!

Als die Schritte von Egor Semënyč erklangen, der in den Garten ging, klingelte Kovrin und befahl dem Diener, Wein zu bringen. Er trank mit Genuß einige Gläser Lafitte, dann zog er sich die Decke über den Kopf; sein Bewußtsein umnebelte sich, und er schlief ein.

IV

Egor Semënyč und Tanja zankten sich oft und sagten einander unangenehme Dinge.

Eines Morgens hatten sie sich wegen irgend etwas gestritten. Tanja fing an zu weinen und ging in ihr Zimmer. Sie kam weder zum Mittagessen noch zum Tee heraus. Egor Semënyč ging zuerst wichtig und hochmütig umher, als wolle er zu verstehen geben, daß die Interessen der Gerechtigkeit und der Ordnung für ihn das Höchste auf der Welt waren, aber lange hielt er seine Rolle nicht durch, und er wurde kleinmütig. Traurig irrte er durch den Park und seufzte immerfort: »Ach, mein Gott, mein Gott!« – und beim Mittagessen nahm er keinen Bissen. Schließlich klopfte er schuldbewußt, von seinem Gewissen gequält, an die verschlossene Tür und rief schüchtern:

»Tanja! Tanja!«

Und hinter der Tür ertönte als Antwort eine schwache, tränenerstickte und gleichzeitig entschlossene Stimme:

»Lassen Sie mich in Ruhe, ich bitte Sie.«

Die schlechte Laune der Herrschaft wirkte sich im ganzen Haus aus, sogar bei den Leuten, die im Garten arbeiteten. Kovrin war in seine interessante Arbeit vertieft, aber zum Schluß wurde es auch ihm langweilig und peinlich. Um die allgemeine schlechte Stimmung irgendwie zu zerstreuen, beschloß er, sich einzuschalten, und klopfte gegen Abend bei Tanja. Er wurde eingelassen.

»Ach, ach, welche Schande!« begann er scherzend und blickte erstaunt in Tanjas verweintes und von roten Flecken bedecktes, gramvolles Gesicht. »Ist es denn wirklich so ernst? Ach, ach!«

»Wenn Sie nur wüßten, wie er mich quält!« sagte sie, und Tränen, heiße, unzählige Tränen stürzten aus ihren großen Augen. »Er quält mich zu Tode!« fuhr sie, die Hände ringend, fort. »Ich habe nichts zu ihm gesagt ... nichts ... Ich habe nur gesagt, es ist nicht nötig ... überflüssige Arbeiter zu behalten, wenn ... man zu jeder Zeit Tagelöhner haben kann. Denn ... denn die Arbeiter tun schon eine ganze Woche lang nichts ... Ich ... ich habe nur dies gesagt, aber er hat angefangen zu schreien und hat mir ... viel Kränkendes, tief Beleidigendes gesagt. Wofür?«

»Schon gut, schon gut!« sagte Kovrin und strich ihr das Haar zurecht. »Ihr habt euch ein bißchen gezankt, habt ein bißchen geweint, und nun ists genug. Man darf nicht lange zürnen, das ist nicht gut ... um so mehr, als er Sie grenzenlos liebt.«

»Er hat ... mir mein ganzes Leben verdorben«, fuhr Tanja

schluchzend fort. »Ich bekomme nichts anderes zu hören als Beleidigungen und ... Kränkungen. Er meint, ich sei überflüssig in seinem Hause. Nun ja! Er hat recht. Ich werde morgen von hier wegfahren und eine Stellung als Telegrafistin annehmen ... Meinetwegen ...«

»Nun, nun, nun ... Nicht weinen, Tanja. Das dürfen Sie nicht tun, meine Liebe ... Ihr seid alle beide aufbrausend, reizbar und seid beide schuld. Kommen Sie, ich werde Sie versöhnen.«

Kovrin sprach freundlich und überzeugend, und sie fuhr fort zu weinen, ihre Schultern zuckten, und sie preßte die Hände zusammen, als hätte sie tatsächlich ein furchtbares Unglück betroffen. Sie tat ihm um so mehr leid, als ihr Kummer nicht ernst war, während sie doch so tief litt. Was für Kleinigkeiten genügten, um dieses Wesen für einen ganzen Tag unglücklich zu machen, ja womöglich für das ganze Leben! Während er Tanja tröstete, dachte Kovrin daran, daß außer diesem jungen Mädchen und ihrem Vater auf der ganzen Welt mit der Laterne keine Menschen zu finden waren, die ihn liebten wie jemanden, der zu ihnen gehörte, wie ein Glied der Familie; wären diese beiden Menschen nicht gewesen, dann hätte er, der Vater und Mutter in früher Kindheit verloren hatte, vielleicht bis zu seinem Tode nicht gewußt, was aufrichtige Zärtlichkeit ist und jene naive Liebe, die nicht viel überlegt und die man nur ganz nahen blutsverwandten Menschen entgegenbringt. Und er fühlte, daß die Nerven dieses weinenden, zuckenden jungen Mädchens auf seine halbkranken, verkrampften Nerven abgestimmt waren, wie das Eisen auf den Magneten. Er würde wohl niemals eine gesunde, rotwangige Frau lieben können, aber die blasse, schwache, unglückliche Tanja gefiel ihm.

Und es machte ihm Freude, ihr über das Haar und die Schultern zu streichen, ihre Hände zu drücken und ihr die Tränen abzuwischen ... Endlich hörte sie auf zu weinen. Sie beklagte sich noch lange über den Vater und ihr schweres, unerträgliches Leben in diesem Haus, und sie flehte Kovrin an, sich in ihre Lage zu versetzen; dann begann sie allmählich zu lächeln und darüber zu klagen, daß Gott ihr so einen schlechten

Charakter gegeben habe, zum Schluß brach sie in lautes Lachen aus, nannte sich ein dummes Ding und lief aus dem Zimmer.

Als Kovrin nach einem Weilchen in den Garten hinaustrat, gingen Egor Semënyč und Tanja bereits, als wäre nichts gewesen, in der Allee nebeneinander spazieren, und beide aßen mit Salz bestreutes Roggenbrot, denn alle beide waren hungrig.

V

Zufrieden, daß ihm die Rolle des Friedensstifters so gut gelungen war, begab sich Kovrin in den Park. Während er auf einer Bank saß und Überlegungen anstellte, hörte er das Rollen von Kutschen und Frauenlachen: Besuch war gekommen.

Als abendliche Schatten sich über den Garten legten, drangen undeutliche Geigentöne zu ihm, singende Stimmen, und das erinnerte ihn an den schwarzen Mönch. Wo, in welchem Land oder auf welchem Planeten, eilte diese optische Ungereimtheit jetzt wohl dahin?

Kaum hatte er an die Legende gedacht und sich jenes dunkle Gespenst vorgestellt, das er auf dem Roggenfeld gesehen hatte, da trat ihm gegenüber hinter einer Kiefer, unhörbar und ohne das geringste Rascheln zu verursachen, ein Mensch von mittlerem Wuchs hervor, mit unbedecktem grauen Haupt, ganz dunkel gekleidet und barfuß, er sah aus wie ein Bettler, und auf seinem bleichen, totenähnlichen Gesicht hoben sich scharf schwarze Brauen ab. Freundlich den Kopf neigend, kam dieser Bettler oder Pilger lautlos auf die Bank zu und setzte sich, und Kovrin erkannte in ihm den schwarzen Mönch. Eine Minute lang blickten beide einander an – Kovrin voll Staunen, der Mönch freundlich und wie auch damals ein wenig listig, als hätte er es faustdick hinter den Ohren.

»Aber du bist doch eine Luftspiegelung«, sprach Kovrin. »Wieso bist du denn hier und sitzt auf einem Fleck? Das reimt sich schlecht mit der Legende.«

»Das ist ganz gleichgültig«, erwiderte der Mönch nach kurzem Zögern mit leiser Stimme, wobei er ihm das Gesicht zuwandte. »Die Legende, die Luftspiegelungen und ich – das alles ist ein Produkt deiner erregten Phantasie. Ich bin ein Gespenst.«

»Also existierst du nicht?« fragte Kovrin.

»Denke, was du willst«, sagte der Mönch und lächelte schwach. »Ich existiere in deiner Einbildung, deine Einbildung aber ist ein Teil der Natur, folglich existiere ich auch in der Natur.«

»Du hast ein sehr altes, kluges und im höchsten Maße ausdrucksvolles Gesicht, als hättest du tatsächlich mehr als tausend Jahre gelebt«, sagte Kovrin. »Ich habe nicht gewußt, daß meine Einbildung fähig ist, solche Phänomene zu erschaffen. Aber was schaust du mich mit solcher Begeisterung an? Gefalle ich dir?«

»Ja. Du bist einer von den wenigen, die mit Recht Auserwählte Gottes genannt werden. Du dienst der ewigen Wahrheit. Deine Gedanken und Absichten, deine wunderbare Wissenschaft und dein ganzes Leben tragen den Stempel des Göttlichen, des Himmlischen, weil sie dem Vernünftigen und dem Schönen geweiht sind, das heißt dem, was ewig ist.«

»Du hast gesagt: der ewigen Wahrheit... Aber ist den Menschen die ewige Wahrheit zugänglich und brauchen sie diese, wenn es kein ewiges Leben gibt?«

»Es gibt ein ewiges Leben«, sagte der Mönch.

»Glaubst du an die Unsterblichkeit der Menschen?«

»Ja, natürlich. Euch Menschen erwartet eine große, glänzende Zukunft. Und je mehr es solche wie dich auf der Erde gibt, um so schneller wird sich diese Zukunft verwirklichen. Ohne euch, die Diener des höchsten Prinzips, die ihr ein bewußtes und freies Leben führt, wäre die Menschheit bedeutungslos; wenn sie sich auf natürliche Weise entwickelte, würde sie noch lange auf das Ende ihrer Erdengeschichte warten müssen. Ihr aber werdet sie um einige tausend Jahre früher in das Reich der ewigen Wahrheit hineinführen – und darin besteht euer hohes Verdienst. Ihr verkörpert in euch den Segen Gottes, der auf den Menschen ruht.«

»Und was ist der Sinn des ewigen Lebens?« fragte Kovrin.

»Wie jeden Lebens – der Genuß. Der wahre Genuß besteht in der Erkenntnis, und das ewige Leben bietet zahllose und unerschöpfliche Quellen der Erkenntnis, und darum ist gesagt: In meines Vaters Hause sind viele Wohnungen.«

»Wenn du wüßtest, wie angenehm es ist, dir zuzuhören!« sagte Kovrin und rieb sich vor Vergnügen die Hände.

»Ich bin sehr erfreut.«

»Aber ich weiß: Wenn du weggehst, wird mich die Frage nach deiner Wesenheit beunruhigen. Du bist ein Gespenst, eine Halluzination. Also bin ich psychisch krank, nicht normal?«

»Mag es so sein. Was stört dich daran? Du bist krank, weil du über deine Kräfte gearbeitet hast und erschöpft bist, das bedeutet, daß du deine Gesundheit einer Idee geopfert hast, und die Zeit ist nahe, da wirst du ihr auch das Leben selbst hingeben. Was kann besser sein? Das ist das, was überhaupt alle hochbegabten edlen Naturen erstreben.«

»Wenn ich weiß, daß ich psychisch krank bin, wie kann ich mir dann glauben?«

»Und woher weißt du, daß die genialen Menschen, denen die ganze Welt glaubt, nicht auch Gespenster gesehen haben? Sagen doch die Gelehrten heute, daß das Genie dem Wahnsinn verwandt sei. Mein Freund, gesund und normal sind nur die Simplen, die Herdenmenschen. Überlegungen hinsichtlich des nervösen Zeitalters, der Überanstrengung, der Entartung und dergleichen können nur solche ernstlich aufregen, die den Sinn des Lebens in der Gegenwart sehen, das heißt die Herdenmenschen.«

»Die Römer sagten: Mens sana in corpore sano.«

»Nicht alles ist wahr, was die Römer oder Griechen gesagt haben. Die hochgestimmte Geistesverfassung, die Erregung, die Ekstase – all das, was die Propheten, die Dichter, die Märtyrer um der Idee willen von gewöhnlichen Menschen unterscheidet, widerstrebt der tierischen Seite des Menschen, das heißt seiner physischen Gesundheit. Ich wiederhole: Willst du gesund und normal sein, dann geh in die Herde.«

»Merkwürdig, du wiederholst das, was mir selber häufig durch den Kopf geht«, sagte Kovrin. »Es ist, als hättest du meine geheimsten Gedanken erspäht und erlauscht. Aber laß uns nicht von mir sprechen. Was verstehst du unter der ewigen Wahrheit?«

Der Mönch antwortete nicht. Kovrin blickte ihn an und konnte sein Gesicht nicht mehr erkennen: seine Züge verblaßten und verschwammen. Sodann begannen der Kopf und die Hände des Mönches zu verschwinden; sein Leib verschmolz mit der Bank und der Abenddämmerung, und er verschwand ganz und gar.

»Die Halluzination ist zu Ende!« sagte Kovrin und lachte. »Aber schade ist es doch.«

Er ging froh und glücklich zurück zum Haus. Das wenige, was ihm der Mönch gesagt hatte, schmeichelte nicht seiner Eigenliebe, sondern seiner ganzen Seele, seinem ganzen Wesen. Ein Auserwählter sein, der ewigen Wahrheit dienen, in der Reihe derer stehen, die um einige Jahrtausende früher die Menschheit des Reiches Gottes würdig machen, das heißt, die Menschen von einigen überflüssigen Jahrtausenden des Kampfes, der Sünde und des Leides erlösen, der Idee alles geben – die Jugend, die Kräfte, die Gesundheit, bereit sein, für das allgemeine Wohl zu sterben –, welch ein hohes, welch ein glückliches Los! In seinem Gedächtnis zog seine Vergangenheit vorüber, eine reine und keusche Vergangenheit voller Arbeit, er erinnerte sich an das, was er gelernt hatte und was er selbst andere lehrte, und fand, daß in den Worten des Mönches keine Übertreibung enthalten war.

Tanja kam ihm durch den Park entgegen. Sie hatte schon ein anderes Kleid an.

»Sie sind hier?« fragte sie. »Und wir suchen und suchen Sie ... Aber was ist mit Ihnen?« sagte sie erstaunt, als sie sein begeistertes, strahlendes Gesicht und die Augen sah, die voller Tränen standen. »Wie sind Sie sonderbar, Andrjuša.«

»Ich bin zufrieden, Tanja«, sagte Kovrin und legte ihr die Hände auf die Schultern. »Ich bin mehr als zufrieden, ich bin glücklich! Tanja, liebe Tanja, Sie sind ein außerordentlich sympathisches Wesen. Liebe Tanja, ich bin so froh, so froh!«

Er küßte ihr glühend beide Hände und fuhr fort:

»Ich habe soeben lichte, wunderbare, unirdische Augenblicke erlebt. Aber ich kann Ihnen nicht alles sagen, weil Sie mich einen Wahnsinnigen nennen und mir nicht glauben würden. Wollen wir von Ihnen sprechen. Liebe, entzückende Tanja! Ich liebe Sie und bin es schon gewohnt, Sie zu lieben. Ihre Nähe, unsere Begegnungen – zehnmal am Tage – sind zu einem Bedürfnis meiner Seele geworden. Ich weiß nicht, wie ich ohne Sie auskommen werde, wenn ich nach Hause fahre.«

»Nanu!« Tanja lachte. »Sie werden uns nach zwei Tagen vergessen haben. Wir sind kleine Leute, Sie aber sind ein großer Mann.«

»Nein, lassen Sie uns ernsthaft reden!« sagte er. »Ich werde Sie mit mir nehmen, Tanja. Ja? Werden Sie mit mir fahren? Wollen Sie die Meine sein?«

»Nanu!« sagte Tanja und wollte wieder lachen, aber das Lachen gelang nicht recht, und auf ihrem Gesicht zeigten sich rote Flecke. Sie begann hastig zu atmen und ging schnell weiter, aber nicht dem Haus zu, sondern weiter in den Park hinein.

»Ich habe daran nicht gedacht... nein, gewiß nicht«, sagte sie und preßte wie in Verzweiflung die Hände zusammen.

Und Kovrin folgte ihr und sprach, immer noch mit demselben strahlenden, begeisterten Gesicht:

»Ich will eine Liebe, die mich ganz erfüllt, und diese Liebe, Tanja, können nur Sie mir geben. Ich bin glücklich! Glücklich!«

Sie war wie betäubt, beugte tief den Kopf und zog sich ganz in sich zusammen, es sah aus, als wäre sie um zehn Jahre älter geworden, er aber fand sie wunderschön und äußerte laut seine Begeisterung:

»Wie hübsch sie ist!«

VI

Als Egor Semënyč von Kovrin erfahren hatte, daß sich nicht nur eine Liebelei angebahnt hatte, sondern daß es sogar eine Hochzeit geben würde, ging er lange aus einer Ecke in die andere, bemüht, seine Aufregung zu verbergen. Seine Hände begannen zu zittern, der Hals schwoll an und wurde purpurrot, er befahl, die Renndroschke anzuspannen, und fuhr irgendwohin. Tanja, die gesehen hatte, wie er auf das Pferd einschlug und wie tief, beinahe bis an die Ohren, er die Mütze über den Kopf gezogen hatte, verstand seine Stimmung; sie schloß sich in ihrem Zimmer ein und weinte den ganzen Tag.

In den Orangerien waren schon die Pfirsiche und Pflaumen reif geworden; das Verpacken und der Versand dieser zarten und empfindlichen Fracht erforderte viel Aufmerksamkeit, Arbeit und Mühen. Da der Sommer sehr heiß und trocken war, mußte jeder Baum gegossen werden, was viel Zeit und Arbeitskräfte in Anspruch nahm, und es traten unzählige Raupen auf, die die Arbeiter und sogar Egor Semënyč und Tanja zu Kovrins großem Entsetzen einfach mit den Fingern zerdrückten. Dabei war es bereits notwendig, für den Herbst Bestellungen auf Obst und Bäume entgegenzunehmen und eine große Korrespondenz zu führen. Und in der Zeit, als es die meiste Arbeit gab, als niemand auch nur eine einzige freie Minute zu haben schien, begann die Feldarbeit, die dem Garten mehr als die Hälfte der Arbeiter wegnahm; Egor Semënyč, von der Sonne stark gebräunt, erschöpft und böse, rannte bald in den Garten, bald aufs Feld und schrie, daß man ihn in Stücke reiße und er sich eine Kugel in den Kopf jagen werde.

Und dazu kam noch die Schererei mit der Aussteuer, der die Pesockijs keine geringe Bedeutung beimaßen; vom Klappern der Scheren, dem Lärm der Nähmaschinen, dem Kohlendunst der Bügeleisen und von den Launen der Modistin, einer nervösen und empfindlichen Dame, schwindelte allen im Haus der Kopf. Und wie mit Absicht kamen jeden Tag Gäste, die man unterhalten, verpflegen und sogar über Nacht dabehalten mußte. Aber diese ganze Plackerei verging unmerklich, wie in einem Rausch. Tanja hatte ein Gefühl, als sei sie von der Liebe und dem Glück überrumpelt worden, obwohl sie seit ihrem vierzehnten Lebensjahr aus irgendeinem Grunde davon überzeugt war, daß Kovrin gerade sie heiraten werde. Sie wunderte sich, konnte es nicht begreifen, glaubte sich selbst nicht... Bald überflutete sie eine solche Freude, daß sie am liebsten zu den Wolken emporgeflogen wäre, um dort zu beten, und dann wieder erinnerte sie sich plötzlich daran, daß sie im August vom heimatlichen Nest Abschied nehmen und den Vater verlassen mußte, oder es überfiel sie, weiß Gott woher, der Gedanke, daß sie unbedeutend, gering und eines so großen Mannes wie Kovrin nicht würdig sei – und dann ging sie fort, schloß sich in ihrem Zimmer ein und weinte bitterlich mehrere Stunden lang. Wenn Besuch da war, schien ihr auf einmal, daß Kovrin ungewöhnlich schön sei und daß alle Frauen ihn liebten und sie beneideten, und ihre Seele war voll Entzücken und Stolz, gerade als hätte sie die ganze Welt besiegt, doch er brauchte nur einer jungen Dame freundlich zuzulächeln, und sie bebte bereits vor Eifersucht, ging in ihr Zimmer – und wieder gab es Tränen. Diese neuen Empfindungen hatten vollkommen von ihr Besitz ergriffen, mechanisch half sie dem Vater und bemerkte weder die Pfirsiche noch die Raupen, noch die Arbeiter, noch wie schnell die Zeit verflog.

Mit Egor Semënyč geschah beinahe dasselbe. Er arbeitete vom Morgen bis in die Nacht, eilte ständig irgendwohin, geriet außer sich, war reizbar, aber dies alles wie in einem Zauberschlaf. Es war, als säßen in ihm bereits zwei Menschen: der eine war der richtige Egor Semënyč, der empört war und sich vor Verzweiflung an den Kopf faßte, wenn er dem Gärtner Ivan Karlyč zuhörte, der ihm von Unregelmäßigkeiten Meldung machte, und der andere war der unrichtige, der – gerade wie ein Halbtrunkener – eine geschäftliche Unterredung plötzlich mitten im Wort abbrach, den Gärtner an der Schulter berührte und anfing zu murmeln:

»Was man auch sagen mag, aber das Blut bedeutet viel. Seine Mutter war eine wunderbare, sehr edle und sehr kluge Frau. Es war ein Genuß, in ihr gütiges, klares und reines, engelgleiches Gesicht zu schauen. Sie zeichnete gut, schrieb Gedichte, sprach fünf Fremdsprachen und sang ... Die Ärmste, Gott schenke ihr die himmlische Ruhe, sie starb an der Schwindsucht.«

Der unrichtige Egor Semënyč seufzte und fuhr nach einem kurzen Schweigen fort:

»Als er ein Knabe war und bei mir aufwuchs, hatte er genau solch ein klares und gutes Engelsgesicht. Auch sein Blick, seine

Bewegungen, seine Art zu sprechen waren zart und fein wie bei seiner Mutter. Und sein Verstand? Er hat uns immer mit seinem Verstand in Erstaunen versetzt. Ja, und das muß man sagen, er ist nicht umsonst Magister! Nicht umsonst! Und warte nur, Ivan Karlyč, wie er in etwa zehn Jahren sein wird! Dem wird niemand das Wasser reichen können!«

Aber da machte der richtige Egor Semënyč, der sich auf einmal besonnen hatte, ein schreckliches Gesicht, faßte sich an den Kopf und schrie:

»Teufel! Alles haben sie verdorben, verhunzt und besudelt! Der Garten ist verloren! Der Garten ist zugrunde gerichtet!«

Kovrin aber arbeitete weiter mit demselben Eifer und bemerkte den Wirrwarr nicht. Die Liebe hatte nur Öl in das Feuer gegossen. Nach jedem Zusammensein mit Tanja ging er glücklich und begeistert in sein Zimmer zurück, und mit derselben Leidenschaft, mit der er soeben Tanja geküßt und ihr Liebeserklärungen gemacht hatte, setzte er sich an ein Buch oder an sein Manuskript. Was der schwarze Mönch von den Auserwählten Gottes gesagt hatte, von der ewigen Wahrheit, von der glänzenden Zukunft der Menschheit und so weiter, gab seiner Arbeit eine besondere, ungewöhnliche Bedeutung und erfüllte seine Seele mit Stolz, mit dem Bewußtsein der eigenen Größe.

Ein- oder zweimal in der Woche traf er im Park oder im Haus mit dem schwarzen Mönch zusammen und unterhielt sich lange mit ihm, aber das erschreckte ihn nicht, ganz im Gegenteil, es entzückte ihn, denn er war bereits fest davon überzeugt, daß derartige Erscheinungen nur auserwählte, hervorragende Menschen heimsuchten, solche, die sich dem Dienste einer Idee geweiht haben.

Einmal erschien der Mönch während des Mittagessens und setzte sich im Eßzimmer ans Fenster. Kovrin freute sich und lenkte sehr geschickt das Gespräch mit Egor Semënyč und mit Tanja auf etwas, was für den Mönch interessant sein konnte; und Egor Semënyč und Tanja hörten ihm ebenfalls zu und lächelten fröhlich, ohne zu ahnen, daß Kovrin nicht mit ihnen redete, sondern mit seiner Halluzination.

Unmerklich rückten die Fasten vor Mariä Himmelfahrt heran

und bald danach auch der Tag der Hochzeit, die auf den beharrlichen Wunsch von Egor Semënyč ›mit Pomp‹ gefeiert wurde, das heißt mit einer sinnlosen Völlerei, die zwei Tage dauerte. Es wurde für etwa dreitausend Rubel gegessen und getrunken, aber bei der schlechten Musik, den lauten Trinksprüchen und dem Hinundherlaufen der Lakaien, bei dem Lärm und der Enge wurden weder die teuren Weine noch die wunderbaren Delikatessen gewürdigt, die man aus Moskau bestellt hatte.

VII

In einer der langen Winternächte lag Kovrin im Bett und las einen französischen Roman. Die arme Tanja, die abends Kopfschmerzen litt, weil sie das Leben in der Stadt nicht gewohnt war, schlief schon lange und sprach nur hin und wieder im Traum irgendwelche zusammenhanglose Sätze.

Die Uhr schlug drei. Kovrin löschte das Licht und streckte sich aus; lange lag er mit geschlossenen Augen, konnte aber nicht einschlafen, weil es, wie ihm schien, im Schlafzimmer sehr warm war und Tanja phantasierte. Um halb fünf zündete er die Kerze wieder an, und da erblickte er den schwarzen Mönch, der auf einem Sessel neben dem Bett saß.

»Guten Tag«, sagte der Mönch und fragte, nachdem er ein Weilchen geschwiegen hatte: »Woran denkst du jetzt?«

»An den Ruhm«, antwortete Kovrin. »In dem französischen Roman, den ich eben gelesen habe, wird ein Mensch geschildert, ein junger Gelehrter, der Dummheiten macht und vor Sehnsucht nach Ruhm dahinsiecht. Mir ist diese Sehnsucht unbegreiflich.«

»Weil du klug bist. Der Ruhm ist dir gleichgültig wie ein Spielzeug, das dich nicht interessiert.«

»Ja, das ist wahr.«

»Die Berühmtheit macht dir keine Freude. Was kann daran schmeichelhaft oder ergötzlich oder erbaulich sein, daß dein Name auf einem Grabdenkmal eingeschnitten wird und die Zeit dann diese Inschrift mitsamt der Vergoldung verwischt? Ja, und zum Glück sind es euer allzu viele, als daß das schwache menschliche Gedächtnis eure Namen behalten könnte.«

»Begreiflich«, pflichtete Kovrin bei. »Ja, und warum soll man sie behalten? Aber laß uns von etwas anderem reden. Zum Beispiel vom Glück. Was ist Glück?«

Als die Uhr fünf schlug, saß er auf dem Bett, ließ die Füße auf den Teppich hängen und sprach, zu dem Mönch gewandt: »Im Altertum erschrak ein glücklicher Mensch zu guter Letzt vor seinem Glück – so groß war es! –, und um die Götter gnädig zu stimmen, brachte er ihnen seinen liebsten Ring zum Opfer. Weißt du? Wie Polykrates beginnt auch mich mein Glück ein bißchen zu beunruhigen. Mir kommt das merkwürdig vor, daß ich vom Morgen bis zum Abend einzig nur Freude empfinde, sie erfüllt mich ganz und betäubt alle anderen Gefühle. Ich weiß nicht, was Betrübnis, Traurigkeit oder Langeweile ist. Da – ich schlafe nicht, ich leide an Schlaflosigkeit, aber ich langweile mich nicht. Im Ernst gesprochen: Ich bekomme langsam Bedenken.«

»Warum denn?« Der Mönch wunderte sich. »Ist Freude etwa ein übernatürliches Gefühl? Muß sie nicht der normale Zustand des Menschen sein? Je höher ein Mensch in seiner geistigen und sittlichen Entwicklung steht, je freier er ist, um so größeres Vergnügen gewährt ihm das Leben. Sokrates, Diogenes und Mark Aurel haben Freude empfunden und keine Traurigkeit. Und der Apostel sagt: Freuet euch allewege. Freue dich also und sei glücklich.«

»Und wenn die Götter plötzlich erzürnt sind?« scherzte Kovrin und lachte. »Wenn sie mir den Komfort nehmen und mich frieren und hungern lassen, dann wird das kaum nach meinem Geschmack sein.«

Tanja war unterdessen aufgewacht und blickte voll Staunen und Entsetzen auf ihren Mann. Er redete, sich an den Sessel wendend, gestikulierte und lachte. Seine Augen blitzten, und in seinem Lachen lag etwas Seltsames.

»Andrjuša, mit wem sprichst du?« fragte sie und griff nach der Hand, die er dem Mönch entgegengestreckt hatte. »Andrjuša! Mit wem?«

»Wie? Mit wem?« Kovrin war verlegen. »Da, mit ihm... Da sitzt er«, sagte er und wies auf den schwarzen Mönch.

»Hier ist niemand... niemand! Andrjuša, du bist krank!«

Tanja umarmte ihren Mann und schmiegte sich an ihn, als wolle sie ihn vor den Erscheinungen schützen, und verdeckte ihm die Augen mit der Hand.

»Du bist krank!« schluchzte sie, am ganzen Körper zitternd. »Verzeih mir, mein Lieber, Teurer, aber ich habe schon lange gemerkt, daß deine Seele durch irgend etwas verwirrt ist... Du bist psychisch krank, Andrjuša...«

Ihr Zittern teilte sich auch ihm mit. Er blickte noch einmal zu dem Sessel hin, der bereits leer war, fühlte plötzlich eine Schwäche in Armen und Beinen, erschrak und begann sich anzukleiden.

»Das macht nichts, Tanja, das macht nichts...« murmelte er zitternd. »Ich bin tatsächlich ein bißchen unpäßlich... es ist wirklich an der Zeit, das einzusehen.«

»Ich habe es schon lange bemerkt... auch Papa hat es bemerkt«, sagte sie, bemüht, das Weinen zu unterdrücken. »Du redest mit dir selbst, lächelst so sonderbar... schläfst nicht. O mein Gott, mein Gott, hilf uns!« sprach sie voll Entsetzen. – »Aber hab keine Angst, Andrjuša, hab keine Angst, um Gottes willen hab keine Angst...«

Sie kleidete sich ebenfalls an. Erst jetzt, als er sie ansah, begriff Kovrin die ganze Gefährlichkeit seiner Situation, begriff, was der schwarze Mönch und die Unterhaltungen mit ihm bedeuteten. Für ihn stand es jetzt fest, daß er wahnsinnig war. Ohne zu wissen, warum, zogen sich beide an und gingen in den Saal: sie voran, er hinter ihr her. Dort stand schon, aufgeweckt von dem lauten Weinen, im Schlafrock und mit einer Kerze in der Hand Egor Semënyč, der bei ihnen zu Besuch weilte.

»Hab keine Angst, Andrjuša«, sagte Tanja, wie im Fieber zitternd, »hab keine Angst... Papa, das wird alles vergehen... alles wird vergehen...«

Kovrin konnte vor Aufregung nicht sprechen. Er wollte zu dem Schwiegervater in scherzendem Ton sagen: Gratulieren

Sie mir, ich habe, scheints, den Verstand verloren, aber er bewegte nur die Lippen und lächelte bitter.

Um neun Uhr morgens wurden ihm Rock und Pelz angezogen, man legte ihm einen Schal um und brachte ihn in einem Wagen zum Arzt. Er begab sich nun in Behandlung.

VIII

Wieder kam der Sommer heran, und der Doktor verordnete, daß Kovrin aufs Land fahren sollte. Er war bereits gesund, sah nicht mehr den schwarzen Mönch und mußte nur noch physisch zu Kräften kommen. Beim Schwiegervater auf dem Land trank er viel Milch, arbeitete nur zwei Stunden am Tag, trank keinen Wein und rauchte nicht.

Am Abend vor dem Eliastag wurde im Haus ein Abendgottesdienst abgehalten. Als der Küster dem Geistlichen das Räucherfaß übergab, begann es in dem alten, riesigen Saal gleichsam nach Friedhof zu riechen, und Kovrin fühlte sich gelangweilt. Er ging hinaus in den Garten. Ohne die prachtvollen Blumen zu bemerken, spazierte er ein bißchen im Garten umher, saß ein wenig auf einer Bank und machte dann einen Gang durch den Park; am Fluß angekommen, stieg er hinunter, und dort stand er eine Weile und blickte in Gedanken versunken auf das Wasser. Die düsteren Kiefern mit den zottigen Wurzeln, die ihn im vorigen Jahr hier so jung, freudig und munter gesehen hatten, flüsterten jetzt nicht miteinander, sondern standen unbeweglich und stumm, als hätten sie ihn nicht erkannt. Und in der Tat, sein Kopf war geschoren, das schöne, lange Haar war nicht mehr da, sein Gang war schlaff, und das Gesicht war im Vergleich zum vergangenen Sommer voller und blasser geworden.

Über den schwimmenden Steg ging er hinüber zum jenseitigen Ufer. Dort, wo im vorigen Jahr Roggen gestanden hatte, lag jetzt in Reihen gemähter Hafer. Die Sonne war bereits untergegangen, und am Horizont lohte ein breiter roter Schein, der für morgen windiges Wetter verhieß. Es war still. Kovrin blieb etwa zwanzig Minuten stehen und blickte aufmerksam in jene Richtung, wo sich ihm im vergangenen Jahr zum erstenmal der schwarze Mönch gezeigt hatte, so lange, bis die Abendröte verblaßte...

Als er erschöpft und unbefriedigt nach Hause kam, war der Abendgottesdienst bereits zu Ende. Egor Semënyč und Tanja saßen auf den Stufen der Terrasse und tranken Tee. Sie sprachen über etwas, als sie jedoch Kovrin erblickten, verstummten sie plötzlich, und er schloß aus ihren Gesichtern, daß sich das Gespräch um ihn gedreht hatte.

»Mir scheint, du mußt jetzt deine Milch trinken«, sagte Tanja zu ihrem Mann.

»Nein, ich muß jetzt nicht...« antwortete er und setzte sich auf die unterste Stufe. »Trink selber. Ich will nicht.«

Tanja wechselte mit dem Vater besorgte Blicke und sagte mit schuldbewußter Stimme:

»Du merkst selbst, daß die Milch dir guttut.«

»Ja, sehr gut!« Kovrin lächelte spöttisch. »Ich gratuliere euch: seit Freitag habe ich noch ein Pfund zugenommen.« Er preßte seinen Kopf fest mit den Händen und sagte melancholisch: »Wozu, wozu habt ihr mich in ärztliche Behandlung gegeben? Die Brompräparate, das Nichtstun, die warmen Bäder, die Aufsicht, die kleinmütige Angst bei jedem Schluck, bei jedem Schritt – das alles macht mich zu guter Letzt zum Idioten. Ich war im Begriff, den Verstand zu verlieren, ich litt an Größenwahn, aber dafür war ich vergnügt, frisch und sogar glücklich, ich war interessant und originell... Jetzt bin ich vernünftiger und ernster, aber dafür bin ich so wie alle: ich bin eine Mittelmäßigkeit, das Leben langweilt mich... Oh, wie grausam seid ihr mit mir umgegangen! Ich habe Halluzinationen gehabt, aber wen hat das gestört? Ich frage: Wen hat das gestört?«

»Du sprichst weiß Gott was!« Egor Semënyč seufzte. »Es ist einfach langweilig, dir zuzuhören.«

»Dann hören Sie nicht zu.«

Die Anwesenheit von Menschen, besonders von Egor Semënyč, brachte Kovrin jetzt schon auf, er antwortete ihm trocken, kalt und sogar grob und blickte auf ihn nicht anders als spöttisch und voller Haß; und Egor Semënyč wurde verlegen und räusperte sich schuldbewußt, obgleich er sich durchaus nicht schuldig fühlte. Tanja, die nicht verstand, weshalb sich ihre herzlichen, friedlichen Beziehungen so schroff geändert hatten, schmiegte sich an den Vater und blickte ihm voller Unruhe in die Augen; sie wollte verstehen und konnte es nicht, und für sie war nur klar, daß die Beziehungen mit jedem Tag schlechter und schlechter wurden, daß der Vater in der letzten Zeit sehr gealtert, ihr Mann aber reizbar, launisch, händelsüchtig und uninteressant geworden war. Sie konnte nicht mehr lachen und singen, zu Mittag aß sie nichts, sie schlief ganze Nächte nicht, weil sie auf irgend etwas Entsetzliches wartete, und hatte sich so aufgerieben, daß sie einmal vom Mittag bis zum Abend in Ohnmacht lag. Während des Abendgottesdienstes war es ihr vorgekommen, als habe der Vater geweint, und jetzt, da sie zu dritt auf der Terrasse saßen, mußte sie sich zwingen, um nicht daran zu denken.

»Wie glücklich waren Buddha und Mohammed oder Shakespeare, daß die lieben Verwandten und die Ärzte sie nicht von der Ekstase und der Inspiration geheilt haben!« sagte Kovrin. »Wenn Mohammed für seine Nerven Bromkali eingenommen, nur zwei Stunden am Tag gearbeitet und Milch getrunken hätte, dann wäre von diesem bemerkenswerten Menschen ebensowenig übriggeblieben wie von seinem Hund. Die Ärzte und die lieben Verwandten werden es zu guter Letzt dahin bringen, daß die Menschheit verdummt, die Mittelmäßigkeit wird als Genie gelten, und die Zivilisation wird untergehen. Wenn ihr wüßtet«, sagte Kovrin voller Ärger, »wie dankbar ich euch bin!«

Er fühlte eine heftige Erbitterung, und um nicht zuviel zu sagen, stand er rasch auf und ging ins Haus. Es war still, und durch die offenen Fenster drang der Duft des Tabaks und der Jalape herein. In dem riesigen dunklen Saal lag auf dem Fußboden und auf dem Flügel in grünen Flecken das Mondlicht. Kovrin kamen die Exaltationen des vergangenen Sommers in Erinnerung, als es ebenso nach Jalape geduftet und der Mond durchs Fenster geschienen hatte. Um die vorjährige Stimmung zurückzurufen, ging er rasch in sein Arbeitszimmer, zündete sich eine starke Zigarre an und befahl dem Diener, Wein zu bringen. Aber von der Zigarre bekam er einen bitteren und widerwärtigen Geschmack im Mund, und der Wein schmeckte auch nicht so wie im vorigen Jahr. Was doch die Entwöhnung ausmachte! Von der Zigarre und den zwei Schluck Wein wurde ihm schwindlig, und sein Herz begann stark zu klopfen, so daß er Bromkali einnehmen mußte.

Vor dem Schlafengehen sagte Tanja zu ihm:

»Vater vergöttert dich. Du zürnst ihm aus irgendeinem Grunde, und das bringt ihn um. Sieh doch: Er altert nicht mit jedem Tag, sondern mit jeder Stunde. Ich flehe dich an, Andrjuša, um Gottes willen, um deines verstorbenen Vaters willen, um meiner Ruhe willen, sei freundlich zu ihm!«

»Ich kann nicht und will nicht.«

»Aber warum?« fragte Tanja und begann am ganzen Leibe zu zittern. »Erkläre mir, warum?«

»Darum, weil er mir unsympathisch ist, das ist alles«, sagte Kovrin geringschätzig und zuckte mit den Achseln, »aber wir wollen nicht von ihm sprechen; er ist dein Vater.«

»Ich kann und kann es nicht begreifen!« sagte Tanja, die Schläfen zusammenpressend und auf einen Punkt blickend. »In unserem Hause geht etwas Unfaßbares, etwas Entsetzliches vor. Du hast dich verändert, bist dir selbst nicht mehr ähnlich ... Du, ein kluger, ein ungewöhnlicher Mensch, gerätst wegen Nichtigkeiten in Zorn, mischst dich in Streitigkeiten ein ... Dich regen derartige Kleinigkeiten auf, daß man so manches Mal einfach staunt und es nicht glauben kann, daß du das bist! Nun, nun, sei nicht böse, sei nicht böse«, fuhr sie fort, über ihre eigenen Worte erschrocken, und küßte ihm die Hände. »Du bist klug, du bist gut und edel. Du wirst gerecht zum Vater sein. Er ist so gut!«

»Er ist nicht gut, sondern gutmütig. Operettenonkelchen von der Art deines Vaters, mit satten gutmütigen Visagen, die ungewöhnlich gastfrei und schrullenhaft sind, haben mich früher einmal gerührt und zum Lachen gebracht, in Romanen, in Operetten und im Leben, jetzt aber sind sie mir widerwärtig. Das sind Egoisten bis auf die Knochen. Am widerwärtigsten ist mir ihre Sattheit und dieser vom Magen herkommende, rein tierische Optimismus eines Stiers oder Ebers.«

Tanja setzte sich aufs Bett und legte den Kopf auf das Kissen.

»Das ist eine Folter«, sagte sie, und ihrer Stimme war anzuhören, daß sie bereits über die Maßen erschöpft war und daß ihr das Sprechen schwerfiel. »Seit dem Winter schon keine einzige ruhige Minute... Das ist doch entsetzlich, mein Gott! Ich leide...«

»Ja, natürlich, ich bin ein Unmensch, und du und dein Vater, ihr seid die ägyptischen Kindlein. Natürlich!«

Sein Gesicht erschien Tanja unschön und unangenehm. Haß und ein spöttischer Ausdruck paßten nicht zu ihm. Ja, und auch früher schon hatte sie bemerkt, daß in seinem Gesicht etwas fehlte, als hätte sich auch sein Gesicht verändert, seit er das Haar kurz geschoren hatte. Sie bekam Lust, ihm etwas Kränkendes zu sagen, ertappte sich aber sogleich bei dem feindseligen Gefühl, erschrak und verließ das Zimmer.

IX

Kovrin hatte einen eigenen Lehrstuhl erhalten. Die Antrittsvorlesung war auf den zweiten Dezember anberaumt, und im Korridor der Universität war eine diesbezügliche Ankündigung ausgehängt worden. Aber am festgesetzten Tag benachrichtigte er den Universitätsinspektor mit einem Telegramm, daß er die Vorlesung wegen Erkrankung nicht halten werde.

Er hatte einen Blutsturz. Blut spuckte er ständig, aber etwa zweimal im Monat geschah es, daß es reichlich floß, und dann wurde er außerordentlich schwach und verfiel in einen Dämmerzustand. Diese Krankheit schreckte ihn nicht besonders, denn ihm war bekannt, daß seine verstorbene Mutter mit einem solchen Leiden zehn Jahre und sogar länger gelebt hatte; auch die Ärzte versicherten, daß es nicht gefährlich sei, und rieten ihm nur, sich nicht aufzuregen, ein geregeltes Leben zu führen und weniger zu sprechen.

Im Januar konnte die Vorlesung aus demselben Grund wieder nicht stattfinden, und im Februar war es bereits zu spät, einen Kursus anzufangen. Er mußte auf das nächste Lehrjahr verlegt werden.

Er lebte nicht mehr mit Tanja zusammen, sondern mit einer anderen Frau, die zwei Jahre älter war als er und ihn wie ein Kind pflegte. Seine Stimmung war friedfertig und ergeben: er ordnete sich gern unter, und als Varvara Nikolaevna – so hieß seine Freundin – sich anschickte, ihn auf die Krim zu bringen, war er einverstanden, obgleich er vorausahnte, daß bei dieser Reise nichts Gutes herauskommen würde.

Sie kamen abends in Sevastopol an und stiegen in einem Gasthof ab, um auszuruhen und am nächsten Tag nach Jalta zu fahren. Beide waren von der Reise ermüdet. Varvara Nikolaevna hatte Tee getrunken, sich niedergelegt und war bald eingeschlafen. Aber Kovrin legte sich nicht hin. Noch zu Hause, eine Stunde vor der Abfahrt zum Bahnhof, hatte er einen Brief von Tanja erhalten und sich nicht entschließen können, ihn zu öffnen, und jetzt lag er in seiner Seitentasche, und der Gedanke daran regte ihn in unangenehmer Weise auf. In der Tiefe seines Herzens glaubte er jetzt aufrichtig, daß seine Ehe mit Tanja ein Irrtum gewesen war, er war zufrieden, daß er sich endgültig von ihr getrennt hatte, und die Erinnerung an diese Frau, die sich zu guter Letzt in einen zum Skelett abgemagerten lebenden Leichnam verwandelt hatte und an der, wie es schien, alles schon gestorben war außer den großen, unverwandt und wachsam blickenden klugen Augen, die Erinnerung an sie erweckte in ihm jetzt einzig Mitleid und Verdruß über sich selbst. Die Handschrift auf dem Umschlag erinnerte ihn daran, wie ungerecht und grausam er vor etwa zwei Jahren gewesen war, wie er seine seelische Leere, sein Mißbehagen, seine Einsamkeit und Unzufriedenheit mit dem Leben an völlig unschuldigen Menschen ausgelassen hatte. Dabei dachte er auch daran, wie er einmal seine Dissertation und sämtliche während seiner Krankheit geschriebenen Aufsätze in kleine Fetzen gerissen und zum Fenster hinausgeworfen hatte und wie die Fetzen, im Wind fliegend, an den Bäumen und Blumen hängengeblieben waren; in jeder Zeile hatte er merkwürdige, jeder Grundlage entbehrende Ansprüche gesehen, ein leichtsinniges Selbstvertrauen, Vermessenheit, Größenwahn, und das hatte auf ihn einen Eindruck gemacht, als läse er die Beschreibung seiner Fehler; als jedoch das letzte Heft zerrissen und zum Fenster hinausgeflogen war, da ärgerte er sich plötzlich, und mit einem Gefühl der Bitterkeit war er zu seiner Frau gegangen und hatte ihr viele unangenehme Dinge gesagt. Mein Gott, wie hatte er sie gequält! Einmal hatte er, weil er ihr weh tun wollte, zu ihr gesagt, ihr Vater habe bei ihrer Liebesgeschichte eine wenig gewinnende Rolle gespielt, da er ihn gebeten habe, sie zu heiraten; Egor Semënyč hatte dies zufällig mit angehört, kam ins Zimmer gelaufen und konnte vor Verzweiflung kein einziges Wort aussprechen; er trat nur auf einem Fleck hin und her und gab sonderbare unartikulierte Laute von sich, als gehorche ihm die Zunge nicht, während Tanja beim Anblick des Vaters mit einem herzzerreißenden Aufschrei in Ohnmacht gefallen war. Es war gräßlich gewesen.

Das alles erstand neu in seinem Gedächtnis beim Anblick der bekannten Handschrift. Kovrin ging hinaus auf den Balkon; das Wetter war ruhig und warm, und es roch nach dem Meer. Die herrliche Bucht spiegelte den Mond und die Lichter und hatte eine Farbe, der man schwer einen Namen geben konnte. Es war eine zarte und sanfte Verbindung von Blau und Grün; stellenweise ähnelte die Farbe des Wassers dem blauen Kupfervitriol, an anderen Stellen wieder schien sich das Mondlicht verdichtet zu haben und anstatt des Wassers die Bucht anzufüllen, und alles in allem, welch eine Harmonie der Farben, welch eine friedliche, ruhige und erhabene Stimmung!

Im unteren Stockwerk, unterhalb des Balkons, standen wahrscheinlich die Fenster offen, denn man hörte deutlich zwei weibliche Stimmen und Lachen. Offenbar fand dort eine kleine Abendgesellschaft statt.

Kovrin überwand sich mit einiger Anstrengung, öffnete den Brief und las, in sein Zimmer zurückkehrend:

›Soeben ist mein Vater gestorben. Das verdanke ich Dir, denn Du hast ihn getötet. Unser Garten geht zugrunde, in ihm wirtschaften bereits Fremde, das heißt, es geschieht genau das, was der arme Vater so gefürchtet hat. Dies verdanke ich ebenfalls Dir. Ich hasse Dich von ganzem Herzen und wünsche, daß Du recht bald zugrunde gehst. Oh, wie ich leide! In meiner Seele brennt ein unerträglicher Schmerz ... Du sollst verflucht sein! Ich habe Dich für einen ungewöhnlichen Menschen gehalten, für ein Genie, ich hatte Dich liebgewonnen, doch Du warst ein Wahnsinniger ...‹

Kovrin konnte nicht weiterlesen, er zerriß den Brief und warf ihn fort. Eine der Angst ähnliche Unruhe bemächtigte sich seiner. Hinter dem Wandschirm schlief Varvara Nikolaevna, und man konnte hören, wie sie atmete; aus dem unteren Stockwerk tönten weibliche Stimmen und Lachen herauf, aber er hatte ein Gefühl, als wäre in dem ganzen Gasthof außer ihm keine einzige lebende Seele. Weil die unglückliche, vor Gram vergehende Tanja ihn in ihrem Brief verfluchte und ihm seinen Untergang wünschte, war ihm unheimlich geworden, und er blickte flüchtig auf die Tür, als fürchte er, jene unbekannte Macht, die in kaum zwei Jahren so viel Zerstörung in sein Leben und in das Leben ihm nahestehender Menschen hineingetragen hatte, könnte in das Zimmer treten und wieder über ihn verfügen.

Wenn die Nerven durchgingen, das wußte er schon aus Erfahrung, war das beste Mittel dagegen die Arbeit. Er mußte sich an den Tisch setzen und sich, koste es, was es wolle, mit aller Gewalt auf irgendeinen Gedanken konzentrieren. Er holte aus seinem roten Portefeuille ein Heft hervor, in dem der Konspekt einer wenig umfangreichen kompilatorischen Arbeit entworfen war, die er sich für den Fall ausgedacht hatte, daß er sich auf der Krim langweilen würde. Er setzte sich an den Tisch und beschäftigte sich mit diesem Konspekt, und es schien ihm, seine friedfertige, ergebene, gleichmütige Stimmung kehre zurück. Das Heft mit dem Konspekt brachte ihn sogar zu einer Betrachtung über die Eitelkeit der Welt. Er dachte daran, wieviel das Leben für jene geringen oder überaus gewöhnlichen Güter nimmt, die es den Menschen geben kann. Zum Beispiel, um mit vierzig Jahren einen Lehrstuhl zu erhalten, um ein gewöhnlicher Professor zu sein, in einer müden, langweiligen und schwerfälligen Sprache gewöhnliche und noch dazu fremde Gedanken darzulegen, mit einem Wort, um die Stellung eines durchschnittlichen Gelehrten zu erlangen, hatte er, Kovrin, fünfzehn Jahre studieren, Tage und Nächte hindurch arbeiten, eine schwere psychische Krankheit durchmachen, eine mißglückte Ehe erleben und eine Menge aller möglichen Dummheiten und Ungerechtigkeiten begehen müssen, an die man besser gar nicht dachte. Kovrin erkannte jetzt klar, daß er ein Durchschnittsmensch war, und er fand sich gern damit ab, weil nach seiner Meinung jeder zufrieden sein sollte mit dem, was er war.

Der Konspekt hatte ihn so gut wie ganz beruhigt, aber der zerrissene Brief schimmerte weiß auf dem Fußboden und hinderte ihn, sich zu konzentrieren. Er stand vom Tisch auf, suchte die Stücke des Briefes zusammen und warf sie aus dem Fenster, doch es wehte ein leichter Wind vom Meer, und die Papierfetzen verstreuten sich auf dem Fensterbrett. Wieder bemächtigte sich seiner eine Unruhe, ja fast Angst, und es kam ihm so vor, als wäre in dem ganzen Gasthof außer ihm keine einzige Menschenseele... Er ging hinaus auf den Balkon. Die Bucht schaute, als wäre sie lebendig, mit zahllosen hell- und dunkelblauen, türkisfarbenen und feurigen Augen auf ihn und lockte ihn zu sich. Es war tatsächlich heiß und schwül, und es konnte nicht schaden, ein Bad zu nehmen.

Plötzlich begann im unteren Stockwerk, unterhalb des Balkons, eine Geige zu spielen, und zwei zarte weibliche Stimmen fingen an zu singen. Es war etwas Bekanntes. In der Romanze, die unten gesungen wurde, war die Rede von einem jungen Mädchen mit einer krankhaften Phantasie, das nachts im Garten geheimnisvolle Klänge hörte und zu der Überzeugung gelangte, dies sei eine heilige und für Sterbliche unbegreifliche Harmonie... Kovrin stockte der Atem, sein Herz zog sich vor Traurigkeit zusammen, und eine wundersame, süße Freude, die er schon längst vergessen hatte, zitterte in seiner Brust.

Eine hohe schwarze Säule, einem Wirbel oder einer Windhose ähnlich, zeigte sich am jenseitigen Ufer der Bucht. Sie bewegte sich mit furchtbarer Geschwindigkeit über die Bucht auf den Gasthof zu, wurde immer kleiner und dunkler, und Kovrin hatte kaum Zeit, beiseite zu treten, um ihr den Weg frei zu geben... Der Mönch, mit unbedecktem grauen Haupt und schwarzen

Augenbrauen, barfuß, mit auf der Brust gekreuzten Armen, raste heran und blieb mitten im Zimmer stehen.

»Warum hast du mir nicht geglaubt?« fragte er vorwurfsvoll und blickte Kovrin freundlich an. »Wenn du mir damals geglaubt hättest, daß du ein Genie bist, dann hättest du diese zwei Jahre nicht so traurig und armselig verbracht.«

Kovrin glaubte schon wieder, daß er ein Auserwählter Gottes und ein Genie sei, er rief sich rasch alle seine früheren Gespräche mit dem schwarzen Mönch ins Gedächtnis zurück und wollte sprechen, aber aus seiner Kehle floß Blut unmittelbar auf seine Brust, er wußte nicht, was er tun sollte, und fuhr sich mit den Händen über die Brust, und die Manschetten wurden naß vom Blut. Er wollte Varvara Nikolaevna rufen, die hinter dem Wandschirm schlief, strengte sich an und sagte:

»Tanja!«

Er fiel zu Boden, und sich auf den Händen erhebend, rief er wieder:

»Tanja!«

Er rief Tanja, er rief den großen Garten mit den prachtvollen, vom Tau benetzten Blumen, rief den Park, die Kiefern mit den zottigen Wurzeln, das Roggenfeld, seine wunderbare Wissenschaft, seine Jugend, Kühnheit, Freude, rief das Leben, das so herrlich war. Er sah auf dem Boden neben seinem Gesicht eine große Blutlache und konnte vor Schwäche kein einziges Wort mehr herausbringen, aber ein unaussprechliches, grenzenloses Glück erfüllte sein ganzes Wesen. Unterhalb des Balkons wurde eine Serenade gespielt, und der schwarze Mönch flüsterte ihm zu, er sei ein Genie und er sterbe nur deshalb, weil sein schwacher menschlicher Körper bereits das Gleichgewicht verloren habe und nicht mehr als Hülle für ein Genie dienen könne.

Als Varvara Nikolaevna erwachte und hinter dem Wandschirm hervorkam, war Kovrin schon tot, und ein seliges Lächeln war auf seinem Gesicht erstarrt.

Die Bauern

I

Nikolaj Čikildeev, Lakai in dem Moskauer Hotel ›Slavischer Bazar‹, erkrankte. Er hatte kein Gefühl mehr in den Beinen, sein Gang wurde unsicher; eines Tages stolperte er im Korridor und fiel hin mitsamt dem Tablett, auf dem sich eine Schüssel mit Schinken und Erbsen befand. Er mußte seine Stellung aufgeben. Das Geld, das er und seine Frau besaßen, ging schnell drauf für Arzt und Arzneien, bald reichte es nicht mehr für das Essen. Er langweilte sich ohne Arbeit und fand daher, es sei besser, nach Hause zu fahren, ins Dorf. Zu Hause war das Kranksein leichter zu ertragen, und auch das Leben war billiger. Nicht umsonst hieß es: Zu Hause helfen auch die Wände.

So reiste er denn mit Frau und Tochter in sein Heimatdorf Žukovo, wo sie gegen Abend ankamen. In seinen Kindheitserinnerungen stellte sich ihm das heimatliche Nest in hellen, freundlichen Farben dar, als er jedoch jetzt die Hütte betrat, erschrak er, so dunkel, eng und unsauber war es darin. Olga und Saša, seine Frau und seine Tochter, blickten fassungslos auf den großen verschmutzten Ofen, der fast die Hälfte der Hütte einnahm und ganz schwarz war von Ruß und Fliegen. So viele Fliegen! Darüber hinaus hatte sich der Ofen auf einer Seite gesenkt und stand schief, die Balken in den Wänden lagen ebenfalls schief, und es schien, als würde die Hütte jeden Augenblick zusammenfallen. Vorn in der Ecke, neben den Ikonen, klebten an Stelle von Bildern Flaschenetiketts und Fetzen von Zeitungspapier an der Wand. Armut, nichts als Armut! Von den Erwachsenen war niemand zu Hause, sie waren alle beim Mähen.

Auf dem Ofen saß gleichgültig ein Mädchen von etwa acht Jahren, weißblond, ungewaschen; sie schaute nicht einmal die Eintretenden an. Unten rieb sich eine weiße Katze an der Ofengabel.

»Miez, Miez, Miez!« lockte Saša.

»Die hört nichts«, sagte das Mädchen. »Die ist taub.«
»Wovon denn?«
»Na, so. Haben sie geschlagen.«

Nikolaj und Olga erkannten auf den ersten Blick, was für ein Leben das hier war, aber sie sagten nichts; schweigend warfen sie ihre Bündel hin, und schweigend gingen sie hinaus auf die Straße. Ihre Hütte war die drittletzte und schien die armseligste und älteste zu sein; die zweite war auch nicht besser, aber die dritte hatte ein Blechdach und Vorhänge an den Fenstern. Diese Hütte war nicht umzäunt und stand etwas abseits, dort war die Schenke. Die Bauernhäuser standen in einer Reihe, und das ganze Dörfchen, still und verträumt, machte mit den aus den Höfen hervorlugenden Weiden, Holundersträuchern und Ebereschen einen angenehmen Eindruck.

Hinter den Bauernhöfen führte ein steiler Abhang hinunter zum Fluß; riesige nackte Steine schauten aus dem Lehm hervor neben tiefen Gruben, die die Töpfer gegraben hatten. Zwischen diesen Steinen und Gruben schlängelten sich schmale Pfade hindurch und lagen große Haufen Scherben von braunem und rotem Geschirr. Unten aber breitete sich eine weite, ebene, leuchtend grüne Wiese aus, sie war schon gemäht, und jetzt weidete dort das Bauernvieh. Der Fluß war etwa eine Verst vom Dorf entfernt, er floß in vielen Windungen dahin und hatte herrliche, mit Bäumen und Sträuchern bewachsene Ufer. Auf der anderen Seite war wieder eine Wiese mit einer Herde und großen Scharen weißer Gänse. Dahinter ging es, genau wie auf dieser Seite, steil bergauf, und oben auf der Anhöhe standen ein Dorf und eine Kirche mit fünf Kuppeln, nicht weit davon entfernt lag das Herrenhaus.

»Wie schön ist es hier bei euch!« sagte Olga und bekreuzigte sich beim Anblick der Kirche. »Lieber Gott, wie weit und frei!«

Im selben Augenblick wurde zum Abendgottesdienst geläutet (es war ein Sonnabend). Zwei kleine Mädchen, die unten einen Eimer mit Wasser schleppten, schauten sich nach der Kirche um und lauschten dem Geläut.

»Jetzt wird im ›Slavischen Bazar‹ das Essen serviert ...« sagte Nikolaj verträumt.

Am Rande des Abhangs sitzend, sahen Nikolaj und Olga zu, wie die Sonne unterging, wie der Himmel sich golden und purpurn im Fluß, in den Fenstern des Gotteshauses und in der Luft spiegelte, die so weich, ruhig und unaussprechlich rein war, wie sie es niemals in Moskau erlebt hatten. Als die Sonne verschwunden war, zog mit Geblök und Gebrüll die Herde vorbei, die Gänse flogen vom anderen Ufer herüber – dann verstummte alles, das stille Licht erlosch, und abendliches Dunkel breitete sich rasch aus.

Inzwischen waren die Alten zurückgekehrt, Nikolajs Vater und die Mutter, beide waren gleich groß, hager, gebeugt und hatten keine Zähne mehr. Dann kamen auch die beiden Schwägerinnen, Marja und Fëkla, die beim Gutsbesitzer auf dem anderen Ufer arbeiteten. Marja, die Frau des Bruders Kirjak, hatte sechs Kinder, Fëkla, die Frau des Bruders Denis, der bei den Soldaten war, zwei. Als Nikolaj die Hütte betrat und die ganze Familie beisammen sah, alle diese großen und kleinen Leiber, die sich auf dem Schlafboden, in den Wiegen und in allen Ecken regten, als er sah, mit welcher Gier der Alte und die Weiber das schwarze Brot aßen, das sie in Wasser eintauchten, wurde ihm klar, daß es falsch gewesen war, hierherzukommen – krank, ohne Geld, noch dazu mit seiner Familie –, ganz falsch.

»Und wo ist Bruder Kirjak?« fragte er nach der Begrüßung.

»Er dient beim Kaufmann als Wächter«, antwortete der Vater, »im Wald. Er ist kein schlechter Kerl, aber er säuft.«

»Kein Geldverdiener!« sagte die Alte weinerlich. »Unsere Männer trinken alle, sie tragen nur aus dem Haus hinaus und bringen nichts herein. Kirjak trinkt, und der Alte, warum soll ichs verheimlichen, kennt auch den Weg in die Schenke. Die Himmelskönigin zürnt uns.«

Zu Ehren des Besuches wurde der Samovar aufgestellt. Der Tee roch nach Fisch, der Zucker war grau und abgebröckelt, über das Brot und das Geschirr liefen Küchenschaben; es war ekelerregend, zu trinken, auch das Gespräch war widerlich – es wurde von nichts anderem als von Not und Krankheit geredet. Kaum hatte jeder eine Tasse getrunken, da erscholl vom Hof her lautes, langgezogenes und betrunkenes Rufen.

»Maaarja!«

»Mir scheint, Kirjak kommt«, sagte der Alte, »kaum daß man von ihm gesprochen hat.«

Alles verstummte. Es dauerte nicht lange, da ertönte wieder wie unter der Erde hervor der rauhe, langgezogene Ruf.

»Maaarja.«

Marja, die ältere Schwägerin, erbleichte, drückte sich an den Ofen, und es war sonderbar, in dem Gesicht dieser starken, breitschultrigen, unschönen Frau den Ausdruck von Schrecken zu sehen. Ihre Tochter, das Mädchen, das auf dem Ofen gesessen hatte und so gleichgültig schien, brach plötzlich in lautes Weinen aus.

»Was heulst du denn? Du dummes Ding!« schrie Fëkla, eine hübsche Person, ebenfalls kräftig und breit in den Schultern. »Er wird dich schon nicht gleich umbringen.«

Von dem Alten erfuhr Nikolaj, daß Marja sich fürchtete, mit Kirjak im Wald zu wohnen, und daß dieser, wenn er betrunken war, jedesmal kam, um sie zu holen. Dabei machte er großen Lärm und verprügelte sein Weib erbarmungslos.

»Maaarja!« erscholl jetzt das Rufen unmittelbar vor der Tür.

»Um Christi willen steht mir bei, ihr Lieben«, stammelte Marja. Ihr Atem ging stoßweise, wie wenn man sie plötzlich in eiskaltes Wasser getaucht hätte. »Liebe Leute, helft mir und schützt mich!«

Sämtliche Kinder, die in der Hütte waren, begannen zu weinen, und bei ihrem Anblick brach auch Saša in Tränen aus. Man hörte betrunkenes Husten, und ein hochgewachsener Bauer mit schwarzem Bart betrat die Hütte. Er trug eine Pelzmütze, und da man in dem trüben Schein des Lämpchens sein Gesicht nicht sehen konnte, wirkte es schreckenerregend. Das war Kirjak. Er ging auf seine Frau zu, holte aus und schlug sie mit der Faust ins Gesicht. Betäubt von dem Schlag sackte sie zusammen und gab keinen Laut von sich. Aus ihrer Nase lief Blut.

»So eine Schande, so eine Schande«, murmelte der Alte und kroch auf den Ofen. »Noch dazu vor den Gästen! Eine Sünde!«

Die Mutter saß schweigend und gebeugt da, sie schien über

irgend etwas nachzudenken; Fëkla bewegte die Wiege ... Kirjak war offensichtlich zufrieden mit dem Eindruck, den er machte, er packte Marja bei der Hand und zog sie zur Tür, wobei er wie ein wildes Tier brüllte, um noch schrecklicher zu erscheinen. Doch da erblickte er plötzlich den Besuch und blieb stehen.

»Ah, ihr seid gekommen ...« sagte er und ließ seine Frau los. »Der Bruder mit der Familie ...«

Er verrichtete, zur Ikone gewandt, ein kurzes Gebet, schwankend und mit weit aufgerissenen, blutunterlaufenen Augen. Dann fuhr er fort:

»Das Brüderchen mit der Familie ist ins Elternhaus gekommen ... aus Moskau also, aus der ersten Residenz. Aus der Stadt Moskau also, der Mutter der Städte ... Entschuldigt ...«

Er ließ sich auf der Bank neben dem Samovar nieder und begann Tee zu trinken. Er schlürfte ihn laut aus der Untertasse, die anderen saßen schweigend dabei. Als er wohl zehn Tassen getrunken hatte, sank er auf die Bank und fing sofort an zu schnarchen. Nun legten sich alle zur Ruhe. Nikolaj, als Kranken, ließ man neben dem Vater auf dem Ofen schlafen; Saša schlief auf dem Fußboden, und Olga ging mit den Weibern in die Scheune.

»Iih, mein Liebchen«, sagte sie, während sie sich im Heu neben Marja niederlegte. »Mit Tränen bringt man keinen Kummer weg. Aushalten und still sein. In der Schrift steht geschrieben: So dir jemand einen Streich gibt auf deinen rechten Backen, dem biete den andern auch dar ...«

Dann erzählte sie mit halblauter Stimme in singendem Tonfall von Moskau, von ihrem Leben, und wie sie als Stubenmädchen in einer Pension gedient hatte.

»In Moskau, da sind die Häuser groß und aus Stein«, erzählte sie, »und viele, viele Kirchen gibt es da, vierzig mal vierzig, mein Liebchen, und in den Häusern wohnen lauter Herrschaften, und die sind so schön und so fein.«

Marja sagte, sie sei noch nie in Moskau gewesen, nicht einmal in ihrer Kreisstadt. Sie konnte weder lesen noch schreiben, kannte keine Gebete, auch nicht das Vaterunser. Sie und die andere Schwägerin, Fëkla, die jetzt abseits saß und zuhörte, waren geistig völlig unentwickelt und begriffen rein gar nichts. Beide liebten ihre Männer nicht. Marja fürchtete sich vor Kirjak, und wenn er bei ihr war, zitterte sie vor Angst. Der starke Geruch von Schnaps und Tabak, den er ausströmte, machte sie jedesmal benommen. Und als Fëkla gefragt wurde, ob sie sich nicht nach ihrem Mann sehne, antwortete sie zornig:

»Er soll mir vom Leibe bleiben ...«

So redeten sie eine Zeitlang, und dann verstummten sie ...

Es war kühl, neben der Scheune krähte aus vollem Halse ein Hahn und störte sie im Schlaf. Als das blaue Morgenlicht durch die Ritzen schimmerte, stand Fëkla leise auf und ging hinaus. Man hörte sie mit bloßen Füßen davonlaufen.

II

Olga ging in die Kirche und nahm Marja mit. Sie waren beide fröhlich, als sie zusammen den schmalen Pfad zur Wiese hinuntergingen. Olga gefiel das weite, freie Land, und Marja fühlte in der Schwägerin eine verwandte Seele. Die Sonne ging auf. Tief über der Wiese schwebte ein verschlafener Habicht, der Fluß war düster, hier und da zogen Nebelfetzen, aber auf der anderen Seite, über der Anhöhe, schimmerte schon ein Streifen Licht, die Kirche strahlte, und im Gutsgarten schrien und lärmten die Saatkrähen.

»Mit dem Vater geht es«, erzählte Marja, »aber die Mutter ist streng, sie zankt immer. Unser Korn hat nur bis zur Butterwoche gereicht, jetzt kaufen wir Mehl in der Schenke, und nun ist sie böse. Sie sagt, wir essen zu viel.«

»Iih, mein Liebchen! Aushalten und still sein. Es steht geschrieben: Kommet her zu mir alle, die ihr mühselig und beladen seid.«

Olga sprach gemessen und halb singend, ihr Gang war wie der einer Pilgerin, rasch und geschäftig. Sie las jeden Tag im Neuen Testament, mit lauter Stimme wie der Küster in der Kirche. Vieles verstand sie nicht, aber die heiligen Worte rührten sie zu Tränen, und manche alten Ausdrücke des Kirchenslavischen konnte sie nicht aussprechen, ohne daß ein süßer Schauer ihr Herz erbeben ließ. Sie glaubte an Gott, an die Muttergottes, an die Heiligen; sie glaubte, daß man niemandem auf der Welt etwas zuleide tun dürfe, weder den einfachen Leuten noch den Deutschen, den Zigeunern oder den Juden, und wehe dem, der kein Mitleid mit Tieren hatte; sie glaubte, daß es so geschrieben stand, und wenn sie die Worte aus der Bibel aussprach, auch die ganz unverständlichen, bekam ihr Gesicht einen mitleidigen, gerührten und leuchtenden Ausdruck.

»Wo bist du her?« fragte Marja.

»Ich bin aus dem Vladimirschen. Ich bin aber schon früh nach Moskau gekommen, schon mit acht Jahren.«

Sie kamen an den Fluß. Auf der anderen Seite, dicht am Wasser, stand eine Frau und zog sich aus.

»Das ist unsere Fëkla«, stellte Marja fest. »Sie war am anderen Ufer auf dem Gutshof, bei den Knechten. Wild ist sie und schimpfen kann sie – schrecklich!«

Fëkla mit ihren schwarzen Brauen und aufgelösten Haaren, noch mädchenhaft jung und kräftig, sprang in den Fluß und schlug das Wasser mit den Füßen, daß die Wellen nach allen Seiten auseinandergetrieben wurden.

»Wild ist sie – schrecklich!« wiederholte Marja.

Über den Fluß führte ein schwankender Steg aus Balken, und darunter, im reinen klaren Wasser, tummelten sich Scharen von breitköpfigen Weißfischen. Auf den grünen Sträuchern, die sich im Wasser spiegelten, blitzte der Tau. Ein warmer, erquickender Hauch schlug ihnen entgegen. Was für ein herrlicher Morgen! Und wie schön könnte das Leben auf der Welt sein, gäbe es nicht die Not, die schreckliche, ausweglose Not, vor der man sich nirgends verkriechen konnte! Sie brauchten sich nur nach dem Dorf umzusehen, sofort stand das gestrige Erlebnis in aller Lebendigkeit vor ihnen, und die glückliche Verzauberung, die sie im Augenblick umgab, verschwand.

Sie betraten die Kirche. Marja blieb am Eingang stehen, sie wagte nicht weiterzugehen. Nicht einmal sich hinzusetzen, wagte sie, obwohl erst gegen neun zum Hochamt geläutet wurde. So stand sie die ganze Zeit.

Als das Evangelium verlesen wurde, traten die Leute plötzlich auseinander, um die Familie des Gutsherrn durchzulassen, zwei junge Mädchen in weißen Kleidern und breitrandigen Hüten und einen dicken rosigen Knaben in einem Matrosenanzug. Ihr Erscheinen rührte Olga; auf den ersten Blick entschied sie bei sich, daß dies anständige, gebildete und schöne Menschen waren. Marja jedoch schaute sie mißtrauisch an, mürrisch und verzagt zugleich, als wären die Eintretenden nicht Menschen, sondern Ungeheuer, die sie zertreten konnten, wenn sie ihnen im Wege stand.

Und wenn der Diakon während des Gottesdienstes seine Baßstimme erhob, glaubte sie jedesmal den Ruf ›Maaarja!‹ zu hören – und erschauerte.

III

Im Dorf hatte sich die Ankunft der Gäste herumgesprochen; gleich nach dem Hochamt fanden sich viele Leute in der Hütte ein. Es kamen die Leonyčs, die Matveičevs und die Iljičs, um sich nach ihren Verwandten zu erkundigen, die in Moskau in Stellung waren. Die ganze Žukover Jugend, die lesen und schreiben konnte, schickte man nach Moskau und brachte sie dort als Kellner und Lakaien unter (geradeso wie die jungen Leute aus dem gegenüberliegenden Dorf alle Bäcker wurden). So hatte man es seit langem gehalten, schon zur Zeit der Leibeigenschaft, als irgendein legendärer Luka Ivanyč, ein Bauer aus Žukovo, als Büfettier in einem der Moskauer Klubs angestellt war. Luka Ivanyč nahm nur Leute aus seinem Dorf in Dienst, und diese wiederum, sobald sie einflußreich wurden, ließen ihre Verwandten kommen und besorgten ihnen Stellungen in Schenken und Restaurants. Seit jener Zeit wurde Žukovo von den Bewohnern der umliegenden Ortschaften nicht anders als das Lakaiendorf genannt. Nikolaj kam nach Moskau, als er elf Jahre zählte, und Ivan Makaryč, aus der Familie der Matveičevs, der damals Theaterdiener im ›Eremitage-Garten‹ war, hatte ihm eine Stellung verschafft. Nun sagte Nikolaj in schulmeisterlichem Ton zu den Matveičevs: »Ivan Makaryč ist mein Wohltäter, und ich muß Tag und Nacht für ihn beten, denn durch ihn bin ich ein ordentlicher Mensch geworden.«

»Ach, mein Lieber«, sagte mit weinerlicher Stimme eine hochgewachsene alte Frau, die Schwester von Ivan Makaryč, »man hört aber gar nichts mehr von ihm.«

»Im Winter hat er bei Aumont gearbeitet, aber für diese Saison hat er irgendwo in den Gärten außerhalb von Moskau eine Stellung angenommen... Er ist alt geworden. Früher, da kam es vor, daß er an Sommertagen abends zehn Rubel nach Hause brachte, aber jetzt ist das Geschäft überall stiller. Der Alte muß sich plagen.«

Die alten und jungen Weiber blickten auf Nikolajs Beine, die in hohen Filzstiefeln steckten, auf sein bleiches Gesicht und sagten traurig:

»Du bist kein Geldverdiener, Nikolaj Osipyč, kein Geldverdiener! Wie solltest du auch!«

Und alle liebkosten Saša. Sie hatte das zehnte Lebensjahr bereits vollendet, aber sie war klein und sehr mager, so daß man ihr nicht mehr als sieben Jahre geben konnte. Zwischen den anderen, braungebrannten Mädchen, deren Haare schlecht geschnitten waren und die verblichene lange Hemden trugen, sah sie mit ihrer weißen Haut, den großen dunklen Augen und der roten Schleife im Haar ganz spaßig aus, fast wie ein Tierlein, das man im Feld gefangen und in die Hütte gebracht hatte.

»Sie kann auch lesen«, rühmte sich Olga und sah ihre Tochter zärtlich an. »Lies mal, Kindchen!« sagte sie und holte das Evangelium aus der Ecke. »Lies, und die Rechtgläubigen werden dir zuhören.«

Das Evangelium war ein altes schweres Buch in ledernem Einband mit abgegriffenen Rändern, und es strömte einen Geruch aus, als ob Mönche die Stube betreten hätten. Saša hob die Augenbrauen und begann laut, halb singend zu lesen:

»Da sie aber hinweggezogen waren, siehe, da erschien der Engel des Herrn dem Joseph im Traum und sprach: Stehe auf und nimm das Kindlein und seine Mutter zu dir...«

»Das Kindlein und seine Mutter«, wiederholte Olga und wurde ganz rot vor Aufregung.

»Und flieh nach Ägyptenland... und bleib allda, bis ich dir sage...«

Bei dem Wort »allda« konnte Olga nicht mehr an sich halten und weinte. Bei ihrem Anblick schluchzte auch Marja und nach ihr die Schwester von Ivan Makaryč. Der Alte räusperte sich und lief geschäftig hin und her, er hätte der Enkelin so gern etwas zum Naschen gegeben, fand aber nichts und schlug nur mit der Hand durch die Luft. Als Saša zu Ende gelesen hatte, gingen die Nachbarn, gerührt und sehr zufrieden mit Olga und Saša, wieder nach Hause.

Da es Sonntag war, blieb die Familie den ganzen Tag zu Hause. Die Alte, die sowohl von ihrem Mann als auch von den Schwiegertöchtern und Enkeln nur Babka genannt wurde, wollte alles selber machen. Sie heizte selber den Ofen und stellte den Samovar auf, ging sogar selber mittags zum Melken auf die Koppel, und zuletzt murrte sie, daß sie sich mit allem allein plagen müßte. Um alles kümmerte sie sich, sie paßte auf, daß niemand ein Stück zu viel aß, und sorgte dafür, daß der Alte und die Schwiegertöchter nicht ohne Arbeit blieben. Bald schien es ihr, daß die Gänse des Schankwirts von hinten in ihren Gemüsegarten eingedrungen waren, und sie rannte mit einem langen Stecken aus dem Haus; eine halbe Stunde lang hörte man sie zwischen ihren Kohlköpfen, die genauso dürr und welk waren wie sie selber, laut keifen. Bald glaubte sie, eine Krähe würde sich ihren Küken nähern, und schimpfend ging sie auf die Krähe los. So zankte und brummte sie vom Morgen bis zum Abend, und oft erhob sie ein solches Geschrei, daß die Leute auf der Straße stehenblieben.

Mit ihrem Mann ging sie nicht gerade freundlich um und schalt ihn einen Tunichtgut und Faulpelz. Er war ein haltloser, unzuverlässiger Mensch, und wenn sie ihn nicht ständig angetrieben hätte, würde er wahrscheinlich überhaupt nicht gearbeitet, sondern nur auf dem Ofen gesessen und geschwatzt haben. Jetzt erzählte er seinem Sohn lange Geschichten von irgendwelchen Feinden, klagte ihm die Kränkungen, die er alle Tage von seinen

Nachbarn zu erdulden hätte, und es war langweilig, ihm zuzuhören.

»Ja«, sagte er und stemmte die Hände in die Seiten. »Ja – eine Woche nach dem Fest der Kreuzerhöhung habe ich Heu verkauft, das Pud zu dreißig Kopeken, aus freien Stücken... Ja... Na schön, ich fahre also frühmorgens das Heu, aus freien Stücken, tu keinem was zuleide; es war keine glückliche Stunde, da sehe ich – der Dorfälteste Antip Sedelnikov kommt aus der Kneipe. ›Wohin bringst du das Heu? Ach, daß dich...‹ und haut mir eine runter.«

Kirjak hatte quälendes Kopfweh nach dem gestrigen Rausch, und er schämte sich vor dem Bruder.

»Was der Schnaps alles zuwege bringt. Ach, du mein Gott!« murmelte er und schüttelte seinen schmerzenden Schädel. »Brüderchen und Schwesterchen, verzeiht mir um Christi willen, ich bin selber nicht froh!«

Weil Sonntag war, wurde in der Schenke ein Hering gekauft und aus dem Heringskopf eine Suppe gekocht. Um die Mittagsstunde setzten sich alle zusammen und tranken Tee, und sie tranken lange, bis ihnen der Schweiß ausbrach und sie ganz aufgedunsen schienen; erst dann aßen sie die Suppe, alle aus einem Topf. Den Hering aber hatte die Babka weggestellt.

Am Abend brannte der Töpfer sein Geschirr am Abhang. Unten auf der Wiese tanzten die Mädchen Reigen und sangen dazu. Jemand spielte auf der Ziehharmonika. Auf der anderen Flußseite brannte ebenfalls ein Ofen, und die Mädchen sangen; aus der Ferne erschien dieser Gesang harmonisch und lieblich. In der Schenke und davor lärmten die Bauern; sie sangen mit trunkenen Stimmen jeder für sich und beschimpften einander so, daß Olga nur immer zusammenfuhr und ausrief: »Ach, mein Gott!...«

Sie wunderte sich, daß dieses Schimpfen überhaupt kein Ende nahm und die Alten, die schon mit einem Fuß im Grabe standen, es am ärgsten trieben. Und die Kinder und jungen Mädchen hörten sich das wüste Schimpfen ohne Verlegenheit an, man merkte, daß sie es von der Wiege an gewohnt waren.

Mitternacht war vorüber, die Öfen auf dieser und auf der

anderen Seite waren erloschen, aber unten auf der Wiese und in der Schenke war das Vergnügen noch in vollem Gange. Der Alte und Kirjak, beide betrunken, hielten sich an den Händen und torkelten, mit den Schultern zusammenstoßend, zur Scheune, wo Olga und Marja lagen.

»Laß es sein«, sagte der Alte überredend, »laß es ... sie ist ein frommes Weib ... Sünde ist das ...«

»Maaarja!« rief Kirjak.

»Laß es ... sie ist ein ordentliches Weib.«

Sie standen einen Augenblick neben der Scheune und gingen weiter.

»Wie lieb ich die Blumen des Feldes!« sang plötzlich der Alte mit hoher, durchdringender Tenorstimme. »Ich such sie so gern auf den Wiesen!«

Dann spuckte er aus, schimpfte wüst und betrat die Hütte.

IV

Babka befahl Saša, in den Gemüsegarten zu gehen und aufzupassen, daß die Gänse nicht hineinliefen. Es war ein heißer Augusttag. Die Gänse des Schankwirts konnten nur von der Rückseite in den Garten kommen, aber sie waren jetzt damit beschäftigt, den neben der Schenke verschütteten Hafer aufzupicken, wobei sie sich friedlich miteinander unterhielten; nur der Gänserich reckte den Kopf hoch, als wollte er sehen, ob die Alte mit dem Stock käme. Die anderen Gänse konnten von unten heraufkommen, aber sie weideten noch drüben auf der anderen Seite des Flusses, wo sie wie eine lange weiße Girlande die Wiese zierten. Saša stand eine Weile im Garten, aber sie langweilte sich bald, und als sie sah, daß die Gänse nicht kamen, lief sie zum Abhang.

Dort erblickte sie Marjas älteste Tochter Motka, die unbeweglich auf einem großen Stein stand und zur Kirche hinübersah. Marja hatte dreizehn Kinder zur Welt gebracht, doch waren ihr nur sechs geblieben, alles Mädchen, kein einziger Junge; das älteste war acht Jahre alt. Motka stand barfuß und nur mit einem langen Hemd bekleidet in der prallen Mittagsglut, die Sonne brannte ihr auf den Scheitel, doch sie merkte es nicht, sie war wie versteinert. Saša stellte sich neben sie und sagte, auch zur Kirche blickend:

»In der Kirche lebt Gott. Bei den Menschen brennen Lampen und Lichte, bei Gott aber rote, grüne und blaue Lämpchen, die sind wie Äugelchen. In der Nacht geht Gott durch die Kirche und mit ihm die heilige Muttergottes und der heilige Nikolaj – tapp, tapp, tapp ... Und der Wächter fürchtet sich ganz schrecklich! Iih, mein Liebchen«, fuhr sie, ihre Mutter nachahmend, fort, »und wenn das Ende der Welt kommt, fliegen alle Kirchen in den Himmel.«

»Mit allen Glocken?« fragte Motka gedehnt mit tiefer Stimme.

»Mitsamt den Glocken. Am Weltende gehen die Guten ins Paradies ein, die Bösen aber müssen im ewigen Feuer brennen, mein Liebchen. Zu meiner Mutter und auch zu Marja wird Gott sagen: ›Ihr habt niemandem was zuleide getan, geht hier nach rechts, in das Paradies‹; zu Kirjak und zur Babka wird er sagen: ›Ihr aber geht nach links, ins Feuer.‹ Und wer die Fasten nicht gehalten hat, den schickt er auch ins Feuer.«

Sie blickte mit weit geöffneten Augen zum Himmel hinauf und sprach:

»Guck mal hinauf zum Himmel, aber du darfst nicht blinzeln – man kann die Engelchen sehen.«

Motka sah nun auch zum Himmel hinauf, und eine Minute verging in Schweigen.

»Siehst du sie?« fragte Saša.

»Nichts zu sehen«, antwortete Motka in tiefem Baß.

»Aber ich sehe sie. Kleine Engelchen fliegen am Himmel und schlagen mit den Flügelchen – husch, husch, wie die Mücken.«

Motka dachte eine Weile nach, den Blick auf den Boden gerichtet, und fragte:

»Wird Babka brennen?«

»Ja, gewiß, mein Liebchen.«

Von dem Stein bis weit nach unten erstreckte sich ein sanfter gleichmäßiger Abhang, der mit so weichem grünem Gras bewachsen war, daß man Lust bekam, darüber zu streichen oder darauf zu liegen. Saša legte sich hin und ließ sich hinunterrollen.

Motka mit ihrem ernsten, strengen Gesicht legte sich schweratmend ebenfalls hin und rollte hinunter, wobei ihr das Hemd bis zu den Achseln hinaufrutschte.

»Ach, das ist zu komisch!« rief Saša begeistert.

Sie gingen beide hinauf, um noch einmal hinunterzurollen, doch da hörten sie die bekannte kreischende Stimme. Hu, wie schrecklich! Die Großmutter, mit zahnlosem Mund, knochig, gebückt, mit kurzen grauen Haaren, die im Wind flatterten, jagte mit einem langen Stecken die Gänse aus dem Gemüsegarten und schrie:

»Den ganzen Kohl haben sie mir zertreten, die Verruchten. Wenn ihr doch krepieren wolltet! Dreimal verflucht sollt ihr sein. Elendes Viehzeug!«

Sie erblickte die Mädchen, warf den Stock weg, hob eine Gerte auf, packte Saša mit ihren trockenen, eisenharten Fingern am Hals und schlug sie. Saša weinte vor Schmerz und Angst. Inzwischen watschelte der Gänserich mit weit vorgestrecktem Hals auf Babka zu und zischte sie an, und als er dann zu seiner Herde zurückkehrte, begrüßten ihn die Gänse mit einem beifälligen: Gogogo! Dann machte sich die Alte daran, Motka zu verdreschen, und dabei rutschte deren Hemd wieder hoch. Saša war ganz verzweifelt und lief laut weinend in die Hütte, um sich zu beklagen; Motka kam hinterher, sie weinte auch, aber in tiefen Baßtönen, und da sie sich nicht die Tränen abwischte, sah ihr Gesicht aus, als habe man es in Wasser getaucht.

»Ach, du meine Güte!« sagte Olga erstaunt, als die beiden hereinkamen. »Heilige Muttergottes!«

Saša begann eben zu erzählen, was ihr widerfahren war, da kam mit durchdringendem Geschrei und Schelten die Großmutter herein. Fëkla wurde ärgerlich, und mit einem Mal war die ganze Hütte voller Lärm.

»Macht nichts, macht nichts!« tröstete Olga, die selber ganz blaß und unglücklich aussah, die Tochter und streichelte ihren Kopf. »Es ist deine Großmutter. Du darfst ihr nicht böse sein, das ist Sünde. Macht nichts, Kindchen.«

Nikolaj, der ganz erschöpft war von diesem ewigen Geschrei, dem Hunger, dem Gestank und Qualm, der die Armut schon haßte und verachtete und sich für seine Eltern vor Frau und Tochter schämte, saß auf dem Ofenrand, ließ die Beine herunterhängen und sagte gereizt, mit weinerlicher Stimme zu seiner Mutter:

»Ihr dürft sie nicht schlagen! Ihr habt überhaupt kein Recht, sie zu schlagen!«

»Krepier du lieber auf dem Ofen, du Schwächling!« schrie ihn Fëkla erbost an. »Der Satan hat euch hergebracht, unnütze Brotesser!«

Sowohl Saša als auch Motka und alle die anderen Mädchen hatten sich auf dem Ofen hinter Nikolajs Rücken in eine Ecke verkrochen und lauschten von dort schweigend und angstvoll; man konnte hören, wie ihre kleinen Herzen klopften. Wenn in einer Familie ein Kranker lange und hoffnungslos darniederliegt, dann kann es geschehen, daß alle Angehörigen, obwohl zaghaft und heimlich, im Grunde ihrer Seele seinen Tod herbeiwünschen. Nur die Kinder fürchten den Tod eines nahen Verwandten und erschrecken bei dem Gedanken daran. Auch jetzt schauten die Mädchen mit angehaltenem Atem und traurigen Gesichtern auf Nikolaj, sie dachten daran, daß er bald sterben würde; die Tränen waren ihnen nahe, und sie hätten ihm so gern ein liebevolles, mitleidiges Wort gesagt.

Nikolaj schmiegte sich wie schutzsuchend an Olga und sagte leise mit zitternder Stimme:

»Olga, Liebste, ich kann hier nicht mehr bleiben. Ich halte es nicht mehr aus. Um Gottes und Christi willen, schreibe deiner Schwester Klavdija Abramovna, sie möchte alles verkaufen und verpfänden, was sie hat, und uns Geld schicken, damit wir von hier wegfahren können. O mein Gott«, fuhr er sehnsüchtig fort, »nur einmal noch möchte ich Moskau sehen, und wäre es nur im Traum!«

Als der Abend kam und es in der Hütte dunkel wurde, verbreitete sich eine so schwermütige Stimmung, daß es unmöglich war, auch nur ein Wort zu sprechen. Die zornige Babka weichte Schwarzbrotrinden in einer Tasse ein und lutschte sie lange, wohl eine ganze Stunde lang. Marja hatte die Kuh gemolken, brachte nun den Eimer mit der Milch und stellte ihn auf eine Bank. Babka goß die Milch aus dem Eimer in Krüge, auch dabei ließ sie sich Zeit, und sie war offensichtlich zufrieden, daß jetzt in der Fastenzeit vor Mariä Himmelfahrt niemand Milch trinken würde. Sie goß nur ganz wenig in eine Schale für Fëklas Kind. Während sie und Marja die Krüge in den Keller brachten, fuhr Motka plötzlich hoch, kroch vom Ofen herunter, ging zur Bank, auf der die Tasse mit den Brotrinden stand, und goß etwas Milch aus der Schale hinein.

In die Hütte zurückgekehrt, machte sich Babka wieder an ihre Brotrinden; Saša und Motka saßen auf dem Ofen, sahen ihr zu und freuten sich, daß Babka nun die Fasten gebrochen hatte und in die Hölle kam. Mit diesem Trost legten sie sich schlafen, und Saša stellte sich im Einschlummern das Jüngste Gericht vor: Ein großer Ofen brannte, ähnlich wie der Töpferofen, und ein schwarzer Teufel mit Kuhhörnern trieb Babka mit einem langen Stock in das Feuer hinein, so wie sie selber heute die Gänse getrieben hatte.

V

Zu Mariä Himmelfahrt, gegen elf Uhr abends, erhoben die Burschen und Mädchen, die sich auf der Wiese vergnügten, plötzlich ein lautes Schreien und Kreischen und rannten zum Dorf. Die oben auf dem Rand des Abhangs saßen, konnten im ersten Augenblick nicht begreifen, was los war.

»Feuer! Feuer!« erscholl jetzt von unten ein verzweifelter Ruf. »Es brennt!«

Die oben schauten sich um, und ihren Augen bot sich ein schauriges und ungewöhnliches Bild: Über dem Strohdach einer der letzten Hütten erhob sich eine fast zwei Meter hohe Feuersäule, aus der die Funken nach allen Seiten sprühten, als sei es eine Fontäne. Sofort stand das ganze Dach in Flammen, und man hörte das Prasseln des Feuers.

Das Mondlicht verblaßte, und das ganze Dorf war in einen roten, flackernden Schein getaucht; über den Erdboden liefen schwarze Schatten, und es roch nach Qualm. Die von unten heraufrannten, kamen atemlos und zitternd oben an, stießen sich gegenseitig, fielen hin, und da sie in dem ungewohnt hellen Licht nicht gut sehen konnten, erkannten sie einander nicht. Es war schaurig. Besonders schaurig war es deshalb, weil über dem Feuer im Rauch die Tauben hin und her flogen und in der Schenke, wo man noch nichts vom Feuer wußte, gesungen und Ziehharmonika gespielt wurde, als ob nichts geschehen wäre.

»Bei Onkel Semën brennts!« rief eine laute, grobe Stimme.

Marja rannte weinend und zähneklappernd vor der Hütte hin und her, sie rang die Hände, obgleich das Feuer weit entfernt am anderen Ende des Dorfes war. Nikolaj kam in Filzstiefeln heraus, die Kinder liefen in ihren Hemdchen herum.

Neben der Hütte des Dorfpolizisten schlug man gegen ein eisernes Läutebrett. »Bemm, bemm, bemm!« tönte es unaufhörlich durch die Nacht, und bei diesen dicht aufeinanderfolgenden Schlägen wurde einem beklommen zumute und eiskalt. Die alten Weiber standen mit den Heiligenbildern da. Aus den Höfen wurden die Schafe, Kälber und Kühe auf die Straße getrieben, man trug Truhen, Schaffelle und Bütten heraus. Ein junger Rappe, den man nie in die Herde ließ, weil er die Angewohnheit hatte, auszuschlagen und die anderen Pferde zu verletzen, lief ein um das andere Mal wiehernd und stampfend frei durchs Dorf, blieb plötzlich vor einem Wagen stehen und schlug mit den Hinterbeinen danach aus.

Jetzt wurden auf der anderen Seite die Kirchenglocken geläutet.

In der Nähe der brennenden Hütte war es heiß und so hell, daß man jedes Grashälmchen auf der Erde sehen konnte. Auf einer der Truhen, die sie noch hatten herausschleppen können, saß Semën, ein rothaariger Bauer mit großer Nase. Er trug ein Jackett und eine Schirmmütze, die er tief über den Kopf bis an die Ohren gezogen hatte; sein Weib lag bewußtlos neben ihm, mit dem Gesicht zur Erde, und stöhnte. Ein Greis von wohl achtzig Jahren, klein, mit einem langen Bart und wie ein Gnom anzuschauen – er war nicht von hier, hatte aber offenbar etwas mit dem Feuer zu tun –, ging mit einem weißen Bündel in den Händen und ohne Mütze umher; auf seiner Glatze spiegelte sich das Feuer. Der Dorfälteste, Antip Sedelnikov, schwarzhaarig und von bräunlicher Hautfarbe wie ein Zigeuner, kam mit einem Beil auf die Hütte zu und schlug die Fenster ein, eins nach dem anderen, keiner wußte, warum, dann begann er die Eingangsstufen zu zerhacken.

»Weiber, holt Wasser!« schrie er. »Holt die Spritze! Na, macht schon!«

Die Bauern, die noch vor kurzem in der Schenke gezecht hatten, trugen das Löschgerät herbei. Sie waren alle betrunken, stolperten und fielen hin; auf ihren Gesichtern lag ein hilfloser Ausdruck, und in ihren Augen standen Tränen.

»Mädchen, bringt Wasser!« schrie der Älteste wieder, er war ebenfalls betrunken. »Na los, macht schon.«

Die Frauen und die Mädchen rannten hinunter zur Quelle und schleppten die vollen Eimer und Kübel den Abhang hinauf; gossen das Wasser in die Löschpumpe und rannten wieder davon. Auch Olga und Marja, Saša und Motka schleppten Wasser. An der Pumpe arbeiteten Weiber und Jungen, das Wasser zischte, und der Älteste richtete den Schlauch bald auf die Tür, bald auf die Fenster; manchmal hielt er den Strahl mit dem Finger zurück, und dann zischte das Wasser noch stärker.

»So ists recht, Antip!« erschollen lebhafte Stimmen. »Machst deine Sache gut!«

Und Antip drang bis zum Flur vor, ging mitten ins Feuer hinein und rief von dort:

»Weiterpumpen! Gebt euch Mühe, Rechtgläubige, und helft bei diesem Unglück!«

Die Männer standen in einem Haufen zusammengedrängt daneben, taten nichts und sahen ins Feuer. Keiner wußte, womit er beginnen sollte, keiner begriff, was zu tun war, und ringsherum standen die Getreide- und Heuschober, Scheunen und Haufen von trockenem Reisig. Da waren auch Kirjak und der alte Osip, sein Vater, beide angetrunken. Der Alte, als wolle er sich wegen seiner müßigen Haltung rechtfertigen, wandte sich der am Boden liegenden Frau des Semën zu.

»Was nützt das Klagen, Gevatterin. Die Hütte ist doch versichert, was grämst du dich!«

Semën erzählte nun, bald dem einen, bald dem anderen, wie der Brand entstanden war.

»Dieser Alte mit dem Bündelchen – er gehört zum Gesinde des Generals Žukov... als Koch diente er bei unserem General, Gott schenke ihm die ewige Seligkeit –, der kam am Abend. ›Laßt mich übernachten‹, sagte er... Nun, wir haben ein Gläschen getrunken, wie das so üblich ist... Die Frau holte den Samovar, der Alte sollte Tee haben, zum Unglück hat sie aber den Samovar im Flur aufgestellt, die Funken aus dem Rohr flogen bis ans Dach hinauf ins Stroh, und so ist es also passiert. Wir sind beinahe selber verbrannt. Und die Mütze vom Alten ist auch verbrannt, so ein Pech.«

Noch immer dröhnten die Schläge gegen das eiserne Läutebrett, und noch immer läuteten die Glocken in der Kirche auf der anderen Seite. Olga stand ganz außer Atem im hellen Feuerschein und schaute voll Entsetzen auf die roten Schafe, auf die rosa Tauben, die im Rauch hin und her flogen, dann rannte sie wieder nach Wasser den Abhang hinunter und hinauf. Sie hatte ein Gefühl, als ob sich diese Glockentöne und der Schall des Läutebretts wie scharfe Stacheln in ihre Seele bohrten; ihr schien, das Feuer würde nie aufhören und Saša sei verlorengegangen... Und als die Decke der Hütte krachend einstürzte, verließen sie bei dem Gedanken, daß nun sicher das ganze Dorf abbrennen würde, die Kräfte; sie konnte kein Wasser mehr schleppen und setzte sich an den Abhang, die Eimer neben sich. Um sie herum saßen andere Weiber und wehklagten laut wie um einen Toten.

Doch jetzt kamen von dem Gutshof auf der anderen Seite zwei Fuhrwerke mit Knechten und Arbeitern angefahren, sie brachten Löschgeräte mit. Ein sehr junger Student in einem weißen offenen Drillichrock begleitete sie hoch zu Roß. Eine Leiter wurde an das brennende Gebälk gestellt, fünf Mann kletterten auf einmal hinauf, allen voran der Student, der ganz rot war und mit heiserer Stimme und in einem Ton kommandierte, als ob das Feuerlöschen für ihn eine gewohnte Sache wäre. Beilschläge dröhnten, die Balken der Hütte wurden auseinandergenommen; desgleichen der Stall, der geflochtene Zaun und der nächste Schober.

»Laßt nicht alles auseinanderbrechen!« ertönten einige strenge Stimmen aus der Menge. »Laßt es nicht zu!«

Kirjak ging mit entschlossenem Gesicht auf die Hütte zu, als wolle er die Ankömmlinge am Werk hindern, doch einer der Arbeiter drehte ihn einfach um und schlug ihn ins Genick. Man hörte Lachen, da schlug der Arbeiter noch einmal zu. Kirjak fiel hin und kroch auf allen vieren in die Menge zurück.

Von der anderen Seite kamen jetzt zwei hübsche junge Mädchen mit Hüten – offensichtlich die Schwestern des Studenten. Sie blieben in einiger Entfernung stehen und schauten auf das Feuer. Die auseinandergenommenen Balken brannten nicht mehr, aber sie rauchten noch stark; der Student, der den Schlauch hielt, richtete den Strahl bald auf diese Balken, bald auf die Männer, bald auf die wasserschleppenden Frauen.

»George!« riefen ihm die Mädchen vorwurfsvoll und ängstlich zu. »George!«

Der Brand war gelöscht. Erst als alle auseinandergingen, merkten sie, daß es schon Morgen war, daß alle bleich aussahen mit einem leichten Ton ins Bräunliche – in den frühen Morgenstunden, wenn die letzten Sterne am Himmel verblassen, scheinen die Gesichter immer diese eigentümliche Färbung anzunehmen. Beim Auseinandergehen lachten die Bauern und machten sich über den Koch des Generals Žukov und seine verbrannte Mütze lustig; sie betrachteten den Brand jetzt schon als einen Mordsspaß und schienen beinahe traurig zu sein, daß das Feuer so schnell gelöscht worden war.

»Sie haben sehr gut gelöscht, junger Herr«, sagte Olga zu dem Studenten. »Sie müßten zu uns nach Moskau kommen, dort ist wahrscheinlich jeden Tag ein Feuer.«

»Sie sind aus Moskau?« fragte die eine der jungen Damen.

»Ja. Mein Mann diente im ›Slavischen Bazar‹. Und das ist meine Tochter«, sie zeigte auf Saša, die sich frierend an sie schmiegte. »Sie ist auch Moskauerin.«

Die beiden Fräulein sagten etwas auf französisch zu dem Studenten, und dieser gab Saša ein Zwanzigkopekenstück. Der alte Osip sah es, und in seinem Gesicht leuchtete es hoffnungsvoll auf.

»Gott sei gedankt, Euer Hochwohlgeboren, daß wir keinen Wind hatten«, wandte er sich an den Studenten, »sonst wäre in einer Stunde das ganze Dorf abgebrannt. Euer Hochwohlgeboren, liebe Herrschaften«, fügte er in leicht gedämpftem Ton verlegen hinzu, »der Morgen ist kalt, man müßte sich etwas durchwärmen ... wenn Euer Gnaden mir für ein halbes Fläschchen ...«

Sie gaben ihm nichts, und er trollte sich hüstelnd nach Hause. Olga stand danach noch am Rande des Abhangs und sah zu, wie die beiden Wagen durchs Wasser ans andere Ufer fuhren, wie die Herrschaften über die Wiese gingen; dort wurden sie von einer Equipage erwartet. Als sie dann in die Hütte kam, erzählte sie ihrem Mann begeistert:

»Wie gut sie sind! Und so schön! Und die Fräulein – die reinen Engel!«

»Platzen sollen sie!« sagte die schläfrige Fëkla gehässig.

VI

Marja fühlte sich unglücklich und sagte, sie würde lieber sterben; Fëkla dagegen fand dieses Leben ganz nach ihrem Geschmack, sowohl die Armut wie die Unsauberkeit und das unaufhörliche Gezänk. Sie aß wahllos alles, was man ihr gab, sie schlief, ganz gleich, wo und wie; das Spülwasser goß sie unmittelbar vor der Haustür aus und ging dann noch mit bloßen Füßen durch die Pfütze. Sie haßte Olga und Nikolaj gleich vom ersten Tag an, nur weil sie an dieser Art zu leben keinen Gefallen fanden.

»Wir werden ja sehen, wie euch das Essen hier schmeckt, euch feinen Moskauern!« sagte sie schadenfroh. »Wir werden ja sehen!«

Eines Morgens – es war schon Anfang September – trug Fëkla von unten zwei Eimer Wasser herauf. Sie war ganz rosig von der Kälte und sah schön und gesund aus. Marja und Olga saßen am Tisch und tranken Tee.

»Tee und Zucker!« sagte Fëkla spöttisch. »Was für Herrschaften!« fügte sie, die Eimer niedersetzend, hinzu. »Habt so eine neue Mode eingeführt. Jeden Tag Tee trinken! Seht nur zu, daß ihr nicht platzt von eurem Tee!« Und mit einem haßerfüllten Blick auf Olga fuhr sie fort: »Hast dir in Moskau einen schönen Bauch angemästet! Du Dickwanst!«

Sie holte mit der Tragstange aus und schlug Olga damit so auf die Schulter, daß beide Schwägerinnen die Hände zusammenschlugen und ausriefen:

»Bei allen Heiligen!«

Dann ging Fëkla zum Wäschewaschen an den Fluß, und sie schimpfte auf dem Weg dorthin so laut, daß man es in der Hütte hören konnte.

Der Tag verging. Es kam der lange Herbstabend. In der Stube saßen alle beisammen und haspelten Seide, nur Fëkla nicht; sie war auf die andere Uferseite gegangen. Man holte sich die Arbeit von der nächstgelegenen Fabrik, und die ganze Familie verdiente sich mit dem Haspeln etwa zwanzig Kopeken in der Woche; das war nicht viel.

»Unter der Herrschaft war es doch besser«, sagte der Alte, während er die Seide haspelte. »Da haben wir gearbeitet, gegessen und geschlafen, alles schön der Reihe nach. Mittags gab es Kohlsuppe und Grütze, abends bekamst du auch Kohlsuppe und Grütze. Gurken und Weißkohl waren genug da: Iß, wann du willst, iß, solange du Lust hast. Es war alles viel strenger, und jeder wußte, was sich gehört.«

In der Stube brannte nur eine kleine blakende Lampe, die ein trübes Licht verbreitete. Wenn jemand die Lampe verdeckte, fiel ein großer Schatten auf das Fenster, und man konnte den hellen Mond sehen. Der alte Osip erzählte gemächlich, wie es früher, zur Zeit der Leibeigenschaft, in dieser Gegend, wo man jetzt so langweilig und armselig lebte, zugegangen war. Es gab große Hetzjagden, manchmal jagte man mit Windhunden oder mit Pskovern; bei den Treibjagden bekamen die Bauern viel Schnaps, und nach Moskau fuhren ganze Wagenzüge mit Geflügel für die jungen Herrschaften. Die Bösen wurden mit Ruten gestraft oder auf das Tversche Stammgut verschickt, die Guten belohnt. Auch die Babka erzählte so manches. Sie erinnerte sich an alles. Sie erzählte von ihrer Herrin, einer guten und frommen

Frau, deren Mann ein Trinker und Wüstling gewesen war und deren Töchter sich alle Gott weiß wie verheiratet hatten: Die eine hatte einen Trinker geheiratet, die andere einen Kleinbürger, die dritte war heimlich entführt worden (Babka selber, die damals ein junges Mädchen war, hatte bei der Entführung mitgeholfen), und alle drei waren bald vor Kummer gestorben, ebenso wie ihre Mutter. Bei der Erinnerung daran vergoß die Alte sogar ein paar Tränchen.

Plötzlich klopfte jemand an die Tür, und alle fuhren zusammen.

»Onkel Osip, laß mich bei dir übernachten!«

In die Stube trat ein kleiner glatzköpfiger Alter, der Koch des Generals Žukov, dessen Mütze verbrannt war. Er setzte sich, hörte zu und begann ebenfalls Erinnerungen auszukramen und allerhand Geschichten zu erzählen. Nikolaj, der auf dem Ofen saß und die Beine herunterbaumeln ließ, hörte zu und fragte nur immer nach den Gerichten, die für die Herrschaft gekocht wurden. Es wurde von Klopsen, Koteletts, von verschiedenen Suppen und Soßen gesprochen, und der Koch, der sich ebenfalls gut an alles erinnerte, nannte Gerichte, die man heute gar nicht mehr kannte; da war zum Beispiel eins, das wurde aus Ochsenaugen zubereitet und hieß ›Früh aufgewacht‹.

»Hat man damals auch ›Côtelettes Maréchal‹ gemacht?« fragte Nikolaj.

»Nein.«

Nikolaj schüttelte vorwurfsvoll den Kopf und sagte:

»Ach, ihr jämmerlichen Köche.«

Die Mädchen saßen und lagen auf dem Ofen, sie schauten mit wachen Augen hinunter, und es schienen ihrer viele, viele zu sein – wie Engel in den Wolken. Die Erzählungen gefielen ihnen; sie seufzten, erschauerten und erbleichten abwechselnd, bald vor Begeisterung, bald vor Angst, und der Babka, die am interessantesten erzählte, hörten sie mit angehaltenem Atem zu und wagten sich nicht zu rühren.

Dann legten sich alle schweigend zum Schlafen nieder; die Alten, beunruhigt und erregt von den Erzählungen, dachten daran, wie schön die Jugend gewesen war. Wie sie auch gewesen sein mochte, in der Erinnerung blieb nur das Lebendige, Frohe und Rührende haften, und wie schrecklich kalt war der Tod, der immer näher rückte – lieber gar nicht daran denken! Das Lämpchen verlosch. Das Halbdunkel und die beiden hell vom Mondlicht beschienenen kleinen Fenster, die Stille und das Knarren der Wiege, all das erinnerte nur daran, daß das Leben nun vorbei war, daß man es nicht mehr zurückholen konnte ... Man schlummert ein, hat alles vergessen, und plötzlich berührt jemand die Schulter, ein Hauch trifft die Wange – und der Schlaf ist weg, die Glieder sind taub, wieder kommen die Gedanken an den Tod; man dreht sich auf die andere Seite, da hat man den Tod schon vergessen, statt dessen hat man den Kopf voll von all den widerwärtigen, langweiligen ewigen Sorgen und Nöten: ob wohl das Viehfutter reicht; das Mehl ist teurer geworden, und nach einer Weile denkt man wieder daran, daß das Leben vorüber ist, unwiederbringlich ...

»O mein Gott!« seufzte der Koch.

Jemand klopfte ganz leise ans Fenster. Wahrscheinlich war Fëkla zurückgekehrt. Olga stand gähnend auf und schloß, ein Gebet murmelnd, die Tür auf, dann schob sie im Flur den Riegel zurück. Doch niemand trat ein, von draußen wehte es kalt herein, und das Mondlicht erleuchtete den ganzen Flur. Durch die offene Tür konnte man die stille, verödete Straße sehen und den Mond, der am Himmel seine Bahn zog.

»Wer ist da?« rief Olga.

»Ich«, kam die Antwort. »Ich bins.«

Neben der Tür, an die Hauswand geschmiegt, stand Fëkla, vollkommen nackt. Sie zitterte vor Kälte, ihre Zähne schlugen aufeinander, und im hellen Licht des Mondes erschien sie bleich, schön und fremdartig. Die Schatten und der Schein des Mondes auf ihrer Haut hoben sich scharf ab, und besonders deutlich traten ihre dunklen Brauen und die jungen festen Brüste hervor.

»Die Schelme auf der anderen Seite haben mich ausgezogen und so laufen lassen, wie die Mutter mich geboren hat ...« sagte sie. »Ohne Kleider bin ich nach Hause gegangen. Bring mir was zum Anziehen.«

»Geh doch lieber ins Haus!« sagte Olga leise, die ebenfalls zu frösteln anfing.

»Daß mich nur die Alten nicht sehen.«

Und richtig, die Babka war schon unruhig geworden und brummte, der Alte fragte:

»Wer ist dort?«

Olga brachte ihr eigenes Hemd und ihren Rock und half Fëkla beim Anziehen, dann gingen beide, bemüht, die Türen leise zu schließen, in die Stube.

»Bist dus, du Nachtschwärmerin?« brummte die Großmutter zornig, sie wußte gleich, wer das war. »Dich sticht der Hafer! Daß dich der... wann wird es endlich mal um dich geschehen sein!«

»Macht nichts, macht nichts«, flüsterte Olga und deckte Fëkla zu, »macht nichts, mein Liebchen.«

Wieder wurde es still in der Hütte. Die Bewohner schliefen nie gut, jeder einzelne wurde durch irgend etwas, was er nicht loswerden konnte, am Schlafen gehindert: den Alten störte der hartnäckige Schmerz im Rücken, die Babka sorgte und erboste sich unablässig, Marja fürchtete sich, und die Kinder wurden von Krätze und Hunger geplagt. Auch jetzt schliefen sie alle unruhig, wälzten sich von einer Seite auf die andere, redeten ungereimtes Zeug, standen auf, um zu trinken.

Fëkla fing plötzlich an, mit grober Stimme laut zu heulen, hielt jedoch sofort an sich und schluchzte nur von Zeit zu Zeit, immer leiser und gedämpfter, bis sie ganz still wurde. Hin und wieder konnte man von der anderen Seite eine Uhr schlagen hören, doch sie schlug so merkwürdig, erst fünf, dann drei.

»O mein Gott!« seufzte der Koch.

Die Fenster waren schon hell, aber es war nicht zu erkennen, ob vom Mondschein oder vom Morgenlicht. Marja erhob sich und ging hinaus. Man konnte hören, wie sie draußen auf dem Hof die Kuh melkte und ihr zurief:

»Steeeh doch!«

Nun ging auch Babka hinaus. In der Hütte war es noch dunkel, aber die einzelnen Gegenstände konnte man schon unterscheiden.

Nikolaj, der die ganze Nacht nicht geschlafen hatte, stieg vom Ofen. Er holte aus der kleinen grünen Truhe seinen Frack, zog ihn an und fuhr, zum Fenster gehend, glättend über die Ärmel, dann faßte er nach den Frackschößen – und lächelte. Vorsichtig zog er den Frack wieder aus, legte ihn zurück in die Truhe und legte sich wieder hin.

Marja kehrte zurück und heizte den Ofen. Sie schien erst jetzt im Gehen wach zu werden. Wahrscheinlich hatte sie etwas geträumt, oder die gestrigen Erzählungen kamen ihr in den Sinn, denn sie reckte sich wohlig vor dem Ofen und sagte:

»Nein, die Freiheit ist doch besser!«

VII

Der ›Herr‹ war eingetroffen – so nannte man im Dorf den Bezirksvorsteher der Landpolizei. Schon seit einer Woche wußte man, wann und warum er kommen würde. Das Dorf Žukovo bestand nur aus vierzig Höfen, doch es hatten sich über zweitausend Rubel Steuerrückstände angesammelt.

Der Bezirksvorsteher stieg in der Schenke ab, trank dort zwei Gläser Tee und begab sich dann zu Fuß zum Haus des Dorfältesten. Vor dem Haus erwartete ihn schon ein Haufen Bauern, die mit ihren Abgaben im Rückstand waren. Der Älteste, Antip Sedelnikov, wirkte trotz seiner Jugend – er war erst wenig über dreißig Jahre alt – sehr streng und hielt es immer mit der Obrigkeit, obgleich er selber arm und ein lässiger Steuerzahler war. Offensichtlich machte es ihm Spaß, Dorfältester zu sein, das Gefühl seiner Macht befriedigte ihn, aber er verstand es nicht, diese Macht anders als durch Strenge zum Ausdruck zu bringen. In der Gemeindeversammlung war er gefürchtet, aber man gehorchte ihm; manchmal, wenn er auf der Straße oder vor dem Wirtshaus einen Betrunkenen erwischte, band er ihm die Hände auf dem Rücken zusammen und setzte ihn in die Arrestkammer. Einmal hatte er sogar Babka für einen ganzen Tag in die Zelle gesperrt; sie war in Vertretung ihres Mannes zur Gemeindeversammlung gekommen und hatte dort schrecklich geschimpft. Er hatte niemals in der Stadt gelebt und las auch keine Bücher, hatte aber irgendwo verschiedene gescheite Redensarten aufgeschnappt und liebte es, sie im Gespräch anzuwenden. Das brachte ihm die Hochachtung der Bauern ein, obwohl sie ihn nicht immer verstanden.

Als Osip mit seinem Steuerbuch eintrat, saß der Bezirksvorsteher, ein hagerer alter Mann mit einem langen grauen Backenbart, in einer leichten grauen Uniformjacke am Tisch und schrieb. In der Hütte war es sauber, die Wände waren mit bunten, aus Zeitschriften ausgeschnittenen Bildern beklebt; an der sichtbarsten Stelle, dicht neben den Heiligenbildern, hing ein Porträt des Battenbergers, des Fürsten von Bulgarien. Neben dem Tisch stand mit gekreuzten Armen Antip Sedelnikov.

»Er hat hundertneunzehn Rubel zu zahlen, Euer Hochwohlgeboren«, sagte er, als die Reihe an Osip kam. »Vor Ostern hat er einen Rubel bezahlt und seitdem nicht eine Kopeke.«

Der Bezirksvorsteher hob die Augen und fragte:

»Warum denn nicht, mein Lieber?«

»Seid barmherzig, Euer Hochwohlgeboren«, begann Osip aufgeregt, »mit Verlaub zu sagen, im Sommer sagte der Herr von Ljutoreck zu mir: ›Osip‹, sagt er, ›verkauf mir dein Heu... Verkauf es‹, sagt er. Nun, warum nicht? Ich konnte wohl hundert Pud verkaufen, die Weiber haben es am Hohlweg gemäht... Also, wir wurden einig... Alles war gut, wie du willst...«

Er beklagte sich über den Dorfältesten, wobei er sich ständig nach den anderen Bauern umsah, als wolle er sie als Zeugen anrufen; er war ganz rot geworden im Gesicht und schwitzte, die Augen blickten stechend und böse.

»Ich verstehe nicht, warum du mir das alles erzählst«, sagte der Bezirksvorsteher. »Ich frage dich... dich frage ich, warum du den Rückstand nicht bezahlst? Ihr zahlt alle nicht, soll ich für euch die Verantwortung tragen?«

»Ich kann nicht!«

»Das hat alles nichts zu bedeuten, Euer Hochwohlgeboren«, sagte der Dorfälteste. »Es ist wahr, die Čikildeevs gehören nicht zur vermögenden Klasse, doch geruhen Sie die anderen zu fragen: der Grund ist nur der Schnaps, und frech sind sie auch noch. Vollkommen ohne Verstand.«

Der Beamte schrieb etwas auf und sagte zu Osip in ruhigem, gleichgültigem Ton, als ob er um ein Glas Wasser bäte:

»Mach, daß du rauskommst.«

Bald fuhr er wieder ab, und als er sich in seinen ärmlichen Reisewagen setzte und hustete, konnte man schon an der Haltung seines langen, mageren Rückens sehen, daß er weder an Osip noch an den Ältesten noch an die Žukover Rückstände dachte, sondern nur mit seinen eigenen Angelegenheiten beschäftigt war. Er mochte noch keine Verst vom Dorf entfernt sein, da trug Antip Sedelnikov auch schon den Samovar aus der Čikildeevschen Hütte. Hinter ihm her ging Babka und kreischte aus vollem Halse:

»Ich geb ihn nicht her! Du sollst ihn nicht haben, du Schuft!«

Er ging sehr schnell und machte lange Schritte, sie aber rannte ihm nach, gebeugt und atemlos, wutentbrannt, nahe daran, hinzufallen; das Kopftuch war ihr auf die Schultern gerutscht, die grünlichgrauen Haare flatterten im Wind. Plötzlich blieb sie stehen, schlug sich wie eine richtige Rebellin mit den Fäusten gegen die Brust und schrie noch lauter, mit weinerlich singender Stimme:

»Rechtgläubige, die ihr auf Gott vertraut! Ihr Lieben, man tut uns Unrecht! Man bedrückt uns! Oh, oh, nehmt uns in Schutz, ihr Guten!«

»Babka, Babka«, sagte der Dorfälteste streng. »Komm zur Vernunft!«

Ohne den Samovar sah es in der Čikildeevschen Hütte traurig aus. Der Verlust hatte etwas Erniedrigendes, Beleidigendes für die Familie; es war, als hätte man dem Haus die Ehre genommen. Es wäre ihnen allen lieber gewesen, wenn der Dorfälteste den Tisch, die Bänke und das Geschirr weggetragen hätte: der Raum wäre ihnen nicht so leer erschienen. Babka schrie, Marja weinte, und die Mädchen weinten bei ihrem Anblick auch. Der Alte, der sich schuldig fühlte, saß niedergeschlagen in der Ecke und schwieg. Auch Nikolaj schwieg. Babka, die ihn liebte und sonst immer bedauerte, vergaß ihr Mitleid und stürzte sich plötzlich mit Schelten und Vorwürfen auf ihn; mit ihren Fäusten fuchtelte sie dicht vor seinem Gesicht herum. Sie schrie, er sei an allem schuld; warum hatte er so wenig Geld geschickt; in seinen Briefen hatte er sich doch immer gerühmt, daß er im ›Slavischen Bazar‹ fünfzig Rubel im Monat verdiente? Wozu war er hierhergekommen, noch dazu mit seiner Familie? Woher sollten sie das Geld für die Beerdigung nehmen, wenn er gestorben war...? Und es war ein Jammer, die Gesichter von Nikolaj, Olga und Saša zu sehen.

Der Alte räusperte sich, nahm die Mütze und ging zum Dorfältesten. Es war schon dunkel. Antip Sedelnikov lötete irgend etwas vor seinem Ofen und blies dabei die Backen auf. Die Stube war voller Qualm. Seine Kinder, magere, ungewaschene Geschöpfe, genau wie die von Čikildeevs, spielten auf dem Fußboden; seine Frau, eine häßliche, sommersprossige Person mit einem großen Bauch, haspelte Seide. Es war eine unglückliche, eine armselige Familie, nur Antip sah ansehnlich und stattlich aus. Auf der Bank standen in einer Reihe fünf Samovare. Der Alte bekreuzigte sich vor dem Battenberger und sagte:

»Antip, sei barmherzig und gib uns den Samovar zurück! Um Christi willen!«

»Bring drei Rubel, dann kriegst du ihn.«

»Ich hab nichts!«

Antip blies die Backen auf, das Feuer bullerte und zischte und spiegelte sich in den Samovaren wieder. Osip zerdrückte die Mütze in den Händen und sagte nach einer Weile:

»Gib ihn zurück!«

Der Dorfälteste mit seiner bräunlichen Gesichtsfarbe sah jetzt ganz schwarz aus und glich einem Hexenmeister; er drehte sich um und sagte streng und rauh:

»Das hängt vom Landamtmann ab. Auf der Administrationssitzung am Sechsundzwanzigsten kannst du den Grund deiner Unzufriedenheit mündlich oder schriftlich vorbringen.«

Osip hatte nichts verstanden, war jedoch zufrieden und ging nach Hause.

Nach zehn Tagen etwa war der Bezirksvorsteher wieder im

Dorf, blieb wohl eine Stunde und fuhr weg. Es war kalt und windig; der Fluß war längst zugefroren, aber es war noch immer kein Schnee gefallen. Die Menschen quälten sich auf den schlechten Wegen. An einem Sonntag, in der Dämmerung, kamen die Nachbarn zu Osip, um ein wenig zu schwatzen. Man saß im Dunkeln, denn es war Sünde zu arbeiten, darum wurde kein Licht angezündet. Es gab einige Neuigkeiten, ziemlich unangenehme. So hatte man in zwei, drei Hütten für die Steuerrückstände die Hühner beschlagnahmt und in die Gemeindeverwaltung gebracht, wo sie verreckten, weil niemand sie fütterte; auch Schafe hatte man beschlagnahmt, sie mit zusammengebundenen Beinen abtransportiert und in jedem Dorf wieder auf neue Wagen geladen, dabei war auch eins krepiert. Und jetzt unterhielt man sich über die Frage: Wer ist schuld?

»Das Zemstvo!« sagte Osip. »Wer denn sonst!«

»Natürlich, das Zemstvo.«

Dem Zemstvo gab man an allem schuld: an den Steuerrückständen, an den Unterdrückungen, an den Mißernten, obgleich niemand wußte, was man unter Zemstvo zu verstehen hatte. Das war so Brauch, seit die reichen Bauern, die eigene Fabriken, Läden und Gasthöfe besaßen, sich als Abgeordnete in das Zemstvo wählen ließen und dann unzufrieden in ihren Fabriken und Kneipen auf die Verwaltung schimpften.

Es wurde auch davon gesprochen, daß Gott keinen Schnee schickte: Holz mußte gefahren werden, aber auf den gefrorenen, unebenen Wegen konnte man weder fahren noch gehen. Früher, vor fünfzehn oder zwanzig Jahren, waren die Gespräche in Žukovo interessanter gewesen. Da sah jeder Greis aus, als bewahre er ein Geheimnis, als wisse und erwarte er etwas; damals sprach man von einem Schreiben mit einem goldenen Siegel, von der Bodenaufteilung, von neuem Land, von Schätzen, und es gab geheimnisvolle Andeutungen; jetzt hatten die Einwohner von Žukovo keine Geheimnisse mehr; ihr ganzes Leben lag offen auf der Hand, einer wußte alles vom anderen, und sie konnten nur noch von der Not und vom Viehfutter reden und davon, daß kein Schnee fiel.

Eine Weile schwiegen sie. Dann fingen sie wieder von den Hühnern und Schafen an und davon, wer an allem schuld sei.

»Das Zemstvo!« sagte Osip niedergeschlagen. »Wer denn sonst!«

VIII

Die Kirche, zu der die Žukover gehörten, befand sich etwa sechs Verst entfernt in dem Dorf Kosogorov; man ging aber nur notgedrungen hin, zur Taufe, zur Trauung oder zum Begräbnis; zum Beten ging man in die Kirche am anderen Ufer. An Feiertagen, wenn das Wetter schön war, putzten sich die Mädchen und gingen in Gruppen zum Hochamt. Und es war ein lustiges Bild, wenn sie in ihren roten, gelben und grünen Kleidern über die Wiese gingen; bei schlechtem Wetter jedoch saßen alle zu Hause. Zur Beichte und zum Abendmahl ging man in die Gemeindekirche. Von denen, die während der großen Fasten vor Ostern nicht zur Beichte gekommen waren, verlangte der Priester, wenn er am Osterfest mit dem Kreuz durch die Hütten ging, fünfzehn Kopeken.

Der alte Osip glaubte nicht an Gott, er dachte fast nie an ihn; er ließ das Übersinnliche wohl gelten, meinte aber, das ginge nur die Weiber an, und wenn in seiner Gegenwart von Religion und von Wundern gesprochen wurde und wenn er irgend etwas gefragt wurde, kratzte er sich den Kopf und sagte widerwillig:

»Wer soll das wissen!«

Babka glaubte, aber ganz verschwommen; in ihrem Gedächtnis ging alles durcheinander; kaum hatte sie angefangen, an Sünde, Tod und Rettung der Seele zu denken, da drängten sich die täglichen Sorgen und Nöte dazwischen und lenkten ihre Gedanken ab, so daß sie sofort vergaß, woran sie gedacht hatte. Sie hatte alle Gebete vergessen, und abends vor dem Schlafengehen stand sie vor den Ikonen und flüsterte:

»Muttergottes von Kazan, Muttergottes von Smolensk, Muttergottes mit den drei Händen...«

Marja und Fëkla bekreuzigten sich, gingen jedes Jahr zur

Beichte und zum Abendmahl, begriffen aber gar nichts. Sie lehrten die Kinder nicht beten, erzählten ihnen nicht von Gott und prägten ihnen keinerlei gute Lehren ein, sie verboten ihnen nur, in der Fastenzeit Fleisch und andere unerlaubte Speisen zu essen. In den übrigen Familien war es nicht anders: wenige nur waren wirklich gläubig, wenige begriffen etwas vom Glauben. Gleichzeitig liebten sie aber alle die Heilige Schrift, liebten sie zärtlich, ehrfürchtig, allein sie hatten keine Bücher, niemand konnte sie lesen oder ihnen erklären, und dafür, daß Olga ihnen manchmal aus dem Evangelium vorlas, behandelte man sie mit besonderer Achtung und sagte Sie zu ihr und Saša.

Olga ging häufig in die benachbarten Dörfer zu Gottesdiensten und Kirchenfesten, auch in die Kreisstadt, wo sich zwei Klöster und siebenundzwanzig Kirchen befanden. Sie war dann abgelenkt und vergaß während ihrer Wallfahrten völlig, daß sie eine Familie hatte; wenn sie aber zurückkam, machte sie die freudige Entdeckung, daß sie einen Mann und eine Tochter besaß, und dann sagte sie strahlend und lächelnd:

»Gott ist gnädig!«

All das, was im Dorf vorging, erschien ihr widerwärtig und quälte sie. Am Eliastag betrank man sich, zu Mariä Himmelfahrt betrank man sich, und am Fest der Kreuzerhöhung betrank man sich auch. An Mariä Schutz und Fürbitte feierten die Žukover ihr Kirchenfest, und die Bauern tranken bei dieser Gelegenheit drei Tage lang; sie vertranken fünfzig Rubel Gemeindegelder und sammelten dann noch auf allen Höfen Geld für weiteren Schnaps. Die Čikildeevs hatten am ersten Tag einen Hammel geschlachtet; sie aßen morgens, mittags und abends davon, sie aßen viel, und dann standen die Kinder noch in der Nacht auf, um davon zu essen. Kirjak war alle drei Tage sinnlos betrunken, er hatte alles versoffen, sogar die Mütze und die Stiefel; Marja prügelte er so sehr, daß man sie mit kaltem Wasser wieder zu sich bringen mußte. Und nachher schämten sich alle und konnten einander nicht in die Augen sehen.

Übrigens fand in Žukovo, dem Lakaiendorf, einmal eine richtige religiöse Feier statt. Das war im August, als man durch den ganzen Kreis, von Dorf zu Dorf, ein wundertätiges Muttergottesbild trug. An dem Tag, an dem die Ikone in Žukovo erwartet wurde, war es trübe und windstill. Die jungen Mädchen gingen der Ikone schon am frühen Morgen in ihren leuchtend bunten Festtagskleidern entgegen und brachten sie gegen Abend in feierlicher Prozession mit Gesang ins Dorf, während auf der anderen Seite alle Kirchenglocken läuteten. Eine ungeheure Menschenmenge aus dem eigenen und aus fremden Dörfern staute sich auf der Straße; es war entsetzlich staubig, und es gab viel Lärm und ein fürchterliches Gedränge... Der alte Osip, Babka und Kirjak, alle streckten die Hände nach der Ikone aus, schauten sie begierig an und riefen weinend:

»Fürsprecherin, Mütterchen! Fürsprecherin!«

Es war, als hätten plötzlich alle begriffen, daß zwischen Himmel und Erde kein leerer Raum war, daß die Reichen und Mächtigen doch nicht alles an sich gerissen hatten, daß es noch einen Schutz gab vor Kränkung und vor Sklaverei, vor unerträglich schwerer Not, vor dem schrecklichen Schnaps.

»Fürsprecherin, Mütterchen!« schluchzte Marja. »Mütterchen!«

Als der Gottesdienst vorüber war, trug man das Muttergottesbild fort, und alles war wie vorher; wie sonst erschollen aus der Kneipe grobe, trunkene Stimmen.

Den Tod fürchteten nur die reichen Bauern; je reicher sie wurden, desto weniger glaubten sie an Gott und an die Rettung ihrer Seele. Nur aus Angst zündeten sie Kerzen an, wenn das Ende des irdischen Daseins herannahte, und ließen für alle Fälle Gottesdienste abhalten. Die ärmeren Bauern hatten keine Angst vor dem Tod. Dem alten Osip und der Babka sagte man ins Gesicht, sie hätten lange genug gelebt, es sei Zeit zum Sterben; sie fanden nichts dabei. Man scheute sich nicht, Fëkla in Nikolajs Gegenwart zu erklären, daß, wenn Nikolaj erst tot sei, ihr Mann Denis aus dem Militärdienst entlassen würde. Und für Marja hatte der Tod ebenfalls nichts Schreckliches, sie war sogar traurig, daß er so lange nicht kam, und freute sich, wenn ihre Kinder starben.

Den Tod fürchteten sie nicht, aber jede Krankheit flößte ihnen eine übertriebene Angst ein. Es genügte eine Kleinigkeit – ein verdorbener Magen, ein leichtes Frösteln –, und die Babka legte sich auf den Ofen, packte sich in Decken ein und begann unaufhörlich und laut zu stöhnen: »Ich steeerbe!« Ihr Mann holte dann eiligst den Priester, und sie erhielt das Abendmahl und die Letzte Ölung. Es wurde häufig von Erkältung, von Würmern und von Geschwülsten gesprochen, die im Bauch herumwanderten und dann aufs Herz drückten. Am meisten fürchtete man Erkältungen, darum zog man sich sogar im Sommer warm an und saß auf dem Ofen. Babka ließ sich gern kurieren; sie fuhr oft in ein Krankenhaus, wo sie erzählte, sie sei achtundfünfzig und nicht siebzig Jahre alt; sie nahm an, daß der Arzt, wenn er ihr richtiges Alter erfuhr, sie gar nicht erst behandeln, sondern gleich wieder fortschicken und sagen würde, für sie sei es Zeit zum Sterben, sie brauche nicht mehr behandelt zu werden. Sie machte sich gewöhnlich frühmorgens auf den Weg zum Krankenhaus und nahm zwei oder drei der Mädchen mit; abends kehrte sie zurück, hungrig und böse – aber mit Arznei für sich und Salben für die Mädchen. Einmal nahm sie Nikolaj mit, der danach vierzehn Tage lang Tropfen einnahm und erklärte, es ginge ihm besser.

Die Großmutter kannte alle Ärzte, die Heilgehilfen und Kurpfuscher im Umkreis von dreißig Verst, doch mit keinem war sie zufrieden. Als der Priester am Fest Mariä Schutz und Fürbitte mit dem Kreuz segnend durch alle Häuser gegangen war, hatte ihr der Kirchendiener erzählt, daß in der Stadt neben dem Gefängnis ein alter ehemaliger Militärfeldscher wohne, und ihr geraten, sich an ihn zu wenden, da er sehr tüchtig sei. Sie folgte dem Rat. Gleich nach dem ersten Schneefall fuhr sie in die Stadt und brachte den alten Mann mit, einen getauften Fremden. Sein ganzes Gesicht war blau geädert, er hatte einen langen Bart und trug einen langschößigen Rock. Zu der Zeit arbeiteten in der Hütte mehrere Tagelöhner: Ein alter Schneider mit einer fürchterlichen Brille auf der Nase war dabei, aus alten Lumpen eine Weste anzufertigen, und zwei junge Burschen walkten Filzstiefel aus Wolle. Kirjak, der wegen Trunksucht entlassen worden war und nun zu Hause lebte, saß neben dem Schneider und besserte ein Kumt aus. In der Stube war es dumpf und eng, es stank, daß einem übel werden konnte. Der Fremde untersuchte Nikolaj und sagte, man müsse ihm Schröpfköpfe setzen.

Während er sie setzte, standen der Schneider, Kirjak und die Mädchen um ihn herum und schauten zu; sie glaubten zu sehen, wie die Krankheit von Nikolaj wich. Und Nikolaj sah auch zu, wie die Schröpfköpfe auf seiner Brust sich allmählich mit dunkelrotem Blut vollsaugten, er fühlte tatsächlich, daß irgend etwas aus seinem Körper entwich, und lächelte zufrieden.

»Das tut gut«, sagte der Schneider. »Gott gebe, daß es ihm hilft.«

Der fremde Feldscher setzte zwölf Schröpfköpfe an und dann noch einmal zwölf, trank Tee und fuhr wieder weg. Nikolaj begann zu zittern; sein Gesicht fiel ein und wurde – wie die Weiber sich ausdrückten – klein wie eine Faust, die Hände wurden blau. Er wickelte sich fester in die Decke, man legte noch einen Schafpelz darüber, aber ihn fror immer mehr. Gegen Abend wurde er schwermütig, verlangte, man solle ihn auf den Fußboden legen, und bat den Schneider, nicht zu rauchen. Dann wurde er ganz still unter seinem Schafpelz, und gegen Morgen starb er.

IX

Oh, was war das für ein langer und harter Winter!

Das Getreide reichte nur bis zur Weihnachtszeit, und man mußte Mehl kaufen. Kirjak, der jetzt zu Hause lebte, tobte jeden Abend zum Entsetzen der ganzen Familie, und jeden Morgen quälten ihn Kopfschmerzen und die Scham, so daß man ihn nicht ohne Mitleid ansehen konnte. Im Stall brüllte die Kuh Tag und Nacht vor Hunger; die Klagen des armen Tieres zerrissen Babka und Marja das Herz. Der grimmige Frost wollte nicht aufhören, tiefer Schnee war gefallen, und der Winter zog sich in die Länge, zu Mariä Verkündigung gab es noch einen richtigen winterlichen Schneesturm, und zu Ostern schneite es.

Doch wie dem auch sei, schließlich hatte auch dieser Winter ein Ende. Anfang April gab es zwar schon warme Tage, aber noch immer Nachtfröste, der Winter wollte nicht weichen. Endlich trug ein warmer Tag den Sieg davon: Die Bäche begannen zu fließen, die Vögel zu singen. Die Wiese und die Sträucher am Fluß waren überschwemmt, und zwischen Žukovo und dem anderen Ufer breitete sich ein riesiger See aus, von dem hier und da Schwärme wilder Enten aufflogen. Die Sonnenuntergänge im Frühling mit ihren üppigen Wolken und prächtigen Farben brachten jeden Abend neue unwahrscheinliche Beleuchtungen – solche, die einem unglaubhaft erschienen, wenn man sie auf Bildern gemalt sah.

Kraniche flogen mit schnellem Flügelschlag vorbei und schrien so sehnsuchtsvoll, als wollten sie die Menschen auffordern, ihnen zu folgen. Olga stand oben am Abhang und schaute lange auf das Hochwasser, in die Sonne und auf die helle, wie verjüngte Kirche; die Tränen liefen ihr über die Wangen, und der leidenschaftliche Wunsch fortzugehen, wohin es auch sei, bis ans Ende der Welt, benahm ihr fast den Atem. Es war bereits beschlossen, daß sie wieder nach Moskau ging, als Stubenmädchen, und Kirjak sollte mitgehen und sich eine Stelle als Hausknecht oder sonst was suchen. Ach, wäre es nur endlich soweit!

Als die Wege trocken waren und es wärmer wurde, machten sie sich auf den Weg. Olga und Saša, beide in geflochtenen Bastschuhen und mit Quersäcken auf dem Rücken, gingen noch vor Morgengrauen aus dem Haus; Marja gab ihnen das Geleit. Kirjak blieb noch eine Woche daheim, weil er sich nicht wohl fühlte. Zum letztenmal betete Olga, zur Kirche hinüberblikkend; sie dachte an ihren Mann, weinte aber nicht, nur ihr Gesicht zog sich zusammen und wurde unschön wie das einer alten Frau. Sie war in diesem Winter mager und häßlich geworden, ihr Haar war leicht ergraut; das freundliche Lächeln, das früher ihr Gesicht verschönt hatte, war einem traurig ergebenen Ausdruck des Leides gewichen, und ihre Augen blickten schon so stumpf und unbeweglich, als hätte auch ihr Gehör gelitten. Der Abschied von dem Dorf und den Bauern fiel ihr schwer. Sie dachte daran, wie man Nikolaj zu Grabe getragen hatte, wie vor jeder Hütte ein Totengebet abgehalten wurde und wie alle Tränen vergossen und an ihrem Kummer teilgenommen hatten.

Während der vergangenen Sommer- und Wintermonate hatte es oft Stunden und Tage gegeben, wo es ihr schien, daß diese Menschen schlimmer lebten als das Vieh, und das Zusammensein mit ihnen war schrecklich gewesen; sie waren roh, unehrlich, schmutzig, ewig betrunken, lebten uneinig und ständig miteinander im Streit, weil einer den anderen fürchtete und beargwöhnte, weil sie keine Achtung voreinander hatten. Wer war Eigentümer der Kneipen und machte das Volk betrunken? Der Bauer. Wer veruntreute und vertrank das Geld der Gemeinde, der Schule und der Kirche? Der Bauer. Wer bestahl den Nachbarn, wer war für eine Flasche Schnaps bereit zu Brandstiftung und falscher Aussage vor Gericht? Und wer erhob in den Zemstvo-Versammlungen und anderswo als erster seine Stimme gegen den Bauern? Wer anders als der Bauer selbst! Ja, es war schrecklich, mit ihnen zu leben, aber sie waren doch Menschen, sie litten und weinten wie Menschen, und in ihrem Leben gab es nichts, wofür man keine Rechtfertigung oder Entschuldigung gefunden hätte. Da war ihre schwere Arbeit, von der ihnen in der Nacht der ganze Körper weh tat, die grausamen Winter, die dürftigen Ernten, die Enge. Und keine Hilfe. Woher sollte sie auch kommen? Die Reichen und Mächtigen konnten nicht helfen, weil sie selber roh und unehrlich waren und sich betranken, weil sie sich genauso unflätig beschimpften. Jeder kleinste Beamte oder Angestellte ging mit den Bauern um wie mit Landstreichern und sagte sogar zu den Dorf- und Kirchenältesten du; sie glaubten sich im Recht. Ja, wie konnte man denn Hilfe oder ein gutes Beispiel von Leuten erwarten, die gewinnsüchtig, habgierig, lasterhaft und faul waren, die nur ins Dorf gefahren kamen, um zu plündern, zu beleidigen und einzuschüchtern? Olga erinnerte sich, wie unglücklich und gedemütigt die beiden Alten ausgesehen hatten, als man Kirjak im letzten Winter zum Auspeitschen führte... Und jetzt bemitleidete sie all diese Menschen, das Herz tat ihr weh, und sie sah sich immer wieder nach den Hütten um.

Als Marja sie etwa drei Verst begleitet hatte, verabschiedete sie sich, kniete nieder und klagte, das Gesicht bis zur Erde neigend, mit lauter Stimme:

»Wieder bin ich allein, ich arme Seele, ich arme unglückliche Seele ...«

Lange klagte sie so, und lange noch konnten Olga und Saša sie sehen, wie sie, auf den Knien liegend, die Arme um den Kopf gelegt, sich immer wieder zur Erde neigte. Und über ihr flogen die Saatkrähen.

Die Sonne stand schon hoch, und es wurde heiß. Sie hatten Žukovo weit hinter sich gelassen. Es ging sich leicht, Olga und Saša vergaßen bald das Dorf und Marja, sie waren froh, und alles forderte ihre Aufmerksamkeit: Bald war es ein Hügel, bald eine Reihe Telegrafenstangen, die hintereinander in eine unbekannte Ferne marschierten und am Horizont verschwanden und deren Drähte so geheimnisvoll summten; bald erblickten sie von weitem ein Gehöft, das ganz im Grünen lag, ein Hauch von Feuchtigkeit und Hanf wehte herüber, und es kam ihnen vor, als müßten dort glückliche Menschen wohnen; bald war es ein Pferdeskelett, das einsam im Feld bleichte. Und die Lerchen trillerten unaufhörlich, die Wachteln riefen einander, und die Schnarrwachtel schrie wirklich so, als ob ein alter, eiserner Türgriff schnarrte.

Um die Mittagszeit kamen Olga und Saša in ein großes Kirchdorf. Da begegnete ihnen mitten auf der breiten Straße der Koch des Generals Žukov. Dem alten Mann war heiß, seine gerötete Glatze war mit Schweißtropfen bedeckt und glänzte in der Sonne. Sie gingen aneinander vorüber, sahen sich jedoch zu gleicher Zeit um und erkannten sich nun, sagten aber kein Wort und gingen weiter, jeder seines Weges. Bei einem Haus, das ihnen neu und reich erschien, blieben Olga und Saša vor den geöffneten Fenstern stehen, und Olga verneigte sich und sagte laut mit dünner, singender Stimme:

»Rechtgläubige Christen, gebt uns ein Almosen, seid barmherzig um Christi willen. Gott schenke euren Eltern die himmlische Glückseligkeit, die ewige Ruhe.«

»Rechtgläubige Christen«, sang auch Saša, »gebt uns ein Almosen, seid barmherzig um Christi willen ...«

Auf dem Wagen

Um halb neun Uhr morgens kamen sie aus der Stadt.

Die Chaussee war trocken, und eine prächtige Aprilsonne wärmte das Land, aber in den Straßengräben und im Wald lag noch Schnee. Der strenge, dunkle und lange Winter war eben erst vergangen, der Frühling hatte sich ganz plötzlich eingestellt, aber für Marja Vasiljevna, die hier im Wagen saß, bedeuteten weder die Wärme noch die verträumten, vom Hauch des Frühlings erwärmten, durchsichtigen Wälder etwas Neues oder Interessantes, ebensowenig wie die schwarzen Vogelschwärme, die über Feldern mit riesigen Wasserlachen dahinflogen, oder wie dieser wunderbare, unergründliche Himmel, in den man, schien es, voller Wonne eingehen würde. Nun war sie schon seit dreizehn Jahren Lehrerin, und es ließ sich nicht mehr zählen, wie viele Male sie zum Gehaltsempfang in die Stadt gefahren war. Ob Frühlingswetter herrschte wie jetzt, ob sie an einem regnerischen Herbstabend oder im Winter fuhr – ihr war es gleich, und sie wünschte nur immer das eine: möglichst schnell heimzukommen.

Sie hatte das Gefühl, sie wohne schon sehr lange, so an die hundert Jahre, in dieser Gegend, und sie meinte, sie kenne auf dem ganzen Weg von der Stadt bis zu ihrer Schule jeden Stein und jeden Baum. Hier war ihre Vergangenheit und ihre Gegenwart, und sie konnte sich keine andere Zukunft vorstellen als die Schule, den Weg zur Stadt und zurück, wieder die Schule und wieder den Weg...

An jene Vergangenheit vor ihrem Eintritt in den Lehrerberuf dachte sie nicht mehr – fast alles war ihrem Gedächtnis entschwunden. Einstmals hatte sie Vater und Mutter gehabt; damals lebten sie in Moskau am Roten Tor in einer großen Wohnung, aber von diesem ganzen Leben war ihr nur eine unklare, verschwommene Erinnerung geblieben wie an einen Traum. Der Vater starb, als sie zehn Jahre alt war, bald darauf starb auch die Mutter... Sie hatte einen Bruder, der Offizier war, und anfänglich schrieben sie sich noch, aber dann antwortete der Bruder nicht mehr auf ihre Briefe. Von den vergangenen Dingen war nur eine Photographie der Mutter erhalten geblieben, aber von der Feuchtigkeit, die in der Schule herrschte, war sie bereits vergilbt, und man sah nichts mehr darauf als nur die Haare und Augenbrauen.

Als sie etwa drei Verst gefahren waren, wandte sich der alte Semën, der das Pferd lenkte, um und sagte:

»In der Stadt haben sie einen Beamten verhaftet. Verschickt ist er worden. Er soll in Moskau mit Deutschen zusammen den Stadthauptmann Alekseev ermordet haben.«

»Wer hat dir das erzählt?«

»In der Schenke von Ivan Ionov haben sie das in der Zeitung gelesen.«

Und wieder schwiegen sie lange. Marja Vasiljevna dachte an ihre Schule, daran, daß bald die Examen stattfinden würden; sie stellte dazu vier Jungen und ein Mädchen. Gerade als sie an die Prüfungen dachte, überholte sie der Gutsbesitzer Chanov in einer vierspännigen Kutsche, derselbe, der im vergangenen Jahr ihre Schule überprüft hatte. Als er mit ihr auf gleicher Höhe war, erkannte er sie und verbeugte sich.

»Guten Tag«, sagte er. »Sie fahren wohl nach Hause?«

Dieser Chanov, ein Mann von etwa vierzig Jahren mit verlebtem Gesicht und welken Zügen, begann bereits merklich zu altern, aber noch immer war er ein schöner Mann, der den Frauen gefiel. Er lebte allein in seinem großen Gutshaus, hatte kein Amt inne, und man sagte, er tue zu Hause nichts als nur aus einer Ecke in die andere gehen und pfeifen oder mit seinem alten Diener Schach spielen. Auch sagte man von ihm, er trinke viel. Tatsächlich, im vergangenen Jahr beim Examen hatten sogar die Papiere, die er bei sich trug, nach Parfüm und nach Wein gerochen. Damals war alles an ihm nagelneu gewesen. Marja Vasiljevna hatte er sehr gefallen, und sie wurde ganz verlegen, als sie neben ihm saß. Sie war es gewohnt, nur kalte, nüchtern urteilende Examinatoren bei sich zu sehen, aber dieser hier erinnerte sich keines einzigen Gebetes und wußte nicht, wonach er fragen sollte; er benahm sich außerordentlich höflich und zartfühlend und verteilte ausschließlich Einsen.

»Und ich fahre zu Bakvist«, setzte er das Gespräch fort, wobei er sich an Marja Vasiljevna wandte, »aber er soll nicht zu Hause sein.«

Von der Chaussee bog man in den Weg ein, der zum Dorf führte: Chanov voran, Semën hinterher. Das Viergespann ging auf dem Weg im Schritt und zog mit Mühe den schweren Kutschwagen durch den Schmutz. Semën wich dem Weg aus und lenkte sein Fahrzeug geschickt bald über einen kleinen Hügel, bald über eine Wiese, wobei er oft vom Wagen sprang und die Pferde unterstützte. Marja Vasiljevna dachte immerzu an die Schule und daran, wie die Prüfungsaufgabe sein würde – schwer oder leicht. Sie war ärgerlich über die Zemstvo-Verwaltung, wo sie gestern niemanden angetroffen hatte. Welche Unordnung! Nun waren es bereits zwei Jahre, daß sie darum bat, den Schuldiener zu entlassen, der nichts tat, grob gegen sie war und sogar die Kinder prügelte, aber man hörte nicht auf sie. Der Vorsitzende war kaum im Büro anzutreffen, und wenn man ihn erwischte, dann erzählte er mit Tränen in den Augen, er habe keine Zeit. Der Inspektor ließ sich einmal in drei Jahren in der Schule sehen und kannte sich nicht aus, weil er früher bei der Steuer gearbeitet und den Inspektorposten nur durch Protektion bekommen hatte. Der Pädagogische Rat trat sehr selten zusammen, und man wußte nicht, wo; der Kurator war ein halber Analphabet, ein dummer, grober Bauer, der eine Gerberei besaß und ein guter Freund des Schuldieners war – weiß der Himmel, an wen man sich mit Bitten und Fragen wenden sollte ...

Er ist tatsächlich ein schöner Mann, dachte sie und sah Chanov an.

Der Weg wurde immer schlechter. Sie fuhren in einen Wald hinein. Hier konnte man nirgends ausweichen, die Radspuren waren tief ausgefahren, in ihnen strömte und rauschte das Wasser. Dornige Zweige schlugen ihr ins Gesicht.

»Wie gefällt Ihnen der Weg?« fragte Chanov und lachte.

Die Lehrerin sah ihn an und begriff nicht, weshalb dieser Sonderling hier lebte. Was nützten ihm in dieser Einöde, in diesem Schmutz und dieser Langeweile sein Geld, sein interessantes Äußere, sein feines Benehmen? Er erhielt vom Leben keinerlei Sonderrechte, er fuhr genau wie Semën im Schritt auf einem abscheulichen Weg und erduldete die gleichen Unbequemlichkeiten. Weshalb hier leben, wenn man die Möglichkeit hat, in Petersburg oder im Ausland zu leben? Und man sollte meinen, es käme ihm, dem reichen Manne, zu, aus diesem schlechten Weg einen guten zu machen, um sich nicht so zu quälen und nicht die Verzweiflung zu sehen, die seinem Kutscher und Semën auf dem Gesicht geschrieben stand. Aber er lachte nur, offenbar war ihm alles gleich, und er brauchte kein besseres Leben. Er war ein guter, weicher, naiver Mensch und verstand dieses rohe Leben nicht, er kannte es ebensowenig, wie er bei der Prüfung die Gebete kannte. Er spendete für die Schulen Globen und hielt sich aufrichtig für einen nützlichen Menschen und angesehenen Förderer der Volksbildung. Aber wer brauchte schon hier seine Globen!

»Halt dich fest, Vasiljevna!« sagte Semën.

Der Wagen legte sich stark auf die Seite – gleich würde er umkippen; auf Marja Vasiljevnas Füße wälzte sich etwas Schweres – ihre Einkäufe. Es ging jetzt einen steilen, lehmigen Abhang hinauf; lärmende Bäche flossen in gewundenen Gräben herab, das Wasser hatte den Weg gleichsam zernagt – wie sollte man da fahren können! Die Pferde schnaubten. Chanov stieg aus seiner Kutsche und ging in seinem langen Mantel am Rande des Weges. Ihm war heiß.

»Was sagen Sie zu dem Weg?« fragte er wieder und lachte auf. »Das hält der Wagen nicht lange aus.«

»Wer verlangt denn von Ihnen, daß Sie bei diesem Wetter herumfahren?« sagte Semën grob. »Sie sollten zu Hause bleiben.«

»Zu Hause ist es langweilig, Großvater. Ich sitze nicht gern zu Hause.« Neben dem alten Semën wirkte er schlank und rüstig, aber in seinem Gang war etwas, was ihn kaum merklich zu einem schon vergifteten, schwachen, dem Untergang geweihten Geschöpf abstempelte. Und ausgerechnet im Wald begann es auf einmal nach Wein zu riechen. Marja Vasiljevna wurde beklommen zumute, und sie bedauerte diesen Mann, der ohne Sinn und Zweck zugrunde ging, und sie dachte bei sich, daß sie, wenn sie seine Frau oder seine Schwester wäre, ihr ganzes Leben dafür hingeben würde, um ihn vor dem Untergang zu retten. Seine Frau sein? Das Leben war so eingerichtet, daß er allein in seinem großen Gutshaus wohnte und sie allein in ihrem abgelegenen Dorf, doch schon der Gedanke, er und sie könnten einander nahe und gleich sein, schien irgendwie unmöglich und sinnlos. In Wirklichkeit waren das ganze Leben und die menschlichen Beziehungen so kompliziert und so unverständlich, daß einem, dachte man darüber nach, angst wurde und der Puls stockte.

Es ist unbegreiflich, überlegte sie, weshalb Gott Schönheit, diese Zuvorkommenheit und so traurige, liebe Augen schwachen, unglücklichen und unnützen Menschen verleiht, weshalb sie so gefallen.

»Wir müssen uns rechts halten«, sagte Chanov und stieg in seine Kutsche. »Leben Sie wohl! Alles Gute!«

Und wieder dachte sie an ihre Schulkinder, an das Examen, an den Schuldiener und an den Pädagogischen Rat; und als der Wind von rechts das Geräusch des davonfahrenden Wagens herübertrug, vermischten sich diese Gedanken mit anderen. Sie wollte an die schönen Augen denken, an die Liebe, an ein Glück, das es niemals geben würde...

Seine Frau sein? Morgens ist es kalt, niemand heizt den Ofen, der Schuldiener ist irgendwohin gegangen; die Kinder kommen bei Tagesanbruch, bringen Schnee und Schmutz mit und lärmen, alles das ist so unangenehm und ungemütlich. Die Wohnung besteht aus einem Zimmerchen, das gleichzeitig als Küche dient. Nach dem Unterricht schmerzt jeden Tag der Kopf, nach dem Mittagessen hat man ein brennendes Gefühl unter dem Herzen. Man muß von den Kindern Geld für Holz und für den Schuldiener einsammeln, es dem Kurator überweisen und diesen satten, frechen Bauern anflehen, er solle um Gottes willen Holz schikken. Und nachts träumt man von Prüfungen, Bauern und Schneeverwehungen. Dieses Leben hat sie vorzeitig altern lassen und sie schroff gemacht, sie ist unansehnlich, plump und ungeschickt geworden, als wäre sie aus Blei gegossen, und vor allem hat sie Angst. Vor einem Vertreter der Behörde oder vor dem Schulkurator steht sie auf und wagt nicht, sich wieder zu setzen, und wenn sie über einen von ihnen spricht, so tut sie das ehrfurchtsvoll. Niemandem gefällt sie, ihr Leben fließt eintönig dahin, ohne Liebkosungen, ohne freundschaftliche Anteilnahme, ohne interessante Bekannten. Wie schrecklich wäre es für sie, wenn sie sich verliebte!

»Halt dich fest, Vasiljevna!«

Wieder ein steiler Abhang ...

Sie war notgedrungen Lehrerin geworden, ohne eine Berufung zu verspüren, und sie dachte auch niemals an eine Berufung oder an den Nutzen der Bildung; es kam ihr immer so vor, als seien nicht die Schulkinder und die Bildung die Hauptsache, sondern die Prüfungen.

Und wann wollte sie hier an Berufung oder den Nutzen der Bildung denken? Lehrer, unbegüterte Ärzte und Heilgehilfen können sich bei ihrer gewaltigen Arbeit nicht einmal damit trösten, daß sie einer Idee und dem Volk dienen, weil sie ständig an das tägliche Brot, an Holz, schlechte Wege und Krankheiten denken müssen. Das Leben ist schwer und uninteressant, und auf die Dauer können es nur schweigsame Lastpferde von der Art Marja Vasiljevnas ertragen; lebhafte, nervöse und empfindliche Menschen jedoch, die von ihrer Berufung und von geistigem Dienen sprechen, werden bald müde und werfen die Flinte ins Korn.

Semën probierte, wo der Weg trockener und kürzer sei, und fuhr mal über eine Wiese, mal hinter einem Dorf entlang; aber er mußte aufpassen – dort ließen einen die Bauern nicht durch, dort war Popenland, da durfte man nicht fahren, und dort hatte Ivan Ionov dem Herrn eine Parzelle abgekauft und mit einem Graben umgeben. Immer wieder mußten sie umkehren.

Sie kamen nach Gorodišče. Neben der Schenke, auf der mit Dünger und Schneeresten bedeckten Erde, standen Wagen, beladen mit großen Ballons von Vitriolöl. In der Schenke waren viele Menschen, alles Kutscher, und es roch nach Vodka, Tabak und Schaffell. Laute Gespräche wurden geführt, und man knallte mit der Tür. Hinter der Wand, im Kramladen, spielte jemand Harmonika, ohne das Spiel auch nur eine Minute zu unterbrechen. Marja Vasiljevna saß da und trank Tee, und am Nachbartisch, vom Tee und der Hitze des Schankraumes in Schweiß geraten, tranken Bauern Vodka und Bier.

»Hör mal, Kuzma! Was soll das! Gott segne es!« tönte es durcheinander. »Ivan Dementjič, dir werd ich helfen! Paß auf, Schwager!«

Ein Bauer, klein von Wuchs, mit schwarzem Bart, pockennarbig, längst betrunken, wunderte sich plötzlich über etwas und begann unflätig zu schimpfen.

»Was schimpfst du da? Du!« unterbrach ihn ärgerlich Semën, der weitab in einer Ecke saß. »Siehst du denn nicht: ein Fräulein!«

»Ein Fräulein...« äffte ihn jemand in einer anderen Ecke nach.

»Altes Schwein!«

»Wir haben nicht...« stammelte der kleine Bauer verlegen. »Entschuldigen Sie. Wir leben sozusagen für unser Geld, aber das Fräulein für das ihre... Guten Tag!«

»Guten Tag!« antwortete die Lehrerin.

»Und wir danken Ihnen ergebenst.«

Marja Vasiljevna trank mit Vergnügen Tee, und ihr Gesicht rötete sich wie die Gesichter der Bauern, und sie dachte wieder an das Holz und an den Schuldiener...

»Wart mal, Schwager!« erscholl es vom Nebentisch. »Das ist die Lehrerin aus Vjazovje... Wir kennen sie! Ein feines Fräulein.«

»Ein anständiges Fräulein!«

Die Tür klappte in einem fort, die einen kamen, die anderen gingen. Marja Vasiljevna saß da und dachte immerzu dasselbe, und die Harmonika hinter der Wand spielte unaufhörlich. Sonnenflecken zitterten auf dem Fußboden, sie kletterten erst auf den Schanktisch, dann die Wand empor und verschwanden darauf ganz und gar; das bedeutete, die Sonne neigte sich schon dem Abend zu. Die Bauern am Nachbartisch rüsteten zum Aufbruch. Der kleine Bauer trat leicht schwankend auf Marja Vasiljevna zu und gab ihr die Hand; als die anderen ihn sahen, gaben auch sie ihr zum Abschied die Hand und gingen einer nach dem anderen hinaus; die Tür quietschte und klappte neunmal.

»Vasiljevna, mach dich fertig!« rief Semën.

Sie fuhren weiter, wieder nur im Schritt.

»Unlängst hat man hier, in dieser Siedlung, eine Schule gebaut«, sagte Semën und drehte sich um. »Was da gesündigt wurde!«

»Was denn?«

»Da soll sich doch der Vorsitzende tausend in die eigene Tasche gesteckt haben, der Kurator auch tausend und der Lehrer fünfhundert.«

»Die ganze Schule kostet doch nur tausend. Das gehört sich nicht, die Leute schlechtzumachen, Großvater. Das ist alles Unsinn.«

»Ich weiß nicht ... Wie das Volk, so denk auch ich.«

Doch es war klar, daß Semën der Lehrerin nicht glaubte. Die Bauern glaubten ihr nicht; sie dachten immer, sie bekäme ein zu hohes Gehalt – einundzwanzig Rubel im Monat (fünf wären auch genug); und sie meinten auch, von dem Geld, das sie bei den Kindern für Holz und für den Schuldiener einsammelte, behalte sie den größten Teil für sich. Der Kurator dachte ebenso wie alle Bauern; er verdiente selbst an dem Holz und erhielt für seine Amtstätigkeit von den Bauern ein Entgelt, von dem die Obrigkeit nichts wußte.

Der Wald hörte Gott sei Dank auf, von nun an ging es bis Vjazovje über ebenes Feld. Es blieb nur noch eine Kleinigkeit: den Fluß zu überqueren, dann die Eisenbahnlinie, und dann war man auch schon in Vjazovje.

»Wo fährst du denn hin?« fragte Marja Vasiljevna den Kutscher. »Fahr nach rechts zur Brücke.«

»Wozu? Wir können auch hier durch. Ist doch gar nicht tief hier.«

»Paß auf, daß uns das Pferd nicht ersäuft.«

»Was?«

»Auch Chanov ist über die Brücke gefahren«, sagte Marja Vasiljevna, die rechts in der Ferne das Viergespann erblickt hatte. »Das wird er wohl sein.«

»Das ist er. Sicher hat er Bakvist nicht angetroffen. So ein Trottel, daß Gott erbarm – ist da lang gefahren, wozu bloß, hier ist es volle drei Verst näher.«

Sie fuhren hinunter zum Fluß. Im Sommer war das ein kleines Flüßchen, durch das man mühelos waten konnte und das im Juli, August immer austrocknete; jetzt aber, nach dem Hochwasser, war es ein mehr als zehn Meter breiter Fluß, reißend, trübe und kalt. Am Ufer und dicht am Wasser sah man frische Radspuren – es mußte hier jemand durchgefahren sein.

»Vorwärts!« rief Semën ärgerlich und voller Unruhe, wobei er heftig am Zügel riß und mit den Ellbogen schlug wie ein Vogel mit den Flügeln. »Vorwärts!«

Das Pferd ging bis zum Bauch ins Wasser und blieb stehen, aber sogleich ging es unter Anspannung aller Kräfte weiter, und Marja Vasiljevna spürte an den Füßen schneidende Kälte.

»Vorwärts!« schrie auch sie und erhob sich. »Vorwärts!«

Sie gelangten ans Ufer.

»Und was ist das nur, mein Gott, das ist geradezu«, murmelte Semën und brachte das Geschirr in Ordnung. »Eine wahre Strafe ist das mit diesem Zemstvo...«

Die Galoschen und die Schuhe waren voll Wasser, der Saum des Kleides und des Pelzes sowie der eine Ärmel waren feucht, und das Wasser floß herunter; Zucker und Mehl waren naß geworden – das war am ärgerlichsten, und vor Verzweiflung rang Marja Vasiljevna die Hände und sagte:

»Ach, Semën, Semën... was bist du für einer, wirklich!«

Am Bahnübergang hatte man die Schranke heruntergelassen – von der Station kam der Kurierzug. Marja Vasiljevna stand am Übergang und wartete darauf, daß er vorbeifuhr, und sie zitterte vor Kälte am ganzen Körper. Vjazovje war bereits zu sehen – die Schule mit dem grünen Dach und die Kirche mit den im Schein der Abendsonne leuchtenden Kreuzen; die Fenster der Station leuchteten ebenfalls, aus der Lokomotive stieg rosafarbener Rauch... Und ihr schien es, als zittere alles vor Kälte.

Da war der Zug; die Fenster schimmerten im hellen Licht wie die Kreuze auf der Kirche, und die Augen schmerzten, wenn man hinsah. Auf der Plattform eines Waggons der ersten Klasse stand eine Dame, und Marja Vasiljevna schaute sie flüchtig an: Die Mutter! Welche Ähnlichkeit! Ihre Mutter hatte das gleiche üppige Haar, die gleiche Stirn und die gleiche Kopfhaltung gehabt. Und sie sah mit verblüffender Deutlichkeit zum erstenmal in diesen dreizehn Jahren ihre Mutter vor sich, den Vater, den Bruder, die Wohnung in Moskau, das Aquarium mit den Fischen und alles, bis in die letzten Einzelheiten. Sie hörte plötzlich die Klänge eines Klaviers und die Stimme des Vaters, sie fühlte sich wie damals jung, hübsch und elegant und saß im hellen, warmen Zimmer, im Kreise ihrer Lieben. Plötzlich überkam sie ein Gefühl der Freude und des Glücks, vor Entzükken preßte sie die Hände an die Schläfen und rief zärtlich und flehend:

»Mutter!«

Und sie begann zu weinen, sie wußte nicht, weshalb. In diesem Augenblick kam Chanov in seiner Kutsche angefahren, und als sie ihn sah, malte sie sich ein Glück aus, das es niemals geben würde, und sie lächelte und neigte den Kopf wie eine, die sich ihm verbunden fühlte, und es schien ihr, als leuchteten auch am Himmel, überall in den Fenstern und auf den Bäumen ihr Glück und ihr Triumph. Ja, ihr Vater und ihre Mutter waren nie gestorben, sie war niemals Lehrerin gewesen; das alles kam ihr wie ein langer, schwerer und seltsamer Traum vor, aber jetzt war sie erwacht...

»Vasiljevna, steig ein!«

Und plötzlich war alles verschwunden. Die Schranke hob sich langsam. Marja Vasiljevna setzte sich, zitternd und steif vor Kälte, in den Wagen. Das Viergespann überquerte die Gleise. Semën fuhr hinterher. Der Bahnwärter nahm die Mütze ab.

»Das ist Vjazovje. Wir sind da.«

Der Mensch im Futteral

Ganz am Ende des Kirchdorfes Mironosickoe, in der Scheune des Dorfältesten Prokofij, hatten verspätete Jäger ihr Nachtlager aufgeschlagen. Es waren ihrer nur zwei: der Tierarzt Ivan Ivanyč und der Gymnasiallehrer Burkin. Ivan Ivanyč hatte einen recht merkwürdigen Doppelnamen – Čimša-Gimalajskij, der gar nicht zu ihm paßte, und im ganzen Gouvernement nannte man ihn einfach beim Tauf- und Vatersnamen; er lebte unweit der Stadt auf einem Gestüt und war jetzt zur Jagd gekommen, um ein bißchen frische Luft zu atmen. Der Gymnasiallehrer Burkin jedoch war jeden Sommer Gast der Grafen P. und in dieser Gegend schon längst wie zu Hause.

Sie schliefen nicht. Ivan Ivanyč, ein großer, hagerer alter Mann mit einem langen Schnurrbart, saß draußen am Eingang und rauchte eine Pfeife; der Mond beleuchtete ihn. Burkin lag drinnen auf dem Heu, und er war in dem Dunkel nicht zu sehen.

Sie erzählten allerhand Geschichten. Unter anderem sprachen sie davon, daß die Frau des Dorfältesten, Mavra, eine gesunde und nicht dumme Frau, in ihrem ganzen Leben niemals über ihr heimatliches Dorf hinausgekommen sei, niemals weder die Stadt noch die Eisenbahn gesehen habe und in den letzten zehn Jahren ständig hinter dem Ofen sitze und nur nachts auf die Straße gehe.

»Was ist denn dabei so verwunderlich!« sagte Burkin. »Menschen, die von Natur einsam sind, die wie der Einsiedlerkrebs oder die Schnecke danach trachten, sich in ihrem Gehäuse zu verkriechen, gibt es auf dieser Welt nicht wenig. Vielleicht ist das eine Erscheinung von Atavismus, eine Rückkehr zu der Zeit, da der Vorfahr des Menschen noch kein geselliges Tier war und einsam in seiner Höhle hauste, aber vielleicht auch eine der Spielarten des menschlichen Charakters – wer weiß das? Ich bin kein Naturwissenschaftler, und meine Sache ist es nicht, derartige Fragen anzuschneiden; ich will nur sagen, solche Menschen wie Mavra sind keine seltene Erscheinung. Wir brauchen nicht weit zu suchen, vor etwa zwei Monaten ist bei uns in der Stadt ein gewisser Belikov gestorben, der Lehrer der griechischen Sprache, mein Kollege. Sie haben gewiß von ihm gehört. Er fiel dadurch auf, daß er stets, sogar bei sehr gutem Wetter, in Gummischuhen und mit einem Regenschirm ausging und unbedingt in einem warmen, mit Watte gefütterten Paletot. Und der Regenschirm steckte in einem Futteral, und die Uhr lag in einem Futteral aus grauem Wildleder, und wenn er das Taschenmesser herausholte, um den Bleistift anzuspitzen, dann stak auch sein Messer in einem kleinen Futteral. Und das Gesicht schien auch in einem Futteral zu stecken, denn er verbarg es fortwährend in dem hochgeklappten Kragen. Er trug eine dunkle Brille, eine wollene Unterziehjacke, die Ohren verstopfte er mit Watte, und wenn er sich in eine Droschke setzte, dann befahl er, das Verdeck hochzuschlagen. Mit einem Wort, man konnte an diesem Menschen das ständige und unwiderstehliche Streben beobachten, sich mit einer Hülle zu umgeben, sich ein Futteral zu schaffen, das ihn abschließen, ihn vor äußeren Einflüssen schützen sollte. Die Wirklichkeit reizte und ängstigte ihn, sie hielt ihn in dauernder Unruhe, und vielleicht lobte er deshalb immer das Vergangene und Dinge, die es niemals gegeben hat, weil er diese Zaghaftigkeit und seinen Abscheu vor der Gegenwart rechtfertigen wollte; und die alten Sprachen waren für ihn wohl auch nichts weiter als die Gummischuhe und der Regenschirm, hinter denen er sich vor dem Leben versteckte.

›Oh, wie klangvoll, wie herrlich ist die griechische Sprache!‹ pflegte er mit einem Ausdruck der Wonne zu sagen; und wie um seine Worte zu beweisen, kniff er die Augen zusammen und sprach mit erhobenem Finger das Wort Anthropos aus.

Und auch sein Denken versuchte Belikov in ein Futteral einzuschließen. Klar waren für ihn nur Zirkulare und Zeitungsartikel, in denen irgend etwas verboten wurde. Wenn in einem Zirkular den Schülern verboten wurde, nach neun Uhr abends auf die Straße zu gehen, oder wenn in einem Artikel die fleischliche Liebe verboten wurde, dann war das für ihn klar und bestimmt; es war verboten – und damit basta! In einer Zulassung jedoch und Erlaubnis war für ihn stets ein verdächtiges Element verborgen, etwas Unausgesprochenes und Unklares. Wurde in der Stadt ein Theaterzirkel oder eine Lesebibliothek oder eine Teestube zugelassen, dann wiegte er den Kopf und sagte leise:

›Das stimmt natürlich, das ist alles wunderschön, wenn nur nichts daraus entsteht.‹

Jede Art von Abweichung, Verletzung und Übertretung von Vorschriften machte ihn untröstlich, obgleich es ihn, sollte es scheinen, gar nichts anging. Wenn einer der Kollegen sich zum

Gottesdienst verspätete oder Gerüchte von einem Streich der Gymnasiasten aufkamen oder eine Aufsichtsdame des Mädchengymnasiums spätabends mit einem Offizier gesehen worden war, dann regte er sich schrecklich auf und sagte immerzu: ›Wenn nur nichts daraus entsteht.‹ Und bei den Lehrerkonferenzen wirkte er einfach niederdrückend auf uns mit seiner Besorgnis, seinem Argwohn und seinen geradezu futteralhaften Überlegungen darüber, daß sich die Jugend im Knaben- und im Mädchengymnasium angeblich schlecht betrage, daß sie in den Klassen großen Lärm mache – ach, wenn das nur nicht der Obrigkeit zu Ohren kommt, ach, wenn nur nichts daraus entsteht – und wie es wäre, wenn man aus der zweiten Klasse Petrov und aus der vierten den Egorov ausschlösse, das wäre sehr gut. Und was geschah? Mit seinen Seufzern, seinem Gequengel, seiner dunklen Brille in dem blassen, kleinen Gesicht – wissen Sie, einem kleinen Gesicht wie bei einem Iltis – bedrängte er uns alle, und wir gaben nach, setzten Petrov und Egorov die Note für Betragen herunter, steckten sie in Arrest und schlossen zu guter Letzt sowohl Petrov wie Egorov aus dem Gymnasium aus. Er hatte eine seltsame Angewohnheit: Er kam zu uns in die Wohnungen. Da kommt er zu einem Lehrer, setzt sich und schweigt, und das sieht aus, als wolle er etwas ausspionieren. Er saß dann so ein, zwei Stunden schweigend da und ging wieder fort. Das hieß bei ihm ›gute Beziehungen zu den Kollegen unterhalten‹, und es fiel ihm offensichtlich schwer, zu uns zu kommen und dazusitzen, und er kam nur deswegen zu uns, weil er es für seine kameradschaftliche Pflicht hielt. Wir Lehrer fürchteten ihn. Und sogar der Direktor fürchtete ihn. Denn, sehen Sie, unsere Lehrer sind doch alles denkende Leute, grundanständig, aufgewachsen mit Turgenev und Ščedrin, und doch hat dieses Männchen, das stets in Gummischuhen und mit einem Regenschirm herumging, das ganze Gymnasium fünfzehn Jahre lang in seiner Gewalt gehabt! Ja, was sage ich, das Gymnasium? Die ganze Stadt. Unsere Damen haben an den Sonnabenden keine Theateraufführungen bei sich zu Hause veranstaltet, weil sie Angst hatten, er könnte es erfahren; und die Geistlichkeit genierte sich, in seiner Anwesenheit etwas anderes als Fastenspeisen zu essen und Karten zu spielen. Unter dem Einfluß solcher Leute wie Belikov hat man in unserer Stadt in den letzten zehn, fünfzehn Jahren angefangen, vor allem Angst zu haben. Man hatte Angst, laut zu sprechen, Briefe zu schicken, Bekanntschaften zu schließen, Bücher zu lesen, man hatte Angst, Armen zu helfen, Lesen und Schreiben zu lehren ...«

Ivan Ivanyč wollte etwas erwidern, räusperte sich, zündete sich aber zuerst die Pfeife an, warf einen Blick auf den Mond und sagte dann bedächtig:

»Ja. Denkende, anständige Leute, sie lesen Turgenev und Ščedrin, allerhand Buckles und so weiter, haben sich aber untergeordnet, haben es geduldet ... Das ist es ja eben.«

»Belikov wohnte in demselben Haus wie ich«, fuhr Burkin fort, »im selben Stockwerk, unsere Türen lagen vis-à-vis, wir kamen oft zusammen, und ich kannte sein häusliches Leben. Und daheim war es dieselbe Geschichte: der Schlafrock, die Nachtmütze, Fensterläden, Verriegelungen, eine ganze Reihe von allen möglichen Verboten und Einschränkungen und – ach, wenn nur nichts daraus entsteht! Fastenspeisen schadeten, Fleisch aber durfte man nicht essen, denn es konnte womöglich heißen, Belikov halte die Fasten nicht ein, und so aß er Zander mit Butter – das war zwar kein Fastenessen, aber man konnte auch nicht sagen, daß er Fleisch aß. Weibliche Dienstboten hielt er nicht, aus Furcht, man könnte schlecht von ihm denken, sondern er hielt einen Koch, Afanasij, einen alten Mann von sechzig Jahren, der dauernd betrunken und nicht ganz richtig im Kopf war, er hatte einmal als Offiziersbursche gedient und konnte halbwegs kochen. Dieser Afanasij stand gewöhnlich mit verschränkten Armen in der Tür und brummelte immer mit einem tiefen Seufzer ein und dasselbe:

›*Die* haben sich heutzutage mächtig breitgemacht!‹

Belikovs Schlafzimmer war klein wie ein Kasten, das Bett hatte einen Himmel. Wenn er sich schlafen legte, deckte er sich bis über die Ohren zu; es war heiß, schwül, gegen die verschlossenen Türen klopfte der Wind, im Ofen heulte es dumpf; aus der Küche klangen Seufzer, unheilkündende Seufzer ...

Und ihm wurde angst und bange unter der Bettdecke. Er

fürchtete, es könnte etwas passieren. Afanasij würde ihn ermorden, Diebe könnten eindringen, und danach träumte er die ganze Nacht aufregende Sachen, und morgens, wenn wir zusammen zum Gymnasium gingen, war er niedergedrückt, blaß, und man merkte deutlich, daß das Gymnasium mit seinen vielen Menschen, je näher es kam, seinem ganzen Wesen fürchterlich und widerwärtig war und daß er, ein von Natur aus einsamer Mensch, es als lästig empfand, neben mir zu gehen.

›Es wird gar zu viel gelärmt bei uns in den Klassen‹, meinte er, als gäbe er sich Mühe, für sein beklemmendes Gefühl eine Erklärung zu finden. ›Das ist unerhört.‹

Und dieser Lehrer der griechischen Sprache, dieser Mensch im Futteral, können Sie sich das vorstellen, hätte beinahe geheiratet.«

Ivan Ivanyč blickte rasch in die Scheune hinein und sagte:

»Sie scherzen!«

»Ja, beinahe hätte er geheiratet, so merkwürdig das klingen mag. Zu uns wurde ein neuer Lehrer für Geschichte und Geographie versetzt, ein gewisser Kovalenko, Michail Savvič, ein Ukrainer der Abstammung nach. Er kam nicht allein, sondern mit seiner Schwester Varenka. Er war jung, groß, braun, hatte riesige Hände, und seinem Gesicht konnte man ansehen, daß er im Baß redete, und tatsächlich, die Stimme klang, als käme sie aus einem Faß: Bububu ... Sie dagegen war nicht mehr ganz jung, etwa dreißig Jahre alt, aber auch groß und schlank, hatte schwarze Brauen und rote Wangen – mit einem Wort, sie war ein Bild von einem Mädchen, und so schlagfertig, so lebhaft, immerzu sang sie ukrainische Romanzen und lachte. Bei dem geringsten Anlaß brach sie in ein schallendes Gelächter aus: ›Hahaha!‹ Die erste nähere Bekanntschaft mit den Kovalenkos machten wir, wie ich mich erinnere, beim Direktor an seinem Namenstag. Zwischen den strengen, steifen und langweiligen Pädagogen, die auch zu Namenstagen nur aus Pflichtgefühl gehen, sahen wir plötzlich eine neue, aus dem Schaum geborene Aphrodite: sie ging umher, hatte die Hände in die Seiten gestemmt, lachte, sang, tanzte ... Sie sang mit Gefühl: ›Es wehen die Winde‹, dann noch eine Romanze und noch eine und bezauberte uns alle – alle, sogar Belikov. Er setzte sich zu ihr und sagte mit einem süßlichen Lächeln:

›Die ukrainische Sprache erinnert mit ihrer Zartheit und ihrem Wohllaut an die altgriechische.‹

Dies schmeichelte ihr, und sie begann ihm gefühlvoll und überzeugend zu erzählen, daß sie im Landkreis von Gadjač ein Gehöft besitze, und auf dem Gehöft wohne Mamočka, und dort gebe es solche Birnen, solche Melonen, solche Kürbisse! Bei den Ukrainern hießen die Kürbisse nämlich so wie bei den Russen die Kneipen, und die Kneipen nenne man ›schinki‹, und man koche daheim Boršč mit roten Tomaten und blauen Auberginen, und der ›schmeckt so gut, so gut – einfach schrecklich gut!‹

Wir hörten die ganze Zeit zu, und plötzlich blitzte bei uns allen ein und derselbe Gedanke auf.

›Es wäre doch ganz gut, sie zu verheiraten‹, sagt die Direktorin leise zu mir.

Uns allen fiel es mit einem Mal ein, daß unser Belikov nicht verheiratet war, und uns erschien es jetzt merkwürdig, daß wir bis dahin eine derart wichtige Einzelheit in seinem Leben gar nicht bemerkt und vollkommen außer acht gelassen hatten. Wie verhielt er sich überhaupt zu den Frauen, wie löste er für sich diese wesentliche Frage? Früher hatte uns diese Frage gar nicht interessiert; vielleicht ließen wir nicht einmal den Gedanken zu, daß ein Mensch, der bei jedem Wetter mit Gummischuhen ausging und unter einem Betthimmel schlief, lieben könnte.

›Er ist längst über die Vierzig hinaus, und sie ist dreißig ...‹ erläuterte die Direktorin ihren Gedanken. ›Mir scheint, sie würde ihn nehmen.‹

Was geschieht nicht alles bei uns in der Provinz aus Langeweile, wieviel Unnötiges, Unsinniges! Und zwar nur deshalb, weil das, was notwendig ist, nicht getan wird. Wozu hatten wir es plötzlich nötig, diesen Belikov zu verheiraten, den man sich verheiratet überhaupt nicht vorstellen konnte? Die Direktorin, die Inspektorin und alle unsere Gymnasiumsdamen lebten auf, sie wurden sogar hübsch, gerade als hätten sie auf einmal den Zweck des Lebens erkannt. Die Direktorin nahm im Theater eine Loge, und was sehen wir: In ihrer Loge sitzt Varenka mit so einem Fächer, strahlend, glücklich, und neben ihr Belikov, klein und geduckt, als hätte man ihn mit der Zange aus dem Haus gezerrt. Ich gab eine kleine Abendgesellschaft, und die Damen verlangten, ich solle unbedingt Belikov und Varenka einladen. Kurz und gut, die Maschine begann zu arbeiten. Es stellte sich heraus, daß Varenka nicht abgeneigt war zu heiraten. Beim Bruder zu leben war kein gar so großes Vergnügen, sie stritten und beschimpften sich ja doch nur ganze Tage lang. Da haben Sie so eine Szene: Kovalenko geht auf der Straße, groß, ein baumstarker langer Laban, in gesticktem Hemd, eine Haarsträhne fällt ihm unter der Mütze hervor auf die Stirn; in der einen Hand hat er ein Päckchen Bücher, in der anderen einen dicken Knotenstock. Hinter ihm geht seine Schwester, auch mit Büchern.

›Das hast du ja doch nicht gelesen, Michajlik!‹ streitet sie laut. ›Ich sage dir, ich schwörs dir, du hast das überhaupt nicht gelesen!‹

›Und ich sage dir, ich habe es gelesen!‹ schreit Kovalenko und stößt mit dem Stock laut auf den Gehsteig.

›Ach, du lieber Gott, Minčik! Warum wirst du denn gleich böse, wir führen doch ein prinzipielles Gespräch.‹

›Und ich sage dir, ich habe es gelesen!‹ schreit Kovalenko noch lauter.

Und zu Hause, kaum ist jemand da, geht es schon los mit dem Gezänk. Sie hatte ein solches Leben wahrscheinlich satt, wollte auch ihren eigenen Winkel haben, und das Alter mußte man ebenfalls in Betracht ziehen; da kann man nicht mehr wählerisch sein, da nimmt man jeden Beliebigen, sogar einen Lehrer der griechischen Sprache. Nebenbei gesagt, den meisten unserer jungen Damen ist es ganz gleich, wen sie heiraten. Hauptsache, sie heiraten. Wie dem auch sei, Varenka begann unserem Belikov deutlich ihre Wohlgeneigtheit zu bezeigen.

Und Belikov? Er besuchte Kovalenko genauso wie uns. Kommt hin zu ihm, setzt sich und schweigt. Er schweigt, und Varenka singt ihm ›Es wehen die Winde‹ vor oder schaut ihn nachdenklich mit ihren dunklen Augen an oder bricht plötzlich in ein Gelächter aus:

›Hahaha!‹

In Liebesangelegenheiten, besonders aber bei einer Heirat, spielt die Suggestion eine große Rolle. Alle – sowohl die Kollegen wie die Damen – begannen Belikov zu versichern, er müsse heiraten, ihm bleibe im Leben nichts anderes übrig, als zu heiraten; wir alle beglückwünschten ihn, sagten mit würdevollen Gesichtern allerhand Plattheiten von der Art wie: Die Ehe ist ein ernster Schritt; hinzu kam noch, daß Varenka nicht schlecht aussah und ganz interessant war, sie war die Tochter eines Staatsrats und besaß ein Gehöft, die Hauptsache aber, sie war die erste Frau, die ihn freundlich und herzlich behandelte – ihm schwindelte der Kopf, und er entschied insgeheim, er müßte tatsächlich heiraten.«

»Und da hätte man ihm die Gummischuhe und den Regenschirm wegnehmen sollen«, sagte Ivan Ivanyč.

»Stellen Sie sich vor, das war ein Ding der Unmöglichkeit. Er stellte Varenkas Bild auf seinen Tisch und kam ständig zu mir, sprach von Varenka, vom Familienleben, davon, daß die Ehe ein ernster Schritt sei, besuchte öfter die Kovalenkos, aber seine Lebensweise änderte er nicht im geringsten. Es war sogar umgekehrt, der Entschluß zu heiraten wirkte sich bei ihm irgendwie krankhaft aus, er magerte ab, wurde noch blasser und schien sich noch tiefer in sein Futteral zu verkriechen.

›Varvara Savvišna gefällt mir‹, sagte er zu mir mit einem schwachen, schiefen Lächeln, ›und ich weiß, daß es für jeden Menschen notwendig ist zu heiraten, aber ... das alles, wissen Sie, ist so plötzlich gekommen ... Man muß überlegen.‹

›Was gibt es da zu überlegen?‹ sagte ich zu ihm. ›Heiraten Sie und fertig.‹

›Nein, die Heirat ist ein ernster Schritt, erst müssen die bevorstehenden Pflichten, muß die Verantwortung erwogen werden ... damit später nicht irgendwas daraus entsteht. Das beunruhigt mich so, daß ich jetzt keine Nacht schlafen kann. Und offen gestanden, ich fürchte mich: sie und ihr Bruder haben eine so merkwürdige Denkungsart, sie disputieren, wissen Sie, so sonderbar, und ihr Charakter ist sehr lebhaft. Da heiratet man und gerät nachher womöglich noch in irgendeine Geschichte.‹

Und er machte keinen Antrag, schob es immerfort hinaus,

zum großen Ärger der Direktorin und unserer sämtlichen Damen; fortwährend erwog er die bevorstehenden Pflichten und die Verantwortung und ging unterdessen jeden Tag mit Varenka spazieren, vielleicht dachte er, dies gehöre sich so in seiner Lage; und er kam ständig zu mir, um über das Familienleben zu reden. Und aller Wahrscheinlichkeit nach hätte er ihr zu guter Letzt einen Heiratsantrag gemacht, und es wäre eine jener unnötigen und dummen Ehen zustande gekommen, von denen bei uns vor lauter Langeweile und Nichtstun Tausende geschlossen werden, wenn nicht plötzlich ein *›kolossalischer Skandal‹* passiert wäre. Es muß gesagt werden, daß Varenkas Bruder, Kovalenko, gleich vom ersten Tag ihrer Bekanntschaft an Belikov haßte und ihn nicht ausstehen konnte.

›Ich verstehe nicht‹, sagte er achselzuckend zu uns, ›ich verstehe nicht, wie Sie diesen Ohrenbläser ertragen können, diese widerwärtige Visage. Äh, meine Herren, wie könnt ihr nur hier leben! Bei euch herrscht eine erstickende, eine unsaubere Atmosphäre. Seid ihr denn Pädagogen, Lehrer? Karrieremacher seid ihr, ihr habt keinen Tempel der Wissenschaft, sondern eine Polizeiverwaltung, und es stinkt bei euch so säuerlich wie in der Wachtbude eines Polizisten. Nein, meine Lieben, ich werde noch ein Weilchen bei euch bleiben und fahre dann auf meinen Hof, dort werde ich Krebse fangen und die kleinen Ukrainer unterrichten. Ich fahre weg, und ihr könnt hierbleiben mit eurem Judas, platzen soll er.‹

Oder er lachte, lachte Tränen, bald im Baß, bald mit dünner, piepsender Stimme, und fragte mich mit ausgebreiteten Armen in ukrainischer Mundart:

›Weshalb sitzt er bei mir? Was will er? Er sitzt und guckt.‹

Er hatte Belikov sogar einen Namen gegeben – ›der Schmarotzer oder die Spinne‹. Und wir vermieden es natürlich, mit ihm davon zu reden, daß seine Schwester Varenka Absichten auf den ›Schmarotzer‹ habe. Und als die Direktorin ihm einmal eine Andeutung machte, es wäre ganz gut, seine Schwester durch eine Ehe mit solch einem soliden, von allen geachteten Menschen wie Belikov zu versorgen, machte er ein finsteres Gesicht und brummte:

›Das ist nicht meine Sache. Mag sie meinetwegen eine Giftnatter heiraten, ich mische mich nicht gern in fremde Angelegenheiten.‹

Jetzt hören Sie, was weiter geschah. Irgendein Schelm zeichnete eine Karikatur: Belikov geht in Gummischuhen, in hochgekrempelten Beinkleidern, unter seinem Regenschirm, und am Arm führt er Varenka; darunter die Unterschrift: ›Der verliebte Anthropos.‹ Der Ausdruck, verstehen Sie, war wunderbar erfaßt. Der Künstler hat wahrscheinlich viele Nächte daran gearbeitet, denn sämtliche Lehrer des Knaben- und des Mädchengymnasiums, die Lehrer des Seminars und die Beamten –, alle hatten ein Exemplar bekommen. Auch Belikov bekam eins. Die Karikatur machte auf ihn einen niederschmetternden Eindruck.

Wir gingen zusammen aus dem Haus – es war gerade am ersten Mai, einem Sonntag, und wir alle, die Lehrer und die Gymnasiasten, hatten verabredet, uns am Gymnasium zu treffen und dann gemeinsam zu Fuß zur Stadt hinaus zum Wäldchen zu wandern –, wir gingen also aus dem Haus, und er sah grün aus, finsterer als eine Wolke.

›Was für häßliche und böse Leute es doch gibt!‹ sagte er, und seine Lippen fingen an zu zittern.

Er begann mir wirklich leid zu tun. Wie wir so gehen, kommt plötzlich, können Sie sich das vorstellen, Kovalenko auf einem Fahrrad daher, und hinter ihm Varenka, ebenfalls auf einem Fahrrad, rot, abgehetzt, aber lustig und vergnügt.

›Wir fahren voraus!‹ rief sie. ›Das Wetter ist doch gar zu schön, so schön, einfach köstlich!‹

Und beide waren verschwunden. Mein Belikov sah nicht mehr grün aus, er war weiß geworden und geradezu wie erstarrt. Er blieb stehen und schaute mich an.

›Erlauben Sie, was soll denn das?‹ fragte er. ›Oder trügen mich vielleicht meine Augen? Gehört es sich für einen Lehrer des Gymnasiums und für eine Frau, ein Fahrrad zu benutzen?‹

›Was ist daran ungehörig?‹ sagte ich. ›Sollen sie doch fahren, und wohl bekomms!‹

›Ja, wie kann man nur!‹ rief er, erstaunt über meine Ruhe. ›Was sagen Sie da?‹

Und er war so erschüttert, daß er nicht weitergehen wollte und nach Hause zurückkehrte.

Am folgenden Tag rieb er sich immerzu nervös die Hände und zuckte zusammen; seinem Gesicht war anzusehen, daß er sich nicht wohl fühlte. Und er ging während des Unterrichts weg, was ihm zum erstenmal im Leben passierte. Und er aß nicht zu Mittag. Und gegen Abend zog er sich recht warm an, obwohl draußen ganz sommerliches Wetter herrschte, und schleppte sich zu den Kovalenkos. Varenka war nicht da, er traf nur den Bruder an.

›Setzen Sie sich, ich bitte ergebenst‹, sagte Kovalenko kalt und runzelte die Brauen; er sah verschlafen aus, er hatte gerade nach dem Mittagessen geruht und war sehr schlecht gelaunt.

Belikov saß etwa zehn Minuten schweigend da und begann dann:

›Ich bin zu Ihnen gekommen, um mir das Herz zu erleichtern. Mir ist sehr, sehr schwer zumute. Irgendein Ehrabschneider hat mich und noch eine Person, die uns beiden nahesteht, in einer lächerlichen Art und Weise gezeichnet. Ich halte es für meine Pflicht, Ihnen zu versichern, daß ich damit nichts zu schaffen habe ... Ich habe keinerlei Anlaß zu einer solchen Verspottung gegeben und mich im Gegenteil stets wie ein durchaus anständiger Mensch betragen.‹

Kovalenko saß übellaunig da und schwieg. Belikov wartete ein Weilchen und fuhr leise mit trauriger Stimme fort:

›Und noch etwas habe ich Ihnen zu sagen. Ich stehe schon lang im Dienst, Sie aber fangen erst an, und ich halte es für meine Pflicht als älterer Kollege, Sie zu warnen. Sie fahren auf einem Fahrrad, diese Belustigung ist aber für einen Erzieher der Jugend völlig ungehörig.‹

›Warum denn?‹ fragte Kovalenko mit Baßstimme.

›Ja, gibt es da noch etwas zu erklären, Michail Savvič, ist das denn nicht verständlich? Wenn der Lehrer auf einem Fahrrad fährt, was bleibt da den Schülern übrig? Ihnen bleibt nur übrig, auf dem Kopf zu gehen! Und wenn es nicht durch ein Zirkular erlaubt ist, dann darf man es auch nicht! Ich war gestern entsetzt! Als ich Ihre liebe Schwester sah, wurde mir schwarz vor Augen.

Eine Frau oder ein junges Mädchen auf dem Fahrrad – das ist entsetzlich!‹

›Was wünschen Sie eigentlich?‹

›Ich wünsche nur eines – Sie zu warnen, Michail Savvič. Sie sind ein junger Mensch, Sie haben Ihre Zukunft vor sich, man muß sich sehr, sehr vorsichtig betragen, Sie jedoch begehen viele Fehler, oh, wie viele Fehler begehen Sie! Ein gesticktes Hemd tragen Sie, auf der Straße sieht man Sie ständig mit irgendwelchen Büchern, und jetzt noch das Fahrrad. Davon, daß Sie und Ihre liebe Schwester radfahren, wird der Direktor erfahren, dann geht es bis zum Kurator ... Was ist da Gutes dran?‹

›Daß ich und meine Schwester radfahren, geht niemanden etwas an!‹ sagte Kovalenko und wurde puterrot. ›Und wer sich in die Angelegenheiten meines Hauses und meiner Familie einmischt, den werde ich zu allen Hundeteufeln jagen.‹

Belikov erbleichte und stand auf.

›Wenn Sie in einem solchen Ton mit mir sprechen, kann ich nicht weiterreden‹ sagte er. ›Und ich bitte Sie, sich in meiner Gegenwart niemals so über die Vorgesetzten zu äußern. Sie müssen sich der Obrigkeit gegenüber respektvoll verhalten.‹

›Habe ich denn von der Obrigkeit etwas Schlechtes gesagt?‹ fragte Kovalenko und blickte ihn wütend an. ›Bitte, lassen Sie mich in Ruhe. Ich bin ein ehrlicher Mensch und wünsche mit einem Herrn wie Ihnen nicht zu sprechen. Ich kann Ohrenbläser nicht ausstehen.‹

Belikov wurde unruhig und nervös, und mit einem Ausdruck des Entsetzens begann er, sich rasch anzuziehen. Vernahm er doch zum erstenmal im Leben solche Grobheiten.

›Sie können sagen, was Ihnen beliebt‹, sprach er, als er vom Vorzimmer auf den Treppenabsatz hinaustrat, ›nur muß ich Ihnen zu bedenken geben: Es kann sein, daß uns jemand gehört hat, und damit unser Gespräch nicht falsch ausgelegt wird und nicht etwas daraus entsteht, werde ich den Inhalt unseres Gesprächs dem Herrn Direktor melden müssen... in den Hauptzügen. Ich bin dazu verpflichtet.‹

›Melden? Geh hin und melde es!‹

Kovalenko packte ihn von hinten am Kragen und gab ihm

einen Stoß, und Belikov rollte, mit seinen Gummischuhen aufschlagend, die Treppe hinunter. Die Treppe war hoch und steil, aber er kam wohlbehalten unten an, erhob sich und faßte sich an die Nase: Ob wohl die Brille heil war? Doch gerade in dem Augenblick, als er die Treppe hinunterrollte, trat Varenka ein und mit ihr zwei Damen; sie standen unten und sahen zu – und für Belikov war das entsetzlicher als alles andere. Lieber hätte er sich, scheints, den Hals gebrochen und beide Beine, als ein Gegenstand des Gespötts zu werden: denn jetzt würde es die ganze Stadt erfahren, es würde bis vor den Direktor, den Kurator kommen – ach, wenn nur nichts daraus entsteht! –, man würde aufs neue eine Karikatur zeichnen, und enden würde das alles damit, daß ihm befohlen würde, seinen Abschied einzureichen...

Als er aufgestanden war, erkannte ihn Varenka, und als sie sein komisches Gesicht, den zerdrückten Überzieher, die Gummischuhe erblickte und da sie nicht begriff, was geschehen war, und meinte, er sei von selbst unverhofft gefallen, konnte sie nicht an sich halten und lachte schallend, daß es durch das ganze Haus tönte: ›Hahaha!‹

Und mit diesem schallenden, klingenden ›Hahaha‹ fand alles ein Ende: die Freierei und die irdische Existenz Belikovs. Er hörte schon nicht mehr, was Varenka sagte, und sah nichts mehr. Nach Hause zurückgekehrt, räumte er erst einmal das Bild vom Tisch weg, dann legte er sich ins Bett und stand nicht mehr auf.

Nach etwa drei Tagen kam Afanasij zu mir und fragte, ob nicht nach dem Arzt geschickt werden sollte, da mit seinem Herrn etwas nicht in Ordnung sei. Ich ging zu Belikov. Er lag unter dem Betthimmel, zugedeckt mit der Bettdecke, und schwieg; auf Fragen gab er nur ja oder nein zur Antwort – und sonst nichts. Er lag da; und neben ihm lief finster und mit gerunzelter Stirn Afanasij hin und her, seufzte tief, und es ging von ihm ein Branntweingeruch aus wie von einer Kneipe.

Einen Monat später starb Belikov. Wir nahmen alle an seinem Begräbnis teil, das heißt beide Gymnasien und das Seminar. Jetzt, wo er im Sarge lag, hatte sein Gesicht einen sanften, angenehmen, sogar vergnügten Ausdruck, gerade als sei er froh, daß man ihn endlich in ein Futteral gelegt habe, aus dem er niemals wieder herauskommen würde. Ja, er hatte sein Ideal erreicht! Und gleichsam ihm zu Ehren herrschte während der Beerdigung trübes, regnerisches Wetter, und wir alle trugen Gummischuhe und Regenschirme. Varenka war ebenfalls bei der Beerdigung, und als der Sarg in die Grube hinabgelassen wurde, vergoß sie ein paar Tränen. Ich habe bemerkt, daß die Ukrainerinnen entweder nur weinen oder nur lachen, eine mittlere Stimmung gibt es bei ihnen nicht.

Ich muß bekennen, daß es ein großes Vergnügen ist, solche Menschen wie Belikov zu beerdigen. Als wir vom Friedhof zurückkehrten, hatten wir alle sittsame Fastengesichter; niemand mochte dieses Gefühl der Befriedigung verraten, ein Gefühl, ähnlich dem, das wir vor langer, langer Zeit, noch in der Kindheit, empfunden hatten, wenn die Erwachsenen aus dem Haus gingen und wir ein paar Stunden lang, die volle Freiheit genießend, im Garten umhertollten. Ach, Freiheit, Freiheit! Schon eine Andeutung, schon eine schwache Hoffnung, daß sie möglich ist, verleiht der Seele Flügel, nicht wahr?

Wir kehrten in guter Laune vom Friedhof zurück. Aber es verging nicht mehr als eine Woche, und das Leben verlief wie früher, es war ebenso rauh, ermüdend und sinnlos, ein Leben, das nicht durch Zirkulare verboten, aber auch nicht völlig erlaubt war; es wurde nicht besser. Und in der Tat, Belikov war beerdigt worden, aber wie viele solcher Menschen im Futteral sind übriggeblieben, wie viele wird es noch von ihnen geben!«

»Das ist es ja eben«, sagte Ivan Ivanyč und zündete die Pfeife an.

»Wie viele wird es von ihnen noch geben!« wiederholte Burkin.

Der Gymnasiallehrer trat aus der Scheune. Er war ein Mann von mittlerem Wuchs, dick, vollkommen kahl, mit einem schwarzen Bart, der ihm beinahe bis an den Gürtel reichte; mit ihm kamen zwei Hunde heraus.

»Der Mond, ist das ein Mond!« sagte er hinaufschauend.

Es war bereits Mitternacht. Rechts sah man das ganze Dorf, die lange Straße zog sich weit hin, ungefähr fünf Verst. Alles war in stillen, tiefen Schlaf versunken; keine Bewegung, kein Laut, man mochte kaum glauben, daß es in der Natur so still sein konnte. Wenn du in einer Mondnacht eine breite Dorfstraße siehst mit ihren Hütten, den Heuschobern, den verschlafenen Weiden, dann wird deine Seele ruhig; wenn sie sich in dieser Ruhe nach den Mühen, Sorgen und Kümmernissen unter nächtlichen Schatten verborgen hat, ist sie sanft, traurig und sehr schön, und es scheint, daß auch die Sterne freundlich und gerührt auf sie blicken und daß es das Böse auf Erden nicht mehr gibt und alles gut steht. Links am Rande des Dorfes begann das freie Feld; es war weithin zu sehen, bis an den Horizont, und auch in der ganzen Weite dieses vom Mondschein überfluteten Feldes gab es keine Bewegung, keinen Laut.

»Das ist es ja eben«, wiederholte Ivan Ivanyč. »Und ist das etwa kein Futteral, daß wir in der Stadt leben, in der Schwüle und Enge, daß wir unnötige Schriftstücke aufsetzen, Karten spielen? Und daß wir unser ganzes Leben zwischen Nichtstuern, Ränkeschmieden, dummen und müßigen Frauen verbringen, allerhand Unsinn sprechen und anhören – ist das kein Futteral? Wenn Sie wollen, erzähle ich Ihnen eine sehr lehrreiche Geschichte.«

»Nein, es ist Zeit zum Schlafen«, sagte Burkin. »Bis morgen.«

Beide gingen in die Scheune und legten sich im Heu nieder. Und beide hatten sich bereits zugedeckt und waren eingeschlummert, als plötzlich leichte Schritte ertönten: tapp, tapp... Jemand ging unweit der Scheune umher; ging ein wenig und blieb stehen, und kurz darauf wieder: tapp, tapp... Die Hunde begannen zu knurren.

»Das ist Mavra, die da geht«, sagte Burkin.

Die Schritte verstummten.

»Sehen und hören, wie gelogen wird«, sprach Ivan Ivanyč und wälzte sich auf die andere Seite, »und du selber wirst noch ein Dummkopf genannt, weil du diese Lüge duldest; Kränkungen, Erniedrigungen ertragen, nicht offen erklären dürfen, daß du auf der Seite der ehrlichen, freien Menschen stehst, und selber lügen, lächeln, und das alles um des täglichen Brotes willen, wegen eines warmen Winkels, wegen irgendeines elenden Dienstgrades, der keinen Groschen wert ist – nein, so weiterzuleben ist unmöglich!«

»Na, das ist bereits ein Lied aus einer anderen Oper, Ivan Ivanyč«, sagte der Lehrer. »Lassen Sie uns schlafen.«

Und zehn Minuten später schlief Burkin schon. Ivan Ivanyč jedoch drehte sich fortwährend von einer Seite auf die andere und seufzte, aber dann erhob er sich, ging wieder hinaus und zündete, sich an der Tür niedersetzend, sein Pfeifchen an.

Die Stachelbeeren

Bereits seit dem frühen Morgen bedeckten Regenwolken den Himmel; es war still, nicht warm und eintönig, wie immer an grauen, trüben Tagen, wenn die Wolken schon lange über dem Land hängen und man auf den Regen wartet, der nicht kommt. Der Tierarzt Ivan Ivanyč und der Gymnasiallehrer Burkin waren schon müde vom Gehen, und die Ebene schien ihnen endlos. In der Ferne konnte man gerade noch die Windmühlen des Dorfes Mironosickoe erkennen, rechts zog sich eine Hügelkette hin, die weit hinter dem Dorf verschwand, und beide wußten, daß dort das Flußufer war; da gab es Wiesen, grüne Weiden und Gutshöfe, und stand man auf einem dieser Hügel, so erblickte man eine ebenso endlose Ebene, Telegrafenmasten und die Eisenbahn, die von ferne einer kriechenden Raupe glich; und an klaren Tagen sah man von dort aus sogar die Stadt. Jetzt, bei dem stillen Wetter, da die ganze Natur einen sanftmütigen und verträumten Eindruck machte, erfüllte Ivan Ivanyč und Burkin eine tiefe Liebe zu dieser Gegend, und beide dachten daran, wie groß und wie wunderschön doch dieses Land sei.

»Das letzte Mal, als wir in der Scheune des Dorfältesten Prokofij saßen, wollten Sie eine Geschichte erzählen«, sagte Burkin.

»Ja, ich wollte Ihnen damals etwas von meinem Bruder erzählen.«

Ivan Ivanyč seufzte tief und zündete sein Pfeifchen an, um

danach mit der Geschichte zu beginnen, aber gerade in diesem Augenblick fing es zu regnen an. Nach fünf Minuten goß es bereits in Strömen, und es war kaum abzusehen, wann dieser Regen wieder aufhören würde. Ivan Ivanyč und Burkin blieben stehen und überlegten; die Hunde, die schon ganz naß waren, standen mit eingezogenem Schwanz da und schauten sie ergeben an.

»Wir müssen uns irgendwo unterstellen«, sagte Burkin, »gehen wir zu Alëchin. Das ist nicht weit von hier.«

»Gut, gehen wir.«

Sie bogen vom Weg ab und gingen über ein abgemähtes Feld, erst geradeaus, dann nach rechts, bis sie auf die Landstraße kamen. Bald tauchten Pappeln auf, ein Garten und rote Scheunendächer; der Fluß schimmerte, und vor ihren Blicken breitete sich der Wehrteich mit einer Mühle und mit einem Badehaus. Das war Sofjino, wo Alëchin wohnte.

Die Mühle arbeitete, sie übertönte das Geräusch des Regens; das Wehr zitterte. Dort standen neben den Bauernwagen mit gesenkten Köpfen nasse Pferde, und Leute, die sich Säcke umgehängt hatten, liefen hin und her. Es war feucht, schmutzig und ungemütlich, und der Fluß sah kalt und unfreundlich aus. Ivan Ivanyč und Burkin verspürten ein Unbehagen und fühlten die Nässe und Unsauberkeit bereits am ganzen Körper, ihre Schuhe waren schwer von dem Schlamm, und als sie das Wehr überquert hatten und zu den herrschaftlichen Speichern hinaufstiegen, schwiegen sie, als seien sie böse miteinander.

In einem der Speicher ratterte eine Worfelmaschine; die Tür stand offen, und Staub drang heraus. Auf der Schwelle stand Alëchin, ein Mann von etwa vierzig Jahren, er war groß, beleibt und glich mit seinem langen Haar eher einem Professor oder Künstler als einem Gutsbesitzer. Er trug ein weißes, lange nicht mehr gewaschenes Hemd mit einem Strick als Gürtel, statt der Beinkleider hatte er Unterhosen an, und an seinen Stiefeln klebten Schmutz und Stroh. Nase und Augen waren schwarz von Staub. Er erkannte Ivan Ivanyč und Burkin und freute sich offensichtlich sehr.

»Bitte gehen Sie ins Haus, meine Herren«, sagte er lächelnd. »Ich komme sofort nach.«

Das Haus war groß und zweistöckig. Alëchin bewohnte im Erdgeschoß zwei Zimmer mit gewölbter Decke und kleinen Fenstern, wo einst die Verwalter gewohnt hatten; die Einrichtung war einfach, und es roch nach Roggenbrot, billigem Vodka und Pferdegeschirr. Oben in den Paradezimmern hielt er sich selten auf, nur wenn Gäste kamen.

Im Haus wurden Ivan Ivanyč und Burkin von dem Stubenmädchen begrüßt, einer jungen Frau, die so schön war, daß sie beide gleichzeitig stehenblieben und einander ansahen.

»Sie können sich nicht vorstellen, wie ich mich freue, Sie zu sehen, meine Herren«, sagte Alëchin, der hinter ihnen die Diele betreten hatte. »Das habe ich nicht erwartet! Pelageja«, fuhr er, zu dem Stubenmädchen gewandt, fort, »geben Sie den Gästen etwas zum Umziehen. Zuerst muß ich mich aber waschen, mir kommt es so vor, als hätte ich mich seit dem Frühling nicht mehr gewaschen. Kommen Sie doch mit ins Badehaus, meine Herren, inzwischen wird hier alles vorbereitet.«

Die schöne Pelageja, die so zart und dem Aussehen nach sehr sanft war, brachte Badetücher und Seife, und Alëchin ging mit seinen Gästen zum Badehaus.

»Ja, schon lange habe ich mich nicht mehr richtig gewaschen«, sagte er beim Auskleiden »Wie Sie sehen, habe ich ein schönes Badehaus, mein Vater hat es noch gebaut, doch zum Waschen komme ich nie.«

Er setzte sich auf eine Stufe und seifte seine langen Haare und den Hals ein, und das Wasser zu seinen Füßen färbte sich braun.

»Ja, das glaube ich gern...« meinte Ivan Ivanyč bedeutsam und schaute Alëchins Kopf an.

»Schon lange habe ich mich nicht mehr richtig gewaschen«, wiederholte Alëchin verlegen und seifte sich noch einmal ein, wobei das Wasser dunkelblau wurde wie Tinte.

Ivan Ivanyč ging hinaus, stürzte sich geräuschvoll ins Wasser und schwamm durch den Regen, weit mit den Armen ausholend, und Wellen gingen von ihm aus, auf denen sich weiße Seerosen schaukelten. Er schwamm bis zur Mitte des Flusses und tauchte, kam eine Minute darauf an anderer Stelle wieder hoch und schwamm weiter, und immerzu tauchte er, bemüht, auf den Grund zu gelangen. »Ach, mein Gott«, wiederholte er genießerisch. »Ach, mein Gott...« Er schwamm bis zur Mühle, unterhielt sich dort mit den Bauern und kehrte dann um; in der Mitte des Flusses legte er sich auf den Rücken und bot sein Gesicht dem Regen dar. Burkin und Alëchin waren angekleidet und wollten schon gehen, er aber schwamm und tauchte immer noch.

»Ach, mein Gott...« sagte er, »Herr, erbarme dich.«

»Nun ist es aber genug!« rief Burkin ihm zu.

Sie kehrten ins Haus zurück. Doch erst als oben in dem großen Salon die Lampe angezündet wurde und Burkin und Ivan Ivanyč, mit seidenen Schlafröcken angetan, in warmen Pantoffeln in den Lehnstühlen saßen und Alëchin, gewaschen und frisiert, in einem neuen Rock durch den Salon schritt und sichtlich die Wärme, die Sauberkeit, die trockene Kleidung und das leichte Schuhwerk genoß und als die schöne Pelageja, die lautlos über den Teppich glitt und weich lächelte, auf einem Tablett Tee mit Varenje reichte – erst da begann Ivan Ivanyč mit seiner Erzählung, und es schien, als hörten ihm nicht nur Burkin und Alëchin zu, sondern auch die alten und jungen Damen und die Männer in Uniformen, die friedlich und streng aus ihren goldenen Rahmen blickten.

»Wir sind zwei Brüder«, begann er, »ich, Ivan Ivanyč, und Nikolaj Ivanyč, der zwei Jahre jünger ist als ich. Ich studierte und wurde Tierarzt, während Nikolaj schon mit neunzehn Jahren im Steueramt saß. Unser Vater Čimša-Gimalajskij war Kantonist, aber nachdem er sich den Offiziersrang erdient hatte, hinterließ er uns den erblichen Adel und ein kleines Gut. Nach seinem Tod wurde uns das Gut der vielen Schulden halber wegprozessiert aber wie dem auch sei, unsere Kindheit verlebten wir auf dem Lande in völliger Freiheit. Wie die Bauernkinder verbrachten wir Tag und Nacht auf dem Feld und im Wald, wir hüteten Pferde, schälten Bast, fingen Fische und dergleichen mehr... Sie wissen ja, wer auch nur einmal im Leben einen Kaulbarsch gefangen oder im Herbst die davonfliegenden Drosseln beobachtet hat, wenn sie an klaren kalten Tagen in Schwärmen über das Dorf ziehen, der taugt nicht mehr zum Städter, und bis zu seinem Tod wird es ihn in die Freiheit ziehen. Mein Bruder verzehrte sich in seinem Steueramt vor Sehnsucht. Die Jahre vergingen, aber er saß immer noch auf derselben Stelle, füllte immer noch die gleichen Papiere aus und dachte immer noch nur an das eine – wie er aufs Land kommen könnte. Diese Sehnsucht verwandelte sich nach und nach in einen bestimmten Wunsch, in den Traum, sich einen kleinen Gutshof zu kaufen, irgendwo am Ufer eines Flusses oder Sees.

Er war ein gutmütiger, sanfter Mensch, ich mochte ihn gern, aber diesen Wunsch, sich für das ganze Leben auf einem eigenen Landgut zu vergraben, konnte ich nie nachfühlen. Man sagt zwar, der Mensch brauche nur drei Aršin Erde. Aber drei Aršin Erde braucht doch der Leichnam, nicht der Mensch. Und man sagt jetzt auch, es sei gut, daß unsere Intelligenz den Drang nach Landbesitz verspüre, daß es sie auf die Gutshöfe ziehe. Aber diese Gutshöfe sind doch dasselbe wie die drei Aršin Erde. Die Stadt zu verlassen, dem Kampf, dem Getümmel des Lebens zu entfliehen und sich auf einem Gut zu verstecken – das ist kein Leben, das ist Egoismus, das ist Trägheit, ein Mönchtum besonderer Art, aber ein Mönchtum ohne Heldenmut. Der Mensch braucht nicht drei Aršin Erde, kein Landgut, sondern den ganzen Erdball, die ganze Natur, wo er alle Eigenschaften und Besonderheiten seines freien Geistes ungehindert entfalten kann.

Mein Bruder Nikolaj, der in seinem Steueramt saß, träumte davon, wie er seine eigene Kohlsuppe essen würde, deren schmackhafter Duft über den ganzen Hof zöge; er würde draußen auf dem grünen Rasen essen, in der Sonne schlafen, stundenlang vorm Tor auf dem Bänkchen sitzen und in Wald und Feld hinausschauen. Broschüren über Landwirtschaft und allerlei Kalenderhinweise bereiteten ihm große Freude, sie waren seine geistige Lieblingsnahrung; er las gern Zeitungen, doch las er nur die Anzeigen, daß soundsoviel Desjatinen Ackerland mit Wiesen, mit einem Gutshof, mit Fluß, Obstgarten, Mühle und Abflußteichen zum Verkauf stünden. Er malte sich in seiner

Phantasie Gartenwege aus, Blumen, Früchte, Starkästen, Teiche voller Karauschen und lauter solche Sachen, wissen Sie. Diese Phantasiebilder waren ganz unterschiedlich, entsprechend den Anzeigen, die ihm ins Auge fielen, aber Gott weiß warum, in jedem von ihnen kamen unbedingt Stachelbeeren vor. Er konnte sich kein Landgut, keinen idyllischen Winkel ohne Stachelbeeren vorstellen.

›Das Landleben hat seine Bequemlichkeiten‹, sagte er immer. ›Du sitzt auf dem Balkon, trinkst Tee, auf dem Teich schwimmen deine Entchen, es duftet so schön, und ... und es wachsen die Stachelbeeren.‹

Er entwarf immer wieder Pläne für sein Gut, aber jedesmal kam es auf ein und dasselbe heraus: a) das Herrenhaus, b) das Gesindehaus, c) der Gemüsegarten, d) die Stachelbeeren. Er lebte äußerst bescheiden: er aß sich nie satt, er trank sich nie satt, er kleidete sich Gott weiß wie, geradezu wie ein Bettler, und trug alles Ersparte auf die Bank. Er war schrecklich knauserig. Es tat mir weh, wenn ich ihn so sah; zu den Feiertagen gab und schickte ich ihm immer mal etwas, er aber legte auch das zurück. Wenn ein Mensch erst einmal von einer Idee besessen ist, kann man nichts machen.

Die Jahre vergingen, er wurde in ein anderes Gouvernement versetzt, er hatte die Vierzig schon überschritten, aber immer noch las er die Anzeigen in den Zeitungen und sparte. Dann hörte ich, er habe geheiratet. Alles mit dem gleichen Ziel – um sich ein Landgut mit Stachelbeersträuchern zu kaufen, heiratete er eine alte, häßliche Witwe, ohne jedes Gefühl für sie, nur weil sie ein bißchen Geld besaß. Er lebte auch mit ihr überaus sparsam, ließ sie hungern und trug ihr Geld unter seinem Namen auf die Bank. Früher war sie mit einem Postmeister verheiratet und bei ihm an Piroggen und Fruchtlikör gewöhnt gewesen, bei ihrem zweiten Mann aber bekam sie nicht einmal genug Schwarzbrot; solch ein Leben ließ sie langsam dahinsiechen, und nach drei Jahren befahl sie Gott ihre Seele. Natürlich dachte mein Bruder nicht einen Augenblick daran, daß er an ihrem Tod schuld sei. Das Geld macht wie der Vodka aus dem Menschen einen Narren. In unserer Stadt starb ein Kaufmann. Vor seinem

Tod ließ er sich einen Teller Honig bringen und aß sein ganzes Geld und seine Papiere zusammen mit dem Honig auf, denn niemand sollte es bekommen. Auf einem Bahnhof mußte ich einmal Viehherden begutachten, da geriet ein Pferdehändler unter die Lokomotive, und ihm wurde ein Bein abgefahren. Wir brachten ihn in den Wartesaal, das Blut floß, eine schreckliche Geschichte, er aber bat, man möge sein Bein suchen, und war ganz unruhig – in dem Stiefel des abgefahrenen Beines steckten zwanzig Rubel, die durften nicht verlorengehen.«

»Das ist schon aus einer anderen Oper«, warf Burkin ein.

»Nach dem Tod seiner Frau«, fuhr Ivan Ivanyč nach kurzem Nachdenken fort, »begann sich mein Bruder nach einem Gut umzusehen. Natürlich, man kann fünf Jahre lang suchen und macht schließlich doch einen Fehler und kauft sich gar nicht das, wovon man geträumt hat. Mein Bruder Nikolaj kaufte über einen Vermittler unter Übernahme der Hypotheken hundertzwölf Desjatinen Land mit einem Herrenhaus, einem Gesindehaus und einem Park, aber es gab weder einen Obstgarten noch Stachelbeeren noch Teiche mit Entchen; ein Fluß war da, aber das Wasser war schwarz wie Kaffee, weil auf der einen Seite des Gutes eine Ziegelei stand, auf der anderen eine Knochenbrennerei. Aber meinen Nikolaj Ivanyč kümmerte das wenig, er bestellte sich zwanzig Stachelbeersträucher, pflanzte sie ein und ließ sich als Gutsbesitzer nieder.

Im vergangenen Jahr habe ich ihn besucht. Ich dachte, du wirst mal hinfahren und dir ansehen, wie er so lebt. In seinen Briefen nannte mein Bruder sein Gut ›Gimalajskijs Einöde‹; am Nachmittag traf ich also in ›Gimalajskijs Einöde‹ ein. Es war heiß. Überall Gräben, Gatter, Zäune, in Reihen gepflanzte Fichten, man wußte nicht, wie man in den Hof fahren und wo man das Pferd lassen sollte. Ich ging zum Haus, und mir entgegen kam ein fuchsroter feister Hund, der aussah wie ein Schwein. Er wollte bellen, war aber zu faul. Aus der Küche kam die Köchin, sie war barfuß und dick und sah ebenfalls aus wie ein Schwein, sie sagte, der Herr halte gerade Mittagsruhe. Ich ging zu meinem Bruder hinein, er saß im Bett, die Knie mit einer Decke zugedeckt; er war alt geworden, dick, gleichsam aufgeschwemmt; seine Wangen, seine Nase und seine Lippen hatte es nach vorn gezogen, und es schien, als wolle er jeden Augenblick in die Bettdecke grunzen.

Wir umarmten uns und weinten vor Freude und vor Kummer, daß wir einmal jung gewesen, jetzt aber alt und grau waren und ans Sterben denken mußten. Er zog sich an und führte mich herum, um mir sein Gut zu zeigen.

›Na, wie lebst du hier?‹ fragte ich ihn.

›Es geht so, Gott sei Dank, ich lebe gut.‹

Das war nicht mehr der schüchterne, arme Beamte von früher, sondern ein richtiger Gutsbesitzer, ein Herr. Er hatte sich hier schon ganz eingelebt und fand Geschmack an diesem Leben; er aß viel, badete in der Sauna, er war dick geworden, prozessierte mit der Gemeinde und mit beiden Fabriken, und es kränkte ihn sehr, wenn ihn die Bauern nicht mit ›Euer Hochwohlgeboren‹ anredeten. Auch für sein Seelenheil sorgte er würdevoll, nach Herrenart, und gute Taten vollbrachte er nicht schlicht und einfach, sondern würdevoll. Doch was für gute Taten waren das? Er kurierte die Bauern von allen möglichen Krankheiten mit Soda und Rizinus, und an seinem Namenstag ließ er im Dorf einen Dankgottesdienst abhalten, danach spendierte er einen halben Eimer Vodka, weil er meinte, das sei notwendig. Ach, diese schrecklichen halben Eimer! Heute schleppt ein dicker Gutsbesitzer seine Bauern wegen eines Flurschadens vor die Obrigkeit, und morgen, am Feiertag, spendiert er ihnen einen halben Eimer, und sie singen und schreien ›hurra‹, und die Betrunkenen verneigen sich vor ihm bis zur Erde. Die Wandlung des Lebens zum Besseren, die Sattheit und der Müßiggang entwickeln im russischen Menschen den unverschämtesten Dünkel. Nikolaj Ivanyč, der sich einst in seinem Steueramt sogar davor gefürchtet hatte, eigene Anschauungen zu haben, gab jetzt nur noch Wahrheiten von sich, und zwar im Ton eines Ministers: ›Bildung ist notwendig, für das Volk jedoch noch verfrüht‹, ›Die Prügelstrafe ist im allgemeinen schädlich, aber in manchen Fällen nützlich und unentbehrlich!‹

›Ich kenne das Volk und verstehe mit ihm umzugehen‹, sagte

er. ›Das Volk liebt mich. Ich brauche nur den kleinen Finger zu rühren, und das Volk tut für mich alles, was ich will.‹

Und das, verstehen Sie, sagte er mit einem weisen, wohlwollenden Lächeln. An die zwanzigmal wiederholte er: ›Wir Adligen‹, ›Ich als Adliger‹; offenbar dachte er gar nicht mehr daran, daß unser Großvater Bauer und unser Vater Soldat gewesen war. Selbst unser Name Čimša-Gimalajskij, der in Wirklichkeit unmöglich ist, erschien ihm nun klangvoll, vornehm und sehr elegant.

Doch es handelt sich jetzt nicht um ihn, sondern um mich selbst. Ich will Ihnen erzählen, welche Wandlung in diesen wenigen Stunden, da ich auf seinem Gut weilte, in mir vorging. Am Abend, als wir Tee tranken, stellte die Köchin einen Teller voller Stachelbeeren auf den Tisch. Das waren keine gekauften, sondern seine eigenen Stachelbeeren, die ersten, seitdem die Sträucher gepflanzt worden waren. Nikolaj Ivanyč lachte und blickte die Stachelbeeren ein Weilchen schweigend an, mit Tränen in den Augen – er konnte vor Rührung nicht sprechen; dann aber steckte er sich eine Beere in den Mund, schaute mich triumphierend an wie ein Kind, das endlich sein geliebtes Spielzeug bekommen hat, und sagte:

›Wie schmackhaft!‹

Er aß gierig und wiederholte immer wieder: ›Ach, wie schmackhaft! Probier mal!‹

Die Beeren waren hart und sauer, aber wie Puškin sagt, ›teurer als die bittere Wahrheit ist uns der erhabene Wahn‹. Ich sah einen glücklichen Menschen vor mir, dessen sehnlichster Wunschtraum ganz offensichtlich in Erfüllung gegangen war, der sein Ziel im Leben erreicht, der das bekommen hatte, was er haben wollte, der wirklich mit seinem Schicksal und mit sich selber zufrieden war. Meinen Gedanken über das menschliche Glück hatte sich immer etwas Wehmütiges beigesellt, nun aber, beim Anblick dieses glücklichen Menschen, übermannte mich ein bedrückendes Gefühl, das an Verzweiflung grenzte. Besonders bedrückend war es in der Nacht. Man hatte mir ein Bett im Zimmer neben dem Schlafgemach meines Bruders hergerichtet, und ich konnte hören, daß er nicht schlief und immer wieder aufstand, zu dem Teller mit den Stachelbeeren ging und sich eine Beere nahm. Ich überlegte mir, wie viele zufriedene, glückliche Menschen es eigentlich gibt. Was für eine überwältigende Macht ist das! Sehen Sie sich dieses Leben an: Unverfrorenheit und Müßiggang der Starken, Unwissenheit und Tierähnlichkeit der Schwachen, ringsum unglaubliche Armut, Enge, Entartung, Trunkenheit, Heuchelei, Lügen... Dabei herrscht in allen Häusern und auf den Straßen Ruhe und Frieden; unter fünfzigtausend Menschen, die in der Stadt leben, ist kein einziger, der aufschreien oder laut protestieren würde. Wir sehen die Menschen, die auf den Markt gehen und Lebensmittel einkaufen, die am Tag essen, nachts schlafen, die Unsinn reden, heiraten, alt werden und seelenruhig ihre Verstorbenen auf den Friedhof schleppen; aber wir sehen und hören nicht diejenigen, die leiden, und das Schreckliche im Leben spielt sich irgendwo hinter den Kulissen ab. Alles ist still und friedlich, und es protestiert nur die stumme Statistik: soundso viele haben den Verstand verloren, soundso viele Eimer Schnaps wurden ausgetrunken, soundso viele Kinder sind an Unterernährung zugrunde gegangen... Und eine solche Ordnung ist offenbar notwendig; offenbar fühlt sich der Glückliche nur deshalb wohl, weil die Unglücklichen ihre Last schweigend tragen, und ohne dieses Schweigen wäre das Glück unmöglich. Das ist eine allgemeine Hypnose. An der Tür eines jeden zufriedenen, glücklichen Menschen müßte jemand mit einem Hämmerchen stehen und ständig mit seinem Klopfen daran erinnern, daß es Unglückliche gibt, daß das Leben, so glücklich es auch sein mag, ihm früher oder später seine Krallen zeigen wird und daß auch ihn das Unglück treffen wird – Krankheit, Armut, Verluste –, und dann wird ihn niemand sehen und hören, so wie er jetzt die anderen nicht hört oder sieht. Doch den Menschen mit dem Hämmerchen gibt es nicht, der Glückliche lebt zu seinem Vergnügen, und die kleinen Sorgen des Lebens bewegen ihn nur leicht wie der Wind die Espe – und alles ist zum Besten bestellt.

In jener Nacht wurde mir klar, daß auch ich zufrieden und glücklich war«, fuhr Ivan Ivanyč fort und stand auf. »Auch ich belehrte beim Essen und auf der Jagd die anderen, wie man leben, glauben und das Volk leiten müsse. Auch ich sagte, Wissen, Licht und Bildung seien notwendig, aber für die einfachen Menschen genüge einstweilen Lesen und Schreiben. Die Freiheit sei ein hohes Gut, sagte ich, ohne sie gehe es ebensowenig wie ohne Luft, aber man müsse abwarten. Ja, so sprach ich, jetzt aber frage ich: Warum sollen wir warten?« Ivan Ivanyč sah Burkin böse an. »Warum sollen wir warten, frage ich Sie? Aus welchen Überlegungen heraus? Man sagt mir, es geht nicht alles auf einmal, jede Idee werde allmählich und zu ihrer Zeit verwirklicht. Aber wer sagt das? Wo sind die Beweise, daß das richtig ist? Man bezieht sich auf die natürliche Ordnung der Dinge, auf die Gesetzmäßigkeit der Erscheinungen, aber liegt denn Ordnung und Gesetzmäßigkeit darin, daß ich, ein lebendiger, denkender Mensch, am Graben stehe und warte, bis er von selber zuwächst oder bis er verschlammt, während ich vielleicht hinüberspringen oder eine Brücke darüber schlagen könnte? Und noch einmal: Warum sollen wir warten? Warten, wenn man keine Kraft zum Leben hat und dabei doch leben muß und will!

Ich fuhr damals von meinem Bruder am frühen Morgen ab, und seitdem wurde es mir unerträglich, in der Stadt zu leben. Mich bedrücken die Stille und der Frieden, ich habe Angst, in die Fenster zu schauen, denn es gibt für mich jetzt keinen schrecklicheren Anblick als eine glückliche Familie, die um den Tisch herum sitzt und Tee trinkt. Ich bin schon alt und tauge nicht mehr für den Kampf, ich bin sogar unfähig zu hassen. Ich gräme mich nur in meinem Herzen, ich bin gereizt und ärgerlich, nachts glüht mir der Kopf von dem Ansturm der Gedanken, und ich kann nicht schlafen ... Ach, wenn ich doch noch jung wäre!«

Ivan Ivanyč schritt erregt aus einer Ecke in die andere und wiederholte:

»Wenn ich doch noch jung wäre!«

Plötzlich trat er zu Alëchin und drückte ihm bald die eine, bald die andere Hand.

»Pavel Konstantinyč«, sagte er mit flehender Stimme, »geben Sie sich nicht der Ruhe hin, lassen Sie sich nicht einlullen! Solange Sie jung, stark und rüstig sind, dürfen Sie nicht müde werden, Gutes zu tun! Es gibt kein Glück, und es soll auch keines geben, und wenn das Leben Sinn und Zweck hat, so liegt dieser Sinn und Zweck nicht in unserem Glück, sondern in etwas Vernünftigerem, Größerem. Tun Sie Gutes!«

Das alles sagte Ivan Ivanyč mit einem hilflosen, flehenden Lächeln, als bitte er für sich selbst.

Dann saßen sie alle drei in ihren Lehnstühlen, an verschiedenen Ecken des Salons, und schwiegen. Ivan Ivanyčs Geschichte befriedigte weder Burkin noch Alëchin. Während die Generale und die Damen, die in der Dämmerung lebendig zu sein schienen, aus ihren goldenen Rahmen auf sie herabblickten, war es nicht sehr unterhaltsam, sich die Geschichte von dem armen Beamten anzuhören, der Stachelbeeren aß. Man wollte lieber etwas von eleganten Menschen, von Frauen hören. Allein die Tatsache, daß sie im Salon saßen, wo alles – der Kronleuchter in seinem Überzug, die Lehnstühle und die Teppiche – davon sprach, daß diese selben Menschen, die jetzt aus den Rahmen blickten, einstmals hier umhergegangen waren, gegessen und Tee getrunken hatten, wie auch die Tatsache, daß jetzt die schöne Pelageja nur lautlos hin und her lief – das war besser als alle Geschichten.

Alëchin sehnte sich sehr nach Schlaf, er war wegen der Wirtschaft früh aufgestanden, in der dritten Morgenstunde, und jetzt fielen ihm die Augen zu, aber er fürchtete, seine Gäste könnten in seiner Abwesenheit etwas Interessantes erzählen, und deshalb ging er nicht. Ob es klug und richtig war, was Ivan Ivanyč soeben gesagt hatte, konnte er nicht beurteilen; die Gäste sprachen nicht von Grütze, Heu oder Teer, sondern von etwas, was zu seinem Leben nicht in unmittelbarer Beziehung stand, und er freute sich und wollte, daß sie weitersprachen...

»Es ist aber Zeit zum Schlafen«, sagte Burkin und erhob sich. »Gestatten Sie, daß ich Ihnen eine gute Nacht wünsche.«

Alëchin verabschiedete sich und ging hinunter in sein Zimmer, während die Gäste oben blieben. Man hatte den beiden für die Nacht ein großes Zimmer zugewiesen, in dem zwei alte Holzbetten mit Schnitzereien standen; in einer Ecke des Zimmers hing ein Kruzifix aus Elfenbein. Die breiten kühlen

Betten, die die schöne Pelageja hergerichtet hatte, dufteten angenehm nach frischer Wäsche.

Ivan Ivanyč zog sich schweigend aus und legte sich nieder.

»Herr, vergib uns Sündern!« sagte er und zog sich die Decke über den Kopf.

Von seinem Pfeifchen, das auf dem Tisch lag, roch es stark nach Tabakasche. Und Burkin konnte lange nicht einschlafen und begreifen, woher dieser schwere Geruch kam.

Der Regen trommelte die ganze Nacht hindurch gegen die Fensterscheiben.

Ein Fall aus der Praxis

Der Professor hatte ein Telegramm von der Ljalikovschen Fabrik erhalten – man bat ihn, so schnell wie möglich zu kommen. Die Tochter der Frau Ljalikova, offenbar der Besitzerin der Fabrik, war krank; mehr konnte man dem langen, unverständlich abgefaßten Telegramm nicht entnehmen. Der Professor fuhr nicht selbst, sondern schickte seinen Stationsarzt Korolëv.

Von Moskau aus mußte er zwei Stationen mit der Eisenbahn und dann noch etwa vier Verst mit dem Pferdewagen zurücklegen. Auf dem Bahnhof wurde Korolëv von einer Trojka abgeholt; der Kutscher trug einen Hut mit einer Pfauenfeder und antwortete auf alle Fragen laut und militärisch: »Zu Befehl, nein!« und »Jawohl!« Es war ein Samstagabend, die Sonne ging gerade unter. In Scharen strömten die Arbeiter von der Fabrik zum Bahnhof und grüßten die Kutsche, in der Korolëv fuhr. Ihn bezauberten der Abend, die Gutshöfe und Landhäuser zu beiden Seiten, die Birken und diese ruhige Stimmung ringsum; es schien, als wollten sich jetzt, am Vorabend des Feiertages, zusammen mit den Arbeitern auch das Feld, der Wald und die Sonne ausruhen – ausruhen und vielleicht beten...

Er war in Moskau geboren und aufgewachsen, kannte das Land nicht, hatte sich nie für Fabriken interessiert und auch nie eine besucht. Es geschah jedoch des öfteren, daß er etwas über Fabriken las, bei Fabrikanten zu Gast war und sich mit ihnen unterhielt. Wenn er von ferne oder aus der Nähe eine Fabrik sah, mußte er jedesmal daran denken, daß von außen alles ruhig und friedlich aussah, daß es aber drinnen wahrscheinlich hoffnungslose Unwissenheit gab, stumpfsinnigen Egoismus der Besitzer, ungesunde Tätigkeit der Arbeiter, Zänkerei, Vodka und Ungeziefer. Auch jetzt, da die Arbeiter ehrerbietig und furchtsam der Kutsche auswichen, glaubte er an ihren Gesichtern, ihren Schirmmützen und ihrem Gang körperliche Unsauberkeit, Trunkenheit, Nervosität und Verwirrung ablesen zu können.

Sie fuhren durch das Fabriktor. Zu beiden Seiten tauchten die Häuschen der Arbeiter auf, Gesichter von Frauen, auf Treppengeländern hängende Wäsche und Decken. »Vorsicht!« schrie der Kutscher, ohne die Pferde zu zügeln. Da war auch schon der weite Hof, auf dem kein Grashalm wuchs; hier standen, etwas voneinander entfernt, fünf gewaltige Fabrikgebäude mit Schornsteinen, Warenlager, Baracken – über allem lag eine graue Schicht wie von Staub. Hier und da sah man, wie Oasen in der Wüste, kümmerliche Gärtchen und die grünen oder roten Dächer der Häuser, in denen die Verwaltung untergebracht war. Der Kutscher riß plötzlich an den Zügeln, und die Pferde hielten vor einem Haus, das mit grauer Farbe frisch gestrichen war; hier gab es einen Vorgarten mit staubbedeckten Fliederbüschen, auf der gelben Freitreppe roch es stark nach Farbe.

»Bitte, Herr Doktor!« sagten weibliche Stimmen im Flur und im Vorzimmer, und man hörte dabei Seufzer und Geflüster. »Bitte, Sie werden schon sehnsüchtig erwartet... Wir sind in großer Sorge. Hierher, bitte.«

Frau Ljalikova, eine üppige, bejahrte Dame in einem schwarzen Seidenkleid mit modischen Ärmeln, die aber, ihrem Gesicht nach zu urteilen, eine einfache, kaum gebildete Frau sein mußte, blickte den Arzt sorgenvoll an und konnte sich nicht entschließen, ihm die Hand zu geben – sie wagte es nicht. Neben ihr stand eine hagere, nicht mehr ganz junge Frauensperson, mit kurzem

Haar, einem Kneifer und in einer bunten geblümten Bluse. Das Dienstmädchen nannte sie Christina Dmitrievna, und Korolëv vermutete, daß dies die Gouvernante war. Wahrscheinlich oblag es ihr als der Gebildetsten im Haus, den Arzt zu empfangen, denn sie begann sofort hastig und mit kleinen, überflüssigen Details die Ursachen der Krankheit zu schildern, ohne davon zu sprechen, wer krank war und worum es sich handelte.

Der Doktor und die Gouvernante saßen da und unterhielten sich, während die Hausfrau abwartend und unbeweglich an der Tür stand. Dem Gespräch konnte Korolëv entnehmen, daß Liza, ein junges Mädchen von zwanzig Jahren, die einzige Tochter der Frau Ljalikova und Erbin der Fabrik, krank sei. Sie kränkelte schon lange und wurde von verschiedenen Ärzten behandelt; in der letzten Nacht hatte sie vom Abend bis zum Morgen derartiges Herzklopfen gehabt, daß niemand im Haus zur Ruhe kam, man fürchtete, sie könnte sterben.

»Sie ist schon von Kindheit an so kränklich, kann man wohl sagen«, berichtete Christina Dmitrievna in singendem Tonfall und fuhr sich dabei ab und zu mit der Hand über die Lippen. »Die Ärzte sagen, es seien die Nerven, aber als sie noch klein war, haben ihr die Ärzte die Skrofeln nach innen getrieben, und ich meine, es könnte davon kommen.«

Sie gingen zu der Kranken. Schon völlig erwachsen, groß, von gutem Wuchs, doch unschön, der Mutter ähnlich, mit ebenso kleinen Augen und einer breiten, übermäßig entwickelten unteren Gesichtshälfte, unfrisiert, bis zum Kinn zugedeckt, machte sie im ersten Augenblick auf Korolëv den Eindruck eines unglücklichen, armseligen Geschöpfes, dem man aus Mitleid Schutz und Wärme bot, und man mochte nicht glauben, daß dies die Erbin dieser fünf gewaltigen Fabrikgebäude war.

»Wir sind gekommen«, begann Korolëv, »um Sie zu behandeln. Guten Tag.«

Er stellte sich vor und drückte ihr die Hand – eine große, kalte, unschöne Hand. Sie setzte sich auf und ließ sich, offensichtlich schon seit langem an Ärzte gewöhnt, ruhig abhorchen, obwohl ihre Schultern und ihre Brust unbekleidet waren.

»Ich habe Herzklopfen«, sagte sie. »Die ganze Nacht hatte ich solche Angst... Ich wäre fast gestorben vor Angst! Geben Sie mir irgend etwas.«

»Ja, gewiß! Beruhigen Sie sich.«

Korolëv untersuchte sie und zuckte mit den Achseln.

»Das Herz ist, wie es sein soll«, sagte er, »alles in Ordnung. Die Nerven sind wohl ein wenig angegriffen, aber das ist normal. Der Anfall ist offenbar schon vorbei, Sie können sich schlafen legen.«

In diesem Augenblick brachte man eine Lampe ins Schlafzimmer. Die Kranke blinzelte ins Licht, schlug die Hände vors Gesicht und schluchzte. Der Eindruck eines armseligen, unschönen Geschöpfes verschwand sofort, und Korolëv sah schon nicht mehr die kleinen Augen und die grobe, stark entwickelte untere Gesichtshälfte. Er bemerkte einen weichen, leidenden Ausdruck, der so vernünftig und so rührend war, und nun erschien sie ihm schlank, fraulich und schlicht; er hätte sie am liebsten nicht mit Arzneien beruhigt, nicht mit einem Rat, sondern einfach mit einem freundlichen Wort. Die Mutter umfaßte ihren Kopf und preßte ihn an sich. Wieviel Verzweiflung, wieviel Leid malte sich auf dem Gesicht der alten Frau! Sie, die Mutter, hatte ihre Tochter genährt und aufgezogen, hatte keine Mühe gescheut, ihr ganzes Leben dafür hingegeben, um sie in Französisch, Tanzen und Musik unterrichten zu lassen, ein Dutzend Lehrer hatte sie herangezogen, die besten Ärzte, sie hielt eine Gouvernante, und nun konnte sie nicht begreifen, woher diese Tränen kamen, wozu es so viel Leid gab, sie verstand es nicht und war verwirrt, sie zeigte eine schuldbewußte, beunruhigte, verzweifelte Miene, als habe sie etwas sehr Wichtiges versäumt, etwas noch nicht getan, jemanden noch nicht herangezogen, aber wen – das wußte sie nicht.

»Lizanka, schon wieder... schon wieder«, sagte sie und preßte die Tochter an sich. »Meine Liebe, mein Täubchen, mein Kindchen, sag, was ist dir? Hab Mitleid mit mir, sag es mir.«

Beide weinten bitterlich. Korolëv setzte sich auf den Bettrand und nahm Lizas Hand.

»Genug, wozu denn weinen?« sagte er zärtlich. »Es gibt

doch nichts auf der Welt, was diese Tränen lohnt. Nun, wir werden doch nicht weinen, das ist doch nicht nötig ...«

Bei sich aber dachte er: Es wäre Zeit für sie zu heiraten ...

»Unser Fabrikarzt hat ihr Bromkalium verschrieben«, berichtete die Gouvernante, »aber davon ist es nur noch schlimmer geworden mit ihr, möchte ich bemerken. Meines Erachtens sollte man, wenn man ihr schon etwas für das Herz geben will, dann nur solche Tropfen ... ich habe vergessen, wie sie heißen ... Maiglöckchentropfen wohl.«

Und wieder folgten verschiedene Einzelheiten. Sie fiel dem Arzt ins Wort und hinderte ihn am Sprechen, und auf ihrem Gesicht malte sich Eifer, als glaube sie, daß sie als die gebildetste Frau im Haus verpflichtet sei, mit dem Doktor ein ununterbrochenes Gespräch über medizinische Dinge zu führen.

Korolëv hatte genug davon.

»Ich kann nichts Besonderes finden«, sagte er zu der Mutter, als er das Schlafzimmer verließ. »Wenn der Fabrikarzt Ihre Tochter behandelt hat, so soll er es auch weiterhin tun. Die Behandlung war bis jetzt richtig, und ich sehe keine Notwendigkeit, den Arzt zu wechseln. Wozu wechseln? Die Krankheit ist so alltäglich, es ist nichts Ernstes ...«

Er sprach bedächtig, während er sich die Handschuhe überstreifte, und Frau Ljalikova stand unbeweglich und schaute ihn mit verweinten Augen an.

»Bis zum Zehnuhrzug ist noch eine halbe Stunde Zeit«, sagte er, »ich hoffe, ich schaffe es noch.«

»Aber können Sie denn nicht bei uns bleiben?« fragte sie, und wieder liefen ihr die Tränen über die Wangen. »Es ist mir peinlich, Sie zu belästigen, aber seien Sie so gut ... Um Christi willen«, fuhr sie halblaut fort, wobei sie sich nach der Tür umsah, »übernachten Sie bei uns. Sie ist doch meine ... meine einzige Tochter ... Sie hat mich letzte Nacht so erschreckt, ich darf gar nicht daran denken ... Fahren Sie nicht weg, um Christi willen ...«

Er wollte ihr sagen, daß er in Moskau viel Arbeit habe, daß zu Hause seine Familie auf ihn warte; es fiel ihm schwer, in einem fremden Haus ohne jeden zwingenden Grund den ganzen

Abend und die ganze Nacht zu verbringen, aber er schaute ihr ins Gesicht, seufzte und zog schweigend die Handschuhe wieder aus.

Im Saal und im Salon hatte man für ihn alle Lampen und Kerzen angezündet. Er saß am Klavier und blätterte in den Noten, dann betrachtete er die Bilder an den Wänden und die Porträts. Goldgerahmte Ölgemälde zeigten die Krim, das stürmische Meer mit einem Schiffchen, einen katholischen Mönch mit einem Weinglas, und das alles wirkte trocken, seicht, talentlos. Auf den Porträts gab es kein einziges schönes, interessantes Gesicht, nur breite Backenknochen und erstaunte Augen. Ljalikov, Lizas Vater, hatte eine niedrige Stirn und ein selbstzufriedenes Gesicht, die Uniform hing wie ein Sack an seinem großen Körper, der keine Rasse verriet. Auf der Brust glänzten eine Medaille und das Ehrenzeichen des Roten Kreuzes. Eine armselige Kultur, ein zufälliger Luxus, unüberlegt, unpassend wie diese Uniform; die Fußböden reizten ihn durch ihren Glanz, der Kronleuchter reizte, und ihm fiel die Anekdote von dem Kaufmann ein, der mit einer Medaille um den Hals ins Dampfbad ging...

Aus dem Vorzimmer drang Flüstern, jemand schnarchte leise. Plötzlich erklangen vom Hof her schrille, abgehackte, metallische Töne, wie sie Korolëv niemals vorher gehört hatte und die er nicht deuten konnte; sie hallten in seiner Seele seltsam und unangenehm wider.

Ich glaube, um nichts in der Welt würde ich hier leben wollen, dachte er und machte sich wieder an die Noten.

»Herr Doktor, bitte zum Imbiß!« rief die Gouvernante mit halblauter Stimme.

Er ging zum Abendessen. Der Tisch war groß und reich gedeckt, mit einer Vielzahl von Speisen und Weinen, doch es aßen nur zwei – er und Christina Dmitrievna. Sie trank Madeira, aß hastig und sagte, ihn durch den Kneifer anblickend:

»Die Arbeiter sind sehr zufrieden mit uns. In unserer Fabrik gibt es jeden Winter Theatervorstellungen, die Arbeiter spielen selbst, ferner gibt es Lichtbildervorträge, eine prächtige Teestube und noch manches andere. Sie sind uns sehr zugetan, und als sie erfuhren, daß es mit Lizanka schlimmer geworden ist, bestellten sie ein Bittgebet. Sie sind ungebildet, aber sie haben Gefühl.«

»Es sieht so aus, als sei in Ihrem Hause kein einziger Mann«, sagte Korolëv.

»Kein einziger. Pëtr Nikanoryč ist vor anderthalb Jahren gestorben, und nun sind wir allein. So leben wir zu dritt. Im Sommer hier, im Winter in Moskau auf der Poljanka. Ich lebe schon elf Jahre bei ihnen, ich gehöre zur Familie.«

Zum Abendessen gab es Sterlet, Hühnerkoteletts und Kompott; dazu teure französische Weine.

»Greifen Sie bitte zu, genieren Sie sich nicht, Herr Doktor«, sagte Christina Dmitrievna, während sie aß und sich mit der Faust den Mund abwischte, es war ihr anzusehen, daß sie mit dem Leben hier sehr zufrieden war. »Bitte essen Sie.«

Nach dem Essen führte man den Arzt in das Zimmer, in dem man für ihn ein Nachtlager bereitet hatte. Er wollte jedoch noch nicht schlafen gehen, es war schwül, und im Zimmer roch es nach Farbe; er zog sich den Mantel an und ging hinaus.

Auf dem Hof war es kühl; es dämmerte bereits, und in der feuchten Luft zeichneten sich alle fünf Fabrikgebäude mit ihren langen Schornsteinen, die Baracken und die Speicher deutlich ab. Wegen des Feiertages wurde nicht gearbeitet, die Fenster waren dunkel, und nur in einem der Fabrikgebäude brannte noch ein Ofen, zwei Fenster leuchteten purpurrot, und aus dem Schornstein schlug von Zeit zu Zeit mit dem Rauch eine Flamme. Weit hinter dem Hof quakten Frösche, und eine Nachtigall sang.

Als er die Fabrikgebäude und die Baracken betrachtete, in denen die Arbeiter schliefen, dachte er wieder das gleiche, was er immer dachte, wenn er Fabriken sah. Mochte es auch Theatervorstellungen für die Arbeiter, Lichtbildervorträge, Fabrikärzte und allerlei Verbesserungen geben, so unterschieden sich doch alle die Arbeiter, denen er heute auf dem Weg vom Bahnhof begegnet war, trotz alledem ihrem Aussehen nach nicht von jenen, die er vor langer Zeit, in seiner Kindheit, gesehen hatte, als es in den Fabriken noch keine Theatervorstellungen und Verbesserungen gab. Er als Mediziner, der richtig über chronische

Krankheiten urteilte, deren eigentliche Ursache unmißverständlich und unheilbar war, sah auch die Fabriken als ein Mißverständnis an, dessen Ursache ebenfalls unklar und nicht zu beseitigen war, und alle Verbesserungen im Leben der Fabrikarbeiter hielt er zwar nicht für überflüssig, verglich sie aber mit der Behandlung unheilbarer Krankheiten.

Hier liegt natürlich ein Mißverständnis vor... dachte er, während er die purpurroten Fenster betrachtete. – Anderthalbtausend oder zweitausend Menschen arbeiten ohne Ruhepause, in einer ungesunden Umgebung, erzeugen schlechten Kattun, fristen ein Hungerdasein und befreien sich nur zuweilen in der Schenke von diesem Alpdruck; hundert Menschen beaufsichtigen diese Arbeit, und diese hundert machen ihr ganzes Leben lang weiter nichts als Strafen verhängen, schimpfen und Ungerechtigkeiten begehen, und nur zwei oder drei, die sogenannten Besitzer, genießen die Vorteile, obwohl sie überhaupt nicht arbeiten und den schlechten Kattun verachten. Aber was für Vorteile sind das, was für einen Gebrauch machen sie davon? Die Ljalikova und ihre Tochter sind unglücklich, es tut einem leid, sie anzusehen; mit dem Leben zufrieden ist allein Christina Dmitrievna, die dümmliche alte Jungfer mit dem Kneifer. Und es läuft darauf hinaus, daß alle diese fünf Fabrikgebäude nur deshalb arbeiten und daß der schlechte Kattun auf den östlichen Märkten nur deshalb verkauft wird, damit Christina Dmitrievna Sterlet essen und Madeira trinken kann.

Plötzlich erschollen seltsame Töne, die gleichen, die Korolëv vor dem Abendessen gehört hatte. An einem der Gebäude schlug jemand auf eine Metallplatte; gleich nach dem Schlag wurde der Ton wieder angehalten, so daß er kurz, schrill und unsauber klang und sich wie ›derr... derr... derr...‹ anhörte. Darauf war es eine halbe Minute still, und dann erklangen die Töne an einem anderen Gebäude, genauso abgehackt und unangenehm, schon tiefer, im Baß ›drünn... drünn... drünn...‹. Elfmal. Offenbar schlugen die Wächter die elfte Stunde.

An dem dritten Gebäude hörte man: ›shak... shak...

shak...‹ und so ging es weiter, an allen Fabrikgebäuden, und dann hinter den Baracken und dem Tor. Und ihm schien, als würden diese Töne in der nächtlichen Stille von einem Ungeheuer mit blutroten Augen hervorgebracht, vom Teufel selbst, der hier über Besitzer und Arbeiter herrschte und die einen wie die anderen betrog.

Korolëv ging vom Hof aufs freie Feld hinaus.

»Wer da?« rief man ihn am Tor grob an.

Wie im Gefängnis... – dachte er und gab keine Antwort.

Hier waren die Nachtigallen und die Frösche noch besser zu hören, man spürte die Mainacht. Vom Bahnhof drang das Geräusch eines Zuges herüber, irgendwo krähten verschlafen die Hähne, trotzdem aber war die Nacht still, die Welt schlief friedlich. Auf dem Feld, nicht weit von der Fabrik, stand ein Holzgerüst, daneben hatte man Baumaterial gestapelt. Korolëv setzte sich auf die Bretter und überlegte weiter.

Hier fühlt sich nur die Gouvernante wohl, und die Fabrik arbeitet, um sie zufriedenzustellen. Aber das scheint nur so, sie ist hier nur eine vorgeschobene Person. Die Hauptperson, für die hier alles geschieht, das ist der Teufel.

Und er dachte an den Teufel, an den er nicht glaubte, und sah sich nach den beiden Fenstern um, in denen das Feuer leuchtete. Es schien ihm, der Teufel selbst schaue ihn mit diesen blutroten Augen an, jene unbekannte Macht, die die Beziehungen zwischen den Starken und den Schwachen geschaffen hatte, diesen groben Irrtum, den man nun durch nichts wiedergutmachen kann. Es ist nötig, daß der Starke den Schwachen am Leben hindert, das besagt das Gesetz der Natur, doch verständlich und einleuchtend ist es nur in einem Lehrbuch oder in einem Zeitungsartikel; in dem Wirrwarr aber, als der sich das Alltagsleben präsentiert, in dem Durcheinander all jener Kleinigkeiten, aus denen die menschlichen Beziehungen gewebt sind, ist es kein Gesetz mehr, sondern logischer Unsinn, wenn der Starke sowie der Schwache gleichermaßen ihren gegenseitigen Beziehungen zum Opfer fallen und sich unwillkürlich einer unbekannten, lenkenden Macht unterwerfen, die außerhalb des Lebens steht und dem Menschen fremd ist. So dachte Korolëv, während er auf den Brettern saß, und allmählich überkam ihn eine Stimmung, als sei diese unbekannte, geheimnisvolle Macht in Wirklickeit nahe und schaue zu. Inzwischen wurde der Himmel im Osten immer blasser, die Zeit war schnell vergangen. Die fünf Fabrikgebäude und die Schornsteine sahen vor dem grauen Hintergrund der Morgendämmerung, da ringsum alles erstorben schien, eigenartig aus, anders als am Tage. Man dachte gar nicht mehr daran, daß es in ihrem Innern Dampfmotoren, Elektrizität und Telefone gab, sondern man dachte an Pfahlbauten, an die Steinzeit, und man spürte die Gegenwart einer rohen, unbewußten Macht ...

Und wieder hörte man: ›Derr ... derr ... derr ...‹

Zwölfmal. Danach war es still, eine halbe Minute lang, dann ertönte am anderen Ende des Hofes:

›Drünn ... drünn ... drünn ...‹

Furchtbar unangenehm! dachte Korolëv.

›Shak ... shak ...‹ klang es von einer dritten Stelle, abgehackt, schrill, gleichsam ärgerlich, ›shak ... shak ...‹

Um zwölf Uhr zu schlagen, brauchte man vier Minuten. Dann verstummte alles, und wieder schien es, als sei ringsum alles erstorben.

Korolëv blieb noch ein Weilchen sitzen und kehrte dann ins Haus zurück, aber er legte sich noch lange nicht schlafen. In den Nebenzimmern wurde geflüstert, und man hörte das Schlurfen von Pantoffeln und bloßen Füßen.

Ob sie etwa wieder einen Anfall hat? dachte Korolëv.

Er ging hinaus, um nach der Kranken zu sehen. In den Zimmern war es schon ganz hell, im Saal zitterte an der Wand und auf dem Fußboden bleiches Sonnenlicht, das durch den Frühnebel gedrungen war. Die Tür zu Lizas Zimmer stand offen, sie selbst saß in einem Lehnstuhl neben dem Bett, im Morgenkleid, einen Schal um die Schultern und unfrisiert. Die Vorhänge an den Fenstern waren heruntergelassen.

»Wie geht es Ihnen?« fragte Korolëv.

»Ich danke.«

Er fühlte ihr den Puls, darauf strich er das Haar zurück, das ihr in die Stirn gefallen war.

»Sie schlafen nicht«, sagte er. »Draußen ist herrliches Wetter, die Nachtigallen schlagen, und Sie sitzen hier im Dunkeln und grübeln.«

Sie hörte zu und blickte ihm dabei ins Gesicht; sie hatte traurige, kluge Augen, und man spürte, daß sie ihm etwas sagen wollte.

»Geht Ihnen das oft so?« fragte er.

Sie bewegte die Lippen und antwortete:

»Ja. Beinahe jede Nacht ist mir so schwer ums Herz.«

In diesem Augenblick begannen die Wächter auf dem Hof zwei Uhr zu schlagen. Es ertönte das ›derr ... derr ...‹ und sie fuhr zusammen.

»Beunruhigt Sie dieses Klopfen?« fragte er.

»Ich weiß nicht. Mich beunruhigt hier alles«, erwiderte sie und versank in Nachdenken. »Alles beunruhigt mich. Aus Ihrer Stimme höre ich Anteilnahme, gleich als ich Sie zum erstenmal sah, hatte ich den Eindruck, daß man mit Ihnen über alles reden kann.«

»Reden Sie, ich bitte Sie darum.«

»Ich möchte Ihnen meine Meinung sagen. Mir scheint, ich bin nicht krank, sondern ich beunruhige und ängstige mich, weil es so sein muß und nicht anders sein kann. Sogar der allergesündeste Mensch muß unruhig werden, wenn zum Beispiel unter seinem Fenster ein Räuber herumstreicht. Ich werde oft von Ärzten behandelt«, fuhr sie fort und blickte verlegen lächelnd auf ihre Knie, »ich bin natürlich sehr dankbar dafür und bestreite nicht den Nutzen der Behandlung, aber ich möchte nicht mit einem Arzt sprechen, sondern mit einem mir nahestehenden Menschen, mit einem Freund, der mich versteht, der mir bestätigt, ob ich recht habe oder nicht.«

»Haben Sie denn keine Freunde?« fragte Korolëv.

»Ich bin einsam. Ich habe meine Mutter, ich liebe sie, trotzdem bin ich einsam. So hat es das Leben gefügt. Einsame Menschen lesen viel, aber sie sprechen wenig und hören wenig, das Leben ist für sie geheimnisvoll; sie sind Mystiker und sehen oft den Teufel dort, wo er gar nicht ist. Lermontovs Tamara war einsam und sah den Teufel.«

»Und Sie lesen viel?«

»Ja. Ich habe immer freie Zeit, vom Morgen bis zum Abend. Tagsüber lese ich, des Nachts aber ist mein Kopf leer, statt der Gedanken sind nur allerlei Schatten darin.«

»Sehen Sie irgend etwas in der Nacht?« fragte Korolëv.

»Nein, aber ich fühle ...«

Sie lächelte wieder, blickte den Doktor an und sah so traurig aus, so klug; es schien ihm, daß sie ihm vertraute, aufrichtig mit ihm reden wollte und genauso dachte wie er. Doch sie schwieg und wartete wohl, ob er nicht anfangen würde zu sprechen.

Und er wußte, was er ihr sagen sollte; für ihn war es klar, sie mußte so schnell wie möglich die fünf Fabrikgebäude und die Million, wenn sie sie besäße, aufgeben und diesen Teufel verlassen, der in der Nacht zuschaute; es war ihm auch klar, daß sie so dachte und nur darauf wartete, daß jemand, dem sie vertraute, sie darin bestätigte.

Aber er wußte nicht, wie er das sagen sollte. Wie nur? Verurteilte scheute man sich zu fragen, wofür sie verurteilt wurden; genauso peinlich ist es, sehr reiche Leute zu fragen, weshalb sie so viel Geld besitzen, warum sie von ihrem Reichtum so schlechten Gebrauch machen, weshalb sie ihn nicht aufgeben, nicht einmal dann, wenn sie darin ihr Unglück erkennen; und wenn man darüber zu sprechen beginnt, so wird das Gespräch gewöhnlich dumm, peinlich und qualvoll lang.

Wie soll ich es sagen? – überlegte Korolëv. – Und ist es überhaupt nötig zu reden?

Und er sagte das, was er sagen wollte, nicht direkt, sondern umschrieben:

»Sie sind mit Ihrer Lage als Besitzerin einer Fabrik und als reiche Erbin unzufrieden, Sie glauben nicht an Ihr Recht, und daher können Sie jetzt nicht schlafen. Das ist natürlich besser, als wenn Sie zufrieden wären, fest schliefen und dächten, alles sei in Ordnung. Ihre Schlaflosigkeit ist ehrenhaft; wie dem auch sei, sie ist ein gutes Zeichen. In der Tat, unseren Eltern wäre ein solches Gespräch, wie wir es jetzt führen, unsinnig vorgekommen; sie haben nachts nicht diskutiert, sondern fest geschlafen, wir aber, unsere Generation, wir schlafen schlecht, wir leiden seelisch, reden viel und versuchen immer zu entscheiden, ob wir recht haben oder nicht. Für unsere Kinder und unsere Enkel aber wird die Frage, ob sie recht haben oder unrecht, bereits entschieden sein. Sie werden klarer sehen als wir. Schön wird das Leben in fünfzig Jahren sein, nur schade, daß wir es nicht mehr erleben. Es wäre interessant, das mit anzusehen.«

»Was werden denn unsere Kinder und Enkel tun?« fragte Liza.

»Ich weiß es nicht... Vielleicht werden sie alles hinwerfen und fortgehen.«

»Wohin werden sie gehen?«

»Wohin? Wohin sie wollen...« sagte Korolëv und lachte. »Wo kann ein guter, kluger Mensch nicht überall hingehen!«

Er schaute auf die Uhr.

»Die Sonne ist inzwischen schon aufgegangen«, sagte er. »Sie müssen nun schlafen. Ziehen Sie sich aus und schlafen Sie sich gesund. Ich freue mich sehr, daß ich Sie kennengelernt habe«, fuhr er fort und drückte ihr die Hand. »Sie sind ein prachtvoller, ein interessanter Mensch. Gute Nacht!«

Er ging in sein Zimmer und legte sich schlafen.

Als am nächsten Morgen die Kutsche vorfuhr, kamen alle auf die Freitreppe, um ihn zu verabschieden. Liza, in einem weißen Kleid und mit einer Blume im Haar, sah feiertäglich aus, sie war bleich und erschöpft. Sie blickte ihn an wie gestern, traurig und klug, sie lächelte und sprach mit einem Ausdruck, als wolle sie ihm etwas Besonderes, etwas Wichtiges sagen – nur ihm allein. Man hörte die Lerchen singen und die Kirchenglocken läuten. An den Fabrikgebäuden glänzten fröhlich die Fenster, und als Korolëv durch den Hof und dann auf die Straße zum Bahnhof fuhr, dachte er weder an die Arbeiter noch an die Pfahlbauten noch an den Teufel, sondern er dachte an die vielleicht schon nahe Zeit, da das Leben ebenso hell und freudig sein würde wie dieser stille Sonntagmorgen, und er dachte daran, wie angenehm es sei, an einem solchen Frühlingsmorgen in einer schönen dreispännigen Kutsche zu fahren und sich in der Sonne zu wärmen.

Die Dame mit dem Hündchen

1

Es hieß, auf der Strandpromenade sei ein neuer Kurgast aufgetaucht – eine Dame mit einem Hündchen. Dmitrij Dmitrič Gurov, der bereits die zweite Woche in Jalta weilte und sich schon eingelebt hatte, begann sich ebenfalls für Neuankömmlinge zu interessieren. Als er im Pavillon bei Vernet saß, sah er eine junge Dame, eine mittelgroße Blondine mit einem Barett, auf der Promenade vorübergehen; hinter ihr her lief ein weißer Spitz.

Und danach begegnete er ihr mehrmals am Tage, bald im Stadtpark, bald in den Anlagen. Sie ging allein spazieren, immer mit demselben Barett und mit dem weißen Spitz. Niemand wußte, wer sie war, und alle nannten sie einfach: die Dame mit dem Hündchen.

Wenn sie ohne ihren Mann und ohne Bekannte hier ist, überlegte Gurov, sollte man eigentlich ihre Bekanntschaft machen.

Er war noch nicht vierzig, hatte aber schon eine Tochter von zwölf Jahren und zwei Söhne, die das Gymnasium besuchten. Man hatte ihn früh verheiratet, als er noch Student im zweiten Semester war, und jetzt erschien ihm seine Frau anderthalbmal älter als er. Sie war hochgewachsen, hatte dunkle Augenbrauen und hielt sich sehr gerade; sie war ernst und würdevoll und – wie sie selbst von sich sagte – eine denkende Frau. Sie las viel, ließ beim Schreiben von Briefen das stumme Endzeichen nach den Konsonanten weg und rief ihren Mann nicht Dmitrij, sondern Dimitrij; er fand sie jedoch insgeheim beschränkt, engherzig und wenig elegant, fürchtete sie und blieb nicht gern zu Haus. Er war ihr schon seit langem und oft untreu; daher kam es wohl auch, daß er von Frauen fast immer häßlich sprach, und wenn in seiner Gegenwart von ihnen die Rede war, nannte er sie stets ›minderwertiges Geschlecht‹.

Ihm schien, er sei durch bittere Erfahrung genügend belehrt, um sie nennen zu dürfen, wie es ihm beliebte, dennoch konnte er keine zwei Tage ohne das ›minderwertige Geschlecht‹ auskommen. In Gesellschaft von Männern langweilte er sich, er fühlte sich unter ihnen nicht wohl, war wortkarg und kalt; befand er sich aber unter Frauen, so gab er sich ungezwungen und wußte, wovon er reden und wie er sich verhalten mußte; ja, es fiel ihm nicht einmal schwer, mit ihnen zu schweigen. In seinem Äußeren, in seinem Charakter, in seinem ganzen Wesen lag etwas Anziehendes, etwas schwer zu Fassendes, das die Frauen für ihn einnahm, das sie reizte; er wußte das, und auch ihn selbst zog eine unbekannte Macht zu ihnen hin.

Die wiederholte und tatsächlich bittere Erfahrung hatte ihn längst darüber belehrt, daß jede Annäherung, die am Anfang das Leben so abwechslungsreich gestaltet und uns als ein liebenswürdiges und leichtes Abenteuer erscheint, sich bei anständigen Menschen, besonders bei Moskauern, die etwas schwerfällig und unentschlossen sind, unvermeidbar zu einer wahren und recht komplizierten Verpflichtung auswächst, die zu guter Letzt zu einer schweren Belastung wird. Doch bei jeder neuen Begegnung mit einer interessanten Frau entschwand diese Erfahrung dem Gedächtnis; man wollte leben, genießen, und alles erschien so leicht und vergnüglich.

Und da geschah es, als er einmal gegen Abend im Gartenrestaurant speiste, daß die Dame im Barett gemächlich daherkam und sich an den Nebentisch setzte. Der Ausdruck ihres Gesichts, der Gang, das Kleid, die Frisur sagten ihm, daß sie zur guten Gesellschaft gehörte, verheiratet, in Jalta zum erstenmal und allein war und daß sie sich hier langweilte. Die Geschichten von den lockeren hiesigen Sitten enthielten viel Unwahres, er lehnte sie ab und wußte, daß solche Geschichten meist von Leuten erfunden wurden, die selber gern einen Seitensprung gemacht hätten, es aber nicht fertigbrachten; doch als die Dame sich, drei Schritte von ihm entfernt, am Nebentisch niederließ, fielen ihm all diese Geschichten von leichten Siegen, von Ausflügen in die Berge ein, und plötzlich bemächtigte sich seiner der verführerische Gedanke an eine rasche, flüchtige Verbindung, an einen Flirt mit der unbekannten Frau, deren Namen er nicht kannte.

Freundlich lockte er den Spitz zu sich heran, und als dieser kam, drohte er ihm mit dem Finger. Der Spitz knurrte. Gurov drohte ihm wieder.

Die Dame blickte ihn an und senkte sogleich wieder die Augen.

»Er beißt nicht«, sagte sie und errötete.

»Darf man ihm einen Knochen geben?« Und als sie bejahend nickte, fragte er liebenswürdig: »Sind Sie schon lange in Jalta?«

»Etwa fünf Tage.«

»Und ich bin beinahe schon zwei Wochen hier.«

»Die Zeit vergeht schnell, dabei ist es hier so langweilig!« sagte sie, ohne ihn anzublicken.

»Das sagt man gewöhnlich nur so, daß es hier langweilig sei. Leute, die irgendwo in Belevo oder Žizdra zu Hause sind, langweilen sich dort nicht, doch kaum sind sie hier, heißt es: ›Ach, wie langweilig! Ach, der Staub!‹ Man sollte meinen, sie kämen aus Granada hergefahren.«

Sie lachte. Dann aßen sie beide schweigend weiter, wie Unbekannte, doch nach dem Essen entfernten sie sich nebeneinander; und es entspann sich ein scherzhaftes leichtes Geplauder wie bei müßigen, zufriedenen Leuten, denen es gleich ist, wohin sie gehen oder wovon sie sprechen. Sie gingen spazieren und redeten davon, wie merkwürdig das Meer beleuchtet sei: das Wasser hatte eine warme zartlila Färbung, und der Mond warf einen goldenen Streifen darüber. Sie sprachen davon, wie schwül es nach dem heißen Tag sei. Gurov erzählte, daß er Moskauer und seiner Ausbildung nach Philologe sei, jetzt aber in einer Bank arbeite; daß er früher einmal habe Opernsänger werden wollen, aber dann das Studium abgebrochen habe, daß er in Moskau zwei Häuser besitze... Von ihr erfuhr er, daß sie in Petersburg aufgewachsen sei, doch nach S. geheiratet habe, wo sie bereits seit zwei Jahren wohne, daß sie noch etwa einen Monat in Jalta bleiben wolle und daß ihr Mann, der ebenfalls eine Erholung brauche, sie vielleicht abholen würde. Sie konnte durchaus nicht erklären, wo ihr Mann tätig war – ob in der Gouvernementsverwaltung oder in der Zemtsvo-Verwaltung des Gouvernements –, und das kam ihr selber komisch vor. Und Gurov erfuhr auch, daß sie Anna Sergeevna hieß.

Nachher, in seinem Zimmer, dachte er an sie und daran, daß sie ihm morgen sicherlich wieder begegnen würde. So mußte es sein. Beim Zubettgehen fiel ihm ein, daß sie bestimmt vor kurzem noch Internatsschülerin war und genau wie jetzt seine Tochter hatte lernen müssen; er erinnerte sich, wie linkisch und befangen sie sich noch beim Lachen und bei der Unterhaltung mit Unbekannten benahm, wahrscheinlich war sie zum erstenmal im Leben allein, in einem Milieu, wo man ihr nachging, sie anschaute und sie anredete, aus einer geheimen Absicht, die sie sehr wohl erraten mußte. Er dachte an ihren schlanken, zarten Hals, an die schönen grauen Augen. Sie hat trotz allem etwas Bemitleidenswürdiges an sich, überlegte er beim Einschlafen.

II

Eine Woche war vergangen, seit sie sich kennengelernt hatten. Es war Feiertag. In den Zimmern herrschte drückende Schwüle, auf den Straßen wirbelte der Wind den Staub auf und riß die Hüte von den Köpfen. Den ganzen Tag über empfand man Durst, und Gurov ging oft zum Pavillon und bot Anna Sergeevna bald Wasser mit Fruchtsaft, bald Gefrorenes an. Man wußte nicht, wo man bleiben sollte.

Am Abend, als der Wind ein wenig abgeflaut war, gingen sie zur Mole, um beim Anlegen des Dampfers zuzuschauen. An der Anlegestelle hatten sich viele Spaziergänger eingefunden; manche wollten jemanden empfangen und trugen Blumensträuße. Und da fielen deutlich zwei Besonderheiten des eleganten Jaltaer Publikums auf: die älteren Damen gingen sehr jugendlich gekleidet, und es gab eine Unmenge Generale.

Wegen des hohen Seegangs kam der Dampfer erst spät, bei Sonnenuntergang, an, und bevor er an der Mole anlegen konnte, mußte er lange manövrieren. Anna Sergeevna blickte durch ihre Lorgnette auf den Dampfer und die Passagiere, als suche sie

Bekannte, und wenn sie sich Gurov zuwandte, glänzten ihre Augen. Sie sprach viel, stellte kurze Fragen und vergaß sogleich, wonach sie gefragt hatte. Dann verlor sie ihre Lorgnette in der Menge.

Der elegante Schwarm zerstreute sich langsam, die Gesichter waren bereits nicht mehr zu erkennen, und der Wind hatte sich völlig gelegt. Gurov und Anna Sergeevna aber standen noch immer da, als warteten sie auf jemanden vom Dampfer. Anna Sergeevna schwieg jetzt und roch an ihren Blumen, ohne Gurov anzusehen.

»Das Wetter ist gegen Abend besser geworden«, sagte er. »Wo wollen wir nun hingehen? Wie wäre es, wenn wir irgendwohin führen?«

Sie antwortete nicht.

Da blickte er sie aufmerksam an, legte plötzlich den Arm um sie und küßte sie auf den Mund; ein Hauch von dem Duft und der Feuchtigkeit der Blumen umfing ihn, doch er blickte sich sogleich ängstlich um, ob es auch niemand gesehen hatte.

»Lassen Sie uns zu Ihnen gehen...« sagte er leise.

Und beide entfernten sich rasch.

In ihrem Zimmer war es schwül, es roch nach einem Parfüm, das sie in einem japanischen Laden gekauft hatte. Als Gurov sie jetzt betrachtete, dachte er bei sich: Was für Begegnungen bringt doch das Leben mit sich! Von früher hatte er sich die Erinnerungen an sorglose, gutmütige Frauen bewahrt, die die Liebe fröhlich machte, die ihm dankbar waren für ein Glück, auch für ein kurzes; und auch an solche wie zum Beispiel seine Frau erinnerte er sich, die ohne Aufrichtigkeit liebten, mit unnötigen Gesprächen, manieriert, hysterisch, mit einer Miene, als handele es sich nicht um Liebe und Leidenschaft, sondern um etwas weit Bedeutenderes; aber auch an zwei, drei sehr schöne und kalte Frauen dachte er, über deren Gesicht plötzlich ein raubtierhafter Ausdruck huschte, ausgelöst von dem Wunsch, Besitz zu ergreifen, dem Leben mehr zu entreißen, als es zu geben vermochte; sie hatten ihre erste Jugend bereits hinter sich, das waren launische, unvernünftige, herrschsüchtige und nicht sehr kluge Frauen, und wenn Gurovs Gefühl für sie erkaltete, dann weckte ihre Schönheit in ihm nur Haß, und die Spitzen an ihrer Wäsche kamen ihm wie Schuppen vor.

Hier aber war es immer dieselbe Zaghaftigkeit, die Unbeholfenheit unerfahrener Jugend, die Verlegenheit; und das verwirrte einen so, als hätte jemand plötzlich an die Tür geklopft. Anna Sergeevna, diese ›Dame mit dem Hündchen‹, verhielt sich zu dem Geschehenen ganz eigenartig, sehr ernsthaft, als wäre sie nun eine ›Gefallene‹ – so schien es wenigstens, und das war merkwürdig und in diesem Augenblick unangebracht. Ihre Züge wurden schlaff und welk, und zu beiden Seiten ihres Gesichts hing traurig das lange Haar herunter; niedergeschlagen und in Gedanken versunken saß sie da – wie eine Sünderin auf einem alten Gemälde.

»Das war nicht gut«, sagte sie, »Sie werden der erste sein, der mich jetzt nicht mehr achtet.«

Auf dem Tisch lag eine Wassermelone. Gurov schnitt sich ein Stück davon ab und begann gemächlich zu essen. Wohl eine halbe Stunde verging in Schweigen.

Anna Sergeevna sah rührend aus, sie strahlte die ganze Reinheit einer anständigen, naiven, in diesen Dingen unerfahrenen Frau aus; die einsame Kerze auf dem Tisch beleuchtete ihr Gesicht nur schwach, aber man konnte erkennen, daß ihr nicht wohl zumute war.

»Wieso sollte ich aufhören, dich zu achten?« fragte Gurov. »Du weißt selbst nicht, was du redest.«

»Mag Gott mir verzeihen!« sagte sie, und ihre Augen füllten sich mit Tränen. »Das ist entsetzlich.«

»Du tust, als müßtest du dich rechtfertigen.«

»Womit könnte ich mich je rechtfertigen? Ich bin eine schlechte, gemeine Frau, ich verachte mich und denke gar nicht an Rechtfertigung. Ich habe nicht meinen Mann betrogen, sondern mich selbst. Und nicht nur jetzt, sondern lange schon betrüge ich. Mein Mann ist vielleicht ein redlicher und guter Mensch, aber er ist ein Lakai! Ich weiß nicht, was er tut, wie er seinen Beruf ausübt, ich weiß nur, er ist ein Lakai. Als ich ihn heiratete, war ich zwanzig Jahre alt, ich verging vor Neugierde, ich wollte etwas, was besser war; ich sagte mir – es gibt doch noch ein anderes Leben. Ich wollte einmal leben. Nur leben, leben...! Die Neugierde verzehrte mich... Sie verstehen das nicht, aber ich schwöre bei Gott, ich konnte mich bereits nicht mehr beherrschen, mit mir war etwas geschehen, ich war nicht mehr zu halten, ich sagte zu meinem Mann, ich sei krank, und bin hierher gereist... Und hier bin ich immer umhergegangen wie in einem Rausch, wie eine Wahnsinnige... Und jetzt bin ich eine abscheuliche, gemeine Frau, die jeder verachten darf.«

Gurov langweilte es bereits, ihr zuzuhören, ihn ärgerte die naive Art, diese unerwartete Beichte, die so fehl am Platze war; wären nicht die Tränen in ihren Augen gewesen, man hätte denken können, sie scherze oder spiele ihm eine Rolle vor.

»Ich begreife nichts«, sagte er leise, »was willst du eigentlich?«

Sie verbarg ihr Gesicht an seiner Brust und schmiegte sich an ihn.

»Glauben Sie, glauben Sie mir, ich flehe Sie an...« sprach sie. »Ich möchte ein anständiges, sauberes Leben, die Sünde ist mir widerwärtig, ich weiß selbst nicht, was ich tue. Einfache Leute sagen dann immer: Der Böse hat mich verführt. Auch ich kann jetzt von mir sagen, der Böse hat mich verführt.«

»Genug, genug...« murmelte er.

Er blickte in ihre starren, erschrockenen Augen; er küßte sie, sprach leise und zärtlich auf sie ein, und allmählich beruhigte sie sich, sie gewann ihre Fröhlichkeit zurück, und dann lachten sie beide.

Als sie nachher hinausgingen, trafen sie auf der Strandpromenade keine Menschenseele mehr, die Stadt mit ihren Zypressen war wie ausgestorben, aber das Meer rauschte noch und brandete gegen das Ufer; eine Barkasse schaukelte auf den Wellen, und auf ihr blinkte schläfrig ein Laternchen.

Sie fanden einen Wagen und fuhren nach Oreanda.

»Ich habe soeben unten im Vestibül deinen Namen erfahren; auf der Tafel steht von Diederitz«, sagte Gurov. »Ist dein Mann Deutscher?«

»Nein, ich glaube, sein Großvater war ein Deutscher, er selbst ist aber rechtgläubig.«

In Oreanda saßen sie auf einer Bank, nicht weit von der

Kirche, schauten hinunter auf das Meer und schwiegen. Jalta war im Morgennebel kaum zu sehen, über den Gipfeln der Berge hingen unbeweglich weiße Wolken. Es regte sich kein Blatt an den Bäumen, die Zikaden zirpten, und das eintönige dumpfe Brausen des Meeres, das von unten heraufdrang, sprach von Ruhe, von dem ewigen Schlaf, der uns erwartet. So hatte es dort unten gerauscht, als es hier weder Jalta noch Oreanda gab, so rauscht es jetzt, und ebenso gleichgültig und dumpf wird es rauschen, wenn wir einmal nicht mehr sein werden. Und in dieser Beständigkeit, in dieser völligen Gleichgültigkeit gegenüber Leben und Tod eines jeden von uns ist möglicherweise ein Unterpfand unserer ewigen Erlösung enthalten, der unaufhörlichen Bewegung des Lebens auf der Erde, der unaufhörlichen Vollendung. Neben der jungen Frau sitzend, die ihm im Morgenrot so schön erschien, beruhigt und bezaubert angesichts dieser märchenhaften Umgebung – des Meeres, der Wolken, des weiten Himmels –, dachte Gurov daran, daß, wenn man es recht überlegte, im Grunde genommen alles wunderschön war auf dieser Welt, alles, außer dem, was wir selber denken und tun, wenn wir den höheren Sinn des Daseins und unsere eigene Menschenwürde vergessen.

Ein Mann trat auf sie zu, wahrscheinlich der Wächter, er warf einen Blick auf sie und ging wieder weg. Auch diese Einzelheit erschien so geheimnisvoll und schön wie alles. Man sah den Dampfer aus Feodosija kommen, beleuchtet von der Morgenröte und bereits ohne Lichter.

»Auf dem Gras liegt Tau«, sagte Anna Sergeevna nach langem Schweigen.

»Ja, es ist Zeit, nach Hause zu fahren.«

Sie kehrten zurück in die Stadt.

Danach trafen sie sich jeden Tag um die Mittagszeit auf der Strandpromenade; sie frühstückten gemeinsam, nahmen das Mittagessen ein, gingen spazieren und bewunderten das Meer. Sie klagte, daß sie schlecht schlafe und Herzklopfen habe, stellte immerfort ein und dieselben Fragen, bald von Eifersucht, bald von der Angst geplagt, er könne sie nicht mehr genügend achten. Und wenn in den Anlagen oder im Gartenrestaurant niemand in der Nähe war, geschah es oft, daß er sie plötzlich an sich zog und leidenschaftlich küßte. Der Müßiggang, diese Küsse am hellichten Tag, bei denen man um sich blicken und Angst haben mußte, daß jemand sie sah, die Hitze, der Geruch des Meeres, der ständige Anblick müßiger, eleganter und satter Menschen schienen ihn völlig verwandelt zu haben; er sagte Anna Sergeevna, wie schön sie sei, wie berückend, er war von einer ungeduldigen Leidenschaftlichkeit und entfernte sich keinen Schritt von ihrer Seite; sie aber versank häufig in Nachdenken, bat ihn, zu bekennen, daß er sie nicht achte, sie überhaupt nicht liebe und in ihr nur eine abscheuliche Frau sehe. Beinahe jeden Abend fuhren sie zu später Stunde in die Umgebung der Stadt, nach Oreanda oder zum Wasserfall; und die Spazierfahrten mißlangen nie, die Eindrücke waren jedesmal unverändert schön und großartig.

Sie warteten auf die Ankunft ihres Mannes. Doch es kam ein Brief, in dem er mitteilte, seine Augen seien erkrankt, und er flehe sie an, so schnell wie möglich heimzukommen. Und Anna Sergeevna beeilte sich.

»Es ist gut, wenn ich abreise«, sagte sie zu Gurov. »Das ist ein Wink des Schicksals.«

Sie fuhr mit dem Wagen, und er begleitete sie. Einen ganzen Tag waren sie unterwegs. Als sie den Schnellzug bestiegen hatte und das zweite Glockenzeichen ertönte, sagte sie:

»Lassen Sie sich noch einmal anschauen... Noch einmal. Ja, so.«

Sie weinte nicht, war aber traurig, als wäre sie krank, und ihr Mund zuckte.

»Ich werde an Sie denken... mich Ihrer erinnern«, sprach sie. »Der Herr sei mit Ihnen, bleiben Sie hier. Behalten Sie mich in gutem Angedenken. Wir nehmen für immer Abschied, das muß sein, weil wir einander nie hätten begegnen dürfen. Nun, der Herr sei mit Ihnen.«

Der Zug entfernte sich rasch, seine Lichter waren bald verschwunden, und eine Minute später verstummte auch das Rattern, als hätte sich alles absichtlich verschworen, so schnell wie möglich diesem süßen Dämmerzustand, dieser Unbesonnenheit ein Ende zu machen. Und Gurov, allein auf dem Perron geblieben und in die dunkle Ferne blickend, lauschte dem Zirpen der Grillen sowie dem Summen der Telegrafendrähte mit einem Gefühl, als wäre er soeben erwacht. Und er dachte daran, daß es nun in seinem Leben noch ein Erlebnis oder Abenteuer gab, das auch schon vorüber war und von dem jetzt nur die Erinnerung blieb... Er war gerührt, betrübt und empfand so etwas wie Reue, denn diese junge Frau, die er ja niemals wiedersehen würde, war mit ihm nicht glücklich gewesen. Er war freundlich und herzlich zu ihr gewesen, aber dessenungeachtet hatte in seinem Benehmen, in seinem Ton und in seinen Zärtlichkeiten doch ein Hauch von Spott gelegen, die unfeine Überheblichkeit eines glücklichen Mannes, der zudem beinahe doppelt so alt war wie sie. Immerfort hatte sie ihn als einen guten, ungewöhnlichen und überragenden Menschen bezeichnet; offensichtlich erschien er ihr nicht als der, der er in Wirklichkeit war, folglich hatte er sie, ohne es zu wollen, ständig betrogen.

Hier auf der Station spürte man bereits den Herbst, denn es war ein kühler Abend.

Auch für mich wird es Zeit, nach Norden zu fahren, dachte Gurov, als er den Perron verließ. Es wird Zeit!

III

Zu Hause, in Moskau, war alles schon winterlich, die Öfen wurden geheizt, und morgens, wenn die Kinder sich für die Schule fertigmachten und Tee tranken, war es dunkel, und die Kinderfrau zündete für kurze Zeit das Licht an. Es begann bereits zu frieren. Wenn der erste Schnee fällt und man die erste Schlittenfahrt unternimmt, ist es so angenehm, die weiße Erde und die weißen Dächer zu betrachten, es atmet sich so leicht und gut, und man erinnert sich an die Jahre der Jugend. Die alten weißbereiften Linden und Birken haben so ein gutmütiges Aussehen bekommen, sie stehen dem Herzen näher als die Zypressen und Palmen, und in ihrer Nähe mochte man nicht mehr an die Berge und das Meer denken.

Gurov war Moskauer. Er kehrte an einem schönen, frostigen

Tag nach Moskau zurück, und als er den Pelz und die warmen Handschuhe angezogen hatte und einen Gang über die Petrovka machte, als er am Samstagabend das Läuten der Glocken hörte, da verloren die kürzliche Reise und die Orte, an denen er geweilt hatte, allen Zauber für ihn. Allmählich tauchte er völlig unter in dem Moskauer Leben, er las bereits mit wahrer Gier drei Zeitungen am Tag und erklärte, er lese die Moskauer Zeitungen aus Prinzip nicht. Es zog ihn schon in die Restaurants, die Klubs, zu Festessen und Jubiläumsfeiern, und es schmeichelte ihm, daß in seinem Haus bekannte Rechtsanwälte und Künstler verkehrten und daß er im Akademikerklub mit einem Professor Karten spielte. Er konnte auch schon wieder eine ganze Portion in der Pfanne servierte Soljanka aufessen.

Noch einen Monat, so schien es ihm, und Anna Sergeevna würde in seiner Erinnerung verblassen und ihm nur hin und wieder mit einem rührenden Lächeln im Traum erscheinen, wie alle anderen. Doch mehr als ein Monat verging, tiefer Winter brach herein, aber in seiner Erinnerung war alles noch so frisch, als hätte er sich erst gestern von Anna Sergeevna getrennt. Und die Erinnerungen wurden immer stärker. Gleichviel, ob in die abendliche Stille seines Arbeitszimmers die Stimmen der Kinder drangen, die ihre Aufgaben lernten, ob er eine Romanze hörte oder die Klänge des Musikautomaten in einem Restaurant oder ob der Schneesturm im Kamin heulte – plötzlich erstand alles vor seinen Augen: sowohl was auf der Mole geschehen war als auch der frühe Morgen mit dem Nebel auf den Bergen, der Dampfer aus Feodosija und die Küsse. Lange schritt er im Zimmer auf und ab, erinnerte sich und lächelte, und dann gingen die Erinnerungen in Träume über, und das Vergangene vermischte sich in seiner Phantasie mit dem, was kommen würde. Anna Sergeevna erschien ihm nicht im Traum, aber sie folgte ihm überallhin wie ein Schatten und beobachtete ihn. Wenn er die Augen schloß, sah er sie wie lebendig vor sich, und sie erschien ihm schöner, jünger, zarter, als sie es war, und er selbst kam sich besser vor als damals in Jalta. Abends schaute sie ihn aus dem Bücherschrank an, aus dem Kamin, aus einem Winkel des Zimmers, er hörte ihren Atem, das zärtliche Rascheln ihres Kleides. Auf der Straße blickte er den Frauen nach, suchte, ob sich nicht eine fände, die ihr ähnlich war.

Es quälte ihn bereits ein starkes Verlangen, seine Erinnerungen jemandem mitzuteilen. Zu Hause durfte er jedoch nicht von seiner Liebe sprechen, und außerhalb des Hauses – hatte er niemanden. Mit den Mietern seines Hauses war es nicht angebracht und ebensowenig in der Bank. Und wovon sollte er sprechen? Hatte er denn damals geliebt? Hatte es denn in seinen Beziehungen zu Anna Sergeevna irgend etwas Schönes, Poetisches oder Lehrreiches oder einfach etwas Interessantes gegeben? Und es blieb ihm nichts anderes übrig, als unbestimmt über die Liebe zu reden, über die Frauen, und niemand erriet, worum es sich handelte, nur seine Frau runzelte die dunklen Brauen und sagte:

»Die Rolle eines Gecken steht dir nicht, Dimitrij.«

Eines Nachts, als er mit seinem Partner, einem Beamten, den Akademikerklub verließ, konnte er nicht an sich halten und sagte:

»Wenn Sie wüßten, was für eine bezaubernde Frau ich in Jalta kennengelernt habe!«

Der Beamte setzte sich in den Schlitten und fuhr los, aber plötzlich drehte er sich um und rief:

»Dmitrij Dmitrič!«

»Was gibts?«

»Sie hatten neulich doch recht: der Stör hatte einen kleinen Stich!«

Diese Worte, die so alltäglich waren, empörten Gurov plötzlich, sie erschienen ihm erniedrigend, unsauber. Was für rohe Sitten, was für Menschen! Was für sinnlose Nächte, was für uninteressante und wenig bemerkenswerte Tage! Wildes Kartenspiel, Prassen und Saufen, immerzu Gespräche über ein und dasselbe. Unnötige Dinge und die ständigen Gespräche über ein und dasselbe nahmen die besten Jahre, die besten Kräfte in Anspruch, und zu guter Letzt blieb einem nichts als ein verstümmeltes, kraftloses Leben, ein sinnloses Dasein, und weggehen oder fliehen konnte man nicht, es war, als säße man in einem Irrenhaus oder in einer Strafanstalt!

Gurov schlief die ganze Nacht nicht, er ärgerte sich unentwegt, und am nächsten Tag schmerzte ihm der Kopf. Auch in den folgenden Nächten schlief er schlecht, immerfort setzte er sich im Bett auf und überlegte oder ging aus einer Ecke in die andere. Die Kinder waren ihm lästig, die Bank war ihm lästig, er mochte weder aus dem Haus gehen noch über irgend etwas reden.

Im Dezember, während der Feiertage, machte er sich auf den Weg, er sagte zu seiner Frau, er reise nach Petersburg, um sich dort für einen jungen Mann zu verwenden – und fuhr nach S. Wozu? Das wußte er selbst nicht recht. Er wollte Anna Sergeevna sehen und sprechen, wenn möglich, eine Zusammenkunft mit ihr verabreden.

Er kam morgens in S. an und nahm im Hotel das beste Zimmer, der Fußboden war ganz und gar mit grauem Soldatentuch ausgelegt, und auf dem Tisch stand ein verstaubtes Tintenfaß, mit einem Pferd, auf dem ein Reiter ohne Kopf saß, der die Hand mit dem Hut erhoben hatte. Der Portier gab ihm die notwendigen Auskünfte: von Diederitz wohne auf der Staraja-Gončarnaja-Straße im eigenen Haus, unweit entfernt vom Hotel, er lebe gut, sei reich, habe Pferde und Wagen, alle in der Stadt würden ihn kennen. Der Portier sprach den Namen so aus: Drydyritz.

Gurov ging gemächlich zur Staraja-Gončarnaja-Straße und fand das Haus. Gegenüber dem Haus zog sich ein langer, grauer, mit Nägeln gespickter Zaun hin.

Vor so einem Zaun kann man auch davonlaufen, dachte Gurov und schaute bald auf die Fenster, bald auf den Zaun.

Er überlegte: heute war ein dienstfreier Tag und der Mann wahrscheinlich zu Hause. Aber das hatte nichts zu sagen, es wäre sowieso taktlos gewesen, das Haus zu betreten und Verwirrung zu stiften. Wenn er jedoch ein Briefchen schickte, so könnte es womöglich in die Hände des Mannes geraten und alles verderben. Am besten, er verließ sich auf den Zufall. So ging er denn immerfort auf der Straße am Zaun auf und ab und wartete auf einen Zufall. Er sah, wie ein Bettler durch das Hoftor trat und die Hunde über ihn herfielen, eine Stunde später hörte er die Klänge eines Klaviers, und die Töne drangen schwach und undeutlich zu ihm. Sicherlich spielte Anna Sergeevna. Plötzlich öffnete sich die Haustür, und heraus trat ein altes Frauchen, hinter ihr lief der bekannte weiße Spitz. Gurov wollte den Hund rufen, aber sein Herz begann zu klopfen, und er konnte sich vor Aufregung nicht an den Namen des Spitzes erinnern.

Er ging weiter auf und ab und haßte den grauen Zaun immer mehr, jetzt dachte er bereits ärgerlich, Anna Sergeevna habe ihn vergessen und amüsiere sich womöglich schon mit einem anderen; das war ganz natürlich bei einer jungen Frau, die sich von morgens bis abends diesen verfluchten Zaun anschauen mußte. Er kehrte in sein Hotelzimmer zurück und saß lange auf dem Sofa, ohne zu wissen, was er tun sollte. Dann aß er zu Mittag, dann schlief er lange.

Wie dumm und beunruhigend das alles ist, dachte er beim Erwachen, als er die dunklen Fenster erblickte – es war schon Abend. Wozu habe ich mich nun ausgeschlafen? Was werde ich heute nacht anfangen?

Er saß auf dem Bett, auf dem eine billige graue, an ein Krankenhaus erinnernde Decke lag, und verspottete sich ärgerlich: da hast du deine Dame mit dem Hündchen... Und da hast du auch dein Abenteuer... Jetzt kannst du hier sitzen.

Noch am Morgen, auf dem Bahnhof, war ihm ein Plakat mit sehr großer Schrift aufgefallen: Die ›Geisha‹ wurde zum erstenmal gegeben. Er erinnerte sich daran und fuhr ins Theater.

Sehr gut möglich, daß sie die Premiere besucht, dachte er bei sich.

Das Theater war voll. Auch hier, wie überhaupt in allen Provinztheatern, lag eine Dunstschicht über dem Kronleuchter, unruhig lärmte die Galerie; in der ersten Reihe standen vor Beginn der Vorstellung die hiesigen Stutzer, die Hände auf dem Rücken, auch hier saß in der Loge des Gouverneurs auf dem vorderen Platz die Gouverneurstochter in einer Pelzboa, der Gouverneur selbst verbarg sich bescheiden hinter der Portiere, und nur seine Hände waren zu sehen; der Vorhang schwankte, das Orchester stimmte lange die Instrumente. Die ganze Zeit, während das Publikum eintrat und die Plätze einnahm, schweiften Gurovs Augen unruhig suchend umher.

Auch Anna Sergeevna trat ein. Sie nahm in der dritten Reihe Platz, und als Gurov zu ihr hinüberblickte, krampfte sich sein Herz zusammen, und er begriff, daß es jetzt für ihn auf der ganzen Welt keinen Menschen gab, der ihm näherstand, der ihm teurer und wichtiger war; sie, diese kleine, in der provinziellen Menge verlorene Frau, die so unscheinbar war, die eine ganz gewöhnliche Lorgnette in den Händen hielt, erfüllte jetzt sein ganzes Leben, sie war sein Kummer, seine Freude, sein einziges Glück, das er nunmehr für sich wünschte; und unter den Klängen eines schlechten Orchesters, miserabler kleinstädtischer Geigen, dachte er daran, wie schön sie war. Dachte dies und träumte.

Zusammen mit Anna Sergeevna war ein junger Mann eingetreten und hatte sich neben sie gesetzt, er trug einen kleinen Backenbart, war sehr groß und hielt sich etwas krumm; bei jedem Schritt neigte er den Kopf, und das sah aus, als verbeuge er sich ständig. Wahrscheinlich war dies ihr Mann, den sie damals in Jalta, in einer Anwandlung von Bitterkeit, einen Lakaien genannt hatte. Und in der Tat, in seiner langen Gestalt, in dem Backenbart und in der kleinen Glatze lag etwas lakaienhaft Bescheidenes, er lächelte süßlich, und in seinem Knopfloch blinkte ein akademisches Abzeichen, als wäre es die Nummer eines Lakaien.

In der ersten Pause ging der Mann hinaus, um zu rauchen, während sie auf ihrem Platz sitzen blieb. Gurov, der ebenfalls im Parkett saß, trat zu ihr; er lächelte gezwungen und sagte mit bebender Stimme:

»Guten Tag.«

Sie blickte zu ihm auf und erbleichte, dann blickte sie ihn noch einmal an, entsetzt, als traue sie ihren Augen nicht, und preßte krampfhaft den Fächer und die Lorgnette in ihren Händen, offensichtlich kämpfte sie mit sich, um nicht ohnmächtig zu werden. Beide schwiegen. Sie saß; er stand, erschreckt von ihrer Verwirrung, und wagte nicht, sich neben sie zu setzen. Eine Flöte und die Geigen, die gestimmt wurden, begannen zu klingen; plötzlich erschraken beide, ihnen schien, man blicke aus allen Logen auf sie. Da stand sie auf und schritt rasch dem Ausgang zu, er – hinterher, und beide gingen, ohne zu überlegen, durch Korridore, über Treppen, hinauf und hinunter, und an ihren Augen huschten alle möglichen Leute in Gerichts-, Lehrer- und Beamtenuniformen vorüber, und alle trugen sie Abzeichen; es huschten Damen vorbei, Pelze in der Garderobe, mit einem Zugwind schlug ihnen der Geruch von Tabakresten entgegen. Gurov, dessen Herz heftig schlug, dachte: Herrgott, was sollen diese Leute, was soll das Orchester ...?

Und in diesem Augenblick erinnerte er sich plötzlich daran, wie er damals auf der Bahnstation, nach Anna Sergeevnas Abreise, zu sich gesagt hatte, daß alles zu Ende sei und daß sie sich niemals wiedersehen würden. Jedoch, wie weit war es noch bis zum Ende!

Auf einer schmalen, düsteren Treppe mit der Aufschrift ›Durchgang zu den Rängen‹ blieb sie stehen.

»Wie Sie mich erschreckt haben!« sagte sie schwer atmend, immer noch bleich und erschüttert. »Oh, wie Sie mich erschreckt haben! Ich bin mehr tot als lebendig. Warum sind Sie hergekommen? Wozu?«

»Aber begreifen Sie, Anna, begreifen Sie ...« sprach er halblaut und hastig. »Ich flehe Sie an, begreifen Sie ...«

Sie sah ihn flehentlich an, voller Angst, voller Liebe, unverwandt sah sie ihn an, um sich seine Züge noch fester einzuprägen.

»Ich leide so!« fuhr sie fort, ohne auf ihn zu hören. »Die ganze Zeit habe ich nur an Sie gedacht, ich lebte nur in dem Gedanken an Sie. Und ich wollte vergessen, vergessen, aber warum sind Sie hergekommen, warum?«

Über ihnen, auf dem Treppenabsatz, rauchten zwei Gymnasiasten und schauten herunter, aber Gurov war alles gleich, er zog Anna Sergeevna an sich und küßte ihr Gesicht, ihre Wangen, ihre Hände.

»Was tun Sie, was tun Sie!« sprach sie voller Entsetzen und versuchte ihn von sich wegzuschieben. »Wir sind beide wahnsinnig. Reisen Sie noch heute ab, reisen Sie ab ... Ich beschwöre Sie bei allem, was heilig ist, ich flehe Sie an... Da kommt jemand!«

Jemand kam die Treppe herauf.

»Sie müssen abreisen...« fuhr Anna Sergeevna flüsternd fort. »Hören Sie, Dmitrij Dmitrič? Ich komme zu Ihnen nach Moskau. Ich bin niemals glücklich gewesen, jetzt bin ich unglücklich, und niemals, niemals werde ich glücklich sein, niemals! Zwingen Sie mich doch nicht, noch mehr zu leiden! Ich schwöre, daß ich nach Moskau komme. Und jetzt lassen Sie uns auseinandergehen! Mein Lieber, mein Guter, mein Teurer, lassen Sie uns auseinandergehen!«

Sie drückte ihm die Hand und stieg eilig, sich ständig nach ihm umblickend, die Treppe hinunter, und an ihren Augen sah man, daß sie tatsächlich nicht glücklich war. Gurov blieb noch stehen und horchte; als alles still war, begab er sich zur Garderobe und verließ das Theater.

IV

Anna begann, zu ihm nach Moskau zu reisen. Alle zwei, drei Monate verließ sie S. und sagte zu ihrem Mann, sie müsse wegen ihres Frauenleidens einen Professor konsultieren; und der Mann glaubte ihr und glaubte ihr wiederum auch nicht. In Moskau angekommen, stieg sie im ›Slavischen Bazar‹ ab und sandte unverzüglich einen Boten in roter Mütze zu Gurov. Gurov besuchte sie, und niemand in Moskau wußte etwas davon.

So ging er einmal an einem Wintermorgen zu ihr (der Bote hatte ihn am Abend vorher nicht angetroffen). Mit ihm war seine Tochter, die er ins Gymnasium begleiten wollte, weil es am Weg lag. Der Schnee fiel in dichten, nassen Flocken.

»Wir haben jetzt drei Grad Wärme, und trotzdem schneit es«, sagte Gurov zu seiner Tochter. »Aber es ist nur an der Erdoberfläche warm, in den oberen Schichten der Atmosphäre herrscht eine ganz andere Temperatur.«

»Papa, und warum gibt es im Winter kein Gewitter?«

Er erklärte auch das. Und beim Sprechen dachte er daran, daß er zu einem Rendezvous ging und keine Menschenseele davon wußte und wahrscheinlich auch niemals davon wissen würde. Er führte ein Doppelleben: ein offizielles, allen sichtbares, das alle kannten, die es anging, das erfüllt war von bedingter Wahrheit und bedingter Täuschung, ein Leben, das dem seiner Bekannten und Freunde vollkommen glich, und ein anderes, heimliches. Und infolge einer merkwürdigen, vielleicht zufälligen Verknüpfung der Umstände vollzog sich alles, was für ihn von Wert, was interessant und notwendig war, worin er aufrichtig dachte und sich selbst nicht betrog, woraus der Kern seines Lebens bestand, im geheimen; und all das, was seine Lüge, seine Hülle ausmachte, unter der er sich versteckte, um die Wahrheit zu verbergen, wie zum Beispiel seine Stellung in der Bank, die Streitgespräche im Klub, sein ›minderwertiges Geschlecht‹, der Besuch von Jubiläumsfeiern gemeinsam mit der Frau – all das war offiziell. Und von sich schloß er auf andere, er glaubte nicht, was er sah, und setzte stets voraus, daß sich das wirkliche und interessanteste Leben eines jeden Menschen heimlich, gleichsam wie unter dem Mantel der Nacht, abspielte. Jede persönliche Existenz hält sich durch ein Geheimnis, und vielleicht ist deshalb ein kultivierter Mensch so leidenschaftlich bemüht, sein Persönlichstes geheimzuhalten.

Nachdem Gurov die Tochter ins Gymnasium gebracht hatte, begab er sich zum ›Slavischen Bazar‹. Er legte unten den Pelz ab, stieg hinauf und klopfte leise an die Tür. Anna Sergeevna, in seinem grauen Lieblingskleid, ermüdet von der Fahrt und der Erwartung, hatte seit dem gestrigen Abend auf ihn gewartet; sie sah blaß aus, schaute ihn an und lächelte nicht, doch kaum war er eingetreten, lag sie bereits an seiner Brust. Als hätten sie sich zwei Jahre nicht gesehen, küßten sie sich lange und anhaltend.

»Nun, wie geht es dir dort? Was gibt es Neues?«

»Warte noch, ich sag es dir gleich ... Ich kann nicht.«

Sie konnte nicht sprechen, denn sie weinte. Sie wandte sich von ihm ab und drückte ihr Tuch an die Augen.

Nun, soll sie ein bißchen weinen, ich setze mich einstweilen, dachte er und nahm auf einem Sessel Platz.

Sodann klingelte er und bestellte sich Tee; und nachher, als er

Tee trank, stand sie immer noch von ihm abgewandt am Fenster. Sie weinte vor Aufregung, in dem schmerzlichen Bewußtsein, daß ihr Leben sich so traurig gestaltet hatte; sie sahen einander nur heimlich, versteckten sich vor den Leuten wie Diebe! War ihr Leben etwa nicht zerstört?

»Nun, nun, hör auf!« sagte er.

Für ihn war es offensichtlich, daß ihre Liebe nicht so bald enden würde. Wer wußte überhaupt, wann? Anna Sergeevnas Zuneigung wurde immer stärker, sie vergötterte ihn, und es war undenkbar, ihr zu sagen, dies alles müsse ja einmal ein Ende haben; sie hätte es auch gar nicht geglaubt.

Er faßte sie bei den Schultern, um sie zu liebkosen, um ein wenig mit ihr zu scherzen, und dabei sah er sich selbst im Spiegel.

Sein Haar begann schon grau zu werden. Und es erschien ihm merkwürdig, daß er in den letzten Jahren so gealtert und so häßlich geworden war. Die Schultern, auf denen seine Hände lagen, fühlten sich warm an und bebten. Ihn überkam Mitleid mit diesem Leben, das noch so warm und so schön war, aber wahrscheinlich auch schon nahe dem Welken und Erlöschen, wie sein eigenes Leben. Was liebte sie so an ihm? Die Frauen hatten immer einen anderen in ihm gesehen, als er war; sie liebten in ihm nicht ihn selbst, sondern einen Menschen, den ihre Phantasie geschaffen und den sie ihr Leben lang sehnsüchtig gesucht hatten; und später, wenn sie ihren Irrtum merkten, liebten sie ihn trotzdem. Doch keine einzige von ihnen war mit ihm glücklich gewesen. Die Zeit war dahingegangen, er hatte Bekanntschaften geschlossen, Frauen kennengelernt und sich wieder von ihnen getrennt, doch niemals hatte er geliebt, alles mögliche gab es, nur keine Liebe.

Und erst jetzt, da sein Kopf grau war, liebte er, wie es sich gehörte, liebte er tatsächlich – zum erstenmal in seinem Leben.

Anna Sergeevna und er liebten einander wie Menschen, die sich sehr nahestehen, die sich ganz und gar gehören, wie Mann und Frau, wie zärtliche Freunde; ihnen schien, das Schicksal selbst habe sie füreinander bestimmt, und sie fanden es unbegreiflich, daß er mit einer anderen Frau und sie mit einem anderen Mann verheiratet war. Man konnte sie mit zwei Zugvögeln vergleichen, einem Männchen und einem Weibchen, die man gefangen und gezwungen hatte, in getrennten Käfigen zu leben. Sie verziehen einer dem anderen, wessen er sich in der Vergangenheit schämen mußte, verziehen alles Gegenwärtige und fühlten, daß ihre Liebe sie beide verändert hatte.

Früher, in Augenblicken der Betrübnis, tröstete er sich mit allerhand Überlegungen, die ihm gerade in den Kopf kamen, jetzt aber dachte er nicht daran zu überlegen, jetzt beseelte ihn ein tiefes Mitleid, er wollte aufrichtig und zärtlich sein.

»Hör auf, meine Liebe«, sagte er, »du hast ein bißchen geweint, nun laß es genug sein. Jetzt wollen wir miteinander reden. Laß uns etwas ersinnen.«

Danach berieten sie lange, sprachen davon, wie sie sich von der Notwendigkeit, sich zu verstecken, zu betrügen, in verschiedenen Städten zu wohnen, sich lange nicht zu sehen, befreien könnten. Wie sie aus dieser unerträglichen Verstrickung herausfinden sollten.

»Wie nur, wie?« fragte er und faßte sich an den Kopf. »Wie?«

Und es schien, als könnte es nicht mehr lange dauern, bis die Lösung gefunden sein und ein neues, wunderschönes Leben beginnen würde; und beide begriffen sehr gut, daß es bis zum Ende noch sehr, sehr weit war und die größten Schwierigkeiten und Komplikationen noch vor ihnen lagen.

Die Braut

I

Es war schon gegen zehn Uhr abends, über dem Garten stand der Vollmond. Im Haus der Šumins war gerade der Abendgottesdienst zu Ende, den die Großmutter, Marfa Michajlovna, hatte abhalten lassen. Nadja – sie war für eine Minute in den Garten hinausgegangen – konnte jetzt sehen, wie im Saal der Tisch zu einem Imbiß gedeckt wurde und wie sich die Großmutter in ihrem prächtigen Seidenkleid eilig hin und her bewegte; Vater Andrej, der Oberpriester der Kathedrale, sprach mit Nadjas Mutter, Nina Ivanovna, und bei der abendlichen Beleuchtung erschien ihr die Mutter hinter dem Fenster in diesem Augenblick sehr jung; neben ihr stand Andrej Andreič, Vater Andrejs Sohn, und hörte aufmerksam zu.

Im Garten war es still und kühl; dunkle, ruhige Schatten lagen über der Erde. Und weit, sehr weit entfernt, wahrscheinlich außerhalb der Stadt, quakten die Frösche. Man spürte den Mai, den lieben Mai! Es atmete sich so tief, und es schien, als rege sich irgendwo unter dem Himmel, über den Bäumen, weit hinter der Stadt, in Feldern und Wäldern ein anderes Frühlingsleben, geheimnisvoll, herrlich, reich und heilig, ein Leben, dessen Erkenntnis dem schwachen, sündigen Menschen unzugänglich ist. Und man hätte weinen mögen.

Nadja war schon dreiundzwanzig; seit ihrem sechzehnten Lebensjahr hatte sie sich leidenschaftlich gewünscht zu heiraten, und jetzt war sie endlich die Braut von Andrej Andreič, demselben, der dort hinter dem Fenster stand; er gefiel ihr, die Hochzeit war schon auf den 7. Juli festgesetzt, doch sie konnte sich nicht freuen und schlief schlecht, und ihr Frohsinn war vergangen...

Aus dem Kellergeschoß, wo sich die Küche befand, drang durch das offene Fenster Messerklappern, eiliges Laufen und Türenschlagen; es roch nach Putenbraten und eingelegten Kirschen. Und irgendwie schien es, so wie jetzt würde es das ganze Leben lang sein, ohne Veränderung, ohne Ende!

Da trat jemand aus dem Haus und blieb auf der Freitreppe stehen; das war Aleksandr Timofeič oder einfach Saša, der Besuch aus Moskau, der vor etwa zehn Tagen gekommen war. Vor sehr langer Zeit kam zur Großmutter immer eine entfernte Verwandte, eine verarmte adlige Witwe, die kleine, magere und kranke Marja Petrovna, die Almosen erhielt. Sie hatte einen Sohn, Saša. Es war nicht ersichtlich warum, jedenfalls sagte man von ihm, er sei künstlerisch sehr begabt, und als seine Mutter gestorben war, schickte ihn die Großmutter, besorgt um das

Heil ihrer Seele, nach Moskau auf die Komissarovsche Schule; nach etwa zwei Jahren wechselte er zur Kunstschule über, wo er wohl an die fünfzehn Jahre studierte und mit Ach und Krach die Prüfung im Architekturfach bestand. Er arbeitete trotzdem nicht als Architekt, sondern in einer der Moskauer lithographischen Anstalten. Fast jeden Sommer kam er, gewöhnlich sehr krank, zur Großmutter, um auszuruhen und sich zu erholen.

Er hatte jetzt einen hochgeschlossenen Rock an und abgetragene Beinkleider aus Segeltuch, die unten geflickt waren. Sein Hemd war nicht gebügelt, und der ganze Mensch machte einen ungepflegten Eindruck. Er war sehr mager, bärtig, dunkel, hatte große Augen, lange, dünne Finger und war doch schön. An die Šumins hatte er sich gewöhnt wie an die eigene Familie und fühlte sich bei ihnen zu Hause. Sogar das Zimmer, in dem er hier wohnte, hieß Sašas Zimmer.

Auf der Treppe stehend, erblickte er Nadja und ging zu ihr.

»Schön ist es hier bei Ihnen«, sagte er.

»Natürlich ist es schön. Sie müßten bis zum Herbst hierbleiben.«

»Ja, das werde ich wohl tun müssen. Wahrscheinlich bleibe ich bis September.«

Er lachte ganz ohne Grund und setzte sich neben sie.

»Und ich sitze da und sehe mir von hier Mama an«, sagte Nadja. »Sie erscheint mir von hier so jung. Mama hat gewiß ihre Schwächen«, fügte sie nach einer Weile hinzu, »aber sie ist trotz allem eine außergewöhnliche Frau.«

»Ja, sie ist gut...« stimmte Saša zu. »In ihrer Art ist Ihre Mama natürlich eine sehr gute und liebe Frau, doch... wie soll ich es Ihnen sagen? Heute morgen, es war noch sehr zeitig, ging ich in Ihre Küche, dort schlafen vier Dienstboten auf dem nackten Fußboden, anstatt Bettzeug haben sie Lumpen; ein Gestank und diese Wanzen, diese Schaben... Genau wie vor zwanzig Jahren, nichts hat sich geändert. Die Großmutter... nun, Gott mir ihr, sie ist eben eine Großmutter; aber die Mama... sie spricht doch Französisch und tritt im Liebhabertheater auf. Die müßte das doch begreifen.«

Wenn Saša sprach, dann hob er vor dem Zuhörer zwei seiner langen, dünnen Finger.

»Mir kommt das alles hier so roh vor, weil ich es nicht gewohnt bin«, fuhr er fort. »Weiß der Teufel, niemand tut hier etwas! Mamachen geht den ganzen Tag lang wie eine Herzogin spazieren, die Großmutter tut auch nichts. Sie ebenfalls nicht. Und der Bräutigam Andrej Andreič tut auch nichts.«

Nadja hatte dies schon im vorigen Jahr zu hören bekommen und, wie ihr schien, auch im vorvorigen. Sie wußte, daß Saša nicht anders reden konnte, und früher hatte sie das lächerlich gefunden; jetzt aber ärgerte sie sich, sie hätte nicht sagen können, warum.

»Das ist alles alt, und ich habe es bis zum Überdruß gehört«, sagte sie und erhob sich. »Sie sollten sich etwas Neues ausdenken.«

Er lachte und stand ebenfalls auf, und beide gingen zum Haus. Hochgewachsen, schön und schlank, wie sie war, wirkte sie jetzt neben ihm ungemein gesund und elegant; sie fühlte das, und er tat ihr leid, es war ihr irgendwie peinlich.

»Sie reden auch viel Unsinn«, fuhr sie fort. »Da haben Sie eben über meinen Andrej gesprochen, aber Sie kennen ihn doch gar nicht.«

»Meinen Andrej ... Gott mit ihm, Ihrem Andrej! Mir tut nur Ihre Jugend leid.«

Als sie den Saal betraten, setzte man sich gerade zum Abendessen an den Tisch. Die Großmutter, oder wie man sie im Haus nannte, ›Babulja‹, eine sehr dicke und häßliche Frau mit dichten Brauen und einem Bärtchen auf der Oberlippe, sprach laut, und schon an ihrer Stimme und ihrer Art zu sprechen konnte man erkennen, daß sie das Haupt der Familie war. Ihr gehörten die Kaufbuden auf dem Markt und das altertümliche Haus mit den Säulen und dem Garten, trotzdem betete sie jeden Morgen, Gott möge sie vor dem Ruin bewahren, und weinte dabei. Ihre Schwiegertochter, Nina Ivanovna, Nadjas Mutter, eine blonde, stark geschnürte Dame mit einem Pincenez und Brillanten an jedem Finger, und Vater Andrej, ein hagerer, zahnloser alter Mann, der immer aussah, als wolle er gleich etwas sehr Komisches zum besten geben, und sein Sohn Andrej Andreič, Nadjas Bräutigam, ein stattlicher und schöner Mensch, mit welligem Haar, der einem Künstler glich, sprachen über Hypnotismus.

»In einer Woche wirst du dich bei mir erholt haben«, sagte Babulja zu Saša, »du mußt nur recht viel essen. Wie siehst du bloß aus!« Sie seufzte. »Zum Fürchten! Wirklich und wahrhaftig wie der verlorene Sohn.«

»Und er brachte sein Gut durch mit Prassen und fing an zu darben«, sprach Vater Andrej langsam, und seine Augen lachten, »da schickte man ihn auf den Acker, die Säue zu hüten...«

»Ich kann meinen lieben Alten gut leiden«, sagte Andrej und berührte die Schulter des Vaters. »Ein prächtiger Alter. Ein guter Alter.«

Alle schwiegen. Saša lachte plötzlich auf und preßte die Serviette an den Mund.

»Sie glauben also an Hypnotismus?« fragte Vater Andrej Nina Ivanovna.

»Ich kann natürlich nicht behaupten, daß ich daran glaube«, antwortete Nina Ivanovna, wobei sie ihrem Gesicht einen ernsten, ja sogar strengen Ausdruck gab, »doch ich muß gestehen, daß es in der Natur viele unbegreifliche und geheimnisvolle Dinge gibt.«

»Ich stimme völlig mit Ihnen überein, obwohl ich von mir aus hinzufügen muß, daß der Glaube den Bereich des Geheimnisvollen für uns bedeutend verkleinert.«

Eine große, sehr fette Pute wurde aufgetragen. Vater Andrej und Nina Ivanovna setzten ihr Gespräch fort. Die Brillanten an Nina Ivanovnas Fingern funkelten, und dann funkelten plötzlich Tränen in ihren Augen, sie war erregt.

»Ich wage zwar nicht, mit Ihnen zu streiten«, sagte sie, »doch geben Sie zu, das Leben gibt so viel unlösbare Rätsel auf!«

»Nicht eines, ich versichere Sie.«

Nach dem Abendessen spielte Andrej Andreič Geige, Nina Ivanovna begleitete ihn am Flügel. Er hatte vor ungefähr zehn Jahren die philologische Fakultät der Universität absolviert, bekleidete jedoch kein Amt und hatte keine bestimmte Beschäftigung, nur hin und wieder beteiligte er sich an einem Wohltätigkeitskonzert, und in der Stadt nannte man ihn einen Künstler.

Andrej Andreič spielte; alle hörten schweigend zu. Auf dem Tisch summte leise der Samovar, und Saša trank als einziger Tee. Später, als es zwölf schlug, sprang plötzlich eine Saite auf der Geige; alle lachten, gerieten in Bewegung, und man begann sich zu verabschieden.

Nachdem Nadja ihren Verlobten hinausbegleitet hatte, ging sie nach oben, wo sie mit ihrer Mutter wohnte (die Großmutter bewohnte das untere Stockwerk). Unten im Saal wurden bereits die Lichter gelöscht, Saša aber saß noch dort und trank Tee. Er trank immer lange Tee, nach Moskauer Gepflogenheit sieben Gläser hintereinander. Als Nadja schon ausgekleidet war und im Bett lag, hörte sie noch lange, wie die Dienstboten unten aufräumten und die Großmutter zankte. Endlich wurde es still, und nur von Zeit zu Zeit ertönte unten aus Sašas Zimmer sein tiefes Husten.

II

Als Nadja erwachte, war es wohl gegen zwei Uhr; es begann zu dämmern. Irgendwo in der Ferne ertönte das Klopfen des Nachtwächters. Sie hatte keine Lust mehr zu schlafen, sie lag sehr weich, und das störte sie. Wie in all den vorangegangenen Mainächten setzte sich Nadja im Bett auf und begann zu grübeln. Doch ihre Gedanken waren genauso eintönig, unnütz und aufdringlich wie in den Nächten vorher. Sie dachte daran, wie Andrej Andreič angefangen hatte, ihr den Hof zu machen; an seinen Heiratsantrag dachte sie und wie sie ihre Einwilligung gegeben und dann allmählich gelernt hatte, diesen guten, klugen Menschen zu schätzen. Warum aber empfand sie jetzt, wo bis zur Hochzeit nur noch ein knapper Monat blieb, Angst und Unruhe, als ob etwas Ungewisses, etwas Schweres sie erwartete?

›Tick-tock, tick-tock ...‹ klopfte träge der Wächter. ›Tick-tock ...‹

Durch das große altmodische Fenster konnte man den Garten

sehen und die üppig blühenden Fliederbüsche, die schläfrig und von der Kälte matt waren; ein dichter weißer Nebel schwebte sacht auf den Flieder zu, um ihn einzuhüllen. Auf den entfernt stehenden Bäumen schrien schläfrige Krähen.

»Mein Gott, warum ist mir so schwer, warum nur!« sagte sie zu sich.

Vielleicht fühlt jede Braut vor der Hochzeit dasselbe. Wer weiß! Oder war das Sašas Einfluß? Aber Saša sagte doch schon so viele Jahre hintereinander immer dasselbe wie nach der Schablone, und wenn er sprach, kam er einem so naiv und so seltsam vor. Doch warum ging ihr Saša trotz alledem nicht aus dem Kopf? Warum?

Der Wächter hatte längst aufgehört zu klopfen. Vor dem Fenster und im Garten lärmten die Vögel, der Nebel war verschwunden, ringsum erstrahlte alles im Frühlingslicht wie von einem Lächeln. Bald hatte die Sonne den ganzen Garten freundlich erwärmt, er belebte sich, und die Tautropfen funkelten wie Diamanten auf den Blättern. Und der alte verwilderte Garten erschien an diesem Morgen so jung und schmuck.

Großmutter war schon aufgewacht. Sašas heiseres Husten ertönte wieder. Man hörte, wie unten der Samovar auf den Tisch gestellt und Stühle gerückt wurden.

Langsam vergingen die Stunden. Nadja war längst aufgestanden, lange schon ging sie im Garten spazieren, und noch immer nahm der Vormittag kein Ende.

Nina Ivanovna kam daher, verweint, mit einem Glas Mineralwasser. Sie beschäftigte sich mit Spiritismus, Homöopathie, las viel und liebte es, von den Zweifeln zu sprechen, die sie plagten; und all das, so schien es Nadja, hatte einen tiefen, geheimnisvollen Sinn. Jetzt küßte Nadja die Mutter und ging neben ihr her.

»Worüber hast du geweint, Mama?« fragte sie.

»Ich habe gestern abend noch angefangen, eine Geschichte zu lesen, in der von einem alten Mann und seiner Tochter die Rede ist. Der Alte arbeitet irgendwo, na, und da verliebt sich der Vorgesetzte in seine Tochter. Ich habe nicht zu Ende gelesen, aber da ist so eine Stelle, wo es einem schwer wird, die Tränen zurückzuhalten«, sagte Nina Ivanovna und nahm einen Schluck aus ihrem Glas. »Heute morgen erinnerte ich mich daran und mußte wieder weinen.«

»Und ich bin all diese Tage schon nicht froh«, sagte Nadja nach kurzem Schweigen. »Warum kann ich nachts nicht schlafen?«

»Das weiß ich nicht, meine Liebe. Wenn ich nachts nicht schlafen kann, dann mache ich die Augen ganz fest zu, so – und stelle mir Anna Karenina vor, wie sie geht und spricht, oder ich denke an irgend etwas Historisches, aus dem Altertum...«

Nadja fühlte, daß die Mutter sie nicht verstand und auch nicht verstehen konnte. Sie fühlte das zum erstenmal in ihrem Leben, und ihr wurde sogar angst, sie hätte sich verstecken mögen – und sie ging hinauf in ihr Zimmer.

Um zwei Uhr wurde Mittag gegessen. Es war Mittwoch, ein Fastentag, daher wurde der Großmutter Rübensuppe und Brei mit Grütze serviert.

Um die Großmutter zu necken, aß Saša sowohl seine Fleischsuppe wie die Fastensuppe. Er scherzte die ganze Zeit, während sie aßen, doch seine Späße waren schwerfällig, leicht moralisierend, und es war gar nicht zum Lachen, wenn er vor einem Witz erst seine langen, dünnen Finger hob, die wie Totenfinger aussahen; und wenn man bedachte, daß er sehr krank war und vielleicht nicht mehr lange auf dieser Welt zu leben hatte, konnten einem vor Mitleid die Tränen kommen.

Nach dem Essen begab sich Großmutter in ihrem Zimmer zur Ruhe. Nina Ivanovna spielte noch ein Weilchen Klavier und ging dann auch fort.

»Ach, liebe Nadja«, begann Saša sein übliches Nachmittagsgespräch, »wenn Sie doch auf mich hören wollten!«

Sie saß mit geschlossenen Augen in einem tiefen altmodischen Sessel, und er ging leise im Zimmer auf und ab, aus einer Ecke in die andere.

»Wenn Sie doch wegfahren wollten, um zu studieren!« sagte er. »Nur gebildete und erhabene Menschen sind interessant, sie allein werden gebraucht. Denn je mehr solche Menschen es gibt, um so eher bricht das Reich Gottes auf Erden an. Von ihrer Stadt wird einmal kein Stein auf dem anderen bleiben – das Oberste wird zuunterst gekehrt werden, alles wird wie durch einen Zauber verändert sein. Und hier werden dann riesige, wunderschöne Häuser stehen, herrliche Gärten mit Fontänen, und bemerkenswerte Menschen werden hier leben... Doch das ist nicht die Hauptsache. Die Hauptsache ist, daß es die ›Masse‹ in unserem Sinne, dieses Übel, nicht mehr geben wird. Denn jeder Mensch wird glauben, und jeder wird wissen, wozu er lebt, und keiner wird einen Halt in der Masse suchen. Meine Liebe, meine Gute, fahren Sie fort! Zeigen Sie allen, daß Sie dieses unbeweglichen, grauen, miserablen Lebens überdrüssig sind. Zeigen Sie es wenigstens sich selber!«

»Das geht nicht, Saša. Ich heirate ja.«

»Ach, gehen Sie weg! Wozu ist das nütze?«

Sie traten hinaus in den Garten und gingen auf und ab.

»Und wie dem auch sei, meine Liebe, man muß sich da hineindenken, man muß begreifen, wie unsauber, wie unsittlich dieses müßige Leben ist«, fuhr Saša fort. »Begreifen Sie doch: Wenn zum Beispiel Sie und Ihre Mutter und Ihre Großmutter nichts tun, so bedeutet dies, daß jemand anders für Sie arbeitet, daß Sie ein fremdes Leben aussaugen, und ist das etwa anständig, ist das nicht schmutzig?«

Nadja wollte sagen: Ja, es ist so; sie wollte sagen, sie habe begriffen: doch in ihre Augen traten Tränen, sie wurde plötzlich ganz still, duckte sich und lief schnell in ihr Zimmer hinauf.

Gegen Abend kam Andrej Andreič und spielte wie gewöhnlich lange Geige. Er war nicht sehr gesprächig und liebte die Geige vielleicht deshalb, weil man während des Spiels schweigen konnte. Nach zehn Uhr, als er schon im Mantel war und gehen wollte, umarmte er Nadja und bedeckte ihr Gesicht, ihre Schultern und ihre Hände mit gierigen Küssen.

»Meine Liebe, meine Teure, meine Herrliche!« murmelte er. »Oh, wie bin ich glücklich. Ich bin wahnsinnig vor Seligkeit!«

Und ihr schien, als habe sie das alles schon einmal vor langer, langer Zeit gehört oder als habe sie es irgendwo gelesen... in einem alten, zerlesenen, längst vergessenen Roman.

Im Saal saß Saša am Tisch und trank Tee aus der Untertasse, die er auf seinen langen fünf Fingern balancierte. Die Großmutter legte eine Patience, Nina Ivanovna las. Die Flamme im Öllämpchen vor dem Heiligenbild knisterte, und alles schien ruhig und wohlgeordnet. Nadja sagte gute Nacht und ging hinauf in ihr Zimmer, legte sich nieder und schlief sofort ein. Aber kaum dämmerte der Morgen, da war sie wie in der vergangenen Nacht wieder wach. Sie konnte nicht weiterschlafen, ihr Herz war schwer und unruhig. Den Kopf auf die Knie gelegt, saß sie und dachte an den Verlobten, an die Hochzeit... Sie erinnerte sich, daß die Mutter ihren verstorbenen Mann nicht geliebt hatte, daß sie jetzt nichts besaß und in völliger Abhängigkeit von ihrer Schwiegermutter, der Babulja, lebte. Und soviel Nadja auch darüber nachdachte, sie konnte nicht begreifen, warum ihr die Mutter bis jetzt so ungewöhnlich vorgekommen war, warum sie nicht die einfache, alltägliche und unglückliche Frau in ihr bemerkt hatte.

Auch Saša schlief nicht – man hörte ihn husten. Er ist ein merkwürdiger, naiver Mensch, dachte Nadja. In seinen Träumen, in all diesen märchenhaften Gärten und wunderbaren Fontänen spürte man etwas Ungereimtes; doch warum lag in all seiner Naivität, ja sogar in dieser Ungereimtheit so viel Schönheit, daß sie allein bei dem Gedanken, ob sie nicht doch wegfahren und studieren sollte, fühlte, wie ihr Herz von Freude und Begeisterung überflutet wurde, wie es ihre Brust durchschauerte.

»Aber lieber nicht daran denken, lieber nicht denken...« flüsterte sie. »Man muß nicht daran denken.«

›Tick-tock...‹ klopfte der Nachtwächter irgendwo in der Ferne. ›Tick-tock... tick-tock...‹

III

Mitte Juni fing Saša plötzlich an, sich zu langweilen, und er machte Anstalten, nach Moskau zu fahren.

»Ich kann in dieser Stadt nicht leben«, sagte er düster. »Weder Wasserleitung noch Kanalisation! Mittags ekele ich mich vor dem Essen: in der Küche herrscht ein unmöglicher Schmutz...«

»Nun warte doch noch etwas, du verlorener Sohn!« redete ihm die Großmutter zu; aus irgendeinem Grund flüsterte sie. »Am Siebenten ist die Hochzeit!«

»Ich will nicht.«

»Du wolltest doch bis September bei uns bleiben!«

»Aber ich will nicht mehr. Ich muß arbeiten!«

Der Sommer war in diesem Jahr feucht und kalt, die Bäume waren naß, im Garten sah alles so trostlos und traurig aus, daß man wirklich Lust zum Arbeiten bekam. In den Zimmern oben und unten hörte man fremde weibliche Stimmen, Großmutters Nähmaschine ratterte: man beeilte sich mit der Aussteuer. Nadja bekam allein sechs Pelzmäntel, von denen der billigste, wie Großmutter sagte, dreihundert Rubel kostete! Die Geschäftigkeit im Haus machte Saša nervös; er saß in seinem Zimmer und war böse. Trotzdem überredete man ihn zum Bleiben, und er gab sein Wort, nicht vor dem 1. Juli abzureisen.

Die Zeit ging schnell dahin. Am Peter-und-Pauls-Tag nach dem Mittagessen begab sich Andrej Andreič mit Nadja in die Moskauer Straße, um noch einmal das Haus zu besichtigen, das schon lange für das junge Paar gemietet und in Ordnung gebracht worden war. Es war ein zweistöckiges Gebäude, man hatte aber einstweilen nur die obere Etage eingerichtet. Im Saal standen Wiener Rohrstühle, ein Flügel und ein Geigenpult, der parkettartig gestrichene Fußboden glänzte. Es roch nach Farbe. An der Wand hing in goldenem Rahmen ein großes Ölbild: eine nackte Dame und neben ihr eine lila Vase mit abgebrochenem Henkel.

»Ein wunderbares Bild«, sagte Andrej Andreič und seufzte ehrfurchtsvoll. »Es ist von dem Kunstmaler Sišmačevskij.«

Dann kam der Salon mit einem runden Tisch, einem Sofa nebst Sesseln, die mit leuchtend blauem Stoff bezogen waren. Über dem Sofa hing eine große Photographie von Vater Andrej in der hohen Kopfbedeckung der Weltgeistlichen und mit allen Orden. Danach betraten sie das Eßzimmer, das ein Büfett hatte, dann das Schlafzimmer; hier standen im Halbdunkel nebeneinander zwei Betten, und es schien, als ob man bei der Einrichtung dieses Raumes daran gedacht hätte, daß es hier immer angenehm und schön sein würde und gar nicht anders sein könnte. Während Andrej Andreič Nadja durch die Zimmer führte, hielt er sie die ganze Zeit um die Taille gefaßt; sie jedoch fühlte sich schwach, schuldbewußt und haßte alle diese Zimmer, die Betten, die Sessel; die nackte Dame verursachte ihr Übelkeit. Ihr war jetzt klar, daß sie Andrej Andreič nicht mehr liebte oder ihn vielleicht niemals geliebt hatte; doch wie sie das sagen sollte, wem und wozu, das wußte sie nicht, und sie konnte es auch nicht ergründen, obwohl sie all die Tage und Nächte darüber nachgedacht hatte... Er hielt sie um die Taille gefaßt, sprach so liebevoll, so bescheiden und war so glücklich, während er durch diese seine Wohnung schritt; sie aber sah in all dem nichts als Banalität, alles kam ihr so dumm, naiv, so abgeschmackt vor, und sein Arm, der ihre Hüfte umschlang, erschien ihr hart und kalt wie ein Faßreifen. Sie hätte auf der Stelle davonlaufen, in Tränen ausbrechen, aus dem Fenster springen können. Andrej Andreič führte sie in das Badezimmer, dort griff er an den Hahn in der Wand, und plötzlich floß Wasser heraus.

»Wie gefällt dir das?« sagte er und lachte. »Ich habe auf dem Dachboden ein Bassin für hundert Eimer anbringen lassen, und nun werden wir beide Wasser haben.«

Sie schritten über den Hof und traten dann auf die Straße, wo sie eine Droschke nahmen. Dichte Staubwolken trieben dahin, und es schien, als würde es gleich anfangen zu regnen.

»Ist dir kalt?« fragte Andrej Andreič und kniff wegen des Staubs die Augen zusammen.

Sie schwieg.

»Weißt du noch, wie Saša mir gestern zum Vorwurf machte, daß ich nichts tue«, sagte er nach einer Weile. »Er hat recht, vollkommen recht! Ich tue nichts und kann nichts tun. Meine Teure, wie kommt das? Warum ist mir sogar der Gedanke widerwärtig, ich könnte mir eines Tages eine Kokarde an die Mütze heften und eine Stellung annehmen? Warum ist mir nicht wohl zumute, wenn ich einen Advokaten, einen Lateinlehrer oder einen Stadtverordneten sehe? O Mütterchen Rußland, wieviel Müßiggänger und unnütze Menschen schleppst du mit dir herum! Wie viele gibt es, die so sind wie ich, du Leidgeprüfte!«

Die Tatsache, daß er nichts tat, verallgemeinerte er und sah darin ein Zeichen der Zeit.

»Wenn wir erst verheiratet sind«, fuhr er fort, »dann gehen wir zusammen aufs Land, meine Liebe, und arbeiten dort! Wir kaufen uns ein kleines Grundstück mit einem Garten am Fluß, wir werden arbeiten und das Leben beobachten... Oh, wie schön wird das sein!«

Er nahm den Hut ab, und sein Haar flatterte im Wind, sie aber hörte ihm zu und dachte: Mein Gott! Ich möchte nach Haus! Kurz vor dem Haus fuhren sie an Vater Andrej vorüber.

»Da kommt ja auch der Vater!« rief Andrej Andreič erfreut und schwenkte den Hut. »Ich kann meinen lieben Alten gut leiden, wirklich«, sagte er, während er den Droschkenkutscher bezahlte. »Ein prächtiger Alter. Ein guter Alter.«

Zornig und erschöpft trat Nadja ins Haus; sie dachte daran, daß sie den ganzen Abend Gäste haben würde, man mußte sich mit ihnen unterhalten, lächeln, dem Geigenspiel lauschen, allen möglichen Unsinn mit anhören und nur von der Hochzeit reden. Die Großmutter, majestätisch und prächtig in ihrem seidenen Kleid, hochmütig aussehend wie immer, wenn Besuch da war, saß vor dem Samovar. Mit seinem schlauen Lächeln um die Lippen kam Vater Andrej herein.

»Ich habe das Vergnügen und den gnadenreichen Trost, Sie bei guter Gesundheit anzutreffen«, sagte er zur Großmutter, und es war schwer zu erraten, ob er scherzte oder im Ernst sprach.

IV

Der Wind klopfte an die Fenster, aufs Dach, man hörte ihn pfeifen, und im Kamin sang der Hausgeist verdrießlich und klagend sein Liedchen. Es war in der Stunde nach Mitternacht. Im Haus waren alle zu Bett gegangen, doch niemand schlief, und Nadja kam es vor, als würde unten Geige gespielt.

Ein heftiges Pochen ertönte, wahrscheinlich hatte sich ein Fensterladen losgerissen.

Eine Minute später erschien Nina Ivanovna, nur im Hemd, mit einem Licht.

»Was war das für ein Gepolter, Nadja?« fragte sie.

Mit den zu einem Zopf geflochtenen Haaren und ihrem schüchternen Lächeln erschien die Mutter in dieser stürmischen Nacht älter, häßlicher und kleiner. Nadja dachte daran, wie sie noch unlängst ihre Mutter für eine außergewöhnliche Frau gehalten und voll Stolz ihren Worten gelauscht hatte; jetzt konnte sie sich dieser Worte überhaupt nicht mehr erinnern; alles, was sie sich ins Gedächtnis zurückrufen konnte, war schwach und bedeutungslos.

Im Kamin brummten mehrere Bässe zugleich, und es hörte sich an wie:

»Aach, mein Goooтt!«

Nadja setzte sich im Bett auf, und plötzlich fuhr sie sich in die Haare und brach in Schluchzen aus.

»Mama, Mama«, rief sie, »wenn du wüßtest, wie mir zumute ist! Ich bitte dich, ich flehe dich an, laß mich wegfahren! Ich beschwöre dich!«

»Wohin?« fragte Nina Ivanovna verständnislos und setzte sich auf das Bett. »Wohin wegfahren?«

Nadja weinte lange und konnte kein Wort hervorbringen.

»Laß mich fahren, fort aus der Stadt!« sagte sie endlich. »Die Hochzeit soll nicht stattfinden – begreif doch! Ich liebe diesen Menschen nicht... Ich kann nicht einmal von ihm sprechen.«

»Nein, mein Liebstes, nein.«

Nina Ivanovna sprach hastig, sie war aufs höchste erschreckt.

»Beruhige dich – daran ist nur deine schlechte Stimmung schuld. Das vergeht. Das kommt vor. Wahrscheinlich hast du dich mit Andrej gezankt; aber was sich liebt, das neckt sich.«

»Ach geh, Mama, geh!« schluchzte Nadja.

»Ja«, sagte Nina Ivanovna nach kurzem Schweigen. »Wie lang ist es her, da warst du ein Kind, ein kleines Mädchen, und jetzt bist du schon Braut. In der Natur geht ein ständiger Stoffwechsel vor sich. Und ehe du dich versiehst, wirst du selbst Mutter und eine alte Frau sein und wirst eine ebenso widerspenstige Tochter haben wie ich.«

»Meine Liebe, meine Gute, du bist doch klug und bist unglücklich«, sagte Nadja. »Du bist so unglücklich – warum sagst du so abgeschmackte Dinge? Um Gottes willen, warum?«

Nina Ivanovna wollte noch etwas sagen, konnte jedoch kein Wort hervorbringen, schluchzte und ging in ihr Zimmer. Wieder dröhnten die Bässe im Kamin, es war zum Fürchten. Nadja sprang aus dem Bett und ging schnell zur Mutter. Nina Ivanovna lag mit verweintem Gesicht im Bett unter einer hellblauen Decke und hielt ein Buch in der Hand.

»Mama, hör mich an!« sagte Nadja. »Ich beschwöre dich, überlege und begreife! Begreif doch nur, wie seicht und erniedrigend unser Leben ist. Mir sind die Augen aufgegangen, ich sehe jetzt alles. Und was ist denn dein Andrej Andreič? Er ist doch nicht klug, Mama! Du lieber Gott! Begreifst du, Mama, er ist dumm!«

Nina Ivanovna richtete sich heftig auf.

»Du und deine Großmutter – ihr quält mich!« sagte sie schluchzend. »Ich will leben! leben!« wiederholte sie und schlug sich zweimal mit der Faust an die Brust. »Gebt mir doch Freiheit! Ich bin noch jung, ich will leben, und ihr habt eine alte Frau aus mir gemacht . . .!«

Sie weinte bitterlich, legte sich nieder und rollte sich unter der Decke zusammen, da lag sie und sah so kläglich, klein und töricht aus. Nadja kehrte in ihr Zimmer zurück, kleidete sich an und erwartete am Fenster sitzend den Morgen. Die ganze Nacht saß sie und grübelte, draußen schlug jemand unaufhörlich an die Läden und pfiff dazu.

Am Morgen klagte die Großmutter, der Wind habe in der Nacht im Garten alle Äpfel heruntergeschlagen und einen alten Pflaumenbaum abgebrochen. Es war grau, trübe, trostlos, man hätte die Lampe anzünden mögen; alle klagten über die Kälte, und der Regen klatschte an die Fenster. Nach dem Tee ging Nadja zu Saša, ohne ein Wort zu sagen, kniete sie in der Ecke bei einem Sessel nieder und bedeckte das Gesicht mit den Händen.

»Was ist denn?« fragte Saša.

»Ich kann nicht mehr ...« sagte sie. »Wie konnte ich hier früher leben, ich begreife es nicht, es ist mir unfaßlich! Meinen Verlobten verachte ich ... ich verachte mich selbst, verachte dieses ganze müßige, sinnlose Dasein.«

»Nun, nun ...« meinte Saša, der noch nicht begriff, worum es ging. »Das macht nichts ... Das ist gut so.«

»Ich bin dieses Lebens überdrüssig«, fuhr Nadja fort, »ich halte es hier keinen Tag länger aus. Morgen fahre ich weg von hier. Nehmen Sie mich mit, um Himmels willen!«

Saša schaute sie eine Minute lang erstaunt an; endlich hatte er verstanden, und er freute sich wie ein Kind. Er schwenkte die Arme und begann mit seinen Pantoffeln aufzustampfen, als wollte er einen Freudentanz aufführen.

»Großartig!« rief er und rieb sich die Hände. »Gott, wie ist das herrlich!«

Und sie blickte ihn unverwandt mit großen, verliebten Augen wie verzaubert an und meinte, daß er ihr sogleich etwas Bedeutsames, unermeßlich Wichtiges sagen würde; er hatte ihr noch nichts gesagt, doch ihr schien es bereits, als öffnete sich vor ihr etwas Neues und Weites, etwas, was sie früher nicht gekannt hatte, und sie schaute ihn jetzt voller Erwartung an, zu allem bereit, und sei es der Tod.

»Morgen reise ich«, sagte er nach kurzem Nachdenken, »Sie begleiten mich zum Bahnhof. Ich nehme Ihr Gepäck in meinen Koffer und löse Ihnen eine Fahrkarte; sobald das dritte Glockenzeichen ertönt, steigen Sie ein – und wir fahren los. Sie begleiten mich bis Moskau, von da fahren Sie allein weiter nach Petersburg. Haben Sie einen Paß?«

»Ja.«

»Ich schwöre Ihnen, Sie werden es nicht bedauern und nicht bereuen«, sagte Saša hingerissen. »Sie fahren weg, Sie werden studieren, und weiter lassen Sie sich von Ihrem Schicksal führen. Sobald Sie Ihr Leben umgekrempelt haben, wird alles anders. Die Hauptsache ist, das Leben umgestalten, alles andere ist unwichtig. Also, reisen wir morgen?«

»Ja, ja! Um Himmels willen!«

Nadja meinte, sie wäre sehr aufgeregt, ihr Herz wäre noch nie so schwer gewesen, sie müßte nun bis zur Abreise leiden und sich mit marternden Gedanken quälen; doch kaum war sie in ihr Zimmer zurückgekehrt und hatte sich auf ihr Bett gelegt, da schlummerte sie schon ein und lag mit verweintem Gesicht und lächelnd bis zum Abend in festem Schlaf.

V

Man schickte nach einer Droschke. Nadja, schon in Hut und Mantel, ging hinauf, um noch einmal einen Blick auf ihre Mutter und auf all ihr Eigentum zu werfen, sie stand in ihrem Zimmer vor dem Bett, das noch warm war, und schaute sich um, dann ging sie leise zur Mutter. Nina Ivanovna schlief, es war still im Raum. Nadja küßte die Mutter und strich ihr übers Haar, sie blieb noch zwei Minuten stehen ... Dann kehrte sie langsam in das untere Stockwerk zurück.

Draußen regnete es stark. Die Droschke stand mit hochgeklapptem Verdeck und ganz naß vor der Haustür.

»Für dich bleibt kein Platz, Nadja«, sagte die Großmutter, als die Magd die Koffer hineinstellte. »Und was treibt dich bloß bei diesem Wetter auf den Bahnhof! Du solltest zu Hause bleiben. Sieh doch nur, wie es regnet!«

Nadja wollte etwas sagen und konnte nicht. Saša half ihr jetzt in den Wagen und bedeckte ihre Knie mit einem Plaid. Und da saß er auch schon neben ihr.

»Glückliche Reise! Der Herr segne dich!« rief die Großmutter von der Treppe her. »Schreib uns aus Moskau, Saša!«

»Ist recht. Leben Sie wohl, Babulja!«

»Die Himmelskönigin behüte dich!«

»Ist das ein Wetterchen!« sagte Saša.

Erst jetzt weinte Nadja. Erst jetzt war ihr klar, daß sie ganz gewiß wegfuhr; als sie vor ihrer Mutter gestanden und sich von der Großmutter verabschiedet hatte, da hatte sie es noch nicht glauben wollen. Leb wohl, meine Stadt! Und sie dachte plötzlich an alle: an Andrej und seinen Vater, an die neue Wohnung und an die nackte Dame mit der Vase; all das schreckte und bedrückte sie schon nicht mehr, es war alles so dumm und kleinlich und blieb immer weiter und weiter hinter ihr zurück. Und als sie im Abteil saßen und der Zug sich in Bewegung setzte, da schrumpfte das Vergangene, das ihr so groß und ernst vorgekommen war, zu einem Klümpchen zusammen, und die unfaßbar große, weite Zukunft, die bis dahin kaum zu erkennen gewesen war, tat sich auf. Der Regen trommelte gegen die Wagenfenster, man sah nichts als grüne Felder, Telegrafenmasten flogen vorüber mit Vögeln auf den Drähten, und die Freude benahm ihr plötzlich den Atem: sie dachte daran, daß sie in die Freiheit fuhr, daß sie studieren würde, und das war eigentlich dasselbe, was man früher ›zu den Kosaken gehen‹ nannte. Und sie lachte und weinte und betete.

»Macht nichts!« sagte Saša schmunzelnd. »Macht nichts!«

VI

Der Herbst verging und der Winter auch. Nadja hatte schon heftiges Heimweh und dachte jeden Tag an die Mutter und an die Großmutter, sie dachte auch an Saša. Die Briefe, die von daheim kamen, klangen beruhigend und liebevoll; es schien alles vergeben und vergessen zu sein. Im Mai, nach den Prüfungen, fuhr sie gesund und fröhlich nach Hause; unterwegs stieg sie in Moskau aus, um Saša zu besuchen. Er war noch ganz der alte, wie im vergangenen Sommer: mit seinem dichten Bart, den zerzausten Haaren und den großen, schönen Augen, und er trug noch denselben Rock und dieselben Beinkleider aus Segeltuch; doch er sah krank, erschöpft, gealtert aus und war magerer geworden und hustete ständig. Und Nadja erschien er irgendwie unansehnlich und provinziell.

»Mein Gott, Nadja ist gekommen!« sagte er und lachte fröhlich. »Meine Liebe, mein Herzchen!«

Sie saßen in der lithographischen Werkstatt, wo es dunstig vom Tabakrauch war und zum Ersticken nach Tusche und Farben roch; dann gingen sie in sein Zimmer, auch das war vollgeraucht und vollgespuckt. Auf dem Tisch neben dem erkalteten Samovar stand ein zerbrochener Teller mit einem dunklen Stück Papier darauf; auf dem Tisch und auf dem Fußboden lagen eine Unmenge toter Fliegen. An alledem konnte man erkennen, daß Saša sein persönliches Leben vernachlässigte, er lebte, wie es gerade kam, voll Verachtung gegenüber allen Bequemlichkeiten, und hätte jemand mit ihm von seinem persönlichen Glück, seinem persönlichen Leben, von Liebe zu ihm gesprochen, dann hätte er nichts begriffen und nur gelacht.

»Es geht, es ist alles gutgegangen«, erzählte Nadja in Eile. »Im Herbst hat Mama mich in Petersburg besucht, sie sagte, die Großmutter sei mir nicht böse, sie gehe nur immer in mein Zimmer und bekreuze die Wände.«

Saša blickte fröhlich drein, hustete aber und sprach mit brüchiger Stimme, und Nadja betrachtete ihn ständig und war sich nicht klar, ob er wirklich schwerkrank war oder ob es ihr nur so schien.

»Saša, mein Lieber«, sagte sie, »Sie sind doch krank.«

»Nein, es ist nicht schlimm. Ich bin krank, aber nicht sehr ...«

»Ach, mein Gott!« Nadja wurde ganz aufgeregt. »Warum lassen Sie sich nicht behandeln, warum achten Sie nicht auf Ihre Gesundheit? Mein lieber, teurer Saša«, sagte sie, und die Tränen stürzten ihr aus den Augen; und sie sah mit einem Mal Andrej Andreič vor sich und die nackte Dame mit der Vase und ihre ganze Vergangenheit, die wie ihre Kindheit in weite Ferne gerückt war; und sie weinte, weil Saša ihr schon nicht mehr so neu, intelligent und interessant erschien wie im vergangenen Jahr.

»Lieber Saša, Sie sind sehr, sehr krank. Ich würde wer weiß was tun, damit Sie nicht so blaß und schmal aussehen. Ich bin Ihnen so verpflichtet! Sie können sich gar nicht vorstellen, wieviel Sie für mich getan haben, mein guter Saša! Eigentlich sind Sie für mich jetzt der allernächste, allerliebste Mensch.«

Sie saßen und sprachen miteinander; jetzt, nachdem Nadja einen Winter in Petersburg verbracht hatte, kamen ihr Saša, seine Worte, sein Lächeln und seine ganze Gestalt wie etwas Abgelebtes, Altmodisches, längst Vergangenes und vielleicht schon zu Grabe Getragenes vor.

»Übermorgen fahre ich an die Volga«, sagte Saša, »und von da zur Kumys-Kur. Ich will Kumys trinken. Zusammen mit mir fahren ein Freund und seine Frau. Die Frau ist ein wunderbarer Mensch; ich versuche ständig, sie zum Studium zu überreden. Ich möchte, daß sie ihr Leben umkrempelt.«

Als sie sich ausgesprochen hatten, fuhren sie zum Bahnhof. Saša lud sie zum Tee ein und schenkte ihr Äpfel. Und als der Zug abfuhr und er lächelnd mit dem Taschentuch winkte, da sah man es sogar seinen Beinen an, daß er sehr krank war und wohl kaum mehr lange zu leben hatte.

Ihre Heimatstadt erreichte Nadja um die Mittagsstunde. Auf der Fahrt vom Bahnhof nach Hause erschienen ihr die Straßen sehr breit und die Häuser klein und geduckt; man sah keine Menschen, nur der deutsche Klavierstimmer in seinem rostfarbenen Mantel begegnete ihr. Und zu Hause war alles wie mit Staub bedeckt. Die Großmutter, schon ganz alt geworden, doch wie früher dick und häßlich, umarmte Nadja und weinte lange, das Gesicht an ihre Schulter geschmiegt; sie konnte sich gar nicht losreißen. Nina Ivanovna sah auch sehr viel älter und nicht mehr hübsch aus, sie schien zusammengeschrumpft, doch sie war wie früher geschnürt, und an ihren Fingern blitzten Brillanten.

»Meine Liebe!« sagte sie, am ganzen Leibe bebend. »Meine Liebe!«

Danach saßen sie beisammen und weinten leise. Sowohl die Großmutter wie die Mutter fühlten deutlich, daß das Vergangene für immer und unwiderruflich dahin war: verloren die Stellung in der Gesellschaft, das frühere Ansehen und das Recht, Gäste einzuladen; so ist es, wenn in das leichte, sorglose Leben einer Familie plötzlich nachts die Polizei eindringt, eine Haussuchung vornimmt, und es stellt sich heraus, der Hausherr hat Fälschungen und Veruntreuungen begangen – dann leb wohl, leichtes, sorgloses Leben!

Nadja ging hinauf und erblickte dasselbe Bett, dieselben Fenster mit den schlichten weißen Vorhängen, und hinter den Scheiben denselben von der Sonne überfluteten, fröhlich rauschenden Garten. Sie berührte ihren Tisch und saß ein Weilchen nachdenklich da. Sie aß gut zu Mittag, trank Tee mit wohlschmeckender fetter Sahne, aber irgend etwas fehlte, sie fühlte eine Leere in den Räumen, und die Decken waren so niedrig. Am Abend legte sie sich schlafen, deckte sich zu, und es kam ihr komisch vor, daß sie in diesem warmen, sehr weichen Bett lag.

Nina Ivanovna kam für einen Augenblick und setzte sich schüchtern und vorsichtig zu ihr, als wäre sie sich einer Schuld bewußt.

»Nun, wie ist es, Nadja?« fragte sie nach kurzem Schweigen. »Bist du zufrieden? Sehr zufrieden?«

»Ja, Mama.«

Nina Ivanovna erhob sich und machte das Zeichen des Kreuzes über Nadja und über die Fenster.

»Und ich bin, wie du siehst, religiös geworden,« sagte sie. »Weißt du, ich beschäftige mich jetzt mit Philosophie und denke immerzu nach... Und vieles ist mir jetzt klar wie der Tag geworden. Vor allen Dingen, so scheint es mir, sollte man das Leben wie durch ein Prisma sehen.«

»Sag, Mama, wie steht es mit Großmutters Gesundheit?«

»Sie scheint sich nicht schlecht zu fühlen. Als du damals mit Saša fortgefahren warst und als dein Telegramm kam, da fiel Großmutter einfach um, nachdem sie es gelesen hatte; drei Tage lag sie, ohne sich zu rühren. Dann betete und weinte sie viel. Aber jetzt geht es wieder.«

Sie stand auf und ging im Zimmer hin und her.

›Tick-tock...‹ ertönte das Klopfen des Wächters. ›Tick-tock, tick-tock...‹

»Vor allen Dingen sollte man das Leben wie durch ein Prisma sehen«, sagte sie, »das heißt mit anderen Worten, man sollte es im Bewußtsein in die einfachsten Elemente zerlegen, etwa wie in die sieben Grundfarben, und jedes Element müßte einzeln untersucht werden.«

Was Nina Ivanovna noch sagte und wann sie ging, hörte Nadja nicht mehr, denn sie schlief sehr bald ein.

Der Mai verging, es kam der Juni. Nadja hatte sich zu Hause schon eingewöhnt. Die Großmutter beschäftigte sich ständig mit dem Samovar und seufzte tief; Nina Ivanovna erzählte abends von ihrer Philosophie; sie aß noch immer das Gnadenbrot im

Hause und mußte sich wegen jeden Groschens an die Großmutter wenden. Es gab viele Fliegen, und die Decken in den Zimmern schienen immer niedriger und niedriger zu werden.

Babulja und Nina Ivanovna vermieden es, auf die Straße zu gehen, aus Angst, sie könnten Vater Andrej oder Andrej Andreič begegnen. Nadja ging immer wieder durch den Garten, durch die Straßen, schaute auf die Häuser, die grauen Zäune, und ihr schien, als ob alles in der Stadt schon lange alt geworden und abgelebt sei und nur noch warte: auf das Ende oder einen neuen, frischen Anfang. Oh, wenn es doch bald käme, dieses neue, lichte Leben, wo man gerade und kühn seinem Schicksal ins Auge sehen, ein Recht fühlen, fröhlich und frei sein wird! Früher oder später wird dieses Leben kommen! Es wird eine Zeit geben, in der von Großmutters Haus, wo alles so eingerichtet ist, daß vier Dienstboten nicht anders als im Kellergeschoß, in einem Raum, in Unsauberkeit leben können, keine Spur mehr übrigbleibt, eine Zeit, in der man es vergessen haben und niemand sich seiner mehr erinnern wird. Nadja amüsierte sich nur über die Jungen vom Nachbarhof, die, wenn sie im Garten spazierenging, an den Zaun schlugen, lachten und sie neckten.

»Die Braut! Da geht die Braut!«

Aus Saratov kam ein Brief von Saša. In seiner fröhlichen, tanzenden Handschrift schrieb er, daß die Fahrt auf der Volga sehr schön gewesen, daß er jedoch in Saratov ein bißchen krank geworden sei, die Stimme verloren habe und schon zwei Wochen im Krankenhaus liege. Sie begriff, was das bedeutete, und ein Vorgefühl, fast wie eine Gewißheit, bemächtigte sich ihrer. Es war ihr unangenehm, daß dieses Vorgefühl und die Gedanken an Saša sie nicht mehr so erregten wie früher. Sie hatte den leidenschaftlichen Wunsch zu leben, sie wollte nach Petersburg, und ihre Bekanntschaft mit Saša erschien ihr nur noch als eine liebe Erinnerung aus ferner, ferner Vergangenheit. Sie schlief die ganze Nacht nicht und saß am nächsten Morgen lauschend am Fenster. Und wirklich, unten ertönten Stimmen; aufgeregt und hastig fragte die Großmutter. Darauf schluchzte jemand... Als Nadja herunterkam, stand Großmutter in der Ecke und betete, und ihr Gesicht war verweint. Auf dem Tisch lag ein Telegramm.

Lange ging Nadja im Zimmer auf und ab und horchte, wie Großmutter weinte, dann nahm sie das Telegramm und las. Darin stand, daß Aleksandr Timofeič oder einfach Saša gestern morgen in Saratov an der Schwindsucht gestorben sei.

Großmutter und Nina Ivanovna gingen in die Kirche, um eine Seelenmesse zu bestellen; Nadja schritt noch lange durch die Zimmer und grübelte. Deutlich erkannte sie, daß ihr Leben umgekrempelt war, wie Saša es gewollt hatte, daß sie hier einsam, fremd und überflüssig war, daß sie das alles hier nicht brauchte, daß alles Vergangene von ihr losgerissen und entschwunden war, als ob es verbrannt und die Asche in alle Winde verstreut worden wäre. Sie ging in Sašas Zimmer und stand dort eine Weile.

Leb wohl, lieber Saša! dachte sie, und vor ihrem inneren Auge sah sie ein neues, weites, kühnes Leben, und dieses Leben, noch unklar und voller Geheimnisse, lockte sie und riß sie mit sich fort.

Sie stieg hinauf in ihr Zimmer, um zu packen; am anderen Morgen nahm sie lebhaft und fröhlich Abschied von den Ihren und verließ die Stadt – wie sie annahm, für immer.

Anhang

1860 *17. Januar:* Anton Pavlovič Čechov in Taganrog geboren.
1879 *15. Juni:* Abitur und Übersiedlung nach Moskau, wo die Familie Čechov seit 1876 lebt. Čechov nimmt das Studium der Medizin auf.
1880 *9. März:* In der humoristischen Zeitschrift ›Strekoza‹ erscheint Čechovs erste Erzählung: ›Brief eines Gutsbesitzers vom Don an seinen gelehrten Nachbarn Dr. Fridrich‹. Čechov publiziert in den folgenden Jahren in humoristischen Journalen, ›Kladderadatsch‹ und ›Fliegenden Blättern‹ vergleichbar, jährlich bis zu 100 Humoresken und Kurzgeschichten, auch mehr.
1884 *Mai:* Abschluß des Medizinstudiums. Čechov übt den Arztberuf nur kurze Zeit aus. Der Erzählungsband ›Die Märchen der Melpomene‹ erscheint. *Dezember:* Erster Blutsturz.
1885 *Dezember:* In Petersburg Bekanntschaft mit dem Verleger A. S. Suvorin, dem Schriftsteller Grigorovič.
1886 *Mai:* ›Bunte Erzählungen‹.
1887 *August:* ›In der Dämmerung‹, Erzählungen erstmals im Verlag A. S. Suvorin.
19. November: Uraufführung des ›Ivanov‹ im Theater Korš, Moskau.
1888 *März:* ›Die Steppe‹, *Mai:* ›Erzählungen‹ im Verlag Suvorin.
Oktober: Čechov erhält den Puškin-Preis der Akademie der Wissenschaften. *28. Oktober:* Uraufführung ›Der Bär‹.
1889 *März–Juni:* Čechovs Bruder Nikolaj stirbt an Tuberkulose.
November: ›Eine langweilige Geschichte‹.
27. Dezember: Uraufführung ›Der Waldschrat‹ in Moskau.
1890 *März:* ›Mürrische Menschen‹, Verlag A. S. Suvorin.
April–Dezember: Čechov reist durch Sibirien, um auf der Insel Sachalin die Situation der Strafgefangenen und Verbannten zu studieren; Rückkehr auf dem Seeweg über Hongkong, Indien.
Erstes deutsches Bändchen mit Erzählungen, übersetzt von J. Treumann, im Verlag Reissner, Leipzig.
1891 *März–April:* Erste Auslandsreise durch Westeuropa, gemeinsam mit Suvorin (Österreich, Italien, Frankreich).
Oktober–November: ›Das Duell‹.
1892 *März:* Čechov erwirbt das Gut Melichovo im Kreis Serpuchov, Gouvernement Moskau. Zahlreiche soziale Aktivitäten: als Arzt Beteiligung an der Bekämpfung der Cholera, Mitarbeit im Zemstvo; Čechov organisiert den Bau dreier Dorfschulen im Umkreis.
November: ›Krankensaal Nr. 6‹.
1893 *Februar:* ›Erzählung eines Unbekannten‹; im Oktober erscheinen die ersten Kapitel der ›Insel Sachalin‹.
1894 *Januar:* ›Der schwarze Mönch‹.
September–Oktober: Zweite Reise ins westliche Ausland (Dalmatien, Italien, Nizza, Paris). ›Erzählungen und Novellen‹, Verlag Suvorin.

1895 *Januar–Februar:* ›Drei Jahre‹.
8.–9. August: Čechov zu Gast bei L. N. Tolstoj in Jasnaja Poljana. Arbeit an der Komödie ›Die Möwe‹.

1896 *17. Oktober:* Uraufführung und Mißerfolg der ›Möwe‹ am Alexandratheater, Petersburg. *Oktober–Dezember:* ›Mein Leben‹.

1897 *April:* ›Die Bauern‹. Im selben Monat schwerer Blutsturz, danach Klinikaufenthalt; Diagnose: Lungentuberkulose. Auf Anraten der Ärzte verbringt Čechov den folgenden Winter in Nizza.

1898 *Januar:* Zerwürfnis mit Suvorin anläßlich der Affäre Dreyfus und des Auftretens von Emile Zola.
Sommer: In Moskau gründen K. S. Stanislavskij und V. I. Nemirovič-Dančenko, ein Freund Čechovs, das Moskauer allgemein zugängliche künstlerische Theater.
17. Dezember: Premiere der ›Möwe‹ am Moskauer Künstlertheater, die, für das Theater wie für den Dramatiker Čechov, zu einem überragenden Erfolg wird.
Čechov erwirbt ein Grundstück in Autka, nahe Jalta.

1899 *Januar:* Čechov verkauft sein literarisches Gesamtwerk an den Verleger A. F. Marks, Petersburg, Beginn der Gesamtausgabe noch im selben Jahr.
26. Oktober: Premiere des ›Onkel Vanja‹ am Künstlertheater.
Dezember: ›Die Dame mit dem Hündchen‹.

1900 *8. Januar:* Wahl zum Ehrenmitglied der Sektion Schöngeistige Literatur der Akademie der Wissenschaften, gemeinsam mit L. N. Tolstoj.
22. Juli: Čechovs Freund, der Maler Isaak Levitan, stirbt an Tuberkulose.
Čechov verbringt den zweiten Winter in Nizza.
Band 1 der ersten deutschen Werkausgabe, herausgegeben von Wladimir Czumikow, erscheint bei Eugen Diederichs.

1901 *31. Januar:* Uraufführung der ›Drei Schwestern‹ am Künstlertheater.
25. Mai: Heirat mit der Schauspielerin Olga Knipper; Čechov lebt in Jalta, seine Frau in Moskau.
Winter: Begegnungen mit M. Gorkij und L. N. Tolstoj, der vorübergehend in Gaspra nahe Jalta lebt.

1902 *April:* ›Der Bischof‹.
25. August: Čechov erklärt, gemeinsam mit V. Korolenko, seinen Austritt aus der Akademie der Wissenschaften aus Protest gegen die Annullierung der Zuwahl M. Gorkijs; trägt sich mit dem Gedanken, den Vertrag mit Marks zu kündigen.

1903 *Mai:* Verschlechterung des Gesundheitszustandes. Arbeit am ›Kirschgarten‹. *Dezember:* ›Die Braut‹.

1904 *17. Januar:* Uraufführung des ›Kirschgarten‹ am Künstlertheater, Ehrung Čechovs (25 Jahre literarischer Arbeit).
3. Juni: Abreise Čechovs und seiner Frau in den Schwarzwald.
2. Juli: Čechov stirbt in Badenweiler.

Zur Transkription

Die Transkription der russischen Namen folgt der in der Slavistik üblichen, die für die spezifisch russischen Laute diakritische Zeichen benützt. Die wichtigsten vom deutschen Alphabet abweichenden Laute des Russischen sind:

č – ›tsch‹, wie Čechov
c – immer ›ts‹, wie in ›Zeichen‹
ch – immer hartes ›ch‹, wie in ›ach!‹ (nie wie in ›ich‹)
s – immer stimmloses, scharfes ›s‹, wie in ›essen‹
š – immer stimmloses, scharfes ›sch‹, wie in ›Asche‹
šč – nicht ›schtsch‹, sondern weiches, gedehntes ›sch‹ (š)
v – im Silbenanlaut, vor Vokalen und stimmhaften Konsonanten = ›w‹
im Silbenauslaut und vor stimmlosen Konsonanten = ›ff‹
z – immer stimmhaftes, weiches ›s‹, wie in ›Rose‹
ž – immer stimmhaftes, weiches ›sch‹, wie in frz. ›jour‹

Jedes ›e‹ und ›i‹ palatalisiert den vorausgehenden Konsonanten, das heißt, wird mit einem leichten ›j‹-Vorschlag gesprochen.

Betontes ›e‹ (ë) wird wie ›jo‹ gesprochen und zieht automatisch die Wortbetonung auf sich.

Unbetontes ›o‹ wie ›a‹; betontes ›o‹ immer offen, wie im Wort ›offen‹ (nie wie in ›Ofen‹).

Namen und Anrede im Russischen

Im Russischen setzt sich jeder Name aus drei Teilen zusammen – dem Vornamen (Anton), dem Vatersnamen (Pavlovič oder, bei Frauen, Pavlovna) und dem Familiennamen (Čechov). Die offizielle Anrede besteht aus Vor- und Vatersnamen (was das im Deutschen übliche ›Herr‹ bzw. ›Frau‹ ersetzt) – ›Anton Pavlovič‹ ist demnach soviel wie deutsch ›Herr Čechov‹. Die intim-vertrauliche Anrede beschränkt sich wie im Deutschen auf den Vornamen bzw. dessen Koseformen.

Im gesprochenen Russisch werden die ›korrekten‹ Formen des Vatersnamens gelegentlich abgeschliffen (für ›Ivan Ivan*ovič*‹ oft auch nur ›Ivan Ivan*yč*‹), woraus sich zuweilen zweierlei Schreibweisen ergeben. Die ›abgeschliffene‹ Form wird gegenüber Personen gebraucht, die man zwar siezt, mit denen man aber doch auf bestimmte Weise vertraut ist, während die ›korrekte‹ Form des Vatersnamens in hochoffiziellen Situationen gebraucht wird, gegenüber Respektspersonen, Höhergestellten usw.

Maße und Gewichte

Gewichte:		
1 *Pud*	=	40 Pfund oder 16,38 kg
1 *Pfund*	=	32 Lot oder 96 Zolotnik oder 410 g
1 *Lot*	=	3 Zolotnik oder 12,80 g
1 *Zolotnik*	=	4,26 g
Längenmaße:		
1 *Verst*	=	500 Sažen oder 1067 m
1 *Sažen*	=	3 Aršin = 48 Veršok oder 2,134 m
1 *Aršin*	=	16 Veršok oder 71,1 cm
1 *Veršok*	=	44,45 mm
Flächenmaße:		
1 *Desjatine*	=	2400 Quadrat-Sažen oder 1,0925 ha
1 *Quadrat-Verst*	=	104,17 Desjatinen = 1,138 km²

Russische Feiertage, Kirchenfeste, Fasten

Die Zahl der Feiertage lag im zaristischen Rußland wesentlich höher als in westlichen Ländern zur selben Zeit; das ›Große Enzyklopädische Wörterbuch‹, der russische Brockhaus, zählt in Band 48 (1898) in Rußland 98 Feiertage bei 267 Arbeitstagen (zum Vergleich Preußen: 60 bei 305 Arbeitstagen). Unter die Feiertage fielen, zu Čechovs Zeiten und in der zeitgenössischen Sprache des Baedeker, Staatsfeiertage wie das »Namensfest d. Kaiserin«, »Geburtsfest des Kaisers«, »Krönungsfest«, »Namensfest der Kaiserin-Witwe«, »Geburtsfest des Thronfolgers Alexei Nikolajewitsch« u. a.

Kirchenfeste waren neben dem Weihnachtsfest (am 25., 26. und 27. Dezember – die Datenangaben jeweils nach dem alten Kalender) Ostern (Donnerstag, Freitag und Samstag in der Karwoche sowie 1., 2. und 3. Osterfeiertag), Christi Himmelfahrt, Pfingsten (zwei Tage) sowie Feiertag und Samstag in der Butterwoche, d. h. der Woche vor Beginn der Großen Osterfasten:

6. Januar	Erscheinung Christi
2. Februar	Christi Darstellung
25. März	Mariä Verkündigung
9. Mai	Fest des hl. Nikolaus des Wundertäters
29. Juni	Fest der Apostel Petrus und Paulus
6. August	Verklärung Christi
15. August	Mariä Himmelfahrt
29. August	Johannis Enthauptung
30. August	Fest des hl. Alexander Nevskij
8. September	Mariä Geburt
14. September	Kreuzeserhöhung

26. September	Fest des Evangelisten Johannes
1. Oktober	Mariä Schutz und Fürbitte
22. Oktober	Fest des wundertätigen Bildes der hl. Muttergottes von Kazan
21. November	Mariä Opfer
6. Dezember	Fest des hl. wundertätigen Nikolaus

Die Fasten (russisch ›post‹) der russisch-orthodoxen Kirche unterteilen sich in ein- und mehrtägige Fasten.
Die mehrtägigen Fasten sind:

1. die *Großen Fasten*, beginnend mit dem Montag nach der Karnevals- oder Butterwoche, 40 Tage vor Ostern;
2. die *Apostel- oder Petersfasten* vor Peter und Paul; diese sind vom Datum des Osterfests abhängig, daher von unterschiedlicher Länge;
3. *Uspenskij post* vom 1. bis 15. August zu Ehren der Muttergottes, vor Mariä Himmelfahrt;
4. die *Weihnachts-* oder *Philippifasten* vor Weihnachten, beginnend mit dem 14. November, 40 Tage vor Christi Geburt.

Eintägige Fasten jeweils mittwochs und freitags, mit Ausnahme der Karwoche (da diese Woche als »ein einziger lichter Tag« angesehen wurde), der Pfingstwoche, der zwölf Tage zwischen Weihnachten und Christi Erscheinung; ferner am

14. September zu Kreuzeserhöhung
29. August zu Johannis Enthauptung und am
5. Januar, dem Vorabend von Christi Erscheinung.

(Nach dem ›Großen Enzyklopädischen Wörterbuch‹, St.-Petersburg, Brockhaus/Efron, 1898, Band 48.)

Die russischen Rangklassen

Die Liste der Rangklassen in Rußland geht zurück auf Peter 1. In Anlehnung an westliche Vorbilder (Frankreich, Preußen, Dänemark und Schweden) wurden durch Erlaß 1722 vierzehn Rangklassen geschaffen, die praktisch und ohne wesentliche Veränderung bis 1917 in Kraft blieben. Der petrinischen Reform des Staats- und Militärdienstes lag der Gedanke zugrunde, daß auch Nichtadelige durch Leistung (durch Erreichen eines Rangs) in den Adel erhoben werden konnten.

Zu Čechovs Zeiten wurden folgende Ränge an Zivil- bzw. Militärbeamte verliehen:

Klasse	Zivildienst	Militärdienst
1	Kanzler	Generalfeldmarschall General-Admiral
2	Wirklicher Geheimrat	General, Admiral

3	Geheimrat	Generalleutnant Vize-Admiral
4	Wirklicher Staatsrat Oberstaatsanwalt	Generalmajor Konter-Admiral
5	Staatsrat	
6	Kollegienrat, Miliärrat	Oberst, Kapitän 1. Ranges
7	Hofrat	Oberstleutnant Kapitän 2. Ranges
8	Kollegienassessor	Hauptmann, Rittmeister
9	Titularrat	Stabshauptmann, Stabsrittmeister, Leutnant
10	Kollegiensekretär	Leutnant, Schiffsfähnrich
11	Schiffssekretär	
12	Gouvernementssekretär	Sekondeleutnant, Kornett
13	Provinzsekretär, Senatsregistrator, Synodalregistrator, Kabinettsregistrator	
14	Kollegienregistrator	

Der Adelstitel, der auf dem Dienstwege verliehen wurde, war erblich für den, der ein Amt des 9. Rangs erreicht hatte; den Adelstitel beantragen konnte z. B. auch ein Unternehmen, das sein 100jähriges Jubiläum feierte. Personen der oberen vier Rangklassen gebührte die Anrede ›Euer Exzellenz‹.

Nicht übersetzte Ausdrücke

Bliny – im Singular blin: der Pfannkuchen, der Fladen aus Buchweizen-, Weizen- oder Gerstenmehl (Pavlovskij), vgl. deutsch Plinse, auch Plinze. Russisches Backwerk, in schwimmendem Fett gebacken. Bliny wurden vor allem in der Butterwoche, der russischen Karnevalswoche vor dem 40tägigen Großen Fasten gebacken.

Katorga – vgl. Pavlovskij: »1. (veralt.) die Galeere, das Ruderschiff; 2. die Festungsbau-, Bergbaustrafe, Zwangsarbeit in den Bergwerken«; so auch übersetzt, zu Čechovs Zeiten meist in Sibirien, auf Sachalin oder in den Bergwerken am Karischen Meer verbüßt, verbunden mit anschließender Verbannung zur Zwangskolonisierung Sibiriens. *Katorga* aber auch im übertragenen Sinne – schweres, unerträgliches Leben, Hundeleben. Davon abgeleitet: *Katoržnik*, ›Zuchthäusler‹, der die Katorga verbüßt. Über Katorga und russischen Strafvollzug vgl. ausführlich Čechov, ›Die Insel Sachalin‹ (detebe 20270).

Kulak – wörtl. (Pavlovskij): »1. die Faust; ... 5. der Aufkäufer, Kleinhändler, Wiederverkäufer; 6. der Geizhals, Knicker«; davon abgeleitetes Abstraktum: Aufkäuferei, Mäklerei; die Wucherei. Meint abschätzig den reichen, durch Wuchergeschäfte reichgewordenen Bauern, für den es in der russischen Literatur zahlreiche Beispiele gibt – vgl. etwa Vosmibratov in Ostrovskijs Komödie ›Der Wald‹, vgl. zu diesem Begriff auch Čechov über die Rolle Lopachins im ›Kirschgarten‹ (detebe 20083).

Kvas – auch Kwaß, erfrischendes Getränk, zubereitet aus gesäuertem Schwarzbrotteig oder Schwarzbrot und Malz (Pavlovskij). Ein in Rußland beliebtes Getränk, das die Stelle des Biers vertritt. Bei den Bauern besteht der K. nur aus einem trüben, sauern, noch gärenden Aufguß auf geschrotenes Getreide. Dagegen sind die feineren Sorten K., besonders der Äpfel- und Himbeerkvas, sehr wohlschmeckend (Brockhaus, 14. Aufl., Leipzig 1902).

Njanja – die russische Kinderfrau, die Amme; ist Bezeichnung und Anrede zugleich für die Amme, die neben den Dienstboten gehalten wurde und die – vgl. ›Drei Schwestern‹, ›Onkel Vanja‹ – im Hause verblieb, auch wenn die Kinder längst herangewachsen waren.

Varenje – russische Spezialität, Eingemachtes, erscheint in Übersetzungen als ›Konfitüre‹, ›Marmelade‹, als ›das Eingemachte‹ (›Eingemachtes‹), aber auch als ›Saft‹ (so auch Pavlovskij). Wird anstelle von Zucker oft zum Süßen des Tees benützt.

Zakuska – vgl. Pavlovskij: »1. der Imbiß, das Gabelfrühstück; 2. die Zukost, das Zugemüse, Beiessen; 3. das Nachessen, Dessert, der Nachtisch.« In den vorliegenden Übersetzungen oft auch mit ›Imbiß‹ übersetzt, meint das, was man unmittelbar nach dem heruntergestürzten Glas Vodka ißt und was in Rußland unabdingbar zum Vodkatrinken gehört. Was als Zakuska alles genossen werden kann, diskutieren exemplarisch Lebedev, Borkin und Šabelskij im III. Akt des ›Ivanov‹ (detebe 20102).

Zemstvo – russischer Terminus technicus aus der Verwaltung, bezeichnet die teilweise Selbstverwaltung des Landes im lokalen Bereich, eine der Errungenschaften aus der Zeit der ›großen‹ Reformen, eingeführt nach Aufhebung der Leibeigenschaft 1861, um die staatliche Verwaltung zu entlasten. Auf drei Jahre gewählte Vertreter der Adeligen, Bürger und Bauern (wobei das Wahlrecht dem Adel die führende Position sicherte) entschieden ab 1864 über die Instandhaltung von Straßen und Brücken, Unterhaltung von Fuhr- und Postdiensten, über den Ausbau des Elementarschulwesens, über Einrichtungen des Gesundheitswesens, z. B. den Bau neuer Krankenhäuser (vgl. ›Krankenzimmer Nr. 6‹; der in den Übersetzungen erscheinende ›Landarzt‹, zemskij vrač, ist der vom Zemtsvo angestellte, der Zemstvo-Arzt). Die Zemtsvos auf Kreis- und Gouvernementsebene befanden sich in ständiger Rivalität zur staatlichen Verwaltung und wurden 1890 durch Gesetz in ihren Kompetenzen derart eingeschränkt, daß sie praktisch zur Bedeutungslosigkeit verurteilt waren.

Brief an einen gelehrten Nachbarn (Pis'mo k ucënomu sosedu). Strekoza, 9. 3. 1880; ›–v‹. Čechovs erste Veröffentlichung überhaupt. Deutsch von Peter Urban. Ursprünglicher Titel: *Brief des donischen Gutsbesitzers Stepan Vladimirovič N. an seinen gelehrten Nachbarn Dr. Fridrich,* von Čechov 1882 überarbeitet.

Bliny-Sjedeny – fiktiver Ortsname, etwa »die Bliny sind gegessen«, »aufgegessene Pfannkuchen«.

maximus pontifex – im Original so; latein.: pontifex maximus – der Hohepriester.

Chlamys – griech.: ein kurzer Mantel.

Semi-Bulatov – fiktiver Name, zusammengesetzt aus russisch ›sem‹ (sieben) und ›bulat‹, dem Ausdruck für Damaszenerstahl (bulatka: der Damaszenerstahlsäbel).

Der Tod des Beamten (Smert' činovnika). Oskolki, 2. Juli 1883; ›A. Čechonte‹. Deutsch von Ada Knipper und Gerhard Dick.

Červjakov – russ. ›červjak‹: der Wurm.

Die Glocken von Corneville – populäre komische Oper des französischen Komponisten Robert Planquette (1848–1903) aus dem Jahre 1877.

Brizžalov – russ. ›brjazžat'‹: leeres Geschwätz machen, klatschen, zanken; auch: klirren, klimpern, klappern.

Der Dicke und der Dünne (Tolstyj i tonkij). Oskolki, 1. Oktober 1883; ›A. Čechonte‹. Deutsch von Ada Knipper und Gerhard Dick.

Bahnhof der Nikolaj-Eisenbahn – wahrscheinlich der Nikolaj- oder St. Petersburger Bahnhof in Moskau, von wo die Züge nach Petersburg abgingen.

Fleur d'Orange – Parfüm.

Herostratos – setzte der Legende nach im Geburtsjahr Alexanders d. Großen, 356 v. u. Z., in seiner Heimatstadt Ephesos den berühmten Artemistempel in Brand.

Ephialtes – Grieche aus Malis, zeigte den Persern in der Schlacht bei den Thermopylen (480 v. u. Z.) den Weg über den Kallidromos, auf dem sie den Griechen in den Rücken fielen.

Stanislausorden – Orden des hl. Stanislaus, russ. Stanislav, eine der geringsten Auszeichnungen des zaristischen Rußland für Beamte und Militärs.

Austern (Ustricy). Budilnik, Nr. 48, 1884; Untertitel dort: ›Skizze‹; ›A. Čechonte‹. Deutsch von Ada Knipper und Gerhard Dick.

fames – latein. ›der Hunger‹.

Soljanka – russische Suppe aus verschiedenem Fleisch, Fisch, Kraut, Zwiebel und Gurke, stark gewürzt.

DER JÄGER (Eger'). Peterburgskaja gazeta, 18. Juli 1885, ›Kleine Szene‹; ›A. Čechonte‹. Deutsch von Ada Knipper und Gerhard Dick.

UNTEROFFIZIER PRIŠIBEEV (Unter Prišibeev). Peterburgskaja gazeta, Nr. 273 (5. Oktober) 1885; Titel dort: ›Der Intrigant. Kleine Szene‹; ›A. Čechonte‹. Deutsch von Ada Knipper und Gerhard Dick.

Prišibeev – russ. ›prišibat'‹: verletzen, beschädigen (durch Stoßen, Schlagen); einem Tier den Garaus machen.

diente in Warschau – Warschau, seit dem Wiener Kongreß unter russischer Verwaltung, »Hauptstadt des Generalgouvernements Warschau« (Baedeker, ›Rußland‹, Leipzig 1912); Garnisonsstadt, Schauplatz der polnischen Aufstände von 1830 und 1861/63 gegen die russische Herrschaft.

riecht nach Sibirien – d. h. nach Kapitalverbrechen und Verbannung nach Sibirien, vgl. dazu ausführlich Čechovs Bericht über den russischen Strafvollzug, ›Die Insel Sachalin‹ (detebe 20270).

Žigin – russ. ›žiga‹: die Drohung, Einschüchterung; Schläge.

Šustrova – russ. ›šustryj‹: gewitzt, gerieben, durchtrieben, findig.

Kislov – russ. ›kislyj‹: sauer.

Sverčok – russ. ›die Grille, das Heimchen‹.

GRAM (Toska). Petersburgskaja gazeta, 27. Januar 1886; ›A. Čechonte‹. Deutsch von Ada Knipper und Gerhard Dick.

Vyborger Seite – in Petersburg, nördlicher Teil mit dem Finnischen Bahnhof.

Polizeibrücke – in Petersburgs Zentrum, verläuft über die Mojka und bildet einen Teil des Nevskij Prospekts.

IHR BEKANNTER (Znakomyj mužčina). Oskolki, 3. Mai 1886, Titel dort: ›Ein bißchen Schmerz. Vorfall auf der Straße‹; ›A. Čechonte‹. Deutsch von Ada Knipper und Gerhard Dick.

DER LEHRER (Učitel'). Novoe vremja, 12. Juli 1886. Deutsch von Wolf Düwel. In der ersten Fassung der Erzählung war die Krankheit, an der Sysoev leidet, noch mit Namen genannt, und zwar im letzten Satz: Schwindsucht, Lungen-Tb, die ›immer tödlich‹ sei.

Kulikin – russ. ›kulik‹: 1. die Schnepfe, 2. Säufer, Trinker, 3. dummer, einfältiger Mensch.

Ljapunov – russ. ›ljapun‹: der Pfuscher, Schmierer.

Nadarov – russ. ›nadarivat'‹: jemanden reich beschenken.

DIE FEINDE (Vragi). Novoe vremja, 20. Januar 1887; ›An. Čechov‹ (im Novoe vremja zeichnete Čechov von Beginn seiner Mitarbeit an, 1886, mit vollem Namen, nicht mehr pseudonym). Deutsch von Ada Knipper und Gerhard Dick.

Abogin – russ. ›ubogij‹: erbärmlich, jämmerlich.
Aneurysma – griech. krankhafte Geschwulst, Erweiterung der Schlagader.

Typhus (Tif). Peterburgskaja gazeta, 23. März 1887; ›A. Čechonte‹. Deutsch von Georg Schwarz.

Glockenzeichen – auf russischen Bahnhöfen wurde die Abfahrt des Zugs durch drei Glockensignale markiert; nach dem dritten setzte sich der Zug in Bewegung.
Epitrachelion – griech. die Stola des russisch-orthodoxen Priesters.
Ljachi – (›die Polen‹: Zusatz des Übersetzers) ›ljach‹: verächtliche Bezeichnung für den Polen, gegenüber dem sonst üblichen ›poljak‹; Jaroševič ist ein polnischer Name (Jaroszewicz), daher: ›der Ljach J.‹

Schlafen, nur schlafen (Spat' chočetsja). Petersburgskaja gazeta, 25. Januar 1888, ›A. Čechonte‹. Deutsch von Ada Knipper und Gerhard Dick.

Eine langweilige Geschichte (Skučnaja istorija). Severnyj vestnik, Nr. XI (November) 1889. Zensurstempel vom 27. Oktober 1889, Datierung: ›Dorf Luka, Kreis Sumy, 1889‹. Geschrieben März bis Ende September 1889. Deutsch von Ada Knipper und Gerhard Dick.

I

Ikonenwand – oder Ikonostas, die mit Ikonen behängte Wand in der russisch-orthodoxen Kirche, die das Kirchenschiff vom Altarraum trennt.
Pirogov – Nikolaj Ivanovič, russischer Chirurg, Anatom und Pädagoge, 1810–1881; seinerzeit führend auf dem Gebiet der experimentellen Chirurgie und Anatomie sowie der Militärchirurgie. Nach ihm benannt ist die ›Pirogovsche Fußgelenkamputation‹. Autor des anatomischen Atlantenwerks ›Anatomia topographica, sectionibus per corpus humanum congelatum‹, 4 Bände, 1851–1854.
Kavelin – Konstantin Dmitrievič, 1818–1885, russischer Philosoph, Jurist und Historiker; Professor an der Universität Moskau 1844–48, an der Universität Petersburg 1857–61. Zählte zum rechten Flügel der Westler.
Nekrasov – Nikolaj Alekseevič, 1821–1878, russicher Lyriker, bedeutendster und in Rußland sehr populärer Vertreter einer sozial engagierten, realistischen Dichtung, gehörte neben Černyševskij, Dobroljubov und Pisarev zu den wichtigsten Autoren der Zeitschrift ›Sovremennik‹ (Der Zeitgenosse), deren Herausgeber N. von 1846 bis zu deren Verbot 1866 war; später Herausgeber der ›Otečestvennye zapiski‹.
der Hals einer Turgenevschen Heldin – meint eine Stelle aus Ivan Turgenevs ›Tagebuch eines Überflüssigen‹, hier zitiert in der Übersetzung von Wilhelm Lange: »Als die ersten schleppenden Klänge der Masurka ertönten, ließ ich ruhig die Blicke um mich herumschweifen, trat kalt und ungezwungen zu einem Fräulein mit langem Gesicht, rother glänzender Nase und einem sehr ungraciös geöffneten, ich möchte sagen aufgeknöpften Munde und einem sehnigen Halse, der an den Griff des Contrabasses

erinnerte, – auf diese Jungfrau trat ich zu, schlug dumpf die Hacken aneinander und forderte sie zum Tanzen auf.«

Wovon die Schwalbe sang – Roman des deutschen Schriftstellers Friedrich Spielhagen (1829–1911), der auch in Rußland viel gelesen und mehrfach übersetzt worden ist, 1896–99 lag eine russische Spielhagen-Ausgabe in 23 Bänden vor; der genaue deutsche Titel: ›Was die Schwalbe sang‹.

in einem fremden Land – dem Königreich Polen, das zum Russischen Reich gehörte, von den Großrussen jedoch als Ausland angesehen wurde.

weil ich keine Praxis habe und keine Lehrbücher herausgebe – »Ein großer Zoologe, ein begabter Geograph und einer der intelligentesten Menschen, die ich je getroffen habe, war er wie so viele Russen ein Feind vom Bücherschreiben. Wenn er in einer Sitzung der Gesellschaft eine mündliche Mitteilung gemacht hatte, so ließ er sich nicht dazu bringen, von der Durchsicht der Nachschrift seines Vortrags abgesehen, irgend etwas zu Papier zu bringen, so daß die unter seinem Namen veröffentlichten Abhandlungen keineswegs eine rechte Vorstellung geben von dem Werte seiner Beobachtungen und Theorien. Leider ist diese Abneigung gegen eine schriftliche Fixierung von Ergebnissen, die man durch Nachdenken oder Beobachtungen gewonnen hat, in Rußland nichts Ungewöhnliches.« (Kropotkin, ›Memoiren eines russischen Revolutionärs‹.)

Historia morbi – latein. ›Geschichte der Krankheit‹, ›Krankengeschichte‹.

Geschichte des russischen Pessimismus – nach den Reformen der 60er Jahre (Aufhebung der Leibeigenschaft, Justizreform) und der darauffolgenden Epoche der Reaktion unter Alexander II. und Alexander III. erfaßte große Teile der gebildeten Gesellschaft, auch der fortschrittlichen Intelligenz, Resignation und tiefer Pessimismus.

Gruber – Venceslav Leopoldovič Gruber, 1819–1890, russischer Mediziner, Professor für Anatomie an der militärmedizinischen Akademie in Petersburg, überaus populärer Universitätslehrer, der die praktische Beschäftigung der Anatomiestudenten im Seziersaal zur Pflicht machte und als erster in Rußland auch Studentinnen zum Sezieren zuließ; Gründer eines anatomischen Museums. »Gruber war nach außen hin rauh, streng in seinen Anforderungen, gütig im alltäglichen Umgang, bis zur Schroffheit offen in der Äußerung seiner Ansichten, ungewöhnlich arbeitsam und seinem Werke ergeben; nicht selten saß er im Anatomiesaal von 8 Uhr morgens bis um 3 Uhr nachts« (Enzyklopädisches Wörterbuch, Petersburg 1893, Bd. 18).

Babuchin Aleksandr Ivanovič Babuchin, 1835–1891, russischer Histologe, populärer Pädagoge und seit 1864 Professor für Histologie, Embryologie und vergleichende Anatomie an der Universität Moskau.

Prosektor – latein. Zergliederer, Vorbereiter von anatomischen Präparaten zu Unterrichtszwecken; Assistent an anatomischen Lehranstalten.

Skobelev – Michail, 1843–1882, russischer General, der sich 1871/72 in Turkestan, im Feldzug gegen Chiva und 1877/78 im Russisch-Türkischen

Krieg (vor Plevna) auszeichnete; 1880 Oberbefehlshaber gegen die Teke-Turkmenen, »war bei seinen Untergebenen sehr beliebt und ein Mann von rücksichtsloser Entschlossenheit« (Brockhaus, 14. Aufl., Leipzig 1903).

Professor Perov – Vasilij Grigorjevič Perov, 1834–1882, russischer Maler, Mitglied der Akademie der Künste und Professor; Mitbegründer der Gruppe der Peredvižniki und einer der bedeutendsten realistischen Maler Rußlands; Genrebilder aus dem Alltagsleben auf dem Lande; Porträts (von Ostrovskij, Turgenev, Dostoevskij u. a.).

die Patti – Adelina Patti, 1843–1919, italienische Opernsängerin, Sopran; feierte Erfolge auf allen großen Opernbühnen Europas und der USA; gastierte zwischen 1869 und 1877 mehrfach in Petersburg.

Hekuba kümmerte ihn wenig – in der griech. Mythologie Gattin des Priamos und Königin von Troja; hier im Sinn des geflügelten Wortes aus ›Hamlet‹: »Was ist ihm Hekuba, was ist er ihr, / Daß er um sie soll weinen?«

die vielköpfige Hydra – Fabelwesen der griech. Mythologie; die Hydra oder lernaiische Schlange zu töten war eine der 12 Aufgaben des Herakles. Sie hatte neun (nach anderen Überlieferungen 100, 10 000) Köpfe, von denen einer unsterblich war, und statt eines abgeschlagenen Kopfes wuchsen ihr je zwei neue nach, Herakles löste die Aufgabe, indem er die Stümpfe der Hälse mit glühenden Baumstämmen abbrannte und auf den unsterblichen Kopf einen schweren Felsblock warf.

II

Sanguiniker – latein. sanguinisches Temperament, bei leichter Erregbarkeit, aber auch leichter Erschöpfbarkeit des Nervensystems, frischem Aussehen.

Čackij – Gestalt aus der klassischen russischen Komödie ›Verstand schafft Leiden‹ (Gore ot uma, 1823) von Aleksandr Griboedov, 1795–1829. Junger Adeliger, der sich in Opposition zur vornehmen Moskauer Gesellschaft befindet, die russische Gesellschaft heftiger Kritik aussetzt, ihre konservativen Sitten, ihre Spießigkeit, die Leibeigenenwirtschaft, die Bewunderung für alles, was französisch ist, verspottet und sich darin aufreibt. Die Gesellschaft entledigt sich ihres Kritikers, indem sie das Gerücht verbreitet, Čackij sei nicht ganz richtig im Kopf.

Ufa – d. i., aus Petersburger wie Moskauer Sicht, die tiefste Provinz; Gouvernement und Gouvernementshauptstadt am südlichen Ural.

Jalta – teuerster und vornehmster Badeort auf der Krim; vgl. ›Die Dame mit dem Hündchen‹.

Gnekker – ein deutschstämmiger Russe; wie aus den Vornamen ersichtlich, trug sein Vater noch den Vornamen Adolf.

Fugen und Kontrapunkte – latein. Termini technici der Musik; Kontrapunkt – im allgemeinen die Kunst des polyphonen Satzes, das Verbinden und Fortführen zweier oder mehrere Stimmen miteinander; im engeren Sinne die Kunst, eine oder mehrere Stimmen zu einer bereits gegebenen Stimme (cantus firmus) regelrecht zu setzen. Fuge – mehrstimmiges kontrapunktisches Tonstück, in dem eine zuerst von einer Stimme vorgetragene Melodie (das Thema) von allen Stimmen in einer bestimmten Aufeinanderfolge (der Durchführung) nachgeahmt wird, so daß schließlich jede Stimme das Thema mehrfach gebracht und außerdem kontrapunktreich begleitet hat.

die Bekanntschaft mit der Aristokratie – Nikolaj Stepanovič stammt offenbar, im Gegensatz zu Michail Fëdorovič, nicht aus einer Adeligenfamilie (so daß er den Umgang mit der Aristokratie von klein auf gewohnt wäre), sondern aus der sogenannten Rasnočinzenschicht (kleine Kaufleute, Beamte, Dorfgeistlichkeit), vgl. die Biographie Serebrjakovs in den Stücken ›Onkel Vanja‹ und ›Waldschrat) (detebe 20093 und 20084).

Charkov – Hauptstadt des gleichnamigen Gouvernements in Südrußland (Ukraine), entstanden um 1650, mit ca. 220 000 Einwohnern; Bischofssitz, Garnisonsstadt; seit 1805 auch Universitätsstadt, um 1910 mit ca. 4000 Studenten.

III

Shakespeares Totengräber – ›Hamlet‹, V. Akt.

Alma mater – latein. ›die segenspendende Mutter‹, im Jargon der Akademiker Bezeichnung für die Universität.

Archimandrit – in der russisch-orthodoxen Kirche Vorsteher eines oder mehrerer Klöster, Abt.

Betrübt schau ich auf unser heutiges Geschlecht – erster Vers eines Gedichtes von Michail Lermontov (1814–1841) aus dem Jahr 1838, ›Die Betrachtung‹ (Duma); in der Übersetzung Friedrich Fiedlers lautet die Strophe: »Ich blicke kummervoll auf das Geschlecht von heute – / Wie dunkel, leer ist seiner Zukunft Schoß! / Von Kenntnissen erdrückt, des Zweifels Beute, / Wächst es heran und altert thatenlos.«

die Klassiker – William Shakespeare (1564–1616); Mark Aurel, römischer Kaiser und Philosoph, 121–180 n. u. Z.; Epiktet, griech. stoischer Philosoph, 50–138 n. u. Z.; Blaise Pascal, franz. Religionsphilosoph, Mathematiker und Physiker, 1623–1662.

Dobroljubov – Nikolaj Aleksandrovič, 1836–1861, russischer Kritiker, Publizist, revolutionärer Demokrat, Mitarbeiter der Zeitschrift ›Sovremennik‹; auf Bildern: schmal, mit hoher Stirn, kurzem, leicht welligem Haar, streng gescheitelt, und akkurat gestutztem Bart, der Kinn- und Mundpartie frei ließ. Kropotkin schildert D. als den Typus des »durch und durch sittlichen und absolut zuverlässigen, leicht asketischen ›Rigoristen‹, der alle Lebenstatsachen von dem Gesichtspunkt aus beurteilte: ›Was werden die Werke der Kunst den arbeitenden Klassen nützen?‹ oder ›Wie werden sie die Arbeit der Männer unterstützen, die denselben Weg suchen?‹ Seine Haltung gegenüber der professionellen Ästhetik war eine fast verächtliche; Er fragt bei einem Kunstwerk nur darnach, ob es treu und richtig das Leben wiedergibt, oder nicht. Wenn nicht, so geht er daran vorüber; aber wenn es das wirkliche Leben darstellte, dann schrieb er Essays *über dieses Leben*; und seine Artikel wurden Essays über moralische, politische oder ökonomische Fragen, während das Kunstwerk nur die Unterlagen zu einer solchen Diskussion lieferte. Das erklärt den Einfluß Dobroljubovs auf seine Zeitgenossen. Solche Essays von solch einer Persönlichkeit geschrieben, waren genau das, was man in der Unruhe dieser Jahre brauchte, um bessere Menschen für die kommenden Kämpfe vorzubereiten. (Ideale und Wirklichkeit, dt. Leipzig 1906.)

Hypochonder – griech. ›eingebildeter Kranker‹; »Hypochondrie, geringer Grad geistiger Störung. Die Kranken achten, ohne besonders schwere örtliche Leiden zu haben, in übermäßiger Weise auf ihren Gesundheitszustand und erkennen in den geringsten Abweichungen vom Normalen schwere Symptome. Meist handelt es sich um vermeintliche Verdauungsstörungen, oft sind aber Vorwürfe über früheren Lebenswandel, Furcht vor Rückkehr früherer Erkrankungen die Ursache. Die Behandlung bezweckt Ablenkung der Gedanken, ist aber sonst rein symptomatisch.« (Meyers Handlexikon, Leipzig, 2. Aufl. 1878.)

Arakčeev – Aleksej Andreevič, Graf, 1769–1834, russischer General und Staatsmann, unter Alexander I. Kriegsminister und allmächtiger Günstling des Zaren; nach dem Dekabristenaufstand von 1825 von Nikolaus I. verabschiedet. Der Name A. steht für seine Epoche unumschränkter und brutaler Polizei- und Militärherrschaft in der Geschichte der russischen Autokratie.

IV

Drogerie – rückwärts gelesen ›wie ein irischer Name‹; im Russischen ist dieses Wortspiel gebildet mit dem Wort für Kneipe, Schenke: ›traktir‹ – ›ritkart‹ und würde, im Čechovschen Wortlaut, »als Familienname für eine Baronesse taugen: Baronesse Ritkart«.

die Fragezeichen und sic in Klammern – als Zeichen der Überheblichkeit gegenüber dem Originalautor; ›sic‹ (meist noch mit Ausrufezeichen), latein. ›so‹, im spöttisch-höhnischen Sinne von ›wirklich, wörtlich so!‹

ultima ratio – ergänze ›regum‹, latein. ›der letzte Beweisgrund der Könige‹, die Inschrift, die Richelieu allen Kanonen geben ließ, die während seiner Amtszeit (1624–42) gegossen wurden; danach im übertragenen Sinn: das letzte Wort, das letzte, schlagende Argument.

Gaudeamus igitur juvenestus – Anfang eines latein. Studentenlieds, Trinklieds, richtig: ›Gaudeamus igitur, juvenes dum sumus‹, laßt uns fröhlich sein, solange wir jung sind.

Jean-Jacques Petit – gemeint ist wahrscheinlich der französische Chirurg Jean-Louis Petit, 1674–1750, dessen (Fragment gebliebener) ›Traité des maladies chirurgicales et des opérations qui leur conviennent‹ 1774 erschien und lange Zeit maßgeblich war.

Krylov – Nikita Ivanovič Krylov, 1807–1879, russischer Jurist und Universitätsprofessor in Moskau (1835–1872), populärer Pädagoge, als glänzender Redner berühmt, der nie ein Lehrbuch verfaßte und auch nie, wie sonst üblich, seine Vorlesungen drucken ließ.

Der Adler kann ... – Zitat aus der Fabel ›Der Adler und die Hühner‹ des berühmtesten russischen Fabeldichters Ivan Krylov (1768–1844).
Charkov – Hauptstadt des gleichnamigen Gouvernements in Südrußland (Ukraine), entstanden um 1650, mit ca. 220 000 Einwohnern; Bischofssitz, Garnisonsstadt; seit 1805 auch Universitätsstadt, um 1910 mit ca. 4000 Studenten.
nach Paris oder nach Berdičev – Berdičev, Kreisstadt im Gouvernement Kiev; hier eine Anspielung auf die Biographie des französischen Schriftstellers Honoré de Balzac, 1799–1850, der in Berdičev, kurz vor seinem Tode, die polnische Gutsbesitzerin Ewelyna Hanska heiratete, der ›Etrangère‹ aus den ›Lettres à l'Etrangère‹, 1833–42).

IV

Niva – russ. ›Die Flur‹, in Petersburg erscheinende illustrierte Wochenzeitung, erschien 1870 bis 1918, bis 1904 im Verlag A. F. Marks, der ab 1899 auch Čechov verlegte. Die ›Niva‹ brachte vor allem in ihrer monatlichen Literaturbeilage (von 1891 bis 94 in Form eines Almanachs, 1894–1916 als monatliche Beilage) auch ernste Literatur; parallel dazu Volksausgaben russischer und ausländischer Klassiker, Werkausgaben u. a. von Lomonosov, Griboedov, Gogol, Dostoevskij, Turgenev, Gončarov; Heinrich Heine, Ibsen, Molière, Hamsun, Oscar Wilde u. a. Viel gelesene Zeitung, erreichte um 1900 eine wöchentliche Auflage von 235 000 Exemplaren.
Vsemirnaja illjustracija – russ. ›Illustrierte Welt‹ oder ›Die Welt im Bild‹, illustrierte Wochenzeitung, erschien von 1869 bis 1898 in Petersburg, Regierungsblatt, auf den Geschmack breiter Leserschichten ausgerichtet, in hoher Auflage.

GUSEV. Novoe vremja, 25. Dezember 1890. In der ersten Version hatte die Erzählung nur drei Kapitel (I = 1 und 2, II = 3, III = 4 und 5). Datiert: ›Colombo, 12. November‹ da Čechov die Erzählung auf der Insel Ceylon zu schreiben begonnen hatte, auf der Rückreise von Sachalin nach Rußland. Deutsch von Ada Knipper und Gerhard Dick.
Sutschan – Ortschaft östlich von Vladivostok, am gleichnamigen Fluß gelegen, nördlich der Bucht Nachodka.
Hauptmann Kopejkin – von russ. Kopeke abgeleitet.
Leutnant Dyrka – russ. ›dyra‹: das Loch.
Petschenege – turko-tatarisches Volk aus der Zeit des Kiever Reichs, im XII. Jahrhundert ausgestorben; hier als Schimpfwort gebraucht im Sinne von ›Urmensch‹, ›Neandertaler‹.

DER SCHWARZE MÖNCH (Černyj monach). Artist, Nr. 1, 1894. Geschrieben Sommer 1893. Deutsch von Hertha von Schulz.
Onegin! oo du mußt es ahnen ... – aus der Oper ›Evgenij Onegin‹ von Pëtr Čajkovskij, 1877, nach dem gleichnamigen Roman in Versen von Aleksandr Puškin; Zitat aus einem Arioso Lenskijs, in dem er von seiner Liebe zu Tatjana singt.

bekannte Serenade von Braga – Joaquim Theofilo Fernades, portugiesischer Dichter, Schriftsteller und Gelehrter, 1843–1924; Sammler portugiesischer Volkslieder, Romanzen, Märchen; nahm an der bürgerlich-republikanischen Bewegung teil, war nach der Revolution von 1910 kurze Zeit Präsident der Republik.
Gaucher – Nicolas Gaucher, gegen Ende des XIX. Jahrhunderts Direktor der Gartenbauschule in Stuttgart, Verfasser etlicher Lehrbücher, Fachaufsätze, die auch in russischer Übersetzung erschienen, z. B. »Praktischer Obstbau« 1891; »Handbuch der Obstkultur« 1896 u. a.
Mazurka – auch Masurka, polnischer Nationaltanz; schneller, heiter-graziöser Tanz im ¾-Takt, auch als Gesellschaftstanz damals sehr beliebt.
Reich und berühmt ist Kočubej – erster Vers der berühmten Verserzählung ›Poltava‹ von Aleksandr Puškin, erschienen 1829 und in den 90er Jahren längst Bildungsgut. Kočubej, Oberster Richter des Reichs und treuer Gefolgsmann Peters I., fällt dem Hetman Mazeppa in die Hände, wird, weil er loyal bleibt, gefoltert und hingerichtet.
Audiatur et altera pars – latein. Geflügeltes Wort, Prinzip der Rechtsprechung schon im alten Athen: »Auch die Gegenseite soll gehört werden.«
Sapienti sat – ergänze ›est‹; latein. Geflügeltes Wort: »Dem Verständigen genügt's«, d. h. für ihn, den Wissenden, bedarf es keiner weiteren Erklärung.
Lafitte – feiner, leichter Bordeaux-Wein.
In meines Vaters Hause sind viele Wohnungen – Johannes 14, 2.
Mens sana in corpore sano – latein. Geflügeltes Wort: »Ein gesunder Geist im gesunden Körper.«
Polykrates – Tyrann von Samos, dem jahrelang alles gelang, was er begann, erhob Samos zur bedeutenden Seemacht; sein Verbündeter, Amasis von Ägypten, soll ihm aus Mißtrauen gegen sein fortwährendes Glück die Freundschaft aufgekündigt haben.
Der Apostel sagt ... – 1. Thessalonicher 5, 16. (Seid allezeit fröhlich.)
Eliastag – Feiertag, russisch ›Iljin den'‹, 20. Juli.
Brompräparate – z. B. Bromkalium, Beruhigungsmittel der Zeit.
Jalape – in den Tropen kultiviertes Windengewächs mit großen, trichterförmigen, purpurroten Blüten, die einen schwachen, rauchähnlichen Geruch verbreiten. Das Jalapenharz wurde zu pharmazeutischen Zwekken verwendet.
Ja, natürlich, ich bin ein Unmensch ... – Anspielung auf den Kindermord von Bethlehem, vgl. Matthäus 2, 16–19.
Blutsturz – als Anzeichen von Schwindsucht, Lungen-Tb.
Sevastopol, Jalta – Jalta, der mondänste und teuerste Kur- und Badeort am Schwarzen Meer, auf der Halbinsel Krim gelegen (vgl. Čechovs Erzählung ›Die Dame mit dem Hündchen‹, vgl. auch ›Eine langweilige Geschichte‹; ›Die Plappertasche‹), war, per Eisenbahn, lange nur über die Hafenstadt Sevastopol zu erreichen, wo man umsteigen mußte. Ein

Aufenthalt auf der Krim oder im westlichen Ausland war Bestandteil der Therapie gegen Lungen-Tuberkulose, Čechov hat selbst jahrelang in Jalta leben müssen.

DIE BAUERN (Mužiki). Russkaja mysl', Nr. 4 (April) 1897. Deutsch von Hertha von Schulz.

Slavischer Bazar – oder ›Slavjanskij Bazar‹, Luxushotel in Moskau, zentral gelegen in der Nikolskaja, unmittelbar am Roten Platz; eines der drei ersten Hotels der Stadt.

Moskau, die erste Residenz – Moskau war Hauptstadt des Russischen Reiches, bevor Peter I. die Zarenresidenz 1703 nach Petersburg verlegte.

So dir jemand einen Streich ... – Zitat der Bergpredigt, vgl. Matthäus 5, 39; Lukas 6, 29.

Butterwoche – Woche der Austreibung des Winters, verbunden mit dem Brauch, Bliny zu backen, Fastnachtssänger zu empfangen, fröhliche Spiele zu veranstalten; nach der B. begannen die großen, 40tägigen Fasten. Bereits in der Butterwoche, Vorfastenwoche, wurden nur noch Milch- und Eierspeisen genossen.

Es steht geschrieben: kommet zu mir alle ... Matthäus 11, 18.

Kirchenslavisch – die Sprache, die (nur noch) in der russisch-orthodoxen Kirche gesprochen wird und die zurückgeht auf den altslavischen Dialekt, in den die Slavenapostel Kirill und Metod im 9. Jahrhundert die Bibel übersetzt haben.

Aus dem Vladimirschen – ergänze: Gouvernement.

Rechtgläubige – die wörtliche Übersetzung von ›pravoslavnyj‹, meint die russisch-orthodoxen Christen; geht zurück auf das mittelalterliche Dogma von Moskau als dem Dritten Rom.

Da sie aber hinwegezogen ... – Matthäus 2, 13.

Kreuzerhöhung, Mariä Himmelfahrt, vgl. Kirchenfeste.

unter der Herrschaft – als eine Zeitangabe: meint die Epoche vor der sogenannten Bauernbefreiung, der Aufhebung der Leibeigenschaft im Jahre 1861.

ein Porträt des Battenbergers – Battenberg, Fürstenfamilie aus Hessen; Alexander I., 1857–1893, wurde 1879 auf Betreiben Rußlands zum Ersten Fürsten (Alexander I.) des neu gebildeten Staates Bulgarien ernannt und 1886, nach dem Krieg zwischen Bulgarien und Serbien, wieder auf russisches Betreiben, gestürzt. Sein Porträt hängt da als Ikone des Panslavismus.

Muttergottes von Kazan, Muttergottes ... – Namen dreier heiliger Ikonen, denen wundertätige Wirkung zugeschrieben wurde.

AUF DEM WAGEN (Na podvode). Russkie vedomosti, 21. Dezember 1897; Untertitel dort: ›Erzählung‹. Deutsch von Gerhard Dick.

Der Mensch im Futteral (Čelovek v futljare). Russkaja mysl', Nr. VII (Juli) 1898; dort mit Untertitel: ›Erzählung‹. Deutsch von Gerhard Dick.

Atavismus – von latein. ›atavus‹, der Vorfahre; Rückschlag, Wiedererscheinen von Eigenschaften entfernter Vorfahren; im übertragenen Sinne auch: Rückfall in urtümliche, primitive Zustände.

Anthropos – griech. der Mensch.

Turgenev, Ščedrin, Buckles – stellvertretend für aufklärerische Literatur: Turgenev, der in dem Roman ›Väter und Söhne‹ den Revolutionär der 60er Jahre geschildert und, auf ihn gemünzt, den Begriff des ›Nihilisten‹ geprägt hatte; Michail Saltykov-Ščedrin, 1826–1889, satirischer russischer Schriftsteller, Anhänger der demokratischen Bewegung der 60er Jahre, beeinflußt von den französischen Sozialisten und später den ›Narodniki‹ (Volkstümler), schrieb bissige Satiren über russische Zu- und Mißstände; Henry Thomas Buckle, 1821–1862, englischer Kulturhistoriker, Essays ›On liberty‹, ›On the influence of women on the progress of knowledge‹, Autor einer ›History of civilisation in England‹, 1857: »Das Werk erregte allgemeines Aufsehen, zum Teil heftigen Widerspruch. Man warf B. nicht mit Unrecht doktrinäre Einseitigkeit und Hang zu einer materialistischen Weltanschauung vor« (Brockhaus, 14. Aufl., Leipzig 1901).

šinki – ukrain., sing. ›šinka‹, Lehnwort, von deutsch ›Schenke‹.

Michajlik, Minčik – Koseform für ›Michail‹.

›kolossalischer Skandal‹ – im russischen Original: ›kolossalische Scandal‹, deutsch geschrieben.

in ukrainischer Mundart – Zusatz des Übersetzers, im Original folgt hier verballhorntes Russisch (mit Anklängen ans Ukrainische), etwa in der Frage: »Weshalb sitzt er bei mir?« usw. Desgleichen der Satz weiter oben: »Platzen soll er.«

Die Stachelbeeren (Kryžovnik). Russkaja mysl', Nr. VIII (August) 1898. Deutsch von Gerhard Dick.

der Mensch brauche nur drei Aršin Erde – vgl. die Volkserzählung Lev N. Tolstojs ›Wieviel Erde braucht der Mensch?‹

Puškin – »Teurer als die bittre Wahrheit...« Zitat aus dem Gedicht ›Der Held‹ (Geroj) aus dem Jahre 1830; bei Čechov nicht ganz vollständig zitiert; in der Übersetzung von Friedrich Fiedler (Puškin-Ausgabe des Aufbau-Verlags) lautet die Stelle: »Hoch ob der niedrig starren Wahrheit / Steht der erhebend schöne Wahn...«

Ein Fall aus der Praxis (Slučaj iz praktiki). Russkaja mysl' Nr. XII (Dezember) 1898; Untertitel: ›Erzählung‹. Deutsch von Gerhard Dick.

Ljalikov – russ. ›ljalja‹, ›ljal'ka‹: Kind, Spielzeug; unbeholfener Mensch, Tolpatsch.

Korolëv – russ. ›korol'‹: der König.

Skrofeln – »Skrophulosis, Krankheit des Kindes- und Jugendalters, mit hervorragender Anlage für sehr hartnäckige entzündliche Leiden der Haut

(Ausschläge, besonders der Kopfhaut), der Schleimhäute (Magen- und Darmkatarrhe), der Knochen u. Gelenke, besonders der Lymphdrüsen, welche anschwellen *(Skrofeln)*, vereitern und verkäsen. Das Gesicht ist meist gedunsen, Lippen und Nase sind dick, die Haut blaß, der Leib aufgetrieben.« (Meyers Hand-Lexikon, Leipzig, 1878.)

Bromkalium – Bromverbindung, »wird in der Photographie bei der Entwicklung der Trockenplatten, in der Medizin (als Kalium bromatum offizinell) gegen Nervenstörungen und Schlaflosigkeit angewendet« (Brockhaus, 14. Aufl. Leipzig 1901).

schrille, abgehackte metallische Laute – erklärt sich weiter unten: die Uhrzeit wird geschlagen, hier, in der Fabrik, Metall gegen Metall, im Gegensatz zu den Gutshöfen, wo der Nachtwächter auf sein Pochbrett, Pochholz schlug. Vgl. Anm. zu ›Die Braut‹, S. 432.

durch den Kneifer – im russischen Original französisch, auch französisch geschrieben: pince-nez.

auf der Poljanka – Straße in Moskau, im Stadtteil Zamoskvorečje, jenseits der Moskva, in unmittelbarer Kreml-Nähe, einem der ältesten Stadtteile Moskaus, in dem vorzugsweise Kaufleute wohnten; vgl. ›Drei Jahre‹ (detebe 20269).

Lermontovs Tamara war einsam ... – Tamara, Gestalt des georgischen Mädchens aus der romantischen Verserzählung ›Der Dämon‹ von Michail Lermontov, 1814–1841; in Tamara, die kurz vor der Hochzeit steht, verliebt sich der aus dem Paradies verbannte Dämon, und während Tamaras Bräutigam unter die Räuber fällt und von ihnen erschlagen wird, bedrängt der Dämon die Braut. Tamara flieht vor ihm in ein Kloster, doch der Dämon erscheint ihr auch in der Einsamkeit ihrer Zelle, wo Tamara schließlich stirbt.

DIE DAME MIT DEM HÜNDCHEN (Dama s sobačkoj). Russkaja mysl', Nr. XII (Dezember) 1899, Untertitel dort: ›Erzählung‹. Deutsch von Hertha von Schulz.

Jalta – »Kreisstadt mit 26 000 Einw., in malerischer Lage, an einer großen Bucht des Schwarzen Meeres amphitheatralisch ansteigend, ist der vornehmste und teuerste Badeort der Krim und wird von Mitte August bis Ende Oktober (alten Stils) stark besucht. Hübscher Blick auf die Stadt und auf das Meer von der hohen Hafenmole. Der abends elektrisch beleuchtete Seeboulevard und der anstoßende kleine schattige Stadtgarten (Eintr. 20 Kop.; Kursaal; Musik; Theater; Restaur.) sind die Hauptpromenaden. An der Nabereshnaja auch die feinsten Läden (die orientalischen, besonders kaukasischen Waren nicht billig)« (Baedeker, ›Rußland‹, 7. Aufl. Leipzig 1912).

Pavillon bei Vernet – der Seepavillon an der Strandpromenade, dem Seeboulevard.

das stumme Endzeichen nach den Konsonanten weglassen – Eigenheit der vorrevolutionären russischen Orthographie, das sogenannte harte Zeichen, das nicht gesprochen, wohl aber – wie viele meinten: unnützerweise

– noch geschrieben und erst mit der Reform der russischen Orthographie nach 1917 abgeschafft wurde. Als Klippe beim Lernen von Lesen und Schreiben in den Schulen der Groß- und Kleinschreibung im Deutschen vergleichbar.

Oreanda – Ausflugsziel von Jalta aus, Park und Schloßruine an der Küste gelegen, etwa 8 km südlich Jalta; ehemalige, 1882 durch Feuer zerstörte Sommerresidenz der Zaren.

Deutscher, er selbst aber ist rechtgläubig – d. h. er ist russich-orthodox getauft, fühlt sich als Russe.

Feodosija – Kreisstadt auf der Krim, Hafenstadt, Bade- und Kurort, ca. 100 km nördlich von Jalta gelegen.

Sie fuhren mit dem Wagen – entweder nach Sevastopol oder nach Feodosija; von beiden Städten bestand Zugverbindung über Charkov, Moskau nach Petersburg.

das zweite Glockenzeichen – auf russischen Bahnhöfen wurde die Abfahrt der Züge durch drei Glockensignale markiert; nach dem dritten setzte sich der Zug in Bewegung.

Petrovka – Straße im Zentrum Moskaus, vom Theaterplatz (mit dem Bolšoj Teatr) zum Ring der Boulevards führend, mit eleganten Geschäften, Restaurants, dem Korš-Theater.

Soljanka – auch Seljanka, russische Krautsuppe mit verschiedenartigem Fleisch, Zwiebeln, Gurken.

die ›Geisha‹ wurde zum erstenmal gegeben – ›Die Geisha‹, Operette von S. Jones, 1896 in London uraufgeführt; die erste russische Inszenierung fand 1897 in Moskau statt.

Slavischer Bazar – Slavjanskij Bazar, Hotel im Zentrum Moskaus, eines der ersten drei Hotels der Stadt, Nikolskaja ulica, heute Straße des 25. Oktober.

Die Braut (Nevesta). Žurnal dlja vsech, Nr. 12 (Dezember) 1903. Čechovs letzte Novelle. Deutsch von Hertha von Schulz.

Kommissarovsche Schule – Lehranstalt, Seminar des Kommissarov-Klosters in Moskau.

Babulja – Diminutiv, Koseform des Wortes ›baba‹, ›babuška‹, des russischen ›Mütterchens‹, ›Großmütterchens‹.

Hypnotismus – die Lehre von der Hypnose, geht zurück auf den englischen Arzt James Braid, 1795–1860, der 1841 die Entdeckung machte, »daß das längere Anstarren eines glänzenden Gegenstandes einen eigentümlichen schlafartigen Zustand, den sog. Hypnotismus, hervorrufe, und widmete fortan seine ganze Thätigkeit der Erforschung desselben und seiner Anwendung zur Heilung von Nervenleiden [...]. Doch fanden seine Forschungen wenig Beachtung, bis sie erst neuerdings durch erneute Untersuchungen vollinhaltlich bestätigt wurden« (Brockhaus, 14. Aufl. Leipzig 1901). In der Gesellschaft ein Modethema, wie überhaupt das Unheimliche, das Interesse für okkulte Kräfte, Magnetismus, Spiritismus, vgl. unten.

das Klopfen des Nachtwächters – auf russischen Landsitzen gab der Nachtwächter durch Klopfen auf ein Holzbrett, im Umhergehen, die Uhrzeit an, jeweils zur vollen Stunde; vgl. die Erzählung ›Ein Fall aus der Praxis‹.

Spiritismus – latein., »Glaube an die Möglichkeit eines Verkehrs mit den Seelen Verstorbener durch Beschwörung u. Zaubermittel, früher durch Swedenborg und magnetisierende Aerzte (Justinus Kerner) vertreten, neuerlich wieder von Amerika aus (Geschw. Fox, 1849) durch das Auftreten von Vermittlern dieses Verkehrs (Medium) und in Verbindung mit dem Tischrücken, Geisterklopfen (Klopfgeister) und Geisterschrift (Psychograph) verbreitet.« (Meyers Hand-Lexikon, Leipzig, 1878.) Auch im Rußland der 80–90er Jahre ein beliebtes ›Gesellschaftsspiel‹; in einem der Notizbücher Čechovs findet sich folgende Eintragung: »Ein Mensch, sehr intelligent, redet sein Leben lang Unsinn über Hypnotismus, Spiritismus – und alle glauben ihm; aber ein guter Mensch.«

Homöopathie – Heilverfahren, im Gegensatz zur Allopathie; »Allopathie (Allöopathie, griech. ›das Leiden eines Theils für einen andern‹), die Übertragung einer Krankheit von einem Theile auf einen andern. Gewöhnlich wird aber der Ausdruck A. auf die Wirkung der Heilmittel angewendet, und A. bedeutet dann die Heilung durch ein dem Krankheitsprozeß entgegengesetztes Mittel und bildet den Gegensatz zur Homöopathie. Letztere geht bekanntlich von dem Grundsatz aus, daß Krankheitssymptome durch solche Mittel beseitigt werden, welche, in den gesunden Organismus eingeführt, eben jene Symptome hervorrufen (Gleiches mit Gleichem, similia similibus).« (Meyers Konversationslexikon, 3. Aufl., Leipzig 1874.)

stelle mir Anna Karenina vor – Titelgestalt des berühmten, auch damals schon klassischen Romans von Lev Tolstoj, erschienen 1873/77.

zu den Kosaken gehen – die Kosaken waren ursprünglich Grenzbauern in Südrußland, der Ukraine, weit weg von den Zentren des Reichs; bildlich für »ein freies, wildes, verwegenes Leben führen«.

Kumys – »der Kumys (ein berauschendes Getränk aus gegorener Stutenmilch, Lieblingsgetränk der Nomadenvölker)« (Pavlovskij). »Neuerdings stellt man auch in Deutschland zu mediz. Zwecken K. dar. *Kumyskuren* werden namentlich bei Lungenschwindsucht, bei chronischen Bronchial- und Darmkatharren, bei Skrofulose, Blutarmut und Erschöpfungszuständen warm empfohlen.« (Brockhaus, Leipzig 1902).

Anton Čechov im Diogenes Verlag

● Das dramatische Werk

Die Möwe
Komödie in vier Akten. detebe 20091

Der Waldschrat
Komödie in vier Akten. detebe 20084

Der Kirschgarten
Komödie in vier Akten. detebe 20083

Onkel Vanja
Szenen aus dem Landleben in vier Akten. detebe 20093

Ivanov
Drama in vier Akten. detebe 20102

Drei Schwestern
Drama in vier Akten. detebe 20103

Platonov
Das ›Stück ohne Titel‹ in vier Akten und fünf Bildern. detebe 20104

Sämtliche Einakter
detebe 20801

● Das erzählende Werk

Ein unbedeutender Mensch
Erzählungen 1883–1885. detebe 20261

Gespräch eines Betrunkenen mit einem nüchternen Teufel
Erzählungen 1886. detebe 20262

Die Steppe
Erzählungen 1887–1888. detebe 20263

Flattergeist
Erzählungen 1888–1892. detebe 20264

Rothschilds Geige
Erzählungen 1893–1896. detebe 20265

Die Dame mit dem Hündchen
Erzählungen 1897–1903. detebe 20266

Eine langweilige Geschichte
Das Duell
Kleine Romane I. detebe 20267

Krankenzimmer Nr. 6
Erzählung eines Unbekannten
Kleine Romane II. detebe 20268

Drei Jahre · Mein Leben
Kleine Romane III. detebe 20269

Die Insel Sachalin
Ein Reisebericht. detebe 20270

Das Drama auf der Jagd
Eine wahre Begebenheit. detebe 21379

● Briefe

in 5 Bänden. Die größte nicht-russische Briefausgabe in der Neuübersetzung und -edition von Peter Urban. Jeder Band enthält Faksimiles, einen umfangreichen Anhang mit editorischem Bericht, Anmerkungen und einer Chronik; im letzten Band zusätzlich ein Personen- und Werkregister. Leinen
Auch als detebe 21064-21068

● Tagebücher · Notizbücher

Herausgegeben und vollständig neu übersetzt von Peter Urban. Mit Vorwort, editorischem Bericht, ausführlichen Anmerkungen und Personenregister. Leinen

● Čechov-Chronik

Daten zu Leben und Werk, zusammengestellt von Peter Urban. Mit Nachwort, ausführlicher Bibliographie und Register. Leinen

● Denken mit Čechov

Ein Almanach auf alle Tage, zusammengestellt von Peter Urban. Diogenes Evergreens

● Das Čechov Lesebuch

Herausgegeben, kommentiert und mit einem Vorwort von Peter Urban. detebe 21245

● Über Čechov

Herausgegeben von Peter Urban
detebe 21244

● Anton Čechov Sein Leben in Bildern

Herausgegebeben von Peter Urban. Mit Abbildungen, einem Anhang mit Daten zu Leben und Werk und einem Personenregister. Leinen